El S
I. La

T0032557

J. R. R. Tolkien
El Señor de los Anillos
I. La Comunidad del Anillo

Traducción de Luis Domènech

minotauro

Obra editada en colaboración con Editorial Planeta – España

Título original: *The Lord of the Rings*
I. The Fellowship of the Ring

© 1966, George Allen & Unwin Ltd.
© 1977, Traducción: Luis Domènech

© 1990 Frank Richard Williamson
y Christopher Reuel Tolkien,
albaceas de John Ronald Reuel Tolkien

© 1977, 2022, Editorial Planeta, S. A. – Barcelona, España

Derechos reservados

© 2022, Editorial Planeta Mexicana, S.A. de C.V.
Bajo el sello editorial BOOKET M.R.
Avenida Presidente Masarik núm. 111,
Piso 2, Polanco V Sección, Miguel Hidalgo
C.P. 11560, Ciudad de México
www.planetadelibros.com.mx

Adaptación de la portada: Booket / Área Editorial Grupo Planeta

Primera edición impresa en España en Booket: septiembre de 2022
ISBN: 978-84-450-1395-3

Primera edición impresa en esta presentación en Booket: septiembre de 2022
ISBN: 978-607-07-9223-6

Impreso en los talleres de Litográfica Ingramex, S.A. de C.V.
Centeno núm. 162-1, colonia Granjas Esmeralda, Ciudad de México
Impreso en México - *Printed in Mexico*

Biografía

J. R. R. Tolkien nació el 3 de enero de 1892. Tras servir en la primera guerra mundial, se embarcó en una prestigiosa carrera como profesor de anglosajón en la Universidad de Oxford. Miembro del Pembroke College entre 1925 y 1945, profesor de lengua y literatura inglesa y miembro del Merton College desde 1945 hasta su jubilación, fue reconocido como uno de los mejores filólogos del mundo. Es el creador de la Tierra Media y autor de uno de los principales clásicos modernos, *El Hobbit*, preludio de su obra maestra, *El Señor de los Anillos*, y de *El Silmarillion*. Falleció en 1973.

Tres anillos para los Reyes Elfos bajo el cielo.
Siete para los Señores Enanos en casas de piedra.
Nueve para los Hombres Mortales condenados a morir.
Uno para el Señor Oscuro, sobre el trono oscuro
en la Tierra de Mordor donde se extienden las Sombras.
Un Anillo para gobernarlos a todos. Un Anillo para encontrarlos,
un Anillo para atraerlos a todos y atarlos en las tinieblas
en la Tierra de Mordor donde se extienden las Sombras.

PREFACIO

Esta narración nació mientras se narraba, hasta convertirse en una historia de la Gran Guerra del Anillo e incluir muchos atisbos de la historia aún más antigua que la antecede. Fue iniciada poco después de haberse escrito *El Hobbit* y antes de que se publicase en 1937; pero no continué esta secuela, pues primero deseé completar y ordenar la mitología y las leyendas de los Días Antiguos, que habían empezado a cobrar forma años antes. Quería hacer esto para mi propia satisfacción, y tenía pocas esperanzas de que a otra gente pudiera interesarle este trabajo, sobre todo porque era de inspiración originariamente lingüística, y fue comenzado para proporcionar un necesario fondo «histórico» a las lenguas élficas.

Cuando aquellos a quienes solicité opinión y consejo cambiaron *pocas esperanzas* por *ninguna esperanza*, volví a la secuela, animado por los lectores que me pedían más información sobre los hobbits y sus aventuras. Pero la historia fue llevada inexorablemente al mundo más viejo, y de alguna manera se convirtió en un relato del fin y el acabamiento de ese mundo antes de que fuera contado el principio y el medio. El proceso había comenzado mientras escribía *El Hobbit*, donde hay ya algunas referencias al material más antiguo: Elrond, Gondolin, los Altos Elfos, y los Orcos, así como lo que había alcanzado a vislumbrar en cosas que eran más altas o más profundas, o más oscuras que la superficie: Durin, Moria, Gandalf, el Nigromante, el Anillo. El descubrimiento del significado de estos atisbos, y de la relación que tenían con las viejas historias, me llevó a la Tercera Edad y a su culminación en la Guerra del Anillo.

Aquellos que requirieron más información sobre los hobbits, la consiguieron eventualmente, pero tuvieron que esperar un largo tiempo, pues la composición de *El*

9

Señor de los Anillos continuó a intervalos desde 1936 a 1937, período en el que yo tenía muchas obligaciones que no descuidé, y muchos otros intereses como profesor que muy a menudo me absorbían. El retraso se alargó, por supuesto, con el estallido de la guerra en 1939, y el año concluyó cuando el relato no había alcanzado aún el fin del Libro I. A pesar de la oscuridad de los próximos cinco años descubrí que ahora la historia no podía ser abandonada por completo, y continué adelante, principalmente de noche, hasta que llegué a la tumba de Balin en Moria. Allí me detuve un largo rato. Pasó casi un año antes que retomara la historia, y a fines de 1941 llegué a Lothlórien y el Río Grande. Al año siguiente escribí los primeros esbozos de lo que sería el Libro III, y los comienzos de los capítulos 1 y 3 del Libro V, y me detuve cuando los fuegos llameaban en Anórien y Théoden llegó al Valle Sagrado. La visión se había apagado y no era tiempo de ponerse a pensar.

Fue en 1944 cuando, abandonando los cabos sueltos y perplejidades de una guerra que me tocaba conducir, me obligué a narrar el viaje de Frodo a Mordor. Estos capítulos que eventualmente se convertirían en el Libro IV, fueron escritos y remitidos como un serial a mi hijo Cristopher, entonces en África del Sur con la R.A.F. No obstante, pasaron otros cinco años antes de que el relato alcanzase su forma actual; en ese tiempo cambié casa, cátedra y colegio, y las jornadas eran menos oscuras, pero no menos laboriosas. Y ahora que había llegado al «fin», había que revisar toda la historia, y en verdad re-escribirla, hacia atrás. Y yo mismo tenía que pasarla a máquina, una y otra vez, pues el costo de una dactilógrafa profesional estaba fuera de mi alcance.

El Señor de los Anillos ha sido leído por mucha gente desde que al fin apareció impreso, y me gustaría decir algo aquí a propósito de las muchas opiniones o atisbos que he recibido o leído en relación con los motivos y el significado del relato. El primer motivo fue el deseo de un cuentista: probar la mano en una historia realmente larga que mantendría la atención del lector, lo divertiría, lo deleitaría, y a veces quizá lo excitaría o lo conmovería profundamente. No tenía otra guía que mis propios sentimientos acerca de lo que es atractivo o conmovedor, y para muchos esta guía no era, por supuesto, adecuada. Algunos de los que leyeron el libro, o al menos que lo reseñaron, lo han encontrado aburrido, absurdo, o despreciable; y yo no tengo por qué quejarme, pues pienso casi lo mismo acerca de sus obras, o de los tipos de libros que evidentemente prefieren. Pero aun desde el punto de vista de muchos de los que han disfrutado de mi narración hay cuestiones insatisfactorias. Quizá no sea posible en un relato tan largo contentar de continuo a todo el mundo; pues descubrí en las cartas que me enviaban que los pasajes o capítulos que para algunos eran un defecto, eran para otros motivo de alabanza. El más crítico de los lectores, yo mismo, encuentra ahora muchos defectos, menores y mayores, pero como por fortuna no estoy obligado a reseñar el libro o a escribirlo de nuevo, no los tendré en cuenta, excepto uno que ya ha sido señalado por otra gente: la obra es demasiado corta.

En cuanto a algún significado interior o «mensaje», no hay ninguno, en las intenciones del autor. A medida que la historia crecía, iba desarrollando raíces (en el pasado) y echaba ramas inesperadas; pero el tema principal ya estaba decidido en un comienzo por la inevitable elección del Anillo como eslabón entre la nueva historia y *El Hobbit*. El capítulo crucial, «La sombra del pasado», es una de las partes más viejas de la narración. Fue escrito mucho antes de que las prefiguraciones de 1939 se hubieran convertido en una amenaza de desastre inevitable; y desde ese punto la narración se desarrollaría esencialmente a lo largo de las mismas líneas, si el desastre llegaba a evitarse. Las fuentes son episodios que yo llevaba en la mente desde hacía tiempo, o que en algunos casos ya habían sido escritos, y poco o nada de esto fue modificado por la guerra que había estallado en 1939 o por sus secuelas.

La guerra real no se parecía a la guerra legendaria, ni en su proceso ni en su conclusión. Si hubiese inspirado o encaminado el desarrollo de la leyenda, entonces, por cierto, el Anillo habría sido utilizado contra Sauron; no habría sido aniquilado sino esclavizado, y Barad-dûr hubiera sido ocupada y no destruida. Saruman, como no puede apoderarse del Anillo, envuelto en las confusiones y traiciones de la época, hubiera encontrado en Mordor los eslabones perdidos de sus propias investigaciones sobre la historia del Anillo, y no habría tardado en fabricar un Gran Anillo propio con el que podría desafiar el Señor de la Tierra Media. En ese conflicto ambos bandos hubieran odiado y despreciado a los hobbits; no hubieran sobrevivido mucho tiempo ni siquiera como esclavos.

Podrían haberse ideado otros cambios de acuerdo con los gustos y opiniones de los aficionados a las alegorías o las referencias tópicas. Pero detesto cordialmente la alegoría en todas sus manifestaciones, y siempre me ha parecido así desde que me hice bastante viejo y cauteloso como para detectarlas. Prefiero la historia, auténtica o inventada, de variada aplicabilidad al pensamiento y la experiencia de los lectores. Pienso que muchos confunden «aplicabilidad» con «alegoría»; pero la primera reside en la libertad del lector, y la otra en un pretendido dominio del autor.

Un autor no puede, por supuesto, dejar de ser afectado por su propia experiencia, pero los modos en que el germen de una historia utiliza el suelo fértil de la experiencia son extremadamente complejos, y cualquier intento de definir el proceso no es más que el mero atisbo de una evidencia inadecuada y ambigua. Es también falso, aunque naturalmente atractivo, cuando la vida de un autor y la de un crítico coinciden en el tiempo, suponer que el movimiento de las ideas o los acontecimientos de la época sean necesariamente las influencias más poderosas. Uno en verdad tiene que encontrarse bajo la sombra de la guerra para sentir toda su opresión, pero a medida que los años pasan parece olvidarse que ser joven en 1914 no era una experiencia menos odiosa que la de vivir en 1939 y los años siguientes. En 1918, sólo uno de mis amigos íntimos no había muerto o para hablar de un asunto menos doloroso: algunos han supuesto que «El saneamiento de la Comarca» refleja la situación de Inglaterra en el tiempo en que yo estaba concluyento mi relato. No es así. El capítulo es parte esencial del argumento, previsto desde un comienzo, aunque modificado en este caso por el carácter de Saruman tal como se desarrolló en la historia, sin, tengo que decirlo, ningún significado alegórico ni ninguna referencia política contemporánea. En realidad está basada en una experiencia, aunque (la situación económica era muy distinta) muy anterior. El país en que pasé mi infancia había sido ruinmente destruido antes que yo tuviera diez años, en días en que los coches de motor eran raros (yo nunca había visto uno) y los hombres construían todavía trenes suburbanos. He visto recientemente en un periódico la imagen de la última decrepitud de un molino de grano que tiempo atrás me había parecido tan importante. Nunca me gustó el aspecto del joven molinero, pero su padre, el viejo molinero, tenía una barba negra y no se llamaba Arenas.

PRÓLOGO

I

De los Hobbits

Este libro trata principalmente de los Hobbits, y el lector descubrirá en sus páginas mucho del carácter y algo de la historia de este pueblo. Podrá encontrarse más información en los extractos del Libro Rojo de la Frontera del Oeste que ya han sido publicados con el título de *El Hobbit*. El relato tuvo su origen en los primeros capítulos del Libro Rojo, compuesto por Bilbo Bolsón —el primer Hobbit que fue famoso en el mundo entero— y que él tituló *Historia de una ida y de una vuelta,* pues contaba el viaje de Bilbo hacia el este y la vuelta, aventura que más tarde complicaría a todos los Hobbits en los importantes acontecimientos que aquí se relatan.

No obstante, muchos querrán saber desde un principio algo más de este pueblo notable, y quizá algunos no tengan el libro anterior. Para esos lectores se han reunido aquí algunas notas sobre los puntos más importantes de la tradición hobbit, y se recuerda brevemente la primera aventura.

Los Hobbits son un pueblo sencillo y muy antiguo, más numeroso en tiempos remotos que en la actualidad. Amaban la paz, la tranquilidad y el cultivo de la buena tierra, y no había para ellos paraje mejor que un campo bien aprovechado y bien ordenado. No entienden ni entendían ni gustan de maquinarias más complicadas que una fragua, un molino de agua o un telar de mano, aunque fueron muy hábiles con toda clase de herramientas. En otros tiempos desconfiaban en general de «la Gente Grande», como nos llaman, y ahora nos eluden con terror y es difícil encontrarlos. Tienen el oído agudo y la mirada penetrante, y aunque engordan fácilmente, y nunca se apresuran si no es necesario, se mueven con agilidad y destreza. Dominaron desde un principio el arte de desaparecer rápido y en silencio, cuando la Gente Grande con la que no querían tropezar se les acercaba casualmente, y han desarrollado este arte hasta el punto de que a los Hombres puede parecerles verdadera magia. Pero los Hobbits jamás han estudiado magia de ninguna índole, y esas rápidas desapariciones se deben únicamente a una habilidad profesional, que la herencia, la práctica y una íntima amistad con la tierra han desarrollado tanto que es del todo inimitable para las razas más grandes y desmañadas.

Los Hobbits son gente diminuta, más pequeña que los Enanos; menos corpulenta y fornida, pero no mucho más baja. La estatura es variable, entre los dos y los cuatro pies de nuestra medida. Hoy pocas veces alcanzan los tres pies, pero se dice que en otros tiempos eran más altos. De acuerdo con el Libro Rojo, Bandobras Tuk, apodado el Toro Bramador, hijo de Isengrim II, medía cuatro pies y medio y era capaz de montar a caballo. En los archivos de los Hobbits se cuenta que sólo fue superado por dos famosos personajes de la antigüedad, pero de este hecho curioso se habla en el presente libro.

En cuanto a los Hobbits de la Comarca, de quienes tratan esas relaciones, conocieron en un tiempo la paz y la prosperidad y fueron entonces un pueblo feliz. Vestían ropas de brillantes colores, y preferían el amarillo y el verde; muy rara vez usaban zapatos, pues las plantas de los pies eran en ellos duras como el cuero, fuertes y flexibles, y los pies mismos estaban recubiertos de un espeso pelo rizado muy parecido al pelo de las cabezas, de color castaño casi siempre. Por esta razón el único oficio que practicaban poco era el de zapatero, pero tenían dedos largos y habilidosos que les permitían fabricar muchos otros objetos útiles y agradables. En general los rostros eran bonachones más que hermosos, anchos, de ojos vivos, mejillas rojizas y bocas dispuestas a la risa, a la comida y a la bebida. Reían, comían y bebían a menudo y de buena gana; les gustaban las bromas sencillas en todo momento y comer seis veces al día (cuando podían). Eran hospitalarios, aficionados a las fiestas, hacían regalos espontáneamente y los aceptaban con entusiasmo.

Es en verdad evidente que a pesar de un alejamiento posterior los Hobbits son parientes nuestros: están más cerca de nosotros que los Elfos y aun que los mismos Enanos. Antiguamente hablaban las lenguas de los Hombres, adaptadas a su propia modalidad, y tenían casi las mismas preferencias y aversiones que los Hombres. Mas ahora es imposible descubrir en qué consiste nuestra relación con ellos. El origen de los Hobbits viene de muy atrás, de los Días Antiguos, ya perdidos y olvidados. Sólo los Elfos conservan algún registro de esa época desaparecida y sus tradiciones se refieren casi únicamente a la historia élfica, historia donde los Hombres aparecen muy de cuando en cuando; a los Hobbits ni siquiera se los menciona. Sin embargo es obvio que los Hobbits vivían en paz en la Tierra Media muchos años antes que cualquier otro pueblo advirtiese siquiera que existían. Y como el mundo se pobló luego de extrañas e incontables criaturas, esta gente pequeña pareció insignificante. Pero en los días de Bilbo y de Frodo, heredero de Bilbo, se transformaron de pronto a pesar de ellos mismos en importantes y famosos, y perturbaron los Concilios de los Grandes y de los Sabios.

Aquellos días —la Tercera Edad de la Tierra Media— han quedado muy atrás, y la conformación de las tierras en general ha cambiado mucho; pero las regiones en que vivían entonces los Hobbits eran sin duda las mismas de ahora: el Noroeste del Viejo Mundo, al este del Mar. Los Hobbits del tiempo de Bilbo no sabían de dónde venían. El deseo de conocimiento (fuera de las ciencias genealógicas) no era común entre ellos, pero había aún descendientes de antiguas familias que estudiaban sus propios libros, y hasta recogían de los Elfos, los Enanos y los Hombres noticias de épocas pasadas y de tierras distantes. Los recuerdos propios comienzan luego de que se establecieran en la Comarca, y las leyendas más antiguas apenas si se remontan poco más allá de los Días del Éxodo.

Está perfectamente claro, no obstante, a través de estas leyendas y lo que puede descubrirse en el lenguaje y las costumbres de los Hobbits, que en un pasado muy lejano ellos también se desplazaron hacia el oeste, como muchos otros pueblos. En las historias primitivas hay referencias oscuras a los tiempos en que moraban en los altos valles del Anduin, entre los lindes del Gran Bosque Verde y las Montañas Nubladas. No se sabe con certeza por qué emprendieron más tarde el arduo y peligroso cruce de las montañas y entraron en Eriador. Los relatos hobbits hablan de la multiplicación de los Hombres en la tierra y de una sombra que cayó sobre la floresta y la oscureció, por lo que fue llamada desde entonces el Bosque Negro.

Antes de cruzar las montañas, los Hobbits ya se habían dividido en tres ramas un tanto diferentes: los Pelosos, los Fuertes y los Albos. Los Pelosos eran de piel más oscura, cuerpo menudo, cara lampiña, y no llevaban botas; de manos y pies bien proporcionados y ágiles preferían las tierras altas y las laderas de las colinas. Los Fuertes eran más anchos, de constitución más sólida; tenían pies y manos más grandes; preferían las llanuras y las orillas de los ríos. Los Albos, de piel y cabellos más claros, eran más altos y delgados que los otros: amaban los árboles y los bosques.

Los Pelosos tuvieron relación con los Enanos en tiempos remotos y vivieron durante mucho tiempo en las estribaciones montañosas. Fueron los primeros en desplazarse hacia el oeste y vagabundearon por Eriador hasta la Cima de los Vientos, mientras los otros permanecían en las Tierras Ásperas. Eran la especie más normal, representativa y numerosa de los Hobbits, y también la más sedentaria y la que conservó durante más tiempo el hábito ancestral de vivir en túneles y cuevas.

Los Fuertes vivieron muchos años a orillas del Río Grande, el Anduin, y temían menos a los Hombres. Vinieron al oeste después de los Pelosos y siguieron el curso del Sonorona hacia el sur; muchos de ellos vivieron un tiempo entre Tharbad y los límites de las Tierras Brunas antes de volver al norte.

Los Albos, los menos numerosos, eran una rama nórdica, más amiga de los elfos que el resto de los Hobbits, y más hábil para el lenguaje y los cantos que para los trabajos manuales. Siempre habían preferido la caza a la agricultura. Cruzaron las montañas al norte de Rivendel y descendieron el Fontegrís. Muy pronto se mezclaron en Eriador con las ramas ya establecidas allí, pero como eran más valientes y más aventureros, se los encontraba a menudo como jefes o caudillos en los clanes de los Pelosos y los Fuertes. Aun en tiempos de Bilbo, el fuerte carácter albo podía descubrirse todavía en las grandes familias, tales como los Tuk y los Señores de Los Gamos.

En las tierras occidentales de Eriador, entre las Montañas Nubladas y las Montañas de Lune, los Hobbits encontraron Hombres y Elfos. En efecto, todavía moraba allí un resto de los Dúnedain, los reyes de los Hombres que vinieron por el mar desde Oesternesse; pero iban desapareciendo rápidamente, y la ruina alcanzaba ya a todas las tierras del Reino del Norte. Había pues sitio y en abundancia para los inmigrantes, y en poco tiempo los Hobbits empezaron a establecerse en comunidades ordenadas. De la mayoría de las primitivas colonias no quedaba ya ni siquiera el recuerdo en tiempos de Bilbo, pero una de las más importantes se mantenía aún, aunque reducida de tamaño: estaba en Bree, en medio del Bosque de Chet, a unas cuarenta millas al este de la Comarca.

Fue en aquellos tempranos días, sin duda, cuando los Hobbits aprendieron el alfabeto y comenzaron a escribir a la manera de los Dúnedain, quienes a su vez habían aprendido este arte de los Elfos. También en ese tiempo los Hobbits olvidaron todas las lenguas que habían usado antes, y desde entonces hablaron siempre la Lengua Común, que llamaban Oestron y que era corriente en todas las tierras de los reyes, desde Arnor hasta Gondor, y a lo largo de toda la costa del mar, desde Belfalas hasta Lune. Sin embargo, conservaron unos pocos vocablos de su propio idioma, así como las palabras que designaban los meses y los días, y un gran caudal de nombres personales del pasado.

Alrededor de esta época la leyenda comenzó a ser historia entre los Hobbits, al iniciarse el cómputo de los años. Pues fue en el año mil seiscientos uno de la Tercera Edad cuando los hermanos Albos, Marcho y Blanco, salieron de Bree, y luego de haber obtenido permiso del gran rey de Fornost,* cruzaron el Baranduin, el río pardo, con un gran séquito de Hobbits. Pasaron por el Puente de los Arbotantes, que había sido construido durante el apogeo del Reino del Norte, y tomaron posesión de la tierra que se extendía más allá, donde se establecieron entre el río y las Quebradas Lejanas. Todo lo que se les pidió fue que mantuviesen en buen estado el Puente Grande, y los demás puentes y caminos, que ayudaran a los mensajeros, y que reconocieran la majestad del rey.

Así comenzó el *Cómputo de la Comarca*, pues el año del cruce del Brandivino —como los Hobbits rebautizaron al Baranduin— se transformó en el Año Uno de la Comarca, y todas las fechas posteriores se calcularon a partir de entonces.† Los Hobbits occidentales se enamoraron en seguida de la nueva tierra, se quedaron allí, y muy pronto desaparecieron de la historia de los Hombres y de los Elfos. Aunque aún había allí un rey del que eran súbditos formales, en realidad estaban gobernados por jefes propios y nunca intervenían en los hechos del mundo exterior. En la última batalla de Fornost con el Señor Brujo de Angmar, enviaron algunos arqueros en ayuda del rey, o por lo menos así lo afirmaron, si bien esto no aparece en ningún relato de los Hombres. En esa guerra el Reino del Norte llegó a su fin, y entonces los Hobbits se apropiaron de la tierra, y eligieron de entre todos los jefes a

* Según las crónicas de Gondor se trataba de Argeleb II, vigésimo rey de la dinastía del Norte que se extinguió con Arvedui trescientos años más tarde.

† En el calendario de los Elfos y los Dúnedain los años de la Tercera Edad pueden determinarse sumando 1.600 años al Cómputo de la Comarca.

un Thain, que asumió la autoridad del rey desaparecido. Desde, entonces, por unos mil años, vivieron en una paz ininterrumpida y prosperaron y se multiplicaron después de la Plaga Negra (C.C. 37) hasta el desastre del Largo Invierno y la hambruna que le siguió. Miles murieron entonces, pero los Días de Hambruna (1158-1160) habían quedado muy atrás y los Hobbits se habían acostumbrado otra vez a la abundancia. La tierra era rica y generosa, y aunque había estado desierta durante mucho tiempo, en otras épocas había sido bien cultivada, y allí el rey tuvo granjas, maizales, viñedos y bosques.

Desde las Quebradas Lejanas hasta el Puente del Brandivino había unas cuarenta leguas y otras cincuenta desde los páramos del norte hasta los pantanos del sur. Los Hobbits denominaron a estas tierras la Comarca, región bajo la autoridad del Thain y distrito de trabajos bien organizados; y allí, en ese placentero rincón del mundo, llevaron una vida bien ordenada y dieron cada vez menos importancia al mundo exterior, donde se movían unas cosas oscuras, hasta llegar a pensar que la paz y la abundancia eran la norma en la Tierra Media, y el derecho de todo pueblo sensato. Olvidaron o ignoraron lo poco que habían sabido de los Guardianes y de los trabajos de quienes hicieron posible la larga paz de la Comarca. De hecho estaban protegidos, pero no lo recordaban.

En ningún momento los Hobbits fueron amantes de la guerra, y jamás lucharon entre sí. Si bien en tiempos remotos se vieron obligados a luchar, para subsistir en un mundo difícil, en la época de Bilbo aquello era historia antigua. La última batalla antes del comienzo de este relato, y por cierto la única que se libró dentro de los límites de la Comarca, ocurrió en una época inmemorial: fue la batalla de los Campos Verdes, en el año 1147 (CC) en la que Bandobras Tuk desbarató una invasión de Orcos. Hasta el mismo clima se hizo más apacible; y los lobos, que en otros tiempos habían llegado desde el norte devorándolo todo durante los rudos inviernos blancos, eran ahora cuentos de viejas. Aunque había algún pequeño arsenal en la Comarca, las armas se usaban generalmente como trofeos: se las colgaba sobre las chimeneas o en las paredes, o se las coleccionaba en el museo de Cavada Grande, conocido como la Casa de los Mathoms; los Hobbits llamaban *mathom* a todo aquello que no tenía uso inmediato y que tampoco se decidían a desechar. En las moradas de los Hobbits había a menudo grandes cantidades de mathoms, y muchos de los regalos que pasaban de mano en mano eran de esa índole.

No obstante, el ocio y la paz no habían alterado el raro vigor de esta gente. Llegado el momento, era difícil intimidarlos o matarlos; y esa afición incansable que mostraban por las cosas buenas tenía quizá una razón: podían renunciar del todo a ellas cuando era necesario, y lograban sobrevivir así a los rudos golpes de la pena, de los enemigos o del clima, asombrando a aquellos que no los conocían y que no veían más allá de aquellas barrigas y aquellas caras regordetas. Aunque se resistían a pelear, y no mataban por deporte a ninguna criatura viviente, eran valientes cuando se los acosaba, y hasta podían manejar las armas si se presentaba el caso. Tiraban bien con el arco, pues eran de mirada certera y manos hábiles, y si un Hobbit recogía una piedra, lo mejor era ponerse a resguardo inmediatamente, como bien lo sabían todas las bestias merodeadoras.

Los Hobbits habían vivido en un principio en cuevas subterráneas, o así lo creían, y en esas moradas se sentían a gusto. Mas con el transcurso del tiempo se vieron obligados a adoptar otras viviendas. Lo cierto es que en tiempos de Bilbo sólo los Hobbits más ricos y los más pobres mantenían en la Comarca esa vieja costumbre. Los más pobres continuaron viviendo en las madrigueras primitivas, en realidad simples agujeros, con una sola ventana o bien ninguna, mientras que los ricos edificaban versiones más lujosas de las simples excavaciones antiguas. Pero los terrenos adecuados para estos grandes túneles ramificados (*smials*, como ellos los llamaban) no se encontraban en cualquier parte; y en las llanuras o en los distritos bajos, los Hobbits, a medida que se multiplicaban, comenzaron a edificar sobre el nivel del suelo. En efecto, hasta en las regiones montañosas y en las villas más antiguas, tales como Hobbiton o Alforzada, o en la vecindad principal de la Comarca, Cavada Grande, en las Quebradas Blancas, había ahora muchas casas de madera, ladrillo o piedra. Por lo general eran las preferidas por molineros, herreros, cordeleros, carreteros y otros de su clase; porque aun cuando vivieran en cavernas, los Hobbits conservaban la vieja costumbre de construir cobertizos y talleres.

El hábito de edificar casas de campo y graneros dicen que comenzó entre los habitantes de Marjala, a orillas del Brandivino. Los Hobbits de esa región, llamada Cuaderna del Este, eran más bien grandes y de piernas fuertes y usaban botas de enano en los días de barro. Pero no se ignoraba que tenían gran proporción de sangre Fuerte, lo que se notaba en el vello que les crecía en la barbilla. Ni los Pelosos ni los Albos tenían rastro alguno de barba. Los habitantes de Marjala y Los Gamos, al este del Río, donde ellos se instalaron más tarde, habían llegado a la Comarca en época reciente, en su mayoría desde el lejano sur. Conservaban todavía nombres peculiares y palabras extrañas que no se encontraban en ningún otro lugar de la Comarca.

Es posible que el arte de la edificación, como otros muchos oficios, proviniera de los Dúnedain. Pero los Hobbits pudieron haberlo aprendido de los Elfos, los maestros de los Hombres en su juventud. Los Elfos de Alto Linaje aún no habían abandonado la Tierra Media, y moraban entonces en los Puertos Grises del oeste, y en otros lugares al alcance de la Comarca. Tres torres de los Elfos, de edad inmemorial, podían verse en las Colinas de la Torre más allá de las fronteras occidentales. Brillaban en la distancia a la luz de la luna. La más alta estaba aún más lejos y se alzaba solitaria sobre una colina verde. Los Hobbits de la Cuaderna del Oeste decían que podía verse el Mar desde allá arriba, pero no se tiene noticia de que alguno de ellos escalara la torre. En realidad, muy pocos Hobbits habían navegado, o siquiera visto el mar, y menos aún habían regresado para contarlo. La mayoría de los Hobbits miraban con profundo recelo aun los ríos y los pequeños botes, y muy pocos podían nadar. A medida que el tiempo corría, hablaban menos y menos con los Elfos, y llegaron a tenerles miedo y a desconfiar de quienes los trataban. El Mar se transformó en una palabra pavorosa, y un signo de muerte, y los Hobbits volvieron la espalda a las colinas del oeste.

El arte de la edificación bien pudo provenir de los Elfos o de los Hombres, pero los Hobbits lo practicaban a su manera. No construían torres. Las casas eran generalmente largas, bajas y confortables. Las más antiguas no eran más que imitaciones de *smials*, techadas con pasto seco, paja o turba, y de paredes algo combadas. Este tipo de construcción venía sin embargo de los primeros días de la Comarca, y cambió y mejoró mucho desde entonces, incorporando procedimientos aprendidos de los Enanos o descubiertos por ellos mismos. La principal peculiaridad que subsistió de la arquitectura hobbit fue la afición a las ventanas redondas, o aun a las puertas redondas.

Las casas y las cavernas de los Hobbits de la Comarca eran a menudo grandes y habitadas por familias numerosas. (Bilbo y Frodo eran solteros, y por ello excepcionales, como en muchas otras cosas, entre ellas su amistad con los Elfos.) En ciertas oportunidades —como el caso de los Tuk de los Grandes Smials o de los Brandigamo de Casa Brandi—, muchas generaciones de parientes vivían en paz (relativa) en una mansión ancestral de numerosos túneles. Todos los Hobbits eran, de cualquier modo, gente aficionada a los clanes, y llevaban cuidadosa cuenta de sus parientes. Dibujaban grandes y esmerados árboles genealógicos con innumerables ramas. Cuando se trata con los Hobbits es importante recordar quién está relacionado con quién, y en qué grado. Sería imposible en este libro establecer un árbol de familia, aunque sólo incluyera a los miembros más importantes de las familias más destacadas en la época a que se refieren estos relatos. La colección de árboles genealógicos que se encuentra al final del Libro Rojo de la Frontera del Oeste es casi un pequeño libro, y cualquiera, exceptuando a los Hobbits, la encontraría excesivamente pesada. Los Hobbits se deleitaban con esas cosas, si son exactas; les encanta tener libros colmados de cosas que ya saben, expuestas sin contradicciones y honradamente.

2

De la hierba para pipa

Hay otra cosa entre los antiguos Hobbits que merece mencionarse; un hábito sorprendente: absorbían o inhalaban, a través de pipas de arcilla o madera, el humo de la combustión de una hierba llamada *hoja* o *hierba para pipa*, quizá una variedad de la *Nicotiana*. Hay mucho misterio en el origen de esta costumbre peculiar, o de este «arte», como los Hobbits preferían llamarlo. Todo lo que se descubrió en la antigüedad sobre el tema fue recopilado por Meriadoc Brandigamo (más tarde Señor de Los Gamos), y puesto que él y el tabaco de la Cuaderna del Sur son parte de la historia que sigue, sus comentarios en la introducción al *Herbario de la Comarca* merecen ser citados aquí.

«Este arte —dice— es el único que podemos reclamar como de invención nuestra. En qué época empezaron a fumar los Hobbits es un enigma; todas las leyendas e historias familiares lo dan por sabido; durante años la gente de la Comarca fumó diversas hierbas, algunas malolientes, otras aromáticas. Pero todos los documentos concuerdan en un punto: Tobold Corneta de Valle Largo en la Cuaderna del Sur fue el primero que cultivó un verdadero tabaco de pipa en los días de Isengrim II, alrededor del año 1070 del Cómputo de la Comarca. Los mejores cultivos todavía provienen de ese distrito, especialmente las variedades que ahora se conocen como Hoja Valle Largo, Viejo Toby y Estrella Sureña.

»No está registrado cómo el viejo Toby obtuvo la planta, pues murió sin decírselo a nadie. Sabía mucho sobre hierbas, aunque no era viajero. Se cuenta que en su juventud iba a menudo a Bree; ciertamente nunca se alejó de la Comarca más allá de Bree. Por lo tanto es muy posible que haya conocido esta planta en Bree, donde hoy se da bien en la vertiente sur de la colina; los Hobbits de Bree pretenden haber sido los primeros fumadores de esta hierba. Aseguran, por supuesto, que se adelantaron en todo a la gente de la Comarca, a quienes llaman "colonos"; pero en este caso la pretensión es, a mi entender, probablemente cierta, pues todo indica que fue en Bree donde nació el arte de fumar la verdadera hierba, y desde allí se extendió en el curso de los últimos siglos entre los Enanos y algunos otros pueblos, como los Montaraces, los Magos y los vagabundos que iban y venían aún por aquella antigua encrucijada de caminos. El centro y hogar de este arte se encuentra, pues, en la posada de Bree, *El Poney Pisador,* propiedad de la familia Mantecona desde épocas remotas.

»Al mismo tiempo, mis propias observaciones en los viajes que hice al sur me convencieron de que la hierba no es originaria de nuestra región, sino que vino del Anduin inferior hacia el norte, traída, creo yo, del otro lado del Mar por los Hombres de Oesternesse. Crece en abundancia en Gondor, y allí es más grande y exuberante que en el norte, donde nunca se la encuentra en estado salvaje; florece sólo en lugares cálidos y abrigados, como Valle Largo. Los Hombres de Gondor la llaman *galenas dulce,* y la aprecian por la fragancia de las flores. Desde esas tierras la habrían llevado al norte remontando el Camino Verde durante los largos siglos que median entre la llegada de Elendil y nuestros días. Pero hasta los Dúnedain de Gondor nos otorgan este crédito: los Hobbits fueron los primeros que la fumaron en pipa. Ni siquiera los Magos lo intentaron antes que nosotros. Aunque un Mago que conocí adquirió este arte mucho tiempo atrás, mostrándose tan hábil como en todas las otras cosas a las que llegó a dedicarse.»

3

De la ordenación de la Comarca

La Comarca se dividía en cuatro distritos, las Cuadernas, denominadas del Norte, del Sur, del Este y del Oeste, y éstas a su vez en regiones que aún llevaban los nombres de algunas de las viejas familias principales, aunque en la época de esta historia esos nombres no se encontraban sólo en las regiones respectivas. Casi todos los Tuk vivían aún en las Tierras de Tuk, lo que no ocurría con muchas otras familias, tales como los Bolsón o los Boffin. Más allá de las Cuadernas estaban las Fronteras Este y Oeste: el país de Los Gamos (p. 122); y la Frontera Occidental añadida a la Comarca en el año 1462 (CC).

La Comarca en ese entonces apenas tenía «gobierno». Las familias cuidaban en general de sus propios asuntos y dedicaban la mayor parte del día al cultivo y consumo de alimentos. En otras cuestiones eran por lo común gente generosa, tranquila y poco ambiciosa, de modo que las heredades, granjas, talleres y pequeñas industrias tendían a conservarse invariables durante generaciones.

La antigua tradición que hablaba de un rey de Fornost o Norburgo, como lo llamaban muy al norte de la Comarca, se conservaba todavía, por supuesto. Pero no hubo rey durante casi mil años, y las ruinas de Norburgo estaban cubiertas de hierba. Sin embargo, los Hobbits se acordaban aún de pueblos salvajes y criaturas malignas (como los trolls) que no habían oído hablar del rey. Atribuían al antiguo rey todas las leyes esenciales y por lo general las aceptaban de buen grado, ya que eran Los Preceptos (como ellos decían) a la vez antiguos y justos.

Es verdad que la familia Tuk ocupó una posición preeminente durante mucho tiempo; pues el cargo de Thain había pasado de los Gamoviejo a los Tuk algunos siglos antes, y desde entonces el jefe Tuk había llevado siempre ese título. El Thain era jefe de la asamblea de la Comarca y capitán del acantonamiento y la hobbitería en armas. Pero como la tropa y la asamblea eran convocadas sólo en casos de emergencia, que ya no ocurrían, la dignidad del Thain era apenas nominal. A la familia Tuk se la respetaba especialmente, pues seguía siendo numerosa y muy rica, y tenía la capacidad de producir en cada generación personajes recios, de costumbres peculiares y temperamento aventurero. Estas últimas cualidades, sin embargo, eran más toleradas (en los ricos) que generalmente aprobadas. No obstante, se mantuvo la costumbre de llamar El Tuk al jefe de la familia, y se agregaba al nombre —si era necesario— un número, como por ejemplo Isengrim II.

El único oficial verdadero en la Comarca era en esa época el Alcalde de Cavada Grande (o de la Comarca), y que era elegido cada siete años en la Feria Libre de las Quebradas Blancas, en Lithe, es decir, en el solsticio de verano. Como alcalde, su casi única obligación consistía en presidir los banquetes en las fiestas de la Comarca, que se celebraban con frecuencia. Pero a la alcaldía se agregaban los oficios de Jefe de Correos y Primer Oficial, de modo que el alcalde ordenaba tanto los servicios de mensajeros como los policiales. Éstos eran los únicos servicios de la Comarca, y los mensajeros los más numerosos y los más atareados. Los Hobbits no eran todos instruidos, de ningún modo; pero los que lo eran escribían constantemente a todos los amigos y algunos parientes que vivían más allá de una tarde de marcha.

Oficiales era el nombre que los Hobbits daban a sus policías o al equivalente más cercano. Por supuesto, no llevaban uniforme (cosas así eran completamente desconocidas), sino una simple pluma en el sombrero, y en la práctica eran guardias campestres, más que policías, y se ocupaban más de los animales extraviados que de las gentes. En toda la Comarca sólo había doce: tres en cada Cuaderna, para trabajos internos. Un cuerpo bastante mayor, que variaba de acuerdo con la necesidad, estaba dedicado a «batir las fronteras» e impedir que la Gente del Exterior de cualquier clase, grandes o pequeños, molestaran demasiado.

En la época en que empieza esta historia, los Fronteros, como se los llamaba, se habían multiplicado mucho.

Había numerosos informes y quejas acerca de personas y criaturas extrañas que merodeaban fuera o dentro de los lindes: primer signo de que todo no estaba completamente en orden, como lo había estado siempre, excepto en cuentos y leyendas de otro tiempo. Muy pocos prestaron atención a tales indicios, y ni siquiera Bilbo tenía aún noción de lo que esto presagiaba. Habían pasado sesenta años desde que emprendiera el memorable viaje, y era viejo hasta para los Hobbits, quienes con frecuencia alcanzaban los cien años, pero era evidente que todavía conservaba mucho de la considerable fortuna que había traído de vuelta. Cuánto, o cuán poco, no lo había revelado a nadie, ni siquiera a Frodo, su sobrino favorito. Y todavía guardaba en secreto el anillo que había encontrado.

4

Del descubrimiento del Anillo

Como se cuenta en *El Hobbit*, un día llegó a la puerta de Bilbo el gran Mago, Gandalf el Gris, y con él trece enanos: nada menos que Thorin Escudo-de-Roble, descendiente de reyes, y doce compañeros de exilio. Bilbo salió con ellos, del todo perplejo, en una mañana de abril del año 1341 del Cómputo de la Comarca, a la búsqueda del gran tesoro: el tesoro oculto de los Reyes Enanos de la Montaña, debajo de Erebor en Valle, lejos al este. La búsqueda fue fructífera, y dieron muerte al Dragón que custodiaba el tesoro. Sin embargo, aunque antes del triunfo final se libró la Batalla de los Cinco Ejércitos, en la que murió Thorin, y se realizaron muchas proezas, el asunto habría incumbido apenas a la historia posterior o sólo hubiera merecido algo más que un comentario en los largos anales de la Tercera Edad, de no haber mediado una causa fortuita: el grupo fue asaltado por orcos en un alto paso de las Montañas Nubladas, en el camino hacia las Tierras Ásperas, y sucedió que Bilbo se perdió un tiempo en las profundas y negras minas subterráneas de los orcos, bajo la montaña, y allí, tanteando en vano en la oscuridad, posó la mano sobre un anillo, caído en el piso de un túnel. Se lo guardó en el bolsillo. En ese momento el hallazgo pareció casual.

Tratando de encontrar la salida, Bilbo siguió descendiendo a las profundidades de la montaña, hasta que no pudo continuar. En el fondo de la galería había un lago helado, lejos de toda luz, y en una isla rocosa, en medio de las aguas, vivía Gollum. Era una pequeña y aborrecible criatura; impulsaba un botecito con un pie ancho y plano, acechando con ojos pálidos y luminosos; metía los dedos largos en el agua, sacaba un pescado ciego, y se lo devoraba crudo. Se alimentaba de cualquier cosa viviente, aun orcos, si podía apresarlos y estrangularlos sin lucha. Era dueño de un tesoro secreto que había llegado a él en pasadas edades, cuando todavía vivía a la luz: un anillo de oro que hacía invisible a quien lo usaba. Era lo único que amaba, su «tesoro» y hablaba con él aunque no lo llevaba consigo. Lo mantenía oculto y a salvo en un agujero de la isla, excepto cuando cazaba o espiaba a los orcos de las minas.

Quizá habría atacado a Bilbo inmediatamente, si cuando se encontraron hubiese llevado el anillo; pero no fue así, y el hobbit tenía en la mano una daga de los Elfos, que le servía de espada. Para ganar tiempo, Gollum desafió a Bilbo al Juego de los Enigmas, diciéndole que propondría un enigma, y si Bilbo no podía resolverlo, lo mataría y se lo comería. Pero si Bilbo lo derrotaba, haría lo que él quisiera, y le mostraría la salida a través de los túneles.

Perdido sin esperanza en las tinieblas, y no pudiendo avanzar ni retroceder, Bilbo aceptó el desafío. Se plantearon mutuamente distintos acertijos. Por fin Bilbo ganó, quizá más por buena suerte que por inteligencia, pues mientras pensaba en algún otro acertijo, encontró en el bolsillo el anillo que había recogido y olvidado y exclamó: *¿Qué tengo en el bolsillo?* Gollum no pudo responder, aunque consiguió que Bilbo aceptara tres respuestas.

Las autoridades, es cierto, difieren acerca de si esta última era una simple pregunta o un verdadero enigma, de acuerdo con las reglas estrictas del juego; pero todos están de acuerdo en que después de aceptar y tratar de adivinar la respuesta, la promesa ataba a Gollum. Bilbo lo obligó a mantener su palabra, pues se le ocurrió la idea de que ese ser escurridizo podía ser falso, aunque tales promesas eran sagradas, y aun las criaturas más malignas siempre habían temido romperlas. Pero después de pasar tantos años solo en la oscuridad, el corazón de Gollum era negro, y abrigaba la traición. Se escabulló y retornó a su isla no muy lejana, en las aguas oscuras, de la que Bilbo nada sabía. Allí, pensaba, estaba el anillo. Se sentía ahora hambriento y enojado; pero una vez que tuviese el «tesoro» con él, ya no temería ningún ataque.

Pero el anillo no estaba en la isla; lo había perdido o había desaparecido. El grito penetrante de Gollum estremeció a Bilbo, quien todavía no entendía lo que había pasado. Gollum había encontrado por fin la respuesta al enigma, pero demasiado tarde. *¿Qué tiene en el bolsillo?*, gritó. Los ojos le brillaban como una llamarada verde cuando volvió rápidamente sobre sus pasos, decidido a asesinar al hobbit y recobrar el «tesoro». Justo a tiempo, Bilbo vio el peligro y huyó ciegamente por el pasaje, alejándose del agua; y una vez más la buena suerte lo salvó. Porque mientras corría metió la mano en el bolsillo, y el anillo se le deslizó suavemente en el dedo; de modo que Gollum pasó a su lado sin verlo cuando iba a vigilar la puerta de salida para que el «ladrón» no escapase. Bilbo siguió cautelosamente a Gollum, que corría maldiciendo y hablando consigo mismo sobre su «tesoro». Por esta charla Bilbo entendió al fin, y la esperanza acudió a él en las sombras; había encontrado el maravilloso anillo y con él la probabilidad de escapar de los orcos y de Gollum.

Por fin se detuvieron frente a una abertura oculta que llevaba a las puertas inferiores de las minas, en la ladera oriental de las montañas. Allí Gollum se agazapó, acechando, husmeando y escuchando. Bilbo estuvo tentado de atravesarlo con la espada, pero le dio lástima, pues aunque tenía el anillo, que era su única esperanza, no lo utilizaría como ayuda para matar a la maldita criatura a traición. Por último, armándose de coraje, saltó por encima de Gollum en la oscuridad y huyó pasaje adelante perseguido por los gritos de odio y desesperación de su enemigo: *¡Ladrón! ¡Ladrón! ¡Bolsón! ¡Te odiaré siempre!*

Cosa curiosa, pero ésta no es la historia que Bilbo contó al principio a sus compañeros. Les dijo que Gollum le había prometido un regalo, si él, Bilbo, ganaba en el juego; pero cuando Gollum fue a la isla descubrió que el tesoro había desaparecido: era un anillo mágico que le habían regalado en un cumpleaños mucho tiempo atrás. Bilbo sospechaba que ése era el anillo que había encontrado, y como había ganado el juego, le correspondía por derecho. Pero como en aquel momento se encontraba en un apuro, no había dicho nada, y dejó que Gollum le mostrase la salida al exterior más como recompensa que como regalo. Bilbo asentó este informe en sus memorias, y parece que nunca lo alteró, ni siquiera después del Concilio de Elrond. Evidentemente sigue apareciendo así en el Libro Rojo y en varias copias y resúmenes. Pero muchos ejemplares contienen la verdadera versión (como una variante), derivada sin duda de notas de Frodo o Samsagaz, pues ambos conocieron la verdad, aunque parece que no desearon cambiar nada de lo que el viejo hobbit había escrito.

Gandalf, sin embargo, en seguida puso en duda la historia original de Bilbo, y quiso saber algo más del anillo. Al fin obtuvo la verdadera historia después de mucho preguntar a Bilbo, lo que por un tiempo enfrió las relaciones entre ellos; el mago entendía que la verdad era importante. Aunque no se lo dijo a Bilbo, pensó que era también importante y perturbador saber que el buen hobbit no había dicho la verdad desde el principio, cosa bastante contraria a su costumbre. La idea de un «regalo», sin embargo, no era mera invención del hobbit. Se la había sugerido a Bilbo, y así lo confesó, lo que alcanzó a oír a Gollum, quien en efecto denominó al anillo muchas veces «regalo de cumpleaños». También esto le pareció a

Gandalf extraño y sospechoso, pero no descubrió la verdad al respecto hasta muchos años después, como se verá luego en este libro.

De las posteriores aventuras de Bilbo muy poco hay que decir aquí. Con ayuda del anillo escapó de los orcos que guardaban la puerta y se reunió con sus compañeros. Usó el anillo muchas veces mientras iba de un lado a otro, principalmente para ayudar a sus amigos, pero guardó el secreto todo lo que pudo. Ya en su casa nunca habló de él con nadie, excepto con Gandalf y Frodo; y ningún hobbit de la Comarca supo de la existencia del anillo, o por lo menos así lo creyó él. Sólo a Frodo mostró el informe del viaje que estaba escribiendo.

Colgó la espada, Dardo, sobre el hogar, y la maravillosa cota de malla, regalo de los Enanos, tomada del tesoro escondido del Dragón, la prestó a un museo: la Casa de los Mathoms de Cavada Grande. Pero en una gaveta, en Bolsón Cerrado, conservó la vieja capa y el gorro que había llevado en sus viajes. En cuanto al anillo, lo guardó siempre en un bolsillo sujeto a una hermosa cadena.

Volvió a su hogar en Bolsón Cerrado el 22 de junio de su quincuagesimosegundo año (1342 CC), y nada digno de mención sucedió en la Comarca hasta que el señor Bolsón comenzó a preparar la celebración de su cumpleaños centesimodecimoprimero (1401 CC). En ese punto comienza esta Historia.

NOTA SOBRE LOS ARCHIVOS DE LA COMARCA

A fines de la Tercera Edad el papel desempeñado por los Hobbits en los importantes acontecimientos que llevaron a la inclusión de la Comarca en el Reino Reunido despertó en ellos una mayor curiosidad por su propia historia, y numerosas tradiciones que hasta entonces habían sido sobre todo orales, fueron recogidas y consignadas por escrito. Las más grandes familias se interesaron también en los acontecimientos del Reino en general, y muchos de sus miembros estudiaron las historias y leyendas antiguas. Al concluir la Cuarta Edad había ya en la Comarca numerosas bibliotecas que contenían muchos libros de historia y archivos.

Las más importantes de esas colecciones eran sin duda las de Torres de Abajo, las de Grandes Smials y las de Casa Brandi. El presente relato del fin de la Tercera Edad fue sacado en su mayor parte del Libro Rojo de la Frontera del Oeste. Fuente principal para la historia de la Guerra del Anillo, se llama así por haber sido conservado mucho tiempo en las Torres de Abajo, residencia de los Belinfantes, Guardianes de la Frontera del Oeste.* El libro fue en un principio el diario personal de Bilbo, que lo llevó a Rivendel. Frodo lo trajo luego a la Comarca junto con muchas hojas de notas, y en los años 1420-1421 (CC) completó casi del todo la historia de la guerra. Pero anexados a esas páginas, y conservados con ellas, probablemente en una caja roja, había tres gruesos volúmenes encuadernados en cuero rojo que Bilbo le entregó como regalo de despedida. A estos cuatro volúmenes se le sumó en la Frontera del Oeste un quinto con comentarios, genealogías y algunas otras referencias a propósito de los hobbits de la Comunidad.

El Libro Rojo original no se conserva, pero se hicieron muchas copias, sobre todo del primer volumen, para uso de los descendientes de los hijos del señor Samsagaz. Sin embargo, la copia más importante fue conservada en Grandes Smials y se escribió en Gondor, sin duda a petición del biznieto de Peregrin y completada en 1592 en el Cómputo de la Comarca (172 de la Primera Edad). El escriba del Sur añadió la nota siguiente: «Findegil, escriba del rey, termina esta obra en IV 172. Es copia fiel del Libro del Thain de Minas Tirith, por orden del rey Elessar, del Libro Rojo de Periannath, que fue traído por el Thain Peregrin cuando se retiró a Gondor en IV 64».

---

* Véase Apéndice B: anales 1451, 1452, 1482, y nota final del Apéndice C.

El Libro del Thain fue así la primera copia del Libro Rojo y contiene muchas cosas hasta entonces omitidas o perdidas. En Minas Tirith se le añadieron numerosas anotaciones y citas en lenguas élficas, y se le agregó una versión abreviada de parte de la *Historia de Aragorn y de Arwen*, que no se refiere a la guerra. Se supone que la historia completa fue escrita por Barahir, nieto del intendente Faramir, poco después de la muerte del rey. Pero la copia de Findegil es importante porque sólo ella reproduce la totalidad de las «Traducciones del élfico» que Bilbo llevara a cabo. Se ha comprobado que esos tres volúmenes son una obra de gran talento y erudición, y que entre los años 1403 y 1418 Bilbo se sirvió de todas las fuentes tanto orales como escritas de que disponía en Rivendel. Pero como Frodo aparece citado pocas veces, pues esas páginas se refieren casi exclusivamente a los Días Antiguos, no diremos más aquí.

Como Meriadoc y Peregrin llegaron a ser cabezas de grandes familias, manteniendo siempre alguna relación con las gentes de Rohan y Gondor, en las bibliotecas de Gamoburgo y Alforzada se encuentran muchas cosas que no aparecen en el Libro Rojo. En Casa Brandi abundaban los libros que trataban de Eriador y la historia de Rohan. Algunos fueron compuestos o comenzados por el mismo Meriadoc, aunque en la Comarca se lo recuerda sobre todo por el *Herbario de la Comarca* y el *Cómputo de los Años* donde estudió las relaciones de los calendarios de la Comarca y de Bree con los de Rivendel, Gondor y Rohan. Meriadoc escribió también un breve tratado, *Palabras y Nombres Antiguos de la Comarca,* donde se interesa particularmente en descubrir el parentesco de la lengua de los Rohirrim con algunas palabras de la Comarca, como *mathom,* y los elementos antiguos en los nombres topográficos.

Los libros de Grandes Smials tenían menos interés para las gentes de la Comarca, aunque son en verdad importantes para la historia más general. Ninguno de ellos era de mano de Peregrin, pero él y sus sucesores reunieron muchos manuscritos de los escribas de Gondor, principalmente copias y resúmenes de historias y leyendas relativas a Elendil y sus herederos. Sólo aquí en la Comarca es posible encontrar abundante material para la historia de Númenor y el ascenso de Sauron. *La Cuenta de los Años** fue compuesta sin duda en Grandes Smials a partir de unos textos reunidos por Meriadoc. Aunque las fechas son a menudo conjeturales, sobre todo para la Segunda Edad, merecen alguna atención. Es posible que Meriadoc haya obtenido información de Rivendel, que visitó muchas veces. Los hijos de Elrond, aunque él ya había muerto, permanecieron allí muchos años junto con algunos Altos Elfos. Se dice que Celeborn fue a vivir allí luego de la muerte de Galadriel, pero no hay ninguna noticia sobre el día en que partió al fin hacia los Puertos Grises, y con él desapareció el último testigo de los Días Antiguos en la Tierra Media.

* Representada en forma muy reducida en el Apéndice B hasta el final de la Tercera Edad.

EL SEÑOR
DE LOS ANILLOS

I

LA COMUNIDAD
DEL ANILLO

LIBRO PRIMERO

1

UNA REUNIÓN MUY ESPERADA

Cuando el señor Bilbo Bolsón de Bolsón Cerrado anunció que muy pronto celebraría su cumpleaños centesimodecimoprimero con una fiesta de especial magnificencia, hubo muchos comentarios y excitación en Hobbiton.

Bilbo era muy rico y muy peculiar, y había sido el asombro de la Comarca durante sesenta años, desde su memorable desaparición e inesperado regreso. Las riquezas que había traído de aquellos viajes se habían convertido en leyenda local, y era creencia común, contra todo lo que pudieran decir los viejos, que en la Colina de Bolsón Cerrado había muchos túneles atiborrados de tesoros. Como si esto no fuera suficiente para darle fama, el prolongado vigor del señor Bolsón era la maravilla de la Comarca. El tiempo pasaba, pero parecía afectarlo poco. A los noventa años tenía el mismo aspecto que a los cincuenta. A los noventa y nueve comenzaron a considerarlo «bien conservado», pero «sin cambios» hubiese estado más cerca de la verdad. Había muchos que meneaban la cabeza pensando que eran demasiadas cosas buenas; parecía injusto que alguien tuviese (en apariencia) una juventud eterna, y a la vez (se suponía) bienes inagotables.

—Tendrá que pagar —decían—. ¡No es natural, y traerá problemas!

Pero tales problemas no habían llegado, y como el señor Bolsón era generoso con su dinero, la mayoría de la gente estaba dispuesta a perdonarle sus rarezas y su buena fortuna. Se visitaba con sus parientes (excepto, claro está, los Sacovilla-Bolsón) y contaba con muchos devotos admiradores entre los hobbits de familias pobres y poco importantes. Sin embargo, no tuvo amigos íntimos, hasta que algunos de sus primos más jóvenes fueron haciéndose adultos.

El primo mayor, y el favorito de Bilbo, era el joven Frodo Bolsón. Cuando Bilbo cumplió noventa y nueve, adoptó a Frodo como heredero y lo llevó a vivir consigo a Bolsón Cerrado; las esperanzas de los Sacovilla-Bolsón se desvanecieron del todo. Ocurría que Bilbo y Frodo cumplían años el mismo día: el 22 de septiembre. «Mejor será que te vengas a vivir aquí, muchacho», dijo Bilbo un día, «y así podremos celebrar nuestros cumpleaños cómodamente juntos». En aquella época, Frodo estaba aún en la «veintena», como los hobbits llamaban a los irresponsables veinte años que median entre los trece y los treinta y tres.

Pasaron doce años más. Los Bolsón habían dado siempre bulliciosas fiestas de cumpleaños en Bolsón Cerrado; pero ahora se tenía entendido que algo muy excepcional se planeaba para el otoño. Bilbo cumpliría ciento once años, un número bastante curioso y una edad muy respetable para un hobbit (el viejo Tuk había alcanzado sólo los ciento treinta; y Frodo cumpliría treinta y tres, un número importante: el de la mayoría de edad).

Las lenguas empezaron a moverse en Hobbiton y Delagua: el rumor del próximo acontecimiento corrió por toda la Comarca. La historia y el carácter del señor Bilbo fueron de nuevo el tema principal de conversación, y las gentes más viejas descubrieron que los cuentos del pasado eran de pronto bien recibidos por todos.

Nadie tuvo auditorio más atento que el viejo Ham Gamyi, conocido comúnmente como «el Tío». Contaba sus historias en *La Mata de Hiedra,* una pequeña posada en el camino de Delagua, y hablaba con cierta autoridad, pues había cuidado el jardín de Bolsón Cerrado durante cuarenta años, y anteriormente había ayudado al viejo Cavada en esas mismas tareas. Ahora que envejecía y se le endurecían las articulaciones, el trabajo estaba a cargo generalmente de su hijo más joven, Sam Gamyi. Tanto el padre como el hijo tenían muy buenas relaciones con Bilbo y Frodo. Vivían en la Colina misma, en Bolsón de Tirada número 3, justo debajo de Bolsón Cerrado.

—El señor Bilbo es un caballero hobbit muy bien hablado, como he dicho siempre —declaró el Tío.

Decía la verdad, pues Bilbo era muy cortés con él, y lo llamaba «maestro Hamfast» y lo consultaba constantemente sobre el crecimiento de las legumbres; en materia de tubérculos, especialmente de patatas, reconocía al Tío como autoridad máxima en las vecindades (incluyéndose él mismo).

—¿Quién es ese Frodo que vive con él? —preguntó el viejo Nogales de Delagua—. Se apellida Bolsón, pero dicen que es mitad Brandigamo. No entiendo por qué un Bolsón de Hobbiton ha de buscar esposa en Los Gamos, donde la gente es tan extraña.

—Claro que son extraños —intervino Papá Dospiés, el vecino del Tío—. Sí, viven en la orilla mala del Brandivino y a la derecha de Bosque Viejo. Un lugar siniestro y tenebroso, si es cierto la mitad de lo que se cuenta.

—¡Tienes razón, Pa! —dijo el Tío—. No porque los Brandigamo de Los Gamos vivan en Bosque Viejo; pero son una familia rara, parece. Se divierten con botes en ese gran río, y eso no es natural; no me asombra que no salga nada bueno; pero de cualquier modo el señor Frodo es un joven hobbit tan agradable como el que más. Muy parecido al señor Bilbo, y no sólo en el aspecto. Al fin y al cabo, el padre era un Bolsón. Hobbit decente y respetable, el señor Drogo Bolsón; nunca dio mucho que hablar, hasta que se ahogó.

—¿Se ahogó? —dijeron varias voces.

Habían oído antes este y otros rumores más sombríos, naturalmente; pero los hobbits tienen pasión por las historias de familia, y estaban dispuestos a oírlo todo de nuevo.

—Bien, así dicen—dijo el Tío—. Verán: el señor Drogo se casó con la pobre señorita Prímula Brandigamo; ella era prima hermana por parte de madre de nuestro señor Bilbo (la madre era la hija menor del viejo Tuk), y el señor Drogo era primo segundo. Así el señor Frodo es primo hermano y segundo del señor Bilbo, o sobrino por ambas partes, si ustedes me siguen. El señor Drogo estaba viviendo en Casa Brandi con el suegro, el viejo señor Gorbadoc, cosa que hacía a menudo (pues era de muy

43

buen comer, y la mesa del viejo Gorbadoc estaba siempre bien servida), y salió a navegar por el Brandivino; se ahogaron él y su mujer; el pobre señor Frodo era niño aún.

—He oído que se fueron al río después de la cena, a la luz de la luna —dijo el viejo Nogales—, y que fue el peso de Drogo lo que hizo zozobrar la embarcación.

—Y *yo* he oído que ella lo empujó y que él tiró de ella y la arrastró al agua —dijo Arenas, el molinero de Hobbiton.

—No prestes atención a todo lo que se dice, Arenas —dijo el Tío, que no estimaba mucho al molinero—. No es necesario hablar de empujones y tirones. Los botes son bastante traicioneros aun para los pasajeros más apacibles. No le busquemos cinco pies al gato. De cualquier manera el señor Frodo quedó huérfano, desamparado, como se dice, entre aquellos extraños gamunos, y fue educado de algún modo en Casa Brandi. Una simple conejera, según dicen. El viejo señor Gorbadoc nunca tenía menos de doscientos parientes en el lugar. El señor Bilbo se mostró de veras bondadoso cuando trajo al joven a vivir entre gente decente.

"Pero reconozco que fue un rudo golpe para los Sacovilla-Bolsón. Pensaban quedarse con Bolsón Cerrado, cuando Bilbo desapareció y se lo dio por muerto. Y he aquí que vuelve, los echa, y sigue viviendo y viviendo, manteniéndose siempre joven, ¡bendito sea! Y de pronto presenta un heredero con todos los papeles en regla. Los Sacovilla-Bolsón nunca volverán a ver Bolsón Cerrado por dentro, o al menos así lo esperamos.

—He oído decir que hay una considerable cantidad de dinero escondida allí —dijo un extranjero, viajante de comercio de Cavada Grande en la Cuaderna del Oeste—, y que todo lo alto de la colina de ustedes está plagado de túneles atestados de cofres con plata, oro y joyas.

—Entonces ha oído más de lo que yo podría decir ahora —respondió el Tío—. No sé nada de joyas. El señor Bilbo es generoso con su dinero y parece no faltarle; pero no sé nada de túneles. Vi al señor Bilbo cuando volvió, unos sesenta años atrás, cuando yo era muchacho. A

44

poco de emplearme como aprendiz, el viejo Cavada (primo de mi padre) me hizo subir a Bolsón Cerrado para ayudarlo a evitar que la gente pisoteara el jardín mientras duraba la subasta y he aquí que en medio de todo aparece el señor Bilbo subiendo la colina, montado en un poney y cargando unas valijas enormes y un par de cofres. No dudo de que esta carga fuera en su mayor parte ese tesoro que él trajo de sitios lejanos, donde hay montañas de oro, según dicen, pero no era tanto como para llenar túneles. Mi muchacho Sam sabrá más acerca de esto, pues allí entra y sale cuando quiere. Lo enloquecen las viejas historias y escucha todos los relatos del señor Bilbo. El señor Bilbo le ha enseñado a leer, sin que ello signifique un daño, noten ustedes, y espero de veras que no le traiga ningún daño.

"*¡Elfos y dragones!,* le digo yo. *Coles y patatas son más útiles para mí y para ti. No te mezcles en los asuntos de tus superiores o te encontrarás en dificultades demasiado grandes para ti,* le repito constantemente. Y he de decir lo mismo a otros —agregó, mientras miraba al extranjero y al molinero.

Pero el Tío no convenció a su auditorio. La leyenda de la riqueza de Bilbo estaba ya firmemente grabada en la mente de las nuevas generaciones de hobbits.

—Ah, pero es muy probable que él haya seguido aumentando lo que trajo al principio —arguyó el molinero, haciéndose eco de la opinión general—. Se ausenta muy a menudo, y miren la gente extranjera que lo visita: Enanos que llegan de noche; ese viejo hechicero vagabundo, Gandalf, y todos. Usted puede decir lo que quiera, Tío, pero Bolsón Cerrado es un lugar extraño, y su gente más extraña aún.

—Y usted también puede decir lo que quiera, aunque de esto sabe tan poco como de cuestiones de botes, señor Arenas —replicó el Tío, a quien el molinero le resultaba más antipático que de costumbre—. Si eso es ser extraño, entonces podemos encontrar cosas un poco más extrañas por estos lugares. Hay alguien, no muy lejos de aquí, que no ofrecería un vaso de cerveza a un amigo, aunque viviese en una cueva de paredes doradas. Pero en Bolsón

Cerrado las cosas se hacen bien. Nuestro Sam dice que *todos* serán invitados a la fiesta, y que habrá regalos, no lo dude. Regalos para todos y en este mismo mes.

El mes era septiembre; un septiembre tan hermoso como se pudiera pedir. Uno o dos días más tarde se extendió el rumor (probablemente iniciado por el mismo Sam) de que habría fuegos artificiales como no se habían visto en la Comarca durante casi un siglo, al menos desde la muerte del viejo Tuk.

Los días se sucedían y El Día se acercaba. Un vehículo de extraño aspecto, cargado con bultos de extraño aspecto, entró en Hobbiton una noche y subió la Colina de Bolsón Cerrado. Los hobbits espiaban asombrados desde el umbral de las puertas, a la luz de las lámparas. La gente que manejaba el carro era extranjera: enanos encapuchados de largas barbas que entonaban raras canciones. Unos pocos se quedaron en Bolsón Cerrado. Hacia fines de la segunda semana de septiembre un carro que parecía venir del Puente del Brandivino entró en Delagua en pleno día. Lo conducía un viejo. Llevaba un puntiagudo sombrero azul, un largo manto gris y una bufanda plateada. Tenía una larga barba blanca y cejas espesas que le asomaban por debajo del ala del sombrero. Unos niñitos hobbits corrieron detrás del carro, a través de todo Hobbiton, loma arriba. Llevaba una carga de fuegos artificiales, tal como lo imaginaban. Frente a la puerta principal de la casa de Bilbo, el viejo comenzó a descargar; eran grandes paquetes de fuegos artificiales de muchas clases y formas, todos marcados con una gran G ᚷ roja y la runa élfica, ᚣ .

Era la marca de Gandalf, naturalmente, y el viejo era Gandalf el Mago, de reconocida habilidad en el manejo de fuegos, humos y luces, y famoso por esto en la Comarca. La verdadera ocupación de Gandalf era mucho más difícil y peligrosa, pero el pueblo de la Comarca no lo sabía. Para ellos Gandalf no era más que una de las «atracciones» de la fiesta. De aquí la excitación de los niños hobbits.

—¡La G es de Grande! —gritaban, y el viejo sonreía. Lo

conocían de vista, aunque sólo aparecía en Hobbiton ocasionalmente y nunca se detenía mucho tiempo. Pero ni ellos ni nadie, excepto los más viejos de los más viejos, habían visto sus fuegos artificiales, que ya pertenecían a un pasado legendario.

Cuando el viejo, ayudado por Bilbo y algunos enanos, terminó de descargar, Bilbo repartió unas monedas, pero ningún petardo ni ningún buscapié, ante la decepción de los espectadores.

—¡Y ahora, fuera! —dijo Gandalf—. Tendrán de sobra a su debido tiempo.

Desapareció en el interior de la casa junto con Bilbo, y la puerta se cerró. Los niños hobbits se quedaron un rato mirando la puerta, y se alejaron sintiendo que el día de la fiesta no llegaría nunca.

Bilbo y Gandalf estaban sentados en una pequeña habitación de Bolsón Cerrado, frente a una ventana abierta que miraba al oeste sobre el jardín. La tarde era clara y serena. Las flores brillaban, rojas y doradas; escrofularias, girasoles y capuchinas cubrían los muros de barro y se asomaban a las ventanas redondas.

—¡Qué hermoso luce tu jardín! —dijo Gandalf.

—Sí —respondió Bilbo—, le tengo mucho cariño, lo mismo que a toda la vieja Comarca, pero creo que necesito un descanso.

—¿Quieres decir que seguirás adelante con tu plan?

—Así es. Me decidí hace meses, y no he cambiado de parecer.

—Muy bien. No es necesario decir nada más. Mantente en tu plan, en tu plan completo, y creo que dará buenos resultados, para ti y para todos nosotros.

—Así lo espero. De cualquier modo, quiero divertirme el jueves y hacer mi pequeña broma.

—Yo me pregunto quién reirá entonces —dijo Gandalf, sacudiendo la cabeza.

—Veremos —respondió Bilbo.

*

Al día siguiente, más y más carros subieron por la Colina. Hubo sin duda alguna queja a propósito de este «comercio local» pero esa misma semana Bolsón Cerrado empezó a emitir órdenes reservando toda clase de provisiones, artículos de primera necesidad y costosos manjares que pudieran obtenerse en Hobbiton, Delagua o cualquier otro lugar de la vecindad. La gente se entusiasmó; comenzó a contar los días en el calendario, mientras esperaba ansiosamente al cartero que les llevaría las invitaciones.

Muy pronto las invitaciones comenzaron a salir a raudales y la oficina de correos de Hobbiton quedó bloqueada y la de Delagua abrumada y hubo que contratar carteros voluntarios. Un río continuo de carteros trepó por la loma llevando cientos de corteses variantes de: *Gracias, iré con mucho gusto.*

En la entrada de Bolsón Cerrado apareció un cartel que decía: PROHIBIDA LA ENTRADA EXCEPTO POR ASUNTOS DE LA FIESTA. Aun a aquellos que se ocupaban o pretendían ocuparse de asuntos de la fiesta raras veces se les permitió la entrada. Bilbo trabajaba: escribiendo invitaciones, registrando respuestas, envolviendo regalos y haciendo algunos preparativos privados. Había permanecido oculto desde la llegada de Gandalf.

Una mañana, los hobbits despertaron y vieron que el prado del sur junto a la puerta principal de Bilbo estaba cubierto con cuerdas y estacas para tiendas y pabellones. Se había abierto una entrada especial en el barranco que daba al camino, y se habían construido allí unos escalones anchos y una gran puerta blanca. Las tres familias hobbits de Bolsón de Tirada, el terreno lindero, estaban muy interesadas y eran envidiadas por todos. El Tío Gamyi hasta dejó de aparentar que trabajaba en el jardín.

Los pabellones comenzaron a elevarse. Había uno particularmente amplio, tan grande que el árbol que crecía en el terreno cabía dentro, y se erguía orgullosamente a un lado, a la cabecera de la mesa principal. Se colgaron linternas de todas las ramas. Algo aún más promisorio para la mentalidad hobbit: se levantó una enorme cocina al aire libre, en la esquina norte del campo. Un ejército de cocineros procedentes de todas las posadas y casas de comidas de muchas millas a la redonda, llegó a ayudar a los enanos y a todos los curiosos personajes que estaban acuartelados en Bolsón Cerrado. La excitación llegó a su punto culminante.

De pronto el cielo se nubló. Esto ocurrió el miércoles, víspera de la fiesta. La ansiedad era intensa. Amaneció el esperado jueves 22 de septiembre. El sol se levantó, las nubes desaparecieron, se enarbolaron las banderas, y la diversión comenzó.

Bilbo Bolsón la llamaba una «fiesta», pero era en realidad una variedad de entretenimientos combinados. Prácticamente, habían sido invitados todos los que vivían cerca. Muy pocos fueron omitidos por error, pero esto no tuvo importancia, pues lo mismo acudieron. Invitaron además a mucha gente de otras partes de la Comarca, y hasta unos pocos de más allá de las fronteras. Bilbo mismo recibía a los invitados (y acompañantes) junto a la nueva puerta blanca. Repartió regalos a todos, y muchos a algunos que salían por los fondos y volvían a entrar por la puerta principal. Los hobbits, cuando cumplían años, acostumbraban hacer regalos a los demás. Regalos no muy caros, generalmente, y no tan pródigos como en esta ocasión; pero no era un mal sistema. En verdad, en Hobbiton y en Delagua todos los días del año era el cumpleaños de alguien, y por lo tanto todo hobbit tenía una oportunidad segura de recibir un regalo al menos una vez por semana. Nunca se cansaban de los regalos.

En esta ocasión los regalos fueron desacostumbradamente buenos. Los niños hobbits estaban tan excitados que por un rato se olvidaron de comer. Había juguetes nunca vistos, todos hermosos y algunos evidentemente mágicos. Muchos de ellos habían sido encargados un año antes y los habían traído de la Montaña y de Valle, y eran piezas auténticas, fabricadas por enanos.

Cuando todos estuvieron dentro, y luego de dárseles la bienvenida, hubo canciones, danzas, música, juegos, y como era de esperar, comida y bebida. Había tres comidas oficiales: almuerzo, merienda y cena, pero el almuerzo y la merienda se distinguieron principalmente por el hecho de que entonces todos los invitados estaban sentados y comían juntos. En otros momentos había sólo grupos de gente que comían y bebían, sucediéndose sin interrupción desde las once hasta las seis y media, hora en que comenzaron los fuegos artificiales.

Los fuegos artificiales eran de Gandalf; no sólo los había traído, sino que los había preparado y fabricado. Él mismo disparó los más extraños, las piezas y los cohetes voladores. Hubo también una generosa distribución de buscapiés, petardos, bengalas, cohetes, antorchas, estrellitas, velas de enano, fuentes élficas, duendes ladradores y truenos; todos soberbios. El arte de Gandalf progresaba con los años.

Hubo cohetes como un vuelo de pájaros centelleantes, de dulces voces; hubo árboles verdes, con troncos de humo oscuro, y hojas que se abrían en una súbita primavera; de las ramas brillantes caían flores resplandecientes sobre los hobbits maravillados y desaparecían dejando un suave aroma en el instante mismo en que ya iban a tocar los rostros vueltos hacia arriba. Hubo fuentes de mariposas que volaban entre los árboles, columnas de fuegos coloreados que se elevaban transformándose en águilas, o barcos de vela, o una bandada de cisnes voladores. Hubo un trueno y un relámpago rojo, y luego una lluvia amarilla; un bosque de lanzas plateadas se alzó de pronto con alaridos de batalla y cayó en El Agua siseando como cien serpientes enardecidas. Y también hubo una última sorpresa dedicada a Bilbo, que dejó atónitos a los hobbits, como lo deseaba Gandalf. Las luces se apagaron; una gran humareda subió en el aire, tomando la forma de una montaña lejana, vomitando llamas escarlata y verdes. Y de esas llamas salió volando un dragón rojo y dorado, no de tamaño natural, pero sí de terrible aspecto. Le brotaba fuego de la boca y le relampagueaban los ojos. Se oyó de pronto un rugido y el dragón pasó tres veces como una exhalación sobre las cabezas de la multitud. Todos se agacharon y muchos cayeron de bruces. El dragón se alejó como un tren expreso, dio un triple salto mortal, y estalló sobre Delagua con un estruendo ensordecedor.

—¡La señal para la cena! —dijo Bilbo.

El susto y la alarma se disiparon inmediatamente y los postrados hobbits se incorporaron de un salto. Hubo una espléndida cena para todos, excepto los invitados a la cena especial de la familia que se sirvió en el pabellón. Se limitaron las invitaciones a doce docenas (número que los hobbits llamaban una gruesa, aunque el término no se considerara apropiado para contar gente) y los invitados fueron seleccionados entre todas las familias a las que Bilbo y Frodo estaban unidos por lazos de parentesco, con el agregado especial de unos pocos amigos, como Gandalf. Se incluyeron muchos niños hobbits, con el permiso de las familias, pues los hobbits no acostaban temprano a los niños, y los sentaban a la mesa junto con los mayores, especialmente cuando se trataba de conseguir una comida gratis. La crianza de los niños hobbits demandaba una gran cantidad de cereales.

Había muchos de los Bolsón y de los Boffin, también de los Tuk y los Brandigamo; varios de los Cavada, parientes de la abuela de Bilbo Bolsón, y varios Redondo, relacionados con el abuelo Tuk; y una selección de los Bolger, Ciñatiesa, Corneta, Ganapié, Madriguera, Tallabuena y Tejonera. Algunos sólo eran parientes lejanos de Bilbo, y otros apenas habían estado alguna vez en Hobbiton, pues vivían en los remotos confines de la Comarca. No se olvidó a los Sacovilla-Bolsón. Estaban presentes Otho y su esposa Lobelia. Le tenían antipatía a Bilbo y detestaban a Frodo, pero les pareció que no era posible rechazar una invitación escrita con tinta dorada en una magnífica tarjeta. Además el primo de Bilbo se había especializado en la buena cocina durante muchos años, y su mesa era muy apreciada.

Los ciento cuarenta y cuatro invitados, sin excepción, esperaban un banquete agradable, aunque temían el discurso del anfitrión luego de la comida (inevitable ítem). Bilbo era aficionado a insertar fragmentos de algo que él llamaba poesía, aunque fueran traídos de los pelos; y algunas veces, después de un vaso o dos, aludía a las aventuras absurdas de su misterioso viaje. Los invitados no quedaron chasqueados; habían tenido una fiesta muy agradable, en una palabra un verdadero placer: rica, abundante, variada y prolongada. La adquisición de provisiones en todo el distrito durante la semana siguiente fue casi nula, cosa sin importancia, pues Bilbo había agotado las reservas de la mayoría de las tiendas, bodegas y almacenes en muchas millas a la redonda.

El festín concluía (no del todo) y vino el discurso. La mayor parte de los invitados se encontraba de un humor apacible, en ese delicioso estado en que «se repletan los últimos rincones» como ellos decían. Estaban sorbiendo ahora sus bebidas favoritas y saboreando sus golosinas predilectas, y ya no tenían nada que temer. Por lo tanto estaban preparados para escuchar cualquier cosa y aplaudir en todas las pausas.

Mi querido pueblo, comenzó Bilbo incorporándose.

—¡Atención, atención! —gritaron todos a coro, poco dispuestos a cumplir lo que ellos mismos aconsejaban. Bilbo dejó su lugar y se subió a una silla bajo el árbol iluminado. La luz de la linterna le caía sobre la cara radiante; en el chaleco de seda resplandecían unos botones dorados. Todos podían verlo de pie, agitando una mano en el aire y la otra metida en el bolsillo del pantalón.

Mis queridos Bolsón y Boffin, comenzó nuevamente, *y mis queridos Tuk y Bolger, y Brandigamo y Cavada y Redondo y Madriguera y Corneta y Ciñatiesa, Tallabuena, Tejonera y Ganapié.*

—¡Ganapiés! —gritó un viejo hobbit desde el fondo del pabellón. Tenía en verdad el nombre que merecía. Los pies, que había puesto sobre la mesa, eran grandes y excepcionalmente velludos.

Ganapié, repitió Bilbo. *También mis buenos Sacovilla-Bolsón, a quienes doy por fin la bienvenida a Bolsón Cerrado. Hoy es mi cumpleaños centesimodecimoprimero: ¡tengo ciento once años!*

—¡Hurra! ¡Hurra! ¡Por muchos años! —gritaron los hobbits golpeando alegremente sobre las mesas. Bilbo estaba magnífico. Ése era el tipo de discurso que les gustaba: corto y obvio.

Deseo que lo estén pasando tan bien como yo.

Se oyeron aplausos ensordecedores y gritos de *Sí* (y *No*). Ruido de trompetas y cuernos, pitos y flautas, y otros instrumentos musicales. Había muchos niños hobbits, como se ha dicho; e hicieron reventar cientos de petardos musicales; casi todos traían estampada la marca VALLE, lo que no significaba mucho para la mayoría de los hobbits, aunque todos estaban de acuerdo en que eran petardos maravillosos. Dentro de los petardos venían unos instrumentos pequeños pero de fabricación perfecta y sonidos encantadores. En efecto, en un rincón, algunos de los jóvenes Tuk y Brandigamo, en la creencia de que el tío Bilbo había terminado (pues había dicho sencillamente todo lo que tenía que decir), improvisaron una orquesta y se pusieron a tocar una pieza bailable. El señor Everardo Tuk y la señorita Melilot Brandigamo se subieron a una mesa, y llevando unas campanitas en las manos empezaron a bailar el «Repique de campanas», bonita danza aunque algo vigorosa.

Pero Bilbo no había terminado. Le pidió la corneta a un niño que estaba allí cerca, se la llevó a la boca, y sopló tres veces fuertemente. El ruido se calmó.

¡No les distraeré mucho tiempo!, gritó Bilbo entre aplausos. *Los he reunido a todos con un propósito.* Algo en el tono de Bilbo impresionó entonces a los hobbits; se hizo casi el silencio. Uno o dos Tuk alzaron las orejas.

En realidad, con tres propósitos. En primer lugar, para poder decirles lo mucho que los quiero y lo breves que son ciento once años entre hobbits tan maravillosos y admirables.

Tremendo estallido de aprobación.

No conozco a la mitad de ustedes, ni la mitad de lo que querría, y lo que yo querría es menos de la mitad de lo que la mitad de ustedes merece.

Esto fue inesperado y bastante difícil. Se oyeron algunos aplausos aislados, pero la mayoría se quedó callada, tratando de descifrar las palabras de Bilbo, y viendo si podía entenderlas como un cumplido.

En segundo lugar, para celebrar mi cumpleaños.
Aplausos nuevamente.

Tendría que decir: nuestro cumpleaños, pues es también el cumpleaños de mi sobrino y heredero Frodo. Hoy entra en la mayoría de edad y en posesión de la herencia.

Se volvieron a escuchar algunos aplausos superficiales de los mayores y algunos gritos de «¡Frodo! ¡Frodo! ¡Viva el viejo Frodo» de los más jóvenes. Los Sacovilla-Bolsón fruncieron el ceño y se preguntaron qué habría querido decir Bilbo con las palabras «posesión de la herencia».

Juntos sumamos ciento cuarenta y cuatro años. El número de ustedes fue elegido para corresponder a este notable total, una gruesa, si se me permite la expresión. Ningún aplauso. Era ridículo. Muchos de los invitados, especialmente los Sacovilla-Bolsón, se sintieron insultados, entendiendo que se los había invitado sólo para completar un número, como mercaderías en un paquete. Una gruesa, en efecto. ¡Qué expresión tan vulgar!

También es, si me permiten que me remonte a la historia antigua, el aniversario de mi llegada en tonel a Esgaroth, en Lago Largo, aunque en aquella ocasión olvidé por completo mi cumpleaños. Sólo tenía cincuenta y uno entonces, y cumplir años no me parecía tan importante. El banquete fue espléndido, de todos modos, aunque recuerdo que yo estaba muy acatarrado, y sólo pude decir «Mucha gracia». Ahora les digo más correctamente: *Muchas gracias por asistir a mi pequeña fiesta.* Silencio obstinado. Todos temían la inminencia de una canción o de una poesía, y estaban empezando a aburrirse. ¿Acaso no podía terminar de hablar y dejarlos beber a sus anchas? Pero Bilbo ni cantó ni recitó. Hizo una breve pausa.

En tercer lugar, y finalmente, ¡quiero hacer un anuncio! Pronunció esta última palabra en voz tan alta y tan repentinamente que quienes todavía podían se incorporaron en seguida. *Lamento anunciarles que aunque ciento once años es tiempo demasiado breve para vivir entre ustedes, como ya dije, esto es el fin. Me voy. Los dejo ahora. ¡Adiós!*

*

Bilbo bajó de la silla y desapareció: hubo un relámpago enceguecedor y todos los invitados parpadearon; y cuando abrieron de nuevo los ojos, Bilbo ya no estaba. Ciento cuarenta y cuatro hobbits miraron boquiabiertos y sin habla; el viejo Odo Ganapié quitó los pies de encima de la mesa y pateó el suelo. Siguió un silencio mortal, hasta que de pronto, luego de unos profundos suspiros, todos los Bolsón, Boffin, Tuk, Brandigamo, Cavada, Redondo, Madriguera, Bolger, Ciñatiesa, Tejonera, Tallabuena, Corneta y Ganapié, comenzaron a hablar al mismo tiempo.

La mayoría estuvo de acuerdo: la broma había sido de muy mal gusto, y necesitaban más comida y bebida para curarse de la impresión y el mal rato. «Está loco. Siempre lo dije» fue quizá el comentario más popular. Hasta los Tuk (excepto unos pocos) pensaron que la conducta de Bilbo había sido absurda, y casi todos dieron por sentado que la desaparición no era más que una farsa ridícula.

Pero el viejo Rory Brandigamo no estaba tan seguro. Ni la edad ni la gran comilona le habían nublado la razón, y le dijo a su nuera Esmeralda: —En todo esto hay algo sospechoso, mi querida. Yo creo que el loco Bolsón ha vuelto a irse. Viejo tonto. Pero ¿por qué preocuparnos si no se ha llevado las vituallas?

Llamó a voces a Frodo para que ordenase servir más vino.

Frodo era el único de los presentes que no había dicho nada. Durante un tiempo permaneció en silencio, junto a la silla vacía de Bilbo, ignorando todas las preguntas y conjeturas. Se había divertido con la broma, por supuesto, aunque estaba prevenido. Le había costado contener la risa ante la sorpresa indignada de los invitados, pero al mismo tiempo se sentía perturbado de veras; descubría de pronto que amaba tiernamente al viejo hobbit. La mayor parte de los invitados continuó bebiendo, comiendo y discutiendo las rarezas presentes y pasadas de Bilbo Bolsón, pero los Sacovilla-Bolsón se fueron en seguida, furiosos. Frodo ya no quiso saber nada con la fiesta; ordenó servir más vino, se puso de pie, vació la copa en silencio, a la salud de Bilbo, y se deslizó afuera del pabellón.

En cuanto a Bilbo Bolsón, mientras pronunciaba el discurso no dejaba de juguetear con el anillo de oro que tenía en el bolsillo, el anillo mágico que había guardado en secreto tantos años. Cuando bajó de la silla se deslizó el anillo en el dedo, y ningún hobbit volvió a verlo en Hobbiton.

Regresó a su agujero a paso vivo, y se quedó allí unos instantes, escuchando con una sonrisa la algarabía del pabellón y los alegres sonidos que venían de otros lugares del campo. Luego entró. Se quitó la ropa de fiesta, dobló y envolvió en papel de seda el chaleco de seda bordado, y lo guardó. Se puso rápidamente algunas viejas vestiduras y se aseguró el chaleco con un gastado cinturón de cuero. De él colgó una espada corta, en una vaina deteriorada de cuero negro. De una gaveta cerrada con llave que olía a bolas de alcanfor tomó un viejo manto y un gorro. Habían estado guardados bajo llave como si fuesen un tesoro, pero estaban tan remendados y desteñidos por el tiempo que el color original apenas podía adivinarse —verde oscuro quizá—; por otra parte eran demasiado grandes para él. Luego fue a su escritorio, tomó de una caja grande y pesada un atado envuelto en viejos trapos, un manuscrito encuadernado en cuero, y un sobre abultado. Puso el libro y el atado dentro de una pesada maleta que ya estaba casi llena. Metió adentro del sobre el anillo de oro y la cadena, selló el sobre, y escribió el nombre de Frodo. En un principio lo puso sobre la repisa de la chimenea, pero casi en seguida cambió de idea y se lo guardó en el bolsillo. En ese momento se abrió la puerta y Gandalf entró apresuradamente.

—Hola —dijo Bilbo—, me estaba preguntando si vendrías.

—Me alegra encontrarte visible —repuso el mago, sentándose en una silla—. Quería decirte unas pocas palabras finales. Supongo que crees que todo ha salido espléndidamente, y de acuerdo con lo planeado.

—Sí, lo creo —dijo Bilbo—. Aunque el relámpago me sorprendió. Me sobresalté de veras, y no digamos nada de los otros. ¿Fue un pequeño agregado tuyo?

—Sí. Tuviste la prudencia de mantener en secreto el anillo todos estos años y me pareció necesario dar a los invitados algo que explicase tu desaparición repentina.

—Y me arruinaste la broma. Eres un viejo entrometido —rió Bilbo—; pero espero que tengas razón, como de costumbre.

—Así es, cuando sé algo. Pero no me siento demasiado seguro en todo este asunto, que ha llegado a su punto final. Has hecho tu broma, has alarmado y ofendido a la mayoría de tus parientes, y has dado a toda la Comarca tema de qué hablar durante nueve días, o mejor aún, noventa y nueve. ¿Piensas ir más lejos?

—Sí, lo haré. Tengo necesidad de un descanso; un descanso muy largo, como te he dicho; probablemente un descanso permanente; no creo que vuelva. En realidad no tengo intención de volver, y he hecho todos los arreglos necesarios.

"Estoy viejo, Gandalf; no lo parezco, pero estoy comenzando a sentirlo en las raíces del corazón. *¡Bien conservado!* —resopló—. En verdad me siento adelgazado, *estirado*, ¿entiendes lo que quiero decir?, como un trocito de mantequilla extendido sobre demasiado pan. Eso no puede ser. Necesito un cambio, o algo.

Gandalf lo miró curiosa y atentamente. —No, no me parece bien —dijo pensativo—. Aunque creo que tu plan es quizá lo mejor.

—De cualquier manera, me he decidido. Quiero ver nuevamente montañas, Gandalf... *montañas*; y luego encontrar algún lugar donde pueda *descansar*, en paz y tranquilo, sin un montón de parientes merodeando y una sarta de malditos visitantes colgados de la campanilla. He de encontrar un lugar donde pueda terminar mi libro. He pensado un hermoso final: *Vivió feliz aun después del fin de sus días.*

Gandalf rió. —Que así sea. Pero nadie leerá el libro, cualquiera que sea el final.

—Oh, lo leerán, en años venideros. Frodo ha leído algo a medida que lo iba escribiendo. Pondrás un ojo en Frodo. ¿Lo harás?

—Sí lo haré; pondré los dos ojos cada vez que se presente la ocasión.

—Frodo habría venido conmigo, por supuesto, si se lo hubiese pedido. En realidad me lo ofreció una vez, precisamente antes de la fiesta, pero él aún no lo deseaba de veras. Quiero ver de nuevo el campo salvaje y las montañas, antes de morir. Frodo todavía ama la Comarca, los campos, bosques y arroyos. Se sentirá cómodo aquí. Le dejaré todo, naturalmente, excepto unas pocas menudencias. Creo que será feliz cuando se acostumbre a estar solo. Ya es hora de que sea su propio dueño.

—¿Todo? —dijo Gandalf—. ¿También el anillo? Dijiste que se lo dejarías.

—Bueno... sí, supongo que sí —tartamudeó Bilbo.

—¿Dónde está?

—Ya que quieres saberlo, en un sobre —dijo Bilbo con impaciencia—. Allí, sobre la repisa de la chimenea. Bueno, ¡no! ¡Lo tengo aquí, en el bolsillo! —Titubeó y murmuró entre dientes:— ¿No es una tontería ahora? Después de todo, sí, ¿por qué no? ¿Por qué no dejarlo aquí?

Gandalf volvió a mirar a Bilbo muy duramente, con un fulgor en los ojos.

—Creo, Bilbo —dijo con calma—, que yo lo dejaría. ¿No es lo que deseas?

—Sí y no. Ahora que tocamos el tema, te diré que me disgusta separarme de él. Y no sé por qué habría de hacerlo. Pero ¿qué pretendes? —preguntó Bilbo, y la voz le cambió de un modo extraño. Hablaba ahora en un tono áspero, suspicaz y molesto—. Tú estás siempre fastidiándome con el anillo, y nunca con las otras cosas que traje del viaje.

—Tuve que fastidiarte —dijo Gandalf—. Quería conocer la verdad. Era importante. Los anillos mágicos son... bueno, mágicos; raros y curiosos. Estaba profesionalmente interesado en tu anillo, puedes decir, y todavía lo estoy. Me gustaría saber por dónde anda, si te marchas de nuevo. Y también pienso que lo has tenido bastante. Ya no lo necesitarás, Bilbo, a menos que yo me equivoque.

Bilbo enrojeció y un resplandor colérico le encendió la mirada. El rostro bondadoso se le endureció de pronto.

—¿Por qué no? —gritó—. ¿Y qué te importa saber lo que hago con mis propias cosas? Es mío. Yo lo encontré. Él vino a mí.

—Sí, sí —dijo Gandalf—; no hay por qué enojarse.

—Si me enojo, es por tu culpa. Te vuelvo a repetir que es mío. Mío. Mi tesoro. Sí, mi tesoro.

La cara del mago seguía grave y atenta, y sólo una luz vacilante en los ojos profundos mostraba que estaba asombrado, y aun alarmado.

—Alguien lo llamó así —dijo—, y no fuiste tú.

—Pero yo lo llamo así ahora. ¿Por qué no? Aunque una vez Gollum haya dicho lo mismo. Ya no es de él ahora, sino mío, y repito que lo conservaré.

Gandalf se puso de pie. Habló con severidad.

—Serás un tonto si lo haces, Bilbo —dijo—. Cada palabra que dices lo muestra más claramente. Tiene demasiado poder sobre ti. ¡Déjalo! Entonces podrás irte, y serás libre.

—Iré adonde quiera y haré lo que me dé la gana —continuó Bilbo con obstinación.

—¡Ya, ya, mi querido hobbit! —dijo Gandalf—. Durante toda tu larga vida hemos sido amigos y algo me debes. ¡Vamos! Haz lo que prometiste, déjalo.

—¡Bueno, si tú quieres mi anillo, dilo! —gritó Bilbo—. Pero no lo tendrás. No entregaré mi tesoro, te lo advierto.

La mano del hobbit se movió con rapidez hada la empuñadura de la pequeña espada.

Los ojos de Gandalf relampaguearon. —Pronto me llegará el momento de enojarme —dijo—. Atrévete a repetirlo, y verás al descubierto a Gandalf el Gris.

Gandalf dio un paso hacia el hobbit y pareció agrandarse, amenazante, y su sombra llenó la pequeña habitación.

Bilbo retrocedió hacia la pared, respirando agitadamente, la mano apretada sobre el bolsillo. Se enfrentaron un momento, observándose mutuamente, y el aire vibró en el cuarto. Los ojos de Gandalf se quedaron clavados en el hobbit. Bilbo aflojó poco a poco las manos, y se echó a temblar.

—No me lo explico, Gandalf —dijo—. Nunca te había visto así antes. ¿Qué ocurre? Es mío, ¿no es verdad? Yo lo encontré y Gollum me habría matado si no lo hubiera tenido conmigo. No soy un ladrón, diga lo que diga.

—Nunca te llamé ladrón —respondió Gandalf—, y yo tampoco lo soy. No estoy tratando de robarte, sino de ayudarte. Sería bueno que confiaras en mí, como hasta ahora.

Se volvió, y la sombra se esfumó en el aire. Gandalf pareció achicarse hasta ser de nuevo un viejo gris, encorvado e inquieto.

Bilbo se restregó los ojos. —Lo lamento, pero me siento muy raro, y sin embargo sería un alivio, en cierto modo, no tener que preocuparme más. Me ha obsesionado en los últimos tiempos. A veces me parecía un ojo que me miraba. Siempre tenía ganas de ponérmelo y desaparecer, ¿sabes?, y luego quería sacármelo, temiendo que fuera peligroso. Traté de guardarlo bajo llave, pero me di cuenta de que no podía descansar si no lo tenía en el bolsillo. No sé por qué. Y no me siento capaz de decidirme.

—Entonces confía en mí —dijo Gandalf—. Y está todo resuelto. Vete y déjalo. Renuncia a tenerlo y dáselo a Frodo, a quien yo cuidaré.

Bilbo se quedó un momento tenso e indeciso. Al fin suspiró y dijo con esfuerzo:

—Bien, lo haré. —Se encogió de hombros y sonrió tristemente.— Al fin y al cabo, para esto se hizo la fiesta: para regalar muchas cosas, y en cierto modo para que no me costara tanto dejar también el anillo. No fue cosa fácil al final, pero sería una lástima desperdiciar tantos preparativos. Arruinar la broma.

—En efecto —respondió Gandalf—. Suprimiría el único motivo que siempre le vi al asunto.

—Muy bien —dijo Bilbo—, se lo dejaré a Frodo con

todo lo demás. —Tomó aliento.— Y ahora tengo que partir, o alguien me pescará. Ya he dicho adiós y no podría empezar otra vez.

Recogió la maleta y fue hacia la puerta.

—Todavía tienes el anillo —dijo el mago.

—¡Sí, lo tengo! —gritó Bilbo—. Y mi testamento, y los otros documentos también. Es mejor que los tomes tú y los entregues en mi nombre. Será lo más seguro.

—No, no me des el anillo —dijo Gandalf—. Ponlo sobre la repisa de la chimenea. Estará seguro allí hasta que llegue Frodo; yo lo esperaré.

Bilbo sacó el sobre, y justo en el momento en que lo colocaba junto al reloj, le tembló la mano, y el paquete cayó al suelo. Antes que pudiera levantarlo, el mago se agachó, lo recogió y lo puso en su lugar. Un espasmo de rabia cruzó fugazmente otra vez por la cara del hobbit, y casi en seguida se transformó en un gesto de alivio y en una risa.

—Bien, ya está —comentó—. Ahora sí, ¡me voy!

Pasaron al vestíbulo. Bilbo tomó su bastón favorito, y silbó. Tres enanos vinieron de tres distintas habitaciones.

—¿Está todo listo? —preguntó Bilbo—. ¿Todo embalado y rotulado?

—Todo —contestaron.

—¡Entonces, en marcha! —Y caminó hacia la puerta del frente.

Era una noche magnífica y se veía el cielo oscuro salpicado de estrellas. Bilbo miró, olfateando el aire.

—¡Qué alegría! ¡Qué alegría partir otra vez, estar en camino con los enanos! ¡Años y años estuve esperando este momento! ¡Adiós! —dijo mirando a su viejo hogar e inclinándose delante de la puerta—. ¡Adiós, Gandalf!

—Adiós por ahora, Bilbo. ¡Ten cuidado! Eres bastante viejo y quizá bastante sabio.

—¡Tener cuidado! No me importa. ¡No te preocupes por mí! Me siento más feliz que nunca, lo que es mucho decir. Pero la hora ha llegado. Al fin me voy.

En seguida, en voz baja, como para sí mismo, se puso a cantar en la oscuridad:

El Camino sigue y sigue
desde la puerta.
El Camino ha ido muy lejos,
y si es posible he de seguirlo
recorriéndolo con pie decidido
hasta llegar a un camino más ancho
donde se encuentran senderos y cursos.
¿Y de ahí adónde iré? No podría decirlo.

Bilbo se detuvo en silencio, un momento. Luego, sin pronunciar una palabra, se alejó de las luces y voces de los campos y tiendas, y seguido por sus tres compañeros dio una vuelta al jardín y bajó trotando la larga pendiente. Saltó un cerco bajo y fue hacia los prados, internándose en la noche como un susurro de viento entre las briznas.

Gandalf se quedó un momento mirando cómo desaparecía en la oscuridad.

—Adiós, mi querido Bilbo, hasta nuestro próximo encuentro —dijo dulcemente, y entró en la casa.

Frodo llegó poco después y encontró a Gandalf sentado en la penumbra y absorto en sus pensamientos.

—¿Se fue? —le preguntó.

—Sí —respondió Gandalf—, al fin se fue.

—Deseaba, es decir, esperaba hasta esta tarde que todo fuese una broma —dijo Frodo—. Pero el corazón me decía que era verdad. Siempre bromeaba sobre cosas serias. Lamento no haber venido antes para verlo partir.

—Bueno, creo que al fin prefirió irse sin alboroto —dijo Gandalf—. No te preocupes tanto. Se encontrará bien, ahora. Dejó un paquete para ti. ¡Ahí está!

Frodo tomó el sobre de la repisa, le echó una mirada, pero no lo abrió.

—Creo que adentro encontrarás el testamento y todos los otros papeles —dijo el mago—. Tú eres ahora el amo de Bolsón Cerrado. Supongo que encontrarás también un anillo de oro.

—¡El anillo! —exclamó Frodo—. ¿Me ha dejado el anillo? Me pregunto por qué. Bueno, quizá me sirva de algo.

—Sí y no —dijo Gandalf—. En tu lugar, yo no lo usaría. Pero guárdalo en secreto ¡y en sitio seguro! Bien, me voy a la cama.

Como amo de Bolsón Cerrado, Frodo sintió que era su penoso deber despedir a los huéspedes. Rumores sobre extraños acontecimientos se habían diseminado por el campo. Frodo nada dijo, pero sin *duda todo se aclararía por la mañana.* Alrededor de medianoche comenzaron a llegar los carruajes de la gente importante, y así fueron desapareciendo, uno a uno, cargados con hobbits, hartos pero insatisfechos. Al fin se llamó a los jardineros, que trasladaron en carretillas a quienes habían quedado rezagados.

La noche pasó lentamente. Salió el sol. Los hobbits se levantaron bastante tarde y la mañana prosiguió. Se solicitó el concurso de gente, que recibió orden de despejar los pabellones y quitar mesas, sillas, cucharas, cuchillos, botellas, platos, linternas, macetas de arbustos en flor, migajas, papeles, carteras, pañuelos y guantes olvidados, y alimentos no consumidos, que eran muy pocos. Luego llegó una serie de personas no solicitadas, los Bolsón, Boffin, Bolger, Tuk, y otros huéspedes que vivían o andaban cerca. Hacia el mediodía, cuando hasta los más comilones ya estaban de regreso, había en Bolsón Cerrado una gran multitud, no invitada, pero no inesperada.

Frodo los esperaba en la escalera, sonriendo, aunque con aire fatigado y preocupado. Saludó a todos, pero no les pudo dar más explicaciones que en la víspera. Respondía a todas las preguntas del mismo modo:

—El señor Bilbo Bolsón se ha ido; creo que para siempre.

Invitó a algunos de los visitantes a entrar en la casa, pues Bilbo había dejado «mensajes» para ellos.

Dentro del vestíbulo había apilada una gran cantidad de paquetes, bultos y mueblecitos. Cada uno de ellos tenía una etiqueta. Había varias de este tipo:

Para Adelardo Tuk, de veras para él, estaba escrito sobre una sombrilla. Adelardo se había llevado muchos paquetes sin etiqueta.

Para Dora Bolsón, en recuerdo de una larga correspondencia, con el cariño de Bilbo, en una gran canasta de papeles. Dora era la hermana de Drogo, y la sobreviviente más anciana, emparentada con Bilbo y Frodo; tenía noventa y nueve años y había escrito resmas de buenos consejos durante más de medio siglo.

Para Milo Madriguera, deseando que le sea útil, de B. B., en una pluma de oro y una botella de tinta. Milo nunca contestaba las cartas.

Para uso de Angélica, del tío Bilbo, en un espejo convexo y redondo. Era una joven Bolsón que evidentemente se creía bonita.

Para la colección de Hugo Ciñatiesa, de un contribuyente, en una biblioteca (vacía). Hugo solía pedir libros prestados y la mayoría de las veces no los devolvía.

Para Lobelia Sacovilla-Bolsón, como regalo, en una caja de cucharas de plata. Bilbo creía que Lobelia se había apoderado de una buena cantidad de las cucharas de Bilbo mientras él estaba ausente, en el viaje anterior. Lobelia lo sabía muy bien. Entendió en seguida la ironía, pero aceptó las cucharas.

Esto es sólo una pequeña muestra del conjunto de regalos. Durante el curso de su larga vida, la residencia de Bilbo se había ido atestando de cosas. El desorden era bastante común en las cuevas de los hobbits, y esto venía sobre todo de la costumbre de hacerse tantos regalos de cumpleaños. Por supuesto, los regalos no eran siempre nuevos; había uno o dos viejos *mathoms* de uso olvidado que habían circulado por todo el distrito, pero Bilbo tenía el hábito de obsequiar regalos nuevos y de guardar los que recibía. El viejo agujero estaba ahora desocupándose un poco.

Los regalos de despedida tenían todos la correspondiente etiqueta que el mismo Bilbo había escrito, y en varias aparecían agudezas o bromas. Pero, naturalmente, la mayoría de las cosas estaban destinadas a quienes las necesitaban, y fueron recibidas con agrado. Tal fue el caso de los más pobres, especialmente los vecinos de Bolsón de Tirada. El Tío Gamyi recibió dos bolsas de patatas, una nueva azada, un chaleco de lana y una botella de ungüento para sus crujientes articulaciones. El viejo Rory Brandigamo, como recompensa por tanta hospitalidad, recibió una docena de botellas de Viejo Los Vientos, un fuerte vino rojo de la Cuaderna del Sur, bastante añejo, pues había sido puesto a estacionar por el padre de Bilbo. Rory perdonó a Bilbo y luego de la primera botella lo proclamó un gran hobbit.

A Frodo le dejó muchísimas cosas y, por supuesto, los tesoros principales. También libros, cuadros y cantidad de muebles. No hubo rastros ni mención de joyas o dinero; no se regaló ni una cuenta de vidrio, ni una moneda.

Frodo tuvo una tarde difícil; el falso rumor de que todos los bienes de la casa estaban distribuyéndose gratis se propaló como un relámpago; pronto el lugar se llenó de gente que no tenía nada que hacer allí, pero a la que no se podía mantener alejada. Las etiquetas se rompieron y mezclaron, y estallaron disputas; algunos intentaron hacer trueques y negocios en el salón, y otros trataron de huir con objetos de menor cuantía, que no les correspondían, o con todo lo que no era solicitado o no estaba vigilado. El camino hacia la puerta se encontraba bloqueado por carros de mano y carretillas.

Los Sacovilla-Bolsón llegaron en mitad de la conmoción. Frodo se había retirado por un momento, dejando a su amigo Merry Brandigamo al cuidado de las cosas. Cuando Otho requirió en voz alta la presencia de Frodo, Merry se inclinó cortésmente.

—Está indispuesto —dijo—. Está descansando.

—Escondiéndose, querrás decir —respondió Lobelia—. De cualquier modo queremos verlo y lo exigimos. ¡Ve y díselo!

Merry los dejó en el salón por un tiempo, y los Sacovilla-Bolsón descubrieron entonces las cucharas. Esto no les mejoró el humor. Por último fueron conducidos al escritorio. Frodo estaba sentado a una mesa frente a un montón de papeles. Parecía indispuesto (de ver a los

Sacovilla-Bolsón, en todo caso). Se levantó jugueteando con algo que tenía en el bolsillo, y les habló con mucha cortesía.

Los Sacovilla-Bolsón estuvieron bastante ofensivos. Empezaron por ofrecerle precios de ocasión (como entre amigos) por varios objetos de valor que no tenían etiqueta. Cuando Frodo replicó que sólo se darían aquellas cosas que Bilbo había señalado especialmente, respondieron que todo el asunto era muy sospechoso.

—Sólo una cosa me resulta clara —dijo Otho—, y es que tú eres el más beneficiado de todos. Insisto en ver el testamento.

Otho habría sido el heredero de Bilbo de no mediar la adopción de Frodo. Leyó el testamento cuidadosamente y bufó. Era, para su desgracia, muy claro y correcto (de acuerdo con las costumbres legales de los hobbits, quienes exigían, entre otras cosas, las firmas de siete testigos, estampadas con tinta roja).

—¡Burlado otra vez! —dijo a su mujer—. ¡Después de esperar *sesenta* años! ¿Cucharas? ¡Qué disparate!

Chasqueó los dedos bajo la nariz de Frodo y salió corriendo.

No fue tan fácil deshacerse de Lobelia. Un poco más tarde Frodo salió del estudio para ver cómo se desarrollaban los acontecimientos y la encontró revisando todos los escondrijos y rincones y dando golpecitos en el suelo. La acompañó con firmeza fuera de la casa, después de aligerarla de varios pequeños pero bastante valiosos artículos que le habían caído dentro del paraguas no se sabía cómo. La cara de Lobelia reflejaba la angustia con que buscaba una frase demoledora de despedida, pero esto fue lo único que dijo, volviéndose airadamente:

—¡Vivirás para lamentarlo, jovencito! ¿Por qué no te fuiste tú también? Tú no eres de aquí, no eres un Bolsón, tú... ¡ni siquiera eres un Brandigamo!

—¿Has oído eso, Merry? Fue un insulto, ¿no? Frodo cerrando la puerta en las narices de Lobelia.

—Fue un cumplido —respondió Merry Brandigamo—, y por eso mismo falso.

Luego recorrieron el lugar y expulsaron a tres jóvenes hobbits (dos Boffin y un Bolger) que estaban agujereando la pared de una bodega. Frodo tuvo un forcejeo con el joven Sancho Ganapié (el nieto del viejo Odo Ganapié), quien había iniciado una excavación en la despensa mayor, donde le pareció que sonaba a hueco. La leyenda del oro de Bilbo movía a la curiosidad y a la esperanza: pues el oro legendario misteriosamente obtenido, si bien no positivamente mal habido, es como todos saben para cualquiera que lo encuentre, a menos que algún otro interrumpa la búsqueda.

Frodo echó a Sancho, y se desplomó en una silla de la sala.

—Ya es hora de cerrar la tienda, Merry —dijo—. Echa llave a la puerta y no la abras a nadie hoy, aunque traigan un ariete.

Frodo fue a reanimarse con una tardía taza de té. Apenas se había sentado, cuando se oyó un golpe en la puerta principal. «Seguro que es Lobelia otra vez», pensó. «Se le habrá ocurrido algo realmente desagradable y ha vuelto para decírmelo. Puede esperar.»

Siguió tomando té. Se oyó otra vez el golpe, mucho más fuerte. Frodo no le dio importancia. De repente la cabeza del mago apareció en la ventana.

—Si no me dejas entrar, Frodo, haré volar la puerta colina abajo.

—¡Mi querido Gandalf! ¡Medio minuto! —gritó Frodo, corriendo hacia la puerta—. ¡Entra! ¡Entra! Pensé que era Lobelia.

—Entonces te perdono. La vi hace un momento en un cochecito que iba hacia Delagua, con una cara que hubiese agriado la leche fresca.

—Casi me ha agriado a mí. Honestamente, estuve tentado de utilizar el anillo de Bilbo. Tenía ganas de desaparecer.

—¡No lo hagas! —le dijo Gandalf, sentándose—. Ten mucho cuidado con ese anillo, Frodo. En realidad, en parte he venido a decirte una última palabra al respecto.

—Bueno, ¿de qué se trata?

—¿Qué sabes tú del anillo?

—Sólo lo que Bilbo me contó. He oído su historia; cómo lo encontró y cómo lo usó en el viaje, quiero decir.

—Estoy pensando qué historia —dijo Gandalf.

—Oh, no la que contó a los enanos y escribió en el libro —dijo Frodo—. La verdadera historia. Me la contó tan pronto como vine a vivir aquí. Me dijo que tú lo habías importunado, y al fin te la contó, y que entonces era mejor que yo también la supiera. «No tengamos secretos entre nosotros, Frodo», me dijo Bilbo. «Pero no la repitas. De cualquier modo, el anillo me pertenece.»

—Interesante —dijo Gandalf—. ¿Qué pensaste?

—Si te refieres al invento ese del «regalo», bueno, te diré que la historia verdadera me parece mucho más probable, y no pude entender por qué la alteró. Nada propio de Bilbo, al menos; el asunto me pareció raro.

—Lo mismo a mí, pero a la gente que tiene estos tesoros, y los utiliza, pueden ocurrirles cosas realmente raras. Permíteme aconsejarte que seas muy cuidadoso con el anillo; puede tener quizá otros poderes además de hacerte desaparecer a voluntad.

—No entiendo —dijo Frodo.

—Yo tampoco —respondió el mago—. Sólo que anoche me puse a pensar en el anillo. No tienes por qué preocuparte, pero sigue mi consejo y úsalo poco o nada. Al menos te ruego que no lo uses en casos que puedan provocar comentarios o sospechas. Te repito: guárdalo en secreto y en un sitio seguro.

—¡Cuánto misterio! ¿Qué temes?

—No lo sé muy bien, y por lo tanto no diré más. Hablaré quizá cuando vuelva. Me voy inmediatamente; así que me despido por ahora.

Se puso de pie.

—¡Así de pronto! —exclamó Frodo—. ¿Por qué? Creí que te quedarías por lo menos una semana, Gandalf, esperaba tu ayuda.

—Así lo deseaba, pero tuve que cambiar de idea. Quizá me aleje por mucho tiempo; volveré a verte tan pronto como me sea posible. ¡Cuenta conmigo! Vendré sin hacer ruido, y no a menudo. Creo que me he vuelto bastante impopular en la Comarca. Dicen que soy un estorbo, un perturbador de la paz. Por si te interesa, te aviso que algunos hablan de una confabulación entre tú y yo para quedarnos con las riquezas de Bilbo.

—¡Algunos! —exclamó Frodo—. Quieres decir Otho y Lobelia. ¡Qué abominables! Les daría Bolsón Cerrado y todo lo demás si pudiera tener otra vez a Bilbo y salir con él a corretear por los campos. Amo la Comarca, pero comienzo a lamentar no haber partido con Bilbo. Me pregunto si lo veré otra vez.

—Lo mismo digo —respondió Gandalf—, y me pregunto muchas otras cosas. ¡Adiós, ahora! ¡Cuídate! Búscame sobre todo en los momentos difíciles. ¡Adiós!

Frodo lo acompañó hasta la puerta. Gandalf lo despidió agitando la mano, y desapareció a paso sorprendentemente rápido, aunque Frodo pensó que el viejo mago estaba más agobiado que de costumbre, como si llevase un gran peso sobre los hombros. La tarde moría y la figura embozada se perdió en el crepúsculo. Frodo no volvería a verlo por largo tiempo.

2

LA SOMBRA DEL PASADO

La charla no decreció ni en nueve ni en noventa y nueve días. La segunda desaparición del señor Bilbo Bolsón se discutió en Hobbiton y en verdad en toda la Comarca durante un año y un día, y se recordó todavía mucho más. Llegó a ser uno de esos cuentos que cuentan los abuelos para los niños hobbits. Y al fin, el loco Bolsón, que tenía la costumbre de desaparecer con una detonación y un relámpago para reaparecer con sacos repletos de oro y alhajas, se convirtió en un personaje legendario que continuó viviendo cuando ya los hechos verdaderos se habían olvidado del todo.

Pero entre tanto, la opinión general en la vecindad era que Bilbo (conocido ya como un poco chiflado) se había vuelto al fin completamente loco, y había escapado al mundo desconocido. Allí, sin duda habría caído en un estanque o en un río, encontrando un fin trágico, aunque nada prematuro. La culpa recayó casi toda sobre Gandalf.

«Si por lo menos ese maldito mago lo dejara tranquilo, quizá el joven Frodo se enderezara, llegando a tener un poco de buen sentido hobbit» decían. Y aparentemente el mago lo dejó tranquilo, y el joven Frodo se enderezó, pero el desarrollo del sentido hobbit no era demasiado visible. En efecto, pronto se ganó fama de extravagante, como Bilbo. Rehusó guardar duelo, y al año siguiente dio una fiesta en honor del centesimodecimosegundo cumpleaños de Bilbo, que llamó la Fiesta de ciento doce libras de peso. Estuvieron lejos de ese número; sólo veinte invitados y varios banquetes, en los que llovió bebida y nevó comida, como dicen los hobbits.

Algunos se escandalizaron bastante, pero Frodo siguió celebrando el cumpleaños de Bilbo, año tras año, hasta que al fin todos se acostumbraron. Frodo decía que no creía que Bilbo hubiera muerto. Cuando le preguntaban: «¿Dónde está entonces?» se encogía de hombros.

Vivía solo, como había vivido Bilbo; pero tenía muchos buenos amigos, especialmente entre los hobbits más jóvenes (casi todos descendientes del viejo Tuk), que de niños habían simpatizado con Bilbo, dentro y fuera de Bolsón Cerrado. Entre ellos estaban Folco Boffin y Fredegar Bolger, pero sus amigos íntimos eran Peregrin Tuk (llamado comúnmente Pippin) y Merry Brandigamo, cuyo nombre verdadero, muy poco recordado, era Meriadoc. Frodo correteaba con ellos por la Comarca, pero más a menudo vagabundeaba solo, asombrando a la gente razonable, pues lo vieron muchas veces lejos de la casa, caminando por las lomas y los bosques, a la luz de las estrellas. Merry y Pippin sospechaban que visitaba de vez en cuando a los Elfos, continuando la costumbre de Bilbo.

A medida que el tiempo pasaba, la gente comenzó a notar que también Frodo se «conservaba» bien. Exteriormente tenía la apariencia de un hobbit robusto y enérgico que apenas había sobrepasado la «veintena». «Algunos tienen suerte en todo», decían; pero cuando Frodo se acercó a los cincuenta años, edad comúnmente más sobria, la cosa empezó a parecerles rara.

El mismo Frodo, pasada la primera conmoción, encontró bastante agradable ser su propio amo y *el* Señor Bolsón de Bolsón Cerrado. Durante algunos años fue feliz y no se preocupó mucho por el futuro. Pero el remordimiento no del todo consciente de no haber seguido a Bilbo, continuaba creciendo en él. Se descubrió a veces, especialmente en el otoño, pensando en tierras salvajes, y unas montañas extrañas que nunca había visto se le aparecieron en sueños. Comenzó a decirse: «Quizá algún día cruzaré el río». A lo que la otra mitad de la mente le respondía siempre: «Todavía no».

Así continuó hasta que pasó los cuarenta y se acercó a su quincuagésimo cumpleaños. Cincuenta era un número algo significativo (o temible); en todo caso, a esa edad le había ocurrido a Bilbo aquella aventura. Frodo comenzó a sentirse intranquilo, y los viejos caminos le parecían ahora demasiado trillados. Estudiaba los mapas y pensaba en lo que habría más allá; los mapas hechos en la Comarca mostraban en su mayoría espacios blancos fuera de las fronteras. Frodo se acostumbró a vagabundear por campos lejanos, casi siempre solo, por lo que Merry y otros amigos lo observaban con inquietud. A menudo se lo veía paseando y hablando con extraños caminantes que en ese tiempo comenzaban a aparecer en la Comarca.

Había rumores de cosas extrañas que ocurrían en el mundo exterior, y como Gandalf no había aparecido, ni había enviado ningún mensaje desde hacía años, Frodo andaba siempre en busca de noticias. Los Elfos, a quienes se veía muy raramente en la Comarca, cruzaban los bosques hacia el oeste, al atardecer; pasaban y no volvían, pues estaban abandonando la Tierra Media y ya no se preocupaban de los problemas. Había, en cambio, un número insólito de enanos. El antiguo Camino del Oeste corría a través de la Comarca y concluía en los Puertos Grises, y los enanos lo tomaban siempre en su camino hacia las minas de las Montañas Azules. Allí los hobbits tenían noticias de las tierras distantes, si querían tenerlas; por lo general los viajeros decían poco y los hobbits no preguntaban mucho. Pero ahora Frodo se encontraba a menudo con enanos de lejanas tierras que buscaban refugio en el Oeste. Estaban preocupados, y algunos hablaban en voz baja del Enemigo y de la Tierra de Mordor.

Los hobbits sólo conocían ese nombre por leyendas del oscuro pasado, como una sombra recordada apenas, aunque ominosa e inquietante. Parecía que el poder maléfico había desaparecido del Bosque Negro gracias a la intervención del Concilio Blanco, pero sólo para reaparecer con poder todavía mayor en las viejas fortificaciones de Mordor. Se decía que la Torre Oscura había sido reedificada. Desde allí se extendía el poder, a lo largo y a lo ancho, y en el lejano este y en el sur había guerras y crecía el temor. Los orcos se multiplicaban de nuevo en las montañas. Los trolls estaban en todas partes; ya no eran tontos, sino astutos, y traían armas terribles. Y también se hablaba de criaturas todavía más espantosas, pero que no tenían nombre.

Poco de eso llegó a oídos de los hobbits comunes, como es natural, pero hasta los más sordos y los más sedentarios comenzaron a oír cuentos extraños, y aquellos cuyas ocupaciones los llevaban a las fronteras del país veían cosas curiosas. Las conversaciones en *El Dragón Verde*, en Delagua, una tarde de primavera, en el quincuagésimo año de Frodo, demostraron que esos rumores habían llegado al corazón mismo de la Comarca, aunque la mayoría de los hobbits se los tomaran a risa.

Sam Gamyi estaba sentado en un rincón, cerca del fuego, de frente a Ted Arenas, el hijo del molinero, y varios rústicos jóvenes escuchaban la conversación.

—Se oyen cosas extrañas en estos días —dijo Sam.

—Ah —dijo Ted—, las oyes, si escuchas. Pero para escuchar cuentos de vieja y leyendas infantiles, me quedo en mi casa.

—Sin duda —replicó Sam—, y te diré que en algunos de esos cuentos hay más verdad de lo que crees. De cualquier modo, ¿quién inventó las historias? Toma el caso de los dragones.

—No, gracias —dijo Ted—. No lo haré. Oí hablar en otro tiempo cuando era más joven, pero no hay razón para creer en ellos ahora. Hay un solo dragón en Delagua y es verde —concluyó, y todos se rieron.

—Bien —dijo Sam riéndose con los demás—. Pero ¿qué me cuentas de esos hombres-árboles, esos gigantes, como quizá los llames? Dicen que vieron a uno mayor que un árbol más allá de los Páramos del Norte no hace mucho tiempo.

—¿Quiénes *lo vieron*?

—Mi primo Hal, por ejemplo. Trabaja para el señor Boffin en Sobremonte y sube a la Cuaderna del Norte a cazar. Él *vio* uno.

—Dice que lo vio, quizá. Tu Hal siempre dice que ve cosas, y quizá vea lo que no hay.

—Pero éste era del tamaño de un olmo y caminaba; caminaba dando zancadas de siete yardas como si fuesen apenas un palmo.

—Entonces te apuesto a que no *era* un palmo. Lo que vio era un olmo, lo más probable.

—Pero éste caminaba, y no hay olmos en los Páramos del Norte.

—Entonces no vio ninguno —dijo Ted.

Se oyeron risas y aplausos; la audiencia parecía pensar que Ted se había apuntado un tanto.

—De cualquier modo —replicó Sam—, no puedes negar que otros además de Hal han visto a gentes extrañas cruzando la Comarca. Cruzando, sí, no lo olvides; hay muchos que fueron detenidos en la frontera. Los Fronteros no estuvieron nunca tan activos.

—He oído decir que los Elfos se mudan al oeste. Dicen que van hacia los puertos, más allá de las Torres Blancas.

Sam hizo un vago ademán con el brazo; ni él ni ningún otro sabía a qué distancia se encontraba el mar, más allá de los límites occidentales de la Comarca, pasando las viejas torres, pero una antigua tradición decía que en esa dirección, muy lejos, estaban los Puertos Grises, donde a veces los barcos de los Elfos se hacían a la mar, para no volver.

—Navegan, navegan, navegan por el Mar; se van al oeste y nos abandonan —dijo Sam, canturreando las palabras, sacudiendo la cabeza triste y solemnemente.

Pero Ted rió.

—Bueno, eso no es nada nuevo, si crees en las viejas fábulas. No veo qué puede importarnos. ¡Déjalos que naveguen! Pero te aseguro que tú nunca los viste navegar, ni ningún otro de la Comarca.

—Bueno, no sé —dijo Sam pensativo. Creía haber visto una vez un Elfo en los bosques y todavía esperaba que algún día vería más. De todas las leyendas que había oído en sus primeros años, algunos fragmentos de cuentos y relatos recordados a medias que contaban los hobbits sobre los Elfos siempre lo habían impresionado de un modo muy profundo—. Hay algunos, aun en aquellos lugares, que conocen a la Hermosa Gente, de quienes obtienen noticias —dijo—. Además, ahí está el señor Bolsón, para quien yo trabajo. Me contó que los Elfos salían a navegar, y él algo sabe sobre Elfos, y el viejo señor Bilbo sabía más aún; son muchas las charlas que tuve con él cuando era niño.

—Oh, los dos están chiflados —dijo Ted—. Al menos el viejo Bilbo estaba chiflado, y Frodo va en camino de estarlo. Si ésa es la fuente de tus noticias, nunca llegarás muy lejos. Pues bien, amigos, me voy a casa. ¡A vuestra salud! —Apuró el vaso y se fue ruidosamente.

Sam se quedó sentado y no dijo nada más. Tenía tantas cosas en que pensar... Por una parte, había muchísimo que hacer en el jardín de Bolsón Cerrado; al día siguiente tendría una jornada de mucho trabajo, si el tiempo mejoraba. La hierba crecía rápidamente. Pero no era el cuidado del jardín lo que preocupaba a Sam. Al cabo de un rato suspiró, se levantó y se fue.

Era a comienzos de abril y el cielo aclaraba ahora, luego de un copioso chaparrón. El sol se había puesto, y una tarde fría y pálida desaparecía poco a poco fundiéndose en la noche. Sam regresó bajo las primeras estrellas; cruzó Hobbiton y fue colina arriba, silbando suave y pensativamente.

Gandalf reapareció justamente entonces, al cabo de una larga ausencia. Había estado fuera tres años, luego del banquete; después visitó brevemente a Frodo, y partió una vez más. Durante uno o dos años había vuelto bastante a menudo; llegaba inesperadamente de noche y partía sin aviso antes del alba. No hablaba de sus viajes y ocupaciones, y le interesaban sobre todo los pequeños acontecimientos relacionados con la salud y las actividades de Frodo.

De pronto las visitas se interrumpieron, y hacía ya casi nueve años que Frodo no veía ni oía a Gandalf. Comenzaba a pensar que el mago no volvería, y que habría perdido todo interés en los hobbits. Pero aquella tarde, mientras Sam regresaba caminando, y la luz del crepúsculo se apagaba poco a poco, Frodo oyó en la ventana del estudio un golpe familiar.

Sorprendido y encantado, dio la bienvenida al viejo amigo. Se observaron un instante.

—Todo bien, ¿no? —preguntó Gandalf—. ¡Estás siempre igual, Frodo!

—Lo mismo que tú —replicó Frodo, aunque le parecía que Gandalf estaba más viejo y agobiado.

Le pidió noticias de él mismo y el ancho mundo, y pronto estuvieron metidos en una conversación que se prolongó hasta altas horas de la noche.

A la mañana siguiente, luego de un desayuno tardío, el mago se sentó con Frodo junto a la ventana abierta del estudio. Un fuego brillante ardía en el hogar, aunque el sol era cálido y el viento soplaba del sur. Todo parecía fresco: el verde nuevo de la primavera asomaba en los campos y en las yemas de los árboles.

Gandalf recordaba otra primavera, unos ochenta años atrás, cuando Bilbo había partido de Bolsón Cerrado sin llevarse ni siquiera un pañuelo. El mago tenía el cabello más blanco ahora, y la barba y las cejas quizá más largas, y la cara más marcada por las preocupaciones y la experiencia, pero los ojos le brillaban como siempre y fumaba haciendo anillos de humo con el vigor y el placer de antaño.

Fumaba ahora en silencio, y Frodo estaba allí sentado y muy quieto, ensimismado. Aun a la luz de la mañana sentía la sombra oscura de las noticias que Gandalf había traído. Al fin quebró el silencio.

—Gandalf, anoche empezaste a contarme cosas extrañas sobre mi anillo —dijo—, y en seguida callaste diciendo que tales asuntos era mejor ventilarlos a la luz del día. ¿No piensas que sería mejor terminar la conversación ahora? Me has dicho que el anillo es peligroso; mucho más peligroso de lo que creo. ¿En qué sentido?

—En muchos sentidos —respondió el mago—. Es mucho más poderoso de lo que me atreví a pensar en un comienzo, tan poderoso que al final puede llegar a dominar a cualquier mortal que lo posea. El anillo lo poseería a él.

"En tiempos remotos fueron fabricados en Eregion muchos anillos de Elfos, anillos mágicos como vosotros los llamáis; eran, por supuesto, de varias clases, algunos más poderosos y otros menos. Los menos poderosos fueron sólo ensayos, anteriores al perfeccionamiento de este arte: bagatelas para los herreros de los Elfos, aunque a mi entender peligrosos para los mortales. Pero los realmente peligrosos eran los Grandes Anillos, los Anillos de Poder.

"Un mortal que conserve uno de los Grandes Anillos no muere, pero no crece ni adquiere más vida. Simplemente continúa hasta que al fin cada minuto es un agobio. Y si lo emplea a menudo para volverse invisible, *se desvanecerá*, se transformará al fin en un ser perpetuamente invisible que se paseará en el crepúsculo bajo la mirada del Poder Oscuro, que rige los Anillos. Sí, tarde o temprano (tarde, si es fuerte y honesto, pero ni la fortaleza ni los buenos propósitos duran siempre), tarde o temprano el Poder Oscuro lo devorará.

—¡Qué aterrador! —dijo Frodo.

Hubo otro largo silencio. Sam Gamyi cortaba el césped en el jardín, y el sonido subía hasta el estudio.

—¿Cuánto tiempo hace que lo sabes? —preguntó Frodo por último—. ¿Cuánto sabía Bilbo?

—Bilbo no sabía más de lo que te dijo; estoy seguro —respondió Gandalf—. Ciertamente, nunca te habría dejado algo si hubiera pensado que podía hacerte daño, aunque yo le prometiera cuidarte. Pensaba que el anillo era muy hermoso, y útil en caso de necesidad, y que si había allí algo raro o que andaba mal era él mismo. Dijo que el anillo le ocupaba cada vez más la mente, cosa que lo inquietaba; pero no sospechaba que el anillo fuera el único culpable, aunque había descubierto que necesitaba que lo vigilaran, pues no siempre parecía tener el mismo tamaño y el mismo peso; se encogía o crecía de manera curiosa, y de pronto podía deslizarse fuera del dedo.

—Sí, me lo recomendó en su última carta —dijo Frodo—; por eso no lo saco de la cadena.

—Muy prudente —dijo Gandalf—. Pero en cuanto a su larga vida, Bilbo nunca la relacionó con el anillo; se atribuyó todo el mérito, y estaba muy orgulloso, aunque cada vez más inquieto y molesto. *Delgado y estirado,* decía. Señal de que el anillo lo estaba dominando.

—¿Cuánto tiempo hace que lo sabes? —le preguntó Frodo de nuevo.

—¿Saber? He sabido muchas cosas que sólo saben los sabios, Frodo. Pero si te refieres a lo que sé de este anillo en particular, bueno, todavía no sé, podría decir. Me falta una última prueba. Pero ya no pongo en duda mis sospechas.

"¿Cuándo empecé a sospechar? —musitó Gandalf, recordando—. Espera... fue el año en que el Concilio Blanco expulsó al Poder Oscuro del Bosque Negro, poco antes de la Batalla de los Cinco Ejércitos, cuando Bilbo encontró el anillo. El corazón se me ensombreció entonces, aunque sin saber todavía cuáles eran mis verdaderos temores. Me preguntaba a menudo cómo Gollum había obtenido un Gran Anillo, de un modo tan simple... Esto fue claro desde el principio. Después oí la extraña historia de Bilbo acerca de cómo lo había «ganado», y no pude creerlo. Cuando al fin le saqué la verdad, entendí en seguida que había estado defendiendo sus derechos al anillo. Algo parecido a la explicación de Gollum: «un regalo de cumpleaños». Las mentiras eran demasiado semejantes, a mi juicio, y al fin entendí: el anillo tenía un poder nocivo que actuaba inmediatamente sobre su dueño. Fue para mí el primer aviso de que las cosas no andaban bien. A menudo le dije a Bilbo que era mejor no usar esos anillos. Pero se ofendió, y no tardó en enojarse. No había muchas otras cosas que yo pudiera intentar. Yo no podía quitárselo sin causarle un daño mayor, y tampoco tenía derecho a hacerlo, de todos modos. Sólo me restaba esperar y observar. Quizá tendría que haber consultado a Saruman el Blanco, pero algo siempre me detenía.

—¿Quién es ése? —preguntó Frodo—. Nunca lo oí nombrar.

—Quizá no —respondió Gandalf—. Los hobbits no le interesan, ni le interesaron. Aunque es un grande entre los Sabios, el jefe de mi orden, el principal del Concilio. Tiene profundos conocimientos y un orgullo que ha crecido a la par, y se toma a mal cualquier intrusión. Ha estudiado mucho la ciencia de los Anillos de los Elfos, y ha buscado largo tiempo los secretos perdidos de la fabricación de los Anillos; pero cuando se debatió el asunto en el Concilio lo que accedió a revelarnos casi borró del todo mis temores. Mis dudas se echaron a dormir, pero con un sueño intranquilo. Continué observando y esperando.

"Todo parecía desarrollarse normalmente con Bilbo; los años pasaron; sí, pasaron, y parecía que no lo tocaban. Bilbo no mostraba signos de vejez; la sombra cayó sobre mí nuevamente, pero me dije: «Al fin y al cabo desciende por línea materna de una familia de longevos; hay tiempo aún. ¡Espera!»

"Y esperé hasta la noche en que Bilbo dejó esta casa. Bilbo dijo e hizo cosas entonces que me llenaron de un temor que ni las palabras de Saruman hubiesen podido calmar. Supe así que algo oscuro y mortal estaba operando, y me he pasado la mayoría de estos años tratando de descubrir la verdad.

—No hubo ningún daño permanente, ¿no? —inquirió Frodo con ansiedad—. Se pondrá bien con el tiempo, ¿no es así? Quiero decir: ¿podrá descansar en paz?

—Se sintió mejor inmediatamente —contestó Gandalf—. Pero sólo hay un Poder en este mundo que lo sabe todo acerca de los Anillos y sus efectos, y no hay poder conocido que lo sepa todo acerca de los hobbits. Entre los Sabios soy el único que estudia la ciencia hobbit: una oscura rama del conocimiento, pero colmada de raras sorpresas. Hay hobbits blandos como mantequilla, y otros resistentes como viejas raíces de árbol. Creo sinceramente que algunos podrían resistir a los Anillos mucho más de lo que la mayoría de los Sabios supone. No te preocupes por Bilbo.

"Por supuesto, tuvo el anillo muchos años y lo usó; la influencia tardará entonces algún tiempo en desaparecer, antes que pueda verlo de nuevo sin que le haga daño, por ejemplo. Hubiera podido seguir viviendo así largos años, y muy feliz; la influencia se detuvo cuando se libró del anillo; y él mismo decidió dejarlo, no lo olvides. No, ya no me inquieto por el querido Bilbo, que resolvió terminar con el anillo. Eres tú quien me hace sentir responsable. Desde la partida de Bilbo me he interesado profundamente en ti y en todos estos encantadores, absurdos y desvalidos hobbits. Si el Poder Oscuro se apoderase de la Comarca, sería un doloroso golpe para el mundo; si vuestros amables, alegres, estúpidos Bolger, Corneta, Boffin, Ciñatiesa y los demás, sin mencionar a los ridículos Bolsón, fuesen esclavizados...

—Pero ¿por qué nos esclavizaría? —preguntó Frodo estremeciéndose—. ¿Y para qué querría esos esclavos?

—Te diré la verdad —replicó Gandalf—; creo que hasta ahora, *hasta ahora,* grábalo en tu mente, el Poder Oscuro ha pasado por alto la existencia de los hobbits. Tendríais que estar agradecidos, pero vuestra seguridad es ya cosa del pasado. El Poder no os necesita: tiene sirvientes mucho más útiles, pero ya no olvidará a los hobbits. Le agradaría más verlos como esclavos miserables que felices y libres. ¡En todo esto hay maldad y venganza!

—¡Venganza! ¡Venganza de qué! Todavía no entiendo qué tiene que ver todo esto con Bilbo, conmigo y con nuestro anillo.

—Todo tiene que ver —afirmó Gandalf—. Todavía no sabes en qué peligro te encuentras. Yo tampoco estaba seguro la última vez que vine, pero ha llegado la hora de hablar. Dame el anillo un momento.

Frodo lo sacó del bolsillo del pantalón, donde lo guardaba enganchado a una cadena que le colgaba del cinturón. Lo soltó y se lo alcanzó lentamente al mago. El anillo se hizo de pronto muy pesado, como si él mismo o Frodo no quisiesen que Gandalf lo tocara.

Gandalf lo sostuvo. Parecía de oro puro y sólido.

—¿Puedes ver alguna inscripción? —preguntó a Frodo.

—No —dijo Frodo—, no hay ninguna. Es completamente liso y no tiene rayas ni señales de uso.

—Bien, ¡entonces mira!

Ante la sorpresa y zozobra de Frodo el mago arrojó el anillo al fuego. Frodo gritó y buscó las tenazas, pero Gandalf lo retuvo.

—¡Espera! —le ordenó con voz autoritaria, echando a Frodo una rápida mirada, desde debajo de unas erizadas cejas.

No hubo en el anillo ningún cambio aparente. Un momento después Gandalf se levantó, cerró los postigos y corrió las cortinas. La habitación se oscureció, se hizo un silencio, y se oyó el ruido de las tijeras de Sam, ahora cerca de la ventana. El mago se quedó unos minutos mirando el fuego; luego se inclinó, sacó el anillo con las tenazas, poniéndolo sobre la chimenea, y en seguida lo tomó con los dedos. Frodo ahogó un grito.

—Está frío —dijo Gandalf—. ¡Tómalo!

Frodo lo recibió con mano temblorosa; parecía más pesado y macizo que nunca.

—¡Álzalo! —le ordenó Gandalf—, y míralo muy de cerca.

Frodo lo alzó y miró y vio líneas finas, más finas que los más finos rasgos de pluma, y que corrían a lo largo del anillo, en el interior y el exterior: líneas de fuego, como los caracteres de una fluida escritura. Brillaban con una penetrante intensidad, pero con una luz remota, que parecía venir de unas profundidades abismales.

—No puedo leer las letras ígneas —dijo Frodo con voz trémula.

—No —dijo Gandalf—, pero yo sí; son antiguos caracteres élficos. El idioma es el de Mordor, que no pronunciaré aquí. Esto es lo que dice en la lengua común, en una traducción bastante fiel.

Un Anillo para gobernarlos a todos. Un Anillo para
  encontrarlos,
un Anillo para atraerlos a todos y atarlos en las tinieblas.

"Sólo dos versos de una estrofa muy conocida en la tradición élfica:

Tres anillos para los Reyes Elfos bajo el cielo.
Siete para los Señores Enanos en casas de piedra.
Nueve para los Hombres Mortales condenados a morir.
Uno para el Señor Oscuro, sobre el trono oscuro
en la Tierra de Mordor donde se extienden las Sombras.
Un Anillo para gobernarlos a todos. Un Anillo para
  encontrarlos,
un Anillo para atraerlos a todos y atarlos en las tinieblas
en la Tierra de Mordor donde se extienden las Sombras.

Gandalf hizo una pausa, y luego dijo lentamente, con voz profunda: —Éste es el Dueño de los Anillos, el Anillo Único que los gobierna. Éste es el Anillo Único que el Señor Oscuro perdió en tiempos remotos, junto con parte de su poder. Lo desea terriblemente, pero es necesario que no lo consiga.

Frodo se sentó en silencio, inmóvil: el miedo parecía extender una mano enorme, como una vasta nube oscura que se levantaba en oriente y ya iba a devorarlo.

—¡Este anillo! —farfulló—. ¿Cómo rayos ha venido a mí?

—¡Ah! —dijo Gandalf—. Es una historia muy larga. Sólo los maestros de tradición la recuerdan, pues comienza en los Años Oscuros. Si tuviera que contártelo todo, nos quedaríamos aquí sentados hasta que acabe el invierno y empiece la primavera.

"Ayer te hablé de Sauron el Grande, el Señor Oscuro. Los rumores que has oído son ciertos. En efecto ha aparecido nuevamente, y luego de abandonar sus dominios en el Bosque Negro, ha vuelto a la antigua fortaleza en la

Torre Oscura de Mordor. Hasta vosotros, los hobbits, habéis oído el nombre, como una sombra que merodea en las viejas historias. Siempre después de una derrota y una tregua, la Sombra toma una nueva forma y crece otra vez.

—Espero que no suceda en mi época —dijo Frodo.

—También yo lo espero —dijo Gandalf—, lo mismo que todos los que viven en este tiempo. Pero no depende de nosotros. Todo lo que podemos decidir es qué haremos con el tiempo que nos dieron. Y ya, Frodo, nuestro tiempo ha comenzado a oscurecerse. El Enemigo se fortalece rápidamente, y hace planes todavía no maduros, pero que están madurando. Tenemos mucho que hacer. Tendremos mucho que hacer aun cuando no mediara ese riesgo espantoso.

"Al Enemigo todavía le falta algo que le dé poder y conocimientos suficientes para vencer toda resistencia, derribar las últimas defensas, y cubrir todas las tierras con una segunda oscuridad: la posesión del Anillo Único.

"Los Señores Elfos le ocultaron los Tres Anillos, los más perfectos de todos, y él nunca los tocó o los mancilló. Los Reyes Enanos poseían siete, de los cuales pudo recuperar tres; los otros los devoraron los dragones. Les dio nueve a los Hombres Mortales, orgullosos y espléndidos: así los engañó. Hace tiempo fueron dominados por el Único y se volvieron Espectros del Anillo, sombras bajo la gran Sombra, los sirvientes más terribles. Hace tiempo. Pasaron años desde que los Nueve se fueron lejos, y sin embargo, ¿quién sabe? La Sombra crece otra vez, y ellos pueden volver, y volverán. Pero no hablaremos de esas cosas ni siquiera en una mañana de la Comarca.

"En resumen: ha conseguido reunir los Nueve. También los Siete, a menos que hayan sido destruidos. Los Tres permanecen todavía ocultos, pero eso ya no le interesa. Sólo necesita el Único, pues lo fabricó él mismo, es suyo, y en él dejó gran parte del poder que tenía anteriormente, cuando gobernaba a todos los otros. Si lo recupera los dominará otra vez, donde se encuentren, y hasta los Tres, y todo aquello que se haya hecho con estos anillos desaparecerá del todo, y él será más fuerte que nunca.

"Éste es el terrible peligro, Frodo. Él creyó que el Único había sido destruido, que los Elfos lo habían destruido, como tendría que haber sucedido en realidad. Ahora sabe que no fue así, y que lo encontraron hace un tiempo. Así que no hace otra cosa que buscarlo y buscarlo, incesantemente. Vive de esa esperanza, y esa esperanza es nuestro temor.

—¿Por qué, por qué no lo destruyeron? —exclamó Frodo—. ¿Cómo el Enemigo pudo perderlo, si era tan poderoso, y tan valioso para él?

Apretó el Anillo en la mano, como si ya viera unos dedos oscuros que se alargaban para robárselo.

—Se lo quitaron —respondió Gandalf—. El poder de resistencia de los Elfos era mayor mucho tiempo atrás; y no todos los Hombres se habían apartado de ellos. Los Hombres de Oesternesse acudieron entonces a ayudarlos. Éste es un capítulo de historia antigua que sería bueno recordar, pues en aquella época había también aflicción y oscuridad creciente pero asimismo había mucho valor, y grandes hazañas que no fueron totalmente vanas. Quizá algún día te contaré toda la historia o la oirás por boca de alguien que la conozca mejor.

"Por el momento, pues necesitas saber sobre todo cómo el Anillo llegó aquí, lo que es bastante, no diré más. Fueron Gil-galad, el Rey de los Elfos, y Elendil, de Oesternesse, quienes derrocaron a Sauron, aunque murieron en la lucha. El hijo de Elendil, Isildur, cortó el Anillo de la mano de Sauron y se quedó con él. Sauron fue vencido; el espíritu desapareció, ocultándose por muchos años, hasta que la Sombra tomó nueva forma en el Bosque Negro.

"Pero el Anillo se había perdido. Cayó a las aguas del Río Grande, el Anduin. Desapareció cuando Isildur, que iba hacia el norte siguiendo la margen este del río, fue asaltado por los Orcos de la Montaña, cerca de los Campos Gladios. Los Orcos de la Montaña mataron a casi toda su gente. Isildur se zambulló en las aguas, el Anillo se le salió del dedo mientras nadaba, y entonces los orcos lo vieron, y lo mataron a flechazos.

Gandalf hizo una pausa.

—Allí, en los lagos oscuros, en medio de los Campos Gladios —continuó—, el Anillo murió para la tradición y la leyenda. Ahora sólo unos pocos conocen la historia, y el mismo Concilio de los Sabios no pudo descubrir más, pero al fin sé cómo continúa.

"Mucho después, pero aún en un pasado remoto, vivía junto a las márgenes del Río Grande, en los límites de las Tierras Ásperas, una gente pequeña, sedentaria, y diestra. Creo que eran de raza hobbit, emparentados con los padres de los padres de los Fuertes, pues amaban el río y a menudo nadaban en él, o construían pequeños botes de caña. Había entre ellos una familia de gran reputación, por ser más numerosa y más rica que la mayoría, encabezada por una abuela austera y docta en cuestiones tradicionales. El más preguntón y curioso de esa familia se llamaba Sméagol. Se interesaba en las raíces y orígenes subterráneos; se zambullía en lagos profundos, cavaba bajo los árboles y plantas, y abría túneles en los montículos verdes. Un día dejó de mirar hacia arriba, a la cima de las montañas, las hojas de los árboles o las flores que se elevaban en el aire; llevaba la cabeza y los ojos vueltos siempre hacia abajo.

"Sméagol tenía un amigo, Déagol, muy parecido, aunque de mirada más aguda, y no tan fuerte y rápido. En una ocasión tomaron un bote y fueron a los Campos Gladios donde crecían matorrales de lirios y junquillos. Una vez allí, Sméagol comenzó a curiosear por las márgenes, mientras Déagol permanecía sentado en el bote, pescando. De repente un pez grande picó el anzuelo, y antes de darse cuenta de lo que ocurría, Déagol se vio arrastrado al agua, hasta el fondo. Se dejó llevar, porque creyó ver algo brillante allá en el fondo del río, y conteniendo la respiración extendió la mano y lo alcanzó. Luego salió a la superficie, chorreando, con hierbas en los cabellos y un puñado de barro, y nadó hacia la orilla. Se quitó el barro de la mano, y oh qué era aquello, un hermoso anillo de oro que brillaba y centelleaba a la luz, y le alegraba el corazón. Sméagol había estado observándolo desde detrás de un árbol, y mientras Déagol se deleitaba mirando el anillo, se le acercó en silencio.

"«Dámelo, Déagol, mi querido», dijo Sméagol por sobre el hombro de su amigo.

"«¿Por qué?»

"«Porque es mi cumpleaños, querido, y lo quiero para mí», respondió Sméagol.

"«No me importa —contestó Déagol—. Ya te di un regalo; más de lo que estaba a mi alcance. El anillo lo encontré yo y me lo guardaré.»

"«¿De veras, querido?», dijo Sméagol, y tomó a Déagol por la garganta y lo estranguló, pues el oro era brillante y hermoso. Luego se puso el anillo en el dedo.

"Nadie pudo descubrir qué había sido de Déagol. Había sido asesinado lejos de la casa y el cadáver estaba bien escondido. Sméagol volvió solo y descubrió que la familia no podía verlo, cuando tenía puesto el anillo. El hallazgo lo entusiasmó, y ocultó el anillo empleándolo para descubrir secretos, y poniendo este conocimiento al servicio de fines torcidos y maliciosos. Alcanzó a tener ojo avizor y oído alerta para todo lo que fuera dañino. El anillo le había dado poder, de acuerdo con su talla moral. Se hizo muy impopular y los parientes se mantenían apartados (cuando él era visible). Lo pateaban y él les mordía los pies. Se acostumbró a robar y andar de aquí para allá, murmurando entre dientes y gorgoteando, y por eso lo llamaron _Gollum_. Lo maldijeron y le ordenaron que se fuera lejos. La abuela, deseando tener paz, lo expulsó de la familia y lo echó de la cueva.

"Gollum anduvo, vagabundo y a solas, lloriqueando por la crueldad del mundo; remontó el Río hasta un arroyo que fluía de las montañas, y siguió esa dirección. Pescó en lagos profundos con dedos invisibles y se comió los pescados crudos. Un día de mucho calor, estando agachado junto a un lago sintió que algo le quemaba la nuca y que una luz deslumbrante que venía del agua le lastimaba los ojos húmedos. Se preguntó qué sería eso, pues casi se había olvidado del sol. Por última vez miró hacia arriba, y lo amenazó con el puño.

"Cuando bajó los ojos, vio en la lejanía las cimas de las Montañas Nubladas de donde nacía el arroyo, y pensó de pronto: «Bajo aquellas montañas habrá fresco y sombra. El sol no podrá mirarme allí. Las raíces de esas montañas tienen que ser verdaderas raíces. Hay allí sin duda grandes secretos enterrados que nadie ha descubierto todavía».

"Gollum viajó pues durante la noche hacia las Tierras Altas y allí encontró una pequeña caverna de la que salía el arroyo sombrío. Fue abriéndose paso como un gusano hacia el corazón de las colinas y desapareció para el mundo. El Anillo bajó con él a las sombras, y ni siquiera aquel que lo había fabricado, cuando recobró de nuevo el poder, pudo averiguar qué había ocurrido.

—¡Gollum! —exclamó Frodo—, ¿Gollum? ¿Quieres decir que es el mismo Gollum que Bilbo encontró? ¡Qué espanto!

—Me parece que es una historia triste —dijo el mago—, que podría haberle sucedido a otros, también a algunos hobbits que he conocido.

—No puedo creer que Gollum estuviera emparentado con los hobbits, ni de lejos —dijo Frodo acalorado—. ¡Qué abominable idea!

—De todos modos es verdad —replicó Gandalf—. Sobre los orígenes de los hobbits, al menos, creo saber más que ellos mismos. Hasta la historia de Bilbo sugiere de algún modo ese parentesco; en el fondo de los pensamientos y la memoria tenían muchas cosas parecidas, y se entendían de modo notable; mucho mejor de lo que un hobbit podía entenderse, por ejemplo, con un Enano, con un Orco, o hasta con un Elfo. Piensa para empezar en los enigmas que los dos conocían.

—Sí —dijo Frodo—, aunque otros pueblos además de los hobbits tienen enigmas semejantes; y los hobbits no trampean. Gollum trampeaba siempre; trataba de sorprender descuidado al pobre Bilbo, y no me cabe duda de que se regocijaba en su maldad proponiendo un juego que terminaría dejándole una víctima fácil, y que en caso de derrota no le haría ningún daño.

—Me temo que sea demasiado cierto —dijo Gandalf— pero pienso que en todo esto había algo más que tú todavía no ves, y es que Gollum no estaba totalmente perdido. Había demostrado tener una resistencia que nadie hubiera adivinado, ni siquiera los Sabios; como podía tenerla un hobbit. En la mente de Gollum había un rinconcito que aún no le pertenecía, y en el que penetraba la luz como por un resquicio en las tinieblas: la luz que venía del pasado. Era realmente agradable, me parece, escuchar de nuevo una verdadera voz, que despertaba recuerdos del viento, de los árboles, del sol sobre los pastos, y otras cosas olvidadas.

"Claro está, todo esto irritará todavía más en última instancia la parte malvada de Gollum; a menos que alguien pueda dominarla. A menos que alguien lo cure. —Gandalf suspiró:— ¡Ay! Le doy pocas esperanzas. Aunque no ninguna esperanza. No, aunque haya tenido el Anillo tanto tiempo que él mismo ya no recuerda desde cuándo. Pues no lo usaba desde hacía mucho; no lo necesitaba en la impenetrable oscuridad. Por cierto, no se ha desvanecido. Es delgado y fuerte todavía, pero aquella cosa estaba carcomiéndole la mente, y el tormento se había vuelto casi insoportable.

"Todos los «grandes secretos» escondidos en las montañas sólo habían sido noche vacía; no había nada más que descubrir, nada que valiera la pena, salvo sórdidas comidas furtivas y recuerdos de agravios. Se sentía completamente desdichado, odiaba la oscuridad y más aún la luz; odiaba todo, pero lo que más odiaba era el Anillo.

—¿Qué quieres decir? —dijo Frodo—. ¿No era su tesoro y lo único que le importaba de veras? Y si lo odiaba ¿por qué no se deshacía de él, o se iba, dejándolo allí?

—Tendrás que empezar a entender, Frodo, después de todo lo que has oído —respondió Gandalf—. Lo odiaba y lo amaba, como se odiaba y se amaba a sí mismo. No podía deshacerse de él, pues no era ya cuestión de voluntad.

"Un Anillo de Poder se cuida solo, Frodo. Puede deslizarse traidoramente fuera del dedo, pero el dueño no lo dejará nunca. Tendrá alguna vez la idea de pasárselo a otro, pero esto sólo al principio, cuando el poder comienza a manifestarse. Pero, que yo sepa, en toda la historia del Anillo sólo Bilbo fue capaz de ir más allá de la idea y llevarla a cabo. Necesitó de toda mi ayuda. Y aun así nunca hubiese dejado el Anillo, nunca se hubiera librado de él. No fue Gollum, Frodo, sino el Anillo mismo el que decidió. El Anillo abandonó a Gollum.

—Justo para encontrarse con Bilbo —dijo Frodo—. ¿Un orco no le hubiera convenido más?

—No es asunto de risa —dijo Gandalf—. No para ti. Fue el acontecimiento más extraño en toda la historia del Anillo: la llegada de Bilbo en ese momento y que pusiera la mano sobre él, ciegamente, en la oscuridad.

"Había más de un poder actuando allí, Frodo. El Anillo trataba de volver a su dueño. Se había escapado de la mano de Isildur, traicionándolo; cuando tuvo la oportunidad se apoderó del pobre Déagol, que fue asesinado, y después de Gollum, a quien devoró. Ya no podía utilizar más a Gollum, demasiado pequeño y vil; y mientras tuviera el Anillo no dejaría nunca aquellas aguas profundas. Ahora que el dueño despertaba una vez más y transmitía oscuros pensamientos desde el Bosque Negro, el Anillo abandonó a Gollum; para caer en manos de la persona más inverosímil: Bilbo de la Comarca.

"Detrás de todo esto había algo más en juego, y que escapaba a los propósitos del hacedor del Anillo: no puedo explicarlo más claramente sino diciendo que Bilbo estaba *destinado* a encontrar el Anillo, y no por voluntad del hacedor. En tal caso, tú también estarías *destinado* a tenerlo. Quizá la idea te ayude un poco.

—No —dijo Frodo—, aunque no estoy seguro de entenderte. Pero ¿cómo has sabido todo esto sobre el Anillo y sobre Gollum? ¿Lo sabes realmente o te lo imaginas?

Gandalf miró a Frodo, y le brillaron los ojos.

—Sabía mucho y he aprendido más, pero no te daré cuenta a ti de todo lo que hago. Los Sabios conocen bien la historia de Elendil, Isildur, y el Anillo Único. Tu Anillo ha demostrado ser el único por la inscripción en letras de fuego, aparte de toda otra evidencia.

—¿Cuándo lo descubriste? —interrumpió Frodo.

—Justo ahora, en esta habitación —respondió el mago con brusquedad—. Esperaba descubrirlo. He vuelto de viajes tenebrosos y largas búsquedas para hacer esta prueba final. Es la última, y ahora todo está demasiado claro. Descifrar la parte de Gollum y meterla en la historia me exigió cierto esfuerzo. Pude, en un principio, haber comenzado con suposiciones sobre Gollum, pero ya no supongo más. Lo sé, pues lo he visto.

—¿Has visto a Gollum? —exclamó Frodo, asombrado.

—Sí. No había otra cosa que hacer, evidentemente, y sólo faltaba saber si era posible. Lo busqué mucho, y al fin lo encontré.

—Entonces ¿qué ocurrió después de la huida de Bilbo? ¿Lo sabes?

—No tan claramente. Lo que te he contado es lo que conseguí sacarle a Gollum, aunque no fueron las mismas palabras. Gollum es un mentiroso y hay que desbrozar lo que dice. Por ejemplo, llamó al Anillo «regalo de cumpleaños», una y otra vez. Dijo que se lo había dado su abuela, quien tenía montones de cosas hermosas parecidas: una historia absurda. No dudo de que la abuela de Sméagol fuese una matriarca, una gran persona, a su manera; pero es disparatado decir que tenía muchos Anillos de los Elfos, y que los regalaba a los parientes. Sin embargo, en esta mentira había un grano de verdad.

”El asesinato de Déagol obsesionaba a Gollum, por lo que inventó una defensa, y se la contaba a su «tesoro» una y otra vez, mientras roía huesos en la oscuridad, hasta que casi llegó a creerla. Era su cumpleaños; Déagol tenía que darle el anillo; había aparecido para ser un regalo; era su regalo de cumpleaños, etcétera.

”Lo soporté tanto como pude, pero la verdad era desesperadamente importante y por fin tuve que mostrarme duro. Puse en él el miedo del fuego, y le saqué la verdadera historia, poco a poco, muy a disgusto y entre lloriqueos y rezongos. Gollum se veía a sí mismo como una víctima incomprendida. Pero cuando por último me contó su historia, incluyendo el juego de los enigmas y la huida de Bilbo, no quiso decir nada más, fuera de unas vagas alusiones. Había en él otro temor, más grande que el que yo le inspiraba. Murmuró que recobraría lo que era suyo. Le demostraría a la gente que no toleraba que lo trataran a empujones, lo arrastraran a un agujero, y luego le robaran. Gollum tenía ahora buenos y poderosos amigos. Lo ayudarían, y Bolsón pagaría su culpa. Ésta era la obsesión de Gollum; odiaba a Bilbo y maldecía su nombre. Y además sabía de dónde era Bilbo.

—¿Cómo lo descubrió? —preguntó Frodo.

—En cuanto al nombre, se lo dijo Bilbo mismo, muy tontamente. Luego no le fue difícil averiguar de qué país venía Bilbo; una vez que salió a la luz. Pues se atrevió a salir. El deseo de recobrar el Anillo era más fuerte que su temor a los orcos y a la luz. Pasó un año o dos y dejó las montañas. Como ves, aunque dominado por el deseo del Anillo, ya no pensaba que lo devoraban; comenzó a revivir un poco. Se sentía viejo, muy viejo, aunque menos tímido, y con mucha hambre.

"Seguía y seguirá temiendo la luz del sol y de la luna; pero era astuto y supo esconderse de la luz del día y del fulgor de la luna, y abrirse camino veloz y calladamente en lo profundo de la noche con pálidos ojos fríos para atrapar a pequeñas criaturas asustadizas o incautas. La nueva alimentación y el nuevo aire le dieron fuerza y audacia. Se encaminó hacia el Bosque Negro, como podía esperarse.

—¿Es allí donde lo encontraste? —preguntó Frodo.

—Sí, lo vi allí —respondió Gandalf—, pero antes Gollum había andado mucho, siguiendo el rastro de Bilbo. Era muy difícil enterarse de algo por boca de Gollum, pues se interrumpía constantemente con maldiciones y amenazas. «¿Qué tenía en los bolsillos? —repetía—. Yo no podía decírselo, no, mi tesoro. Fue un engaño y no una pregunta limpia. Sí, me engañó desde el principio. Quebrantó las reglas. Teníamos que haberle roto los huesos allí mismo. Sí, mi tesoro. ¡Y lo haremos, mi tesoro!»

"Ésta es una muestra de su charla; supongo que no querrás más. Lo oí durante días enteros. Pero a través de ciertas alusiones que dejó escapar entre gruñidos, saqué en limpio que sus fatigados pies lo habían llevado por fin a Esgaroth y hasta las calles de Valle, donde observó y escuchó en secreto. La noticia de los grandes acontecimientos había corrido por todas las Tierras Ásperas, donde muchos conocían el nombre de Bilbo y sabían de dónde había venido. No habían guardado en secreto nuestro viaje de regreso al oeste; los agudos oídos de Gollum pronto oyeron lo que querían oír.

—Entonces, ¿por qué no siguió persiguiendo a Bilbo? —preguntó Frodo—. ¿Por qué no llegó a la Comarca?

—Ah —respondió Gandalf—, ése es el punto. Creo que Gollum lo intentó; partió y volvió al oeste, hasta Río Grande, pero se desvió. Estoy seguro de que no lo acobardó la distancia. No, algo distinto lo llevó a otra parte. Así piensan los amigos a quienes les pedí que lo siguieran.

"Los Elfos de los Bosques fueron los primeros en rastrearlo; tarea fácil para ellos, pues las huellas de Gollum estaban todavía frescas. Atravesaron el Bosque Negro y volvieron, pero nunca lo alcanzaron. En el bosque corrían muchos rumores sobre él, historias terribles, aun entre los pájaros y las bestias. Los Hombres del Bosque hablaban de un nuevo terror, un fantasma que bebía sangre, que se subía a los árboles en busca de nidos, que se arrastraba por las cuevas en busca de niños, que se deslizaba por las ventanas en busca de cunas.

"En el límite occidental del Bosque Negro las huellas se desviaban. Iban hacia el sur y se perdían fuera del dominio de los Elfos. Y entonces cometí un gran error. Sí, Frodo; y no el primero, aunque me temo que el peor de todos. Abandoné el asunto; dejé ir a Gollum, pues tenía otras cosas en qué pensar y confiaba todavía en la sabiduría de Saruman.

"Bueno, esto sucedió hace muchos años. Desde entonces he pagado mi error con días oscuros y peligrosos. El rastro se había borrado hacía mucho cuando lo retomé, después de la partida de Bilbo. Y mi búsqueda habría sido en vano si no hubiese contado con la ayuda de un amigo, Aragorn, el más grande viajero y cazador del mundo en esta época. Buscamos juntos a Gollum por toda la extensión de las Tierras Ásperas sin esperanza, y sin éxito. Por último, cuando yo ya había abandonado la persecución y me había ido a otras regiones, encontramos a Gollum. Mi amigo regresó luego de haber pasado grandes peligros, trayendo consigo a la miserable criatura.

"Gollum no me dijo en qué había estado ocupado. No hacía más que llorar, llamándonos crueles, entre gorgoritos; y cuando lo presionábamos gemía y temblaba, restregándose las largas manos y lamiéndose los dedos, como si le dolieran o como si recordase alguna vieja tortura. Pero temo que no hay ninguna duda: Gollum había ido arrastrándose paso a paso, milla a milla, lentamente, y al fin había llegado a la Tierra de Mordor.

Hubo un pesado silencio en el cuarto. Frodo alcanzaba a oír los latidos de su propio corazón. Hasta parecía que fuera todo estaba en silencio. Los tijeretazos de la podadora de Sam habían callado.

—Sí, a Mordor —repitió Gandalf—. ¡Ay! Mordor atrae a todos los seres perversos, y el Poder Oscuro pone toda su voluntad en reunirlos allí. El Anillo del Enemigo dejaría también su marca, preparando a Gollum para cualquier requerimiento. Todo el mundo hablaba de la nueva Sombra en el Sur y de cómo odiaba al Oeste. Allí estaban sus nuevos amigos, que lo ayudarían a vengarse.

"¡Tonto infeliz! En aquella tierra aprendería mucho, demasiado para sentirse cómodo. Tarde o temprano, cuando estuviera atisbando y acechando en las fronteras, lo apresarían para interrogarlo. Creo que así fue. Cuando lo descubrieron, hacía tiempo que había estado allí y se preparaba para regresar en alguna misión malévola. Pero eso no nos interesa ahora; el daño principal ya estaba hecho.

"¡Ay, sí! Por medio de Gollum, el Enemigo supo que el Único había sido encontrado de nuevo. El Enemigo sabe ahora dónde cayó Isildur. Sabe dónde encontró Gollum el Anillo. Sabe que es un Gran Anillo, pues confiere larga vida. Sabe que no es uno de los Tres, que nunca se perdieron y no soportan la maldad. Sabe que no es uno de los Siete, o de los Nueve, porque se conoce la suerte que tuvieron. Sabe que es el Único. Creo, por último, que ha oído algo acerca de los *hobbits* y de la *Comarca*.

"La Comarca, que estará buscando ahora, si no la encontró ya. En efecto, Frodo, temo que hasta el nombre *Bolsón*, durante mucho tiempo desconocido, se haya vuelto importante.

—¡Es terrible! —exclamó Frodo—. Mucho peor de lo que imaginé luego de tus insinuaciones y advertencias. Gandalf mi mejor amigo ¿qué debo hacer? Porque ahora estoy realmente asustado. ¿Qué debo hacer? ¡Qué lástima que Bilbo no haya matado a esa vil criatura cuando tuvo la oportunidad!

—¿Lástima? Sí, fue lástima lo que detuvo la mano de Bilbo. Lástima y misericordia: no matar sin necesidad. Y ha sido bien recompensado. Frodo, puedes estar seguro: la maldad lo rozó apenas y al fin pudo escapar por el modo en que tomó posesión del Anillo, con lástima.

—Lo lamento —dijo Frodo—; estoy asustado y no siento ninguna lástima por Gollum.

—No lo has visto —interrumpió Gandalf.

—No, y no quiero verlo —replicó Frodo—. No puedo entenderte. ¿Quieres decir que tú y los Elfos habéis dejado que siguiera viviendo después de todas esas horribles hazañas? Ahora, de cualquier modo, es tan malo como un orco, y además un enemigo. Merece la muerte.

—La merece, sin duda. Muchos de los que viven merecen morir y algunos de los que mueren merecen la vida. ¿Puedes devolver la vida? Entonces no te apresures a dispensar la muerte, pues ni el más sabio conoce el fin de todos los caminos. No hay muchas esperanzas de que Gollum tenga cura antes de morir, pero creo que aún podría salvarse: está ligado al destino del Anillo. El corazón me dice que todavía tiene un papel que desempeñar, para bien o para mal, antes del fin; y cuando éste llegue, la misericordia de Bilbo puede determinar el destino de muchos, no menos que el tuyo. De cualquier modo no lo hemos matado; es muy anciano y muy infeliz. Los Elfos de los Bosques lo tienen prisionero, pero lo tratan con toda la benevolencia que es posible esperar de esos prudentes corazones.

—De todos modos —dijo Frodo—, aunque Bilbo no haya matado a Gollum, yo hubiese preferido que no se quedara con el Anillo. Desearía que nunca lo hubiese encontrado y querría no tenerlo ahora. ¿Por qué permites que lo conserve? ¿Por qué no me obligas a que lo tire o que lo destruya?

—¿Permitirte? ¿Obligarte? —respondió el mago—. ¿No has oído todo lo que te dije? No piensas lo que estás diciendo. Tirarlo sería una equivocación. Estos Anillos saben cómo hacerse encontrar. En malas manos podría hacer mucho daño. Y lo peor de todo es que podría caer en poder del Enemigo. En efecto, podría, pues es el Único, y el Enemigo está ejerciendo todo su poder para encontrarlo o atraerlo.

"Por supuesto, mi querido Frodo, tú estabas en peligro, cosa que me trastornó profundamente. Pero había tanto en juego que tuve que arriesgarme, aunque durante mi ausencia no pasó un día sin que ojos vigilantes cuidaran la Comarca. Mientras no lo uses, no creo que el Anillo tenga algún efecto negativo sobre ti, o en todo caso no durante un tiempo. Recuerda que hace nueve años, cuando te vi por última vez, yo no sabía mucho.

—Pero... ¿por qué no destruirlo? Tendría que haber sido destruido hace tiempo, dijiste —volvió a exclamar Frodo—. Si me hubieses advertido, o me hubieses enviado un mensaje, yo lo habría destruido.

—¿De veras? ¿Cómo? ¿Lo intentaste alguna vez?

—No. Pero supongo que podría deshacerlo a martillazos o fundirlo.

—¡Prueba! —dijo Gandalf—. ¡Prueba ahora!

Frodo sacó de nuevo el Anillo y lo miró. Parecía liso y suave, sin ninguna marca visible. El oro era brillante y puro, y Frodo admiró la hermosura y vivacidad del color y la perfección de la forma. Era admirable, una verdadera joya. Cuando lo sacó del bolsillo había pensado en arrojarlo lejos, a la parte más caliente del fuego. Comprobó que no podía, que tenía que vencer una enorme resistencia. Sopesó el Anillo en la mano, titubeando y tratando de recordar lo que Gandalf le había dicho, y entonces recurriendo a toda su voluntad, hizo un movimiento para arrojarlo a las llamas, y en seguida advirtió que había vuelto a guardarlo en el bolsillo.

Gandalf rió torvamente.

—¿Ves, Frodo? Tampoco tú puedes deshacerte de él ni dañarlo. Y yo no podría obligarte, sino por la fuerza, en cuyo caso te arruinaría la mente. Para acabar con el Anillo, de nada sirve la fuerza. No le harías daño aunque lo golpearas con un martillo pesado. Ni tus manos ni las mías podrían destruirlo.

"Tu pequeño fuego apenas podría fundir el oro común. Este Anillo ha pasado ya por ese fuego y ni siquiera se calentó. No hay forja en la Comarca que pueda cambiarlo en lo más mínimo; aun los hornos y yunques de los Enanos no podrían hacerle nada. Se ha dicho que el fuego de los dragones podía fundir y consumir los Anillos de Poder, pero no hay ahora ningún dragón que tenga ese fuego: ni siquiera Ancalagon el Negro podría dañar el Anillo Único, el Anillo Soberano, pues fue fabricado por el mismo Sauron.

"Hay un solo camino: encontrar las Grietas del Destino, en las profundidades de Orodruin, la Montaña de Fuego, y arrojar allí el Anillo. Esto siempre que quieras destruirlo de veras, e impedir que caiga en manos enemigas.

—¡Quiero destruirlo de veras! —exclamó Frodo—. O que lo destruyan. No estoy hecho para empresas peligrosas. Hubiese preferido no haberlo visto nunca. ¿Por qué vino a mí? ¿Por qué fui elegido?

—Preguntas a las que nadie puede responder —dijo Gandalf—. De lo que puedes estar seguro es de que no fue por ningún mérito que otros no tengan. Ni por poder ni por sabiduría, a lo menos. Pero has sido elegido y necesitarás de todos tus recursos: fuerza, ánimo, inteligencia.

—¡Tengo tan poco de esas cosas! Tú eres sabio y poderoso. ¿No quieres el Anillo?

—¡No, no! —exclamó Gandalf incorporándose—. Mi poder sería entonces demasiado grande y terrible. Y el Anillo adquiriría un poder todavía mayor y más mortal. —Los ojos de Gandalf relampaguearon y la cara se le iluminó como con un fuego interior.— ¡No me tientes! Pues no quiero convertirme en algo semejante al Señor Oscuro. Todo mi interés por el Anillo se apoya en la misericordia, misericordia por los débiles, y deseo de tener fuerzas y poder hacer el bien. ¡No me tientes! No me atrevo a tomarlo, ni siquiera para esconderlo y que nadie lo use. La tentación de recurrir al Anillo sería para mí demasiado fuerte. ¡Tal vez lo necesitara! Me acechan grandes peligros.

Gandalf fue hacia la ventana, descorrió las cortinas, y abrió los postigos. El sol entró nuevamente en la habitación; Sam pasaba silbando por el sendero.

—Y ahora —dijo el mago volviéndose hacia Frodo—, la decisión depende de ti. Pero no olvides que puedes contar siempre conmigo. —Puso una mano sobre el hombro de Frodo.— Te ayudaré a soportar esta carga todo el tiempo que sea necesario. Pero tenemos que hacer algo rápido. El Enemigo no se está quieto.

Hubo un largo silencio. Gandalf volvió a sentarse; fumaba la pipa como perdido en sus pensamientos. Parecía tener los ojos cerrados, pero observaba a Frodo con atención, entornando los párpados. Frodo miraba fijamente las enrojecidas ascuas del hogar, hasta que creyó estar hundiendo los ojos en unos pozos profundos y llameantes. Pensaba en las fabulosas Grietas del Destino y en el terror de la Montaña de Fuego.

—Bien —dijo Gandalf por último—. ¿En qué piensas? ¿Has tomado una decisión?

—No —respondió Frodo volviendo en sí desde las tinieblas, viendo por la ventana el jardín soleado, y sorprendiéndose de que no fuera todavía de noche—. O quizá sí. De acuerdo con lo que entendí de tus palabras supongo que he de conservar el Anillo, al menos por ahora, me haga lo que me haga.

—Cualquier cosa que te haga, será muy lentamente, si lo guardas con ese propósito —dijo Gandalf.

—Así lo espero —respondió Frodo—; pero también espero que encuentres un guardián mejor que yo, y pronto. Por el momento parece que soy un peligro para mis vecinos. No puedo conservar el Anillo y quedarme aquí. Tengo que salir de Bolsón Cerrado, abandonar la Comarca, abandonarlo todo e irme. —Suspiró.— Me gustaría salvar la Comarca, si pudiera, aunque alguna vez pensé que los habitantes eran tan estúpidos que un terremoto o una invasión de dragones les vendría bien. No siento lo mismo ahora. Siento que mientras la Comarca continúe a salvo, en paz y tranquila, mis peregrinajes serán más soportables; sabré que en alguna parte hay suelo firme, aunque yo nunca vuelva a pisarlo.

"Por supuesto, muchas veces pensé en irme, pero lo imaginaba como una especie de vacaciones, como una serie de aventuras semejantes a las de Bilbo, o mejores, con un final feliz. Esto, en cambio, significa exiliarse, escapar de un peligro a otro, y ellos siempre detrás, mordiéndome los talones. Supongo que he de partir sólo si decido irme y salvar la Comarca, pero me siento pequeño, y desarraigado... y desesperado. El Enemigo es tan fuerte y terrible...

No se lo dijo a Gandalf, pero mientras hablaba se le había encendido en el corazón el deseo de seguir a Bilbo, y de encontrarlo tal vez. Era tan fuerte que se sobrepuso al temor; podría casi haber salido corriendo camino abajo, sin sombrero, como lo había hecho Bilbo tiempo atrás, en una mañana muy similar.

—Mi querido Frodo —exclamó Gandalf—, los hobbits son criaturas realmente sorprendentes, como ya he dicho. Puedes aprender todo lo que se refiere a sus costumbres y modos en un mes, y después de cien años aún te sorprenderán. Además no esperaba obtener esa respuesta, ni siquiera de ti; pero Bilbo no se equivocó al elegir al heredero, aunque no pensó demasiado en la importancia que tendría esa elección. Temo que estés en lo cierto. El Anillo no podrá permanecer mucho tiempo oculto en la Comarca; y para tu propio bien, tanto como para el de los demás, convendría que te fueras y dejaras de llamarte Bolsón. Ese nombre no te daría ninguna seguridad fuera de la Comarca ni en las Tierras Salvajes. Te daré un seudónimo para tu viaje: serás el señor Sotomonte.

"No creo que necesites partir solo. No si conoces a alguien de confianza que quisiera acompañarte y a quien pudieras exponer a peligros desconocidos. Pero si buscas compañía, ten cuidado en cómo eliges. Y ten aún más cuidado con lo que dices, hasta a tus amigos más íntimos. El Enemigo tiene muchos espías y muchas maneras de enterarse.

De pronto Gandalf se detuvo, como si escuchara.

Frodo notó que había mucho silencio, dentro y fuera. Gandalf se deslizó hacia un costado de la ventana; en seguida, como una flecha, saltó al antepecho y con un rápido movimiento extendió el largo brazo afuera y abajo. Se oyó un graznido y la mano de Gandalf reapareció sosteniendo por una oreja la ensortijada cabeza de Sam Gamyi.

—Bien, bien, ¡bendita sea mi barba! —exclamó Gandalf—. ¿No se trata de Sam Gamyi? ¿Qué hacías por aquí?

—El cielo bendiga al señor Gandalf —respondió Sam—. ¡Nada! Recortaba el césped bajo la ventana, ¿no ve usted?

Tomó las tijeras y las mostró como una prueba.

—No, no veo —dijo Gandalf ásperamente—. Hace rato que no oigo tus tijeras. ¿Cuánto tiempo estuviste fisgoneando?

—¿Fisgoneando, señor? Perdón, no lo entiendo. No entiendo de qué me habla. No hay nada de eso en Bolsón Cerrado.

Los ojos de Gandalf relampaguearon y las cejas se le erizaron como cerdas.

—No seas tonto. ¿Qué has oído y por qué has escuchado?

—¡Señor Frodo! —gritó Sam, temblando—. No le permita que me haga daño, señor. No le permita que me transforme en un monstruo. Mi viejo padre me rechazaría. ¡No quise hacer nada malo! ¡Lo juro, señor!

—No te hará daño —respondió Frodo sofocando la risa, aunque asombrado y algo confundido—. Él sabe tan bien como yo que no tenías malas intenciones. Pero levántate y contesta en seguida.

—Bien, señor —dijo Sam, tembloroso—. Oí un montón de cosas incomprensibles sobre un enemigo, anillos, el señor Bilbo, señor, dragones, una montaña de fuego y... Elfos, señor. Escuche porque no pude evitarlo, usted me entiende; pero ¡el señor me perdone!, adoro esas historias y creo en ellas, contra todo lo que Ted diga. ¡Elfos, señor! Me encantaría verlos. ¿Podría llevarme con usted a ver a los Elfos, señor, cuando usted vaya?

De repente Gandalf se puso a reír.

—Entra —gritó, y sacando los brazos afuera levantó al asombrado Sam junto con la azada, las tijeras de podar y demás, y lo metió por la ventana, depositándolo en el suelo—. Que te lleve a ver a los Elfos, ¿eh? —dijo Gandalf, observando de cerca a Sam, mientras una sonrisa le bailaba en la cara—. ¿Entonces oíste que el señor Frodo se va?

—Lo oí, señor, y por eso me atraganté, y usted parece que me oyó. Traté de evitarlo, señor, pero no pude. ¡Estaba tan trastornado!

—No hay nada que hacer, Sam —respondió Frodo tristemente. Entendía de pronto que el dolor de abandonar la Comarca sería mucho mayor que el de despedirse de las comodidades de Bolsón Cerrado—. Tendré que irme, pero si tú me aprecias de verdad —y aquí observó a Sam fijamente—, guardarás absoluto secreto. ¿Entiendes? Si así no lo haces, o si repites una sola palabra de lo que aquí has oído, espero que Gandalf te transforme en un sapo y luego llene de culebras el jardín.

Sam se arrodilló temblando.

—Levántate, Sam —le ordenó Gandalf—. He estado pensando en algo mejor. Algo que te cierre la boca y te castigue por haber escuchado: irás con el señor Frodo.

—¿Yo, señor? —gritó Sam, saltando de alegría, como un perro al que invitan a un paseo—. ¿Yo veré a los Elfos y todo? ¡Hurra! —gritó, y de pronto se echó a llorar.

TRES ES COMPAÑÍA

—Tienes que irte en silencio, y pronto —dijo Gandalf.

Habían pasado dos o tres semanas y Frodo no daba señales de estar listo.

—Lo sé, pero es difícil hacer las dos cosas —objetó—. Si desapareciese como Bilbo, la noticia se difundiría en seguida por toda la Comarca.

—No conviene que desaparezcas, por supuesto —dijo Gandalf—. He dicho pronto, no ahora. Si se te ocurre algún modo de dejar la Comarca sin despertar sospechas, creo que vale la pena esperar. Pero no lo postergues demasiado.

—¿Qué tal en el otoño o después de nuestro cumpleaños? —preguntó Frodo—. Creo que podré arreglar algo para entonces.

A decir verdad, se resistía a la idea de partir, ahora que se había decidido. Bolsón Cerrado le parecía una residencia agradable, mucho más que en el pasado reciente, y quería saborear al máximo ese último verano en la Comarca. Sabía que cuando llegara el otoño una parte de su corazón aceptaría mejor la idea de un viaje, como le sucedía siempre en esa estación. Íntimamente ya había decidido partir en su quincuagésimo cumpleaños; el centesimovigesimoctavo de Bilbo. Le parecía un día apropiado para partir y seguir a Bilbo. Seguir a Bilbo era el objetivo principal y lo único que hacía soportable la idea de la partida. Pensaba lo menos posible en el Anillo y en el fin al que éste podría llevarlo. Pero no le dijo a Gandalf todo lo que pensaba. Lo que el mago adivinaba era siempre difícil de saber.

Gandalf miró a Frodo y sonrió.

—Muy bien —dijo—. Estoy de acuerdo con la fecha, pero no te retrases más. Ya empiezo a inquietarme. En el ínterin, ten cuidado, ¡no dejes escapar ni palabra sobre adónde piensas ir! Y cuida de que Sam Gamyi no hable. Si habla, lo transformaré de veras en un sapo.

—En cuanto *adónde* iré —dijo Frodo—, será muy difícil decirlo, pues ni yo lo sé todavía.

—¡No seas absurdo! —exclamó Gandalf—. ¡No te digo que nos dejes tu dirección en la oficina de correos! Pero abandonas la Comarca, y eso no ha de saberse hasta que estés muy lejos de aquí. Tienes que ir, o al menos partir, hacia el sur, el norte, el este, o el oeste; y nadie ha de conocer el rumbo.

—He estado tan ocupado con la idea de dejar Bolsón Cerrado y con la despedida que aún no he pensado en el rumbo —dijo Frodo—. Porque, ¿adónde iré? ¿Qué me guiará? ¿Cuál será mi tarea? Bilbo fue en busca de un tesoro y volvió; pero yo voy a perderlo, y no volveré, según veo.

—Pero no ves muy lejos —dijo Gandalf—, ni yo tampoco. Tu tarea puede ser encontrar las Grietas del Destino, pero quizá ese trabajo esté reservado a otros. No lo sé. De cualquier modo, aún no estás preparado para un camino tan largo.

—En efecto, no —dijo Frodo—; pero mientras tanto, ¿qué ruta tengo que tomar?

—Hacia el peligro, de modo no demasiado directo ni demasiado imprudente —respondió el mago—. Si quieres mi consejo: ve a Rivendel. El viaje no será tan peligroso, aunque el camino es más difícil de lo que era hace un tiempo, y será todavía peor cuando el año llegue a su fin.

—¡Rivendel! —dijo Frodo—. Muy bien, iré al este, hacia Rivendel. Llevaré a Sam a ver a los Elfos, cosa que le encantará. —Hablaba superficialmente, pero de pronto el corazón le dio un vuelco con el deseo de ver la casa de Elrond el Medio Elfo y respirar el aire de aquel valle profundo donde mucha de la Hermosa Gente vivía todavía en paz.

Una tarde de verano, una asombrosa noticia llegó a *La Mata de Hiedra* y *El Dragón Verde*. Los gigantes y los otros portentos de los límites de la Comarca quedaron relegados a segundo lugar. Había asuntos más importantes. ¡El señor Frodo vendía Bolsón Cerrado! ¡Ya lo había vendido a los Sacovilla-Bolsón!

«Por una bagatela» decían algunos. «A precio de ocasión», decían otros, «y así será, si la señora Lobelia es la compradora». (Otho había muerto algunos años antes, a la madura aunque decepcionante edad de ciento dos años.)

La razón por la que el señor Frodo vendía su hermosa cueva se discutía todavía más que el precio. Unos pocos sostenían la teoría, apoyada por las indirectas e insinuaciones del mismo señor Bolsón, de que el dinero se le estaba agotando a Frodo. Abandonaría Hobbiton y viviría en Los Gamos de manera sencilla, entre sus parientes, los Brandigamo, con lo obtenido en la venta de Bolsón Cerrado. «Lo más lejos que pueda de los Sacovilla-Bolsón», agregaban algunos. Estaban tan convencidos de las riquezas inmensas de los Bolsón de Bolsón Cerrado que a la mayoría todo esto le parecía increíble. Mucho más difícil que cualquier otra razón o sin razón que la imaginación pudiera inventar. Para muchos era un plan sombrío, inconfesable, de Gandalf quien si bien se mantenía muy tranquilo, y no salía durante el día, era sabido que se «escondía en Bolsón Cerrado». Pero como quiera que el cambio se acomodase o no a los planes del hechicero, algo era indudable: Frodo volvía a Los Gamos.

—Sí, me mudaré este otoño —decía—. Merry Brandigamo me está buscando una pequeña pero hermosa cueva, o quizá una casita.

En realidad, Frodo había elegido y comprado con la ayuda de Merry una casita en Cricava, más allá de Gamoburgo. Para todos, excepto Sam, Frodo simuló que se establecería allí permanentemente. La decisión de partir hacia el este le sugirió tal idea, pues Los Gamos se encontraba en el límite oriental de la Comarca, y como había pasado allí la niñez, el regreso podía parecer verosímil.

Gandalf permaneció en la Comarca dos meses más. Luego, una tarde, a fines de junio, casi en seguida de que el plan de Frodo quedara establecido de modo definitivo, anunció que partía a la mañana siguiente.

—Sólo por un corto período, espero —dijo—. Iré más allá de la frontera sur para recoger algunas noticias, si es posible. He estado sin hacer nada demasiado tiempo.

Hablaba en un tono ligero, pero a Frodo le pareció que estaba preocupado.

—¿Alguna novedad? —le preguntó.

—No. Pero he oído algo que me inquieta y que es imprescindible investigar. Si creo necesario que partas inmediatamente, volveré en seguida, o al menos te enviaré un mensaje. Mientras tanto no te desvíes del plan, pero sé más cuidadoso que nunca, sobre todo con el Anillo. Permíteme que insista: *¡No lo uses!*

Gandalf partió al amanecer.

—Volveré un día de éstos —dijo—. Como máximo estaré de vuelta para la fiesta de despedida. Después de todo, quizá necesites que te acompañe.

Al principio, Frodo estuvo muy preocupado y pensaba a menudo en lo que Gandalf podía haber oído; pero al fin se tranquilizó, y cuando llegó el buen tiempo olvidó del todo el problema. Pocas veces se había visto en la Comarca un verano más hermoso y un otoño más opulento; los árboles estaban cargados con manzanas, la miel rebosaba en los panales y el grano estaba alto y henchido.

Muy entrado el otoño, la suerte de Gandalf comenzó a inquietar de nuevo a Frodo. Terminaba septiembre y no había noticias del mago. El cumpleaños y la mudanza se acercaban y no había aparecido ni había enviado ningún mensaje. Comenzó el ajetreo en Bolsón Cerrado. Algunos amigos de Frodo llegaron para ayudarlo a embalar: allí estaban Fredegar Bolger, Folco Boffin y los más íntimos: Pippin Tuk y Merry Brandigamo. Entre todos dieron vuelta la casa.

El veinte de septiembre, dos vehículos cubiertos partieron cargados hacia Los Gamos, a través del Puente del Brandivino, llevando al nuevo hogar los enseres y muebles que Frodo no había vendido. Al día siguiente Frodo estaba realmente inquieto, y clavaba los ojos afuera esperando a Gandalf. La mañana del jueves, día de su cumpleaños, amaneció tan clara y brillante como aquella otra, de hacía mucho tiempo, en ocasión de la fiesta de Bilbo. Gandalf no había aparecido aún. En la tarde Frodo dio su fiesta de despedida: una cena muy pequeña, para él y sus cuatro ayudantes, pero estaba preocupado y con poco ánimo para esas cosas. El pensamiento de que pronto tendría que separarse de sus jóvenes amigos le pesaba en el corazón. Se preguntaba cómo lo diría.

Los cuatro jóvenes hobbits estaban muy animados, sin embargo, y la reunión pronto se hizo muy alegre, a pesar de la ausencia de Gandalf. El comedor parecía vacío; tenía sólo una mesa y sillas; pero la comida era buena y el vino excelente. El vino de Frodo no se había incluido en la venta a los Sacovilla-Bolsón.

—Suceda lo que suceda con el resto de mis cosas, cuando los Sacovilla-Bolsón las tomen entre sus garras yo ya habré encontrado un buen destino para esto —dijo Frodo mientras vaciaba el vaso. Era la última gota de los viejos viñedos.

Después de haber cantado muchas canciones y hablado de muchas cosas que habían hecho juntos, brindaron por el cumpleaños de Bilbo y bebieron junto con Frodo a la salud de todos, como era costumbre de Frodo. Luego salieron a respirar un poco de aire, echaron una mirada a las estrellas y se fueron a dormir. Con esto terminó la fiesta de Frodo, y Gandalf no había llegado.

A la mañana siguiente continuaron atareados cargando otro carro con el resto del equipaje. Merry se ocupó de todo esto, y junto con el Gordo (Fredegar Bolger) marcharon hacia el nuevo domicilio de Frodo.

—Alguien tiene que ir allí, Frodo, y entibiar la casa antes que llegues —dijo Merry—. Te veré luego, pasado mañana, si no te quedas dormido en el camino.

Folco volvió a su casa después del almuerzo, pero Pippin se quedó atrás. Frodo estaba inquieto, ansioso, aguardando en vano a Gandalf. Decidió esperar hasta la caída de la noche. Luego, si Gandalf lo necesitaba urgentemente, podría ir a Cricava, y hasta quizá llegara antes que él. Frodo iría a pie; el plan, por placer, tanto como por cualquier otra razón, era caminar cómodamente desde Hobbiton hasta Balsadera en Gamoburgo y echar una última mirada a la Comarca.

—Tengo que entrenarme un poco —dijo, mirándose en un espejo polvoriento del vestíbulo casi vacío. No hacía caminatas largas desde mucho tiempo atrás y la imagen, opinó, no daba una impresión de vigor.

Después del almuerzo, se aparecieron los Sacovilla-Bolsón, Lobelia y su hijo Lotho, el pelirrojo. Frodo se sintió bastante molesto.

—¡Nuestra al fin! —exclamó Lobelia, al tiempo que entraba.

No era ni cortés ni estrictamente verdadero, pues la venta de Bolsón Cerrado no se realizó hasta la medianoche. Pero se podía perdonar a Lobelia; se había visto obligada a esperar setenta y cinco años a que Bolsón Cerrado fuese suyo, y ahora tenía cien años. De cualquier modo, había vuelto para cuidar que no faltase nada de lo que había comprado, y quería las llaves. Llevó largo rato satisfacerla, pues había traído un inventario completo que verificó punto por punto. Al fin partió con Lotho, la llave de repuesto y la promesa de que podría recoger la otra llave en la casa de Gamyi, en Bolsón de Tirada. Resopló, mostrando claramente que suponía a los Gamyi capaces de meterse de noche en la cueva. Frodo ni siquiera le ofreció una taza de té.

Tomó su propio té en la cocina con Pippin y Sam Gamyi. Se había anunciado oficialmente que Sam se iría a Los Gamos «a ayudar al señor Frodo y cuidar el jardincito». Un arreglo que el Tío apoyó, aunque no lo consoló la perspectiva de tener a Lobelia como vecina.

—¡Nuestra última comida en Bolsón Cerrado! —exclamó Frodo, retirando la silla.

Dejaron a Lobelia el lavado de los platos. Pippin y Sam ataron los tres fardos y los apilaron en el vestíbulo; luego Pippin salió a dar una última vuelta por el jardín. Sam desapareció.

El sol se puso; Bolsón Cerrado parecía triste, melancólico, desmantelado. Frodo vagaba por las habitaciones familiares y vio la luz del crepúsculo que se borraba en las paredes, y las sombras que trepaban por los rincones. Adentro oscureció lentamente. Salió de la habitación, descendió hacia la puerta que estaba en el extremo del sendero, y anduvo un trecho por el camino de la colina. Tenía cierta esperanza de ver a Gandalf subiendo a grandes zancadas en el crepúsculo.

El cielo estaba claro y las estrellas brillaban cada vez más.

—Será una hermosa noche —dijo en voz alta—. Buen comienzo. Tengo ganas de echar a caminar. No puedo seguir esperando. Partiré, y Gandalf tendrá que seguirme.

Volvió sobre sus pasos y se detuvo a oír voces que venían de Bolsón de Tirada. Una voz era sin duda la del Tío, la otra era extraña y en cierto modo desagradable. No pudo entender lo que decía, pero oyó las respuestas del Tío, que eran estridentes. El anciano parecía muy irritado.

—No, el señor Bolsón se ha ido esta mañana y Sam se fue con él. Al menos todo lo que tenía ha desaparecido. Sí, vendió y se fue, le digo. ¿Por qué? El porqué no es asunto suyo ni mío. ¿Hacia dónde? No es un secreto; se mudó a Gamoburgo o a algún otro lugar de allá abajo. Sí, es un largo camino. Nunca he llegado tan lejos; es rara la gente de Los Gamos. No, no llevaré ningún mensaje. ¡Buenas noches!

Los pasos descendieron la colina. Frodo se preguntó vagamente por qué el hecho de que no hubieran subido lo había aliviado tanto. «Estoy harto de preguntas y de la curiosidad de la gente sobre mis asuntos» pensó. «¡Qué preguntones son todos ellos!» Tuvo la idea de alcanzar al Tío y averiguar quién había sido el interlocutor, pero pensándolo mejor (o peor) se volvió y fue rápidamente hacia Bolsón Cerrado.

Pippin esperaba sentado sobre su fardo en el vestíbulo. Frodo atravesó la puerta oscura y llamó: —¡Sam! ¡Sam! ¡Ya es hora!

—¡Voy, señor! —se oyó la respuesta desde dentro, seguida por el mismo Sam que salió secándose la boca.

Había estado despidiéndose del barril de cerveza, en la bodega.

—¿Todo listo, Sam? —preguntó Frodo.

—Sí, señor, tardaré poco ya.

Frodo cerró la puerta con llave y se la dio a Sam.

—¡Corre con ella a tu casa, Sam! —le dijo—. Luego corta a través de Tirada y encuéntranos tan pronto como puedas en la entrada del sendero, más allá de la pradera. No cruzaremos la villa esta noche; hay demasiados oídos y ojos atisbándonos.

Sam partió a toda prisa.

—Bueno, al fin nos vamos —dijo Frodo.

Cargaron los bultos sobre los hombros, tomaron los bastones, y doblaron hacia el oeste de Bolsón Cerrado.

—¡Adiós! —dijo Frodo mirando el hueco oscuro y vacío de las ventanas. Agitó la mano, y luego se volvió; y (como siguiendo a Bilbo) corrió detrás de Peregrin, sendero abajo. Saltaron por la parte menos elevada del cerco y fueron hacia los campos, entrando en la oscuridad como un susurro en la hierba.

Al pie de la colina, por la ladera del oeste, llegaron a la entrada del estrecho sendero. Se detuvieron y ajustaron las correas de los bultos; en ese momento apareció Sam, trotando de prisa y resoplando; llevaba la carga al hombro y se había puesto en la cabeza un deformado saco de fieltro que llamaba sombrero. En las tinieblas se parecía mucho a un enano.

—Estoy seguro de que me han dado el bulto más pesado —dijo Frodo—. Siempre compadecí a los caracoles y a todo bicho que lleve la casa a cuestas.

—Yo podría cargar mucho más, señor, mi fardo es muy liviano —mintió Sam resueltamente.

—No, Sam —dijo Pippin—. Le hace bien. Sólo lleva lo que nos ordenó empacar. Ha estado flojo últimamente. Sentirá menos la carga cuando camine un rato y pierda un poco de su propio peso.

—¡Sean amables con un pobre y viejo hobbit! —rió Frodo—. Estaré tan delgado como una vara de sauce antes de llegar a Los Gamos. Pero hablaba tonterías. Sospecho que has cargado demasiado, Sam; echaré un vistazo la próxima vez que empaquemos. —Tomó de nuevo el bastón.— Bueno, a todos nos gusta caminar en la oscuridad —dijo—. Nos alejaremos unas millas antes de dormir.

Durante un rato siguieron el sendero hacia el oeste. Luego doblaron a la izquierda, volviendo sigilosamente a los campos. Continuaron en fila bordeando setos y malezas, mientras la noche los envolvía en sombras. Cubiertos con mantos oscuros, eran tan invisibles como si todos tuviesen anillos mágicos. Puesto que todos eran hobbits, y trataban de andar en silencio, no hacían ningún ruido que alguien pudiera oír, ni aun otros hobbits. Hasta las criaturas salvajes de los campos y los bosques apenas se daban cuenta de que pasaban.

Momentos más tarde cruzaron El Agua, al oeste de Hobbiton, por un angosto puente de tablas. El arroyo no era allí más que una serpenteante cinta negra, bordeada por inclinados alisos. Una milla o dos más al sur cruzaron con rapidez el camino principal del Puente del Brandivino; ahora se encontraban en las Tierras de Tuk y torciendo al sudeste se encaminaron hacia el País de la Colina Verde. Cuando empezaron a trepar por la primera ladera miraron atrás y pudieron ver las luces de Hobbiton parpadeando en el agradable valle de El Agua. La escena desapareció pronto entre los pliegues del suelo oscurecido, y entonces vieron Delagua, a orillas del lago gris. Cuando la luz de la última granja quedó muy atrás, asomando entre los árboles, Frodo se volvió y agitó la mano en señal de despedida.

—Me pregunto si volveré a ver ese valle alguna otra vez —dijo con calma.

Después de tres horas descansaron. La noche era clara, fresca y estrellada, pero unas nubes de bruma ascendían por las faldas de la loma desde los arroyos y las praderas profundas. Unos abedules de follaje escaso, que la brisa movía allá arriba, eran como una trama negra contra el cielo pálido. Devoraron una cena frugal (para los hobbits) y continuaron la marcha. Pronto encontraron un camino muy angosto, que ascendía y descendía, y se perdía luego agrisándose en la oscuridad; era el camino a Casa del Bosque y Cepeda, y a Balsadera de Gamoburgo. Subía desde el camino principal en el valle de El Agua, y zigzagueaba por las laderas de las Colinas Verdes hacia Bosque Cerrado, una región salvaje de la Cuaderna del Este.

Momentos después se hundían en una senda profunda, abierta entre árboles altos; las hojas secas susurraban en la noche. Al principio hablaban o entonaban una canción a media voz, pues estaban lejos ahora de oídos indiscretos. Luego continuaron en silencio, y Pippin comenzó a rezagarse. Al fin, cuando empezaban a subir una cuesta se detuvo y se puso a bostezar.

—Tengo tanto sueño —dijo— que pronto me caeré en el camino. ¿Pensáis dormir de pie? Es casi medianoche.

—Creí que te gustaba caminar en la oscuridad —dijo Frodo—. Pero no corre tanta prisa; Merry nos espera pasado mañana, de modo que tenemos aún cerca de dos días. Nos detendremos en el primer lugar agradable.

—El viento sopla del oeste —dijo Sam—. Si vamos a la ladera opuesta encontraremos un lugar bastante resguardado y cómodo, señor. Más adelante hay un bosque seco de abetos, si mal no recuerdo.

Sam conocía bien la región en veinte millas a la redonda de Hobbiton, pero nunca había traspasado esos límites.

En la cima misma de la loma estaba el sitio de los abetos. Dejando el camino, se metieron en la profunda oscuridad de los árboles que olían a resina, y juntaron ramas secas y piñas para hacer fuego. Pronto las llamas crepitaron alegremente al pie de un gran abeto y se sentaron alrededor un rato, hasta que comenzaron a cabecear. Cada uno en un rincón de las raíces del árbol, envueltos en capas y mantas, cayeron en un sueño profundo. Nadie quedó de guardia; ni siquiera Frodo temía algún peligro, pues aun estaban en el corazón de la Comarca. Unas pocas criaturas se acercaron a observarlos luego que el fuego se apagó. Un zorro que pasaba por el bosque, ocupado en sus propios asuntos, se detuvo unos instantes, husmeando.

«¡Hobbits! —pensó—. Bien, ¿qué querrá decir? He oído cosas extrañas de esta tierra, pero rara vez de un hobbit que duerma a la intemperie bajo un árbol. ¡Tres hobbits! Hay algo muy extraordinario detrás de todo esto.» Estaba en lo cierto, pero nunca descubrió nada más sobre el asunto.

Llegó la mañana, pálida y húmeda. Frodo despertó primero y descubrió que la raíz del árbol se le había incrustado en la espalda y que tenía el cuello tieso. «¡Caminar por placer! ¿Por qué no habré venido en carro?», pensó como lo hacía siempre al comenzar una expedición. «¡Y todas mis hermosas camas de plumas vendidas a los Sacovilla-Bolsón! Las raíces de estos árboles les hubieran venido bien.» Se desperezó.

—¡Arriba, hobbits! —gritó—. Hermosa mañana.

—¿Qué tiene de hermosa? —preguntó Pippin, asomando un ojo sobre el borde de la manta—. ¡Sam! ¡Prepara el desayuno para las nueve y media! ¿Tienes listo ya el baño caliente?

Sam dio un salto, amodorrado aún.

—No, señor, ¡no todavía! —exclamó.

Frodo arrancó las mantas que envolvían a Pippin, lo hizo rodar y fue hacia el linde del bosque. En el lejano este, el sol se levantaba muy rojo entre las nieblas espesas que cubrían el mundo. Tocados con oro y rojo, los árboles otoñales parecían navegar a la deriva en un mar de sombras. Un poco más abajo, a la izquierda, el camino descendía bruscamente a una hondonada y desaparecía.

Cuando Frodo regresó, Sam y Pippin estaban haciendo un buen fuego.

—¡Agua! —gritó Pippin—. ¿Dónde está el agua?

—No llevo agua en los bolsillos —dijo Frodo.

—Pensamos que habrías ido a buscarla —dijo Pippin, muy ocupado en sacar los alimentos y las tazas—. Es mejor que vayas ahora.

—Tú también puedes venir —respondió Frodo—. Y trae todas las botellas.

Había un arroyo al pie de la loma. Llenaron las botellas y la pequeña marmita en un salto de agua que caía desde un reborde de piedra gris, unos metros más arriba. Estaba helada, y se lavaron la cara y las manos sacudiéndose y resoplando.

Cuando terminaron de desayunar y rehicieron los fardos, eran más de las diez de la mañana; el día estaba volviéndose hermoso y cálido. Bajaron la cuesta, cruzaron el arroyo, subieron la cuesta siguiente, y subiendo y bajando franquearon otra cresta de las colinas. Entonces las capas, las mantas, el agua, los alimentos y todo el equipo empezaron a parecerles una carga pesada.

La marcha de ese día prometía ser agobiante y la carga agotadora. Pocas millas después no hubo más subidas y bajadas. El camino ascendía hasta la cima de una empinada colina por una senda zigzagueante y luego descendía una última vez. Vieron frente a ellos las tierras bajas, salpicadas con pequeños grupos de árboles que a la distancia se confundían en una parda bruma boscosa. Estaban mirando por encima de Bosque Cerrado hacia el río Brandivino. El camino se alargaba como una cinta.

—El camino no tiene fin —dijo Pippin—, pero yo necesito descansar. Es la hora del almuerzo.

Se sentó al borde del camino, mirando hacia el brumoso este; más allá estaba el Río y el fin de la Comarca donde había pasado toda la vida. Sam permanecía de pie junto a él; los ojos redondos muy abiertos, pues veía tierras que nunca había visto, y más allá un nuevo horizonte.

—¿Hay Elfos en esos bosques? —preguntó.

—Que yo sepa, no —respondió Pippin.

Frodo callaba. También él miraba hacia el este a lo largo del camino, como si no lo hubiese visto nunca. De pronto dijo pausadamente y en voz alta, pero como si se hablara a sí mismo:

El Camino sigue y sigue
desde la puerta.
El Camino ha ido muy lejos,
y si es posible he de seguirlo
recorriéndolo con pie fatigado
hasta llegar a un camino más ancho
donde se encuentran senderos y cursos.
¿Y de ahí adónde iré? No podría decirlo.

—Me recuerda un poema del viejo Bilbo —dijo Pippin—. ¿Es una de tus imitaciones? No me parece muy alentadora.

—No lo sé —dijo Frodo—. Me llegó como si estuviese inventándolo, pero debo de haberlo oído hace mucho tiempo. En realidad, me recuerda mucho a Bilbo en los últimos años, antes que partiera. Decía a menudo que sólo había un Camino y que era como un río caudaloso; nacía en el umbral de todas las puertas, y todos los senderos eran ríos tributarios. «Es muy peligroso, Frodo, cruzar la puerta» solía decirme. «Vas hacia el Camino y si no cuidas tus pasos no sabes hacia dónde te arrastrarán. ¿No entiendes que este camino atraviesa el Bosque Negro, y que si no prestas atención puede llevarte a la Montaña Solitaria?» Acostumbraba decirlo en el sendero que pasaba frente a la puerta principal de Bolsón Cerrado, especialmente después de haber hecho una larga caminata.

—Bien. El camino no me arrastrará a ningún lado, al menos durante una hora —dijo Pippin, descargando el fardo.

Los otros siguieron su ejemplo. Apoyaron los bultos contra el terraplén y extendieron las piernas sobre el camino. Descansaron, almorzaron bien, y luego descansaron de nuevo.

El sol declinaba; la luz de la tarde se alargaba sobre la tierra cuando los tres hobbits bajaron por la loma. No habían encontrado ni un alma en el camino; no parecía una vía muy frecuentada, pues no era apta para carros y había poco tránsito hacia Bosque Cerrado. Iban caminando lentamente desde hacía una hora o más, cuando Sam se detuvo un momento como si escuchara. Estaban ahora en una planicie, y el camino, después de mucho serpentear, se extendía en línea recta y cruzaba praderas verdes, salpicadas de árboles altos, como centinelas de los próximos bosques.

—Oigo un poney o un caballo que viene por el camino detrás de nosotros —dijo Sam.

Miraron hacia atrás, pero había una curva en el camino y no podían ver muy lejos.

—Me pregunto si no será Gandalf que viene a reunirse con nosotros —dijo Frodo. Al mismo tiempo sintió que no era así, y de pronto tuvo el deseo de esconderse, para que el jinete no lo viera—. No es que me importe mucho —dijo disculpándose—, pero preferiría que nadie me viese en el camino; estoy harto de que mis cosas se sepan y discutan. Y si es Gandalf —añadió, como si acabara de ocurrírsele—, le daremos una pequeña sorpresa como pago por su demora. ¡Escondámonos!

Los otros dos corrieron hacia la izquierda, metiéndose en un hoyo, no lejos del camino, y agazapándose. Frodo dudó un segundo; la curiosidad, o algún otro sentimiento, luchaba con el deseo de esconderse. El ruido de cascos se acercaba. Justo a tiempo se arrojó a un lugar de pastos altos, detrás de un árbol que sombreaba el camino. Luego alzó la cabeza y espió con precaución por encima de una de las grandes raíces.

En el codo del camino apareció un caballo negro, no un poney hobbit sino un caballo de gran tamaño, y sobre él un hombre corpulento, que parecía echado sobre la montura, envuelto en un gran manto negro y tocado con un capuchón, por lo que sólo se le veían las botas en los altos estribos. La cara era invisible en la sombra.

Cuando llegó al árbol, frente a Frodo, el caballo se detuvo. El jinete permaneció sentado, inmóvil, con la cabeza inclinada, como escuchando. Del interior del capuchón vino un sonido, como si alguien olfateara para atrapar un olor fugaz; la cabeza se volvió hacia uno y otro lado del camino.

Un repentino miedo de ser descubierto se apoderó de Frodo, y pensó en el Anillo. Apenas se atrevía a respirar, pero el deseo de sacar el Anillo del bolsillo se hizo tan fuerte que empezó a mover lentamente la mano. Sentía que sólo tenía que deslizárselo en el dedo para sentirse seguro; el consejo de Gandalf le parecía disparatado. Bilbo mismo había usado el Anillo. «Todavía estoy en la Comarca» pensó, al tiempo que tocaba la cadena del Anillo. En ese momento el jinete se enderezó y sacudió las riendas. El caballo echó a andar, lentamente primero y después con un rápido trote. Frodo se arrastró al borde del camino y siguió con la vista al jinete, hasta que desapareció a lo lejos. No podía asegurarlo, pero le pareció que súbitamente antes de perderse de vista, el caballo había doblado hacia los árboles de la derecha.

—Creo que se trata de algo muy curioso, en realidad inquietante —se dijo Frodo, mientras iba al encuentro de sus compañeros.

Pippin y Sam habían permanecido todo este tiempo tendidos sobre la hierba y no habían visto nada; Frodo les describió el jinete y su extraña conducta.

—No puedo decir por qué, pero sentí que me buscaba o me *olfateaba*, y tuve la certeza de que yo no quería que me descubriera. Nunca en la Comarca sentí algo parecido.

—¿Pero qué tiene que ver con nosotros uno de la Gente Grande? —preguntó Pippin—. ¿Y qué está haciendo en esta parte del mundo?

—Hay Hombres en los alrededores —dijo Frodo—. Me parece que tuvieron dificultades con la Gente Grande, allá abajo en la Cuaderna del Sur, pero nunca había oído de alguien como este jinete. Me pregunto de dónde viene.

—Perdón, señor —interrumpió Sam de improviso—. Yo sé de dónde viene. De Hobbiton. A menos que haya más de uno. Y sé adónde va.

—¿Qué quieres decir? —dijo Frodo severamente, mirándolo con asombro—. ¿Por qué no hablaste antes?

—Acabo de acordarme, señor. Ocurrió así: cuando ayer a la tarde volví a casa con la llave, mi padre me dijo: *¡Hola, Sam! Creí que habías partido con el señor Frodo esta ma-*

ñana. *Vino un personaje extraño preguntando por el señor Bolsón, de Bolsón Cerrado. Se acaba de ir. Lo envié a Gamoburgo. No me gustó el aspecto que tenía. Pareció desconcertado cuando le dije que el señor Bolsón había dejado el viejo hogar para siempre. Silbó entre dientes, sí. Me estremecí.* Le pregunté al Tío qué clase de individuo era. *No lo sé,* me respondió. *Pero no era un hobbit. Alto, moreno y se inclinó sobre mí; creo que era uno de la Gente Grande, esos que viven en lugares remotos. Hablaba de modo raro.*

"No pude quedarme a escuchar más, señor, pues usted me esperaba; no le hice mucho caso. El Tío está algo ciego, y debe de haber sido casi de noche cuando el individuo subió a la colina y lo encontró disfrutando del aire fresco, como de costumbre. Espero que mi padre no le haya causado daño, señor, ni yo.

—No se puede culpar al Tío —le respondió Frodo—. Te diré que lo oí hablar con un extranjero. Parecía preguntar por mí, y tuve la tentación de acercarme y preguntarle quién era. Lamento no haberlo hecho, o que no me lo hubieses contado antes; me habría cuidado más en el camino.

—Quizá no haya relación entre este jinete y el extranjero del Tío —dijo Pippin—. Abandonamos Hobbiton bastante en secreto, y no sé cómo hubiera podido seguirnos.

—¿Qué opina del olfateo, señor? —preguntó Sam—. El Tío dijo que era un tipo negro.

—Ojalá hubiese esperado a Gandalf —murmuró Frodo—. Pero quizá habría empeorado las cosas.

—¿Entonces sabes o sospechas algo de ese jinete? —dijo Pippin, que había captado el murmullo.

—No lo sé, y prefiero no sospecharlo —dijo Frodo.

—¡Bien, primo Frodo! Puedes guardar el secreto, si quieres pasar por misterioso. Mientras tanto, ¿qué haremos? Me gustaría un bocado y un trago, pero creo que sería mejor salir de aquí. Tu charla sobre jinetes olfateadores de narices invisibles me ha turbado bastante.

—Sí, creo que nos iremos —dijo Frodo—. Pero no por el camino; pudiera ocurrir que el jinete volviera, o lo siguiese algún otro. Hoy tenemos que hacer un buen trecho. Los Gamos está todavía a muchas millas de aquí.

Cuando partieron, las sombras de los árboles eran largas y finas sobre el pasto. Caminaban ahora por la izquierda del camino, manteniéndose a distancia de tiro de piedra y ocultándose todo lo posible; pero la marcha era así difícil, pues la hierba crecía en matas espesas, el suelo era desparejo y los árboles comenzaban a apretarse en montecillos.

El sol enrojecido se había puesto detrás de las lomas, a espaldas de los viajeros, y la noche iba cayendo antes que llegaran al final de la llanura, que el camino atravesaba en línea recta. Allí se desviaba hacia la izquierda y descendía hasta las tierras bajas de La Cerrada en dirección a Cepeda; pero un sendero se bifurcaba a la derecha y se internaba culebreando en un bosque de viejos robles hacia Casa del Bosque.

—Por ahí debemos ir —dijo Frodo.

No muy lejos del cruce de caminos tropezaron con el enorme esqueleto de un árbol; vivía todavía y tenía hojas en las pequeñas ramas que habían brotado alrededor de los muñones rotos; pero estaba hueco, y en el lado opuesto del sendero había un agujero por donde se podía entrar. Los hobbits se arrastraron dentro del tronco y se sentaron sobre un suelo de vieja hojarasca y madera carcomida. Descansaron y tomaron una ligera merienda, hablando en voz baja y escuchando de vez en cuando.

El crepúsculo los envolvió cuando salieron al camino. El viento del oeste suspiraba en las ramas. Las hojas murmuraban. Pronto el camino empezó a descender suavemente, pero sin pausa, en la oscuridad. Una estrella apareció sobre los árboles, ante ellos, en las crecientes tinieblas del oriente. Para mantener el ánimo marchaban juntos y a paso vivo. Después de un rato, cuando las estrellas se hicieron más brillantes y numerosas recobraron la calma y ya no prestaron atención a un posible ruido de cascos. Comenzaron a tararear suavemente, como lo hacen los hobbits cuando caminan, sobre todo cuando vuelven a sus casas por la noche. La mayoría canta entonces una canción de cena o de cuna; pero estos hobbits tarareaban una canción de caminantes (aunque con algunas alusiones a la cena y a la cama, por supuesto). Bilbo Bolsón había puesto letra a una tonada tan vieja como las colinas mismas, y se la había enseñado a Frodo mientras caminaban por los senderos del valle de El Agua y hablaban de la Aventura.

En el hogar el fuego es rojo,
y bajo techo hay una cama;
pero los pies no están cansados todavía,
y quizá aún encontremos detrás del recodo
un árbol repentino o una roca empinada
que nadie ha visto sino nosotros.
Árbol y flor y brizna y pasto,
¡que pasen, que pasen!
Colina y agua bajo el cielo,
¡pasemos, pasemos!

Aun detrás del recodo quizá todavía esperen
un camino nuevo o una puerta secreta,
y aunque hoy pasemos de largo
y tomemos los senderos ocultos que corren
hacia la luna o hacia el sol
quizá mañana aquí volvamos.
Manzana, espino, nuez y ciruela
¡que se pierdan, se pierdan!
Arena y piedra y estanque y cañada,
¡adiós, adiós!

La casa atrás, delante el mundo,
y muchas sendas que recorrer,
hacia el filo sombrío del horizonte
y la noche estrellada.
Luego el mundo atrás y la casa delante;
volvemos a la casa y a la cama.

Niebla y crepúsculo, nubes y sombra,
se borrarán, se borrarán.

Lámpara y fuego, y pan y carne,
¡y luego a cama, y luego a cama!

La canción terminó.

—¡Y ahora a cama! ¡Ahora a cama! —cantó Pippin en voz alta.

—¡Calla! —interrumpió Frodo—. Creo oír ruido de cascos otra vez.

Se detuvieron, y se quedaron escuchando en silencio, como sombras de árboles. Había un ruido de cascos en el camino, detrás, bastante lejos, pero se acercaba lenta y claramente traído por el viento. Los hobbits se deslizaron fuera del camino rápida y quedamente, internándose en la espesura, bajo los robles.

—No nos alejemos demasiado —dijo Frodo—. No quiero que me vean, pero quiero ver si es otro Jinete Negro.

—Bien —dijo Pippin—. ¡Pero no olvides el olfateo!

El ruido se aproximó; no tuvieron tiempo de encontrar mejor escondrijo que la oscuridad bajo los árboles. Sam y Pippin se agacharon detrás de un tronco grueso, mientras que Frodo se arrastraba unas pocas yardas hacia el camino descolorido, una línea de luz agonizante que atravesaba el bosque. Arriba, las estrellas se apretaban en el cielo oscuro, pero no había luna.

El sonido de cascos se interrumpió. Frodo vio algo oscuro que pasaba entre el claro luminoso de dos árboles, y luego se detenía. Parecía la sombra negra de un caballo, llevado por una sombra más pequeña. La sombra se alzó junto al lugar en que habían dejado el camino y se balanceó de un lado a otro; Frodo creyó oír la respiración de alguien que olfateaba. La sombra se inclinó y luego empezó a arrastrarse hacía Frodo.

Una vez más Frodo sintió el deseo de ponerse el Anillo, y el deseo era más fuerte que nunca. Tan fuerte era que antes de advertir lo que hacía, ya estaba tanteándose el bolsillo. En ese mismo momento se oyó un sonido de risas y cantos. Unas voces claras se alzaron y se apagaron en la noche estrellada. La sombra negra se enderezó, retirándose de prisa. Montó el caballo oscuro y pareció que se desvanecía en las sombras del otro lado del camino. Frodo recobró el aliento.

—¡Elfos! —exclamó Sam con un murmullo ronco—. ¡Elfos, señor! —Si no lo hubieran retenido, habría saltado afuera, de los árboles, para unirse a las voces.

—Sí, son Elfos —dijo Frodo—. Se los encuentra a veces en Bosque Cerrado. No viven en la Comarca, pero vagabundean por aquí en primavera y en otoño, lejos de sus propias tierras, más allá de las Colinas de la Torre. Y les agradezco la costumbre. No lo visteis, pero el Jinete Negro se detuvo justamente aquí y se arrastraba hacia nosotros cuando empezó el canto. Tan pronto oyó las voces, escapó.

—¿Y los Elfos? —dijo Sam, demasiado excitado para preocuparse por el jinete—. ¿No podemos ir a verlos?

—Escucha, vienen hacia aquí —dijo Frodo—. Sólo tenemos que esperar junto al camino.

La canción se acercó. Una voz clara se elevaba sobre las otras. Cantaba en la bella lengua de los Elfos, de la que Frodo conocía muy poco y los otros nada. Sin embargo, el sonido, combinado con la melodía, parecía tomar forma en la mente de los hobbits con palabras que entendían sólo a medias. Ésta era la canción, tal como la oyó Frodo:

> *¡Blancanieves! ¡Blancanieves! ¡Oh, dama clara!*
> *¡Reina de más allá los Mares del Oeste!*
> *¡Oh Luz para nosotros, peregrinos*
> *en un mundo de árboles entrelazados!*
>
> *¡Gilthoniel! ¡Oh Elbereth!*
> *Es clara tu mirada, y brillante tu aliento.*
> *¡Blancanieves! ¡Blancanieves! Te cantamos*
> *en una tierra lejana más allá del mar.*
>
> *Oh estrellas que en un año sin sol*
> *ella sembró con luminosa mano,*
> *en campos borrascosos, ahora brillante y claro*
> *vemos tu capullo de plata esparcido en el viento.*

¡Oh Elbereth! ¡Gilthoniel!
Recordamos aún, nosotros que habitamos
en esta tierra lejana bajo los árboles,
tu luz estelar sobre los Mares del Oeste.

La canción terminó.

—¡Son Altos Elfos! ¡Han nombrado a Elbereth! —dijo Frodo sorprendido—. No sabía que estas gentes magníficas visitaran la Comarca. No hay muchos ahora en la Tierra Media, al este del Gran Mar. Ésta es de veras una muy rara ocasión.

Los hobbits se sentaron junto al camino, entre las sombras. Los Elfos no tardaron en bajar por el camino hacia el valle. Pasaron lentamente, y los hobbits alcanzaron a ver la luz de las estrellas que centelleaba en los cabellos y los ojos de los Elfos. No llevaban luces, pero un resplandor semejante a la luz de la luna poco antes de asomar sobre la cresta de las lomas les envolvía los pies. Marchaban ahora en silencio y el último se volvió en el camino, miró a los hobbits, y se rió.

—¡Salud, Frodo! —exclamó—. Es muy tarde para estar fuera. ¿O andas perdido?

Llamó en voz alta a los otros, que se detuvieron y se reunieron en círculo.

—Es realmente maravilloso —dijeron—. Tres hobbits en un bosque, de noche. No hemos visto nada semejante desde que Bilbo se fue. ¿Qué significa?

—Esto sólo significa, Hermosa Gente —dijo Frodo—, que seguimos el mismo camino que vosotros. Me gusta caminar a la luz de las estrellas, y quisiera acompañaros.

—Pero no necesitamos ninguna compañía, y además los hobbits son muy aburridos —rieron—. ¿Cómo sabes que vamos en la misma dirección si no sabes adónde vamos?

—¿Y cómo sabes tú mi nombre? —preguntó Frodo.

—Sabemos muchas cosas —dijeron los Elfos. Te vimos a menudo con Bilbo, aunque tú no nos vieras.

—¿Quiénes sois? ¿Quién es vuestro señor? —preguntó Frodo.

—Me llamo Gildor —respondió el jefe, el primero que lo había saludado—. Gildor Inglorion de la Casa de Finrod. Somos Desterrados; la mayoría de nosotros ha partido hace tiempo, y ahora no hacemos otra cosa que demorarnos un poco antes de cruzar el Gran Mar. Pero algunos viven aún en paz en Rivendel. Vamos, Frodo, dinos qué haces, pues vemos sobre ti una sombra de miedo.

—¡Oh, Gente Sabia —interrumpió ansiosamente Pippin—, decidnos algo de los Jinetes Negros!

—¿Jinetes Negros? —murmuraron los Elfos—. ¿Por qué esa pregunta?

—Porque dos Jinetes Negros nos dieron alcance hoy mismo, o uno lo hizo dos veces —respondió Pippin—. Desapareció minutos antes que vosotros llegarais.

Los Elfos no respondieron en seguida; hablaron entre ellos en voz baja, en su propia lengua, y al fin Gildor se volvió hacia los hobbits.

—No hablaremos de eso aquí —dijo—. Será mejor que vengáis con nosotros; no es nuestra costumbre, pero por esta vez os llevaremos por nuestra ruta, y esta noche os alojaréis con nosotros, si así lo deseáis.

—¡Oh, Hermosa Gente! Esto es más de lo que esperábamos —dijo Pippin.

Sam se había quedado sin habla.

—Te lo agradezco, Gildor Inglorion —dijo Frodo inclinándose—. *Elen síla lúmenn' omentielvo,* una estrella brilla en la hora de nuestro encuentro —agregó en la lengua de los Altos Elfos.

—¡Cuidado, amigos! —rió Gildor—. ¡No habléis de cosas secretas! He aquí un conocedor de la Lengua Antigua. Bilbo era un buen maestro. ¡Salud, amigo de los Elfos! —dijo inclinándose ante Frodo—. ¡Ven con tus amigos y únete a nosotros! Es mejor que caminéis en el medio, para que nadie se extravíe. Pienso que os sentiréis cansados antes que hagamos un alto.

—¿Por qué? ¿Hacia dónde vais? —preguntó Frodo.

—Esta noche vamos hacia los bosques de las colinas que dominan Casa del Bosque. Quedan a algunas millas de aquí, pero podréis descansar cuando lleguemos, y acortaréis el camino de mañana.

Marcharon todos juntos en silencio, como sombras y luces mortecinas; pues los Elfos (aún más que los hobbits) podían caminar sin hacer ruido, si así lo deseaban. Pippin pronto sintió sueño, y se tambaleó en una o dos ocasiones, pero cada vez un Elfo alto que marchaba a su lado extendía el brazo y evitaba que cayera. Sam caminaba junto a Frodo como en un sueño y con una expresión mitad de miedo y mitad de maravillada alegría.

Los bosques de ambos lados comenzaron a hacerse más densos; los árboles eran más nuevos y frondosos, y a medida que el camino descendía siguiendo un pliegue de las lomas, unos setos profundos de avellanos se sucedían sobre las dos laderas. Por último los Elfos dejaron el camino, internándose por un sendero verde casi oculto en la espesura a la derecha, y subieron por unas laderas boscosas hasta llegar a la cima de una loma que se adelantaba hacia las tierras más bajas del valle del río. De pronto, salieron de las sombras de los árboles, y un vasto espacio de hierba gris se abrió ante ellos bajo el cielo nocturno; los bosques lo encerraban por tres lados, pero hacia el este el terreno caía a pique, y las copas de los árboles sombríos que crecían al pie de las laderas no llegaban a la altura del claro. Más allá, las tierras bajas se extendían oscuras y planas bajo las estrellas. Como al alcance de la mano, unas pocas luces parpadeaban en la aldea de Casa del Bosque.

Los Elfos se sentaron en la hierba hablando juntos en voz baja; parecían haberse olvidado de los hobbits. Frodo y sus amigos se envolvieron en capas y mantas y una pesada somnolencia cayó sobre ellos. La noche avanzó y las luces del valle se apagaron. Pippin se durmió, la cabeza apoyada en un montículo verde.

A lo lejos, alta en oriente, parpadeaba Remmirath, la red de estrellas, y lento entre la niebla asomó el rojo Borgil, brillando como una joya de fuego. Luego algún movimiento del aire descorrió el velo de bruma y trepando sobre las crestas del mundo apareció la Espada del Cielo, Menelvagor, y su brillante cinturón. Los Elfos rompieron a cantar. De súbito, bajo los árboles, un fuego se alzó difundiendo una luz roja.

—¡Venid! —llamaron los Elfos a los hobbits—. ¡Venid! ¡Llegó el momento de la palabra y la alegría!

Pippin se sentó restregándose los ojos, y de pronto tuvo frío y se estremeció.

—Hay fuego en la sala y comida para los invitados hambrientos —dijo un Elfo, de pie ante él.

En el extremo sur del claro había una abertura. Allí el suelo verde penetraba en el bosque formando un espacio amplio, como una sala techada con ramas de árboles; los grandes troncos se alineaban como pilares a los lados. En el centro había una hoguera, y sobre los árboles-pilares ardían las antorchas con luces de oro y plata. Los Elfos se sentaron en el pasto o sobre los viejos troncos serruchados, alrededor del fuego. Algunos iban y venían llevando copas y sirviendo bebidas; otros traían alimentos apilados en platos y fuentes.

—Es una comida pobre —dijeron los Elfos a los hobbits—, pues estamos acampando en los bosques, lejos de nuestras casas. Allá en nuestros hogares os hubiésemos tratado mejor.

—A mí me parece un banquete de cumpleaños —dijo Frodo.

Pippin apenas recordó después lo que había comido y bebido, pues se pasó la noche mirando la luz que irradiaban las caras de los Elfos y escuchando aquellas voces tan variadas y hermosas; todo había sido como un sueño. Pero recordaba que había habido pan, más sabroso que una buena hogaza blanca para un muerto de hambre, y frutas tan dulces como bayas silvestres y más perfumadas que las frutas cultivadas de las huertas; y había tomado una bebida fragante, fresca como una fuente clara, dorada como una tarde de verano.

Sam nunca pudo describir con palabras, y ni siquiera volver a imaginar lo que había pensado y sentido aquella noche, aunque se le grabó en la memoria como uno de los episodios mas importantes de su vida. Lo más que pudo decir fue:

—Bien, señor, si pudiese cultivar esas manzanas, me consideraría entonces un jardinero. Pero lo que más profundamente me conmovió el corazón fueron las canciones, si usted me entiende.

Frodo comió, bebió y habló animadamente, pero prestó atención sobre todo a las palabras de los demás. Conocía algo de la lengua de los Elfos y escuchaba ávidamente. De vez en cuando hablaba y agradecía en élfico. Los Elfos sonreían y le decían riéndose:

—¡Una joya entre los hobbits!

Al poco tiempo Pippin se durmió y lo alzaron y llevaron a una enramada bajo los árboles; allí durmió el resto de la noche en un lecho blando. Sam no quiso abandonar a su señor. Cuando Pippin se fue, se acurrucó a los pies de Frodo, y allí cabeceó un rato y al fin cerró los ojos. Frodo se quedó largo tiempo despierto, hablando con Gildor.

Hablaron de muchas cosas, viejas y nuevas, y Frodo interrogó repetidamente a Gildor acerca de lo que ocurría en el ancho mundo, fuera de la Comarca. Las noticias eran en su mayoría tristes y ominosas: las tinieblas crecientes, las guerras de los Hombres y la huida de los Elfos. Al fin Frodo hizo la pregunta que más le tocaba el corazón:

—Dime, Gildor, ¿has visto a Bilbo después que se fue?

Gildor sonrió. —Sí —dijo—, dos veces. Se despidió de nosotros en este mismo sitio. Pero lo vi otra vez, lejos de aquí.

Gildor no quiso decir nada más acerca de Bilbo, y Frodo calló.

—No preguntas ni dices mucho de lo que a ti concierne, Frodo —dijo Gildor—. Pero sé ya un poco y puedo leer más en tu cara y en el pensamiento que dicta tus preguntas. Dejas la Comarca, y todavía no sabes si encontrarás lo que buscas, si cumplirás tu cometido, o si un día volverás. ¿No es así?

—Así es —dijo Frodo—; pero pensaba que mi partida era un secreto que sólo Gandalf y mi fiel Sam conocían.

Miró a Sam que roncaba apaciblemente.

—En lo que toca a nosotros, el secreto no llegará al Enemigo —dijo Gildor.

—¿El Enemigo? —dijo Frodo—. ¿Entonces sabes por qué dejo la Comarca?

—No sé por qué te persigue el Enemigo —respondió Gildor—, pero veo que es así... aunque me parezca muy extraño. Y te prevengo que el peligro está ahora delante y detrás de ti, y a cada lado.

—¿Te refieres a los Jinetes? Temí que fueran sirvientes del Enemigo. ¿Quiénes son los Jinetes Negros?

—¿Gandalf no te ha dicho nada?

—Nada sobre tales criaturas.

—Entonces creo que no soy quien deba decirte más, pues el temor podría impedir tu viaje. Porque creo que has partido justo a tiempo, si todavía hay tiempo. Ahora tienes que apresurarte, no demorarte ni volver atrás, pues ya no hay protección para ti en la Comarca.

—No puedo imaginar una información más aterradora que tus insinuaciones y advertencias —exclamó Frodo—. Sabía que el peligro acechaba, por supuesto, pero no esperaba encontrarlo tan pronto, en nuestra propia Comarca. ¿Es que un hobbit no puede pasearse tranquilamente desde El Agua al Río?

—No es tu propia Comarca —dijo Gildor—. Otros moraron aquí antes de que los hobbits existieran, y otros morarán cuando los hobbits ya no existan. A vuestro alrededor se extiende el ancho mundo. Podéis encerraros, pero no lo mantendréis siempre afuera.

—Lo sé, y sin embargo nunca dejó de parecerme un sitio tan seguro y familiar. ¿Qué puedo hacer? Mi plan era abandonar la Comarca en secreto, camino de Rivendel, pero ya me siguen los pasos, aun antes de llegar a Los Gamos.

—Creo que tendrías que seguir ese plan —dijo Gildor—. No pienso que el camino sea muy difícil para tu coraje, pero si deseas consejos más claros tendrías que pedírselos a Gandalf. No conozco el motivo de tu huida, y por eso mismo no sé de qué medios se valdrán tus perseguidores para atacarte. Gandalf lo sabrá, sin duda. Supongo que lo verás antes de dejar la Comarca.

—Así lo espero, pero esto es otra cosa que me inquieta. He esperado a Gandalf muchos días; tendría que haber llegado a Hobbiton hace dos noches cuando mucho, pero no apareció. Ahora me pregunto qué habrá ocurrido. ¿Crees necesario que lo espere?

Gildor guardó silencio un rato, y al fin dijo: —No me gustan estas noticias. El retraso de Gandalf no presagia nada bueno. Pero está dicho: «No te entrometas en asuntos de magos, pues son astutos y de cólera fácil». Te corresponde a ti decidir: sigue o espéralo.

—Y también se ha dicho —respondió Frodo—: «No pidas consejo a los Elfos, pues te dirán al mismo tiempo que sí y que no».

—¿De veras? —rió Gildor—. Raras veces los Elfos dan consejos indiscretos, pues un consejo es un regalo muy peligroso, aun del sabio al sabio, ya que todos los rumbos pueden terminar mal. ¿Qué pretendes? No me has dicho todo lo que a ti respecta; entonces, ¿cómo podría elegir mejor que tú? Pero si me pides consejo te lo daré por amistad. Pienso que debieras partir inmediatamente, sin dilación, y si Gandalf no aparece antes de tu partida, permíteme también aconsejarte que no vayas solo. Lleva contigo amigos de confianza y de buena voluntad. Tendrías que agradecérmelo, pues no te doy este consejo de muy buena gana. Los Elfos tienen sus propios trabajos y sus propias penas, y no se entrometen en los asuntos de los hobbits o de cualquier otra criatura terrestre. Nuestros caminos rara vez se cruzan con los de ellos, por casualidad o a propósito; quizá este encuentro no sea del todo casual, pero el propósito no me parece claro y temo decir demasiado.

—Te estoy profundamente agradecido —dijo Frodo—. Pero me gustaría que me dijeras con claridad qué son los Jinetes Negros. Si sigo tu consejo, no he de ver a Gandalf durante mucho tiempo y he de conocer cuál es el peligro que me persigue.

—¿No es bastante saber que son siervos del Enemigo? —respondió Gildor—. ¡Escapa de ellos! ¡No les hables! Son mortíferos. No me preguntes más. Mi corazón me anuncia que antes del fin, tú, Frodo, hijo de Drogo, sabrás más de estas cosas terribles que Gildor Inglorion. ¡Que Elbereth te proteja!

—¿Dónde encontraré coraje? —preguntó Frodo—. Es lo que más necesito.

—El coraje se encuentra en sitios insólitos —dijo Gildor—. Ten fe. ¡Duerme ahora! En la mañana nos habremos ido, pero te enviaremos nuestros mensajes a través de las tierras. Las Compañías Errantes sabrán de tu viaje, y aquellos que tienen poder para el bien estarán atentos. ¡Te nombro amigo de los Elfos, y que las estrellas brillen para ti hasta el fin del camino! Pocas veces nos hemos sentido tan cómodos con gente extraña; es muy agradable oír palabras del Idioma Antiguo en labios de otros peregrinos del mundo.

Frodo sintió que el sueño se apoderaba de él, aún antes que Gildor terminara de hablar.

—Dormiré ahora —dijo, y el Elfo lo llevó junto a Pippin; y allí Frodo se echó sobre una cama y durmió sin sueños toda la noche.

4

UN ATAJO HACIA LOS HONGOS

A la mañana siguiente Frodo despertó renovado. Estaba acostado bajo una enramada; las ramas de un árbol bajaban entrelazadas hasta el suelo. La cama era de helecho y musgo, suave, profunda y extrañamente fragante. El sol refulgía entre las hojas temblorosas, todavía verdes. Frodo se levantó de un salto y salió.

Sam estaba sentado en la hierba, cerca del linde del bosque. Pippin, de pie, estudiaba el cielo y el tiempo. No había señales de los Elfos.

—Nos han dejado frutas, bebidas y pan —dijo Pippin—. Ven a desayunar. El pan es casi tan bueno como anoche. Yo no quería dejarte nada, pero Sam insistió.

Frodo se sentó junto a Sam y empezó a comer.

—¿Cuál es el plan de hoy? —preguntó Pippin.

—Caminar hacia Los Gamos tan rápido como sea posible —respondió Frodo, volviendo su atención a la comida.

—¿Crees que volveremos a ver a alguno de los Jinetes? —preguntó Pippin alegremente.

Al sol de la mañana, la posibilidad de encontrarse con todo un escuadrón de Jinetes no le parecía muy alarmante.

—Sí, quizá —respondió Frodo, no muy a gusto con el recuerdo—. Espero cruzar el río sin que nos vean.

—¿Descubriste algo sobre ellos por lo que manifestó Gildor?

—No mucho, sólo insinuaciones y adivinanzas —dijo Frodo evasivamente.

—¿Le preguntaste sobre el olfato?

—No lo discutimos —dijo Frodo, con la boca llena.

—Tendrías que haberlo hecho; estoy seguro de que es muy importante.

—Y yo estoy seguro de que Gildor se hubiera negado a explicármelo —dijo Frodo, bruscamente ahora—. ¡Déjame en paz! No tengo ganas de responder a una sarta de preguntas mientras estoy comiendo. Quiero pensar.

—¡Cielos! —dijo Pippin—. ¿Durante el desayuno?

Se alejó hacia el borde del prado. La mañana brillante, traidoramente brillante, según Frodo, no había desvanecido el temor de que lo persiguieran, y pensaba ahora en las palabras de Gildor. Oyó la alegre voz de Pippin, que corría por la hierba, cantando.

«No, no podría —se dijo—. Una cosa es llevar a mis jóvenes amigos a recorrer la Comarca hasta sentirnos muertos de hambre y cansancio, y añorar la comida y la cama, y otra cosa es llevarlos al exilio donde el hambre y el cansancio no tienen remedio aunque ellos quieran acompañarme. La herencia es sólo mía. Ni siquiera creo que deba llevar a Sam.»

Miró a Sam Gamyi y descubrió que él estaba observándolo.

—Bien, Sam —le dijo—, ¿qué sucede? Abandonaré la Comarca tan pronto como me sea posible. He decidido no esperar ni siquiera un día en Cricava, si puedo evitarlo.

—¡Bien, señor!

—¿Todavía piensas venir conmigo?

—Sí.

—Será muy peligroso, Sam. Ya es peligroso. Quizá no volvamos, ninguno de nosotros.

—Si usted no vuelve, señor, es verdad que yo tampoco volveré —replicó Sam—. *¡No lo abandones!*, me dijeron. *¡Abandonarlo! Ni siquiera lo pienso. Iré con él, aunque suba a la luna; y si alguno de esos Jinetes Negros trata de detenerlo, tendrá que vérselas con Sam Gamyi,* dije. Ellos se echaron a reír.

—¿Quiénes son *ellos*? ¿Y de qué hablas?

—Los Elfos, señor. Tuvimos una conversación anoche. Parecían saber que usted se iba, y no vi la necesidad de negarlo. ¡Maravilloso pueblo los Elfos, señor! ¡Maravilloso!

—Así es —dijo Frodo—. ¿Te siguen gustando, ahora que los viste más de cerca?

—A decir verdad, parecen estar por encima de mis simpatías o antipatías —respondió Sam lentamente—. Lo que yo pienso no importa mucho. Son bastante diferentes de lo que yo esperaba; tan jóvenes y viejos, tan alegres y tristes, si puede decirse así.

Frodo lo miró bastante confundido, como esperando ver algún signo exterior del extraño cambio que se había producido en Sam. La voz no era la del Sam Gamyi que él creía conocer. No obstante, seguía siendo el de antes, Sam Gamyi, allí sentado, pero tenía una expresión pensativa, lo que en él era insólito.

—¿Sientes aún la necesidad de abandonar la Comarca, ahora que cumpliste tu deseo de ver a los Elfos? —le preguntó.

—Sí, señor; no sé cómo decirlo, pero después de anoche me siento diferente. Me parece ver el futuro, en cierto modo. Sé que recorreremos un largo camino hacia la oscuridad; pero también sé que no puedo volverme. No es que quiera ver Elfos ahora, o dragones, o montañas... lo que quiero no lo sé exactamente, pero tengo que hacer algo antes del fin, y está ahí adelante, no en la Comarca. Tengo que buscarlo, señor, si usted me entiende.

—No del todo, pero entiendo que Gandalf me eligió un buen compañero. Estoy contento. Iremos juntos.

Frodo terminó de desayunar en silencio. Poniéndose de pie, miró en derredor y llamó a Pippin.

—¿Todo listo? Hay que partir en seguida. Dormimos hasta tarde, y todavía nos falta un buen trecho.

—Tú dormiste hasta tarde, querrás decir —replicó Pippin—. Me levanté mucho antes que tú y lo único que esperábamos era que terminaras de comer y de pensar.

—Ya he terminado ambas cosas, y alcanzaré Balsadera de Gamoburgo tan rápido como sea posible. No haremos ningún rodeo, es decir, no volveré al camino que dejamos anoche; cortaré directamente a través del campo.

—Entonces volarás —dijo Pippin—. No podrás cortar camino a pie por estos campos.

—De cualquier modo el trayecto será más corto —respondió Frodo—. Balsadera está al sureste de Casa del Bosque, pero el camino tuerce hacia la izquierda; puedes ver allí una parte que va hacia el norte. Bordea a Marjala por el extremo norte y se une a la calzada del Puente en

Cepeda. Se desvía muchas millas. Podríamos ahorrarnos un cuarto de camino si trazásemos una línea recta de aquí a Balsadera.

—*Los atajos cortos traen retrasos largos* —recitó Pippin—. El campo es escabroso por aquí, y hay pantanos y toda clase de dificultades en Marjala. Conozco la región. Y si lo que te preocupa son los Jinetes Negros, no creo que sea mejor encontrarlos en un bosque o en el campo que en el camino.

—Es más difícil encontrar gente en bosques y campos —respondió Frodo—. Y si se supone que estás en el camino, es posible que te busquen allí, y no fuera.

—Muy bien —dijo Pippin—, te seguiré por pantanos y zanjas. ¡Será muy duro! Había descontado que llegaríamos a *La Perca Dorada,* en Cepeda, antes de la caída del sol. La mejor cerveza de la Cuaderna del Este, o así era antes. Hace tiempo que no la pruebo.

—¡He aquí la razón! —dijo Frodo—. Los atajos cortos traen retrasos largos; pero las posadas los alargan todavía más. Te mantendremos alejado de *La Perca Dorada,* a toda costa. ¿Qué te parece, Sam?

—Iré con usted, señor Frodo —dijo Sam, a pesar de sus dudas y de lamentar profundamente perder la mejor cerveza de la Cuaderna del Este.

—Bueno, si tenemos que luchar con pantanos y zarzas, partamos en seguida —dijo Pippin.

Hacía casi tanto calor como en la víspera, pero unas nubes comenzaron a levantarse en el oeste. Parecía que iba a llover. Los hobbits descendieron por una verde barranca empinada, ayudándose con pies y manos, y se internaron en la espesura de la arboleda. El itinerario que habían elegido dejaba Casa del Bosque a la izquierda y atravesaba oblicuamente los bosques en la falda oriental de la colina hasta las planicies del lado opuesto. Luego podrían seguir en línea recta hasta Balsadera, a campo abierto, aunque cruzando unos pocos alambrados y zanjas. Frodo estimó que tendrían que caminar dieciocho millas en línea recta.

No tardó en comprobar que el matorral era más espeso y enmarañado de lo que parecía. No había sendas en la maleza y no podrían ir muy rápido. Cuando llegaron al fin al pie del barranco, se encontraron con un arroyo que bajaba de las colinas; el lecho era profundo, los bordes empinados y resbaladizos, cubiertos de zarzas, y cortaba de modo muy inoportuno la línea que se habían trazado. No podían saltarlo, ni tampoco cruzarlo sin empaparse las ropas, cubrirse de arañazos, y embarrarse de pies a cabeza. Se detuvieron buscando una solución.

—¡Primer inconveniente! —dijo Pippin con una sonrisa torva.

Sam Gamyi miró atrás. Entre un claro de los árboles alcanzó a ver la cima del barranco verde por donde habían bajado.

—¡Mire! —dijo, tomando el brazo de Frodo. Todos miraron y vieron allá arriba, recortándose en la altura, contra el cielo, la silueta de un caballo. Junto a él se inclinaba una figura negra.

Abandonaron en seguida toda idea de volver atrás. Guiados por Frodo se escondieron rápidamente entre los arbustos espesos que crecían a orillas del agua.

—¡Cáspita! —le dijo Frodo a Pippin—. ¡Los dos teníamos razón! El atajo no es nada seguro, pero nos salvamos a tiempo. Tienes oídos finos, Sam, ¿oyes si viene algo?

Se quedaron muy quietos, reteniendo el aliento mientras escuchaban; pero no se oía ningún ruido de persecución.

—No creo que intente traer el caballo barranco abajo —dijo Sam—, pero quizá sepa que nosotros bajamos por ahí. Mejor es que sigamos.

Seguir no era nada fácil; tenían que cargar los fardos, y los arbustos y las zarzas no los dejaban avanzar. La loma de atrás cerraba el paso al viento, y el aire estaba quieto y pesado. Cuando llegaron al fin a un lugar más descubierto, estaban sofocados, cansados, rasguñados y no muy seguros de la dirección que seguían. Las márgenes del arroyo se hacían más bajas en la llanura, se separaban y eran menos profundas, desviándose hacia Marjala y el río.

—¡Pero éste es el arroyo Cepeda! —dijo Pippin—. Si queremos retomar nuestro camino, tenemos que cruzarlo en seguida y doblar a la derecha.

Vadearon el arroyo y salieron de prisa a un amplio espacio abierto, cubierto de juncos y sin árboles. Poco más allá había otro cinturón de árboles, en su mayoría robles altos y algunos olmos y fresnos. El suelo era bastante llano, con poca maleza, pero los árboles estaban demasiado juntos y no permitían ver muy lejos. Unas ráfagas súbitas hacían volar las hojas, y las primeras gotas comenzaron a caer del cielo plomizo. Luego el viento cesó y una lluvia torrencial se abatió sobre ellos. Caminaban ahora penosamente, tan de prisa como podían, sobre matas de pasto, atravesando montones espesos de hojas muertas, y alrededor de ellos la lluvia crepitaba y se deslizaba corriendo por el suelo. No hablaban, pero no dejaban de mirar atrás y a los costados.

Media hora más tarde, Pippin dijo: —Espero que no hayamos torcido demasiado hacia el sur y que no estemos cruzando el bosque de punta a punta. No es muy ancho, no más de una milla me parece, y ya tendríamos que estar al otro lado.

—No serviría de nada que comenzáramos a zigzaguear —dijo Frodo—. No arreglaría las cosas. Sigamos como hasta ahora. No estoy seguro de querer salir a campo abierto todavía.

Recorrieron otro par de millas. Luego el sol brilló de nuevo entre desgarrones de nubes y la lluvia decreció. Ya había pasado el mediodía y sintieron que era hora de almorzar. Se detuvieron bajo un olmo de follaje amarillo, pero todavía espeso. El suelo estaba allí seco y abrigado. Cuando empezaron a preparar la comida, advirtieron que los Elfos les habían llenado las botellas con una bebida clara, de color dorado pálido; tenía la fragancia de una miel de muchas flores, y era maravillosamente refrescante. Pronto comenzaron a reír, burlándose de la lluvia y de los Jinetes Negros. Sentían que pronto dejarían atrás las últimas millas.

Frodo se recostó en el tronco de un árbol, y cerró los ojos. Sam y Pippin se sentaron cerca y se pusieron a tararear y luego a cantar suavemente:

> *¡Ho! ¡Ho! ¡Ho! A la botella acudo*
> *para curar el corazón y ahogar las penas.*
> *La lluvia puede caer, el viento puede soplar*
> *y aún tengo que recorrer muchas millas,*
> *pero me acostaré al pie de un árbol alto*
> *y dejaré que las nubes naveguen en el cielo.*

—*¡Ho! ¡Ho! ¡Ho!* —volvieron a cantar, esta vez más fuerte. De pronto se interrumpieron. Frodo se incorporó de un salto. El viento traía un lamento prolongado, como el llanto de una criatura solitaria y diabólica. El grito subió y bajó, terminando en una nota muy aguda. Se quedaron como estaban, sentados o de pie, paralizados de pronto, y oyeron otro grito más apagado y lejano, pero no menos estremecedor. Luego hubo un silencio, sólo quebrado por el sonido del viento en las hojas.

—¿Qué crees que fue? —preguntó por fin Pippin, tratando de parecer despreocupado, pero temblando un poco—. Si era un pájaro, no lo oí nunca en la Comarca.

—No era pájaro ni bestia —dijo Frodo—. Era una llamada o una señal, pues en ese grito había palabras que no pude entender. Ningún hobbit tiene una voz semejante.

No dijeron nada más. Todos pensaban en los Jinetes Negros, aunque ninguno los mencionó. No sabían ahora si quedarse o continuar; pero, tarde o temprano, tendrían que cruzar el campo abierto hacia Balsadera. Era preferible hacerlo cuanto antes, a la luz del día. Instantes más tarde ya habían cargado otra vez los bultos, y echaban a andar.

Poco después el bosque terminó de pronto. Unas tierras anchas y cubiertas de pastos se extendían ante ellos. Comprobaron entonces que se habían desviado, en efecto, demasiado hacia el sur. A lo lejos, dominando la llanura, podían entrever la colina baja de Gamoburgo, del otro lado del río, que ahora estaba a la izquierda. Se arrastraron con muchas precauciones fuera de la arboleda, y atravesaron el claro lo más rápido posible.

Al principio estaban asustados, fuera del abrigo del bosque. Lejos, detrás de ellos, se alzaba el sitio donde habían desayunado. Frodo casi esperaba ver allá arriba la figura pequeña y distante de un jinete, recortada contra el cielo, pero no descubrió nada. El sol, escapando de las nubes desgarradas mientras descendía a las lomas que habían dejado atrás, brillaba de nuevo. Pronto perdieron el miedo, aunque todavía se sentían intranquilos. El paisaje era cada vez más ordenado y doméstico. Llegaron así a praderas y campos bien cuidados, en los que había cercos, portones y zanjas de desagüe. Todo parecía tranquilo y apacible, como un rincón cualquiera de la Comarca. A cada paso iban sintiéndose más animados. La línea del Río se acercaba, y los Jinetes Negros comenzaban a parecerles fantasmas de los bosques, muy lejanos ahora.

Bordearon un enorme campo de nabos y llegaron a la puerta de un cercado; más allá, entre setos bien cuidados y de poca altura, corría una senda hacia un distante grupo de árboles. Pippin se detuvo.

—¡Conozco estos campos y esta puerta! —dijo—. Estamos en Bam, las tierras del viejo granjero Maggot. Mirad la granja, allá entre los árboles.

—¡Dificultad tras dificultad! —dijo Frodo; parecía casi tan asustado como si Pippin le hubiese dicho que la senda llevaba a la guarida de un dragón. Los otros lo miraron con sorpresa.

—¿Qué ocurre con el viejo Maggot? —dijo Pippin—. Es un buen amigo de todos los Brandigamo. Por supuesto, es el terror de los intrusos, pues tiene perros feroces. Después de todo, la gente de aquí está muy cerca de la frontera y ha de estar prevenida.

—Lo sé —dijo Frodo, y rió avergonzado—, pero lo mismo me aterrorizan él y sus perros. Evité esta granja durante años y años. Cuando yo era joven, en Casa Brandi, y venía aquí en busca de hongos, me pescó varias veces. La última me castigó, me mostró los perros y les dijo:

«Miren, muchachos, la próxima vez que éste pise mis tierras, pueden comérselo; ahora, ¡échenlo!». Me persiguieron hasta Balsadera. Nunca me recobré del miedo, aunque he de decir que esas bestias conocían bien sus obligaciones y ni siquiera me tocaron.

Pippin rió diciendo: —Bien, es tiempo de saldar cuentas. Especialmente si vas a vivir de nuevo en Los Gamos. El viejo Maggot es realmente un buen tipo, si dejas sus setas en paz. Sigamos la senda y no podrán decir que somos intrusos. Si lo encontramos, yo le hablaré. Es amigo de Merry y yo acostumbro a venir aquí con él muy a menudo.

Siguieron la senda hasta que vieron los techos bardados de una casa grande y los edificios de la granja que asomaban entre los árboles al frente. Los Maggot y los Barroso de Cepeda y la mayoría de los habitantes de Marjala habitaban en casas. La granja estaba sólidamente construida con ladrillos, rodeada por un muro alto. Un portón ancho de madera se abría en el muro sobre el camino.

Se acercaron y unos aullidos y ladridos temibles estallaron de pronto, y una voz gritó:

—¡Garra! ¡Colmillo! ¡Lobo! ¡A callar, muchachos!

Frodo y Sam se detuvieron en seco, pero Pippin se adelantó unos pasos. La puerta se abrió, y tres perros enormes salieron al camino y se precipitaron sobre los viajeros ladrando fieramente. Pasaron por alto a Pippin; Sam se encogió contra la pared mientras dos perros con aspecto de lobos lo husmeaban con desconfianza y le mostraban los dientes cada vez que se movía. El mayor y más feroz de los tres se detuvo frente a Frodo, erizado y gruñendo. En la puerta apareció un hobbit macizo de cara redonda y roja.

—¡Hola! ¡Hola! ¿Quiénes pueden ser y qué pueden desear?

—¡Buenas tardes, señor Maggot! —dijo Pippin. El granjero lo miró detenidamente.

—¡Ah, si es el señor Pippin; mejor dicho, el señor Peregrin Tuk! —exclamó, trocando su mueca por una amplia sonrisa—. Hace mucho tiempo que no viene por aquí. Es una suerte para usted que lo conozca. Yo ya estaba a punto de azuzar a mis perros. Pasan cosas raras últimamente. Por supuesto, de vez en cuando hay gente extraña rondando. Demasiado cerca del Río —dijo, meneando la cabeza—. Pero ese sujeto era el más extraño que yo haya visto nunca. No volverá a cruzar mi tierra sin permiso, si puedo impedirlo.

—¿A qué sujeto se refiere? —preguntó Pippin.

—¿Entonces no lo vieron? —dijo el granjero—. Tomó el camino a la calzada, no hace mucho. Era un parroquiano raro, que hacía preguntas raras. Entren y hablaremos de las últimas novedades. Tengo una pizca de buena cerveza de barril, si usted y sus amigos están de acuerdo, señor Tuk.

Era evidente que el granjero les diría algo más si le daban oportunidad y tiempo, de modo que todos aceptaron la invitación.

—¿Y los perros? —preguntó ansiosamente Frodo.

El granjero rió. —No les harán daño, a menos que yo lo ordene. ¡Aquí, Garra! ¡Fuera, Colmillo, Lobo! —gritó.

Los perros se alejaron, para alivio de Frodo y Sam.

Pippin presentó sus amigos al granjero.

—El señor Frodo Bolsón —dijo—. No lo recordará, pero vivió en Casa Brandi.

Al oír el nombre de Bolsón, el granjero se sobresaltó y echó a Frodo una mirada penetrante.

Durante un momento Frodo pensó que Maggot había recordado de pronto las setas robadas, y que les diría a los perros que lo echasen fuera. Pero el granjero lo tomó por un brazo.

—Bien, ¿no es esto todavía más extraño? —exclamó—. El señor Bolsón, ¿eh? ¡Entren! Tenemos que hablar.

Entraron en la cocina de la granja y se sentaron junto a la amplia chimenea. La señora Maggot trajo cerveza en una enorme jarra y llenó cuatro picheles. Era una buena cerveza, y Pippin se sintió más que compensado por no haber ido a *La Perca Dorada*. Sam sorbió su cerveza con recelo. Tenía una desconfianza natural hacia los habitantes de otras partes de la Comarca, y no estaba dispuesto a hacer amistad rápidamente con nadie que hubiese golpeado a su señor, aunque fuera largo tiempo atrás.

Luego de breves observaciones sobre el tiempo y las perspectivas agrícolas, que no eran peores que otras veces, el granjero Maggot dejó su pichel y los miró uno por uno.

—Ahora, señor Peregrin —dijo—, ¿de dónde vienen y hacia dónde van? ¿Vienen a visitarme? Pues si es así, podrían haber pasado por mi puerta sin que yo los viera.

—Bueno, no —respondió Pippin—. A decir verdad, puesto que lo ha adivinado, hemos llegado al sendero por la otra punta, atravesando los campos de usted, pero fue sólo por accidente. Perdimos el camino en el bosque, cerca de Casa del Bosque, tratando de encontrar un atajo hacia Balsadera.

—Si tienen prisa, les hubiera convenido más tomar el camino —dijo el granjero—. Pero no era ésa mi preocupación. Pueden ustedes andar por todas mis tierras, si así lo desean, señor Peregrin. Y usted también, señor Bolsón, aunque supongo que todavía le gustan las setas. —Se rió.— Sí, reconocí el nombre. Recuerdo la época en que el joven Frodo Bolsón era uno de los peores pilluelos de Los Gamos. Pero no estaba pensando en setas. Oí el nombre, Bolsón, poco tiempo antes de que ustedes llegaran. ¿Qué creen que me preguntó el extraño cliente?

Los hobbits esperaron ansiosamente a que Maggot continuara hablando.

—Bien —dijo el granjero, paladeando la lentitud con que llegaba al asunto—. Vino cabalgando en un caballo negro y enorme, cruzó el portón, que estaba abierto, y llegó hasta mi puerta. Todo negro, él también, y envuelto en una capa y encapuchado como si no quisiera que lo reconociesen. Pensé para mis adentros: «¿Qué querrá en la Comarca?». No vemos mucha Gente Grande de este lado de la frontera, y de todos modos nunca oí hablar de algo parecido a este individuo negro.

"«Buen día —le dije acercándome—. Este sendero no lleva a ninguna parte, y vaya a donde vaya lo más corto será que vuelva en seguida al camino.» No me gustaba su aspecto, y cuando Garra acudió, lo husmeó y soltó un aullido como si lo hubiesen atravesado con una aguja. Se escapó con la cola entre las patas, lloriqueando. El sujeto negro no se inmutó.

”«Vengo de más allá —dijo lentamente, muy tieso, señalando hacia el oeste, sobre mis campos—. ¿Ha visto a Bolsón?», me preguntó con una voz rara, inclinándose hacia mí. No pude verle la cara, oculta bajo el capuchón, y sentí que una especie de escalofrío me corría por la espalda. Pero no entendía cómo había atravesado mis tierras con tanta audacia, a caballo.

”«¡Váyase! —le ordené—. No hay aquí ningún Bolsón. Se ha equivocado de sitio. Es mejor que vuelva a Hobbiton, pero esta vez por la calzada.»

”«Bolsón ha partido —murmuró—. Viene hacia aquí, y no está lejos. Deseo encontrarlo. Si pasa, ¿me lo dirá? Volveré con oro.»

”«No, no volverá aquí —repliqué—. Volverá al lugar que le corresponde, y rápido. Le doy un minuto antes de que llame a todos mis perros.»

”El hombre lanzó una especie de silbido. Quizá era una risa, o no. Luego me echó encima el caballo, y salté a un lado justo a tiempo. Llamé a los perros, pero se volvió rápidamente y desapareció por el portón tomando el sendero hacia la calzada, como un relámpago.

”¿Qué piensan de todo esto? —concluyó el granjero.

Frodo se quedó mirando las llamas durante un rato; no pensaba en otra cosa que en cómo diablos llegaría a Balsadera.

—No sé qué pensar —dijo al fin.

—Entonces yo mismo voy a decírselo —continuó Maggot—. No tendría que haberse mezclado con la gente de Hobbiton, señor Frodo. Son gente rara allá. —Sam se revolvió en su silla y echó al granjero una mirada hostil.— Pero usted siempre ha sido un cabeza dura. Cuando supe que había dejado a los Brandigamo yéndose a vivir con el viejo señor Bilbo, dije que usted las pasaría mal. Oiga bien lo que le digo: todo esto viene de la rara conducta del señor Bilbo. Dicen que obtuvo su dinero de modo extraño, en lugares distantes. Quizá alguien desee saber qué ocurrió con el oro y las joyas que enterró en la colina de Hobbiton, según he oído.

Frodo no respondió; la perspicacia de las hipótesis del granjero era desconcertante.

—Bien, señor Frodo, me alegro de que haya tenido el buen tino de volver a Los Gamos —continuó Maggot—. Mi consejo es: ¡quédese ahí! Y no se mezcle con gente de otros lados. Se hará de amigos en estos lugares. Si alguno de esos sujetos negros vuelve a buscarlo, se las verá conmigo. Diré que usted ha muerto, o que ha abandonado la Comarca, o lo que usted quiera. Lo que será bastante cierto, pues lo más probable es que deseen saber del señor Bilbo, y no de usted.

—Quizá esté en lo cierto —dijo Frodo, evitando los ojos del granjero, y mirando las llamas.

Maggot lo observó pensativamente.

—Veo que tiene usted sus propias ideas —dijo—. Es claro como el agua que ni usted ni el jinete vinieron en la misma tarde por casualidad; y quizá mis noticias no son muy nuevas para usted, después de todo. No le pido que me diga algo que quiera guardar en secreto, pero me doy cuenta de que está preocupado. Tal vez piensa que no le será muy fácil llegar a Balsadera sin que le pongan las manos encima.

—Así es —dijo Frodo—, pero tenemos que intentarlo, y no lo conseguiremos si nos quedamos aquí sentados pensando en el asunto. Así pues, temo que debamos partir. ¡Muchas gracias por su amabilidad! Usted y sus perros me han aterrorizado durante casi treinta años, granjero Maggot, aunque se ría al oírlo. Lástima, pues he perdido un buen amigo, y ahora lamento tener que partir tan pronto. Quizá vuelva un día, si me acompaña la suerte.

—Será bien recibido —dijo Maggot—. Pero tengo una idea. Ya está anocheciendo y cenaremos de un momento a otro, pues por lo general nos vamos a acostar poco después que el sol. Si usted y el señor Peregrin y todos quisiesen quedarse a tomar un bocado con nosotros, nos sentiríamos muy complacidos.

—¡Nosotros también! —dijo Frodo—. Pero tenemos que partir en seguida. Será de noche cuando lleguemos a Balsadera.

—¡Ah!, pero un minuto. Iba a decir que después de cenar sacaré una pequeña carreta y los llevaré a todos a Balsadera. Les evitaré una larga caminata y quizá también otras dificultades.

Frodo aceptó agradecido la invitación, para alivio de Pippin y Sam. El sol se había escondido ya tras las colinas del oeste, y la luz declinaba. Aparecieron dos de los hijos de Maggot y las tres hijas, y sirvieron una cena generosa en la mesa grande. La cocina fue iluminada con velas y reavivaron el fuego. La señora Maggot iba y venía. En seguida entraron uno o dos hobbits del personal de la granja; poco después eran catorce a la mesa. Había cerveza en abundancia y una fuente de setas y tocino, además de otras muchas suculentas viandas caseras. Los perros estaban sentados junto al fuego, royendo cortezas y triturando huesos.

Terminada la cena, el granjero y sus hijos llevaron afuera un farol y prepararon la carreta. Cuando salieron los invitados, ya había oscurecido. Cargaron bultos en la carreta y subieron. El granjero se sentó en el banco del conductor y azuzó con el látigo a los dos vigorosos poneys. La señora Maggot lo miraba de pie desde la puerta iluminada.

—¡Ten cuidado, Maggot! —exclamó—. ¡No discutas con extraños y vuelve aquí directamente!

—Eso haré —dijo Maggot, cruzando el portón.

La noche era apacible, silenciosa y fresca. Partieron sin luces, lentamente. Luego de una o dos millas llegaron al extremo del camino, cruzaron una fosa profunda, y subieron por una pequeña cuesta hasta la calzada.

Maggot descendió y miró a ambos lados, norte y sur, pero no se veía nada en la oscuridad y no se oía ningún sonido en el aire quieto. Unas delgadas columnas de niebla flotaban sobre las zanjas y se arrastraban por los campos.

—La niebla será espesa —dijo Maggot—, pero no encenderé mis faroles hasta dejarlos a ustedes. Oiremos cualquier cosa en el camino, antes de tropezarnos con ella esta noche.

Balsadera distaba unas cinco millas de la casa de Maggot. Los hobbits se arroparon de pies a cabeza, pero con los oídos atentos a cualquier sonido que se elevase sobre el crujido de las ruedas y el espaciado *clop-clop* de los poneys. El carro le parecía a Frodo más lento que un caracol. Junto a él, Pippin cabeceaba somnoliento, pero Sam clavaba los ojos en la niebla que se alzaba delante.

Por fin llegaron a la entrada de Balsadera, señalada por dos postes blancos que asomaron de pronto a la derecha del camino. El granjero Maggot sujetó los poneys y el carro se detuvo. Empezaban a descargar cuando oyeron lo que tanto temían; unos cascos en el camino, allá adelante. El sonido venía hacia ellos.

Maggot bajó de un salto y sostuvo firmemente la cabeza de los poneys, escudriñando la oscuridad. *Clip-clop, clip-clop*; el jinete se acercaba. El golpe de los cascos resonaba en el aire callado y neblinoso.

—Es mejor que se oculte, señor Frodo —dijo Sam ansiosamente—. Acuéstese en la carreta y cúbrase con la manta. ¡Nosotros nos ocuparemos del jinete!

Bajó y se unió al granjero. Los Jinetes Negros tendrían que pasar por encima de él para acercarse a la carreta. *Clip-clop, clip-clop.*

El jinete estaba casi sobre ellos.

—¡Eh, ahí! —llamó el granjero Maggot.

El ruido de cascos se detuvo. Creyeron vislumbrar entre la bruma una sombra oscura y embozada, uno o dos metros más adelante.

—¡Cuidado! —dijo el granjero arrojándole las riendas a Sam y adelantándose—. ¡No dé ni un paso más! ¿Qué busca y adónde va?

—Busco al señor Bolsón, ¿lo ha visto? —dijo una voz apagada: la voz de Merry Brandigamo. Se encendió una linterna y la luz cayó sobre la cara asombrada del granjero.

—¡Señor Merry! —gritó.

—¡Sí, por supuesto! ¿Quién creía que era? —exclamó Merry acercándose.

Cuando Merry salió de la bruma, y los temores de los otros se apaciguaron, pareció que la figura se le empequeñecía hasta tener la talla común de un hobbit. Venía montando un poney, y llevaba una bufanda al cuello y sobre la barbilla para protegerse de la niebla.

Frodo saltó de la carreta para saludarlo.

—¡Así que aquí estás por fin! —dijo Merry—. Comenzaba a preguntarme si aparecerías hoy, y ya me iba a cenar. Cuando se levantó la niebla fui a Cepeda a ver si habías caído en un pantano. Maldito si sé por dónde has venido. ¿Dónde los encontró, señor Maggot? ¿En la laguna de los patos?

—No. Los descubrí merodeando —dijo el granjero—, y casi les suelto los perros, pero sin duda ellos le contarán toda la historia. Ahora, si me permiten, señor Merry, señor Frodo, y todos, lo mejor es que vuelva a casa. La señora Maggot estará preocupada, con esta cerrazón.

Hizo retroceder la carreta, y dio media vuelta.

—Buenas noches a todos —dijo el granjero Maggot—. Ha sido un extraño día, y no me equivoco. Pero todo está bien cuando termina bien. Aunque quizá no podamos decirlo hasta que estemos de vuelta en casa. No negaré que me sentiré feliz entonces.

Encendió los faroles y se levantó. De pronto sacó de debajo del asiento una canasta grande.

—Casi lo olvidaba —dijo—. La señora Maggot lo preparó para el señor Bolsón, con sus recuerdos.

Tendió la canasta y se alejó, seguido por un coro de gracias y buenas noches.

Los hobbits se quedaron mirando los cálidos halos de luz de los faroles, que se perdían en la noche brumosa. De repente, Frodo se echó a reír; de la canasta cubierta que tenía en las manos subía un olor a hongos.

5

CONSPIRACIÓN DESENMASCARADA

—Lo mejor que podemos hacer es irnos también a casa —dijo Merry—. Hay algo extraño en todo esto, me doy cuenta, pero habrá que esperar a que lleguemos.

Doblaron por el sendero de Balsadera, que era recto y bien cuidado, bordeado con grandes piedras blanqueadas a la cal. Unos cien metros más allá desembocaba en la orilla del río, donde había un ancho embarcadero de madera. Una balsa grande estaba amarrada en él. Los bolardos blancos brillaban a la luz de dos linternas instaladas sobre unos postes. Detrás, la bruma de los llanos se alzaba por encima de los matorrales; pero delante el agua era oscura, y unas espirales como de vapor flotaban entre las cañas de la orilla. Parecía haber menos niebla del otro lado.

Merry llevó al poney a la balsa por una pasarela, y los otros fueron detrás. Luego impulsó lentamente la balsa con un largo bichero. El Brandivino fluía ante ellos lento y ancho. Del otro lado la orilla era escarpada, y un camino tortuoso ascendía desde el embarcadero. Allí unas linternas parpadeaban. Detrás, asomaba la Colina de Los Gamos, y en la ladera, entre jirones de niebla, brillaban muchas ventanas redondas, rojas y amarillas. Eran las ventanas de Casa Brandi, antiguo hogar de los Brandigamo.

Mucho tiempo atrás, Gorhendad Gamoviejo, cabeza de familia de los Gamoviejo, uno de los más viejos en Marjala o en la Comarca, había cruzado el río, límite original de las tierras orientales. Edificó (y excavó) Casa Brandi, tomó el nombre de Brandigamo, y se estableció allí hasta llegar a ser el señor de lo que podía llamarse un pequeño país independiente. La familia Brandigamo aumentó y aumentó, y luego de la muerte de Gorhendad continuó creciendo, hasta que Casa Brandi ocupó todo el pie de la colina y tuvo tres amplias puertas principales, muchas laterales y cerca de cien ventanas. Los Brandigamo y la numerosa gente que dependía de ellos comenzaron a excavar y más tarde a construir alrededor. Éste fue el origen de Los Gamos, una faja de tierra densamente poblada, entre el río y el Bosque Viejo, una especie de colonia de la Comarca. La villa principal era Gamoburgo, que se apretaba en los terraplenes y lomas detrás de Casa Brandi.

La gente de Marjala era amiga de la de Los Gamos, y los granjeros entre Cepeda y Junquera aún reconocían la autoridad del Señor de la Casa (como llamaban al jefe de familia de los Brandigamo), pero la mayoría de los habitantes de la vieja Comarca consideraba a la gente de Los Gamos como singular y algo extranjera, por así decirlo, aunque en realidad no se diferenciaba mucho de los hobbits de las Cuatro Cuadernas. Excepto en un punto: eran muy aficionados a los botes y algunos de ellos hasta sabían nadar.

El lado este de aquellas tierras no tenía en un principio ninguna defensa, pero los Brandigamo levantaron allí una empalizada que llamaron Cerca Alta. Había sido plantada muchas generaciones atrás, y ahora era elevada y tupida pues la cuidaban constantemente. Corría a lo largo de la orilla desde el Puente del Brandivino siguiendo una amplia curva hasta el Fin de la Cerca (donde el Tornasauce salía del Bosque y se unía al Brandivino): unas veinte millas de extremo a extremo. Por supuesto, la protección no era completa, pues el Bosque crecía junto a la cerca en muchos sitios. La gente de Los Gamos cerraba las puertas con llave al oscurecer, y esto tampoco se acostumbraba en la Comarca.

La balsa se movía lentamente en el agua. La ribera de Los Gamos iba acercándose. Sam era el único que aún no había cruzado el río. Miraba las aguas lentas y gorgoteantes y tuvo una curiosa impresión: su vida anterior quedaba atrás entre las nieblas; delante lo esperaban oscuras aventuras. Se rascó la cabeza y durante un momento deseó que el señor Frodo hubiera podido continuar viviendo apaciblemente en Bolsón Cerrado.

Los cuatro hobbits dejaron la balsa. Merry estaba amarrándola y Pippin guiaba el poney sendero arriba, cuando Sam (quien había mirado atrás, como despidiéndose de la Comarca) dijo en un ronco murmullo:

—¡Mire atrás, señor Frodo! ¿No ve algo?

En el otro atracadero, bajo lámparas distantes, alcanzaron a vislumbrar apenas una figura; parecía un bulto negro abandonado allí. Pero mientras miraban les pareció que se movía de un lado a otro, como escudriñando el suelo. Luego se arrastró, o retrocedió agachándose, de vuelta a la oscuridad, más allá de las lámparas.

—Pero ¿qué es eso? —exclamó Merry.

—Algo que nos sigue —dijo Frodo—. Pero no hagas ahora más preguntas. ¡Alejémonos, en seguida! Se apresuraron sendero arriba hasta la cima del barranco, pero cuando miraron atrás, la orilla opuesta estaba envuelta en niebla, y no se veía nada.

—¡Por suerte no hay botes en la ribera oeste! —dijo Frodo—. ¿Pueden cruzar el río los caballos?

—Pueden ir veinte millas al norte hasta el Puente del Brandivino, o pueden nadar —respondió Merry—, aunque nunca oí de ningún caballo que cruzara a nado el Brandivino. Pero ¿qué importan ahora los caballos?

—Te lo diré más tarde. Vayamos a tu casa y allí podremos hablar.

—Bien. Conocéis el camino, tú y Pippin. Yo me adelantaré a caballo para avisar a Gordo Bolger. Nos pondremos de acuerdo sobre la cena y otras cosas.

—Ya tuvimos una cena temprana, con el granjero Maggot —dijo Frodo—, pero podríamos tener otra.

—¡Así será! Dame esa canasta —dijo Merry, y partió adelantándose en la oscuridad.

Entre la nueva casa de Frodo, en Cricava, y el Brandivino había alguna distancia. Dejaron la Colina de Los Gamos y Casa Brandi a la izquierda, y en las afueras de Gamoburgo tomaron el camino principal de Los Gamos, que corría desde el puente hacia el sur. Media milla al norte, encontraron un sendero que se abría a la derecha. Lo siguieron un par de millas, subiendo y bajando por los campos.

Al fin llegaron a una puerta estrecha, en un seto. Nada podía verse de la casa en la oscuridad; se levantaba lejos del sendero en medio de un círculo de césped rodeada por un cinturón de árboles bajos, dentro del cerco exterior. Frodo la había elegido porque el sitio era apartado y no tenía vecinos próximos. Se podía entrar y salir sin que nadie lo viera a uno. La habían construido los Brandigamo mucho tiempo atrás, para uso de invitados o miembros de la familia que deseasen escapar por un tiempo a la tumultuosa vida de Casa Brandi. Era una antigua casa de campo, lo más parecida posible a la cueva de un hobbit. Larga y baja, de un solo piso, tenía techo de paja, ventanas redondas, y una gran puerta redonda. Mientras subían por el sendero verde, desde la puerta en el cercado, no vieron ninguna luz. Las ventanas estaban oscuras y con las persianas cerradas. Frodo golpeó la puerta y Gordo Bolger vino a abrir. Una luz acogedora se derramó hacia fuera. Los hobbits se deslizaron rápidamente en la casa, y se encerraron junto con las luces. Vieron que estaban en un vestíbulo amplio con puertas a los lados; delante de ellos corría un pasillo, hacia el centro de la casa.

—¿Qué te parece? —preguntó Merry, viniendo por el pasillo—. Hemos hecho lo imposible en este poco tiempo. Queríamos que te sintieras en casa. Al fin y al cabo, Gordo y yo no llegamos aquí hasta ayer con el último cargamento.

Frodo miró alrededor. Todo era allí hogareño, de veras. La mayoría de sus muebles preferidos, o mejor los de Bilbo (le recordaban vivamente a Bilbo en aquel nuevo ámbito) habían sido ordenados todo lo posible de acuerdo con la disposición de Bolsón Cerrado. Era un sitio agradable, cómodo, acogedor, y se encontró deseando haber venido a instalarse realmente en ese retiro tranquilo. Le pareció injusto haber expuesto a sus amigos a todas estas molestias, y se preguntó de nuevo cómo podría decirles que los abandonaría muy pronto, en seguida, en verdad. Ya no le quedaba otro remedio que hablarles esa misma noche, antes que todos se acostaran.

—Maravilloso —dijo con un esfuerzo—. Apenas noto que me he mudado.

Los viajeros colgaron las capas y apilaron los bultos sobre el piso. Merry los llevó por el pasillo y en el otro extremo abrió una puerta. El resplandor de un fuego salió al pasillo, junto con una bocanada de vapor.

—¡Un baño! —exclamó Pippin—. ¡Oh, bendito Meriadoc!

—¿En qué orden entraremos? —preguntó Frodo—. ¿Primero los más viejos o los más rápidos? De cualquier modo tú serás el último, señor Peregrin.

—Confiad en mí para arreglar mejor las cosas —dijo Merry—. No podemos comenzar nuestra vida en Cricava discutiendo por el baño. En esa habitación hay tres tinas y una caldera de agua hirviendo. Hay también toallas, esteras y jabón. ¡Entrad y de prisa!

Merry y Gordo fueron a la cocina, en el otro extremo del corredor, y se ocuparon de los preparativos finales para una cena tardía. Trozos de canciones que competían unas con otras venían desde el cuarto de baño, mezcladas con el chapoteo y el sonido del agua que desbordaba las tinas. La voz de Pippin se elevó por encima de las otras en una de las canciones de baño favoritas de Bilbo:

> *¡Oh, el baño a la caída de la tarde,*
> *que quita el barro del cansancio!*
> *Tonto es aquel que ahora no canta.*
> *¡Oh, el agua caliente, qué bendición!*
>
> *Oh, dulce es el sonido de la lluvia que cae*
> *y del barro que baja de la colina al valle,*
> *pero mejor que la lluvia y los arroyos rizados*
> *es el agua caliente humeando en la tina.*

Oh, el agua fresca, échala si quieres
en una garganta abrasada y complácete,
pero mejor es la cerveza si hay ganas de beber,
y el agua caliente que corre por la espalda.

¡Oh, es hermosa el agua que salta hacia arriba
en un afluente blanca bajo el cielo,
pero no ha habido nunca un sonido más dulce
que mis pies chapoteando en el agua caliente!

Se oyó un terrible chapoteo y una interjección de Frodo. Parecía que buena parte del baño de Pippin había imitado a una fuente, saltando hacia arriba.

Merry se acercó a la puerta.

—¿Qué os parece una cena y una cerveza en las gargantas abrasadas? —llamó.

Frodo salió enjugándose los cabellos.

—Hay tanta agua en el aire, que terminaré de secarme en la cocina —dijo.

—¡Cielos! —exclamó Merry, mirando dentro. El piso de piedra estaba todo inundado—. Tendrás que secarlo si quieres que te den algo de comer, Peregrin —dijo—. De prisa, o no te esperaremos.

Cenaron en la cocina, sentados en una mesa próxima al fuego.

—Supongo que vosotros tres no comeréis hongos de nuevo —dijo Fredegar, sin mucha esperanza.

—¡Sí, comeremos! —gritó Pippin.

—¡Son míos! —dijo Frodo—. Me los dio a mí la señora Maggot, una perla entre las esposas de los granjeros. Quita tus ávidas manos de encima, que yo los serviré.

Los hobbits tienen pasión por las setas, una pasión que sobrepasa los gustos más voraces de la Gente Grande. Hecho que explica en parte las largas expediciones del joven Frodo a los renombrados campos de Marjala, y la ira del perjudicado Maggot. En esta ocasión había en abundancia para todos, aun de acuerdo con las normas de los hobbits. Había también otras muchas cosas, que vendrían después, y cuando terminaron de cenar, Gordo Bolger exhaló un suspiro de satisfacción. Retiraron la mesa y pusieron sillas alrededor del fuego.

—Limpiaremos todo más tarde —dijo Merry—. Ahora ¡cuéntame! Me imagino que habrás tenido aventuras, y sin mí, lo que no me parece justo. Quiero que lo cuentes todo; y lo que más deseo es saber qué ocurrió con el viejo Maggot y por qué me habló de ese modo. Parecía asustado, si eso es posible.

—Todos hemos estado asustados —dijo Pippin al cabo de un rato. Frodo clavaba los ojos en el fuego y no decía una palabra—. Tú también lo habrías estado si los Jinetes Negros te hubiesen perseguido durante dos días.

—¿Quiénes son?

—Figuras negras que cabalgan en caballos negros —respondió Pippin—. Si Frodo no quiere hablar, yo te contaré la historia desde el principio.

Pippin relató entonces todos los incidentes del viaje desde la partida de Hobbiton. Sam cooperó con gestos y exclamaciones de aprobación. Frodo permaneció silencioso.

—Podría pensar que todo es un invento —dijo Merry— si no hubiese visto aquella forma negra en Balsadera, y si no hubiese oído el extraño tono de la voz de Maggot. ¿Qué sacas en conclusión, Frodo?

—El primo Frodo se ha mostrado muy cerrado —dijo Pippin—, pero es tiempo de que se abra. Hasta ahora no tenemos otra pista que las suposiciones del granjero Maggot, para quien se trataría de algo relacionado con el tesoro del viejo Bilbo.

—Es sólo una suposición —se apresuró a decir Frodo—. Maggot no sabe nada.

—El viejo Maggot es un sujeto perspicaz —dijo Merry—. Detrás de esa cara redonda pasan muchas cosas que no aparecen en la conversación. He oído decir que hace un tiempo acostumbraba internarse en el Bosque Viejo, y que sabe bastante de cosas extrañas. Pero al menos tú podrías decirnos, Frodo, si es una buena o una mala suposición.

—Me parece —respondió Frodo lentamente— que es una buena suposición, hasta cierto punto. Hay en efecto alguna relación con las viejas aventuras de Bilbo y es cierto que los Jinetes andan detrás de él, o quizá debiera decir que andan buscándolo, o que andan buscándome. Temo además que no sea cosa de broma, y que yo no esté seguro, ni aquí ni en ningún otro sitio.

Miró alrededor las ventanas y las paredes, como si temiese que desaparecieran de pronto. Los otros lo observaron en silencio, cambiando entre ellos miradas significativas.

—Ahora saldrá la verdad a la luz —murmuró Pippin a Merry, y Merry asintió.

—¡Bien! —dijo Frodo al fin, enderezándose en la silla, como si hubiese tomado una decisión—. No puedo mantenerlo en secreto por más tiempo. Tengo que deciros algo, a todos vosotros. Pero no sé cómo empezar.

—Creo que yo podría ayudarte contándote una parte de la historia —dijo Merry con calma.

—¿Qué quieres decir? —preguntó Frodo, echándole una mirada inquieta.

—Sólo esto, mi viejo y querido Frodo: te sientes desdichado porque no sabes decir adiós. Querías dejar la Comarca, por supuesto; pero el peligro te alcanzó más pronto de lo que esperabas, y ahora has decidido partir inmediatamente. Y no tienes ganas. Lo sentimos mucho por ti.

Frodo abrió la boca y la volvió a cerrar. La expresión de sorpresa era tan cómica que los otros se echaron a reír.

—¡Querido viejo Frodo! —dijo Pippin—. ¿Realmente pensaste que nos habías echado tierra a los ojos? ¡No tomaste las precauciones necesarias, ni fuiste bastante inteligente! Todo este año, desde el mes de abril, estuviste planeando la partida, y despidiéndote de los sitios queridos. Te hemos oído murmurar constantemente: «No sé si volveré a ver el valle otra vez» y cosas parecidas. ¡Y pretender que se te había acabado el dinero y venderles tu querido Bolsón Cerrado a los Sacovilla-Bolsón! Y esos conciliábulos con Gandalf.

—¡Cielos! —dijo Frodo—. Y yo que creía haber ido tan cuidadoso y astuto. No sé qué diría Gandalf. Entonces, ¿toda la Comarca discute mi partida?

—¡Oh, no! —dijo Merry—. ¡No te preocupes! El secreto no se mantendrá mucho tiempo, claro está, pero por ahora sólo lo conocemos nosotros, creo, los conspiradores. Al fin y al cabo no olvides que te conocemos bien y pasamos largas jornadas contigo. No nos cuesta mucho imaginar lo que piensas. Yo conocía a Bilbo también. A decir verdad, te he estado observando de cerca desde la partida de Bilbo. Pensé que lo seguirías, tarde o temprano, aunque esperaba que lo harías antes, y en los últimos tiempos estuvimos muy preocupados. Nos aterrorizaba la idea de que nos dejaras de pronto y partieras bruscamente, solo, lo mismo que Bilbo. Desde esta primavera mantuvimos siempre los ojos bien abiertos, y elaboramos nuestros propios planes ¡No te escaparás con tanta facilidad!

—Pero es necesario que parta —dijo Frodo—. Nada puede hacerse, mis queridos amigos. Es una desdicha para todos nosotros, pero es inútil que tratéis de retenerme. Ya que habéis adivinado tantas cosas, ¡por favor, ayudadme y no me pongáis obstáculos!

—¡No entiendes! —dijo Pippin—. Tienes que partir, y por lo tanto nosotros también. Merry y yo iremos contigo. Sam es un sujeto excelente. Saltaría a la boca de un dragón para salvarte si no tropezara con sus propios pies, pero necesitarás más de un compañero en tu peligrosa aventura.

—¡Mis queridos y bienamados hobbits! —dijo Frodo, profundamente conmovido—. No podría permitirlo. Lo decidí también hace tiempo. Habláis de peligro, pero no entendéis. No se trata de la búsqueda de un tesoro, ni de un viaje de ida y vuelta. Iré de peligro mortal en peligro mortal.

—Por supuesto que entendemos —afirmó Merry—. Por eso hemos decidido venir. Sabemos que el Anillo no es cosa de broma, pero haremos lo que podamos para ayudarte contra el Enemigo.

153

—¡El Anillo! —exclamó Frodo, completamente atónito ahora.

—Sí, el Anillo —dijo Merry—. Mi viejo y querido hobbit, no has tenido en cuenta la curiosidad de los amigos. He sabido de la existencia del Anillo durante muchos años; en verdad desde antes de la partida de Bilbo; pero como él guardaba el secreto, me callé lo que sabía, hasta que armamos nuestra conspiración. No conocía a Bilbo tan bien como a ti; yo era demasiado joven y Bilbo más cuidadoso, aunque no lo suficiente. Si quieres saber cómo lo descubrí, voy a decírtelo ahora.

—¡Continúa! —dijo Frodo débilmente.

—Los culpables fueron los Sacovilla-Bolsón, como podría esperarse. Un día, un año antes de la fiesta, yo andaba paseando por el camino cuando vi a Bilbo adelante. Casi en seguida, a lo lejos, aparecieron los Sacovilla-Bolsón, que venían hacia nosotros. Bilbo aminoró el paso, y de pronto, ¡eh, presto!, desapareció. Me quedé tan estupefacto que casi no recordé que yo también podía esconderme, de un modo más ordinario. Me metí entre los setos del camino y anduve por el campo. Eché una mirada al camino, luego que pasaron los Sacovilla-Bolsón, y observaba el lugar donde había estado Bilbo, cuando él reapareció de pronto.

"Luego de ese incidente, mantuve los ojos bien abiertos. En pocas palabras, confieso que espié. Pero admitirás que había motivos para sentirme intrigado. Y yo no tenía todavía veinte años. Pienso que soy el único en la Comarca, excepto tú, Frodo, que ha visto el libro secreto del viejo Bilbo.

—¡Has leído el libro! —exclamó Frodo—. ¡Cielos! ¿No hay nada seguro?

—Yo diría que no demasiado —replicó Merry—. Pero sólo le eché una rápida ojeada, y aun esto me costó bastante. Bilbo nunca abandonaba el libro. Me pregunto qué se hizo de él. Me gustaría echarle otro vistazo. ¿Lo tienes tú, Frodo?

—No, no estaba en Bolsón Cerrado. Bilbo se lo llevó, seguramente.

—Bueno, como iba diciendo —continuó Merry—, mantuve en secreto lo que yo sabía, hasta esta primavera, cuando las cosas se agravaron. Armamos entonces nuestra conspiración, y como además éramos serios y el asunto no nos parecía cosa de risa, no fuimos demasiado escrupulosos. No eres una nuez fácil de pelar, y Gandalf menos. Pero si quieres conocer a nuestro investigador principal, puedo presentártelo ahora mismo.

—¿Dónde está? —preguntó Frodo, mirando alrededor, como si esperase que una figura enmascarada y siniestra saliera de un armario.

—Adelántate, Sam —ordenó Merry. Sam se levantó, rojo hasta las orejas—. ¡He aquí a nuestro informante! Nos dijo muchas cosas, te lo aseguro, antes que lo atraparan. Después se consideró a sí mismo como juramentado, y nuestra fuente se agotó.

—¡Sam! —exclamó Frodo, sintiendo que su asombro llegaba al máximo e incapaz de decidir si se sentía enojado, divertido, aliviado o simplemente aturdido.

—¡Sí, señor! —dijo Sam—. ¡Le pido perdón, señor! Pero no quise hacer daño, ni a usted ni al señor Gandalf. Él es persona de buen sentido, recuérdelo, pues cuando usted le habló de *partir solo*, él le respondió: *¡No! Lleva a alguien en quien puedas confiar.*

—Pero parece que no puedo confiar en nadie —dijo Frodo.

Sam lo miró tristemente.

—Todo depende de lo que quieras —intervino Merry—. Puedes confiar en que te seguiremos en las buenas y en las malas hasta el fin, por amargo que sea, y en que guardaremos cualquier secreto, mejor que tú. Pero no creas que te dejaremos afrontar solo las dificultades, o partir sin una palabra. Somos tus amigos, Frodo. De cualquier modo, el caso es claro. Sabemos casi todo lo que te dijo Gandalf. Sabemos muchas cosas del Anillo. Estamos terriblemente asustados, pero iremos contigo, o te seguiremos como sabuesos.

—Y después de todo, señor —agregó Sam—, tendría que seguir el consejo de los Elfos. Gildor le dijo que llevase voluntarios que lo acompañaran, no lo puede negar.

—No lo niego —dijo Frodo, mirando a Sam, que ahora sonreía satisfecho—. No lo niego, pero ya nunca creeré que duermes, ronques o no. Para asegurarme, te patearé con fuerza. ¡Sois un par de pillos solapados! —dijo, volviéndose a los otros—. ¡Pero que el cielo os bendiga! —rió levantándose y agitando los brazos—. Acepto; seguiré el consejo de Gildor. Si el peligro fuera menos sombrío, bailaría de alegría. Sin embargo, no puedo evitar sentirme feliz, más feliz de lo que me he sentido en mucho tiempo. La perspectiva de esta noche me aterraba.

—¡Bien! Decidido. ¡Tres hurras por el capitán Frodo y sus compañeros! —gritaron los otros mientras bailaban alrededor.

Merry y Pippin entonaron una canción que habían preparado aparentemente para esta oportunidad. La habían compuesto tomando como modelo la canción de los enanos que había acompañado la partida de Bilbo, tiempo atrás. Y la melodía era la misma:

Adiós les decimos al hogar y a la sala.
Aunque sople el viento y caiga la lluvia
hemos de partir antes que amanezca,
lejos, por el bosque y la montaña alta.

Rivendel, donde los Elfos habitan aún,
en claros al pie de las nieblas del monte,
cruzando por páramos y eriales iremos deprisa
y de allí no sabemos adónde.

Delante el Enemigo y detrás el terror,
dormiremos bajo el dosel del cielo,
hasta que al fin se acaben las penurias,
el viaje termine, y la misión concluya.

¡Hay que partir, hay que partir!
¡Saldremos a caballo antes que amanezca!

—¡Muy bien! —dijo Frodo—. En este caso hay mucho que hacer antes de irnos a la cama. Dormiremos bajo techo, aunque sólo sea esta noche.

—¡Oh! ¡Eso era poesía! —dijo Pippin—. ¿Realmente piensas partir antes que amanezca?

—No lo sé —respondió Frodo—. Temo a esos Jinetes Negros y estoy seguro de que es imprudente quedarse mucho tiempo en un mismo sitio, especialmente en un sitio adonde se sabe que yo iría. También Gildor me aconsejó no esperar. Pero me gustaría tanto ver a Gandalf... Me di cuenta de que el mismo Gildor se turbó cuando supo que Gandalf no había aparecido. La partida depende de dos cosas. ¿Cuánto tiempo necesitarían los Jinetes para llegar a Gamoburgo? ¿Y cuándo podremos partir? Tendremos que hacer muchos preparativos.

—Como respuesta a esa segunda pregunta —contestó Merry—, te diré que podemos partir dentro de una hora. Prácticamente he preparado todo. Hay seis poneys en un establo al otro lado del campo; provisiones y enseres están todos empaquetados, excepto unas pocas ropas de uso y los alimentos perecederos.

—Parece haber sido una conspiración muy eficiente —dijo Frodo—. Pero ¿y los Jinetes Negros? ¿Habría peligro si esperamos a Gandalf un día más?

—Todo depende de lo que pienses que harán los Jinetes, si te encuentran aquí —respondió Merry—. Podrían haber llegado ya, por supuesto, si no los hubiesen detenido en la Puerta Norte, donde el seto desciende hasta el río, de este lado del Puente. Los guardias no les habrían permitido cruzar de noche, aunque ellos hubiesen podido abrirse paso a la fuerza. Aun a la luz del día, tratarían de no dejarlos pasar, por lo menos hasta mandarle un mensaje al Señor de la Casa, pues no les agradaría el aspecto de los Jinetes, y seguramente estarían asustados. Por supuesto, Los Gamos no podría resistir mucho tiempo un ataque decidido. Y es posible que en la mañana se permita pasar a un Jinete Negro que llegue preguntando por el señor Bolsón. Es bastante conocida tu idea de regresar y establecerte en Cricava.

Frodo se quedó sentado un rato, muy pensativo.

—Me he decidido —dijo al fin—. Partiré mañana, tan

pronto amanezca; pero no iré por el camino, sería más seguro quedarse aquí. Si yo atravesase la Puerta Norte, mi partida se conocería en seguida, en vez de mantenerse en secreto, al menos unos pocos días más, como tendría que ser. Además, el Puente y el Camino del Este próximos a las fronteras estarán vigilados, entre o no en Los Gamos algún Jinete. No sabemos cuántos son; por lo menos dos, y quizá más. Lo único que nos queda es partir en una dirección del todo inesperada.

—¡Pero eso significa que entraremos en el Bosque Viejo! —dijo Fredegar, horrorizado—. No puedes pensar en algo semejante. Es tan peligroso como los Jinetes Negros.

—No tanto —dijo Merry—. Parece una solución desesperada, pero creo que Frodo tiene razón; sólo así podríamos evitar que nos siguieran en seguida. Con un poco de suerte podríamos ganar una considerable ventaja.

—Pero no tendrás ninguna suerte en el Bosque Viejo —objetó Fredegar—. Nadie ha tenido suerte ahí. Te perderás. La gente nunca entra en el bosque.

—¡Oh, sí! —dijo Merry—. Los Brandigamo entran a veces, cuando les da por ahí. Tenemos una entrada particular. Frodo la conoció hace tiempo. Yo he estado en varias ocasiones, casi siempre durante el día, por supuesto, cuando los árboles están quietos y adormecidos.

—¡Bueno, haced como mejor os parezca! —dijo Fredegar—. Tengo más miedo del Bosque Viejo que de cualquier otra cosa; las historias que he oído son verdaderas pesadillas. Pero mi voto apenas cuenta, pues no iré con vosotros. De todos modos, me alegra que alguien se quede para contarle todo a Gandalf, cuando vuelva, y estoy seguro de que no tardará.

El Gordo Bolger, aunque quería mucho a Frodo, no deseaba abandonar la Comarca ni ver lo que había más allá. Era de una familia de la Cuaderna del Este, de Bolgovado, los Campos del Puente, para ser más exactos; pero él nunca había ido más allá del Puente del Brandivino. De acuerdo con el plan original, la obligación de Bolger era quedarse allí y tratar con los preguntones y mantener así todo lo posible el engaño de que el señor

Bolsón continuaba en Cricava. Hasta habían traído algunas ropas viejas de Frodo para ayudarlo a interpretar ese papel. Nadie dudaba de que ese papel podía ser de veras peligroso.

—¡Excelente! —exclamó Frodo cuando comprendió el plan—. De otro modo no podríamos haber dejado un mensaje para Gandalf. No sé si esos Jinetes saben leer o no, pero no me hubiese atrevido a correr el riesgo de un mensaje escrito, pensando que ellos podrían entrar y revisar la casa. Pero si Gordo está dispuesto a custodiar la fortaleza, lo que significa que Gandalf sabrá adónde fuimos, eso me decide. Mañana temprano entraré en el Bosque Viejo.

—Está bien —dijo Pippin—. Total, prefiero nuestra tarea a la de Gordo, que aguardará aquí la llegada de los Jinetes Negros.

—Espera a encontrarte en medio del bosque —dijo Fredegar—. Mañana antes de esta hora desearás estar aquí conmigo.

—Basta de discusiones —dijo Merry—. Todavía tenemos que ordenar las cosas y dar los últimos toques al equipaje. Los despertaré antes que amanezca.

Cuando por fin se acostaron, Frodo tardó en dormirse. Le dolían las piernas. Le alegraba saber que partirían a caballo. Al fin cayó en un vago sueño; creía estar mirando a través de una ventana alta, sobre un mar oscuro de árboles enmarañados. De abajo, entre las raíces, venía el murmullo de unas criaturas que se arrastraban y bufaban. Estaba seguro de que tarde o temprano lo descubrirían por el olfato.

Luego oyó un ruido a lo lejos. Al principio creyó que era un viento huracanado, que soplaba sobre las hojas del bosque. En seguida comprendió que no eran las hojas sino el sonido del Mar lejano, un sonido que nunca había oído en la vigilia, pero que a menudo había turbado sus sueños. De pronto se encontró fuera, al aire libre. No había árboles, allí. Estaba entre unos matorrales oscuros, y el aire tenía un extraño olor salobre. Alzando los ojos, vio delante una torre blanca y alta, que se erguía solitaria sobre un arrecife escarpado, y tuvo entonces deseos de subir a la torre y ver el Mar. Comenzó a trepar penosamente por el arrecife hacia la torre, pero de pronto una luz apareció en el cielo, y el trueno retumbó.

6

EL BOSQUE VIEJO

Frodo despertó bruscamente. La habitación estaba todavía a oscuras. Merry estaba allí, de pie, con una vela en una mano y golpeando la puerta con la otra.

—Bien, ¿qué ocurre? —dijo Frodo, todavía tembloroso y aturdido.

—¿Qué ocurre? —exclamó Merry—. Hora de levantarse. Son las cuatro y media y hay mucha niebla. ¡Arriba! Sam está preparando el desayuno. Hasta Pippin está levantado. Voy ahora a ensillar los poneys y elegir el que llevará el equipaje. ¡Despierta a ese Gordo haragán! Que se levante a despedirnos, por lo menos.

Poco después de las seis, los cinco hobbits estaban listos para partir. Gordo Bolger todavía bostezaba. Salieron de la casa en silencio. Merry iba al frente guiando un poney que llevaba el cargamento; tomó un sendero que atravesaba un bosquecillo detrás de la casa, y luego cortó por el campo. Las hojas de los árboles centelleaban a la luz, y las ramas goteaban; un rocío helado había agrisado las hierbas. Todo estaba tranquilo, y los ruidos lejanos parecían lejanos y próximos: unas aves parloteaban en un corral; alguien cerraba una puerta en una casa distante.

Encontraron los poneys en el establo; bestias pequeñas y robustas de la clase que preferían los hobbits; no muy rápidas, pero buenas para una larga jornada. Los hobbits montaron, y pronto se encontraron cabalgando en la niebla que parecía abrirse de mala gana y cerrar el paso detrás de ellos. Luego de cabalgar alrededor de una hora, lentamente y sin hablar, una cerca se levantó de pronto adelante. Era alta y estaba envuelta en una red de plateadas telarañas.

—¿Cómo vas a atravesarla? —preguntó Fredegar.

—¡Sígueme! —dijo Merry—, y ya verás.

Dobló hacia la izquierda, a lo largo de la cerca, y pronto llegaron a un sitio donde el vallado torcía hacia dentro, corriendo por el borde de una depresión. A cierta distancia de la cerca habían hecho una excavación en pendiente; las paredes de ladrillo se arqueaban hasta formar un túnel que pasaba por debajo de la cerca y desembocaba en la depresión del otro lado.

Aquí Gordo Bolger se detuvo.

—¡Adiós, Frodo! —dijo—. Desearía de veras que no te internaras en el Bosque. Espero sólo que no necesites auxilio antes de terminar el día. ¡Buena suerte, hoy y todos los días!

—¡Tendré suerte, si no nos aguarda nada peor que el Bosque Viejo! —dijo Frodo—. Dile a Gandalf que se apresure por el Camino del Este. Lo retomaremos pronto, e iremos de prisa.

—¡Adiós! —gritaron, y corrieron cuesta abajo entrando en el túnel y desapareciendo de la vista de Fredegar.

El túnel era oscuro y húmedo; una puerta con barrotes de hierro cerraba el otro extremo. Merry desmontó y la abrió, y cuando todos pasaron la empujó hacia atrás. La puerta se cerró con un golpe metálico y el cerrojo cayó otra vez. El sonido fue siniestro.

—¡Ya está! —exclamó Merry—. Hemos dejado la Comarca, y ahora estamos fuera, en los linderos del Bosque Viejo.

—¿Son ciertas las historias que se cuentan? —preguntó Pippin.

—No sé a qué historias te refieres —contestó Merry—. Si es a esas historias de miedo, que las nodrizas le contaban a Gordo sobre duendes y lobos y cosas así, te diré que no. En todo caso yo no las creo. Pero el Bosque *es* raro. Todo ahí está más vivo y es más atento a todo lo que ocurre, por así decir, que las cosas de la Comarca. A los árboles no les gustan los extraños; te vigilan. Por lo general se contentan con esto, mientras hay luz, y no te molestan demasiado. A veces los más hostiles dejar caer una rama, o levantan una raíz, o te atrapan con una liana. Pero de noche las cosas pueden ser muy alarmantes, según me han dicho. No he estado aquí después de oscurecer sino una o dos veces, y sin alejarme del cercado. Me pareció entonces que todos los árboles murmuraban entre sí, contándose noticias y conspirando en un lenguaje ininteligible; y las ramas se balanceaban y rozaban sin ningún viento. Dicen que los árboles se mueven realmente y pueden rodear y envolver a los extraños. En verdad, hace tiempo atacaron la cerca; vinieron y se plantaron al lado, inclinándose hasta cubrirla. Pero los hobbits acudieron y cortaron cientos de árboles e hicieron una gran hoguera en el Bosque y quemaron el suelo en una larga franja al este de la cerca. Los árboles dejaron de atacar, pero se volvieron muy hostiles. Hay aún un ancho espacio despejado, no muy adentro, donde hicieron la hoguera.

—¿Sólo los árboles son peligrosos? —dijo Pippin.

—Hay criaturas extrañas que viven en lo profundo del Bosque, y al otro lado —dijo Merry—, o así me han dicho al menos; yo nunca las vi. Sea como sea, hay senderos entre los árboles. Cuando uno entra en el bosque encuentra sendas abiertas, pero que parecen moverse y cambiar de tanto en tanto de una manera extraña. No lejos de este túnel hay o hubo hace tiempo un camino que llega al Claro de la Hoguera, y que continúa aproximadamente en nuestra dirección, hacia el oeste, y un poco hacia el norte. Ése es el camino que trataré de encontrar.

Los hobbits dejaron la puerta del túnel y cabalgaron cruzando la ancha depresión. En el extremo opuesto un borroso sendero subía a los terrenos del Bosque, unos cien metros más allá de la cerca; pero se desvaneció tan pronto como los llevó bajo los árboles. Mirando adelante sólo podían ver troncos de diferentes formas y tamaños: derechos o inclinados, retorcidos, encorvados, rechonchos o finos, pulidos o nudosos; y todos eran verdes o grises, cubiertos de musgo y viscosas e hirsutas excrecencias.

Sólo Merry parecía todavía animado.

—Es mejor que vayas delante y encuentres ese sendero —dijo Frodo— ¡No nos perdamos los unos a los otros, y no olvidemos de qué lado queda la cerca!

Tomaron un camino entre los árboles, y los poneys avanzaron evitando cuidadosamente las raíces entrelazadas y retorcidas. No había maleza. El suelo se elevaba continuamente, y a medida que avanzaban parecía que los árboles se hacían más altos, oscuros y espesos. No se oía nada, excepto alguna ocasional gota de humedad que caía entre las hojas inmóviles. Por el momento no había ni un murmullo ni un movimiento entre las ramas; pero todos tenían la incómoda impresión de que estaban observándolos con una creciente desaprobación, que llegaba a ser disgusto y aun hostilidad. Esta impresión fue creciendo hasta que al fin se encontraron echando rápidas miradas hada arriba o hacia atrás, o por encima del hombro, como si esperasen un golpe repentino.

No había aún ningún indicio de que por allí corriera un sendero, y parecía que los árboles les cerraban continuamente el paso. Pippin sintió que no podía soportarlo más y gritó de pronto: —¡Eh! ¡Eh! No haré nada, sólo déjenme pasar, ¿quieren?

Los otros se detuvieron sobrecogidos; pero el grito se interrumpió, como apagado por una cortina espesa; no hubo ecos ni respuesta, aunque el bosque parecía ahora más poblado y atento que antes.

—Si yo fuese tú, no hubiera gritado —dijo Merry—. Nos hace más mal que bien.

Frodo comenzaba a preguntarse si sería posible encontrar un camino de salida, y si habría hecho bien en arrastrar a los otros a este bosque abominable. Merry miraba a ambos lados y parecía indeciso acerca de la dirección que les convenía tomar. Pippin se dio cuenta de lo que sucedía.

—No has tardado mucho en extraviarnos —dijo.

Pero en ese momento Merry silbó aliviado y señaló adelante.

—Bueno, bueno. Estos árboles se mueven de veras. Tenemos ahí enfrente (o así lo espero) el Claro de la Hoguera, ¡pero parece que el sendero ha cambiado de sitio!

La luz se hacía más clara a medida que avanzaban. De pronto salieron de entre los árboles y se encontraron en un vasto espacio circular. Había un cielo allá arriba, azul y claro, y se sorprendieron, pues bajo el techo del Bosque no habían podido ver cómo se levantaba la mañana ni cómo se desvanecía la bruma. El sol no estaba sin embargo bastante alto como para llegar al claro, aunque la luz brillaba sobre los árboles. Al borde del claro las hojas parecían más verdes y espesas, rodeándolo con un muro casi sólido. No crecía allí ningún árbol; sólo pastos duros y muchas plantas altas: gruesos abetos marchitos, perejil silvestre, maleza reseca que se deshacía en ceniza blanca, ortigas y cardos exuberantes. Un lugar melancólico, aunque comparado con la espesura del Bosque parecía un jardín encantador y alegre.

Los hobbits recobraron el ánimo y miraron con esperanza la luz creciente en el cielo. En el otro extremo del claro había una abertura en la pared de árboles y más allá se abría una senda. Alcanzaban a ver cómo entraba en el bosque, ancha en algunos sitios y abierta arriba, aunque de vez en cuando los árboles la ensombrecían cubriéndola con ramas oscuras. Siguieron ese camino. Ascendían aún, pero ahora más rápidamente y con mejor ánimo, pues les parecía que el Bosque había cedido, y que después de todo no se opondría a que pasaran.

Pero al cabo de un rato el aire se hizo pesado y caluroso. Los árboles se cerraron de nuevo a los lados, y no podían ver adelante. La malignidad del bosque era ahora todavía más evidente. Había tanto silencio que el ruido de los cascos que aplastaban las hojas secas y a veces golpeaban raíces ocultas les retumbaban de algún modo en los oídos. Frodo trató de cantar para animarlos, pero su voz fue sólo un murmullo:

Oh, vagabundos de la tierra en sombras,
no desesperéis. Pues aunque oscuros se alcen
todos los bosques terminarán al fin
viendo pasar el sol descubierto:
el sol poniente, el sol naciente,

el fin del día y el principio del día.
Al este o al oeste, los bosques acabarán.

Acabarán... En el momento en que Frodo decía esta palabra, se le apagó la voz. El aire parecía pesado, y hablar era fatigoso. Justo detrás de ellos una rama gruesa cayó ruidosamente en el sendero. Adelante, los árboles parecían apretarse unos contra otros.

—No les gusta que hables de términos y acabamientos —dijo Merry—. Yo no cantaría más por ahora. Espera a llegar al límite del bosque; ¡y entonces nos volveremos y le cantaremos a coro!

Habló alegremente, y si había en él alguna ansiedad, no la mostró. Los demás no respondieron. Se sentían agobiados. Una pesada carga oprimía el corazón de Frodo, y a cada paso que daba más lamentaba haber desafiado la amenaza de los árboles. Estaba casi decidido a detenerse y proponerles que se volvieran (si esto era todavía posible) cuando las cosas tomaron un nuevo rumbo. La senda dejó de ascender, y ahora corría por un llano. Los árboles oscuros se hicieron a un lado, y podían ver que más adelante el camino seguía casi en línea recta. Al frente, a alguna distancia, una colina verde, sin árboles, se alzaba como una cabeza calva por encima del bosque. La senda parecía llevar directamente a la colina.

Apresuraron la marcha, encantados con la idea de trepar por encima del techo del Bosque. El sendero descendió y luego comenzó a subir otra vez, conduciéndolos al pie de la ladera empinada. Allí abandonó los árboles y se internó en el pasto. El bosque rodeaba la colina como una cabellera espesa que terminaba de pronto en un círculo alrededor de una testa rasurada.

Los hobbits cabalgaron cuesta arriba, dando vueltas hasta llegar a la cima de la loma. Allí se detuvieron mirando en torno. El aire era fulgurante, iluminado por la luz del sol, aunque brumoso; no se veía muy lejos. Alrededor la niebla se había disipado casi del todo, aunque aquí y allá cubría las cavidades del bosque, y hacia el sur, en un pliegue profundo que atravesaba el bosque de lado a lado, se alzaba aún como cintas de humo blanco o vapor.

—Aquélla —dijo Merry, señalando— es la línea del Tornasauce. Desciende de las lomas y corre al sudeste, atravesando el centro del bosque para unirse al Brandivino más abajo de Fin de la Cerca. ¡No iremos en *esa* dirección! Dicen que el Valle del Tornasauce es la parte más extraña de todo el bosque, el centro de donde vienen todas las rarezas, por así decir.

Los otros miraron en la dirección que Merry indicaba, pero sólo vieron nieblas que se extendían sobre un valle húmedo y profundo; la mitad meridional del Bosque se perdía en la distancia.

El sol calentaba en la cima de la loma. Serían aproximadamente las once de la mañana, pero la bruma otoñal no dejaba ver mucho en otras direcciones. Hacia el oeste no alcanzaban a distinguir la línea de la Cerca ni el valle del Brandivino. En el norte, hacia donde miraban más esperanzados, no veían nada que pudiera ser el gran Camino del Este, que se proponían seguir. Estaban en una isla perdida en un mar de árboles, y de horizontes velados.

Al sudeste el suelo descendía abruptamente, como si las laderas de las colinas se internaran bajo los árboles, como playas de islas que en realidad son laderas de montañas elevándose desde aguas profundas. Se sentaron en la orilla verde, mirando por sobre los bosques, mientras almorzaban. A medida que el sol subía y pasaba el meridiano, comenzaron a vislumbrar en el este la línea verdegris de las colinas que se extendían del otro lado del Bosque Viejo. Esto los animó de veras, pues era bueno ver algo más allá de los lindes del bosque, aunque no pensaban ir en esa dirección, si podían evitarlo. Las Quebradas de los Túmulos tenían entre los hobbits una reputación tan siniestra como el Bosque mismo.

Al fin decidieron proseguir el viaje. El sendero que los había llevado a la colina reapareció en el lado norte; pero no lo habían seguido mucho tiempo cuando advirtieron que se desviaba a la derecha. Pronto empezó a descender abruptamente, y sospecharon que llevaba al Valle del Tornasauce, que no era de ningún modo la dirección que pensaban tomar. Lo discutieron un rato, y al fin resolvieron dejar el sendero y torcer al norte, pues aunque no habían podido verla desde la cima de la loma, la ruta tenía que estar en esa dirección y no muy lejos. También hacia el norte, a la izquierda del sendero, la tierra parecía más seca y abierta, alzándose en pendientes donde los árboles eran más delgados; pinos y abetos reemplazaban a los robles, los fresnos y los extraños árboles desconocidos del bosque más espeso.

Al comienzo la elección pareció buena; marchaban a paso vivo, aunque cada vez que divisaban el sol en un claro creían haber virado hacia el este, no sabían cómo. Luego los árboles comenzaron a cerrarse (a la distancia les habían parecido más delgados y menos enmarañados), y de pronto descubrieron unas fallas profundas e inesperadas en el terreno, como surcos de ruedas gigantescas o anchos fosos, y caminos borrosos y en desuso, obstruidos por las zarzas. La mayoría de los repliegues cruzaban perpendicularmente la dirección que seguían los hobbits, y sólo podían franquearlos ayudándose con pies y manos, lo que era incómodo y difícil a causa de los poneys. Cada vez que descendían encontraban la cavidad cubierta por espesos matorrales y zarzas, que por alguna razón no cedían a la izquierda y sólo permitían el paso si los viajeros se volvían a la derecha; tenían que andar un rato por el fondo de la cavidad antes de encontrar el modo de trepar al otro lado. Cada vez que subían, la arboleda parecía más profunda y oscura; y siempre hacia la izquierda y hacia arriba era más difícil abrirse paso. Tenían que ir siempre hacia la derecha, bajando.

Al cabo de una hora o dos habían perdido todo sentido claro de la orientación, aunque sabían que desde hacía tiempo ya no iban hacia el norte. Marchaban sin rumbo, siguiendo un itinerario que otros habían elegido para ellos; al este y al sur, hacia el corazón del Bosque, y no hacia una salida.

La tarde declinaba cuando descendieron arrastrándose y tropezando a un repliegue más ancho y profundo que todos los anteriores. Era tan empinado y abrupto que no había modo de salir por un lado o por el otro sin abandonar los poneys y el equipaje. Todo lo que podían hacer era seguir el curso descendente de la falla. El suelo era más blando ahora, y a trechos pantanoso. En los terraplenes aparecieron manantiales y pronto se encontraron marchando a orillas de un arroyo que se escurría y murmuraba sobre un lecho de hierbas salvajes. Luego el suelo empezó a descender rápidamente y el arroyo se hizo más sonoro y caudaloso, bajando a saltos a lo largo de la pendiente. Estaban en una profunda y oscura hondonada, cubierta por una alta bóveda de árboles.

Marcharon un rato tropezando a lo largo del arroyo, y de pronto salieron de las tinieblas como a través de una puerta, y vieron delante la luz del sol. Saliendo al claro descubrieron que habían venido caminando por una hendidura en un barranco empinado, casi un acantilado. Allá abajo había un ancho espacio de hierbas y cañas, y a lo lejos se veía otra pared, también escarpada. El oro de un sol tardío se extendía cálido y pesado entre las dos paredes. En medio serpenteaba un río de aguas pardas y perezosas bordeado por viejos sauces, techado con ramas de sauces, bloqueado por sauces caídos y, moteado por miles de hojas de sauce marchitas. Las hojas espesaban el aire; caían revoloteando, amarillas; una brisa tibia y dulce soplaba en la hondonada; las cañas murmuraban y las ramas de los sauces crujían.

—¡Bueno, por lo menos ahora tengo una idea de dónde estamos! —dijo Merry—. Hemos venido en dirección contraria a lo previsto. ¡Éste es el río Tornasauce! Iré a explorarlo.

Salió a la luz y desapareció entre las hierbas altas. Poco después reapareció, informando que el suelo era bastante firme entre el pie del acantilado y el río; en algunos sitios una hierba apretada bajaba al borde del agua.

—Más aún —dijo—. Parece haber algo semejante a un sendero sinuoso a lo largo de esta orilla. Si doblamos hacia la izquierda y lo seguimos, creo que saldremos del bosque por el lado este.

—Lo mismo digo —comentó Pippin—. En fin, si las huellas llegan tan lejos, y no nos dejan en algún pantano. ¿Quién puede haber trazado esta senda, decidme, y por qué? Estoy seguro de que no para nuestro beneficio. Comienzo a desconfiar de veras de este bosque y de todo lo que hay en él, y ya creo en todas las historias que se cuentan. ¿Tienes alguna idea de la distancia que debemos recorrer hacia el este?

—No —dijo Merry—, no la tengo. Ignoro del todo a qué altura del Tornasauce nos encontramos, ni quién pudo haber venido aquí con tanta frecuencia como para trazar una senda a lo largo del río. Pero no veo ni imagino otra salida.

No habiendo alternativa, partieron uno detrás de otro, y Merry los llevó al sendero que había descubierto. Las hierbas y las cañas eran en todas partes lozanas y altas, y en algunos lugares crecían muy por encima de la cabeza de los viajeros; pero una vez encontrado, el sendero era fácil de seguir en sus vueltas y revueltas, siempre por terreno firme, evitando ciénagas y pantanos. Aquí y allá atravesaba otros arroyos que venían de las tierras boscosas y altas y descendían por hondonadas hasta el Tornasauce, y en estos puntos, y puestos allí con cuidado, había unos troncos de árboles o unos manojos de ramas que iban de orilla a orilla y ayudaban a cruzar.

Los hobbits comenzaron a sentir mucho calor. Ejércitos de moscas de toda especie les zumbaban en las orejas, y el sol de la tarde les quemaba las espaldas. Inesperadamente entraron en una tenue sombra; grandes ramas grises se extendían por encima del sendero. Cada paso adelante les costaba un poco más que el anterior. Parecía que una somnolencia furtiva les subía por las piernas desde el suelo, y les caía dulcemente desde el aire sobre la cabeza y los ojos.

Frodo sintió que cabeceaba. justo delante de él, Pippin cayó de rodillas. Frodo se detuvo.

—Es inútil —oyó que Merry decía—. Imposible dar otro paso sin antes descansar un poco. Necesitamos una siesta. Está fresco bajo los sauces. ¡Hay menos moscas!

El tono de estas palabras no le gustó a Frodo.

—¡Adelante! —gritó—. No podemos dormir todavía. Primero tenemos que salir del bosque.

Pero los otros estaban ya demasiado adormilados para preocuparse. Junto a ellos Sam bostezaba y parpadeaba con aire estúpido.

De pronto Frodo mismo se sintió dominado por la modorra. La cabeza se le bamboleaba. Apenas se oía un sonido en el aire. Las moscas habían dejado de zumbar. Sólo un leve susurro apenas audible, como si alguien cantara entre dientes una canción, parecía revolotear allá arriba, en las ramas. Frodo alzó pesadamente los ojos y vio un sauce enorme, viejo y blanquecino, que se inclinaba sobre él. El árbol parecía inmenso; las largas ramas apuntaban como brazos tendidos, con muchas manos de dedos largos, y el tronco nudoso y retorcido se abría en anchas hendiduras que crujían débilmente con el movimiento de las ramas. Las hojas que se estremecían bajo el cielo brillante deslumbraron a Frodo; se tambaleó y cayó allí sobre las hierbas.

Merry y Pippin se arrastraron hacia delante y se tendieron apoyándose de espaldas contra el tronco del sauce. Detrás de ellos las grandes hendiduras se abrieron para recibirlos, y el árbol se balanceó y crujió. Miraron hacia arriba y vieron las hojas grises y amarillas que se movían apenas contra la luz, y cantaban. Cerraron los ojos y les pareció que casi oían palabras, palabras frescas que hablaban del agua y del sueño. Se abandonaron a aquel sortilegio y cayeron en un sueño profundo al pie del enorme sauce gris.

Frodo luchó un rato contra el sueño que lo aplastaba; al fin se incorporó de nuevo trabajosamente. Tenía unas ganas irresistibles de agua fresca.

—Espérame, Sam —balbuceó—. Tengo que mojarme los pies un instante.

Medio dormido fue hacia el lado del árbol que daba al río, donde unas grandes raíces nudosas entraban en el agua, como dragones retorcidos que se estiraban para beber. Montó a horcajadas sobre una de las ramas, hundió los pies en el agua parda y fresca, y se durmió en seguida, recostado contra el árbol.

Sam se sentó y se rascó la cabeza, bostezando como una caverna. Estaba preocupado. La tarde declinaba, y esta somnolencia repentina le parecía inquietante. «Hay otra cosa aquí además del sol y el aire cálido —se susurró a sí mismo—. Este árbol enorme no me gusta nada. No le tengo confianza. ¡Escucha cómo canta invitando al sueño! ¡No me convencerá!»

Se puso penosamente de pie y fue tambaleándose a ver qué ocurría con los poneys. Dos de ellos se habían alejado por el sendero; acababa de atraparlos y de traerlos junto a los otros cuando oyó dos ruidos: uno fuerte, el otro leve pero claro. Uno era el chapoteo de algo pesado que había caído al agua; el otro parecía el sonido de una cerradura en una puerta, que se cierra despacio.

Sam se precipitó hacia la orilla. Frodo estaba en el agua, cerca del borde, bajo una enorme raíz que parecía mantenerlo sumergido, pero no se resistía. Sam lo tomó por la chaqueta, y tironeó sacándolo de debajo de la raíz; luego lo arrastró como pudo hasta la orilla. Frodo se despertó casi inmediatamente, tosiendo y farfullando.

—¿Sabes tú, Sam —dijo al fin—, que ese árbol maldito me *arrojó* al agua? Lo sentí. ¡La raíz me envolvió el cuerpo y me hizo perder el equilibrio!

—Estaba usad soñando sin duda, señor —dijo Sam—. No debiera haberse sentado en un lugar semejante, si tenía ganas de dormir.

—¿Y los demás? —inquirió Frodo—. Me pregunto qué clase de sueños tendrán...

Fueron al otro lado del árbol, y Sam entendió entonces por qué había creído oír el sonido de una cerradura. Pippin había desaparecido. La abertura junto a la cual se había acostado se había cerrado del todo y no se veía ni siquiera una grieta. Merry estaba atrapado; otra de las hendiduras del árbol se le había cerrado alrededor del cuerpo; tenía las piernas fuera, pero el resto estaba dentro de la abertura negra y los bordes lo apretaban como tenazas.

Frodo y Sam comenzaron por golpear el tronco en el lugar donde había estado Pippin. Luego lucharon frenéticamente tratando de separar las mandíbulas de la grieta que sujetaba al pobre Merry. Todo fue inútil.

—¡Qué cosa espantosa! —gritó Frodo, muy asustado—. ¿Por qué habremos venido a este bosque horrible? ¡Ojalá estuviéramos todos de vuelta en Cricava!

Pateó el árbol con todas sus fuerzas, sin prestar atención al dolor que sentía en el pie. Un estremecimiento apenas perceptible subió por el tronco hacia las ramas; las hojas se sacudieron y murmuraron, pero ahora con el sonido de una risa lejana y débil.

—¿No hemos traído un hacha en nuestro equipaje, señor Frodo? —preguntó Sam.

—Traje un hacha pequeña para cortar leña —dijo Frodo—. No nos serviría de mucho.

—¡Un momento! —gritó Sam, pues la mención de la leña le había dado una idea—. ¡Podríamos recurrir al fuego!

—Podríamos —dijo Frodo, titubeando—. Podríamos asar vivo a Pippin dentro del tronco.

—Podríamos también, para empezar, hacer daño al árbol o asustarlo —dijo Sam fieramente—. Si no los suelta lo echaré abajo, aunque sea a mordiscos.

Corrió hacia los poneys y pronto volvió con dos yesqueros y un hacha.

Juntaron rápidamente hierbas y hojas secas, y trozos de corteza; luego apilaron ramas rotas y astillas. Amontonaron todo contra el tronco en el lado opuesto al de los prisioneros. Tan pronto como Sam consiguió encender la yesca, las hierbas secas comenzaron a arder y una columna de fuego y humo se alzó en el aire. Las ramitas crujieron. Unas lengüitas de fuego lamieron la corteza seca y estriada del árbol, chamuscándola. Un estremecimiento recorrió todo el sauce. Las hojas parecían sisear allá arriba con un sonido de dolor y rabia. Merry gritó, y desde dentro del árbol llegó un aullido apagado de Pippin.

—¡Apáguenlo! ¡Apáguenlo! —gritó Merry—. ¡Me partirá en dos, si así no lo hacen! ¡Él lo dice!

—¿Quién? ¿Qué? —exclamó Frodo, corriendo al otro lado del árbol.

—¡Apáguenlo! ¡Apáguenlo! —suplicó Merry.

Las ramas del sauce comenzaron a balancearse con violencia. Se oyó un rumor como de viento que se alzaba y se extendía a las ramas de los otros árboles de alrededor, como si hubiesen arrojado una piedra a la quietud somnolienta del valle del río, desencadenando unas ondas coléricas que invadían todo el bosque. Sam pateó la pequeña hoguera y apagó las brasas. Pero Frodo, sin tener una idea clara de por qué lo hacía, o qué esperaba, corrió a lo largo del sendero gritando: *¡Socorro! ¡Socorro! ¡Socorro!* Tenía la impresión de que apenas alcanzaba a oír el sonido agudo de su propia voz, como si el viento del sauce se la llevara en seguida ahogándola en un clamor de hojas. Se sintió desesperado, perdido, y al borde mismo de la locura.

De pronto se detuvo. Había una respuesta, o al menos así lo creyó, pero parecía venir de detrás de él, del sendero que atravesaba el bosque. Se volvió y escuchó, y pronto no tuvo ninguna duda; alguien entonaba una canción; una voz profunda y alegre cantaba descuidada y feliz, pero las palabras no tenían ningún sentido.

¡Hola, dol! ¡Feliz dol! ¡Toca un don dilló!
¡Toca un don! ¡Salta! ¡Sauce del fal lo!
¡Tom Bom, alegre Tom, Tom Bombadilló!

Mitad esperanzados, mitad temerosos de un nuevo peligro, Frodo y Sam se quedaron muy quietos. De pronto, luego de una larga tirada de palabras sin sentido (o así parecía), la voz se oyó fuerte y clara.

¡Hola, ven alegre dol, querida derry dol!
Ligeros son el viento y el alado estornino.

Allá abajo al pie de la colina, brillando al sol,
esperando a la puerta la luz de las estrellas,
está mi hermosa dama, hija de la dama del río,
delgada como vara de sauce, clara como el agua.
El viejo Tom Bombadil trayendo lirios de agua
vuelve saltando a casa. ¿Lo oyes cómo canta?
¡Hola, ven alegre dol, derry dol!, alegre oh,
Baya de Oro, Baya de Oro, alegre baya amarilla.
Pobre viejo Hombre-Sauce, ¡retira tus raíces!
Tom tiene prisa ahora. La noche sucede al día.
Tom vuelve de nuevo trayendo lirios de agua.
¡Hola, ven derry dol! ¿Me oyes cómo canto?

Frodo y Sam parecían como hechizados. El viento echó una última bocanada. Las hojas colgaron de nuevo silenciosas en las ramas tiesas. La canción estalló otra vez, y luego, de pronto, saltando y bailando a lo largo del sendero, por encima de las cañas, asomó un viejo y estropeado sombrero de copa alta y larga pluma azul sujeta a la cinta. Un nuevo brinco y un salto, y un hombre apareció a la vista, o por lo menos algo semejante a un hombre; demasiado grande y pesado para ser un hobbit, y no bastante alto como para pertenecer a la Gente Grande, aunque hacía bastante ruido, calzado con grandes botas amarillas, tranqueando entre las hierbas y los juncos como una vaca que baja a beber. Tenía una chaqueta azul y larga barba castaña; los ojos eran azules y brillantes, y la cara roja como una manzana madura, pero plegada en cientos de arrugas de risa. En las manos, sobre una hoja grande, como en una bandeja, traía un montoncito de lirios de agua blancos.

—¡Socorro! —gritó Frodo, y Sam corrió hacia el hombre adelantando las manos.

—¡Ho, oh! ¡Quietos! —gritó el personaje alzando una mano, y los hobbits se detuvieron en seco como paralizados—. Bien, mis amiguitos, ¿adónde vais, resoplando como fuelles? ¿Qué pasa aquí? ¿Sabéis quién soy? Soy Tom Bombadil. Decidme cuál es el problema. Tom tiene prisa. ¡No me aplastéis los lirios!

—Mis amigos están atrapados en el sauce —exclamó Frodo sin aliento.

—¡Una hendidura está triturando al señor Merry! —gritó Sam.

—¿Cómo? —gritó entonces Tom Bombadil dando un salto—. ¿El viejo Hombre-Sauce? Nada peor, ¿eh? Eso tiene fácil arreglo. Conozco la cancioneta que le hace falta. ¡Viejo y gríseo Hombre-Sauce! Le helaré la médula, si no se comporta bien. Le cantaré hasta sacarle afuera las raíces. Le cantaré un viento que le arrancará hojas y ramas. ¡Viejo Hombre-Sauce!

Depositando con cuidado los lirios de agua en el suelo, Tom Bombadil corrió hacia el árbol. Allí vio los pies de Merry que aún sobresalían. El resto ya había sido arrastrado al interior. Tom acercó la boca a la hendidura y se puso a cantar en voz baja. Los dos hobbits no alcanzaban a oír las palabras, pero la reanimación de Merry fue evidente. Las piernas patearon el aire. Tom se apartó de un salto, y arrancando una rama que colgaba a un costado, azotó el flanco del sauce.

—¡Déjalo salir, viejo Hombre-Sauce! ¿Qué pretendes? No tendrías que estar despierto. ¡Come tierra! ¡Cava hondo! ¡Bebe agua! ¡Duerme! ¡Bombadil habla!

Tomó entonces los pies de Merry y lo sacó de la hendidura que se había ensanchado de pronto.

Se oyó el sonido de algo que se desgarra, y la otra grieta se abrió también, y Pippin saltó afuera, como si lo hubiesen pateado. En seguida, con un sonoro chasquido, las dos fisuras volvieron a cerrarse. Un estremecimiento recorrió el árbol de las raíces a la copa, y siguió un completo silencio.

—¡Gracias! —dijeron los hobbits, uno tras otro.

Tom Bombadil se echó a reír.

—¡Bueno, mis amiguitos! —dijo inclinándose para mirarles las caras—. Vendréis a casa conmigo. Hay en mi mesa un cargamento de crema amarilla, panal de miel, mantequilla y pan blanco. Baya de Oro nos espera. Ya habrá tiempo para preguntas mientras cenamos. ¡Seguidme tan rápido como podáis!

Luego de esto Tom Bombadil recogió los lirios, y se fue saltando y bailando por el camino hacia el este, llamándolos con la mano, cantando otra vez en voz alta una canción que no tenía sentido.

Demasiado sorprendidos y demasiado aliviados para hablar, los hobbits lo siguieron tan rápidamente como podían. Pero esto no bastaba. Tom desapareció muy pronto delante de ellos, y el sonido del canto se hizo más lejano y débil. Pero de súbito la voz volvió flotando como una poderosa llamada.

> *¡Saltad, amiguitos, a lo largo del Tornasauce!*
> *Tom va adelante a encender las velas.*
> *El sol se oculta, pronto marcharéis a ciegas.*
> *Cuando caiga la noche, las puertas se abrirán,*
> *y en las ventanas brillará una luz amarilla.*
> *No tengáis miedo ni de alisos ni de sauces,*
> *ni de raíces ni de ramas. Tom va adelante.*
> *¡Hola, ahora, alegre dol! ¡Bienvenidos a casa!*

Luego los hobbits no oyeron más. Casi en seguida pareció que el sol se hundía entre los árboles, detrás de ellos. Recordaron la luz oblicua de la tarde que brillaba sobre el río Brandivino, y las ventanas de Gamoburgo que comenzaban a iluminarse con cientos de luces. Grandes sombras caían ahora alrededor; los troncos y las ramas, negros y amenazantes, se inclinaban sobre el sendero. Unas nieblas blancas comenzaban a alzarse ondulándose en la superficie del río, esparciéndose entre las raíces de los árboles, en las orillas. Del suelo, a los pies de los hobbits, un vapor tenebroso subía confundiéndose con el crepúsculo, que caía rápidamente.

Se hizo difícil seguir el sendero, y todos estaban muy cansados. Las piernas les pesaban como plomo. Unos ruidos raros y furtivos corrían entre los matorrales y juncos a los lados del camino, y si alzaban los ojos veían unas caras extrañas, retorcidas y nudosas, como sombras dibujadas en el cielo del crepúsculo, que los miraban asomándose a los barrancos y a los límites del bosque. Empezaban a tener la impresión de que todo aquel país era irreal, y que avanzaban tropezando por un sueño ominoso que no llevaba a ninguna vigilia.

En el momento en que ya aminoraban el paso y parecía que iban a detenerse, advirtieron que el suelo se elevaba poco a poco. Las aguas murmuraban ahora. Alcanzaron a vislumbrar en la penumbra el resplandor blanco de la espuma del río que se precipitaba en una pequeña cascada. En seguida los árboles terminaron, y la niebla quedó atrás. Salieron del bosque y se encontraron en una amplia extensión de hierbas. El río, estrecho y rápido, saltaba hacia ellos alegremente, reflejando aquí y allá la luz de las estrellas que ya brillaba en el cielo.

La hierba era allí corta y suave, como si la hubiesen segado. Detrás, los bordes del bosque parecían recortados como un cerco. El sendero era llano, estaba bien cuidado y bordeado de piedras, y subía serpenteando a la cima de una loma herbosa, grisácea bajo el pálido cielo estrellado. Allí arriba en otra ladera parpadeaban las luces de una casa. El sendero bajó y subió de nuevo por una larga pendiente de césped hacia la luz. De pronto un rayo amarillo salió brillantemente de una puerta que acababa de abrirse. Era la casa de Tom Bombadil, sobre y bajo la colina. Detrás el terreno se elevaba gris y desnudo, y más allá las sombras oscuras de las Quebradas de los Túmulos se perdían en la noche del este.

Hobbits y poneys se precipitaron hacia delante. Ya se habían quitado de encima la mitad de la fatiga, y todo temor. *¡Hola, venid, alegre dol!*, llegó a ellos la canción, como una bienvenida.

> *¡Hola, venid, alegre dol! ¡Bravos míos, saltad!*
> *¡Hobbits, poneys, y todos, a la fiesta!*
> *¡Que la alegría empiece! ¡Cantemos todos juntos!*

Luego, otra voz, clara, joven y antigua como la primavera, como el canto de una agua gozosa que baja a la noche desde una mañana brillante en las colinas, cayó como plata hasta ellos:

¡Que los cantos empiecen! Cantemos todos juntos,
el sol y las estrellas, la luna, las nubes y la lluvia,
la luz en los capullos, el rocío en la pluma,
el viento en la colina, la campana en los brezos,
las cañas en la orilla, los lirios en el agua,
¡el viejo Tom Bombadil y la Hija del Río!

Y con esta canción los hobbits llegaron al umbral, envueltos todos en una luz dorada.

7

EN CASA DE TOM BOMBADIL

Los cuatro hobbits franquearon el ancho umbral de piedra y se detuvieron, parpadeando. La habitación era larga y baja, iluminada por unas lámparas que colgaban de las vigas del cielo raso, y en la mesa de madera oscura y pulida había muchas velas altas y amarillas, de llama brillante.

En el extremo opuesto de la habitación, mirando a la puerta de entrada, estaba sentada una mujer. Los cabellos rubios le caían en largas ondas sobre los hombros; llevaba una túnica verde, verde como las cañas jóvenes, salpicada con cuentas de plata como gotas de rocío, y el cinturón era de oro, labrado como una cadena de azucenas y adornado con ojos de nomeolvides, azules y claros. A sus pies, en vasijas de cerámica, de color pardo y verde, flotaban unos lirios de agua, de modo que la mujer parecía entronizada en medio de un estanque.

—¡Adelante, mis buenos invitados! —dijo, y los hobbits supieron que era aquella voz clara la que habían oído en el camino.

Se adelantaron tímidamente unos pasos, haciendo reverencias, sintiéndose de algún modo sorprendidos y torpes, como gentes que habiendo golpeado una puerta para pedir un poco de agua, se encuentran de pronto ante una reina élfica, joven y hermosa, vestida con flores frescas. Pero antes que pudieran pronunciar una palabra, la joven saltó ágilmente por encima de las fuentes de lirios, y corrió riendo hacia ellos; y mientras corría, la túnica verde susurraba como el viento en las riberas floridas de un río.

—¡Venid, queridos amigos! —dijo ella tomando a Frodo por la mano—. ¡Reíd y alegraos! Soy Baya de Oro, Hija del Río. —En seguida pasó rápidamente ante ellos, y habiendo cerrado la puerta se volvió otra vez, extendiendo los brazos blancos.— ¡Cerremos las puertas a la noche! —dijo—. Quizá todavía tenéis miedo, de la niebla, la sombra de los árboles, el agua profunda, las criaturas del bosque. ¡No temáis nada! Pues esta noche estáis bajo techo en casa de Tom Bombadil.

Los hobbits la miraron asombrados, y ella los observó a su vez, uno a uno, sonriendo.

—¡Hermosa dama Baya de Oro! —dijo Frodo al fin, sintiendo en el corazón una alegría que no alcanzaba a entender. Estaba allí, inmóvil, como había estado otras veces escuchando las hermosas voces de los Elfos, pero ahora el encantamiento era diferente, menos punzante y menos sublime, pero más profundo y más próximo al corazón humano; maravilloso, pero no ajeno—. ¡Hermosa dama Baya de Oro! —repitió—. Ahora me explico la alegría de esas canciones que oímos.

¡Oh delgada como vara de sauce! ¡Oh más clara que el agua clara!
¡Oh junco a orillas del estanque! ¡Hermosa Hija del Río!
¡Oh tiempo de primavera y de verano, y otra vez primavera!
¡Oh viento en la cascada y risa entre las hojas!

Frodo calló de pronto, balbuceando, sorprendido al oírse decir esas palabras. Pero Baya de Oro rió.

—¡Bienvenidos! —les dijo—. No había oído que la gente de la Comarca fuera de lengua tan dulce. Pero entiendo que eres amigo de los Elfos; así lo dicen la luz de tus ojos y el timbre de tu voz. ¡Un feliz encuentro! ¡Sentaos y esperemos al Señor de la casa! No tardará. Está atendiendo a vuestros animales cansados.

Los hobbits se sentaron complacidos en unas sillas bajas de mimbre, mientras Baya de Oro se ocupaba alrededor de la mesa; y los ojos de ellos seguían con deleite la fina gracia de los movimientos de la joven. De algún sitio detrás de la casa llegó el sonido de un canto. De cuando en cuando alcanzaban a oír, entre muchos *derry dol, alegre dol, y toca un don dilló,* unas palabras que se repetían:

El viejo Tom Bombadil es un sujeto sencillo,
de chaqueta azul brillante y zapatos amarillos.

—¡Hermosa dama! —dijo Frodo al cabo de un rato—. Decidme, si mi pregunta no os parece tonta, ¿quién es Tom Bombadil?

—Es él —dijo Baya de Oro, dejando de moverse y sonriendo.

Frodo la miró inquisitivamente.

—Es como lo has visto —dijo ella respondiendo a la mirada de Frodo—. Es el Señor de la madera, el agua y las colinas.

—¿Entonces estas tierras extrañas le pertenecen?

—De ningún modo —dijo ella, y la sonrisa se le apagó—. Eso sería en verdad una carga —susurró—. Los árboles y las hierbas y todas las cosas que crecen o viven en la región no tienen otro dueño que ellas mismas. Tom Bombadil es el Señor. Nadie ha atrapado nunca al viejo Tom caminando en el bosque, vadeando el río, saltando por las colinas, a la luz o a la sombra. Tom Bombadil no tiene miedo. Es el Señor.

Se abrió una puerta y entró Tom Bombadil. Se había sacado el sombrero y unas hojas otoñales le coronaban los espesos cabellos castaños. Rió, y yendo hacia Baya de Oro le tomó la mano.

—¡He aquí a mi hermosa señora! —dijo inclinándose hacia los hobbits—. ¡He aquí a mi Baya de Oro vestida de verde y plata con flores en la cintura! ¿Está la mesa puesta? Veo crema amarilla y panales, y pan blanco y mantequilla, leche, queso, hierbas verdes y cerezas maduras. ¿Alcanza para todos? ¿Está la cena lista?

—Está —respondió Baya de Oro—, pero quizá los huéspedes no lo estén.

Tom golpeó las manos y gritó: —¡Tom, Tom! ¡Tus huéspedes están cansados y tú casi lo olvidaste! ¡Venid mis alegres amigos, y Tom os refrescará! Os limpiaréis las manos sucias y os lavaréis las caras cansadas. Fuera esos abrigos embarrados. Peinad esas melenas enmarañadas.

Abrió la puerta, y los hobbits lo siguieron por un corto pasadizo que doblaba a la derecha. Llegaron así a una habitación baja, de techo inclinado (un cobertizo, parecía, añadido al ala norte de la casa). Los muros eran de piedra, cubiertos en su mayor parte con esteras verdes y cortinas amarillas. El suelo era de losa, y encima habían puesto unos juncos verdes. A un lado, tendidos en el piso, había cuatro gruesos colchones recubiertos con mantas blancas. Contra el muro opuesto un banco largo sostenía unas cubetas de barro, y al lado se alineaban unas vasijas oscuras llenas de agua; algunas con agua fría y otras con agua caliente. Unas chinelas verdes esperaban junto a cada cama.

Al cabo de un rato, lavados y refrescados, los hobbits se sentaron a la mesa, dos a cada lado, y en los extremos Baya de Oro y el Señor. Fue una comida larga y alegre. No faltó nada, aunque los hobbits comieron como sólo pueden comer unos hobbits famélicos. La bebida que en los tazones parecía ser simple agua fresca, se les subió a los corazones como vino y les desató las lenguas. Los invitados advirtieron de pronto que estaban cantando alegremente, como si eso fuera más fácil y natural que hablar.

Luego, Tom y Baya de Oro se levantaron y limpiaron rápidamente la mesa. Ordenaron a los huéspedes que se quedaran quietos, y los instalaron en sillas, los pies apoyados en un escabel. Un fuego llameaba ante ellos en la vasta chimenea, con un olor dulce, como madera de manzano. Cuando todo estuvo en orden, apagaron las luces de la habitación excepto una lámpara y un par de velas en los extremos de la chimenea. Baya de Oro se les acercó entonces con una vela en la mano y les deseó a cada uno una buena noche y un sueño profundo.

—Tened paz ahora —dijo—, ¡hasta la mañana! No prestéis atención a ningún ruido nocturno. Pues nada entra aquí por puertas y ventanas salvo el claro de luna, la luz de las estrellas y el viento que viene de las cumbres. ¡Buenas noches!

Baya de Oro dejó la habitación con un centelleo y un susurro, y sus pasos se alejaron como un arroyo que desciende dulcemente de una colina sobre piedras frescas en la quietud de la noche.

Tom se sentó en silencio mientras los hobbits titubeaban pensando en las preguntas que no se habían animado a hacer durante la cena. El sueño les pesaba en los párpados. Por último Frodo habló: —¿Oísteis mi llamada, Señor, o llegasteis a nosotros sólo por casualidad?

Tom se movió como un hombre al que sacan de un sueño agradable.

—¿Eh? ¿Qué? —dijo—. ¿Si oí tu llamada? No, no oí nada, estaba ocupado cantando. Fue la casualidad lo que me llevó allí, si quieres llamarlo casualidad. No estaba en mis planes, aunque os estaba esperando. Habíamos oído hablar de vosotros, y sabíamos que andabais por el Bosque, y que no tardaríais en llegar a orillas del río. Todos los senderos vienen hacia aquí, hacia el Tornasauce. El viejo Hombre-Sauce gris es un cantor poderoso, y la gente pequeña escapa difícilmente de sus arteros laberintos. Pero Tom tenía que cumplir allí una misión, y él no se hubiera atrevido a oponerse.

Tom cabeceó como luchando contra el sueño, pero continuó con una dulce voz:

Yo tenía allí una misión: recoger lirios de agua,
hojas verdes y lirios blancos para complacer a mi hermosa
    dama,
los últimos del año, y preservarlos así del invierno,
para que florezcan a sus pies antes que las nieves se fundan.
Todos los años al fin del verano los busco para ella,
en una laguna profunda y clara, lejos bajando por el río;
allí se abren los primeros en primavera y allí duran más.
Junto a esa laguna encontré hace tiempo a la Hija del Río,
la hermosa y joven Baya de Oro, sentada entre los juncos,
cantando dulcemente, y el corazón le golpeaba.

Tom abrió los ojos y miró a los hobbits con un repentino centelleo azul.

Y esto fue bueno para vosotros, pues ahora no volveré
a descender a lo largo de las aguas del bosque,
mientras el año sea viejo, Ni pasaré otra vez
junto a la casa del viejo Hombre-Sauce
antes de la gozosa primavera, cuando la Hija del Río
baje bailando entre los mimbres a bañarse en el agua.

Tom calló de nuevo, pero Frodo no pudo dejar de hacer otra pregunta, aquella de la que más deseaba una respuesta.

—Habladnos, Señor —dijo—, del Hombre-Sauce. ¿Qué es? Nunca oí nada de él.

—¡No, no! —dijeron juntos Merry y Pippin, enderezándose bruscamente—. ¡No ahora! ¡No hasta la mañana!

—¡Tenéis razón! —dijo el viejo—. Es tiempo de descansar. No es bueno hablar de ciertas cosas cuando las sombras reinan en el mundo. Dormid hasta que amanezca, reposad la cabeza en las almohadas. ¡No prestéis atención a ningún ruido nocturno! ¡No temáis al sauce gris!

Y diciendo esto bajó la lámpara y la apagó con un soplido, y tomando una vela en cada mano llevó a los hobbits fuera de la habitación.

Los colchones y las almohadas tenían la dulzura de la pluma y las coberturas eran de lana blanca. Acababan de tenderse en los lechos blandos y de acomodarse las mantas cuando se quedaron dormidos.

En la noche profunda, Frodo tuvo un sueño sin luz. Luego vio que se elevaba la luna nueva, y a la tenue claridad apareció ante él un muro de piedra oscura, atravesado por un arco sombrío parecido a una gran puerta. Le pareció a Frodo que lo llevaban por el aire, y vio entonces que la pared era un círculo de lomas que encerraban una planicie, en el centro se elevaba un pináculo de piedra, semejante a una torre, pero no hecha con las manos. En la cima había una forma humana. La luna subió y durante un momento pareció estar suspendida sobre la cabeza de la figura, reflejándose en los cabellos blancos, movidos por el viento. De la planicie en tinieblas se levantó un clamor de voces feroces, y el aullido de muchos lobos. De pronto una sombra, como grandes alas, pasó delante de la luna. La figura alzó los brazos, y del bastón que tenía en la mano brotó una luz. Un águila enorme bajó entonces del cielo y se llevó a la figura. Las voces gimieron y los lobos aullaron. Hubo un ruido como si soplara un viento huracanado, y con él llegó el sonido de unos cascos que galopaban, galopaban, galopaban desde el este. «¡Los Jinetes Negros!», pensó Frodo despertando y con el golpeteo de los cascos resonándole aún en la cabeza. Se preguntó si tendría alguna vez el coraje de dejar la seguridad de esos muros de piedra. Se quedó quieto, escuchando todavía, pero todo estaba en silencio ahora, y al fin se volvió y se durmió otra vez, o se perdió en un sueño que no le dejó ningún recuerdo.

Al lado, Pippin dormía hundido en sueños agradables, pero algo cambió de pronto y se volvió en la cama gruñendo. En seguida despertó, o pensó que había despertado, y sin embargo oía aún en la oscuridad el sonido que lo había perturbado mientras dormía: *tip-tap, cuic*; era como el susurro de unas ramas que se rozan con el viento, dedos de ramitas que rascaban la ventana y la pared: *cric, cric, cric*. Se preguntó si habría sauces cerca de la casa, y de pronto tuvo la horrible impresión de que no estaba en una casa común sino dentro del sauce, oyendo aquella espantosa voz, seca y chirriante, que otra vez se reía de él. Se incorporó y sintió la almohada blanda en las manos y se acostó otra vez con alivio. Le pareció oír el eco de unas palabras: «¡Nada temas! ¡Duerme en paz hasta la mañana! ¡No prestes atención a los ruidos nocturnos!». Volvió a dormirse.

Era el murmullo de un agua que cae lo que Merry oía en su sueño tranquilo: agua que fluía dulcemente, y luego se extendía y se extendía alrededor de la casa en un estanque oscuro y sin límites. Gorgoteaba bajo las paredes y subía lenta pero firmemente. «¡Me ahogaré!», pensó. «Entrará en la casa y entonces me ahogaré.» Sintió que estaba acostado en un pantano blando y viscoso, e incorporándose de un salto puso el pie en una losa dura y fría.

Recordó entonces dónde estaba y se acostó de nuevo. Creía oír o recordaba haber oído: «Nada entra aquí por puertas y ventanas salvo el claro de luna, la luz de las estrellas, y el viento que viene de las cumbres». Una brisa leve y dulce movió las cortinas. Respiró profundamente y se durmió otra vez.

Al día siguiente Sam sólo recordaba que había dormido toda la noche, muy satisfecho, si los troncos duermen satisfechos.

Despertaron los cuatro a la vez, con la luz de la mañana. Tom andaba por la habitación silbando como un estornino. Oyendo que los hobbits se movían, golpeó las manos y gritó: —¡Hola! ¡Ven alegre dol, derry dol! ¡Mis bravos!

Descorrió las cortinas amarillas y aparecieron las ventanas, a ambos lados del aposento: una miraba al este y la otra al oeste.

Los hobbits se levantaron de un salto, renovados. Frodo corrió a la ventana oriental y se encontró mirando una huerta, gris de rocío. Casi había esperado ver una franja de césped entre la casa y los muros, césped marcado con huellas de cascos. En verdad, no podía ver muy lejos, a causa de una alta estacada de habas, pero por encima y a lo lejos la cima gris de la colina se alzaba a la luz del amanecer. Era una mañana pálida; en el este, detrás de unas nubes largas como hilos de lana sucia, teñida de rojo en los bordes, centelleaban unos profundos piélagos amarillos. El cielo anunciaba lluvia, pero la luz se extendía rápidamente, y las flores rojas de las habas comenzaban a brillar entre las hojas verdes y húmedas.

Pippin miró por la ventana occidental y vio un estanque de bruma. Una niebla cubría el Bosque. Era como mirar desde arriba un techo de nubes en pendiente. Había un pliegue o canal donde la bruma se quebraba en penachos y ondas: el Valle del Tornasauce. El arroyo descendía por la ladera izquierda y se desvanecía entre las sombras blancas. Junto a la casa había un jardín de flores y un cerco recortado, envuelto en una red de plata, y más allá una hierba corta y gris, empalidecida por gotas de rocío. No se veía ningún sauce.

—¡Buenos días, mis alegres amigos! —exclamó Tom abriendo de par en par la ventana del este. Un aire fresco entró en el cuarto, trayendo olor a lluvia—. Hoy el sol no mostrará mucho la cara, se me ocurre. He estado caminando, subiendo a las cumbres de las lomas, desde que empezó el alba gris, olfateando el viento y el tiempo: hierba húmeda a mis pies, cielo húmedo arriba. Desperté a Baya de Oro cantando bajo su ventana, pero nada despierta a los hobbits por la mañana temprano. Las personitas despiertan de noche en la oscuridad y se duermen cuando llega la luz. ¡Tocad un don diló! ¡Despertad, alegres amigos! ¡Olvidad los ruidos nocturnos! ¡Tocad un don diló del, derri del, mis bravos! Si os dais prisa, encontraréis el desayuno servido. ¡Si tardáis tendréis pasto y agua de lluvia!

Inútil decir que aunque la amenaza de Tom no parecía muy seria los hobbits se apresuraron, y dejaron la mesa tarde, cuando ya empezaba a parecer vacía. Ni Tom ni Baya de Oro estaban allí. Podía oírse a Tom que se movía por la casa, afanándose en la cocina, subiendo y bajando las escaleras, y cantando fuera, aquí y allá. La habitación daba al oeste sobre el valle neblinoso, y la ventana estaba abierta. El agua goteaba desde los aleros de paja. Antes que terminaran de desayunar, las nubes se habían unido formando un techo uniforme, y una lluvia gris cayó verticalmente con una dulce regularidad. La espesa cortina no dejaba ver el bosque.

Mientras miraban por la ventana, la voz clara de Baya de Oro descendió dulcemente, como si bajara con la lluvia, desde el cielo. No oían sino unas pocas palabras, pero les pareció evidente que la canción era una canción de lluvia, dulce como un chaparrón sobre las lomas secas, y que contaba la historia de un río desde el manantial en las tierras altas hasta el océano distante, allá abajo. Los hobbits escuchaban, deleitados, y Frodo sentía alegría en el corazón, y bendecía la lluvia bienhechora que les demoraba la partida. La idea de que tenían que irse le estaba pesando desde que abrieran los ojos, pero sospechaba ahora que ese día no irían más lejos.

El viento alto se estableció en el oeste y unas nubes más densas y más húmedas se elevaron rodando para verter la carga de lluvia en las cimas desnudas de las Quebradas. No se veía nada alrededor de la casa, excepto agua que caía. Frodo estaba de pie junto a la puerta abierta observando el blanco sendero gredoso que descendía burbujeando al valle, transformado en un arroyo de leche. Tom Bombadil apareció trotando en una esquina de la casa, moviendo los brazos como para apartar la lluvia, y en realidad cuando saltó al umbral parecía perfectamente seco, excepto las botas. Se las quitó y las puso en un rincón de la chimenea. Luego se sentó en la silla más grande y pidió a los hobbits que se le acercaran.

—Es el día de lavado de Baya de Oro —dijo—, y también de la limpieza de otoño. Llueve demasiado para los hobbits, ¡que descansen mientras les sea posible! Día bueno para cuentos largos, para preguntas y respuestas, de modo que Tom iniciará la charla.

Les contó entonces muchas historias notables, a veces como hablándose a sí mismo y a veces mirándolos de pronto con ojos azules y brillantes bajo las cejas tupidas. A menudo la voz se le cambiaba en canto y se levantaba entonces de la silla para bailar alrededor. Les habló de abejas y de flores, de las costumbres de los árboles, y las extrañas criaturas del bosque, de cosas malignas y de cosas benignas, cosas amigas y cosas enemigas, cosas crueles y cosas amables, y de secretos que se ocultaban bajo las zarzas.

A medida que escuchaban, los hobbits empezaron a entender las vidas del Bosque, distintas de las suyas, sintiéndose en verdad extranjeros allí donde todas las cosas estaban en su sitio. El viejo Hombre-Sauce aparecía y desaparecía en la charla, una y otra vez, y Frodo aprendió bastante como para sentirse satisfecho, en verdad más que bastante, pues no era aquél un conocimiento satisfactorio. Las palabras de Tom desnudaban los corazones y los pensamientos de los árboles, pensamientos que eran a menudo oscuros y extraños, colmados de odio por todas las criaturas que se mueven libremente sobre la tierra, arañando, mordiendo, rompiendo, cortando, quemando: destructoras y usurpadoras. No se lo llamaba el Bosque Viejo sin motivo, pues era antiguo de veras, sobreviviente de vastos bosques olvidados; y en él vivían aún, envejeciendo tan lentamente como las colinas, los padres de los padres de los árboles, recordando la época en que eran señores. Los años innumerables les habían dado orgullo y sabiduría enraizada en la tierra, y malicia. Ninguno, sin embargo, era más peligroso que el Gran Sauce: tenía el corazón podrido, pero una fuerza todavía verde; y era astuto, y ordenaba los vientos, y su canto y su pensamiento corrían entre los árboles de ambos lados del río. El espíritu gríseo y sediento del Sauce sacaba fuerzas de la tierra, extendiéndose como una red de raíces en el suelo y como dedos invisibles en el aire, hasta tener dominio sobre casi todos los árboles del bosque desde la Cerca a las Quebradas.

De pronto la charla de Tom dejó los árboles para remontar el joven arroyo, por encima de cascadas burbujeantes, guijarros y rocas erosionadas, y entre florecitas que se abrían en la hierba apretada y en grietas húmedas, trepando así hasta las Quebradas. Los hobbits oyeron hablar de los Grandes Túmulos y de los montículos verdes, y de los círculos de piedra sobre las colinas y en los bajos. Las ovejas balaron en rebaños. Se levantaron muros blancos y verdes. Había fortalezas en las alturas. Reyes de pequeños reinos se batieron entre ellos, y el joven sol brilló como el fuego sobre el rojo metal de las espadas codiciosas y nuevas. Hubo victorias y derrotas; y se derrumbaron torres, se quemaron fortalezas, y las llamas subieron al cielo. El oro se apiló sobre los catafalcos de reyes y reinas, y los montículos los cubrieron, y las puertas de piedra se cerraron, y la hierba creció encima. Las ovejas pacieron allí un tiempo, pero pronto las colinas estuvieron desnudas otra vez. De sitios lejanos y oscuros vino una sombra, los huesos se agitaron en las tumbas. Los Tumularios se paseaban por las oquedades con un tintineo de anillos en los dedos fríos y cadenas de oro al viento. Los círculos de piedra salieron a la superficie de la tierra como dientes rotos a la luz de la luna.

Los hobbits se estremecieron. Hasta en la misma Comarca se había oído hablar de los Tumularios, que frecuentaban las Quebradas de los Túmulos, más allá del Bosque. Pero no era ésta una historia que complaciese a los hobbits, ni siquiera junto a una lejana chimenea. La alegría de la casa los había distraído, pero ahora los cuatro recordaron de pronto: la casa de Tom Bombadil se apoyaba en el hombro mismo de las temibles Quebradas. Perdieron el hilo del relato y se movieron inquietos, mirándose a hurtadillas.

Cuando volvieron a prestar atención, descubrieron que Tom deambulaba ahora por regiones extrañas, más allá de la memoria y los pensamientos de los hobbits, en días en que el mundo era más ancho, y los mares golpeaban la costa del oeste; y siempre yendo y viniendo Tom cantó la luz de las estrellas antiguas, cuando sólo los ancianos Elfos estaban despiertos. De pronto hizo una pausa, y vieron que cabeceaba como atacado por el sueño. Los hobbits se quedaron sentados, frente a él, como hechizados; y bajo el encantamiento de aquellas palabras les pareció que el viento se había ido, y las nubes se habían secado, y el día se había retirado, y la oscuridad había venido del este y del oeste: en el cielo resplandecía una claridad de estrellas blancas.

Frodo no hubiese podido decir si había pasado la mañana y la noche de un solo día o de muchos días. No se sentía ni hambriento ni cansado, sólo colmado de asombro. Las estrellas brillaban del otro lado de la ventana y el silencio de los cielos parecía rodearlo. Al fin ese mismo asombro y un miedo repentino al silencio que había sobrevenido lo llevaron a preguntar:

—¿Quién sois, Señor?

—¿Eh? ¿Qué? —dijo Tom enderezándose, y los ojos le brillaron en la oscuridad—. ¿Todavía no sabes cómo me llamo? Ésa es la única respuesta. Dime, ¿quién eres tú, solo, tú mismo y sin nombre? Pero tú eres joven, y yo soy viejo. El Antiguo, eso es lo que soy. Prestad atención, amigos míos: Tom estaba aquí antes que el río y los árboles. Tom recuerda la primera gota de lluvia y la primera bellota. Abrió senderos antes que la Gente Grande, y vio llegar a la Gente Pequeña. Estaba aquí antes que los Reyes y los sepulcros y los Tumularios. Cuando los Elfos fueron hacia el oeste, Tom ya estaba aquí, antes que los mares se replegaran. Conoció la oscuridad bajo las estrellas antes que apareciera el miedo, antes que el Señor Oscuro viniera de Afuera.

Pareció que una sombra pasaba por la ventana, y los hobbits echaron una rápida mirada a través de los vidrios. Cuando se volvieron, Baya de Oro estaba en la puerta de atrás, enmarcada en luz. Traía una vela encendida que protegía del aire con la mano; y la luz se filtraba a través de la mano como el sol a través de una concha blanca.

—La lluvia ha cesado —dijo—, y las aguas nuevas corren por la falda de la colina, a la luz de las estrellas. ¡Riamos y alegrémonos!

—¡Y comamos y bebamos! —exclamó Tom—. Las historias largas dan sed. Y escuchar mucho tiempo es una tarea que da hambre, ¡mañana, mediodía y noche!

Diciendo esto se incorporó de un salto, tomó una vela de la repisa de la chimenea, y la encendió en la llama que traía Baya de Oro, y se puso a bailar alrededor de la mesa. De súbito atravesó de un salto la puerta y desapareció.

Regresó pronto, trayendo una gran bandeja cargada. Luego él y Baya de Oro pusieron la mesa; y los hobbits se quedaron sentados, mirándolos, en parte maravillados y en parte riendo: tan hermosa era la gracia de Baya de Oro y tan alegres y estrafalarias las cabriolas de Tom. Sin embargo, de algún modo, los dos parecían tejer una sola danza, no molestándose entre sí, entrando y saliendo, y alrededor de la mesa; y los alimentos, los recipientes y las luces fueron prontamente dispuestos. Las velas blancas y amarillas se reflejaron en los platos. Tom hizo una reverencia a los huéspedes.

—La cena está servida —dijo Baya de Oro, y los hobbits vieron ahora que ella estaba vestida toda de plata y con un cinturón blanco, y que los zapatos eran como escamas de peces. Pero Tom tenía un traje de color azul puro, azul como los nomeolvides lavados por la lluvia, y medias verdes.

La comida fue todavía mejor que la anterior. Quizá bajo el encanto de las palabras de Tom los hobbits hubieran podido saltearse una comida o dos, pero cuando tuvieron el alimento ante ellos pareció que no comían desde hacía una semana. No cantaron ni siquiera hablaron mucho durante un rato, del todo dedicados a la tarea. Pero al cabo de un tiempo el corazón y el espíritu se les animó otra vez, y las voces resonaron, en alegría y risas.

Después de la cena, Baya de Oro cantó muchas canciones para ellos, canciones que comenzaban felizmente en las colinas y recaían dulcemente en el silencio; y en los silencios vieron imágenes de estanques y aguas más vastos que todos los conocidos, y observando esas aguas vieron el cielo abajo, y las estrellas como joyas en los abismos. Luego, una vez más, Baya de Oro les dio a todos las buenas noches y los dejó junto a la chimenea. Pero Tom estaba ahora muy despierto y los acosó a preguntas.

Descubrieron entonces que ya sabía mucho de ellos y de sus familias, y que conocía la historia y costumbres de la Comarca desde tiempos que los hobbits mismos recordaban apenas. Esto no los sorprendió, pero Tom no ocultó que una buena parte de sus conocimientos le venía del granjero Maggot, a quien parecía atribuirle una importancia que los hobbits no habían imaginado.

—Hay tierra bajo los pies del viejo Maggot, y tiene arcilla en las manos, sabiduría en los huesos, y muy abiertos los dos ojos.

Fue también evidente que Tom había tenido tratos con los Elfos, y que de alguna manera se había enterado por Gildor de la huida de Frodo.

En verdad tanto sabía Tom, y sus preguntas eran tan hábiles, que Frodo se encontró hablándole de Bilbo y de sus propias esperanzas y temores como no se había atrevido a hacerlo ni siquiera con Gandalf. Tom asentía con movimientos de cabeza, y los ojos le brillaron cuando oyó nombrar a los Jinetes.

—¡Muéstrame ese precioso Anillo! —dijo de repente en medio de la historia: y Frodo, él mismo asombrado, sacó la cadena y desprendiendo el Anillo se lo alcanzó en seguida a Tom.

Pareció que el Anillo se hacía más grande un momento en la manaza morena de Tom. De pronto Tom alzó el Anillo y lo miró de cerca y se rió. Durante un segundo los hobbits tuvieron una visión a la vez cómica y alarmante: el ojo azul de Tom brillando a través de un círculo de oro. Luego Tom se puso el Anillo en el extremo del dedo meñique y lo acercó a la luz de la vela. Durante un momento los hobbits no advirtieron nada extraño. En seguida se quedaron sin aliento. ¡Tom no había desaparecido!

Tom rió otra vez y echó el Anillo al aire, y el Anillo se desvaneció con un resplandor. Frodo dio un grito, y Tom se inclinó hacia delante y le devolvió el Anillo con una sonrisa.

Frodo miró el Anillo de cerca y con cierta desconfianza (como quien ha prestado un dije a un prestidigitador). Era el mismo Anillo, o tenía el mismo aspecto y pesaba lo mismo; siempre le había parecido a Frodo que el Anillo era curiosamente pesado. Pero no estaba seguro, y tenía que cerciorarse. Quizá estaba un poco molesto con Tom a causa de la ligereza con que había tratado algo que para el mismo Gandalf era de una importancia tan peligrosa. Esperó la oportunidad, ahora que la charla se había reanudado, y Tom contaba una absurda historia de tejones y sus raras costumbres, y se deslizó el Anillo en el dedo.

Merry se volvió hacia él para decirle algo y tuvo un sobresalto, reprimiendo una exclamación. Frodo estaba contento (en cierto modo); era en verdad el mismo Anillo, pues Merry clavaba los ojos en la silla y obviamente no podía verlo. Frodo se puso de pie y se escurrió hacia la puerta exterior, alejándose de la chimenea.

—¡Eh, tú! —gritó Tom volviendo hacia él unos ojos brillantes que parecían verlo perfectamente—. ¡Eh! ¡Ven

Frodo, ven aquí! ¿Adónde te ibas? El viejo Tom Bombadil todavía no está tan ciego. ¡Sácate ese anillo dorado! Te queda mejor la mano desnuda. ¡Ven aquí! ¡Deja ese juego y siéntate a mi lado! Tenemos que hablar un poco más, y pensar en la mañana. Tom te enseñará el camino justo, ahorrándote extravíos.

Frodo se rió (tratando de parecer complacido) y sacándose el Anillo se acercó y se sentó de nuevo. Tom les dijo entonces que el sol brillaría al día siguiente, y que sería una hermosa mañana y que la partida se presentaba bajo los mejores auspicios. Pero convendría que salieran temprano, pues el tiempo en aquellas regiones era algo de lo que ni siquiera Tom podía estar seguro, pues a veces cambiaba con más rapidez de lo que él tardaba en cambiarse la chaqueta.

—No soy dueño del clima —les dijo—, como ningún ser que camine en dos patas.

De acuerdo con el consejo de Tom decidieron ir hacia el norte desde la casa, por las laderas orientales y más bajas de las Quebradas. De ese modo era posible que llegaran al Camino del Este en una jornada, evitando los Túmulos. Les dijo que no se asustaran, y que atendieran a sus propios asuntos.

—No dejéis la hierba verde. No os acerquéis a las piedras antiguas ni a los fríos Tumularios, ni espiéis los Túmulos, a menos que seáis gente fuerte y de ánimo firme.

Dijo esto una vez más, y les aconsejó que pasaran los Túmulos por el lado oeste, si se extraviaban y se acercaban demasiado. Luego les enseñó a cantar una canción, para el caso de que tuvieran mala suerte y cayeran al día siguiente en alguna dificultad.

¡Oh, Tom Bombadil, Tom Bombadilló!
Por el agua y el bosque y la colina, las cañas y el sauce,
por el fuego y el sol y la luna, ¡escucha ahora y óyenos!
¡Ven, Tom Bombadil, pues nuestro apuro está muy cerca!

Los hobbits cantaron juntos la canción después de él, y Tom les palmeó las espaldas a todos, y tomando unas velas los llevó de vuelta al dormitorio.

8

NIEBLA EN LAS QUEBRADAS
DE LOS TÚMULOS

Aquella noche no oyeron ruidos. Pero en sueños o fuera de los sueños, no hubiera podido decirlo, Frodo oyó un canto dulce que le rondaba en la mente: una canción que parecía venir como una luz cálida del otro lado de una cortina de lluvia gris, y que creciendo cambiaba el velo en cristal y plata, hasta que al fin el velo se abrió, y un país lejano y verde apareció ante él a la luz de un rápido amanecer.

La visión se fundió en el despertar; y allí estaba Tom silbando como un árbol colmado de pájaros; y el sol ya caía oblicuamente por la colina y a través de la ventana abierta. Fuera todo era verde y oro pálido.

Luego del desayuno, que tomaron de nuevo solos, se prepararon para despedirse, el corazón tan oprimido como era posible en una mañana semejante: fría, brillante, y limpia bajo un lavado cielo otoñal de un ligero azul. El aire llegaba fresco del noroeste. Los pacíficos poneys estaban casi retozones, bufando y moviéndose inquietos. Tom salió de la casa, meneó el sombrero y bailó en el umbral, invitando a los hobbits a ponerse de pie, a partir, y a marchar a buen paso.

Cabalgaron a lo largo de un sendero que subía zigzagueando hacia el extremo norte de la loma en que se apoyaba la casa. Acababan de desmontar para ayudar a los poneys en la última pendiente empinada, cuando de pronto Frodo se detuvo.

—¡Baya de Oro! —gritó—. ¡Mi hermosa dama, toda vestida de verde plata! ¡No nos hemos despedido, y no la hemos visto desde anoche!

Se sentía tan desolado que quiso volver atrás, pero en ese momento una llamada cristalina descendió hacia ellos como un rizo de agua. Allá en la cima de la loma, Baya de Oro les hacía señas; los cabellos sueltos le flotaban en el aire, centelleando al sol. Una luz parecida al reflejo del agua en la hierba húmeda de rocío le brillaba bajo los pies, que bailaban.

Subieron de prisa la última pendiente, y se detuvieron sin aliento junto a ella. La saludaron inclinándose, pero con un movimiento de la mano ella los invitó a mirar alrededor; y desde aquella cumbre ellos miraron las tierras a la luz de la mañana. El aire era ahora tan claro y transparente como había sido velado y brumoso cuando llegaron al cerro del Bosque, que ahora se erguía pálido y verde entre los árboles oscuros del oeste. Allí la tierra se elevaba en repliegues boscosos, verdes, amarillos, rosados a la luz del sol, y más allá se escondía el valle del Brandivino. Hacia el sur, sobre la línea del Tornasauce, había un resplandor lejano como un pálido espejo y el río Brandivino se torcía en un lazo sobre las tierras bajas y se alejaba hacia regiones desconocidas para los hobbits. Hacia el norte, más allá de las quebradas decrecientes, la tierra se extendía en llanos y protuberancias de pálidos colores terrosos y grises y verdes, hasta desvanecerse en una lejanía oscura e indistinta. Al este se elevaban las Quebradas de los Túmulos, en crestas sucesivas, perdiéndose de vista hasta no ser más que una conjetura azul y un esplendor remoto y blanco que se confundía con el borde del cielo, pero que evocaba para ellos, en recuerdos y viejas historias, unas montañas altas y distantes.

Aspiraron una profunda bocanada de aire, y tuvieron la impresión de que un brinco y algunas pocas y firmes zancadas los llevarían a donde quisieran. Parecía propio de pusilánimes dar vueltas y vueltas a lo largo de las quebradas hasta llegar así al camino, cuando en cambio podían saltar tan limpiamente como Tom sobre las estribaciones y llegar directamente a las montañas.

Baya de Oro les habló, atrayendo de nuevo las miradas y pensamientos de los hobbits.

—¡Apresuraos ahora, mis buenos huéspedes! —les dijo—. ¡Y manteneos firmes y decididos! ¡Siempre hacia el norte con el viento en el ojo izquierdo y benditos sean vuestros pasos! ¡De prisa, mientras brilla el sol! —Y a Frodo le dijo:— ¡Adiós, amigo de los Elfos, fue un encuentro feliz!

Pero Frodo no supo qué responder. Hizo una profunda reverencia, montó en el poney, y seguido por sus amigos partió trotando a lo largo de la suave pendiente que bajaba detrás de la loma. La casa de Tom Bombadil y el valle y el bosque desaparecieron de la vista de los hobbits. El aire se hizo más cálido entre los muros verdes de las lomas, y el aroma del pasto era fuerte y dulce. Cuando llegaron al fondo de la hondonada verde se volvieron y miraron a Baya de Oro, ahora pequeña y delgada como una flor iluminada por el sol sobre un fondo de cielo; estaba de pie, todavía mirándolos, con las manos tendidas hacia ellos. Mientras la miraban, ella llamó con voz clara, y levantando la mano se volvió y desapareció detrás de la colina.

El camino serpenteaba a lo largo de la hondonada, bordeando el pie verde de una colina escarpada hasta entrar en un valle más profundo y más ancho, y luego pasaba sobre otras cimas, descendiendo por las largas estribaciones, y subiendo otra vez por las faldas lisas hasta otras cumbres, para bajar luego a otros valles. No había árboles ni ninguna agua visible: era un paisaje de hierbas y de pastos cortos y elásticos, donde no se oía otra cosa que el murmullo del aire en las elevaciones del terreno, y los gritos agudos y solitarios de unas aves extrañas. A medida que caminaban, el sol iba subiendo en el cielo, y hacía más calor. Cada vez que llegaban a una cumbre, la brisa parecía haber disminuido. Cuando vislumbraron al fin las regiones orientales, el Bosque lejano parecía humear, como si la lluvia reciente estuviera subiendo en humo desde las hojas, las raíces y el suelo. Una sombra se extendía ahora a lo largo del horizonte, una niebla oscura sobre la que el suelo era como un casquete azul, caliente y pesado.

Alrededor del mediodía llegaron a una loma cuya cumbre era ancha y aplastada, como un plato llano de reborde elevado y verde. Dentro no corría aire, y el cielo parecía al alcance de la mano. Atravesaron este espacio y miraron hacia el norte, y se sintieron animados, pues era evidente que ya estaban más lejos de lo que habían creído. La bruma, por cierto, no permitía apreciar las distancias, pero no había duda de que las Quebradas estaban llegando a su fin. Allá abajo se extendía un largo valle, torciendo hacia el norte hasta alcanzar una abertura entre dos salientes empinados. Más allá, parecía, no había más lomas. En el norte alcanzaba a divisarse una larga línea oscura.

—Eso es una línea de árboles —dijo Merry—, y seguramente señala el camino. Los árboles crecen todo a lo largo, durante muchas leguas al este del Puente. Algunos dicen que los plantaron en los viejos días.

—Espléndido —dijo Frodo—. Si seguimos marchando como hasta ahora, habremos dejado las Quebradas antes que se ponga el sol y buscaremos un buen sitio para acampar.

Pero aun mientras hablaba se volvió para mirar hacia el este y vio que de aquel lado las lomas eran más altas y se alzaban por encima de ellos; y todas esas lomas estaban coronadas de montículos verdes, y en algunas había piedras afiladas que apuntaban hacia arriba, como dientes mellados que asomaban en encías verdes.

De algún modo esta vista era inquietante; se volvieron y descendieron a la depresión circular. En el centro se erguía una única piedra, alta bajo el sol, y a esa hora no echaba ninguna sombra. Era una piedra informe y sin embargo significativa: como un mojón, o un dedo guardián, o más aún una advertencia. Pero ellos tenían hambre, y el sol estaba aún en el mediodía, donde no había nada que temer, de modo que se sentaron recostando las espaldas en el lado este de la piedra. Estaba fresca, como si el sol no hubiera sido capaz de calentarla, pero a esa hora les pareció agradable. Allí comieron y bebieron, y fue aquél un almuerzo al aire libre que hubiese contentado a cualquiera, pues el alimento venía de «bajo la Colina». Tom los había aprovisionado como para toda la jornada. Los poneys desensillados retozaban en el pasto.

La cabalgata por las lomas, la comida abundante, el sol tibio y el aroma de la hierba, un descanso algo prolongado con las piernas estiradas, de cara al cielo: estas cosas quizá bastan para explicar lo que ocurrió. De cualquier manera los hobbits despertaron de pronto, incómodos, de un sueño que no había sido voluntario. La piedra elevada estaba fría, y arrojaba una larga sombra pálida que se extendía sobre ellos hacia el este. El sol, de un amarillo claro y acuoso, brillaba entre las nieblas justo por encima de la pared oeste de la depresión. Al norte, al sur, y al este, más allá de la pared, la niebla era espesa, fría y blanca. El aire era silencioso, pesado y glacial. Los poneys se apretaban unos contra otros, las cabezas bajas.

Los hobbits se incorporaron de un salto, alarmados, y corrieron hacia el reborde oriental. Descubrieron que estaban en una isla, rodeados de niebla. Miraban aún consternados la luz crepuscular, cuando el sol se puso ante ellos hundiéndose en un mar blanco, y una sombra fría y gris subió detrás en el este. La niebla entra por las paredes y se alzó sobre ellos, cubriéndolos como un techo: estaban encerrados en una sala de niebla cuya columna central era la piedra elevada.

Tuvieron la impresión de que una trampa se cerraba sobre ellos, pero no se desanimaron del todo. Recordaban todavía la prometedora visión de la línea del camino, y no habían olvidado la dirección en que se encontraba. De todos modos se sentían ahora tan a disgusto en aquella depresión alrededor de la piedra, que no tenían la menor intención de quedarse. Empaquetaron con toda la rapidez que les fue posible, los dedos entumecidos por el frío.

Pronto estuvieron conduciendo los poneys en fila por sobre el reborde y descendieron por la falda norte de la loma, hacia el mar de nieblas. A medida que bajaban la niebla se hacía más fría y más húmeda, y los cabellos les colgaban chorreando sobre la frente. Cuando llegaron abajo hacía tanto frío que se detuvieron para sacar mantas y capuchones que pronto se cubrieron de gotas grises. Luego, montando los poneys, continuaron marchando lentamente, siguiendo las subidas y bajadas del terreno. Se encaminaban, o así les parecía, hacia la abertura en forma de puerta que habían visto a la mañana en el extremo norte del largo valle. Una vez allí tenían que continuar en línea recta, tanto como les fuera posible, y llegarían así al Camino. No pensaban en lo que vendría luego, aunque esperaban quizá que más allá de las Quebradas no habría niebla.

La marcha era muy lenta. Para evitar separarse y extraviarse en direcciones diferentes iban todos en fila, con Frodo adelante. Sam marchaba detrás, y luego Pippin, y luego Merry. El valle parecía interminable. De pronto Frodo vio una señal de esperanza. A un lado y a otro una sombra comenzó a asomar en la niebla; y se le ocurrió que estaban acercándose al fin a la abertura entre las colinas, la puerta norte de las Quebradas de los Túmulos. Una vez al otro lado estarían libres.

—¡Adelante! ¡Seguidme! —llamó por encima del hombro, y corrió hacia adelante.

Pero la esperanza se convirtió pronto en alarma y confusión. Las manchas oscuras se oscurecieron todavía más, pero encogiéndose; y de pronto, alzándose ominosas ante él y algo inclinadas la una hacia la otra como pilares de una puerta descabezada, Frodo vio dos piedras enormes clavadas en tierra. No recordaba haber visto ningún signo parecido en el valle, cuando había mirado a la mañana desde lo alto de la loma. Ya había pasado casi entre ellas cuando se dio cuenta, y en ese mismo momento la oscuridad pareció caer alrededor. El poney se encabritó relinchando, y Frodo rodó por el suelo. Cuando miró atrás descubrió que estaba solo; los otros no lo habían seguido.

—¡Sam! —llamó—. ¡Pippin! ¡Merry! ¡Venid! ¿Por qué os quedáis atrás?

No hubo respuesta. Frodo sintió miedo y volvió corriendo entre las piedras, dando gritos: —¡Sam! ¡Sam! ¡Merry! ¡Pippin! —El poney desapareció brincando en la niebla. A lo lejos creyó oír una llamada:— ¡Eh, Frodo, eh!

—Venía del este, a la izquierda de las grandes piedras, y Frodo clavó los ojos en la oscuridad, tratando de ver. Al fin echó a andar hacia la voz y se encontró subiendo una cuesta empinada.

Mientras se adelantaba trabajosamente, llamó de nuevo, y continuó llamando cada vez más desesperado, pero durante un tiempo no oyó ninguna respuesta, y luego le llegó débil y lejana, de adelante y por encima de él.

—¡Eh, Frodo! —decían las vocecitas que venían de la bruma: y luego un grito que sonaba como *socorro*, *socorro*, repetido muchas veces, y terminando con un último *socorro* que se arrastró en un largo quejido interrumpido de súbito. Se precipitó tambaleándose hacia los gritos, pero ya no había luz y la noche se había cerrado alrededor, de modo que no era posible orientarse. Le parecía que estaba subiendo todo el tiempo, más y más.

Sólo el cambio en el nivel del suelo le indicó que había llegado a la cima de un cerro o de una loma. Estaba cansado, sudoroso, y sin embargo helado. La oscuridad era completa.

—¿Dónde estáis? —gritó como en un lamento.

Nadie respondió. Frodo se detuvo, escuchando. De pronto cayó en la cuenta de que hacía mucho frío, y que allá arriba se levantaba un viento, un viento helado. El tiempo estaba cambiando. La niebla se dispersaba en andrajos y jirones. El aliento le brotaba como un humo, y las tinieblas parecían menos próximas y espesas. Alzó los ojos y vio con sorpresa que unas estrellas débiles aparecían entre hebras presurosas de niebla y nubes. El viento comenzó a sisear sobre la hierba.

Creyó oír entonces un grito ahogado, y fue hacia él, y mientras avanzaba la niebla se replegó apartándose y descubriendo un cielo estrellado. Una mirada le mostró que estaba ahora cara al sur y sobre una colina redonda a la que había subido desde el norte. El viento penetrante soplaba del este. La sombra negra de un túmulo se destacaba a la derecha sobre el fondo de las estrellas orientales.

—¿Dónde estáis? —gritó de nuevo a la vez irritado y temeroso.

—¡Aquí! —dijo una voz, profunda y fría, que parecía salir del suelo—. ¡Estoy esperándote!

—¡No! —dijo Frodo, pero no echó a correr. Se le doblaron las rodillas y cayó por tierra. Nada ocurrió y no hubo ningún sonido. Alzó los ojos, temblando, a tiempo para ver una figura alta y oscura como una sombra que se recortaba contra las estrellas. La sombra se inclinó. Frodo creyó ver dos ojos fríos, aunque iluminados por una luz débil que parecía venir de muy lejos. En seguida sintió el apretón de una garra más fuerte y fría que el acero. El contacto glacial le heló los huesos, y ya no supo más.

Cuando recobró el conocimiento, lo único que podía recordar era un sentimiento de pavor. De pronto entendió que estaba encerrado, preso sin remedio en el interior de un túmulo. Había caído en las garras de un Tumulario, y sin duda ya estaba sometido a los terribles encantamientos de los Tumularios de los que hablaban las leyendas. No se atrevió a moverse y se quedó como estaba, tendido de espaldas en una piedra fría con las manos sobre el pecho.

Aunque su miedo era tan enorme que parecía confundirse con las tinieblas mismas que lo rodeaban, descubrió así tendido que estaba pensando en Bilbo Bolsón y sus historias, en los paseos que habían hecho juntos por los prados de la Comarca, charlando de caminos y de aventuras. Hay una semilla de coraje oculta (a menudo profundamente, es cierto) en el corazón del más gordo y tímido de los hobbits, esperando a que algún peligro desesperado y último la haga germinar. Frodo no era ni muy gordo ni muy tímido; en verdad, aunque él no lo sabía, Bilbo (y Gandalf) habían opinado que era el mejor hobbit de toda la Comarca. Pensaba haber llegado al fin de su aventura, a un fin terrible, pero este pensamiento lo fortaleció. Sintió que se endurecía, como para un salto final; ya no era más una presa flácida y desvalida.

Tendido allí, pensando y recobrándose, advirtió en seguida que las tinieblas cedían lentamente: una clara luz verdosa crecía alrededor. No le mostró al principio en qué clase de sitio se encontraba, pues era como si la luz saliera del cuerpo y viniera del suelo, y no había alcanzado aún el techo y las paredes. Se volvió, y allí acostados junto a él, a la luz fría, vio a Sam, Pippin y Merry. Estaban de espaldas, vestidos de blanco, y las caras tenían una palidez mortal. Alrededor había muchos tesoros, de oro quizá, aunque en aquella luz parecían fríos y poco atractivos. Llevaban diademas en la cabeza, cadenas de oro alrededor de la cintura, y muchos anillos en los dedos. Había espadas junto a ellos, y escudos a sus pies. Pero sobre los tres cuellos se veía una larga espada desnuda.

De pronto comenzó un canto: un murmullo frío, que subía y bajaba. La voz parecía distante e inconmensurablemente triste; a veces era tenue y flotaba en el aire; a veces venía del suelo como un gemido sordo. En la corriente informe de lastimosos pero horribles sonidos, de cuando en cuando tomaban forma algunas ristras de palabras: penosas, duras, frías, crueles, desdichadas palabras. La noche se quejaba de la mañana que le habían quitado, y el frío maldecía el deseado calor. Frodo estaba helado hasta la médula. Al cabo de un rato el canto se hizo más claro, y con espanto en el corazón Frodo advirtió que era ahora un encantamiento:

> *Que se te enfríen las manos, el corazón y los huesos,*
> *que se te enfríe el sueño bajo la piedra:*
> *que no despiertes nunca en el lecho de piedra,*
> *hasta que el Sol se apague y la Luna muera.*
> *En el oscuro viento morirán las estrellas,*
> *y que en el oro todavía descanses*
> *hasta que el señor oscuro alce la mano*
> *sobre el océano muerto y la tierra reseca.*

Frodo oyó detrás de su cabeza un rasguño y un crujido. Incorporándose sobre un brazo se volvió y vio a la luz pálida que estaban en una especie de pasaje, que detrás de ellos se doblaba en un codo. Allí un brazo largo caminaba a tientas apoyándose en los dedos y venía hacia Sam, que estaba más cerca, y hacia la empuñadura de la espada puesta sobre él.

Al principio Frodo tuvo la impresión de que el encantamiento lo había transformado de veras en piedra. En seguida sintió un deseo furioso de escapar. Se preguntó hasta qué punto, si se ponía el Anillo, el Tumulario dejaría de verlo, y si encontraría entonces un modo de escapar. Se vio a sí mismo corriendo por la hierba, lamentándose por Merry y Sam y Pippin, pero libre y con vida. Gandalf mismo admitiría que no había otra cosa que hacer.

Pero el coraje que había despertado en él era ahora demasiado fuerte: no podía abandonar a sus amigos con tanta facilidad. Titubeó, la mano tanteando el bolsillo, y en seguida luchó de nuevo consigo mismo, mientras el brazo continuaba avanzando. De pronto ya no dudó, y echando mano a una espada corta que había junto a él, se arrodilló inclinándose sobre los cuerpos de sus compañeros. Alzó la espada y la descargó con fuerza sobre el brazo, cerca de la muñeca; la mano se desprendió, pero el arma voló en pedazos hasta la empuñadura. Hubo un grito penetrante y la luz se apagó. Un gruñido resonó en la oscuridad.

Frodo cayó hacia delante, sobre Merry, y la cara de Merry estaba fría. Luego recordó; lo había olvidado desde la primera aparición de la niebla, pero ahora recordaba de nuevo: la casa al pie de la colina, y el canto de Tom. Recordó los versos que Tom les había enseñado. Con una vocecita desesperada se puso a cantar: —¡Oh, Tom Bombadil!—y al pronunciar el nombre la voz se le hizo más fuerte, y se alzó animada y plena, y en el recinto oscuro se oyó como un eco de trompetas y tambores.

¡Oh, Tom Bombadil, Tom Bombadilló!
Por el agua y el bosque y la colina, las cañas y el sauce,
por el fuego y el sol y la luna, ¡escucha ahora y óyenos!
¡Ven, Tom Bombadil, pues nuestro apuro está muy cerca!

Hubo un repentino y profundo silencio, y Frodo alcanzó a oír los latidos de su propio corazón. Al cabo de un rato largo y lento, le llegó claramente, pero de muy lejos, como a través de la tierra o unas gruesas paredes, una voz que respondía cantando:

El viejo Tom Bombadil es un sujeto sencillo,
de chaqueta azul brillante y zapatos amarillos.
Nadie lo ha atrapado nunca, Tom Bombadil es el amo:
sus canciones son más fuertes, y sus pasos son más rápidos.

Se oyó un ruido atronador, como de piedras que caen rodando, y de pronto la luz entró a raudales, luz verdadera, la pura luz del día. Una abertura baja parecida a una puerta apareció en el extremo de la cámara, más allá de los pies de Frodo; y allí estaba la cabeza de Tom (con sombrero, pluma y el resto), recortada en la luz roja del sol que se alzaba detrás. La luz inundó el piso y las caras de los tres hobbits acostados junto a Frodo.

No se movían aún, pero habían perdido aquel tinte enfermizo. Ahora sólo parecía que estuvieran sumidos en un sueño profundo.

Tom se agachó, se sacó el sombrero, y entró en el recinto oscuro cantando:

¡Fuera, viejo Tumulario! ¡Desaparece a la luz!
¡Encógete como la niebla fría, llora como el viento
en las tierras estériles, más allá de los montes!
¡No regreses aquí! ¡Deja vacío el túmulo!
Perdido y olvidado, más sombrío que la sombra,
quédate donde las puertas están cerradas para siempre,
hasta los tiempos de un mundo mejor.

A estas palabras respondió un grito y una parte del extremo de la cámara se derrumbó con estrépito. Luego se oyó un largo chillido arrastrado que se perdió en una distancia inimaginable, y en seguida silencio.

—¡Ven, amigo Frodo! —dijo Tom—. ¡Salgamos a la hierba limpia! Ayúdame a transportarlos.

Juntos llevaron fuera a Merry, Pippin y Sam. Frodo dejaba el túmulo por última vez cuando creyó ver una mano cortada que se retorcía aún como una araña herida sobre un montón de tierra. Tom entró de nuevo, y se oyeron muchos pisoteos y golpes sordos. Cuando salió traía en los brazos una carga de tesoros: objetos de oro, plata, cobre y bronce, y numerosas perlas y cadenas y ornamentos enjoyados. Trepó al túmulo verde y dejó todo arriba a la luz del sol.

Allí se quedó de pie, inmóvil, con el sombrero en la mano y los cabellos al viento, mirando a los tres hobbits que habían sido depositados de espaldas sobre la hierba, en el lado oeste del montículo. Alzando al fin la mano derecha dijo en una voz clara y perentoria:

> *¡Despertad ahora, mis felices muchachos! ¡Despertad*
> * y oíd mi llamada!*
> *¡Que el calor de la vida vuelva a los corazones y a los*
> * miembros!*
> *La puerta oscura no se cierra; la mano muerta se ha*
> * quebrado.*
> *La noche huyó bajo la Noche, ¡y el Portal está abierto!*

Para gran alegría de Frodo, los hobbits se movieron, extendieron los brazos, se frotaron los ojos y se levantaron de un salto. Miraron alrededor asombrados; primero a Frodo, y luego a Tom, de pie sobre el túmulo, por encima de ellos, y al fin se miraron a sí mismos, vestidos con tenues andrajos blancos, coronas y cinturones de oro pálido y adornos tintineantes.

—¿Qué es esto, por todos los misterios? —comenzó Merry sintiendo la diadema dorada que le había caído sobre un ojo. En seguida se detuvo, y una sombra le cruzó la cara, y cerró los ojos—. ¡Claro, ya recuerdo! —dijo—. Los hombres de Carn Dûm cayeron sobre nosotros de noche, y nos derrotaron. ¡Ah, esa espada en el corazón! —Se llevó las manos al pecho.— ¡No! ¡No! —dijo, abriendo los ojos—. ¿Qué digo? He estado soñando. ¿De dónde vienes, Frodo?

—Me creí perdido —dijo Frodo—, pero no quiero hablar de eso. ¡Pensemos en lo que haremos ahora! ¡En marcha otra vez!

—¿Vestido así, señor? —dijo Sam—. ¿Dónde están mis ropas?

Tiró la diadema, el cinturón y los anillos al pasto, y miró impaciente alrededor, como si esperara encontrar el manto, la chaqueta, los pantalones y las otras ropas hobbits, allí cerca, al alcance de la mano.

—No encontraréis vuestras ropas —dijo Tom bajando de un salto desde el montículo, y riendo y bailando alrededor a la luz del sol. Uno hubiera pensado que nada horrible ni peligroso había ocurrido, y en verdad el horror se les borró del corazón tan pronto como miraron a Tom y le vieron los ojos que centelleaban, felices.

—¿Qué queréis decir? —preguntó Pippin mirándolo, entre perplejo y divertido—. ¿Por qué no?

Pero Tom meneó la cabeza diciendo: —Habéis vuelto a encontraros a vosotros mismos, saliendo de las aguas profundas. Las ropas son una pequeña pérdida, cuando uno se salva de morir ahogado. ¡Alegraos, mis alegres amigos, y dejad que la luz del sol os caliente el corazón y los miembros! ¡Libraos de esos andrajos fríos! ¡Corred desnudos por el pasto, mientras Tom va de caza!

Bajó a saltos la pendiente de la loma, silbando y llamando. Frodo lo siguió con la mirada y lo vio correr hacia el sur a lo largo de la verde hondonada que los separaba de la loma siguiente, silbando siempre y gritando:

¡Eh, ahora! ¡Ven, ahora! ¿Por dónde vas ahora?
¿Arriba, abajo, cerca, lejos, aquí, allí, o más allá?
¡Oreja-Fina, Nariz-Aguda, Cola-Viva y Rocino,
mi amigo Medias-Blancas, mi Gordo Terronillo!

Así cantaba, corriendo, echando el sombrero al aire y recogiéndolo otra vez, hasta que desapareció detrás de una elevación del terreno; pero durante un tiempo los *¡eh, ahora!*, *¡ven, ahora!*, les llegaron traídos por el viento, que soplaba del sur.

El aire era de nuevo muy caliente. Los hobbits corrieron un rato por la hierba, como Tom les había dicho. Luego se tendieron al sol con el deleite de quienes han pasado de pronto de un crudo invierno a un clima agradable, o de las gentes que luego de haber guardado cama mucho tiempo, despiertan una mañana descubriendo que se sienten inesperadamente bien, y que el día está otra vez colmado de promesas.

Cuando Tom regresó se sentían ya fuertes (y hambrientos). Tom reapareció, y lo primero que se vio fue el sombrero, sobre la cresta de la colina, y detrás de él, y en fila obediente, *seis* poneys: los cinco de ellos y uno más. El último, obviamente, era el viejo Gordo Terronillo: más grande, fuerte, gordo (y viejo) que los poneys de los hobbits. Merry, a quien pertenecían los otros, no les había dado en verdad tales nombres, pero desde entonces respondieron siempre a los nombres que Tom les había asignado. Tom los llamó uno por uno, y los poneys treparon la cuesta y esperaron en fila. Luego Tom se inclinó ante los hobbits.

—¡Aquí están vuestros poneys! —dijo—. Tienen más sentido (de algún modo) que vosotros mismos, hobbits vagabundos; más sentido del olfato. Pues husmean de lejos el peligro en que vosotros os metéis directamente; y si corren para salvarse, corren en la dirección correcta. Tenéis que perdonarlos, pues aunque fieles de corazón, no están hechos para afrontar el terror de los Tumularios. ¡Mirad, aquí están de nuevo, la carga completa!

Merry, Sam y Pippin se vistieron con ropas de repuesto, que sacaron de los paquetes; y pronto sintieron demasiado calor, pues tuvieron que ponerse las cosas más gruesas y abrigadas, que habían traído para protegerse del invierno próximo.

—¿De dónde viene ese otro viejo animal, ese Gordo Terronillo? —preguntó Frodo.

—Es mío —dijo Tom—. Mi amigo cuadrúpedo; aunque lo monto poco, y anda libre por las lomas, y a veces se va lejos. Cuando vuestros poneys estaban en mi casa, conocieron allí a mi Terronillo; lo olfatearon en la noche, y corrieron rápidos a buscarlo. Pensé que él los buscaría, y que les sacaría todo el miedo, con palabras sabias. Pero ahora, mi bravo Terronillo, el viejo Tom va a montarte. ¡Eh! Irá con vosotros sólo para poneros en camino, y necesita un poney. Pues no es fácil hablar con hobbits que van cabalgando, cuando uno tiene que trotar a pie junto a ellos.

Los hobbits se sintieron muy contentos oyendo esto, y le dieron las gracias a Tom muchas veces, pero él se rió, y dijo que ellos tenían tanta habilidad para perderse que no se sentiría feliz hasta que los viera a salvo más allá de los límites de su dominio.

—Tengo muchas cosas que hacer —les dijo—. Mis empresas y mis cantos, mis discursos y mis caminatas, y la vigilancia de mis territorios. Tom no puede estar siempre cerca para abrir puertas y hendiduras de sauces. Tom tiene que cuidar la casa, y Baya de Oro espera.

Era todavía bastante temprano, entre las nueve y las diez de la mañana, y los hobbits empezaron a pensar en la comida. La última vez que habían probado alimento había sido el almuerzo del día anterior, junto a la piedra erecta. Desayunaron ahora el resto de las provisiones de Tom, destinadas a la cena, con agregados que Tom había traído consigo. No fue una comida abundante (considerando los hábitos de los hobbits y las circunstancias), pero se sintieron mucho mejor. Mientras comían, Tom subió al montículo y examinó los tesoros. Dispuso la mayor parte en una pila que brillaba y relumbraba sobre la hierba. Les pidió que los dejaran allí, «para cualquiera que los encontrara, pájaros, bestias, Elfos y Hombres, y todas las criaturas bondadosas»; pues así se rompería y deshacería el maleficio del túmulo, y ningún Tumulario volvería a ese sitio. Eligió para sí mismo un broche adornado con piedras azules de muchos reflejos, como flores de lino o alas de mariposas azules. Lo miró largamente, meneando la cabeza, como si le recordase algo, y por último dijo:

—¡He aquí un hermoso juguete para Tom y su dama! Hermosa era quien lo llevó en el hombro, mucho tiempo atrás. Baya de Oro lo llevará ahora, ¡y no olvidaremos a la otra!

Para cada uno de los hobbits eligió una daga, larga y afilada como una brizna de hierba, de maravillosa orfebrería, tallada con figuras de serpientes doradas y rojas. Las dagas centellearon cuando las sacó de las vainas negras, de algún raro metal fuerte y liviano, y con incrustaciones de piedras refulgentes. Ya fuese por alguna virtud de estas vainas o por el hechizo que pesaba en el túmulo, parecía que las hojas no hubiesen sido tocadas por el tiempo; sin manchas de herrumbre, afiladas, brillantes al sol.

—Los viejos puñales son bastante largos para los hobbits, y pueden llevarlos como espadas —dijo Tom—. Las hojas afiladas son convenientes si la gente de la Comarca camina hacia el este, el sur o lejos en la oscuridad y el peligro.

Luego les dijo que estas hojas habían sido forjadas mucho tiempo atrás por los Hombres de Oesternesse; eran enemigos del Señor Oscuro, pero habían sido vencidos por el malvado rey de Carn Dûm en la Tierra de Angmar.

—Muy pocos lo recuerdan —murmuró Tom—, pero algunos andan todavía por el mundo, hijos de reyes olvidados que marchan en soledad, protegiendo del mal a los incautos.

Los hobbits no entendieron estas palabras, pero mientras Tom hablaba tuvieron una visión, una vasta extensión de años que había quedado atrás, como una inmensa llanura sombría cruzada a grandes trancos por formas de Hombres, altos y torvos, armados con espadas brillantes; y el último llevaba una estrella en la frente. Luego la visión se desvaneció y se encontraron de nuevo en el mundo soleado. Era hora de reiniciar la marcha. Se prepararon, empaquetando y cargando los poneys. Colgaron las nuevas armas de los cinturones de cuero bajo las chaquetas, encontrándolas muy incómodas, y preguntándose si servirían de algo. Ninguno de ellos había considerado hasta entonces la posibilidad de un combate, entre las aventuras que les estaban destinadas en esta huida.

Partieron al fin. Llevaron los poneys loma abajo, y pronto montaron y trotaron rápidamente a lo largo del valle. Dándose vuelta, vieron la cima del viejo túmulo sobre la loma, y el reflejo del sol en el oro se alzaba como una llama amarilla. Luego bordearon un saliente de las Quebradas, y ya no vieron más la loma.

Aunque Frodo miraba a un lado y a otro no vio en ninguna parte aquellas grandes piedras que se levantaban como una puerta, y poco tiempo después llegaban a la abertura del norte y la franqueaban rápidamente. El terreno descendía ahora. Era un buen viaje, con Tom Bombadil que trotaba alegremente al lado, o delante, montado en Gordo Terronillo, capaz de moverse con una rapidez que no se hubiera esperado de él, dado su volumen. Tom cantaba la mayor parte del tiempo, pero sobre todo cosas que no tenían sentido, o quizá en una lengua extranjera que los hobbits no conocían, una lengua antigua con palabras que eran casi todas de alegría y maravilla.

Avanzaban a paso firme, pero pronto advirtieron que el Camino estaba más lejos de lo que habían imaginado. Aun sin niebla, la siesta del mediodía les hubiera impedido llegar allí antes de la caída de la noche, el día anterior. La línea oscura que habían visto no era una línea de árboles, sino una línea de matorrales que crecían al borde de una fosa profunda con una pared escarpada del otro lado. Tom comentó que había sido la frontera de un reino, pero en tiempos muy lejanos. Pareció que le recordaba algo triste, y no dijo mucho.

Bajaron a la fosa y subieron trabajosamente pasando por una abertura en la pared, y luego Tom se volvió hacia el norte, pues habían estado desviándose un poço hacia el oeste. El terreno era abierto y bastante llano, y apresuraron la marcha, aunque el sol ya estaba poniéndose cuando vieron delante una línea de árboles, y supieron que habían llegado de vuelta al Camino, luego de muchas inesperadas aventuras. Recorrieron al galope las últimas millas y se detuvieron a la sombra alargada de los árboles. Estaban en la cima de una pendiente, y el Camino, ahora borroso a la luz del atardecer, se alejaba zigzagueando allá abajo; corría casi del sudoeste al nordeste, y a la derecha caía abruptamente hacia una ancha hondonada. Lo atravesaban numerosos surcos, y aquí y allá había rastros de los últimos chaparrones: charcos y hoyos de agua.

Descendieron por la pendiente mirando arriba y abajo. No había nada que ver.

—¡Bueno, aquí estamos de vuelta al fin! —dijo Frodo—. ¡El atajo por el Bosque nos demoró quizá dos días! Pero este retraso puede sernos útil. Quizá nos perdieron el rastro.

Los otros lo miraron. La sombra del miedo a los Jinetes Negros los alcanzó de pronto otra vez. Desde que entraran en el Bosque casi no habían pensado otra cosa que en volver al Camino; sólo ahora que ya estaban en él, recordaban de nuevo el peligro que los perseguía, y que muy probablemente estaría esperándolos en el Camino mismo. Se volvieron inquietos hacia el sol poniente; el Camino era pardo, y estaba desierto.

—¿Creéis —preguntó Pippin con una voz titubeante—, creéis que nos perseguirán en seguida, esta misma noche?

—No, no esta noche, espero —le respondió Tom Bombadil—, ni quizá mañana. Pero no confíes en mi presentimiento, pues no podría afirmarlo. De lo que se extiende al este nada sé. Tom no es señor de los Jinetes de la Tierra Tenebrosa, más allá de los lindes de este país.

Los hobbits, de todos modos, hubieran querido que Tom los acompañara. Tenían la impresión de que nadie como él hubiese podido enfrentarse a los Jinetes Negros. Pronto iban a internarse en tierras que les eran totalmente extrañas, y más allá de todo lo conocido excepto en leyendas vagas y distantes; y en la tarde que caía tuvieron nostalgia del hogar. Una profunda soledad y un sentimiento de pérdida los invadió a todos. Se quedaron allí de pie, en silencio, resistiéndose a la separación final, y sólo lentamente fueron dándose cuenta de que Tom estaba despidiéndose, diciéndoles que no perdieran el ánimo y que cabalgaran sin detenerse hasta bien entrada la noche.

—Los consejos de Tom os serán útiles hasta que el día termine. Luego tendréis que fiaros de vuestra propia buena suerte. A cuatro millas del Camino encontraréis una aldea: Bree, al pie de la colina de Bree, cuyas puertas miran al oeste. Allí encontraréis una vieja posada, *El Poney Pisador;* Cebadilla Mantecona es el afortunado propietario. Podréis pasar allí la noche, y luego la mañana os pondrá otra vez en camino. ¡Valor, pero cuidado! ¡Ánimo en los corazones, y no dejéis escapar la buena fortuna!

Los hobbits le rogaron que los acompañase al menos hasta la posada y que bebiera con ellos una vez más, pero Tom se rió y rehusó diciendo:

Las tierras de Tom terminan aquí; no traspasará las fronteras.
Tiene que ocuparse de su casa, ¡y Baya de Oro está esperando!

Luego se volvió, arrojó al aire el sombrero, saltó sobre el lomo de Terronillo, y se fue barranco arriba cantando en el crepúsculo.

Los hobbits treparon detrás y lo observaron hasta que se perdió de vista.

—Lamento tener que dejar al señor Bombadil —dijo Sam—. Curioso ejemplar, y no me equivoco. Digo que andaremos mucho todavía y no encontraremos nada mejor, ni más raro. Pero no niego que me gustará ver ese *Poney Pisador* de que habló. ¡Espero que se parezca a *El Dragón Verde* de nuestra tierra! ¿Qué clase de gente vive en Bree?

—Hay hobbits en Bree —dijo Merry—, y también Gente Grande. Me atrevo a decir que estaremos casi como en casa. *El Poney* es una buena posada, desde todo punto de vista. Los míos van allí de cuando en cuando.

—Puede ser todo lo que deseamos —dijo Frodo—, pero de cualquier modo está fuera de la Comarca. ¡No os sintáis demasiado en casa! Recordad por favor, todos vosotros, que el nombre de Bolsón no ha de mencionarse. Si es necesario nombrarme, soy el señor Sotomonte.

Montaron los poneys y fueron en silencio hacia la noche. La oscuridad cayó rápidamente mientras subían y bajaban las lomas, hasta que al fin vieron luces que resplandecían a lo lejos.

Delante, cerrándoles el paso, se levantó la colina de Bree, una masa oscura contra las estrellas neblinosas; bajo el flanco oeste anidaba una aldea grande. Fueron hacia allí de prisa, sólo deseando encontrar un fuego, y una puerta que los separara de la noche.

9

BAJO LA ENSEÑA DE «EL PONEY PISADOR»

Bree era la villa principal de las tierras de Bree, pequeña región habitada, semejante a una isla en medio de las tierras desiertas de alrededor. Las otras poblaciones eran Entibo, junto a Bree, del otro lado de la loma; Combe, en un valle profundo un poco más al este, y Archet, en los límites del Bosque de Chet. Alrededor de la loma de Bree y de las villas había una pequeña región de campos y bosques cultivados, de unas pocas millas de extensión.

Los Hombres de Bree eran de cabellos castaños, morrudos y no muy altos, alegres e independientes; no servían a nadie, aunque se mostraban amables y hospitalarios con los Hobbits, Enanos, Elfos y otros habitantes del mundo próximo, lo que no era (o es) habitual en la Gente Grande. De acuerdo con sus propias leyendas, descendían de los primeros Hombres que se habían aventurado a alejarse hacia el oeste de la Tierra Media y eran los habitantes originales del lugar. Pocos habían sobrevivido a los conflictos de los Días Antiguos, pero cuando los Reyes volvieron cruzando de nuevo el Gran Mar, encontraron a los Hombres de Bree todavía allí, donde continúan estando ahora, cuando el recuerdo de los viejos Reyes ya se ha borrado en la hierba.

En aquellos días ningún otro Hombre se había afincado tan al oeste, ni a menos de cien leguas de la Comarca; pero en las tierras salvajes más allá de Bree había nómadas misteriosos. La gente de Bree los llamaba los Montaraces, y no sabía de dónde venían. Eran más altos y morenos que los Hombres de Bree y se los creía dotados de raros poderes, capaces de ver y oír cosas que nadie veía ni oía, y de entender el lenguaje de las bestias y los pájaros. Iban de un lado a otro hacia el sur y el este, casi hasta las Montañas Nubladas, pero ahora eran pocos y rara vez se los veía. Cuando aparecían traían noticias de muy lejos y contaban extrañas historias olvidadas que eran escuchadas con mucho interés; pero las gentes de Bree no hacían buenas migas con ellos.

Había también numerosas familias de hobbits en el país de Bree, y pretendían ser el grupo de hobbits más antiguo del mundo, establecidos allí mucho antes del cruce del Brandivino y la colonización de la Comarca. La mayoría vivía en Entibo, aunque había algunos en Bree, especialmente en las laderas más altas de la colina, por encima de las casas de los Hombres. La Gente Grande y la Gente Pequeña (como se llamaban unos a otros) estaban en buenas relaciones, ocupándose de sus propios asuntos y cada uno a su manera, pero considerándose todos parte necesaria de la población de Bree. En ninguna otra parte del mundo hubiera podido encontrarse este arreglo peculiar (aunque excelente).

La gente de Bree, Grande y Pequeña, no viajaba mucho, y no había para ellos nada de mayor importancia que los asuntos de las cuatro villas. De cuando en cuando los hobbits de Bree iban hasta Los Gamos o la Cuaderna del Este, pero aunque esta pequeña región no estaba a más de una jornada a caballo desde el Puente del Brandivino, los hobbits de la Comarca la visitaban poco ahora. Algún habitante de Los Gamos o algún intrépido Tuk venía en ocasiones a pasar una noche o dos en la posada, pero aun esto era cada vez más raro. Los hobbits de la comarca llamaban a los de Bree y a todos los que vivían más allá de las fronteras Gentes del Exterior, y se interesaban poco en ellos, considerándolos rústicos y bárbaros. En esa época y al oeste del Mundo había probablemente muchas Gentes del Exterior que los hobbits de la Comarca no conocían. Algunos, sin duda, no eran sino vagabundos, siempre dispuestos a cavar un agujero en cualquier barranco, y quedarse allí mientras se sintieran cómodos. Pero en las tierras de Bree, al menos, los hobbits eran decentes y prósperos, y no más rústicos que la mayoría de los parientes lejanos del Interior. No se había olvidado aún que en otro tiempo las idas y venidas entre la Comarca y Bree habían sido cosa frecuente. Era opinión común que había sangre de Bree en los Brandigamo.

La aldea de Bree comprendía un centenar de casas de piedra de Gente Grande, la mayoría sobre el Camino en el flanco de la loma, con ventanas que daban al oeste. En este lado, describiendo algo más de medio círculo, desde la loma y de vuelta, había un foso profundo con un seto espeso sobre la pared interior. El Camino franqueaba el seto por medio de una calzada, pero en el lugar donde atravesaba el seto una puerta de trancas cerraba el paso. Había otra en el extremo sur, donde el Camino dejaba la villa. Las puertas se cerraban a la caída de la noche, pero en el lado de dentro había unos refugios pequeños para los guardianes.

Junto al Camino, donde doblaba a la derecha bordeando la colina, se levantaba una posada grande. Había sido construida en tiempos remotos cuando el tránsito en los caminos era mucho mayor. Pues Bree estaba situada en una vieja encrucijada; otro antiguo camino cruzaba el Camino del Este junto al foso, en el extremo oeste de la villa, y muchos Hombres y gentes de distintas clases habían pasado por allí en tiempos lejanos. *Extraño como noticias de Bree* era todavía una expresión corriente en la Cuaderna del Este, y se remontaba a la época en que noticias del Norte, del Sur y del Este podían oírse aún en la posada, donde los hobbits de la Comarca iban más a menudo a oírlas. Pero las Tierras del Norte estaban desiertas desde hacía mucho tiempo, y el Camino del Norte se usaba poco ahora; estaba cubierto de hierba y la gente de Bree lo llamaba el Camino Verde.

La posada de Bree estaba todavía allí, sin embargo, y el posadero era una persona importante. La casa era lugar de reunión para los habitantes ociosos, charlatanes y curiosos, grandes y pequeños, de las cuatro aldeas, y un refugio para los Montaraces y otros trotamundos, y para aquellos viajeros (en su mayoría enanos) que tomaban todavía el Camino del Este para ir y volver de las Montañas.

La noche había caído y unas estrellas blancas brillaban en el cielo cuando Frodo y sus compañeros llegaron al fin al cruce del Camino Verde, ya cerca de la aldea. Avanzaron hacia la Puerta del Este y la encontraron cerrada, pero un hombre estaba sentado frente a la casita, al otro lado de la cerca. El hombre se incorporó de un salto, alcanzó una linterna, y los miró por encima de la puerta de trancas, sorprendido.

—¿Qué quieren, y de dónde vienen? —preguntó con tono áspero.

—Buscamos la posada —respondió Frodo—. Vamos hacia el este y no podemos ir más lejos esta noche.

—¡Hobbits! ¡Cuatro hobbits! Y lo que es más, de la Comarca, según parece por el acento —dijo el guardián a media voz y como hablándose a sí mismo.

Los examinó un momento con aire sombrío, y luego abrió lentamente la puerta y los dejó entrar.

—No vemos a menudo gente de la Comarca cabalgando por el Camino de noche —prosiguió diciendo mientras los hobbits hacían un alto junto a la empalizada—. ¿Me excusarán si les pregunto qué los lleva al este de Bree? ¿Cómo se llaman, si me permiten?

—Nuestros nombres y asuntos son cosa nuestra, y éste no parece un buen lugar para discutirlo —dijo Frodo a quien no le gustaba el aspecto del hombre ni el tono de su voz.

—De acuerdo —dijo el hombre—, pero mi obligación es preguntar, después de la caída de la noche.

—Somos hobbits de Los Gamos. Nos gusta viajar y queremos descansar en la posada de aquí —dijo Merry—. Soy el señor Brandigamo. ¿Le basta eso? En otro tiempo la gente de Bree trataba cortésmente a los viajeros, o así he oído.

—¡Muy bien! ¡Muy bien! —dijo el hombre—. No quise ofenderlos. Pronto sabrán quizá que no sólo el viejo Harry de la puerta es quien hace preguntas. Hay gente rara por aquí. Si van al *Poney* descubrirán que no son los únicos huéspedes.

Les deseó buenas noches y no dijo más; pero Frodo alcanzó a ver a la luz de la linterna que el hombre no dejaba de mirarlos. Le alegró oír el golpe de la puerta que se cerraba detrás de ellos, mientras avanzaban. Se preguntó por qué el hombre parecía tan suspicaz, y si alguien no habría estado pidiendo noticias de un grupo de hobbits. ¿Gandalf? Tenía tiempo de haber llegado, mientras ellos se demoraban en el Bosque y las Quebradas. Pero había habido algo en la mirada y la voz del guardián que lo había inquietado.

El hombre se quedó observando a los hobbits un momento, y luego entró en la casa. Tan pronto como volvió la espalda, una figura oscura saltó rápidamente la empalizada y se perdió en las sombras de la calle.

Los hobbits subieron por una pendiente suave, dejaron atrás unas pocas casas dispersas, y se detuvieron a las puertas de la posada. Las casas les parecían grandes y extrañas. Sam miró asombrado los tres pisos y las numerosas ventanas del albergue, y sintió un desmayo en el corazón. Había imaginado que se las vería con gigantes más altos que árboles y otras criaturas todavía más terribles en algún momento del viaje, pero descubría ahora que este primer encuentro con los Hombres y las casas de los Hombres le bastaba como prueba, y en verdad era demasiado como término oscuro de una jornada fatigosa. Imaginó caballos negros que esperaban ensillados en las sombras del patio de la posada, y Jinetes Negros que espiaban desde las tenebrosas ventanas de arriba.

—No pasaremos aquí la noche, seguro, ¿no, señor? —exclamó—. Si hay gente hobbit por aquí, ¿por qué no buscamos a alguno que quiera recibirnos? Sería algo más hogareño.

—¿Qué tiene de malo la posada? —dijo Frodo—. Nos la recomendó Tom Bombadil. Quizá el interior sea bastante hogareño.

Aun desde fuera la casa tenía un aspecto agradable, para ojos familiarizados con estos edificios. La fachada miraba al camino, y las dos alas iban hacia atrás apoyándose en parte en tierras socavadas en la falda de la loma, de modo que las ventanas del segundo piso de atrás se encontraban al nivel del suelo. Una amplia arcada conducía a un patio entre las dos alas, y bajo esa arcada a la izquierda había una puerta grande sobre unos pocos y anchos escalones. La puerta estaba abierta, y derramaba luz. Sobre la arcada había un farol, y debajo se balanceaba un tablero con una figura: un poney blanco encabritado. Encima de la puerta se leía en letras blancas: EL PONEY PISADOR DE CEBADILLA MANTECONA. En las ventanas más bajas se veía luz detrás de espesas cortinas.

Mientras titubeaban allí en la oscuridad, alguien comenzó a entonar dentro una alegre canción, y unas voces entusiastas se alzaron en coro. Los hobbits prestaron atención un momento a este sonido alentador, y desmontaron. La canción terminó y hubo una explosión de aplausos y risas.

Llevaron los poneys bajo la arcada, los dejaron en el patio, y subieron los escalones. Frodo abría la marcha y casi se llevó por delante a un hombre bajo, gordo, calvo y de cara roja. Tenía puesto un delantal blanco, e iba de una puerta a otra llevando una bandeja de jarras llenas hasta el borde.

—Podríamos... —comenzó Frodo.

—¡Medio minuto, por favor! —gritó el hombre volviendo la cabeza, y desapareció en una babel de voces y nubes de humo. Un momento después estaba de vuelta, secándose las manos en el delantal.

—¡Buenos días, pequeño señor! —dijo saludando con una reverencia—. ¿En qué podría servirlo?

—Necesitamos cama para cuatro y albergue para cinco poneys, si es posible. ¿Es usted el señor Mantecona?

—¡Sí, señor! Cebadilla es mi nombre. ¡Cebadilla Mantecona para servirlos! ¿Vienen de la Comarca, eh? —dijo, y de pronto se palmeó la frente, como tratando de recordar—. ¡Hobbits! —exclamó—. ¿Qué me recuerda esto? ¿Pueden decirme cómo se llaman ustedes, señor?

—El señor Tuk y el señor Brandigamo —le respondió Frodo—, y éste es Sam Gamy. Mi nombre es Sotomonte.

—¡Ya recuerdo! —dijo Mantecona chasqueando los dedos—. No, se me fue otra vez. Pero volverá, cuando tenga un rato para pensarlo. No me alcanzan las manos, pero veré qué puedo hacer por ustedes. La gente de la Comarca no viene aquí muy a menudo, y lamentaría no poder atenderlos. Pero esta noche ya hay una multitud en la casa como no la ha habido desde tiempo atrás. Nunca llueve pero diluvia, como decimos en Bree. ¡Eh! ¡Nob! —gritó—. ¿Dónde estás, camastrón de pies lanudos? ¡Nob!

—¡Voy, señor! ¡Voy!

Un hobbit de cara risueña emergió de una puerta, y viendo a los viajeros se detuvo y se quedó mirándolos con mucho interés.

—¿Dónde está Bob? —preguntó el posadero—. ¿No lo sabes? ¡Bueno, búscalo! ¡Rápido! ¡No tengo seis piernas, ni tampoco seis ojos! Dile a Bob que hay cinco poneys para llevar al establo. Que les encuentre sitio.

Nob se alejó al trote, mostrando los dientes y guiñando los ojos.

—Bien, ¿qué iba a decirles? —dijo el señor Mantecona, golpeándose la frente con las puntas de los dedos—. Un clavo saca a otro, como se dice. Estoy tan ocupado esta noche que la cabeza me da vueltas. Hay un grupo que vino anoche del sur por el Camino Verde, y esto es ya bastante raro. Luego una tropa de enanos que va al Oeste y llegó esta tarde. Y ahora ustedes. Si no fueran hobbits dudo que pudiera alojarlos. Pero tenemos un cuarto o dos en el ala norte, que fueron hechos especialmente para hobbits, cuando se construyó la casa. En la planta baja, como prefieren ellos, con ventanas redondas y todo lo que les gusta. Creo que estarán ustedes cómodos. Querrán cenar, sin duda. Tan pronto como sea posible. ¡Por aquí ahora!

Los llevó un trecho a lo largo de un pasillo y abrió una puerta.

—He aquí una hermosa salita —dijo—. Espero que les convenga. Perdónenme ahora. Estoy tan ocupado. No me sobra tiempo ni para una charla. Tengo que irme. Estoy siempre corriendo de un lado a otro, pero no adelgazo. Los veré más tarde. Si necesitan algo, toquen la campanilla, y vendrá Nob. Si no viene, ¡toquen y griten!

El hombre se fue dejándolos casi sin aliento. Parecía capaz de derramar un torrente interminable de charla, por más ocupado que estuviera. Se encontraban a la sazón en un cuarto pequeño y agradable. Un fuego ardía en el hogar, y enfrente habían dispuesto unas sillas bajas y cómodas. Había también una mesa redonda cubierta con un mantel blanco, y encima una gran campanilla. Pero Nob, el sirviente hobbit, apareció antes que llamaran. Trajo velas y una bandeja colmada de platos.

—¿Desean algo para beber, señores? —preguntó—. ¿Quieren que les muestre los dormitorios mientras esperan la cena?

Se habían lavado ya y estaban rodeados de buenos jarros de cerveza cuando el señor Mantecona y Nob aparecieron de nuevo. En un abrir y cerrar de ojos tendieron la mesa. Había sopa caliente, carne fría, una tarta de moras, pan fresco, mantequilla, y medio queso bien estacionado: una buena comida sencilla, tan buena como cualquiera de la Comarca, y bastante familiar como para quitarle a Sam los últimos recelos (que la excelencia de la cerveza ya había aliviado bastante).

El posadero se entretuvo allí unos momentos, y al fin anunció que se iba.

—No sé si querrán unirse a nosotros después de la cena —dijo desde la puerta—. Quizá prefieran acostarse. De cualquier modo nos agradaría mucho que nos acompañaran, si tienen ganas. No recibimos a menudo a Gente del Exterior... perdón, viajeros de la Comarca, quiero decir; y nos gusta enterarnos de las últimas noticias, o quizá oír una historia o una canción, como prefieran. ¡Decidan ustedes! Cualquier cosa que necesiten, ¡toquen la campanilla!

Luego de la cena (que había durado tres cuartos de hora, sin la interrupción de palabras inútiles) Frodo, Pippin y Sam se sintieron tan frescos y animados que decidieron unirse a los otros huéspedes. Merry dijo que el aire del salón debía de ser sofocante.

—Me quedaré aquí un rato sentado junto al fuego, y luego quizá salga a tomar un poco de aire. Cuídense, y no olviden que hemos escapado en secreto y que aún estamos en camino ¡y no muy lejos de la Comarca!

—¡Bueno, bueno! —dijo Pippin—. ¡Cuídate tú también! ¡No te pierdas y no olvides que dentro estarás más seguro!

Los huéspedes estaban reunidos en el salón común de la posada. La concurrencia era numerosa y heterogénea, descubrió Frodo, cuando los ojos se le acostumbraron a la luz. Ésta procedía sobre todo de un llameante fuego de leña, pues los tres faroles que pendían de las vigas eran débiles, y estaban velados por el humo. Cebadilla Mantecona, de pie junto al fuego, hablaba con una pareja de enanos y con uno o dos hombres de extraño aspecto. En los bancos había gentes diversas: hombres de Bree, un grupo de hobbits locales sentados juntos, charlando, algunos enanos más, y otras figuras difíciles de distinguir en las sombras y rincones.

Tan pronto como los Hobbits de la Comarca entraron en el salón, se alzó un coro de voces: Bree les daba la bienvenida. Los extraños, especialmente los que habían venido por el Camino Verde, los miraron con curiosidad. El posadero presentó los recién llegados a la gente de Bree, tan rápidamente que aunque los hobbits entendían los nombres no estaban seguros de saber a quién pertenecía éste y a quién este otro. Todos los Hombres de Bree parecían tener nombres botánicos (y bastante raros para la gente de la Comarca), tales como Juncales, Madreselva, Matosos, Manzanero, Cardoso y Helechal (y Cebadilla Mantecona). Algunos hobbits tenían nombres similares. Los Artemisa, por ejemplo, parecían numerosos. Pero la mayoría llevaba nombres sacados de accidentes naturales como Bancos, Tejonera, Cuevas, Arenero y Tunelo, muchos de los cuales eran comunes en la Comarca. Había varios Sotomonte de Entibo, y como no alcanzaban a imaginar que compartiesen un nombre y no fuesen parientes, tomaron cariñosamente a Frodo por un primo perdido hacía tiempo.

Los hobbits de Bree eran en verdad amables y curiosos, y Frodo pronto se dio cuenta de que tendría que dar alguna explicación de lo que hacía. Dijo que le interesaban la geografía y la historia (y aquí hubo muchos cabeceos de asentimiento, aunque estas palabras no eran muy comunes en el dialecto de Bree). Declaró que pensaba escribir un libro (lo que provocó un asombro mudo) y que él y sus amigos deseaban informarse acerca de los hobbits que vivían fuera de la Comarca, sobre todo en las tierras del oeste.

Junto con este anuncio estalló un coro de voces. Si Frodo hubiese querido realmente escribir un libro, y hubiera tenido muchas orejas, habría reunido material para varios capítulos en unos pocos minutos. Y como si esto no fuera suficiente le dieron toda una lista de nombres, comenzando por «nuestro viejo Cebadilla», a quienes podía recurrir en busca de más información. Pero al cabo de un rato, como Frodo no diera ninguna señal de querer escribir un libro allí mismo y en seguida, los hobbits de Bree volvieron a hacer preguntas sobre lo que pasaba en la Comarca. Frodo no se mostró muy comunicativo. Y pronto se encontró solo, sentado en un rincón, escuchando y mirando alrededor.

Los Hombres y los Enanos hablaban sobre todo de acontecimientos distantes, y daban noticias de una especie que estaba haciéndose demasiado familiar. Había problemas allá en el Sur, y parecía que los Hombres que habían venido por el Camino Verde iban en busca de tierras donde pudieran encontrar un poco de paz. Las gentes de Bree los trataban con simpatía, pero no parecían muy dispuestos a recibir un gran número de extranjeros en aquellos reducidos territorios. Uno de los viajeros, bizco, poco agraciado, pronosticaba que en el futuro cercano más y más gente subiría al norte. —Si no les encuentran lugar, lo encontrarán ellos mismos. Tienen derecho a vivir, tanto como otros —dijo con voz fuerte. Los habitantes del lugar no parecían muy complacidos con esta perspectiva.

Los hobbits no prestaron mucha atención a todo esto, que por el momento no parecía concernir a la Comarca. Era difícil que la Gente Grande pretendiera alojarse en los agujeros de los hobbits. Estaban aquí más interesados en Sam y Pippin, que ahora se sentían muy cómodos, y charlaban animadamente sobre los acontecimientos de la Comarca. Pippin provocó una buena cantidad de carcajadas contando cómo se vino abajo el techo en la alcaldía de Cavada Grande. Will Pieblanco, el alcalde, y el más gordo de los hobbits en la Cuaderna del Oeste, había emergido envuelto en yeso, como un pastel enharinado. Pero se hicieron también muchas preguntas, que inquietaron a Frodo. Uno de los habitantes de Bree, que parecía haber estado varias veces en la Comarca, quiso saber dónde habitaban los Sotomonte, y con quién estaban emparentados.

De pronto Frodo notó que un hombre de rostro extraño, curtido por la intemperie, sentado a la sombra cerca de la pared, escuchaba también con atención la charla de los hobbits. Tenía un tazón delante de él, y fumaba una pipa de caño largo, curiosamente esculpida. Las piernas extendidas mostraban unas botas de cuero blando, que le calzaban bien, pero que habían sido muy usadas y estaban ahora cubiertas de barro. Un manto pesado, de color verde oliva, manchado por muchos viajes, le envolvía ajustadamente el cuerpo, y a pesar del calor que había en el cuarto llevaba una capucha que le ensombrecía la cara; sin embargo, se le alcanzaba a ver el brillo de los ojos, mientras observaba a los hobbits.

—¿Quién es? —susurró Frodo cuando tuvo cerca al señor Mantecona—. No recuerdo que usted nos haya presentado.

—¿Él? —respondió el posadero en voz baja, apuntando con un ojo y sin volver la cabeza—. No lo sé muy bien. Es uno de esos que van de un lado a otro. Montaraces, los llamamos. Habla raras veces, aunque sabe contar una buena historia cuando tiene ganas. Desaparece durante un mes, o un año, y se presenta aquí de nuevo. Se fue y vino muchas veces en la primavera pasada, pero no lo veía desde hace tiempo. El nombre verdadero nunca lo oí, pero por aquí se le conoce como Trancos. Anda siempre a grandes pasos, con esas largas zancas que tiene, aunque nadie sabe el porqué de tanta prisa. Pero no hay modo de entender a los del Este y tampoco a los del Oeste, como decimos en Bree, refiriéndonos a los Montaraces y a las gentes de la Comarca, con el perdón de usted. Raro que me lo haya preguntado.

Pero en ese momento alguien llamó pidiendo más cerveza, y el señor Mantecona se fue dejando en el aire su última frase.

Frodo notó que Trancos estaba ahora mirándolo, como si hubiera oído o adivinado todo lo que se había dicho. Casi en seguida, con un movimiento de la mano y un cabeceo, invitó a Frodo a que se sentara junto a él. Frodo se acercó y el hombre se sacó la capucha descubriendo una hirsuta cabellera oscura con mechones canosos, y un par de ojos grises y perspicaces en una cara pálida y severa.

—Me llaman Trancos —dijo con una voz grave—. Me complace conocerlo, señor... Sotomonte, si el viejo Mantecona ha oído bien el nombre de usted.

—Ha oído bien —dijo Frodo tiesamente.

No se sentía nada cómodo bajo la mirada de aquellos ojos penetrantes.

—Bien, señor Sotomonte —dijo Trancos—, si yo fuera usted, trataría de que esos jóvenes amigos no hablaran demasiado. La bebida, el fuego y los conocidos casuales son bastante agradables, pero, bueno... esto no es la Comarca. Hay gente rara por aquí. Aunque usted pensará que no soy yo quien tiene que decirlo —añadió con una sonrisa torcida, viendo la mirada que le echaba Frodo—. Y otros viajeros todavía más extraños han pasado últimamente por Bree —continuó observando la cara del hobbit.

Frodo le devolvió la mirada, pero no replicó, y Trancos calló también. Ahora parecía interesado en Pippin. Frodo, alarmado, se dio cuenta de que el ridículo joven Tuk, animado por el éxito que había tenido su historia sobre el alcalde de Cavada Grande, estaba dando una versión cómica de la fiesta de despedida de Bilbo. Imitaba ahora el Discurso, y se acercaba al momento de la asombrosa Desaparición.

Frodo se sintió fastidiado. Era sin duda una historia bastante inofensiva para la mayoría de los hobbits locales;

sólo una historia rara sobre gentes raras que vivían más allá del río; pero algunos (el viejo Mantecona, por ejemplo) no habían nacido ayer, y era probable que hubiesen oído algo tiempo atrás acerca de la desaparición de Bilbo. Esto les traería a la memoria el nombre de Bolsón, principalmente si se había preguntado por este nombre en Bree.

Frodo se movió en el asiento, sin saber qué hacer. Pippin disfrutaba ahora de modo evidente del interés que despertaba en los demás, y había olvidado el peligro en que se encontraban. Frodo temió de pronto que arrastrado por la historia Pippin llegara a mencionar el Anillo, lo que podía ser desastroso.

—¡Será mejor que haga algo, y rápido! —le susurró Trancos al oído.

Frodo se subió de un salto a una mesa y empezó a hablar. Los oyentes de Pippin se volvieron a mirarlo. Algunos hobbits rieron y aplaudieron, pensando que el señor Sotomonte había tomado demasiada cerveza.

Frodo se sintió de pronto ridículo, y se encontró (como era su costumbre cuando pronunciaba un discurso) jugueteando con las cosas que llevaba en el bolsillo. Tocó el Anillo y la cadena, e inesperadamente tuvo el deseo de ponérselo en el dedo y desaparecer, escapando así de aquella tonta situación. Le pareció, de alguna manera, que la idea le había venido de fuera, de alguien o algo en el cuarto. Resistió firmemente la tentación, y apretó el Anillo en la mano, como para asegurarlo e impedirle escapar o hacer algún disparate. De cualquier modo el Anillo no lo inspiro. Pronunció «unas pocas palabras de circunstancias», como hubiesen dicho en la Comarca: *Estamos todos muy agradecidos por tanta amabilidad, y me atrevo a esperar que mi breve visita ayudará a renovar los viejos lazos de amistad entre la Comarca y Bree*; y luego titubeó y tosió.

Todos en la sala estaban ahora mirándolo.

—¡Una canción! —gritó uno de los hobbits—. ¡Una canción! ¡Una canción! —gritaron todos los otros—. ¡Vamos, señor, cántenos algo que no hayamos oído antes!

Durante un rato Frodo se quedó allí, de pie sobre la mesa, boquiabierto. Luego, desesperado, se puso a cantar; era una canción ridícula que Bilbo había estimado bastante (y de la que en realidad se había sentido orgulloso, pues él mismo era el autor de la letra). Se hablaba en ella de una posada, y fue ésa quizá la razón por la que le vino a la memoria en ese momento. Hela aquí en su totalidad. Hoy, en general, sólo se recuerdan unas pocas palabras.

Hay una posada, una vieja y alegre posada
al pie de una vieja colina gris,
y allí preparan una cerveza tan oscura
que una noche bajó a beberla
el Hombre de la Luna.

El palafrenero tiene un gato borracho
que toca un violín de cinco cuerdas;
y el arco se mueve bajando y subiendo,
arriba rechinando, abajo ronroneando,
y serruchando en el medio.

El posadero tiene un perrito
que es muy aficionado a las bromas;
y cuando en los huéspedes hay alegría,
levanta una oreja a todos los chistes
y se muere de risa.

Ellos tienen también una vaca cornuda
orgullosa como una reina;
la música la trastorna como una cerveza,
y mueve la cola empenachada
y baila en la hierba.

¡Oh las pilas de fuentes de plata
y el cajón de cucharas de plata!
Hay un par especial de domingo*

---

* Se ha utilizado el sábado y el domingo en lugar del jueves y el viernes. Véase Apéndice D en el tercer volumen.

que ellos pulen con mucho cuidado
la tarde del sábado.

El Hombre de la Luna bebía largamente
y el gato se puso a llorar;
la fuente y la cuchara bailaban en la consola,
y la vaca brincaba en el jardín,
y el perrito se mordía la cola.

El Hombre de la Luna empinó el codo
y luego rodó bajo la silla,
y allí durmió soñando con cerveza;
hasta que el alba estuvo en el aire
y se borraron las estrellas.

Luego el palafrenero le dijo al gato ebrio
—Los caballos blancos de la Luna
tascan los frenos de plata, y relinchan
pero el amo ha perdido la cabeza,
¡y ya viene el día!

El gato en el violín toca una jiga-jiga
que despertaría a los muertos,
chillando, serruchando, apresurando la tonada,
y el posadero sacude al Hombre de la Luna,
diciendo: ¡Son las tres pasadas!

Llevan al hombre rodando loma arriba
y lo arrojan a la Luna,
mientras que los caballos galopan de espaldas
y la vaca cabriola como un ciervo
y la fuente se va con la cuchara.

Más rápido el violín toca la jiga-jiga;
la vaca y los caballos están patas arriba,
y el perro lanza un rugido,
y los huéspedes ya saltan de la cama
y bailan en el piso.

¡Las cuerdas del violín estallan con un pum!
La vaca salta por encima de la Luna,
y el perrito se ríe divertido,
y la fuente del sábado se escapa corriendo
con la cuchara del domingo.

La Luna redonda rueda detrás de la colina,
mientras el Sol levanta la cabeza,
y con ojos de fuego observa estupefacta*
que aunque es de día todos
volvieron a la cama.

El aplauso fue prolongado y ruidoso. Frodo tenía una buena voz, y la fantasía de la canción había agradado a todos.

—¿Dónde anda metido el viejo Cebadilla? —exclamaron—. Tiene que oírla. Bob podría enseñarle al gato a tocar el violín, y tendríamos un baile. —Pidieron una nueva ronda de cerveza y gritaron:— ¡Cántela otra vez, señor! ¡Vamos! ¡Otra vez!

Hicieron tomar una jarra más a Frodo, que recomenzó la canción, y muchos se le unieron, pues la melodía era muy conocida, y se les había pegado la letra. Le tocó a Frodo entonces sentirse satisfecho de sí mismo. Zapateaba sobre la mesa y cuando llegó por segunda vez a *la vaca salta por encima de la Luna,* dio un salto en el aire demasiado vigoroso. Frodo cayó, bum, sobre una bandeja repleta de jarras, resbaló, y fue a parar bajo la mesa con un estruendo, un alboroto, y un golpe sordo. Todos abrieron la boca preparados para reír, y se quedaron petrificados en un silencio sin aliento, pues el cantor ya no estaba allí. ¡Había desaparecido como si hubiera pasado directamente a través del suelo de la sala sin dejar ni la huella de un agujero!

Los hobbits locales se quedaron mirando mudos de asombro; en seguida se incorporaron de un salto y llamaron a gritos a Cebadilla. Todos se apartaron de Pippin y

---

* Para los Elfos (y los Hobbits) el sol es de género femenino.

Sam, que se encontraron solos en un rincón, observados desde lejos con miradas sombrías y desconfiadas. Estaba claro que para la mayoría de la gente ellos eran los compañeros de un mago ambulante con poderes y propósitos desconocidos. Pero había un vecino de Bree, de tez oscura, que los miraba con la expresión de alguien que está sobre aviso, y con una cierta ironía; Pippin y Sam se sentían de veras incómodos. Casi en seguida el hombre se escurrió fuera del salón, seguido por el sureño bizco; los dos se habían pasado gran parte de la noche hablando juntos en voz baja. Harry, el guardián de la puerta, salió también detrás de ellos.

Frodo se daba cuenta de que había cometido una estupidez. No sabiendo qué hacer, se arrastró por debajo de las mesas hacia el rincón sombrío donde Trancos estaba todavía sentado, impasible. Se apoyó de espaldas contra la pared, y se quitó el Anillo. Cómo le había llegado al dedo, no podía recordarlo. Era posible que hubiese estado jugueteando con él en el bolsillo, mientras cantaba, y que en el momento de sacar bruscamente la mano para evitar la caída, se le hubiera deslizado de algún modo en el dedo. Durante un instante se preguntó si el Anillo mismo no le había jugado una mala pasada; quizá había tratado de hacerse notar en respuesta al deseo o la orden de alguno de los huéspedes. No le gustaba el aspecto de los hombres que habían dejado el salón.

—¿Bien? —dijo Trancos cuando Frodo reapareció—. ¿Por qué lo hizo? Cualquier indiscreción de los amigos de usted no hubiera sido peor. Ha metido usted la pata. ¿O tendría que decir el dedo?

—No sé a qué se refiere —dijo Frodo, molesto y alarmado.

—¡Oh, sí que lo sabe! —respondió Trancos—, pero será mejor esperar que pase el alboroto. Luego, si usted me permite, señor Bolsón, me agradaría que tuviésemos una charla tranquila.

—¿A propósito de qué? —preguntó Frodo aparentando no haber oído su verdadero nombre.

—A propósito de un asunto de cierta importancia, tanto para usted como para mí —respondió Trancos mirando a Frodo a los ojos—. Quizá oiga algo que le conviene.

—Muy bien —dijo Frodo tratando de mostrarse indiferente—. Hablaré con usted más tarde.

Mientras, la gente discutía junto a la chimenea. El señor Mantecona había llegado al trote, y ahora trataba de escuchar a la vez varios relatos contradictorios sobre lo que había ocurrido.

—Yo lo vi, señor Mantecona —dijo un hobbit—, por lo menos no lo vi más, si usted me entiende. Se desvaneció en el aire, como quien dice.

—¡No es posible, señor Artemisa! —dijo el posadero, perplejo.

—Sí —replicó Artemisa—. Y además sé muy bien lo que digo.

—Hay algún error en alguna parte —dijo Mantecona sacudiendo la cabeza—. Había demasiado de ese señor Sotomonte para que se desvaneciese así en el aire, o en el humo, lo que sería más exacto si ocurrió en esta habitación.

—Bien, ¿dónde está ahora? —gritaron varias voces.

—¿Cómo podría saberlo? Puede irse a donde quiera, siempre que pague por la mañana. Y aquí está el señor Tuk, que no ha desaparecido.

—Bueno, vi lo que vi, y vi lo que no vi —dijo Artemisa, obstinado.

—Y yo digo que hay aquí algún error —repitió Mantecona recogiendo la bandeja y los restos de las jarras.

—¡Claro que hay un error! —dijo Frodo—. No he desaparecido. ¡Aquí estoy! He tenido sólo una pequeña charla con el señor Trancos en el rincón.

Frodo se adelantó a la luz del fuego, pero la mayoría de los huéspedes dieron un paso atrás, aún más perturbados que antes. No los satisfacía la explicación de Frodo, según la cual se había arrastrado rápidamente por debajo de las mesas luego de la caída. La mayoría de los hobbits y de las gentes de Bree se apresuraron a irse, sin ganas ya de seguir divirtiéndose esa noche. Unos pocos echaron a Frodo una mirada sombría y partieron murmurando entre ellos. Los Enanos y dos o tres Hombres extraños que todavía estaban allí se pusieron de pie y dieron las buenas noches al posadero pero no a Frodo y sus amigos. Poco después no quedaba nadie sino Trancos, todavía sentado en las sombras junto a la pared.

El señor Mantecona no parecía muy preocupado. Pensaba, probablemente, que el salón estaría repleto durante muchas noches, hasta que el misterio actual fuera discutido a fondo.

—Y bien, ¿qué ha estado haciendo, señor Sotomonte? —preguntó—. ¿Asustando a mis clientes y haciendo trizas mis jarras con esas acrobacias?

—Lamento mucho haber causado alguna dificultad —dijo Frodo—. No tuve la menor intención, se lo aseguro. Fue un desgraciado accidente.

—Muy bien, señor Sotomonte. Pero si va usted a intentar otros juegos, o conjuros, o lo que sea, mejor que antes advierta a la gente, y que me advierta a mí. Aquí somos un poco recelosos de todo lo que se salga de lo común, de todo lo misterioso, si usted me entiende, y tardamos en acostumbrarnos.

—No haré nada parecido otra vez, señor Mantecona, se lo prometo. Y ahora creo que me iré a la cama. Partimos temprano. ¿Podría ordenar que nuestros poneys estén preparados para las ocho?

—¡Muy bien! Pero antes de que se vaya quiero tener con usted unas palabras en privado, señor Sotomonte. Acabo de recordar algo que usted tiene que saber. Espero no molestarlo. Cuando haya arreglado una o dos cositas, iré al cuarto de usted, si no le parece mal.

—¡Claro que no! —dijo Frodo, sintiendo que se le encogía el corazón.

Se preguntó cuántas charlas privadas tendría que sobrellevar antes de poder acostarse, y qué revelarían. ¿Estaba toda esta gente confabulada contra él? Empezaba a sospechar que aun la cara redonda del viejo Mantecona ocultaba unos negros designios.

10

TRANCOS

Frodo, Pippin y Sam volvieron a la salita. No había luz. Merry no estaba allí, y el fuego había bajado. Sólo después de avivar un rato las llamas y de haberlas alimentado con un par de troncos, descubrieron que Trancos había venido con ellos. ¡Estaba tranquilamente sentado en una silla junto a la puerta!

—¡Hola! —dijo Pippin—. ¿Quién es usted, y qué desea?

—Me llaman Trancos —dijo el hombre—, y aunque quizá lo haya olvidado, el amigo de usted me prometió que tendríamos una charla tranquila.

—Usted dijo que yo me enteraría de algo que quizá me fuera útil —dijo Frodo—. ¿Qué tiene que decir?

—Varias cosas —dijo Trancos—. Pero, por supuesto, tengo mi precio.

—¿Qué quiere decir? —preguntó Frodo ásperamente.

—¡No se alarme! Sólo esto: le contaré lo que sé, y le daré un buen consejo. Pero quiero una recompensa.

—¿Qué recompensa? —dijo Frodo, pensando ahora que había caído en manos de un pillo, y recordando con disgusto que había traído poco dinero. El total no contentaría de ningún modo a un bribón, y no podía distraer ni siquiera una parte.

—Nada que usted no pueda permitirse —respondió Trancos con una lenta sonrisa, como si adivinara los pensamientos de Frodo—. Sólo esto: tendrá que llevarme con usted hasta que yo decida dejarlo.

—Oh, ¿de veras? —replicó Frodo, sorprendido, pero no muy aliviado—. Aun en el caso de que yo deseara otro compañero, no consentiría hasta saber bastante más de usted y de sus asuntos.

—¡Excelente! —exclamó Trancos cruzando las piernas y acomodándose en la silla—. Parece que está usted recobrando el buen sentido; mejor así. Hasta ahora ha sido demasiado descuidado. ¡Muy bien! Le diré lo que sé y usted dirá si merezco la recompensa. Quizá me la conceda de buen grado, luego de haberme oído.

—¡Adelante entonces! —dijo Frodo—. ¿Qué sabe usted?

—Demasiado; demasiadas cosas sombrías —dijo Trancos torvamente—. Pero en cuanto a los asuntos de usted... —Se incorporó, fue hasta la puerta, la abrió rápidamente y miro afuera. Luego cerró en silencio y se sentó otra vez.— Tengo oído fino —continuó bajando la voz—, y aunque no puedo desaparecer, he seguido las huellas de muchas criaturas salvajes y cautelosas, y comúnmente evito que me vean, si así lo deseo. Pues bien, yo estaba detrás de la empalizada esta tarde en el camino al oeste de Bree, cuando cuatro hobbits vinieron de las Quebradas. No necesito repetir todo lo que hablaron con el viejo Bombadil o entre ellos, pero una cosa me interesó. *Por favor, recordad todos, dijo uno de ellos, que el nombre de Bolsón no ha de mencionarse. Si es necesario nombrarme soy el señor Sotomonte.* Esto me interesó tanto que los seguí hasta aquí. Me deslicé por encima de la cerca justo detrás de ellos. Quizá el señor Bolsón tiene un buen motivo para cambiar de nombre; pero si es así, les aconsejaré a él y a sus amigos que sean más cuidadosos.

—No veo por qué mi nombre ha de interesar a la gente de Bree —dijo Frodo irritado—, y todavía ignoro por qué le interesa a usted. El señor Trancos puede tener buenos motivos para espiar y escuchar indiscretamente; pero si es así, le aconsejaré que se explique.

—¡Bien respondido! —dijo Trancos riéndose—. Pero la explicación es simple: busco a un hobbit llamado Frodo Bolsón. Quiero encontrarlo en seguida. Supe que estaba llevando fuera de la Comarca, bueno, un secreto que nos concierne, a mi y a mis amigos.

"¡Un momento, no me interpreten mal! —gritó al tiempo que Frodo se ponía de pie y Sam daba un salto con aire amenazador—. Cuidaré del secreto mejor que ustedes. ¡Y hay que cuidarse de veras! —Se inclinó hacia delante y los miró.— ¡Vigilen todas las sombras! —dijo en voz baja—. Unos Jinetes Negros han pasado por Bree. Dicen que el lunes llegó uno por el Camino Verde, y otro apareció más tarde, subiendo por el Camino Verde desde el sur.

Se hizo un silencio. Al fin Frodo les habló a Pippin y Sam.

—Tenía que haberlo sospechado por el modo en que nos recibió el guardián —dijo—. Y el posadero parece haber oído algo. ¿Por qué insistió en que nos uniéramos a los demás? ¿Y por qué razón nos comportamos como tontos? Teníamos que habernos quedado aquí tranquilamente.

—Hubiese sido mejor —dijo Trancos—. Yo hubiera impedido que fueran al salón, pero no me fue posible. El posadero no hubiese permitido que yo los viera, ni les hubiera traído un mensaje.

—Cree usted que... —comenzó Frodo.

—No, no pienso mal del viejo Mantecona. Pero los vagabundos misteriosos como yo no le gustan demasiado. —Frodo lo miró con perplejidad.— Bueno, tengo cierto aspecto de villano, ¿no es así? —dijo Trancos torciendo la boca y con un brillo extraño en los ojos—. Pero tengo la esperanza de que lleguemos a conocernos mejor. Cuando así sea, confío en que me explicará usted qué ocurrió al fin de la canción. Porque esa pirueta...

—¡Fue sólo un accidente! —interrumpió Frodo.

—Bueno —dijo Trancos—, accidente entonces. Ese accidente ha empeorado la situación de usted.

—No demasiado —dijo Frodo—. Yo ya sabía que esos jinetes estaban persiguiéndome, pero de todos modos creo que me perdieron el rastro, y se han ido.

—¡No cuente con eso! —dijo Trancos vivamente—. Volverán, y vendrán más. Hay otros. Sé cuántos son. Conozco a esos jinetes. —Hizo una pausa, y sus ojos eran fríos y duros.— Y hay gente en Bree en la que no se puede confiar —continuó—. Bill Helechal, por ejemplo. Tiene mala reputación en el país de Bree, y gente extraña llama a su casa. Lo habrá visto usted entre los huéspedes: un sujeto moreno y burlón. Estaba muy cerca de uno de esos extranjeros del sur, y salieron todos juntos en seguida del «accidente». No todos los sureños son buena gente, y en cuanto a Helechal, le vendería cualquier cosa a cualquiera; o haría daño por el placer de hacerlo.

—¿Qué vendería Helechal, y qué relación tiene con mi accidente? —dijo Frodo, decidido todavía a no entender las insinuaciones de Trancos.

—Noticias de usted, por supuesto —respondió Trancos—. Un relato de la hazaña de usted sería muy interesante para cierta gente. Luego de esto apenas necesitarían saber cómo se llama usted de veras. Me parece demasiado probable que se enteren antes que termine la noche. ¿No le es suficiente? En cuanto a mi recompensa, haga lo que le plazca: tómeme como guía o no. Pero le diré que conozco todas las tierras entre la Comarca y las Montañas Nubladas, pues las he recorrido en todos los sentidos durante muchos años. Soy más viejo de lo que parezco. Le puedo ser útil. Desde esta noche tendrá usted que dejar la carretera, pues los jinetes la vigilarán día y noche. Quizá escape de Bree, y quizá nadie lo detenga mientras el sol esté alto, pero no irá muy lejos. Caerán sobre usted en algún sitio desierto y sombrío donde no habrá nadie que pueda auxiliarlo. ¿Permitirá que le den alcance? ¡Son terribles!

Los hobbits lo miraron, y vieron con sorpresa que retorcía la cara como si soportara algún dolor y que tenía las manos aferradas a los brazos de la silla. La habitación estaba muy tranquila y silenciosa, y la luz parecía más pálida. Trancos se quedó un rato sentado, la mirada vacía, como atento a viejos recuerdos, o escuchando unos sonidos lejanos en la noche.

—¡Sí! —exclamó al fin pasándose la mano por la frente—. Quizá sé más que usted acerca de esos perseguidores. Les tiene miedo, pero no bastante todavía. Mañana tendrá que escapar, si puede. Trancos podría guiarlo por senderos pocos transitados. ¿Lo llevará con usted?

Hubo un pesado silencio. Frodo no respondió, no sabía qué pensar; el miedo y la duda lo confundían. Sam frunció el ceño y miro a su amo. Al fin estalló:

—¡Con el permiso de usted, señor Frodo, yo diría *no*! Este señor Trancos nos aconseja y dice que tengamos cuidado; y yo digo *sí* a eso, y que comencemos por él. Viene del desierto, y nunca oí nada bueno de esa gente. Es evidente que sabe algo, demasiado para mi gusto. Pero eso no es razón para que dejemos que nos lleve a algún lugar sombrío, lejos de cualquier ayuda, como él mismo dice.

Pippin se movió, incómodo. Trancos no replicó a Sam, y volvió los ojos penetrantes a Frodo. Frodo notó la mirada, y torció la cabeza.

—No —dijo lentamente—, no estoy de acuerdo. Pienso, pienso que usted no es realmente lo que quiere parecer. Empezó a hablarme como la gente de Bree, pero ahora tiene otra voz. De cualquier modo hay algo cierto en lo que dice Sam: no sé por qué nos aconseja usted que nos cuidemos, y al mismo tiempo nos pide que confiemos en usted. ¿Por qué el disfraz? ¿Quién es usted? ¿Qué sabe realmente acerca de... acerca de mis asuntos, y cómo lo sabe?

—La lección de prudencia ha sido bien aprendida —dijo Trancos con una sonrisa torcida—. Pero la prudencia es una cosa, y la irresolución es otra. Nunca llegarán a Rivendel por sus propios medios, y tenerme confianza es la única posibilidad que les queda. Tienen que decidirse. Contestaré cualquier pregunta, si eso los ayuda. ¿Pero por qué creerán en la verdad de mi historia, si no confían en mí? Aquí está, sin embargo...

En ese momento llamaron a la puerta. El señor Mantecona había traído velas, y detrás venía Nob, con jarras de agua caliente. Trancos se retiró a un rincón oscuro.

—He venido a desearles buenas noches —dijo el posadero, poniendo las velas sobre la mesa—. ¡Nob! ¡Lleva el agua a los cuartos!

Entró y cerró la puerta.

—El asunto es así —comenzó a decir, titubeando, perturbado—. Si he causado algún mal, lo lamento de veras. Pero todo se encadena, como usted sabe, y soy un hombre ocupado. Esta semana, primero una cosa y luego otra me despertaron poco a poco la memoria, como se dice, y espero que no demasiado tarde. Pues verá usted, me pidieron que buscase a unos hobbits de la Comarca, a un tal Bolsón sobre todo.

—¿Y eso qué relación tiene conmigo? —preguntó Frodo.

—Ah, usted lo sabe sin duda mejor que nadie —dijo el posadero con aire de estar enterado—. No lo traicionaré a usted, señor, pero me dijeron que ese Bolsón viajaría con el nombre de Sotomonte, y además me hicieron una descripción que se le ajusta bastante, si me permite.

—¿De veras? Bien, ¡venga entonces esa descripción! —dijo Frodo interrumpiéndolo imprudentemente.

—*Un hombrecito rollizo de mejillas rojas* —dijo con solemnidad el señor Mantecona.

Pippin rió entre dientes, pero Sam pareció indignado.

—*Esto no te servirá de mucho, Cebadilla, pues conviene a casi todos los hobbits,* me dijeron —continuó el señor Mantecona echándole una ojeada a Pippin—, *pero éste es más alto que algunos y más rubio que todos, y tiene un hoyuelo en la barbilla; un sujeto de cabeza erguida y ojos brillantes.* Perdón, pero él lo dijo, no yo.

—¿Él lo dijo? ¿Y quién era él? —preguntó Frodo muy interesado.

—¡Ah! Era Gandalf, si usted sabe a quién me refiero. Un mago dicen que es, pero cierto o no cierto, es un buen amigo mío. Pero ahora no se que me dirá, si lo veo otra vez me agriará toda la cerveza o me cambiará en un trozo de madera, no me sorprendería. Es de temperamento vivo. Sin embargo, lo que está hecho no puede deshacerse.

—Bueno, ¿qué ha hecho usted? —dijo Frodo impacientándose ante la lentitud con que se desarrollaban los pensamientos de Mantecona.

—¿Dónde estaba? —preguntó el posadero haciendo una pausa y castañeteando los dedos—. ¡Ah, sí! El viejo Gandalf. Hace tres meses entró directamente en mi cuarto sin llamar a la puerta. *Cebadilla,* me dijo, *salgo a la mañana. ¿Quieres hacerme un favor? Lo que tú quieras,* dije. *Tengo prisa,* dijo él, *y me falta tiempo pero quiero que lleven un mensaje a la Comarca. ¿Tienes a alguien a quien mandar y que sea seguro que llegue? Puedo encontrar a alguien, dije, mañana quizá, o pasado mañana. Que sea mañana, me dijo, y luego me dio una carta.*

"La dirección es bastante clara —dijo Mantecona sacando una carta del bolsillo y leyendo la dirección lenta y orgullosamente (tenía reputación de hombre de letras): *Señor Frodo Bolsón, Bolsón Cerrado, Hobbiton, en la Comarca.*

—¡Una carta para mí de Gandalf! —gritó Frodo.

—¡Ah! —dijo el señor Mantecona—. ¿Entonces el verdadero nombre de usted es Bolsón?

—Sí —dijo Frodo—, y será mejor que me dé esa carta en seguida, y me explique por qué nunca la envió. Eso es lo que vino a decirme, supongo, aunque le llevó mucho tiempo.

El pobre señor Mantecona parecía turbado.

—Tiene razón, señor —dijo—, y le pido que me disculpe. Tengo un miedo mortal de lo que diría Gandalf si he causado algún daño. Pero no la he retenido a propósito. La puse a buen recaudo, pero luego no encontré a nadie que quisiera ir a la Comarca al día siguiente, ni al otro día, y mi gente no estaba disponible, y luego vino una cosa detrás de la otra y me olvidé. Soy un hombre ocupado. Haré todo lo que pueda para enderezar el entuerto, y si puedo ayudar en algo, dígamelo por favor.

"Aparte de la carta, a Gandalf le prometí lo mismo. *Cebadilla*, me dijo, *este amigo mío de la Comarca puede venir pronto por aquí, él y otro. Se hará llamar Sotomonte. ¡No lo olvides! Pero no hay necesidad de que le hagas preguntas. Si yo no estoy con él, quizá esté en dificultades y podría necesitar ayuda. Haz lo que puedas por él, y te lo agradeceré, me dijo.* Y aquí está usted, y las dificultades no están lejos, parece.

—¿Qué quiere decir? —preguntó Frodo.

—Esos hombres negros —dijo el posadero bajando la voz—. Están buscando a *Bolsón*, y si tienen buenas intenciones, yo soy un hobbit. Era lunes, y todos lo perros aullaban y los gansos graznaban. Sobrenatural, diría yo. Nob vino y me dijo que dos hombres negros estaban a la puerta preguntando por un hobbit llamado Bolsón. Nob tenía los pelos de punta. Les dije a esos tipos negros que se fueran y les cerré la puerta en las narices; pero han estado haciendo la misma pregunta a lo largo de todo el camino hasta Archet, me han dicho. Y ese Montaraz, Trancos, ha estado preguntando también. Trató de venir aquí a verlo, antes que usted probara un bocado, eso hizo.

—¡Eso hizo! —dijo Trancos de pronto, saliendo a la luz—. Y se habrían evitado muchas dificultades, si me hubieses dejado entrar, Cebadilla.

El posadero dio un salto, sorprendido. —¡Tú! —gritó—. Siempre apareces de repente. ¿Qué quieres ahora?

—Está aquí con mi consentimiento —dijo Frodo—. Vino a ofrecerme ayuda.

—Bien, usted sabe lo que hace, quizá —dijo el señor Mantecona mirando desconfiadamente a Trancos—. Pero si estuviera en la situación de usted no frecuentaría Montaraces.

—¿Y a quién frecuentarías tú? —preguntó Trancos—. ¿A un posadero gordo que se acuerda de su propio nombre sólo porque la gente lo llama a gritos todo el día? No pueden quedarse en *El Poney* para siempre, y no pueden regresar. Tienen un largo camino por delante. ¿Los acompañarás, manteniendo a los hombres negros a distancia?

—¿Yo? ¿Dejar Bree? No lo haría aunque me ofrecieran dinero —dijo el señor Mantecona, que parecía realmente asustado—. Pero ¿por qué no se quedan aquí tranquilos un tiempo, señor Sotomonte? ¿Qué son esas cosas raras? Qué buscan esos hombres negros, y de dónde vienen, quisiera saber.

—Lamento no poder explicárselo todo —le dijo Frodo—. Estoy cansado y muy preocupado, y es una larga historia. Pero si quiere ayudarme, le advierto que usted correrá peligro mientras yo esté aquí. Esos Jinetes Negros: no estoy seguro, pero pienso... temo que vengan de...

—Vienen de Mordor —dijo Trancos en voz baja—. De Mordor, Cebadilla, si eso significa algo para ti.

—¡Misericordia! —gritó el señor Mantecona palideciendo; el nombre evidentemente le era conocido—.

Ésta es la peor noticia que haya llegado a Bree en todos mis años.

—Lo es —dijo Frodo—. ¿Quiere ayudarme aún?

—Sí, señor —dijo Mantecona—, más que nunca. Aunque no sé qué puedan hacer gentes como yo contra, contra...

Se le quebró la voz.

—Contra la Sombra del Este —dijo Trancos con calma—. No mucho, Cebadilla, pero las cosas pequeñas ayudan también. Puedes dejar que el señor Sotomonte pase aquí la noche, y puedes olvidar el nombre de Bolsón hasta que se haya alejado.

—Así lo haré —dijo Mantecona—. Pero sabrán que está aquí sin que yo diga nada, me temo. Es lamentable que el señor Sotomonte haya llamado tanto la atención esta noche, para no decir más. La historia de la partida del señor Bilbo se ha oído aquí otras veces, ya antes. Aun el cabezota de Nob ha estado haciéndose algunas conjeturas, y hay gente en Bree de entendimiento más rápido.

—Bueno, sólo resta esperar que los Jinetes no vuelvan aún —dijo Frodo.

—Ojalá —dijo Mantecona—. Pero fantasmas o no fantasmas, no entrarán tan fácilmente en *El Poney*. No se preocupe usted hasta la mañana. Nob no abrirá la boca. Ningún hombre negro cruzará mi puerta, mientras yo me tenga en pie. Yo y mi gente vigilaremos esta noche, pero a usted le haría bien dormir un poco, si puede.

—En todo caso, tienen que despertarnos al alba —dijo Frodo—. Partiremos lo antes posible. El desayuno a las seis y media, por favor.

—De acuerdo. Iré a dar las órdenes —dijo el posadero—. Buenas noches, señor Bolsón... ¡Sotomonte, quiero decir! Buenas noches... Pero, bendito sea, ¿dónde está el señor Brandigamo?

—No lo sé —dijo Frodo, inquieto de pronto. Habían olvidado por completo a Merry, y estaba haciéndose tarde—. Temo que esté fuera. Habló de salir a tomar un poco el aire.

—Bueno, de veras necesitan que los cuiden. ¡Se diría que están de vacaciones! —dijo Mantecona—. Iré en seguida a trancar las puertas, pero avisaré que le abran al amigo de usted, cuando llegue. Será mejor que Nob vaya a buscarlo. ¡Buenas noches a todos!

El señor Mantecona salió al fin, echando otra desconfiada mirada a Trancos, y meneando la cabeza se alejó por el pasillo.

—¿Bien? —dijo Trancos—. ¿Cuándo va a abrir esa carta?

Frodo examinó cuidadosamente el sello antes de romperlo. Parecía ser de Gandalf. Dentro, escrito con la vigorosa pero elegante letra del mago, había el siguiente mensaje:

El Poney Pisador, Bree. Día de Año Medio 1418 de la Comarca.

Querido Frodo:
Me han llegado malas noticias. He de partir inmediatamente. Harás bien en dejar la Comarca antes de fines de julio, como máximo. Regresaré tan pronto como pueda, y te seguiré, si descubro que te has ido. Déjame aquí un mensaje, si pasas por Bree. Puedes confiar en el posadero (Mantecona). Quizá encuentres en el Camino a un amigo mío: un Hombre, delgado, oscuro, alto, que algunos llaman Trancos. Conoce nuestro asunto y te ayudará. Marcha hacia Rivendel. Espero que allí nos encontremos de nuevo. Si no voy, Elrond te avisará.

Tuyo, deprisa
Gandalf. 𐰖

PS. ¡No vuelvas a usarlo, por ninguna razón! ¡No viajes de noche! 𐰖

PPS. Asegúrate de que es el verdadero Trancos. Hay mucha gente extraña en los caminos. El verdadero nombre de Trancos es Aragorn. 𐰖

No es oro todo lo que reluce,
ni toda la gente errante anda perdida;

244

a las raíces profundas no llega la escarcha;
el viejo vigoroso no se marchita.
De las cenizas subirá un fuego,
y una luz asomará en las sombras;
el descoronado será de nuevo rey,
forjarán otra vez la espada rota.

PPPS. Espero que Mantecona envíe ésta rápidamente. Hombre
de bien, pero con una memoria que es un baúl de trastos.
Lo que necesitas está siempre en el fon-
do. Si se olvida, lo asaré a fuego lento.

¡Adiós!

Frodo leyó la carta en silencio, y luego la pasó a Pippin y a Sam.

—¡El viejo Mantecona ha hecho de veras un desaguisado! —dijo—. Se merece que lo asen. Si yo hubiera recibido ésta a tiempo, ya estaríamos quizá en Rivendel y a salvo. Pero ¿qué puede haberle ocurrido a Gandalf? Escribe como si fuese a enfrentarse a un gran peligro.

—Eso ha estado haciendo durante muchos años —dijo Trancos.

Frodo se volvió y lo miró con aire pensativo, recordando la segunda posdata de Gandalf.

—¿Por qué no me dijiste en seguida que eras amigo de Gandalf? —preguntó—. Eso nos hubiera ahorrado mucho tiempo.

—¿Te parece? ¿Quién de vosotros lo hubiera creído? —dijo Trancos—. Yo no sabía nada de ese mensaje. Si quería ayudaros, no podía hacer otra cosa que tratar de ganar vuestra confianza, sin ninguna prueba. De cualquier modo, no tenía la intención de contar en seguida todo lo que a mí se refiere. Primero tenía que estudiaros, y estar seguro. El Enemigo me ha tendido trampas en el pasado. Tan pronto como decidí la cuestión, estuve dispuesto a contestar todas las preguntas. Pero he de admitir —añadió con una risa rara— que he esperado que me aceptaran por lo que soy. Un hombre perseguido se cansa a veces de desconfiar y desea tener amigos. Pero en esto yo diría que las apariencias están contra mí.

—Lo están... a primera vista por lo menos —rió Pippin, muy aliviado luego de leer la carta de Gandalf—. Pero luce bien quien hace bien, como dicen en la Comarca. Y todos tendremos el mismo semblante cuando hayamos dormido día tras día en setos y fosos.

—Necesitarás más que unos pocos días, o semanas, o años, de vida errabunda en el desierto para parecerte a Trancos —dijo el hombre—. Y antes morirás, a no ser que estés hecho de una materia más dura de lo que parece.

Pippin cerró la boca, pero Sam no se acobardaba y continuaba mirando a Trancos de mala manera.

—¿Cómo sabemos que es usted el Trancos de que habla Gandalf? —preguntó—. Nunca mencionó a Gandalf, hasta la aparición de la carta. Quizá sea un espía que interpreta un papel, por qué no, tratando de que lo acompañemos. Quizá se deshizo del verdadero Trancos y tomó sus ropas. ¿Qué me responde?

—Que eres un individuo audaz —dijo Trancos—, pero temo que mi única respuesta, Sam Gamyi, es ésta. Si yo hubiese matado al verdadero Trancos, podría matarte a ti. Y ya lo hubiera hecho, sin tanta charla. Si quisiera el Anillo, podría tenerlo... ¡ahora!

Trancos se incorporó, y de pronto pareció más alto. Le brillaba una luz en los ojos, penetrante e imperatoria. Echando atrás la capa, apoyó la mano en la empuñadura de una espada que le colgaba a un costado. Los hobbits no se atrevieron a moverse. Sam se quedó mirándolo, boquiabierto.

—Pero *soy* por fortuna el verdadero Trancos —dijo, mirándolos, el rostro suavizado por una repentina sonrisa—. Soy Aragorn hijo de Arathorn, y si por la vida o por la muerte puedo salvaros, así lo haré.

Hubo un largo silencio. Al fin Frodo habló titubeando:
—Pensé que eras un amigo antes que llegara la carta —dijo—, o por lo menos así quise creerlo. Me asustaste varias veces esta noche, pero nunca como lo hubiera he-

cho un servidor del Enemigo, o así me lo parece al menos. Pienso que un espía del Enemigo... bueno, hubiese parecido más hermoso y al mismo tiempo más horrible, si tú me entiendes.

—Ya veo —rió Trancos—. Tengo mal aspecto, y me siento hermoso, ¿no es así? *No es oro todo lo que reluce, ni toda la gente errante anda perdida.*

—Entonces, ¿los versos se referían a ti? —preguntó Frodo—. No comprendí de qué hablaban. Pero ¿cómo sabes que están en la carta de Gandalf, si nunca la leíste?

—No lo sabía —respondió Trancos—. Pero soy Aragorn, y esos versos van con ese nombre. —Sacó la espada y vieron que la hoja estaba de veras quebrada a un pie de la empuñadura.— No sirve de mucho, ¿eh, Sam? —continuó—. Pero poco falta para que sea forjada de nuevo.

Sam no dijo nada.

—Bueno —dijo Trancos—, con el permiso de Sam, diremos que el trato está hecho. Trancos será vuestro guía. Tendremos un rudo trecho mañana. Aunque podamos dejar Bree sin mayores dificultades, ya no pasaremos inadvertidos. Pero trataré de que nos pierdan lo antes posible. Conozco uno o dos caminos para salir de Bree, además de la ruta principal. Una vez que nos libremos de perseguidores, iremos hacia la Cima de los Vientos.

—¿La Cima de los Vientos? —dijo Sam—. ¿Qué es eso?

—Es una colina, justo al norte de la ruta, casi a medio camino entre Bree y Rivendel. Domina todas las tierras vecinas, y tendremos la posibilidad de mirar alrededor. Gandalf irá allí, si nos sigue. Luego de la Cima de los Vientos el camino será más difícil, y tendremos que elegir entre varios peligros.

—¿Cuándo viste a Gandalf por última vez? —preguntó Frodo—. ¿Sabes dónde está o qué hace ahora?

Trancos mostró un aire grave.

—No lo sé —dijo—. Vine al oeste con él en la primavera. He vigilado a menudo las fronteras de la Comarca en los últimos años, cuando él andaba ocupado en alguna otra parte. Pocas veces las descuidaba. Nos encontramos por última vez el primero de mayo, en el Vado de Sarn, en el curso inferior del Brandivino. Me dijo que los asuntos contigo habían ido bien, y que partirías para Rivendel en la última semana de septiembre. Sabiendo que él estaba a tu lado, me fui de viaje a atender mis propios asuntos. Y esto resultó un error, pues es evidente que le llegaron ciertas noticias, y yo no estaba allí para ayudar.

"Estoy preocupado por primera vez desde que lo conozco. Tendríamos que haber recibido algún mensaje, más aún si no pudo venir él mismo. A mi regreso, ya hace días, me enteré de las malas nuevas. Se decía por todas partes que Gandalf había desaparecido, y que se habían visto unos jinetes. Fueron los Elfos de Gildor quienes me lo dijeron; y más tarde me contaron que ya no estabas en tu casa, pero no se sabía que hubieras dejado Los Gamos. He estado observando el Camino del Este con impaciencia.

—¿Piensas que los Jinetes Negros tienen alguna relación con eso... quiero decir con la ausencia de Gandalf? —preguntó Frodo.

—No conozco ninguna otra cosa que hubiese podido detenerlo, excepto el Enemigo mismo —dijo Trancos—. ¡Pero no abandonemos toda esperanza! Gandalf es más grande de lo que se supone en la Comarca; como regla general no veis de él otra cosa que bromas y juegos. Pero este asunto nuestro será la mayor de sus empresas.

Pippin bostezó.

—Lo siento —dijo—, pero no me tengo en pie. A pesar de tantos peligros y preocupaciones he de irme a la cama, o me dormiré aquí sentado. ¿Dónde está ese tonto de Merry? Sería el colmo, si hay que salir a buscarlo a la oscuridad.

En ese momento oyeron un portazo. Luego unos pies vinieron corriendo por el pasillo. Merry entró precipitadamente, seguido por Nob. Cerró de prisa la puerta, y se apoyó contra ella. Estaba sin aliento. Los otros lo observaron alarmados, antes que él dijera, jadeando:

—¡Los he visto, Frodo! ¡Los he visto! ¡Jinetes Negros!

—¡Jinetes Negros! —gritó Frodo—. ¿Dónde?

—Aquí. En la aldea. Estuve dentro durante una hora. Luego, como no volvías, salí a dar un paseo. De regreso me detuve justo fuera de la luz de la lámpara, a mirar las estrellas. De pronto me estremecí y sentí que algo horrible se arrastraba cerca de mí, algo así como una sombra más espesa entre las sombras del camino, justo al borde del círculo de la luz. En seguida se deslizó a la oscuridad sin hacer ningún ruido. No vi ningún caballo.

—¿Hacia dónde fue? —preguntó Trancos bruscamente.

Merry se sobresaltó, advirtiendo por primera vez la presencia del extraño.

—¡Continúa! —dijo Frodo—. Es un amigo de Gandalf. Te explicaré más tarde.

—Me pareció que subía por el Camino, hacia el este —prosiguió Merry—. Traté de seguirlo. Por supuesto, desapareció casi en seguida, pero yo doblé en la esquina y llegué casi hasta la última casa al borde del Camino.

Trancos miró asombrado a Merry. —Tienes un corazón a toda prueba —dijo—, pero fue una tontería.

—No lo sé —dijo Merry—. Ni coraje ni estupidez, me parece. No pude contenerme. Fue como si algo me arrastrara. De cualquier modo, allá fui, y de pronto oí voces junto a la cerca. Una murmuraba; la otra susurraba, o siseaba. No pude oír una palabra de lo que decían. No me acerqué más porque empecé a temblar de pies a cabeza. Luego sentí pánico, y me volví, y ya estaba echando a correr de vuelta cuando algo vino por detrás y... caí al suelo.

—Yo lo encontré, señor —intervino Nob—. El señor Mantecona me mandó afuera con una linterna. Bajé a la Puerta del Oeste, y luego retrocedí subiendo hasta la Puerta del Sur. Justo al lado de la casa de Bill Helechal alcancé a ver algo en el Camino. No puedo jurarlo, pero me pareció que dos hombres se inclinaban sobre un bulto y lo alzaban. Lancé un grito, pero cuando llegué al lugar no vi a nadie; sólo al señor Brandigamo que estaba tendido junto a la ruta. Parecía estar dormido. «Pensé que había caído en un pozo profundo», me dijo cuando lo sacudí. Estaba raro, y tan pronto como lo desperté se levantó y escapó hacia aquí como una liebre.

—Temo que así sea —dijo Merry—, aunque no sé qué dije. Tuve un mal sueño que no puedo recordar. Perdí todo dominio de mí mismo. No sé qué me pasó.

—Yo sí —dijo Trancos—. El Hálito Negro. Los Jinetes deben de haber dejado los caballos fuera, y entraron en secreto por la Puerta del Sur. Ya estarán enterados de todas las novedades, pues han visitado a Bill Helechal; y es probable que ese sureño sea también un espía. Algo puede ocurrir esta noche, antes que dejemos Bree.

—¿Qué puede ocurrir? —dijo Merry—. ¿Atacarán la posada?

—No, creo que no —dijo Trancos—. No están todos aquí todavía. Y de cualquier manera, no es lo que acostumbran, pues son mucho más fuertes en las tinieblas y la soledad. No atacarán abiertamente una casa donde hay luces y mucha gente; no mientras no estén en una situación desesperada, no mientras tantas largas leguas nos separen de Eriador. Pero el poder de estos hombres se apoya en el miedo, y ya dominan a muchos de Bree. Empujarán a estos desgraciados a alguna maldad: Helechal, y algunos de los extranjeros, y quizá también el guardián de la puerta. Tuvieron una discusión con Harry en la Puerta del Oeste, el lunes.

—Parece que estamos rodeados de enemigos —dijo Frodo—. ¿Qué vamos a hacer?

—¡Os quedaréis aquí y no iréis a vuestros cuartos! Sin duda ya descubrieron qué cuartos son. Los dormitorios de los hobbits tienen ventanas que miran al norte y están cerca del suelo. Nos quedaremos todos juntos, y atrancaremos la ventana y la puerta. Pero primero Nob y yo traeremos vuestro equipaje.

Durante la ausencia de Trancos, Frodo hizo a Merry un rápido relato de todo lo que había ocurrido en las últimas horas. Merry estaba todavía metido en la lectura y el estudio de la carta de Gandalf cuando Trancos y Nob llegaron de vuelta.

—Bueno, señores —dijo Nob—; desarreglé las mantas y puse una almohada en medio de la cama. Hice también una bonita imitación de la cabeza de usted con un felpudo de lana de color castaño, señor Bol... Sotomonte, señor —añadió con una sonrisa que mostraba los dientes.

Pippin se rió. —¡Gran parecido! —dijo—. Pero ¿qué harán cuando descubran el engaño?

—Ya se verá —dijo Trancos—. Esperemos poder resistir hasta la mañana.

—Buenas noches a todos —dijo Nob y salió a ocuparse de la vigilancia de las puertas.

Amontonaron los sacos y el equipo en el piso de la salita. Apoyaron un sillón bajo contra la puerta y cerraron la ventana. Frodo espió afuera y vio que la noche era clara todavía. La Hoz* brillaba sobre las estribaciones de la colina de Bree. Cerró luego atrancando las pesadas persianas interiores y corrió las cortinas. Trancos reanimó el fuego y apagó todas las velas.

Los hobbits se tendieron sobre las mantas con los pies apuntando al fuego, pero Trancos se instaló en el sillón que defendía la puerta. Hablaron un momento, pues Merry tenía pendientes algunas preguntas.

—¡Un salto por encima de la luna! —rió Merry entre dientes mientras se envolvía en la manta—. ¡Muy ridículo de tu parte, Frodo! Pero me hubiera gustado estar allí para verlo. Las gentes dignas de Bree seguirán discutiéndolo de aquí a cien años.

—Así lo espero —dijo Trancos.

Luego todos callaron, y uno tras otro los hobbits cayeron dormidos.

* Nombre que dan los Hobbits a la Osa Mayor o El Arado.

11

UN CUCHILLO EN LA OSCURIDAD

Mientras en la posada de Bree se preparaban a dormir, las tinieblas se extendían en Los Gamos: una niebla se movía por las cañadas y las orillas del río. La casa de Cricava se alzaba envuelta en silencio. Gordo Bolger abrió la puerta con precaución y miró afuera. Una inquietud temerosa había estado creciendo en él a lo largo del día, y ahora no tenía ganas de descansar ni de irse a la cama: había como una amenaza latente en el aire inmóvil de la noche. Mientras clavaba los ojos en la oscuridad, una sombra negra se escurrió bajo los árboles; la puerta pareció abrirse por sus propios medios y cerrarse sin ruido. Gordo Bolger sintió que el terror lo dominaba. Se encogió, y retrocedió, y se quedó un momento en el vestíbulo, temblando. Luego cerró la puerta y echó el cerrojo.

La noche se hizo más profunda. Se oyó entonces un sonido de cascos: traían un caballo furtivamente por la senda. Las pisadas se detuvieron a la puerta del jardín, y tres formas negras entraron como sombras nocturnas arrastrándose por el suelo. Una de ellas fue a la puerta; las otras dos a los extremos de la casa, y allí se quedaron, inmóviles como sombras de piedras, mientras proseguía la noche lentamente. La casa y los árboles silenciosos parecían esperar conteniendo el aliento.

Hubo una leve agitación en las hojas, y a la distancia cantó un gallo. Era la hora fría que precede al alba. La figura que estaba junto a la puerta se movió de pronto, y en la oscuridad sin luna y sin estrellas brilló una hoja de metal, como si hubiesen desenvainado una luz helada. Se oyó un golpe, sordo pero pesado, y la puerta se estremeció.

—¡Abre, en nombre de Mordor! —dijo una voz atiplada y amenazadora.

Otro golpe, y las maderas estallaron y la cerradura saltó en pedazos, y la puerta cedió y cayó hacia atrás. Las formas negras entraron precipitadamente.

En ese momento, entre los árboles cercanos, sonó un cuerno. Desgarró la noche como un fuego en lo alto de una loma.

¡DESPERTAD! ¡FUEGO! ¡PELIGRO! ¡ENEMIGOS! ¡DESPERTAD!

Gordo Bolger no había estado inactivo. Tan pronto como vio que las formas oscuras venían arrastrándose por el jardín, supo que tenía que correr, o morir. Y corrió, saliendo por la puerta de atrás, a través del jardín y por los campos. Cuando llegó a la casa más cercana, a más de una milla, se derrumbó en el umbral, gritando: —¡No, no, no! ¡No, no yo! ¡No lo tengo! —Pasó un tiempo antes que alguien pudiera entender los balbuceos de Bolger. Al fin llegaron a la conclusión de que había enemigos en Los Gamos, una extraña invasión que venía del Bosque Viejo. Y no perdieron más tiempo.

¡PELIGRO! ¡FUEGO! ¡ENEMIGOS!

Los Brandigamo estaban tocando el cuerno de llamada de Los Gamos, que no había sonado desde hacía un siglo, desde el Invierno Cruel cuando habían aparecido los lobos blancos, y las aguas del Brandivino estaban heladas.

¡DESPERTAD! ¡DESPERTAD!

Otros cuernos respondieron a lo lejos. La alarma cundía rápidamente.

Las figuras negras escaparon de la casa. Una de ellas, mientras corría, dejó caer en el umbral un manto de hobbit. Afuera en el sendero se oyó un ruido de cascos, y en seguida un galope que se alejó martillando las tinieblas. Todo alrededor de Cricava resonaba la llamada de los cuernos, voces que gritaban y pies que corrían. Pero los Jinetes Negros galopaban como un viento hacia la Puerta del Norte. ¡Dejad que la Gente Pequeña toque los cuernos! Sauron se encargaría de ellos más tarde. Mientras tanto tenían otra misión que cumplir: ahora sabían que la casa estaba vacía y que el Anillo había desaparecido. Cargaron sobre los guardias de la puerta y desaparecieron de la Comarca.

En las primeras horas de la noche, Frodo despertó de pronto de un sueño profundo, como perturbado por algún ruido o alguna presencia. Vio que Trancos seguía sentado y alerta en el sillón, los ojos brillantes a la luz del fuego, que ardía vivamente. Pero Trancos no se movió ni le hizo ninguna seña.

Frodo no tardó en dormirse de nuevo, y esta vez creyó oír un ruido de viento y de cascos que galopaban en la noche. El viento parecía rodear la casa y sacudirla, y a lo lejos sonó un cuerno, que tocaba furiosamente. Abrió los ojos, y oyó el canto vigoroso de un gallo en el corral. Trancos había descorrido las cortinas, y ahora empujaba ruidosamente los postigos. Las primeras luces grises del alba iluminaban el cuarto, y un viento frío entraba por la ventana abierta.

Luego de haberlos despertado a todos, Trancos los llevó a la alcoba. Cuando la vieron, se alegraron de haberle hecho caso; habían forzado los postigos, que batían al viento; las cortinas ondeaban; las camas estaban todas revueltas, las almohadas abiertas de arriba abajo y tiradas en el suelo, y habían hecho pedazos el felpudo.

Trancos fue a buscar en seguida al posadero. El pobre señor Mantecona parecía somnoliento y asustado. Apenas había cerrado los ojos en toda la noche (así dijo), pero no había oído nada.

—¡Nunca me ocurrió una cosa semejante! —gritó alzando horrorizado las manos—. ¡Huéspedes que no pueden dormir en cama, y buenas almohadas arruinadas y todo lo demás! ¿Qué tiempos son éstos?

—Tiempos oscuros —dijo Trancos—. Pero por el momento podrás vivir en paz, una vez que te libres de nosotros. Partiremos en seguida. No te preocupes por el desayuno: bastará una taza de algo y un bocado de pie. Empaquetaremos en unos minutos.

El señor Mantecona corrió a ordenar que tuvieran listos los poneys y a prepararles un «bocadillo». Pero volvió muy pronto aterrorizado. ¡Los poneys no estaban! Habían abierto las puertas de los establos durante la noche y los animales habían desaparecido: no sólo los poneys de Merry sino también todas las otras bestias que se encontraban allí.

Frodo se sintió aplastado por la noticia. ¿Cómo podrían llegar a Rivendel a pie, perseguidos por enemigos montados? Tanto valía que trataran de alcanzar la luna. Trancos los miró en silencio un rato, como sopesando la fuerza y el coraje de los hobbits.

—Los poneys no nos ayudarán a escapar de hombres a caballo —dijo al fin con aire pensativo, como si adivinara lo que Frodo tenía en la cabeza—. No iremos más despacio a pie, no por los caminos que yo quisiera tomar. Yo iré caminando de todos modos. Lo que me preocupa son las provisiones y el equipo. No encontraremos nada que comer de aquí a Rivendel, fuera de lo que llevemos con nosotros, y sería necesario contar con bastantes reservas, pues podríamos retrasarnos, obligados a hacer algún rodeo, apartándonos del camino principal. ¿Cuánto estáis dispuestos a cargar vosotros mismos?

—Tanto como sea necesario —dijo Pippin, sintiéndose desfallecer, pero tratando de mostrar que era más fuerte de lo que parecía (o sentía).

—Yo soportaría la carga de dos —dijo Sam con aire desafiante.

—¿No hay nada que hacer, señor Mantecona? —preguntó Frodo—. ¿No podríamos conseguir un par de poneys en la aldea, o por lo menos uno para el equipaje? No pienso que podamos alquilarlos, pero sí quizá comprarlos —añadió con un tono indeciso, preguntándose si podría permitirse ese gasto.

—Lo dudo —dijo el posadero tristemente—. Los dos o tres poneys de silla que había en Bree estaban aquí en mi establo, y se han ido. En cuanto a otros animales, caballos, poneys de tiro, o lo que sea, hay poco en Bree, y no está en venta. Pero haré todo lo que pueda. Voy a sacar a Bob de la cama, que vaya a averiguar.

—Sí —dijo Trancos de mala gana—, será lo mejor. Temo que sea menester llevar un poney por lo menos. ¡Pero aquí termina toda esperanza de salir temprano, y de escurrirnos en silencio! Será casi como si hiciésemos sonar un cuerno anunciando la partida. Esto es parte del plan de ellos, sin duda.

—Queda una miga de consuelo —dijo Merry—, y espero que más de una miga, podemos desayunar mientras esperamos, y sentados. Llamemos a Nob.

Al fin fueron más de tres horas de atraso. Bob volvió informando que no había ningún caballo o poney disponible en la vecindad, ni por dinero ni como regalo: excepto uno que Bill Helechal estaría quizá dispuesto a vender.

—Una criatura vieja y famélica —dijo Bob—, pero no quiere separarse de ella por menos de tres veces su valor, teniendo en cuenta la situación de ustedes, lo que no me sorprende en Bill Helechal.

—¿Bill Helechal? —dijo Frodo—. ¿No habrá algún engaño? ¿No volverá el animal a él con todas nuestras cosas, o no ayudará a que nos persigan, o algo?

—Quizá —dijo Trancos—. Pero me cuesta imaginar que un animal vuelva a él, una vez que se ha ido. Pienso que es sólo una ocurrencia de último momento del amable señor Helechal, un modo de sacar más beneficio de este asunto. El peligro principal es que la pobre bestia esté a las puertas de la muerte. Pero no parece haber alternativa. ¿Qué nos pide?

El precio de Bill Helechal era de doce centavos de plata, y esto representaba en verdad tres veces el valor de un poney en aquella región. El poney de Helechal resultó ser una bestia huesuda, mal alimentada y floja; pero no parecía que fuera a morirse en seguida. El señor Mantecona lo pagó de su propio bolsillo y ofreció a Merry otras dieciocho monedas como compensación por los animales perdidos. Era un hombre honesto, y de buena posición según se decía en Bree, pero treinta centavos de plata fueron para él un golpe duro, y haber sido víctima de Bill Helechal aumentaba todavía más el dolor.

En verdad no salió tan mal parado a fin de cuentas. Como descubrió más tarde, sólo tendría que lamentar el robo de un caballo. Los otros habían sido ahuyentados, o habían huido, dominados por el miedo, y los encontraron vagando en diferentes lugares de las Tierras de Bree. Los poneys de Merry habían escapado juntos, y en definitiva (pues eran animales sensatos) tomaron el camino de las Quebradas en busca de Gordo Terronillo. De modo que pasaron un tiempo al cuidado de Tom Bombadil, y estuvieron bien. Pero cuando le llegaron las noticias de lo que había ocurrido en Bree, Tom se los envió en seguida de vuelta al señor Mantecona, que de este modo obtuvo cinco poneys excelentes a muy buen precio. Tuvieron que trabajar mucho más en Bree, pero Bob los trató bien, de modo que en general fueron afortunados: escaparon a un viaje sombrío y peligroso. Pero no llegaron nunca a Rivendel.

Mientras, sin embargo, el señor Mantecona dio el dinero por perdido, para bien o para mal. Y ahora tenía nuevas dificultades. Pues cuando los otros despertaron y se enteraron del asalto a la posada, hubo una gran conmoción. Los viajeros sureños habían perdido varios caballos y culparon al posadero a gritos, hasta que se supo que uno de ellos había desaparecido también en la noche, nada menos que el compañero bizco de Bill Helechal. Las sospechas cayeron sobre él en seguida.

—Si andan en compañía de un ladrón de caballos, y lo traen a mi casa —dijo Mantecona, furioso—, son ustedes los que tendrían que pagar todos los daños y no venir a gritarme. ¡Vayan y pregúntenle a Helechal dónde está ese guapo amigo de ustedes!

Pero parecía que el hombre no era amigo de nadie, y ninguno podía recordar cuándo se había unido a ellos.

Después del desayuno los hobbits tuvieron que empacar otra vez y hacer acopio de nuevas provisiones para el viaje más largo que los esperaba ahora. Eran ya cerca de las diez cuando al fin partieron. Por ese entonces ya todo Bree bullía de excitación. El truco de la desaparición de Frodo; la aparición de los Jinetes Negros; el robo en los establos; y no menos la noticia de que Trancos el Montaraz se había unido a los misteriosos hobbits: había bastante para alimentar unos cuantos años poco movidos. La mayor parte de los habitantes de Bree y Entibo y también muchos de Combe y de Archet se habían apretujado a lo largo del camino para ver partir a los viajeros. Los otros huéspedes de la posada estaban en las puertas o se asomaban a las ventanas.

Trancos había cambiado de idea, y decidió dejar Bree por el camino principal. Todo intento de salir directamente al campo sólo empeoraría las cosas: la mitad de los habitantes los seguiría para saber a dónde iban e impedir que cruzaran por terrenos privados.

Los hobbits se despidieron de Bob y Nob, y agradecieron cordialmente al señor Mantecona.

—Espero que nos encontremos de nuevo un día, cuando haya otra vez felicidad —dijo Frodo—. Nada me gustaría más que pasar un tiempo en paz en la casa de usted.

Partieron a pie, inquietos y deprimidos, bajo las miradas de la multitud. No todas las caras eran amistosas, ni todas las palabras que les gritaban. Pero la mayoría de los habitantes de Bree parecían temer a Trancos, y aquellos a quienes él miraba a los ojos cerraban la boca y se alejaban. Trancos marchaba a la cabeza con Frodo; luego venían Merry y Pippin, y al fin Sam, que llevaba el poney, cargado con todo el equipaje que se había animado a ponerle encima; pero el animal parecía ya menos abatido, como si aprobara este cambio de suerte. Sam masticaba una manzana con aire ensimismado. Tenía un bolsillo lleno, regalo de despedida de Bob y Nob. «Manzanas para caminar, y una pipa para descansar —se dijo—. Pero tengo la impresión de que me faltarán las dos cosas dentro de poco.»

Los hobbits no prestaron atención a las cabezas inquisitivas que miraban desde el hueco de las puertas, o que asomaban por encima de cercas y muros, mientras pasaban. Pero cuando se aproximaban a la puerta de trancas,

Frodo vio una casa sombría y mal cuidada escondida detrás de un seto espeso: la última casa de la villa. En una de las ventanas alcanzó a ver una cara cetrina de ojos oblicuos y taimados, que en seguida desapareció.

—¡De modo que es aquí donde se esconde ese sureño! —dijo—. Se parece bastante a un trasgo.

Por encima del seto, otro hombre los observaba con descaro. Tenía espesas cejas negras y ojos oscuros y despreciativos, y boca grande, torcida en una mueca desdeñosa. Fumaba una corta pipa negra. Cuando ellos se acercaron, se la sacó de la boca y escupió.

—¡Buen día, Patas Largas! —dijo—. ¿Partida matinal? ¿Al fin encontraste unos amigos?

Trancos asintió con un movimiento de cabeza, pero no dijo nada.

—¡Buen día, mis pequeños amigos! —dijo el hombre a los otros—. Supongo que ya saben con quién se han juntado. ¡Don Trancos-sin-escrúpulos, ése es! Aunque he oído otros apodos no tan bonitos. ¡Tengan cuidado, esta noche! ¡Y tú, Sammy, no maltrates a mi pobre y viejo poney! ¡Puf!

El hombre escupió de nuevo. Sam se volvió.

—Y tú, Helechal —dijo—, quita esa horrible facha de mi vista, si no quieres que te la aplaste.

Con un movimiento repentino, rápido como un relámpago, una manzana salió de la mano de Sam y golpeó a Bill en plena nariz. Bill se echó a un lado demasiado tarde y detrás de la cerca se oyeron unos juramentos.

—Lástima de manzana —se lamentó Sam, y siguió caminando a grandes pasos.

Por último dejaron atrás la aldea. La escolta de niños y vagabundos que venía siguiéndolos se cansó y dio media vuelta en la Puerta del Sur. Ellos continuaron por la calzada durante algunas millas. El Camino torcía ahora a la izquierda, volviéndose hacia el este mientras rodeaba la Colina de Bree, y descendiendo luego rápidamente hacia una zona boscosa. Alcanzaban a ver a la izquierda algunos agujeros de hobbits y casas de la villa de Entibo en las faldas más suaves del sudeste de la loma. Allá abajo, en lo profundo de un valle, al norte del Camino, se elevaban unas cintas de humo; era la aldea de Combe. Archet se ocultaba entre los árboles, más lejos.

Camino abajo, luego de haber dejado atrás la Colina de Bree, alta y parda, llegaron a un sendero estrecho que llevaba al norte.

—Aquí es donde dejaremos el camino abierto y tomaremos el camino encubierto —dijo Trancos.

—Que no sea un atajo —dijo Pippin—. Nuestro último atajo por los bosques casi termina en un desastre.

—Ah, pero todavía no me teníais con vosotros —dijo Trancos riendo—. Mis atajos, largos o cortos, nunca terminan mal.

Echó una mirada al Camino, de uno a otro extremo. No había nadie a la vista, y los guió rápidamente hacia el valle boscoso.

El plan de Trancos, en la medida en que ellos podían entenderlo sin conocer la región, era encaminarse al principio hacia Archet, pero tomar en seguida a la derecha y dejar atrás la aldea por el este, y luego marchar en línea recta todo lo posible por las tierras salvajes hacia la Cima de los Vientos. De este modo, si todo iba bien, podrían ahorrarse una gran vuelta del Camino, que más adelante doblaba hacia el sur para evitar los Pantanos de Moscagua. Pero por supuesto, tendrían que cruzarlos al fin, y la descripción que hacía Trancos no era alentadora.

Mientras, sin embargo, no les desagradaba caminar. En verdad, sí no hubiese sido por los acontecimientos perturbadores de la noche anterior, habrían disfrutado de esta parte del viaje más que de ninguna otra hasta entonces. El sol brillaba en un cielo despejado, pero no hacía demasiado calor. Los árboles del valle estaban todavía cubiertos de hojas de colores vivos, y parecían pacíficos y saludables. Trancos guiaba sin titubear entre los muchos senderos entrecruzados; era evidente que abandonados a ellos mismos los hobbits se hubieran extraviado en seguida. El complicado itinerario tenía muchas vueltas y revueltas, para evitar cualquier persecución.

—Bill Helechal estaba espiándonos sin duda alguna cuando dejamos la calzada —dijo Trancos—, pero no creo que nos haya seguido. Conoce bastante bien la región, pero sabe que no podría rivalizar conmigo en un bosque. Me importa más lo que Helechal podría decir a otros. Se me ocurre que no están muy lejos de aquí. Tanto mejor si piensan que nos encaminamos a Archet.

Ya fuese por la habilidad de Trancos o por alguna otra razón, ese día no vieron señales ni oyeron sonidos de cualquier otra criatura viviente; ni bípedos, excepto pájaros; ni cuadrúpedos, excepto un zorro y unas pocas ardillas. Al día siguiente marcharon en línea recta hacia el oeste, y todo estuvo tranquilo y en paz. Al tercer día salieron del Bosque de Chet. El terreno había estado descendiendo poco a poco desde que dejaran el Camino, y ahora entraban en un llano amplio, mucho más difícil de recorrer. La frontera de las Tierras de Bree había quedado muy atrás, y estaban en un desierto donde no había ningún sendero, ya cerca de los Pantanos de Moscagua.

El suelo era cada vez más húmedo, barroso en algunos lugares, y de cuando en cuando tropezaban con charcos, y anchas cañadas y juncos donde gorjeaban unos pajaritos escondidos. Tenían que cuidar dónde ponían los pies, para no mojarse y no salirse del curso adecuado. Al principio avanzaron rápidamente, pero luego la marcha se hizo más lenta y peligrosa. Los pantanos los confundían, y eran traicioneros, y ni siquiera los Montaraces habían podido descubrir una senda permanente que cruzara los tembladerales. Las moscas empezaron a atormentarlos, y en el aire flotaban nubes de mosquitos minúsculos que se les metían por las mangas y pantalones y en el cabello.

—¡Me comen vivo! —gritó Pippin—. ¡Moscagua! ¡Hay más moscas que agua!

—¿De qué viven cuando no tienen un hobbit cerca? —preguntó Sam rascándose el cuello.

Pasaron un día desdichado en aquella región solitaria y desagradable. El sitio donde acamparon era húmedo, frío e incómodo, y los insectos no los dejaron dormir. Había también unas criaturas abominables que merodeaban entre las cañas y las hierbas, y que por el ruido que hacían parecían parientes endemoniados del grillo. Había miles de ellos, chillando todos alrededor, *nic-bric, bric-nic,* incesantemente, toda la noche, hasta poner frenéticos a los hobbits.

El día siguiente, el cuarto, fue poco mejor, y la noche casi tan incómoda. Aunque los nique-brique (como Sam los llamaba) habían quedado atrás, los mosquitos todavía los perseguían.

Frodo estaba tendido, cansado pero incapaz de cerrar los ojos, cuando creyó ver que en el cielo oriental, muy lejos, aparecía una luz; brillaba y se apagaba, una y otra vez. No era el alba, para la que faltaban todavía algunas horas.

—¿Qué es esa luz? —le preguntó a Trancos, que se había puesto de pie y ahora escrutaba la noche.

—No sé —respondió Trancos—. Está demasiado lejos. Parecerían relámpagos que estallan en las cimas de las colinas.

Frodo se acostó de nuevo, pero durante largo rato continuó viendo las luces blancas, y recortándose contra ellas la figura alta y oscura de Trancos, erguida, silenciosa y vigilante. Al fin cayó en un sueño intranquilo.

No habían andado mucho en el quinto día cuando dejaron atrás los últimos charcos y las cañadas de los pantanos. El suelo comenzó a subir otra vez ante ellos. Al este, a lo lejos, podían ver ahora una cadena de colinas. La más alta estaba a la derecha de la cadena y un poco separada de las otras. La cima era cónica, un poco aplastada.

—Aquélla es la Cima de los Vientos —dijo Trancos—. El Viejo Camino que dejamos atrás a la derecha pasa no muy lejos por el lado sur. Llegaremos allí mañana al mediodía, si continuamos en línea recta. Supongo que es lo mejor que podemos hacer.

—¿Qué quieres decir? —preguntó Frodo.

—Quiero decir que no sabemos a ciencia cierta qué encontraremos allí. Está cerca del Camino.

—Pero ¿al menos tenemos la esperanza de encontrar a Gandalf?

—Sí, pero la esperanza es débil. Si viene por este camino, quizá no pase por Bree, y no sabría qué ha sido de nosotros. Y de cualquier modo, a menos que por alguna fortuna no lleguemos casi al mismo tiempo, no coincidiremos; sería peligroso para él y para nosotros detenernos mucho. Si los Jinetes no nos encuentran en las tierras salvajes, es probable que ellos también vayan a la Cima de los Vientos. Desde allí se dominan los alrededores. En verdad hay muchos pájaros y bestias de esta región que podrían vernos aquí desde esa cima. No todos los pájaros son de fiar, y hay otros espías todavía más malévolos.

Los hobbits miraron con inquietud las colinas distantes. Sam alzó los ojos al cielo blanquecino, temiendo ver allá arriba halcones o águilas de ojos brillantes y hostiles.

—¡No me inquiete usted, señor Trancos! —dijo.

—¿Qué nos aconsejas? —preguntó Frodo.

—Pienso —respondió Trancos lentamente, como si no estuviera del todo seguro—, pienso que lo mejor sería ir hacia el este en línea recta, todo lo posible, y llegar así a las colinas evitando la Cima de los Vientos. Allí encontraremos un sendero que conozco y que corre al pie de la Cima y que nos acercará desde el norte de un modo más encubierto. Veremos entonces lo que podamos ver.

Marcharon toda la jornada hasta que cayó la noche, fría y temprana. La tierra se hizo más seca y más árida, pero detrás de ellos flotaban nieblas y vapores sobre los pantanos. Unos pocos pájaros melancólicos piaron y se lamentaron hasta que el redondo sol rojo se hundió lentamente en las sombras occidentales; luego siguió un silencio vacío. Los hobbits recordaron la luz dulce del sol poniente que entraba por las alegres ventanas de Bolsón Cerrado allá lejos.

Terminaba el día cuando llegaron a un arroyo que descendía serpeando desde las lomas y se perdía en las aguas estancadas, y lo siguieron aguas arriba mientras hubo luz. Ya era de noche cuando al fin se detuvieron acampando bajo unos alisos achaparrados a orillas del arroyo. Las márgenes desnudas de las colinas se alzaban ahora contra el cielo oscuro. Aquella noche montaron guardia, y Trancos, al parecer, no cerró los ojos. Había luna creciente, y en las primeras horas de la noche una claridad fría y grisácea se extendió sobre el campo.

A la mañana siguiente se pusieron en marcha poco antes de la salida del sol. Había una escarcha en el aire, y el cielo era de un pálido color azul. Los hobbits se sentían renovados, como si hubieran dormido toda la noche. Estaban ya acostumbrándose a caminar mucho con la ayuda de raciones escasas, más escasas al menos de las que allá en la Comarca hubiesen considerado apenas suficientes para mantener a un hobbit en pie. Pippin declaró que Frodo parecía dos veces más grande que antes.

—Muy raro —dijo Frodo, apretándose el cinturón—, teniendo en cuenta que hay bastante menos de mí. Espero que el proceso de adelgazamiento no continúe de modo indefinido, o llegaré a convertirme en un espectro.

—¡No hables de esas cosas! —dijo Trancos rápidamente y con una seriedad que sorprendió a todos.

Las colinas estaban más cerca. Eran una cadena ondulante, que se elevaba a menudo a más de trescientos metros, cayendo aquí y allá en gargantas o pasos bajos que llevaban a las tierras del este. A lo largo de la cresta de la cadena los hobbits alcanzaron a ver los restos de unos muros y calzadas cubiertas de pastos, y en las gargantas se alzaban aún las ruinas de unos edificios de piedra. A la noche habían alcanzado el pie de las pendientes del oeste, y acamparon allí. Era la noche del cinco de octubre, y estaban a seis días de Bree.

A la mañana siguiente, y por vez primera desde que habían dejado el Bosque de Chet, descubrieron un sendero claramente trazado. Doblaron a la derecha y lo siguieron hacia el sur. El sendero discurría de tal modo que parecía ocultarse a las miradas de cualquiera que se encontrara tanto en las cimas vecinas como en las llanuras del oeste. Se hundía en los valles y bordeaba las estribaciones escarpadas, y cuando cruzaba terrenos más llanos y descubiertos tenía a los lados hileras de peñascos y piedras cortadas que ocultaban a los viajeros casi como una cerca.

—Me pregunto quién habrá hecho esta senda, y para qué —dijo Merry, mientras marchaban por una de estas avenidas, bordeada de piedras de tamaño insólito, apretadas unas contra otras—. No estoy seguro de que me guste. Me recuerda demasiado la región de los túmulos. ¿Hay túmulos en la Cima de los Vientos?

—No. No hay túmulos en la Cima de los Vientos, ni en ninguna de estas alturas —dijo Trancos—. Los Hombres del Oeste no vivían aquí, aunque en sus últimos días defendieron un tiempo estas colinas contra el mal que venía de Angmar. Este camino abastecía los fuertes a lo largo de los muros. Pero mucho antes, en los primeros tiempos del Reino del Norte, edificaron una torre de observación en lo más alto de la Cima de los Vientos, y la llamaron Amon Sûl. Fue incendiada y demolida, y nada queda de ella excepto un círculo de piedras desparramadas, como una tosca corona en la cabeza de la vieja colina. Sin embargo, en un tiempo fue alta y hermosa. Se dice que Elendil subió allí a observar la llegada de Gil-galad que venía del Oeste, en los días de la Última Alianza.

Los hobbits observaron a Trancos. Parecía muy versado en tradiciones antiguas, tanto como en los modos de vida del desierto.

—¿Quién era Gil-galad? —preguntó Merry, pero Trancos no respondió, como perdido en sus propios pensamientos.

De pronto una voz baja murmuró:

> *Gil-galad era un rey de los Elfos;*
> *los trovadores lamentaban la suerte*
> *del último reino libre y hermoso*
> *entre las montañas y el océano.*
>
> *La espada del rey era larga, y afilada la lanza,*
> *y el casco brillante se veía de lejos;*
> *y en el escudo de plata se reflejaban*
> *los astros innumerables de los campos del cielo.*

Pero hace mucho tiempo se alejó a caballo,
y nadie sabe dónde habita ahora;
la estrella de Gil-galad cayó en las tinieblas
de Mordor, el país de las sombras.

Los otros se volvieron, estupefactos, pues la voz era la de Sam.

—¡No te detengas! —dijo Merry.

—Es todo lo que sé —balbuceó Sam, enrojeciendo—. La aprendí del señor Bilbo, cuando era muchacho. Acostumbraba contarme historias como ésa, sabiendo cómo me gustaba oír cosas de los Elfos. Fue el señor Bilbo quien me enseñó a leer y escribir. Era muy sabio, el querido viejo señor Bilbo. Y escribía *poesía*. Escribió lo que acabo de decir.

—No fue él —dijo Trancos—. Es parte de una balada, *La caída de Gil-galad*. Bilbo tiene que haberla traducido. Yo no estaba enterado.

—Hay algo más —dijo Sam—, todo acerca de Mordor. No aprendí esa parte, me da escalofríos. ¡Nunca supuse que yo también tomaría ese camino!

—¡Ir a Mordor! —gritó Pippin—. ¡Confío en que no lleguemos a eso!

—¡No pronuncies ese nombre en voz alta! —dijo Trancos.

Era ya mediodía cuando se acercaron al extremo sur del camino, y vieron ante ellos, a la luz clara y pálida del sol de octubre, un barranco verde-gris que llegaba como un puente a la falda norte de la colina. Decidieron trepar hasta la cima en seguida, mientras había luz. La ocultación ya no era posible, y sólo podían esperar que ningún enemigo o espía estuviera observándolos. Nada se movía allá en lo alto. Si Gandalf andaba cerca, no se veía ninguna señal.

En el flanco occidental de la Cima de los Vientos encontraron un hueco abrigado, y en el fondo una concavidad con laderas tapizadas de hierba. Dejaron allí a Pippin y Sam con el poney, los bultos y el equipaje. Los otros tres continuaron la marcha. Al cabo de media hora de trabajosa ascensión, Trancos alcanzó la cima; Frodo y Merry llegaron detrás agotados y sin aliento. La última pendiente había sido escarpada y rocosa.

Encontraron arriba, como había dicho Trancos, un amplio círculo de piedras trabajadas, desmoronadas ahora o cubiertas por un pasto secular. Pero en el centro había una pila de piedras rotas, ennegrecidas como por el fuego. Alrededor el pasto había sido quemado hasta las raíces, y en todo el interior del anillo las hierbas estaban chamuscadas y resecas, como si las llamas hubieran barrido la cima de la colina; pero no había señal de criaturas vivientes.

Mirando de pie desde el borde del círculo de ruinas se alcanzaba a ver abajo y en torno un amplio panorama, en su mayor parte de tierras áridas y sin ninguna característica, excepto unas manchas de bosques en las lejanías del sur, y detrás de los bosques, aquí y allá, el brillo de un agua distante. Abajo, del lado sur, corría como una cinta el Viejo Camino, viniendo del oeste y serpenteando en subidas y bajadas, hasta desaparecer en el este detrás de una estribación oscura. Nada se movía allí. Siguiéndolo con la mirada, vieron las Montañas: las elevaciones más cercanas eran de un color castaño y sombrío; detrás se alzaban formas grises y más altas, y luego unos picos elevados y blancos que centelleaban entre nubes.

—¡Bueno, aquí estamos! —dijo Merry—. Qué triste y poco hospitalario parece todo. No hay agua ni reparo. Y ninguna señal de Gandalf. Pero no lo acuso de no habernos esperado, si es que vino por aquí.

—No estoy seguro —dijo Trancos, mirando pensativo alrededor—. Aunque hubiera llegado a Bree un día o dos después de nosotros, ya podría haber estado aquí. Puede cabalgar muy rápidamente cuando es necesario. —Calló de pronto y se inclinó a mirar la piedra que coronaba la pila; era más chata que las otras y más blanca, como si hubiera escapado al fuego. La recogió y la examinó mirándola por un lado y por otro.— Esta piedra ha sido manipulada hace poco —dijo—. ¿Qué piensas de estas marcas?

En la base chata Frodo vio unos rasguños: Ⲓˊ·ⵣ·

—Parece ser un trazo, un punto, y tres trazos —dijo.

—El trazo de la izquierda podría ser una G runa ramificada —dijo Trancos—. Quizá sea una señal que nos dejó Gandalf, aunque no podemos estar seguros. Los trazos son finos, y sin duda recientes. Pero estas marcas podrían tener un significado completamente distinto, y sin ninguna relación con nosotros. Los Montaraces usan runas también, y a veces vienen aquí.

—¿Qué podrían significar, aun en el caso de que las hubiera hecho Gandalf?

—Diría —respondió Trancos— que representan G3, e indican que Gandalf estuvo aquí el 3 de octubre, esto es hace tres días. Pueden indicar también que tenía prisa y que el peligro no estaba lejos, de modo que no pudo escribir algo más largo o más claro, o no se atrevió. Si es así, hay que estar alerta.

—Quisiera tener la certeza de que fue él quien dejó estas marcas, aunque no sepamos su significado —dijo Frodo—. Sería un alivio saber que está en camino, delante o detrás de nosotros.

—Quizá —dijo Trancos—. Para mí, estuvo aquí y en peligro. Ha habido un fuego que quemó las hierbas, y me viene ahora a la memoria la luz que vimos hace tres días en el cielo del este. Sospecho que atacaron a Gandalf en esta misma cima, pero no podría decir con qué resultado. Ya no está aquí, y ahora tenemos que ocuparnos de nosotros mismos y encaminarnos a Rivendel del mejor modo posible.

—¿A qué distancia está Rivendel? —preguntó Merry, mirando alrededor desanimadamente; el mundo parecía vasto y salvaje visto desde lo alto de la Cima de los Vientos.

—No sé si el Camino ha sido alguna vez medido en millas más allá de *La Posada Abandonada*, a una jornada de marcha al este de Bree —respondió Trancos—. Algunos dicen que está a tal distancia, y otros a tal otra. Es una ruta extraña, y las gentes se alegran de llegar a destino, tarde o temprano. Pero sé cuánto me llevaría a mí, a pie, con tiempo bueno y sin contratiempos: doce días desde aquí al Vado de Bruinen, donde el Camino cruza el Sonorona que nace en Rivendel. Nos esperan por lo menos dos semanas de marcha, pues no creo que nos convenga tomar el Camino.

—¡Dos semanas! —dijo Frodo—. Pueden ocurrir muchas cosas en ese tiempo.

—Así es —dijo Trancos.

Permanecieron un momento en silencio, junto al borde sur de la cima. En aquel sitio solitario Frodo tuvo conciencia por primera vez del desamparo en que se encontraba y de los peligros a que estaba expuesto. Deseó amargamente que la fortuna lo hubiese dejado en la tranquila y amada Comarca. Observó desde lo alto el odioso Camino, que llevaba de vuelta al oeste, hacia el hogar. De pronto advirtió que dos puntos negros se movían allí lentamente, en el oeste, y mirando de nuevo vio que otros tres avanzaban en sentido contrario. Dio un grito y apretó el brazo de Trancos.

—Mira —dijo, apuntando hacia abajo.

Trancos se arrojó inmediatamente al suelo detrás del círculo de ruinas, tirando de Frodo. Merry se echó junto a ellos.

—¿Qué es eso? —preguntó en voz baja.

—No sé —dijo Trancos—, pero temo lo peor.

Se arrastraron de nuevo lentamente hasta el borde del anillo, y miraron por un intersticio entre dos piedras dentadas. La luz ya no era brillante, pues la claridad de la mañana se había desvanecido, y unas nubes que venían del este cubrían ahora el sol, que comenzaba a declinar. Todos veían los puntos negros, pero Frodo y Merry no distinguían ninguna forma; aunque algo les decía sin embargo que allí abajo, muy lejos, los Jinetes Negros estaban reuniéndose en el Camino, más allá de las estribaciones de la colina.

—Sí —dijo Trancos, que tenía ojos penetrantes y para quien no había ninguna duda—. ¡El enemigo está aquí!

Arrastrándose por el flanco sur de la colina, descendieron rápidamente a reunirse con los otros.

Sam y Peregrin no habían perdido el tiempo, y habían explorado la cañada y las pendientes vecinas. No muy lejos, en el flanco mismo de la colina, encontraron un manantial de agua clara, y al lado unas huellas de pisadas que no tenían más de un día o dos. En la cañada misma había señales de un fuego reciente, y otros signos que indicaban un campamento apresurado. Había algunas piedras caídas al borde de la cadena, en el flanco de la colina. Detrás de esas piedras Sam tropezó con una ordenada pila de leña.

—Me pregunto si el viejo Gandalf estuvo aquí —le dijo a Pippin—. Quien haya amontonado esta madera parece que tenía intención de volver.

Trancos se interesó mucho en estos descubrimientos.

—Ojalá me hubiese quedado aquí un rato a explorar yo mismo el terreno —dijo yendo de prisa hacia el manantial a examinar las pisadas.

—Tal como lo temía —dijo al volver—. Sam y Pippin han pisoteado el suelo blando, arruinando o confundiendo las huellas. Unos Montaraces han estado aquí últimamente. Son ellos quienes dejaron la leña para el fuego. Pero hay también muchas huellas nuevas que no pertenecen a Montaraces. Marcas de botas pesadas de hace un día o dos. Un día por lo menos. No estoy seguro, pero creo que ha habido muchos pies calzados con botas.

Trancos calló, sumido en inquietos pensamientos.

Cada uno de los hobbits tuvo una imagen mental de los Jinetes, calzados con botas, envueltos en capas. Si ya habían descubierto la cañada, cuanto antes Trancos los guiara lejos de allí, mejor que mejor. Sam contempló la concavidad con desagrado, sabiendo ahora que los enemigos estaban en el Camino, a unas pocas millas de allí.

—¿No sería mejor que nos alejáramos en seguida, señor Trancos? —preguntó con impaciencia—. Se está haciendo tarde, y no me gusta este agujero. Me encoge el corazón, de algún modo.

—Sí, es de veras necesario que nos decidamos en seguida —respondió Trancos alzando los ojos para observar la hora y el estado del tiempo—. Bueno, Sam —dijo al fin—, a mí tampoco me gusta este sitio, pero no conozco ninguno mejor al que podamos llegar antes de la caída de la noche. Al menos aquí estamos al resguardo de todas las miradas, y si nos movemos sería muy posible que los espías nos descubrieran en seguida. Todo lo que podemos hacer es retroceder hacia el norte por este lado de los cerros, donde el terreno es bastante parecido al de aquí. El Camino está vigilado, pero tendremos que atravesarlo para ocultarnos así en las espesuras del sur. Del lado norte del Camino, más allá de las colinas, la tierra es desnuda y llana en una extensión de muchas millas.

—¿Los Jinetes pueden *ver*? —preguntó Merry—. Quiero decir, parece que se sirven comúnmente más de la nariz que de los ojos, y que nos olfatean desde lejos, si olfatear es la palabra exacta, al menos durante el día. Pero tú hiciste que nos echáramos al suelo, cuando los vimos allá abajo, y ahora dices que podrían vernos si nos movemos de aquí.

—No tomé bastantes precauciones en la cima —respondió Trancos—. Estaba ansioso por encontrar alguna señal de Gandalf pero fue un error que subiéramos los tres, y que estuviéramos de pie allí arriba tanto tiempo. Pues los caballos negros ven, y los Jinetes pueden utilizar hombres y otros seres como espías, como comprobamos en Bree. Ellos mismos no ven el mundo de la luz como nosotros: nuestras formas proyectan sombras en las mentes de los Jinetes, sombras que sólo el sol del mediodía puede destruir, y perciben en la oscuridad signos y formas que se nos escapan, y es entonces cuando son más temibles. Y olfatean en cualquier momento la sangre de las criaturas vivientes, deseándola y odiándola; y hay otros sentidos, además de la vista y el olfato. Nosotros mismos podemos sentir la presencia de estos seres; ha perturbado nuestros corazones desde que llegamos aquí, y aun antes de verlos; y ellos nos sienten a nosotros más vivamente todavía. Además —añadió, bajando la voz hasta que fue un murmullo— el Anillo los atrae.

—¿No hay entonces modo de escapar? —le dijo Frodo mirando atentamente a su alrededor—. Si me muevo, ¡me verán y perseguirán! Si me quedo, ¡los atraeré inexorablemente!

Trancos le puso una mano en el hombro.

—Hay todavía esperanzas —dijo—. No estás solo. Hagamos que esta leña arda como una señal. No hay aquí ni reparo ni defensa, pero el fuego nos servirá como protección. Sauron puede utilizar el fuego para malos designios, como cualquier otra cosa, pero a los Jinetes no les agrada, y temen a quienes lo manejan. En las tierras salvajes el fuego es nuestro amigo.

—Quizá —murmuró Sam—. Valdrá tanto como decir «aquí estamos» llamando a gritos.

En lo más profundo de la cañada y en el rincón más abrigado, encendieron un fuego y prepararon una comida. Las sombras de la noche empezaban a caer y el frío aumentaba. Advirtieron de pronto que tenían mucha hambre, pues no habían comido nada desde el desayuno, pero no se atrevieron a preparar otra cosa que una cena frugal. En la región que se extendía ante ellos no había más que pájaros y bestias salvajes; lugares inhóspitos abandonados por todas las razas del mundo. Los Montaraces se aventuraban a veces más allá de las colinas, pero eran poco numerosos, y no se demoraban allí mucho tiempo. Había otras pocas gentes errantes, de índole maligna: trolls que descendían a veces de los valles septentrionales de las Montañas Nubladas. Los viajeros iban todos por el Camino, enanos casi siempre, que pasaban de prisa ocupados en sus propios asuntos, y que no se detenían a hablar o ayudar a gente extraña.

—No sé cómo haremos para no agotar las provisiones —dijo Frodo—. Nos hemos cuidado bastante en los últimos días, y esta comida no es por cierto un festín, pero si todavía nos quedan dos semanas, y quizá más, hemos consumido demasiado.

—No falta comida en el desierto —dijo Trancos—: bayas, raíces, hierbas, y tengo algunas habilidades como cazador en apuros. No hay por qué temer que nos muramos de hambre antes que llegue el invierno. Pero buscar y recoger comida es un trabajo largo y fatigoso, y tenemos prisa. De modo que apretaos los cinturones, ¡y pensad con esperanza en las mesas de la casa de Elrond!

El frío aumentaba junto con la oscuridad. Espiando desde los bordes de la cañada no veían otra cosa que una tierra gris, que ahora se borraba rápidamente hundiéndose en las sombras. El cielo había aclarado de nuevo, puntuado por estrellas centelleantes, más numerosas cada vez. Frodo y los demás se apretaban alrededor del fuego, envueltos en todas las ropas y mantas disponibles, pero Trancos se contentaba con una capa y estaba sentado un poco aparte, aspirando pensativo el humo de la pipa.

Cuando caía la noche y el fuego comenzó a arder con llamas brillantes, Trancos se puso a contarles historias a los hobbits, para distraerlos y que olvidaran el miedo. Conocía muchas historias y leyendas de otras épocas, de Elfos y Hombres, y de los acontecimientos fastos y nefastos de los Días Antiguos. Los hobbits se preguntaban cuántos años tendría, y dónde habría aprendido todo esto.

—Cuéntanos de Gil-galad —dijo Merry de pronto, cuando Trancos concluyó una historia acerca del Reino de los Elfos e hizo una pausa—. ¿Sabes algo más de esa vieja balada de que hablaste?

—Sí, por cierto —respondió Trancos—. Y también Frodo, pues el asunto nos concierne de veras.

Merry y Pippin miraron a Frodo que clavaba los ojos en el fuego.

—Sólo sé lo poco que me contó Gandalf —dijo Frodo lentamente—. Gil-galad fue el último de los grandes Reyes Elfos de la Tierra Media. Gil-galad significa *Luz de las Estrellas* en la lengua de los Elfos. Junto con Elendil, el amigo de los Elfos, se encaminó al país de...

—¡No! —dijo Trancos interrumpiendo—. No creo que la historia haya de ser contada ahora, con los sirvientes del Enemigo a mano. Si alcanzamos a llegar a la casa de Elrond, podréis oírla allí, desde el principio hasta el fin.

—Entonces cuéntanos alguna otra historia de los viejos días —suplicó Sam—, una de los Elfos antes de la declinación. Me gustaría tanto oír más de los Elfos; parece que la oscuridad se cerrara sobre nosotros desde todos lados.

—Os contaré la historia de Tinúviel —dijo Trancos—. Resumida, pues es un cuento largo del que no se conoce el fin; y no hay nadie en estos días excepto Elrond que lo recuerde tal como lo contaban antaño. Es una historia

hermosa, aunque triste, como todas las historias de la Tierra Media, y sin embargo quizá alivie vuestros corazones.

Trancos calló un tiempo, y al fin no habló, pero entonó
dulcemente:

Las hojas eran largas, la hierba era verde
las umbelas de los abetos altas y hermosas,
y en el claro se vio una luz
de estrellas en la sombra centelleante.
Tinúviel bailaba allí,
a la música de una flauta invisible,
con una luz de estrellas en los cabellos,
y en las vestiduras brillantes.

Allí llegó Beren desde los montes fríos,
y anduvo extraviado entre las hojas,
y donde rodaba el Río de los Elfos,
iba afligido a solas.
Espió entre las hojas del abeto
y vio maravillado unas flores de oro
sobre el manto y las mangas de la joven,
y el cabello la seguía como una sombra.

El encantamiento le reanimó los pies
condenados a errar por las colinas,
y se precipitó, vigoroso y rápido,
a alcanzar los rayos de la luna.
Entre los bosques del hogar de los Elfos
ella huyó levemente con pies que bailaban,
y lo dejó a solas errando todavía
escuchando en la foresta callada.

Allí escuchó a menudo el sonido volante
de los pies tan ligeros como hojas de tilo
o la música que fluye bajo tierra
y gorjea en huecos ocultos.
Ahora yacen marchitas las hojas del abeto,
y una por una suspirando
caen las hojas de las hayas
oscilando en el bosque de invierno.

La siguió siempre, caminando muy lejos
las hojas de los años eran una alfombra espesa,
a la luz de la luna y a los rayos de las estrellas
que temblaban en los cielos helados.
El manto de la joven brillaba a la luz de la luna
mientras allá muy lejos en la cima
ella bailaba, llevando alrededor de los pies
una bruma de plata estremecida.

Cuando el invierno hubo pasado, ella volvió,
y como una alondra que sube y una lluvia que cae
y un agua que se funde en burbujas
su canto liberó la repentina primavera.
Él vio brotar las flores de los Elfos
a los pies de la joven, y curado otra vez
esperó que ella bailara y cantara
sobre los prados de hierbas.

De nuevo ella huyó, pero él vino rápidamente,
¡Tinúviel! ¡Tinúviel!
La llamó por su nombre élfico
y ella se detuvo entonces, escuchando.
Se quedó allí un instante,
y la voz de él fue como un encantamiento,
y el destino cayó sobre Tinúviel
y centelleando se abandonó a sus brazos.
Mientras Beren la miraba a los ojos
entre las sombras de los cabellos
vio brillar allí en un espejo
la luz temblorosa de las estrellas.
Tinúviel la belleza élfica,
doncella inmortal de sabiduría élfica
lo envolvió con una sombría cabellera
y brazos de plata resplandeciente.

Larga fue la ruta que les trazó el destino
sobre montañas pedregosas, grises y frías,
por habitaciones de hierro y puertas de sombra
y florestas nocturnas sin mañana.

Los mares que separan se extendieron entre ellos,
y sin embargo al fin de nuevo se encontraron
y en el bosque cantando sin tristeza
desaparecieron hace ya muchos años.

Trancos suspiró e hizo una pausa antes de hablar otra vez.

—Ésta es una canción —dijo— en el estilo que los Elfos llaman *ann-thennath,* mas es difícil de traducir a la Lengua Común, y lo que he cantado es apenas un eco muy tosco. La canción habla del encuentro de Beren, hijo de Barahir, y Lúthien Tinúviel. Beren era un hombre mortal, pero Lúthien era hija de Thingol, un rey de los Elfos en la Tierra Media, cuando el mundo era joven; y ella era la doncella más hermosa que hubiese existido alguna vez entre todas las niñas de este mundo. Como las estrellas sobre las nieblas de las tierras del norte, así era la belleza de Lúthien, de rostro de luz. En aquellos días, el Gran Enemigo, de quien Sauron de Mordor no era más que un siervo, residía en Angband en el Norte, y los Elfos del Oeste que venían de la Tierra Media le hicieron la guerra para recobrar los Silmarils que él había robado, y los padres de los Hombres ayudaron a los Elfos. Pero el Enemigo obtuvo la victoria y Barahir murió, y Beren, escapando de grave peligro, franqueó las Montañas del Terror y pasó al reino oculto de Thingol en la floresta de Neldoreth. Allí descubrió a Lúthien, que cantaba y bailaba en un claro junto al Esgalduin, el río encantado; y la llamó Tinúviel, es decir, Ruiseñor en lengua antigua. Muchas penas cayeron sobre ellos desde entonces, y estuvieron mucho tiempo separados. Tinúviel libró a Beren de los calabozos de Sauron, y juntos pasaron por grandes riesgos, y hasta arrebataron el trono al Gran Enemigo, y le sacaron de la corona de hierro uno de los tres Silmarils, la más brillante de todas las joyas, y que fue regalo de bodas para Lúthien, de su padre Thingol. Al fin el Lobo, que vino de las puertas de Angband, mató a Beren que murió en brazos de Tinúviel. Pero ella eligió la mortalidad, y morir para el mundo, para así poder seguirlo, y aún se canta que se encontraron más allá de los Mares Revueltos, y que luego de haber marchado un tiempo vivos otra vez por los bosques verdes, se alejaron juntos, hace muchos años, más allá de los confines de este mundo. Así es que Lúthien murió realmente y dejó el mundo, sólo ella de toda la raza élfica, y así perdieron lo que más amaban. Pero por ella la línea de los antiguos señores Elfos descendió entre los Hombres. Viven todavía, aquellos de quienes Lúthien fue la antecesora, y se dice que esta raza no se extinguirá nunca. Elrond de Rivendel pertenece a esa especie. Pues de Beren y Lúthien nació el heredero de Thingol, Dior; y de él, Elwing la Blanca, que se casó con Eärendil, quien navegó más allá de las nieblas del mundo internándose en los mares del cielo, llevando el Silmaril en la frente. Y de Eärendil descendieron los Reyes de Númenor, es decir Oesternesse.

Mientras Trancos hablaba, los hobbits le observaban la cara extraña y vehemente, apenas iluminada por el rojo resplandor de la hoguera. Le brillaban los ojos, y la voz era cálida y profunda. Por encima de él se extendía un cielo negro y estrellado. De pronto una luz pálida apareció sobre la Cima de los Vientos, detrás de Trancos. La luna creciente subía poco a poco, y la colina echaba sombra, y las estrellas se desvanecieron en lo alto.

El cuento había concluido. Los hobbits se movieron y estiraron.

—Mirad —dijo Merry—. La luna sube. Está haciéndose tarde.

Los otros alzaron los ojos. En ese momento vieron una silueta pequeña y sombría, que se recortaba a la luz de la luna, sobre la cima del monte. Quizá no era más que una piedra grande o un saliente de roca visible a la luz pálida.

Sam y Merry se pusieron de pie y se alejaron de la hoguera. Frodo y Pippin se quedaron sentados y en silencio. Trancos observaba atentamente la luz de la luna sobre la colina. Todo parecía tranquilo y silencioso, pero Frodo sintió que un miedo frío le invadía el corazón, ahora que Trancos ya no hablaba. Se acurrucó acercándose al fuego. En ese momento Sam volvió corriendo desde el borde de la cañada.

—No sé qué es —dijo—, pero de pronto sentí miedo. No saldría de este agujero por todo el oro del mundo. Sentí que algo trepaba arrastrándose por la pendiente.

—¿No viste nada? —preguntó Frodo incorporándose de un salto.

—No, señor Frodo. No vi nada, pero no me detuve a mirar.

—Yo vi algo —dijo Merry—, o así me pareció. Lejos hacia el oeste donde la luz de la luna caía en los llanos, más allá de las sombras de los picos, creí ver dos o tres sombras negras. Parecían moverse hacia aquí.

—¡Acercaos todos al fuego, con las caras hacia fuera! —gritó Trancos—. ¡Tened listos los palos más largos!

Durante un tiempo en que apenas se atrevían a respirar estuvieron allí, alertas y en silencio, de espaldas a la hoguera, mirando las sombras que los rodeaban. Nada ocurrió. No había ningún ruido ni ningún movimiento en la noche. Frodo cambió de posición; tenía que romper el silencio, y gritar.

—¡Calla! —murmuró Trancos.

—¿Qué es eso? —jadeó Pippin al mismo tiempo.

Sobre el borde de la pequeña cañada, del lado opuesto a la colina, sintieron, más que vieron, que se alzaba una sombra, una sombra o más. Miraron con atención y les pareció que las sombras crecían. Pronto no hubo ninguna duda: tres o cuatro figuras altas estaban allí, de pie en la pendiente, mirándolos. Tan negras eran que parecían agujeros negros en la sombra oscura que los circundaba. Frodo creyó oír un débil siseo, como un aliento venenoso, y sintió que se le helaban los huesos. En seguida las sombras avanzaron lentamente.

El terror dominó a Pippin y a Merry que se arrojaron de cara al suelo. Sam se encogió junto a Frodo. Frodo estaba apenas menos aterrorizado que los demás; temblaba de pies a cabeza, como atacado por un frío intenso, pero la repentina tentación de ponerse en seguida el Anillo se sobrepuso a todo, y ya no pudo pensar en otra cosa. No había olvidado las Quebradas, ni el aviso de Gandalf pero algo parecía impulsarlo a desoír todas las advertencias, y dejarse llevar. No con la esperanza de huir, o de obtener algo, malo o bueno. Sentía simplemente que tenía que sacar el Anillo y ponérselo en el dedo. No podía hablar. Sabía que Sam lo miraba, como dándose cuenta de que su amo pasaba en ese momento por una prueba muy dura, pero no era capaz de volverse hacia él. Cerró los ojos y luchó un rato y al fin la resistencia se hizo insoportable, y tiró lentamente de la cadena y se deslizó el Anillo en el índice de la mano izquierda.

Inmediatamente, aunque todo lo demás continuó como antes, indistinto y sombrío, las sombras se hicieron terriblemente nítidas. Podía verlas ahora bajo las negras envolturas. Eran cinco figuras altas: dos de pie al borde de la concavidad, tres avanzando. En las caras blancas ardían unos ojos penetrantes y despiadados; bajo los mantos llevaban unas vestiduras largas y grises; yelmos de plata cubrían las cabelleras canosas, y las manos macilentas sostenían espadas de acero. Los ojos cayeron sobre Frodo y lo traspasaron, las figuras se precipitaron hacia él. Desesperado, Frodo sacó la espada, y le pareció que emitía una luz roja y vacilante, como un tizón encendido. Dos de las figuras se detuvieron. La tercera era más alta que las otras; tenía una cabellera brillante y larga, y sobre el yelmo llevaba una corona. En una mano sostenía una espada, y en la otra un cuchillo, y tanto el cuchillo como la mano resplandecían con una pálida luz. La forma acometió, echándose sobre Frodo.

En ese momento Frodo se arrojó al suelo y se oyó gritar en voz alta: *¡O Elbereth! ¡Gilthoniel!* Al mismo tiempo lanzó un golpe contra los pies del enemigo. Un grito agudo se elevó en la noche; y Frodo sintió un dolor, como si un dardo de hielo envenenado le hubiese traspasado el hombro izquierdo. En el mismo instante en que perdía el conocimiento, y como a través de un torbellino de niebla, alcanzó a ver a Trancos que salía saltando de la oscuridad, esgrimiendo un tizón ardiente en cada mano. Haciendo un último esfuerzo, Frodo se sacó el Anillo del dedo y lo apretó en la mano derecha.

12

HUIDA HACIA EL VADO

Cuando Frodo volvió en sí, aún aferraba desesperadamente el Anillo. Estaba tendido junto al fuego, que había sido alimentado y ardía ahora con una luz brillante. Los tres hobbits se inclinaban sobre él.

—¿Qué ha ocurrido? ¿Dónde está el rey pálido? —preguntó Frodo, aturdido.

Los otros estaban tan contentos de oírlo hablar que no le contestaron en seguida, y no entendieron qué les preguntaba. Al fin Frodo supo por Sam que no habían visto otra cosa que unas formas confusas y sombrías que venían hacia ellos. De pronto, horrorizado, Sam advirtió que su amo había desaparecido, y en ese momento una sombra negra pasó precipitadamente, muy cerca, y él cayó al suelo. Oía la voz de Frodo, pero parecía venir de muy lejos, o de lo profundo de la tierra, gritando palabras extrañas. No habían visto más, hasta que tropezaron con el cuerpo de Frodo, que yacía como muerto, la cara apretada contra la hierba. Trancos les ordenó que lo levantaran y lo acostaran junto al fuego, y poco después desapareció. Desde entonces había pasado un buen rato.

Sam, evidentemente, comenzaba a tener nuevas dudas a propósito de Trancos, pero mientras hablaba el Montaraz reapareció de pronto, saliendo de las sombras. Los hobbits se sobresaltaron, y Sam desenvainó la espada y cubrió a Frodo, pero Trancos se agachó rápidamente junto a él.

—No soy un Jinete Negro, Sam —le dijo gentilmente—, ni estoy ligado a ellos. He estado tratando de descubrir dónde se han metido, pero sin resultado alguno. No alcanzo a entender por qué se han ido y no han vuelto a atacarnos. Pero no hay señales de que anden cerca.

Cuando oyó lo que Frodo tenía que decirle, se mostró de veras preocupado, y meneó la cabeza y suspiró. Luego les ordenó a Pippin y Merry que calentaran la mayor cantidad de agua que fuera posible en las pequeñas marmitas y que le lavaran la herida.

—¡Mantened el fuego encendido y cuidad de que Frodo no se enfríe! —dijo. Luego se incorporó y se alejó, llamando a Sam—. Creo que ahora entiendo mejor —dijo en voz baja—. Parece que los enemigos eran sólo cinco. Por qué no estaban todos aquí, no lo sé, pero no creo que esperaran encontrar resistencia. Por el momento se han retirado, aunque temo que no muy lejos. Regresarán otra noche, si no logramos huir. Ahora se contentan con esperar, pues piensan que ya casi han conseguido lo que desean, y que el Anillo no podrá escapárseles. Me temo Sam, que imaginan que tu amo ha recibido una herida mortal, que lo someterá a lo que ellos decidan. ¡Ya veremos!

Sam sintió que el llanto lo sofocaba.

—¡No desesperes! —dijo Trancos—. Confía en mí ahora. Tu Frodo es de una pasta más firme de lo que yo pensaba, aunque Gandalf ya me lo había insinuado. No está muerto, y creo que resistirá el poder maligno de la herida mucho más de lo que sus enemigos suponen. Haré todo lo que esté a mi alcance para ayudarlo y curarlo. ¡Cuídalo bien en mi ausencia!

Se volvió rápidamente desapareciendo de nuevo entre las sombras.

Frodo dormitaba, aunque el dolor que le causaba la herida no dejaba de aumentar, y un frío mortal se le extendía desde el hombro hasta el brazo y el costado. Los tres hobbits lo cuidaban, calentándolo y lavándole la herida. La noche pasó lenta y tediosa. El alba crecía en el cielo y una luz gris invadía la cañada, cuando Trancos volvió al fin.

—¡Mirad! —gritó, e inclinándose levantó del suelo una túnica negra que había quedado allí oculta en la oscuridad. Había un desgarrón en la tela, un poco por encima del borde inferior—. La marca de la espada de Frodo —dijo—. El único daño que le causó al enemigo, temo, pues es invulnerable, y las espadas que traspasan a ese rey terrible caen destruidas. Más mortal para él fue el nombre de Elbereth. ¡Y más mortal para Frodo fue esto!

Se agachó de nuevo y tomó un cuchillo largo y delgado. La hoja tenía un brillo frío. Cuando Trancos lo levantó vieron que el borde del extremo estaba mellado, y la punta rota. Pero mientras aún lo sostenía a la luz creciente, observaron asombrados que la hoja parecía fundirse y que se desvanecía en el aire como una humareda, no dejando más que la empuñadura en la mano de Trancos. —¡Ay! —gritó—. Fue este maldito puñal el que ha infligido la herida. Pocos tienen ahora el poder de curar el daño causado por armas tan maléficas. Pero haré todo lo que esté a mi alcance.

Se sentó en el suelo, y tomando la empuñadura del arma se la puso en las rodillas y le cantó una lenta canción en una lengua extraña. En seguida, poniéndola a un lado, se volvió a Frodo y pronunció en voz baja unas palabras que los otros no llegaron a entender. Del saco pequeño que llevaba a la cintura extrajo las hojas largas de una planta.

—Estas hojas —dijo—, caminé mucho para encontrarlas, pues la planta no crece en las lomas desnudas, sino entre los matorrales de allá lejos al sur del Camino; las encontré en la oscuridad por el olor. —Estrujó entre los dedos una hoja, que difundió una fragancia dulce y fuerte.— Fue una suerte que la haya encontrado, pues es una planta medicinal que los Hombres del Oeste trajeron a la Tierra Media. *Athelas* la llamaron, y ahora sólo crece en los sitios donde ellos acamparon o vivieron hace tiempo; y no se la conoce en el norte excepto por aquellos que frecuentan las tierras salvajes. Tiene grandes virtudes curativas, pero en una herida semejante quizá sean insuficientes.

Trancos echó las hojas en el agua hirviente y le lavó el hombro a Frodo. El aroma del vapor era refrescante, y los otros tres hobbits sintieron que les calmaba y aclaraba las mentes. La hierba actuaba además sobre la herida, pues Frodo notó que le disminuía el dolor, y también aquella sensación de frío que tenía en el costado; pero el brazo continuaba como sin vida, y no podía alzar la mano o mover los dedos. Lamentaba amargamente su propia necedad, y se reprochaba no haberse mostrado más firme pues comprendía ahora que al ponerse el Anillo no había obedecido a sus propios deseos sino a las órdenes imperiosas de los enemigos. Se preguntaba si no quedaría lisiado para siempre, y cómo se las arreglarían para proseguir el viaje. Se sentía tan débil que ni siquiera podía ponerse de pie.

Los otros discutían este mismo problema. Decidieron rápidamente dejar la Cima de los Vientos tan pronto como fuera posible.

—Pienso ahora —dijo Trancos— que el enemigo ha estado vigilando este sitio desde hace varios días. Si Gandalf llega a venir por aquí, tiene que haberse visto obligado a escapar, y no volverá. De todos modos, y luego del ataque de anoche, correríamos grave peligro aquí si nos quedamos después de que oscurezca, y la situación no podría ser peor para nosotros en cualquier otro lugar.

Tan pronto como se hizo de día se prepararon una comida frugal y empacaron. Como Frodo no podía caminar, dividieron la mayor parte del equipaje entre los cuatro y montaron a Frodo en el poney. En los últimos pocos días la pobre bestia había mejorado de modo notable; ya parecía más gorda y fuerte, y había comenzado a mostrar afecto a sus nuevos dueños, sobre todo a Sam. El trato que había recibido de Bill Helechal tenía que haber sido muy duro para que un viaje por tierras salvajes le pareciera mucho mejor que la vida anterior.

Partieron en dirección sur. Esto significaba cruzar el Camino, pero era el modo más rápido de llegar a regiones más arboladas. Y necesitaban combustible, pues Trancos decía que Frodo tenía que estar abrigado, especialmente por la noche, y además el fuego serviría para protegerlos a todos. Planeaba también abreviar el trayecto cortando a través de otra gran vuelta del Camino; al este, más allá de la Cima de los Vientos, la ruta cambiaba de curso describiendo una amplia curva hacia el norte.

Marcharon lenta y precavidamente bordeando las faldas del sudoeste de la colina, y no tardaron en llegar al borde del Camino. No había señales de los Jinetes. Pero en el mismo momento en que cruzaban de prisa alcanzaron a oír dos gritos lejanos: una voz fría que llamaba y una voz fría que respondía. Temblando se precipitaron hacia los matorrales que crecían al otro lado. El terreno descendía allí en pendiente hacia el sur, salvaje y sin ninguna senda; unos arbustos y árboles raquíticos crecían en grupos apretados en medio de amplios espacios desnudos. La hierba era escasa, dura y gris; y los matorrales perdían las hojas secas. Era una tierra desolada, y el viaje se hacía lento y triste. Marchaban penosamente y hablaban poco. Frodo observaba acongojado cómo caminaban junto a él, cabizbajos, inclinados bajo el peso de los bultos. Hasta el mismo Trancos parecía cansado y abatido.

Antes que terminara la primera jornada el dolor de Frodo se acrecentó de nuevo, pero él tardó en quejarse. Pasaron cuatro días y ni el terreno ni el escenario cambiaron mucho, aunque detrás de ellos la Cima de los Vientos bajaba lentamente, y delante de ellos subían las montañas lejanas. Pero luego de aquellos gritos distantes no habían visto ni oído nada que indicara que el enemigo anduviese cerca, o estuviera siguiéndolos. Temían las horas de oscuridad, y montaban guardia en parejas, esperando ver en cualquier momento unas sombras negras que se adelantaban en la noche gris, débilmente iluminada por la luna velada de nubes; pero no veían nada, y no oían otro sonido que el de las hojas secas y la hierba. Ni una sola vez tuvieron aquella impresión de peligro inminente que los había asaltado en la cañada antes del ataque. No se atrevían a suponer que los Jinetes les hubiesen perdido de nuevo el rastro. ¿Esperarían quizá tenderles una emboscada en algún sitio estrecho?

Al fin del quinto día el terreno comenzó una vez más a elevarse lentamente, saliendo del valle bajo y amplio al que habían descendido. Trancos los guió hacia el nordeste, y en el sexto día llegaron a lo alto de una loma y vieron a la distancia un grupo de colinas boscosas. Allá abajo el Camino bordeaba el pie de las colinas, y a la derecha un rió gris brillaba pálidamente a la débil luz dcl sol. A lo lejos corría otro río por un valle pedregoso, entre jirones de bruma.

—Temo que ahora tengamos que volver un rato al Camino —dijo Trancos—. Hemos llegado al Río Fontegrís, que los Elfos llaman Mitheithel. Desciende de los Páramos de Etten, la tierra de los trolls al norte de Rivendel, y en el sur allá lejos se une al Sonorona. De ahí en adelante algunos lo llaman Aguada Gris. Es una gran extensión de agua antes de llegar al Mar. No hay otro modo de cruzarlo desde que nace en los Páramos de Etten que el Puente Último sobre el Camino.

—¿Cuál es aquel otro río allá a lo lejos? —preguntó Merry.

—El Sonorona, el Bruinen de Rivendel —respondió Trancos—. El Camino bordea las colinas durante varias leguas, desde el Puente hasta el Vado del Bruinen. Aún no he pensado cómo lo cruzaremos. ¡Un río por vez! Tendremos bastante suerte en verdad si no encontramos algún obstáculo en el Puente Último.

Al otro día, temprano de mañana, descendieron de nuevo al Camino. Sam y Trancos fueron adelante, pero no encontraron señales de viajeros o jinetes. Aquí, a la sombra de las colinas, había llovido bastante. Trancos opinó que el agua había caído dos días atrás, borrando todas las huellas. Desde entonces no había pasado ningún jinete, o así parecía al menos.

Avanzaron rápidamente y luego de una milla o dos vieron ante ellos el Puente Último, al pie de una cuesta empinada y breve. Bajaron temiendo que unas sombras negras los esperasen allí, pero no vieron nada. Trancos hizo que se ocultaran detrás de unas matas a la vera del Camino y se adelantó a explorar.

No mucho después volvió apresuradamente.

—Ningún enemigo a la vista —dijo—, y no entiendo por qué. Pero descubrí algo muy extraño.

Tendió la mano y mostró una piedra de color verde pálido. —La encontré en el barro, en medio del Puente

—dijo—. Es un berilo, una piedra élfica. No podría decir si la pusieron allí, o si alguien la perdió, pero me da cierta esperanza. Diría que es un signo de que podemos cruzar el Puente, pero no me atrevería a seguir por el Camino sin otra indicación más clara.

Partieron de nuevo en seguida. Atravesaron el Puente sanos y salvos, sin oír otro sonido que el de las aguas arremolinadas bajo los tres grandes arcos. Una milla más allá llegaron a una hondonada estrecha que llevaba al norte cruzando las tierras escarpadas a la izquierda del Camino. Aquí Trancos dobló a un lado y casi en seguida se encontraron en una región sombría de árboles oscuros que serpeaban al pie de unas lomas adustas.

Los hobbits se alegraron de dejar atrás las tierras desoladas y los peligros del Camino, pero esta nueva región parecía amenazadora e inamistosa. Las colinas iban creciendo ante ellos. Aquí y allá, sobre alturas y crestas, vislumbraban unos antiguos muros de piedra y ruinas de torres de ominoso aspecto. Frodo, que no caminaba, tenía tiempo de mirar adelante y pensar. Recordaba los relatos de Bilbo y las torres amenazadoras que se alzaban en los montes al norte del Camino, en las proximidades del Bosque de los Trolls donde se le había presentado el primer incidente serio del viaje. Frodo adivinó que se encontraban ahora en la misma región, y se preguntó si no pasarían casualmente por el mismo sitio.

—¿Quién vive en estas tierras? —preguntó—. ¿Y quién edificó esas torres? ¿Es éste el País de los Trolls?

—No —dijo Trancos—. Los trolls no construyen. Nadie vive aquí. En otro tiempo moraron Hombres, pero hoy no queda ninguno. Fueron gente mala, así dice la leyenda, pues cayeron bajo la sombra de Angmar. Pero todos murieron en la guerra que acabó con el Reino del Norte. Hace tanto tiempo que las colinas han olvidado, aunque una sombra se extiende aún sobre el país.

—¿Dónde aprendiste esas historias si toda la región está desierta y olvidada? —preguntó Peregrin—. Los pájaros y las bestias no cuentan historias de esa especie.

—Los herederos de Elendil no olvidaron el pasado —dijo Trancos—, y sé de otros muchos asuntos que aún se recuerdan en Rivendel.

—¿Has estado con frecuencia en Rivendel? —le dijo Frodo.

—Sí —respondió Trancos—, viví allí un tiempo, y vuelvo siempre que puedo. Mi corazón está allí, pero mi destino no es vivir en paz, ni siquiera en la hermosa casa de Elrond.

Las colinas comenzaron a cercarlos. Del otro lado, el Camino seguía bordeando el Río Bruinen, pero ambos estaban ocultos ahora. Al fin entraron en un valle largo, estrecho, profundo, sombrío y silencioso. Unos árboles de viejas y retorcidas raíces colgaban de los riscos y se amontonaban detrás en laderas de pinos.

Los hobbits estaban muy cansados y avanzaban lentamente, abriéndose paso entre rocas y árboles caídos. Trataban de evitar todo lo posible los terrenos escarpados, en beneficio de Frodo, y era en verdad difícil encontrar un camino que los ayudara a escalar las paredes de los valles. Llevaban dos días caminando por esta región cuando empezó a llover. El viento sopló del oeste vertiendo el agua de los mares lejanos sobre las cabezas oscuras de las lomas en una penetrante llovizna. Cuando llegó la noche estaban calados hasta los huesos, y no les sirvió de mucho acampar, pues no pudieron encender ningún fuego. Al día siguiente los montes se hicieron todavía más altos y escarpados, y se vieron obligados a desviarse de la ruta doblando hacia el norte. Trancos parecía cada vez más inquieto; habían pasado diez días desde que dejaran atrás la Cima de los Vientos y las provisiones comenzaban a escasear. La lluvia no amainaba.

Aquella noche acamparon en una estribación rocosa; una gruta poco profunda, un simple agujero, se abría en el muro de piedra. La herida le dolía más que nunca a Frodo, a causa del frío y la humedad, y sentía el cuerpo helado y no podía dormir. Se volvía, acostado, a un lado y a otro, escuchando medrosamente los furtivos ruidos nocturnos: el viento en las grietas de las rocas, el agua que goteaba, un crujido, una piedra suelta que rodaba por la pendiente. Sintió que unas formas negras se le acercaban queriendo sofocarlo, pero cuando se sentó no vio sino la espalda de Trancos, sentado, con las piernas recogidas, fumando en pipa, y vigilando. Se acostó de nuevo y se deslizó en un sueño intranquilo, y soñó que se paseaba por el césped del jardín de la Comarca, pero el jardín era borroso e indistinto, menos nítido que las sombras altas y oscuras que lo miraban por encima del seto.

Cuando despertó por la mañana, había dejado de llover. Las nubes eran todavía espesas, pero estaban abriéndose, descubriendo pálidas franjas de azul. El viento cambiaba de nuevo. No partieron en seguida. Luego del desayuno frío y escaso, Trancos se alejó solo, diciéndoles a los otros que esperaran al abrigo del acantilado. Trataría de llegar arriba, si le era posible, para observar la configuración del territorio.

Regresó bastante desanimado.

—Nos hemos alejado demasiado hacia el norte —dijo— y tenemos que encontrar un modo de volver al sur. Si seguimos en esta dirección llegaremos a los Valles de Etten, muy al norte de Rivendel. Esta es una región de trolls, que conozco poco. Quizá encontráramos un modo de atravesarla y de alcanzar Rivendel desde el norte; pero nos llevaría demasiado tiempo, pues no conozco el país, y se nos acabarían las provisiones. De un modo o de otro tenemos que encontrar el Vado del Bruinen.

Pasaron el resto del día arrastrándose sobre pies y manos por un terreno rocoso. Al fin, luego de cruzar un pasaje estrecho entre dos lomas, encontraron un valle que corría hacia el sudeste, la dirección que deseaban tomar; pero cuando el día ya terminaba vieron que una cadena de tierras altas les cerraba de nuevo el paso: el borde oscuro se recortaba contra el cielo como los dientes mellados de una sierra. Tenían que elegir entre volverse o escalar la cadena de lomas.

Decidieron intentar la ascensión, lo que fue demasiado difícil. Frodo no tardó en tener que desmontar y seguir a pie. Aun así pensaron a menudo que no conseguirían que el poney subiera, o que ellos mismos encontraran algo parecido a un sendero, cargados como estaban. Casi no había luz, y se sentían agotados cuando al fin llegaron arriba. Estaban ahora en un paso estrecho entre dos elevaciones, y poco más allá el terreno descendía de nuevo abruptamente. Frodo se arrojó al suelo y allí se quedó temblando de pies a cabeza. No podía mover el brazo izquierdo, y tenía la impresión de que unas garras de hielo le apretaban el costado y el hombro. Los árboles y rocas de alrededor parecían sombríos e indistintos.

—No podemos seguir así —le dijo Merry a Trancos—. Temo que el esfuerzo haya sido excesivo para Frodo. Me inquieta de veras. ¿Qué vamos a hacer? ¿Piensas que podrían curarlo en Rivendel, si es que llegamos allí?

—Quizá —respondió Trancos—. No hay nada más que yo pueda hacer en el desierto, y es esa herida precisamente lo que me impulsa a que forcemos la marcha. Pero reconozco que esta noche no podemos ir más lejos.

—¿Qué le ocurre a mi amo? —preguntó Sam en voz baja, mirando a Trancos con aire suplicante—. La herida es pequeña y está casi cerrada. No se le ve más que una cicatriz blanca y fría en el hombro.

—Frodo ha sido alcanzado por las armas del Enemigo —dijo Trancos—, y hay algún veneno o mal que está actuando en él y que mi arte no alcanza a eliminar. ¡Pero no pierdas las esperanzas, Sam!

La noche era fría en lo alto de la loma. Encendieron un fuego pequeño bajo las raíces nudosas de un viejo pino que pendía sobre una cavidad poco profunda; parecía como si en un tiempo hubiera habido allí una cantera de piedra. Se sentaron apretándose unos contra otros. El viento helado soplaba en el paso, y se oían los gemidos y suspiros de los árboles de la pendiente.

Frodo dormitaba acostado, imaginando que unas interminables alas negras barrían el aire sobre él, y que en esas alas cabalgaban unos perseguidores que lo buscaban en todos los huecos de las colinas.

La mañana se levantó brillante y hermosa; el aire era puro, y la luz pálida y limpia en un cielo lavado por la lluvia. Se sentían más animados ahora, pero esperaron con impaciencia a que el sol viniera a calentarles los miembros fríos y agarrotados. Tan pronto como hubo luz, Trancos se llevó a Merry consigo y fueron a examinar la región desde la altura que dominaba el este del paso. El sol estaba alto y brillaba cuando volvieron con mejores noticias. Iban ya casi en la dirección adecuada. Si descendían ahora por la otra pendiente tendrían a las Montañas a la izquierda. A alguna distancia, allá delante, Trancos había divisado de nuevo el Sonorona, y sabía que aunque no se lo veía desde allí, el Camino del Vado no estaba lejos del Río, y corría de este lado del agua.

—Tendremos que retomar el Camino —dijo—. No podemos esperar que haya algún sendero entre estas colinas. Cualquiera que sea el peligro que nos aceche, el Camino es nuestra única vía para llegar al Vado.

Comieron, y partieron en seguida otra vez. Bajaron lentamente por el lado sur de la estribación, pero el camino les pareció mucho más fácil, pues la ladera caía menos a pique de este lado, y al cabo de un momento Frodo pudo montar de nuevo el poney. El pobre y viejo animal de Bill Helechal estaba desarrollando un talento inesperado para elegir el camino y evitar a su jinete todas las sacudidas posibles. El grupo recobró el ánimo, y aun Frodo se sintió mejor a la luz de la mañana, aunque de cuando en cuando una niebla parecía oscurecerle la vista, y se pasaba las manos por los ojos.

Pippin iba un poco adelante. De improviso se volvió y los llamó. —¡Aquí hay un sendero!

Cuando llegaron junto a él, vieron que no se había equivocado: allí comenzaba borrosamente un sendero tortuoso que subía desde los bosques y se perdía detrás de la cima de la montaña. En algunos sitios era casi invisible y estaba cubierto de malezas, y obstruido por piedras y árboles caídos, pero parecía haber sido muy transitado en otro tiempo. Quienes habían abierto el sendero eran de brazos fuertes y pies pesados. Aquí y allá habían cortado o derribado viejos árboles, hendiendo las rocas mayores o apartándolas a un lado para que no interrumpieran el paso.

Siguieron la senda un tiempo, pues era el camino más fácil para bajar, pero se adelantaban con precaución, y a medida que se internaban en los bosques oscuros y la senda se hacía ancha y llana, iban sintiéndose más y más intranquilos. De pronto, saliendo de un cinturón de alisos, vieron que el sendero trepaba por una ladera empinada y se volvía en ángulo recto hacia la izquierda contorneando una estribación rocosa. Luego corría por terreno llano, al pie de un acantilado sobre el que asomaban unos árboles. En la pared de piedra había una puerta entreabierta que colgaba torcidamente de una bisagra.

Se detuvieron frente a la puerta. Detrás se abría una cueva o una cámara de roca, pero no se alcanzaba a ver nada en la oscuridad. Trancos, Sam y Merry empujaron con todas sus fuerzas y alcanzaron a abrir la puerta un poco más, y luego Trancos y Merry entraron en la cueva. No fueron muy lejos, pues en el suelo se veían muchas viejas osamentas y no había otra cosa cerca de la entrada que grandes jarras vacías y ollas rotas.

—¡Una cueva de trolls, seguro, si es que la hubo alguna vez! —gritó Pippin—. Salid, vosotros dos, y huyamos. Sabemos ahora quién hizo el sendero, y será mejor que nos alejemos en seguida.

—No es necesario, me parece —dijo Trancos, saliendo—. Es ciertamente una cueva de trolls, pero parece abandonada hace mucho. No hay por qué asustarse, creo. Pero descendamos con cuidado, y ya veremos qué se presenta.

La senda continuaba desde la puerta, y doblando a la derecha cruzaba otra vez el terreno llano y se hundía en una ladera boscosa. Pippin, no queriendo mostrarle a Trancos que estaba todavía asustado, iba adelante con Merry. Sam y Trancos marchaban detrás, uno a cada lado del poney de Frodo, pues la senda era ahora bastante ancha como para que cuatro o cinco hobbits caminaran de frente codo con codo. Pero no habían ido muy lejos cuando Pippin volvió corriendo, seguido por Merry. Los dos parecían aterrorizados.

—¡*Hay* trolls! —jadeó Pippin—. En un claro del bosque un poco más abajo. Alcanzamos a verlos mirando entre los troncos. ¡Son muy grandes!

—Vamos a echarles un vistazo —dijo Trancos, recogiendo un palo.

Frodo no dijo nada, pero Sam tenía cara de espanto.

El sol estaba alto ahora, y relucía entre las ramas otoñales de los árboles, iluminando el claro con brillantes parches de luz. Se detuvieron al borde del claro y espiaron entre los troncos conteniendo el aliento. Allí estaban los trolls: tres trolls de considerables dimensiones. Uno de ellos estaba inclinado, y los otros dos lo observaban.

Trancos se adelantó como al descuido.

—¡Levántate, vieja piedra! —dijo, y rompió el palo en el lomo del troll inclinado.

No ocurrió nada. Un jadeo de asombro entre los hobbits, y luego el mismo Frodo se echó a reír.

—¡Bueno! —dijo—. ¡Estamos olvidando la historia de la familia! Éstos han de ser los tres que atrapó Gandalf, cuando discutían sobre la mejor manera de cocinar trece enanos y un hobbit.

—¡No tenía idea de que estuviésemos tan cerca del sitio! —dijo Pippin, que conocía bien la historia, pues Bilbo y Frodo se la habían contado a menudo; aunque en verdad él nunca la había creído sino a medias. Aun ahora miraba los trolls de piedra con aire de sospecha, preguntándose si alguna fórmula mágica no podría devolverlos de pronto a la vida.

—No sólo olvidáis la historia de la familia, sino también todo lo que sabemos de los trolls —dijo Trancos—. Es pleno día, brilla el sol, y volvéis tratando de asustarme con el cuento de unos trolls vivos que nos esperan en el claro. De todos modos, hubieseis podido notar que uno de ellos tiene un viejo nido de pájaros detrás de la oreja. ¡Un adorno de veras insólito en un troll vivo!

Todos rieron. Frodo se sintió reanimado: el recuerdo de la primera aventura afortunada de Bilbo era alentador. El sol, también, calentaba y confortaba, y la niebla que tenía ante los ojos parecía estar levantándose. Descansaron un tiempo en el claro, y almorzaron a la sombra de las grandes piernas de los trolls.

—¿No cantaría alguien una canción, mientras el sol está todavía alto? —preguntó Merry, cuando terminaron de comer—. No hemos oído una canción o una historia desde hace días.

—Desde la Cima de los Vientos —dijo Frodo. Los otros lo miraron—. ¡No os preocupéis por mí! —continuó—. Me siento mucho mejor, pero no creo que pueda cantar. Quizá Sam recuerde algo.

—¡Vamos, Sam! —dijo Merry—. Hay muchas cosas que guardas en la cabeza, y que no muestras nunca.

—No lo sé —dijo Sam—, pero ¿qué les parece esto? No es lo que yo llamaría poesía, si se me entiende, es sólo una colección de disparates. Me vino a la memoria mirando estas viejas estatuas.

Se incorporó, y con las manos unidas a la espalda, como si estuviese en la escuela, se puso a cantar una vieja canción.

El Troll estaba sentado en un asiento de piedra,
mordiendo y masticando un viejo hueso desnudo;
había estado royéndolo durante años y años,
pues un pedazo de carne era difícil de encontrar.
Vivía solo en una caverna de las colinas,
y un pedazo de carne era difícil de encontrar.

Llegó Tom calzado con grandes botas,
y le dijo al Troll: «¿Qué es eso, por favor?»
pues se parece a la tibia de mi tío Tim,
que tendría que estar en el cementerio.
Hace ya muchos años que Tim se nos ha ido,
y aún tendría que estar en el cementerio».

«Compañero», dijo el Troll, «es un hueso robado,
¿pero de qué sirve un hueso en un agujero?
Tu tío estaba muerto como un lingote de plomo
mucho antes de que yo encontrara esta tibia.
Puede darle una parte a un pobre viejo Troll
pues él no necesita esta tibia».

«No entiendo por qué las gentes como tú»,
 dijo Tom, «han de servirse libremente
la canilla o la tibia de mi tío,
¡pásame entonces ese viejo hueso!
Aunque esté muerto, aún le pertenece;
¡pásame entonces ese viejo hueso!»

«Un poco más» , dijo el Troll sonriendo,
«y a ti también te comeré y roeré las tibias.
¡Un bocado de carne fresca me caerá bien!
Te clavaré los dientes ahora mismo.
Estoy cansado de roer viejos huesos y cueros.
Tengo ganas de comerte ahora mismo».

Pensando aún que se había asegurado la cena
descubrió que no tenía nada en las manos,
pues Tom por detrás se había deslizado
lanzándole un puntapié como buena lección,
un puntapié en las asentaderas, pensó Tom,
será el modo de darle una buena lección.

Más duros que la piedra son la carne y el hueso
de un Troll que está sentado a solas en la loma;
tanto valdría patear la raíz de la montaña,
pues las asentaderas de un Troll son insensibles.
El viejo Troll rió oyendo que Tom gruñía.
Y supo que el pie de Tom era sensible.

Tom regresó a su casa arrastrando la pierna,
y el pie le quedó estropeado mucho tiempo,
pero al Troll no le importa, y está siempre allí
con el hueso que le birló al propietario.

294

Las asentaderas del Troll son siempre las mismas,
¡y también el hueso que le birló al propietario!

—¡Bueno, hay ahí una advertencia para todos nosotros! —rió Merry—. ¡Es una suerte que hayas usado un palo y no la mano, Trancos!

—¿Dónde aprendiste eso, Sam? —preguntó Pippin—. Nunca lo había oído antes.

Sam murmuró algo inaudible.

—Lo sacó todo de la cabeza, por supuesto —dijo Frodo—. Estoy aprendiendo mucho sobre Sam Gamyi en este viaje. Primero fue un conspirador, y ahora es un juglar. Terminará por ser un mago... ¡o un guerrero!

—Espero que no —dijo Sam—. Ni lo uno ni lo otro.

A la tarde continuaron descendiendo por la espesura. Seguían quizá aquella misma senda que Gandalf, Bilbo y los enanos habían utilizado muchos años antes. Luego de unas pocas millas llegaron a la cima de una loma que dominaba el Camino. Aquí el Camino había dejado atrás el angosto valle del Fontegrís, y ahora se abrazaba a las colinas, bajando y subiendo entre los bosques y las laderas cubiertas de maleza hacia el Vado y las Montañas. No lejos de la loma Trancos señaló una piedra que asomaba entre el pasto. Toscamente talladas y ahora muy erosionadas podían verse aún en la piedra unas runas de enanos y marcas secretas.

—¡Sí! —dijo Merry—. Ésta ha de ser la piedra que señala dónde estaba escondido el oro de los enanos. ¿Cuánto queda de la parte de Bilbo, me pregunto? —Frodo miró la piedra y deseó que Bilbo no hubiera traído de vuelta un tesoro tan peligroso, y tan difícil de compartir.

—Nada —dijo—. Bilbo lo regaló todo. Me dijo que no creía que le perteneciera, pues había estado en manos de ladrones.

El Camino se extendía bajo las sombras alargadas del atardecer, apacible y desierto. No había otra ruta posible, de modo que bajaron por el barranco y torciendo a la izquierda marcharon a paso vivo. Pronto la estribación de una loma interceptó la luz del sol que declinaba rápidamente. Un viento frío venía hacia ellos desde las montañas que sobresalían allá adelante.

Empezaban a buscar un sitio fuera del Camino donde pudieran acampar esa noche, cuando oyeron un sonido que los atemorizó de nuevo: unos cascos de caballo que resonaban detrás. Volvieron la cabeza, pero no alcanzaron a ver muy lejos a causa de las vueltas y revueltas del Camino. Dejaron de prisa la calzada y subieron internándose entre los profundos matorrales de brezos y de arándanos que cubrían las laderas, hasta que al fin llegaron a un monte de castaños frondosos. Espiando entre la maleza podían ver el Camino, débil y gris a la luz crepuscular allá abajo, a unos treinta pies. El sonido de los cascos se acercaba. Los caballos galopaban, con un leve *tiquititac, tiquititac*. Luego, débilmente, como si la brisa se lo llevara, creyeron oír un repique apagado, como un tintineo de campanillas.

—¡Eso no suena como el caballo de un Jinete Negro! —dijo Frodo, que escuchaba con atención.

Los otros hobbits convinieron en que así era, esperanzados, aunque con cierta desconfianza. Tenían miedo de que los persiguieran desde hacía tanto tiempo que todo sonido que viniera de atrás les parecía amenazador y hostil. Pero Trancos se inclinaba ahora hacia delante, casi tocando el suelo, la mano en la oreja, y una expresión de alegría en la cara.

La luz disminuía y las hojas de los arbustos susurraban levemente. Más claras y más próximas las campanillas tintineaban, y *tiquitac* venía el sonido de un trote rápido. De pronto apareció allá abajo un caballo blanco, resplandeciente en las sombras, que se movía con rapidez. El cabestro centelleaba y fulguraba a la luz del crepúsculo, como tachonado de piedras preciosas que parecían estrellas vivientes. El manto flotaba detrás, y el caballero llevaba quitado el capuchón; los cabellos dorados volaban al viento. Frodo tuvo la impresión de que una luz blanca brillaba a través de la forma y las vestiduras del jinete, como a través de un velo tenue.

Trancos dejó de pronto el escondite y se precipitó hacia el Camino, gritando y saltando entre los brezos, pero aun antes que se moviera o llamara, el jinete ya había tirado de las riendas y se había detenido levantando los ojos a los matorrales donde ellos estaban. Cuando vio a Trancos, saltó a tierra y corrió hacia él gritando: *Ai na vedui Dúnadan! Mae govannen!* La lengua y la voz clara y timbrada no dejaban ninguna duda: el jinete era de la raza de los Elfos. Ningún otro de los que vivían en el ancho mundo tenía una voz tan hermosa. Pero había como una nota de prisa o temor en la llamada, y los hobbits vieron que hablaba rápida y urgentemente con Trancos.

Pronto Trancos les hizo señas, y los hobbits dejaron los matorrales y bajaron corriendo al Camino.

—Éste es Glorfindel, que habita en la casa de Elrond —dijo Trancos.

—¡Hola, y feliz encuentro al fin! —le dijo Glorfindel a Frodo—. Me enviaron de Rivendel en tu busca. Temíamos que corrieras peligro en el camino.

—Entonces, ¿Gandalf llegó a Rivendel? —exclamó Frodo alegremente.

—No. No cuando yo partí, pero eso fue hace nueve días —respondió Glorfindel—. Llegaron algunas noticias, que perturbaron a Elrond. Gentes de mi pueblo, viajando por tus tierras más allá del Baranduin,* oyeron decir que las cosas no andaban bien, y enviaron mensajes tan pronto como pudieron. Decían que los Nueve habían salido, y que tú te habías extraviado llevando una carga muy pesada y sin ningún auxilio, pues Gandalf no había vuelto. Hay pocos en Rivendel que puedan enfrentarse abiertamente a los Nueve, pero a esos pocos Elrond los envió al norte, al oeste y al sur. Se decía que tú harías un largo rodeo para evitar que te persiguieran, y que te perderías en las tierras desiertas.

"Me tocó a mí seguir el Camino, y llegué al Puente de Mitheithel, y dejé una señal allí, hace siete días. Tres de los sirvientes de Sauron llegaron hasta el Puente, pero se

* El río Brandivino.

retiraron y los perseguí hacia el oeste. Tropecé con otros dos, que se volvieron alejándose hacia el sur. Desde entonces he estado buscando tus huellas. Las descubrí hace dos días y las seguí cruzando el Puente, y hoy advertí que habías bajado otra vez de las lomas. ¡Pero, vamos! No hay tiempo para más noticias. Ya que estás aquí, hemos de arriesgar los peligros del Camino y marchar adelante. Hay cinco detrás de nosotros, y cuando descubran tus huellas en el Camino, nos perseguirán veloces como el viento. Y ellos no son todos. Dónde están los otros cuatro, no lo sé. Temo descubrir que el Vado ya está defendido contra nosotros.

Mientras Glorfindel hablaba, las sombras de la noche se hicieron más densas. Frodo sintió que el cansancio lo dominaba. Desde que el sol había empezado a bajar, la niebla que tenía ante los ojos se le había oscurecido, y sentía que una sombra estaba interponiéndose entre él y las caras de los otros. Ahora tenía un ataque de dolor, y mucho frío. Se tambaleó y se apoyó en el brazo de Sam.

—Mi amo está enfermo y herido —dijo Sam airadamente—. No podría viajar durante toda la noche. Necesita descanso.

Glorfindel alcanzó a Frodo en el momento en que el hobbit caía al suelo, y tomándolo gentilmente en brazos le miró la cara con grave ansiedad.

Trancos le habló entonces brevemente del ataque al campamento en la Cima de los Vientos, y del cuchillo mortal. Sacó la empuñadura, que había conservado, y se la pasó al Elfo. Glorfindel se estremeció al tocarla, pero la miro con atención.

—Hay cosas malas escritas en esta empuñadura —dijo— aunque quizá tus ojos no puedan verlas. ¡Guárdala, Aragorn, hasta que lleguemos a la casa de Elrond! Pero ten cuidado, y tócala lo menos posible. Ay, las heridas causadas por esta arma están más allá de mis poderes de curación. Haré lo que pueda, pero ahora más que nunca os recomiendo que continuéis sin tomar descanso.

Buscó con los dedos la herida en el hombro de Frodo, y la cara se le hizo más grave, como si lo que estaba descubriendo lo inquietara todavía más. Pero Frodo sintió que el frío del costado y el brazo le disminuía; un leve calor le bajó del hombro hasta la mano, y el dolor se hizo más soportable. La oscuridad del crepúsculo le pareció más leve alrededor, como si hubieran apartado una nube. Veía ahora las caras de los amigos más claramente, y sintió que recobraba de algún modo la esperanza y la fuerza.

—Montarás en mi caballo —le dijo Glorfindel—. Recogeré los estribos hasta los bordes de la silla, y tendrás que sentarse lo más firmemente que puedas. Pero no te preocupes; mi caballo no dejará caer a ningún jinete que yo le encomiende. Tiene el paso leve y fácil, y si el peligro apremia, te llevará con una rapidez que ni siquiera las bestias negras del enemigo pueden imitar.

—¡No, no será así! —dijo Frodo—. No lo montaré, si va a llevarme a Rivendel o alguna otra parte dejando atrás a mis amigos en peligro.

Glorfindel sonrió. —Dudo mucho —dijo— que tus amigos corran peligro si tú no estás con ellos. Los perseguidores te seguirían a ti y nos dejarían a nosotros en paz, me parece. Eres tú, Frodo, y lo que tú llevas lo que nos pone a todos en peligro.

Frodo no encontró respuesta, y tuvo que montar el caballo blanco de Glorfindel. El poney en cambio fue cargado con una gran parte de los fardos de los otros, de modo que ahora pudieron marchar más aliviados, y durante un tiempo con notable rapidez; pero los hobbits pronto descubrieron que les era difícil seguir el paso rápido e infatigable del Elfo. Allá iba, adelante, adentrándose en la boca de la oscuridad, y todavía más adelante hacia la noche profunda y nublada. No había luna ni estrellas. Hasta que asomó el gris del alba no les permitió que se detuviesen. Pippin, Merry y Sam estaban ya por ese entonces casi dormidos, sosteniéndose apenas sobre unas piernas entumecidas, y hasta el mismo Trancos encorvaba la espalda como si se sintiera fatigado. Frodo, a caballo, iba envuelto en un sueño oscuro.

Se echaron al suelo entre las malezas a unos pocos metros del Camino, y cayeron dormidos en seguida. Les pareció que habían cerrado apenas los ojos cuando Glorfindel, que se había quedado vigilando mientras los otros dormían, los despertó de nuevo. La mañana estaba ya bastante avanzada, y las nubes y nieblas de la noche habían desaparecido.

—¡Bebed esto! —les dijo Glorfindel, sirviéndoles uno a uno un poco del licor que llevaba en la bota de cuero adornada de plata. La bebida era clara como agua de manantial y no tenía sabor, y no era ni fresca ni tibia en la boca, pero les pareció mientras bebían que recobraban la fuerza y el vigor. Luego unos pocos bocados de pan rancio y de fruta seca (pues ya no les quedaba ninguna otra cosa) les calmaron el hambre mejor que muchos buenos desayunos de la Comarca.

Habían descansado bastante menos que cinco horas cuando retomaron el Camino. Glorfindel insistía en la necesidad de no detenerse, y sólo les permitió dos breves descansos en toda la jornada. Cubrieron así más de veinte millas antes de la caída de la noche, y llegaron al punto en que el Camino doblaba a la derecha y descendía abruptamente al fondo del valle, acercándose una vez más al río. Hasta ahora no había habido ninguna señal o sonido de persecución que los hobbits pudieran ver u oír. Pero a menudo, si los otros habían quedado atrás, Glorfindel se detenía y escuchaba, y una nube de preocupación le ensombrecía el rostro. Una vez o dos le habló a Trancos en lengua élfica.

Pero por inquietos que se sintieran los guías, era evidente que los hobbits no podrían ir más lejos esa noche. Caminaban tambaleándose, como borrachos de cansancio, e incapaces de pensar en otra cosa que en los pies y las piernas. El sufrimiento de Frodo se había duplicado, y las cosas de alrededor se le desvanecían durante el día en sombras de un gris espectral. Le alegraba casi la llegada de la noche, pues el mundo parecía entonces menos pálido y vacío.

Los hobbits se sentían todavía extenuados, cuando de nuevo partieron temprano a la mañana siguiente. Había que recorrer aún muchas millas para llegar al Vado, y marcharon de prisa, trastabillando.

—El peligro aumentará justo poco antes de llegar al río —dijo Glorfindel—, pues el corazón me dice que los perseguidores vienen ahora a toda prisa detrás de nosotros, y otro peligro puede estar esperándonos cerca del Vado.

El Camino corría aún regularmente ladera abajo, y ahora a veces había mucha hierba a los lados, y los hobbits caminaban por allí cuando podían, para aliviarse los pies. A la caída de la tarde llegaron a un lugar donde el Camino se metía de pronto entre las sombras oscuras de unos pinos, precipitándose luego en un desfiladero de paredes de piedra roja, escarpadas y húmedas. Unos ecos resonaron mientras se adelantaban de prisa, y pareció oírse el sonido de muchos pasos, que venían detrás. De pronto, el Camino desembocó otra vez en terreno despejado, saliendo del túnel como por una puerta de luz. Allí, al pie de una ladera muy inclinada, se extendía una llanura de una milla de largo, y luego el Vado de Rivendel. En el otro lado había una loma escarpada, de color ocre, recorrida por un sinuoso sendero, y más allá se superponían unas montañas altas, estribación sobre estribación, y cima sobre cima, en el cielo pálido.

Detrás se oía todavía un eco, como si unos pasos vinieran siguiéndolos por el desfiladero; un sonido impetuoso, como si un viento soplara derramándose entre las ramas de los pinos. Glorfindel se volvió un momento a escuchar, y dio un salto, gritando:

—¡Huid! ¡Huid! ¡El enemigo está sobre nosotros!

El caballo blanco se precipitó hacia delante. Los hobbits bajaron corriendo por la pendiente. Glorfindel y Trancos los siguieron como retaguardia. No habían cruzado aun la mitad del llano, cuando se oyó un galope de caballos. Saliendo del túnel de árboles que acababan de dejar apareció un Jinete Negro. Tiró de las riendas y se detuvo, balanceándose en la silla. Otro lo siguió, y luego otro, y en seguida otros dos.

—¡Corre! ¡Corre! —le gritó Glorfindel a Frodo.

Frodo no obedeció inmediatamente, como dominado por una extraña indecisión. Llevando el caballo al paso, se volvió para mirar atrás. Los Jinetes parecían alzarse sobre las grandes sillas como estatuas amenazadoras en lo alto de un cerro negro y macizo, mientras que todos los bosques y tierras de alrededor se desvanecían como en una niebla. De pronto el corazón le dijo a Frodo que los Jinetes estaban ordenándole en silencio que esperara. En seguida, y a la vez, el miedo y el odio despertaron en él. Soltó las riendas, y echando mano a la empuñadura de la espada, la desenvainó con un relámpago rojo.

—¡Corre! ¡Corre! —gritó Glorfindel, y en seguida llamó al caballo con voz alta y clara en la lengua de los Elfos: *noro lim, noro lim, Asfaloth.*

Inmediatamente, el caballo blanco se precipitó hacia adelante, y corrió como el viento por la última vuelta del Camino. Al mismo tiempo los caballos negros se lanzaron colina abajo persiguiéndolo, y se oyó el grito terrible de los Jinetes, semejante a aquel que Frodo había oído alguna vez en la lejana Cuaderna del Este, como un horror que venía de los bosques. Otros gritos respondieron, y ante la desesperación de Frodo y sus amigos, cuatro Jinetes más asomaron rápidamente entre los árboles y rocas que se veían a la izquierda a lo lejos. Dos fueron hacia Frodo; dos galoparon como enloquecidos hacia el Vado, para cerrarle el paso. Le parecía a Frodo que corrían como el viento, y que cambiaban rápidamente haciéndose más grandes y oscuros a medida que los distintos cursos convergían hacia él.

Frodo miró un instante por encima del hombro. Ya no veía a sus amigos. Los Jinetes que venían detrás perdían terreno. Ni siquiera aquellas grandes cabalgaduras podían rivalizar en velocidad con el caballo élfico de Glorfindel. Miró otra vez adelante y perdió toda esperanza. No parecía tener ninguna posibilidad de llegar al Vado antes que los Jinetes emboscados le salieran al encuentro. Podía verlos claramente ahora; se habían quitado las capuchas y los mantos negros y estaban vestidos de blanco y gris. Las manos pálidas esgrimían espadas desnudas, y llevaban yelmos en la cabeza. Los ojos fríos relampagueaban, y unas voces terribles increpaban a Frodo.

El miedo dominaba ahora enteramente a Frodo. No pensó más en su espada. No lanzó ningún grito. Cerró los ojos y se aferró a las crines del caballo. El viento le silbaba en los oídos, y las campanillas del arnés se sacudían en un agudo repiqueteo. Un aliento helado lo traspasó como una espada, cuando en un último esfuerzo, como un relámpago de fuego blanco, volando como si tuviera alas, el caballo élfico pasó de largo ante la cara del jinete más adelantado.

Frodo oyó el chapoteo del agua, que batía espumosa alrededor. Sintió cómo el caballo empujaba subiendo rápidamente, dejando el río y escalando el sendero pedregoso. Trepaba ahora por la orilla escarpada. Había cruzado el Vado.

Pero los perseguidores venían cerca. En lo alto del barranco, el caballo se detuvo y dio media vuelta relinchando furiosamente. Había Nueve Jinetes allí abajo, junto al agua, y Frodo se sintió desfallecer ante la amenaza de aquellas caras levantadas. No sabía de nada que pudiera impedirles cruzar también el Vado, y entendió que era inútil tratar de escapar por el largo e incierto camino que llevaba a los lindes de Rivendel, una vez que los Jinetes hubiesen vadeado el agua. De todos modos sintió que le habían ordenado perentoriamente que se detuviera. La cólera lo dominó otra vez, pero ya no tenía fuerzas para resistirse.

De pronto el jinete que iba delante espoleó el caballo, que llegó al agua y se encabritó retrocediendo. Haciendo un gran esfuerzo, Frodo se irguió en la silla y esgrimió la espada.

—¡Atrás! —gritó—. ¡Volved a la Tierra de Mordor y no me sigáis! —llamó con una voz que a él mismo le pareció débil y chillona.

Frodo no tenía los poderes de Bombadil. Los Jinetes se detuvieron, pero le replicaron con una risa dura y escalofriante.

—¡Vuelve! ¡Vuelve! —gritaron—. ¡A Mordor te llevaremos!

—¡Atrás! —murmuró Frodo.

—¡El Anillo! ¡El Anillo! —gritaron los Jinetes con voces implacables, e inmediatamente el cabecilla forzó al caballo a entrar en el agua, seguido de cerca por otros dos Jinetes.

—¡Por Elbereth y Lúthien la Bella —dijo Frodo con un último esfuerzo y esgrimiendo la espada—, no tendréis el Anillo ni me tendréis a mí!

Entonces el cabecilla que estaba ya en medio del Vado se enderezó amenazante sobre los estribos y alzó la mano. Frodo sintió que había perdido la voz. Tenía la lengua pegada al paladar, y el corazón le golpeaba furiosamente. La espada se le quebró y se le desprendió de la mano temblorosa. El caballo élfico se encabritó resoplando. El primero de los caballos negros ya estaba pisando la orilla.

En ese momento se oyó un rugido y un estruendo: un ruido de aguas turbulentas que venía arrastrando piedras. Frodo vio confusamente que el río se elevaba, y que una caballería de olas empenachadas se acercaba aguas abajo. Unas llamas blancas parecían moverse en las cimas de las crestas, y hasta creyó ver en el agua unos jinetes blancos que cabalgaban caballos blancos con crines de espuma. Los tres Jinetes que estaban todavía en medio del Vado desaparecieron de pronto bajo las aguas espumosas. Los que venían detrás retrocedieron espantados.

Exhausto, Frodo oyó gritos, y creyó ver, más allá de los Jinetes que titubeaban en la orilla, una figura brillante de luz blanca, y detrás unas pequeñas formas sombrías que corrían llevando fuegos, y las llamas rojizas refulgían en la niebla gris que estaba cubriendo el mundo.

Los caballos negros enloquecieron, y dominados por el terror saltaron hacia delante arrojando a los Jinetes a las aguas impetuosas. Los gritos penetrantes se perdieron en el rugido del río, que arrastró a los Jinetes. Frodo sintió entonces que caía, y le pareció que el estruendo y la confusión crecían y lo envolvían llevándoselo junto con sus enemigos. No oyó ni vio nada más.

LIBRO SEGUNDO

1

MUCHOS ENCUENTROS

Frodo despertó y se encontró tendido en una cama. Al principio creyó que había dormido mucho, luego de una larga pesadilla que todavía le flotaba en las márgenes de la memoria. ¿O quizá había estado enfermo? Pero el techo le parecía extraño: chato, y con vigas oscuras, muy esculpidas. Se quedó acostado todavía un momento, mirando los parches de sol en la pared, y escuchando el rumor de una cascada.

—¿Dónde estoy, y qué hora es? —le preguntó en voz alta al techo.

—En la casa de Elrond, y son las diez de la mañana —dijo una voz—. Es la mañana del veinticuatro de octubre, si quieres saberlo.

—¡Gandalf! —exclamó Frodo, incorporándose.

Allí estaba el viejo mago, sentado en una silla junto a la ventana abierta.

—Sí —dijo Gandalf—, aquí estoy. Y tú tienes suerte de estar también aquí, luego de todos los disparates que hiciste últimamente.

Frodo se acostó de nuevo. Se sentía demasiado cómodo y en paz para discutir, y de cualquier manera sabía que no llevaría la mejor parte en una discusión. Estaba completamente despierto ahora, y recordaba los acontecimientos del viaje: el desastroso «atajo» por el Bosque Viejo, el accidente en *El Poney Pisador,* y la tontería de haberse puesto el Anillo en la cañada, al pie de la Cima de los Vientos. Mientras pensaba todas estas cosas, tratando en vano de recordar qué había ocurrido luego y cómo había llegado a Rivendel, hubo un largo silencio, interrumpido sólo por las suaves bocanadas de la pipa de Gandalf, que lanzaba por la ventana anillos de humo blanco.

—¿Dónde está Sam? —preguntó Frodo al fin—. ¿Y los otros, cómo se encuentran?

—Sí, todos están sanos y salvos —contestó Gandalf—. Sam estuvo aquí hasta que yo lo mandé a descansar, hace una media hora.

—¿Qué pasó en el Vado? —dijo Frodo—. Parecía todo tan confuso, y todavía lo parece.

—Sí, lo creo. Empezabas a desaparecer —respondió Gandalf—. La herida al fin estaba terminando contigo; pocas horas más y no hubiésemos podido ayudarte. Pero hay en ti una notable resistencia, ¡mi querido hobbit! Como mostraste en los Túmulos. Te salvaste por un pelo; quizá fue el momento más peligroso de todos. Ojalá hubieses resistido en la Cima de los Vientos.

—Parece que ya sabes mucho —dijo Frodo—. No les hablé del Túmulo a los otros. Al principio era demasiado horrible, y luego hubo otras cosas en que pensar. ¿Cómo te enteraste?

—Has estado hablando en sueños, Frodo —dijo Gandalf gentilmente—. Y no me ha sido difícil leerte los pensamientos y la memoria. ¡No te preocupes! Aunque hablé de «disparates» no lo dije en serio. Pienso bien de ti, y de los demás. No es poca hazaña haber llegado tan lejos y a través de tantos peligros, y conservar todavía el Anillo.

—No hubiésemos podido hacerlo sin la ayuda de Trancos —dijo Frodo—. Pero te necesitábamos. Sin ti, yo no sabía qué hacer.

—Me retrasé —dijo Gandalf—, y esto casi fue nuestra pérdida. Sin embargo, no estoy seguro. Quizá haya sido mejor así.

—¡Pero cuéntame qué pasó!

—¡Todo a su tiempo! Hoy no tienes que hablar ni preocuparte por nada; son órdenes de Elrond.

—Pero hablar me impediría pensar y hacer suposiciones, lo que es casi tan fatigoso —dijo Frodo—. Estoy ahora muy despierto, y recuerdo tantas cosas que necesitan de una explicación... ¿Por qué te retrasaste? Al menos tendrías que contarme eso.

—Ya oirás todo lo que quieres saber —dijo Gandalf—. Tendremos un Concilio, tan pronto como te encuentres bien. Por el momento sólo te diré que estuve prisionero.

—¿Tú? —exclamó Frodo.

Sí, yo, Gandalf el Gris —dijo el mago solemnemente—. Hay muchos poderes en el mundo, para el bien y para el mal. Muchos de ellos son más grandes que yo. Contra algunos todavía no me he medido. Pero mi tiempo se acerca. El Señor de Morgul y los Jinetes Negros han dejado la guarida. ¡La guerra está próxima!

—Entonces tú sabías de los Jinetes... antes que yo los encontrara.

—Sí, sabía de ellos. En verdad te hablé de ellos una vez; los Jinetes Negros son los Espectros que guardan el Anillo, los Nueve Siervos del Señor de los Anillos. Pero yo ignoraba que hubiesen reaparecido, o te hubiera acompañado desde un comienzo. No tuve noticias de ellos hasta después de dejarte, en junio; pero esta historia tiene que esperar. Por el momento, Aragorn nos ha salvado del desastre.

—Sí —dijo Frodo—, fue Trancos quien nos salvó. Sin embargo, tuve miedo de él al principio. Creo que Sam nunca le tuvo confianza, por lo menos no hasta que encontramos a Glorfindel.

Gandalf sonrió. —Sé todo acerca de Sam —dijo—. Ya no tiene más dudas.

—Me alegra —dijo Frodo—, pues he llegado a apreciar de veras a Trancos. Bueno, *apreciar* no es la palabra justa. Quiero decir que me es muy querido. Aunque a veces es raro y torvo. En verdad me recuerda a ti a menudo. Yo no sabía que hubiese alguien así entre la Gente Grande. Pensaba, bueno, que sólo eran grandes, y bastante estúpidos; amables y estúpidos como Mantecona; o estúpidos y malvados como Bill Helechal. Pero es cierto que no sabemos mucho de los Hombres en la Comarca, excepto quizá las gentes de Bree.

—En realidad sabes muy poco si crees que el viejo Cebadilla es estúpido —dijo Gandalf—. Es bastante sagaz en su propio terreno. Piensa menos de lo que habla, y más lentamente; sin embargo puede ver a través de una pared de ladrillos (como dicen en Bree). Pero pocos quedan en la Tierra Media como Aragorn hijo de Arathorn. La raza de los Reyes de Más Allá del Mar está casi extinguida. Es posible que esta Guerra del Anillo sea su última aventura.

—¿Quieres decir realmente que Trancos pertenece al pueblo de los viejos Reyes? —dijo Frodo, asombrado—. Pensé que habían desaparecido todos, hace ya mucho tiempo. Pensé que era sólo un Montaraz.

—¡Sólo un Montaraz! —exclamó Gandalf—. Mi querido Frodo, eso son justamente los Montaraces: los últimos vestigios en el Norte de un gran pueblo, los Hombres del Oeste. Me ayudaron ya en el pasado, y necesitaré que me ayuden en el futuro; pues aunque hemos llegado a Rivendel, el Anillo no ha encontrado todavía reposo.

—Imagino que no —dijo Frodo—, pero hasta ahora mi único pensamiento era llegar aquí, y espero no tener que ir más lejos. El simple descanso es algo muy agradable. He tenido un mes de exilio y aventuras, y pienso que es suficiente para mí.

Calló y cerró los ojos. Al cabo de un rato habló de nuevo: —He estado sacando cuentas —dijo—, y el total no llega al veinticuatro de octubre. Hoy sería el veintiuno de octubre. Tuvimos que haber llegado al Vado el día veinte.

—En tu estado actual, has hablado demasiado y has sacado demasiadas cuentas —dijo Gandalf—. ¿Cómo sientes ahora el hombro y el costado?

—No sé —dijo Frodo—. No los siento nada, lo que quizá es un adelanto, pero —hizo un esfuerzo— el brazo puedo moverlo un poco. Sí, está volviendo a la vida. No está frío —añadió, tocándose la mano izquierda con la derecha.

—¡Bien! —dijo Gandalf—. Se está restableciendo. Pronto estarás curado del todo. Elrond ha estado cuidándote, durante días, desde que te trajeron aquí.

—¿Días? —dijo Frodo.

—Bueno, cuatro noches y tres días, para ser exactos. Los Elfos te trajeron del Vado en la noche del veinte, y es ahí donde perdiste la cuenta. Hemos estado muy preocupados, y Sam no dejó tu cabecera ni de día ni de noche, excepto para llevar algún mensaje. Elrond es un maestro del arte de curar, pero las armas del Enemigo son mortíferas.

Para decirte la verdad, yo tuve muy pocas esperanzas, pues se me ocurrió que en la herida cerrada había quedado algún fragmento de la hoja. Pero no pudimos encontrarlo hasta anoche. Elrond extrajo una esquirla. Estaba muy incrustada en la carne, y abriéndose paso hacia dentro.

Frodo se estremeció recordando el cruel puñal de hoja mellada que se había desvanecido en manos de Trancos.

—¡No te alarmes! —dijo Gandalf—. Ya no existe. Ha sido fundida. Y parece que los hobbits se desvanecen de muy mala gana. He conocido guerreros robustos de la Gente Grande que hubiesen sucumbido en seguida a esa esquirla, que tú llevaste diecisiete días.

—¿Qué me hubiesen hecho? —preguntó Frodo—. ¿Qué trataban de hacer esos Jinetes?

—Trataban de atravesarte el corazón con un puñal de Morgul, que queda en la herida. Si lo hubieran logrado, serías ahora como ellos, sólo que más débil, y te tendrían sometido. Serías un espectro, bajo el dominio del Señor Oscuro, y te habría atormentado por haber querido retener el Anillo, si hay un tormento mayor que el de perder el Anillo y verlo en el dedo del Señor Oscuro.

—¡Gracias sean dadas por no haberme enterado de ese horrible peligro! —dijo Frodo con voz débil—. Yo estaba mortalmente asustado, por supuesto, pero si hubiera sabido más no me hubiese atrevido ni a moverme. ¡Es una maravilla que haya escapado con vida!

—Sí, la fortuna o el destino te ayudaron sin duda —dijo Gandalf—, para no mencionar el coraje. Pues no te tocaron el corazón, y sólo te hirieron en el hombro, y esto fue así porque resististe hasta el fin. Pero te salvaste no se sabe cómo. El peligro mayor fue cuando tuviste puesto el Anillo, pues entonces tú mismo estabas a medias en el mundo de los espectros, y ellos podían haberte alcanzado. Tú podías verlos, y ellos te podían ver.

—Sí, es cierto —dijo Frodo—. ¡Mirarlos fue algo terrible! Pero ¿cómo vemos siempre a los caballos?

—Porque son verdaderos caballos, así como las ropas negras son verdaderas ropas, que dan forma a la nada que ellos son, cuando tienen tratos con los vivos.

—¿Por qué esos caballos negros soportan entonces a semejantes jinetes? Todos los otros animales se espantan cuando los Jinetes andan cerca, aun el caballo élfico de Glorfindel. Los perros les ladran, y los gansos les graznan.

—Porque esos caballos nacieron y fueron criados al servicio del Señor Oscuro. ¡Los sirvientes y animales de Mordor no son todos espectros! Hay orcos y trolls, huargos y licántropos; y ha habido y todavía hay muchos Hombres, guerreros y reyes, que andan a la luz del sol y sin embargo están sometidos a Mordor. Y el número de estos servidores crece todos los días.

—¿Y Rivendel y los Elfos? ¿Está Rivendel a salvo?

—Sí, por ahora, hasta que todo lo demás sea conquistado. Los Elfos pueden temer al Señor Oscuro, y quizá huyan de él, pero nunca jamás lo escucharán o le servirán. Y aquí, en Rivendel, viven algunos de los principales enemigos de Mordor: los Sabios Elfos, Señores del Eldar, de más allá de los mares lejanos. Ellos no temen a los Espectros del Anillo, pues quienes han vivido en el Reino Bendecido viven a la vez en ambos mundos, y tienen grandes poderes contra lo Visible y lo Invisible.

—Creí ver una figura blanca que brillaba y no palidecía como las otras. ¿Era entonces Glorfindel?

—Sí, lo viste un momento tal como es en el otro lado, uno de los poderosos Primeros Nacidos. Es el Señor Elfo de una casa de príncipes. En verdad hay poder en Rivendel capaz de resistir la fuerza de Mordor, por un tiempo al menos, y hay también otros poderes fuera. Hay poder también, de otra especie, en la Comarca. Pero todos estos lugares pronto serán como islas sitiadas, si las cosas continúan como hasta ahora. El Señor Oscuro está desplegando toda su fuerza.

"Sin embargo —continuó Gandalf, incorporándose de pronto y adelantando el mentón mientras se le erizaban los pelos de la barba como alambre de púas—, no nos desanimemos. Pronto te curarás, si no te mato con mi charla. Estás en Rivendel, y no te preocupes por ahora.

—No tengo ningún ánimo, y no entiendo cómo podría desanimarme —dijo Frodo—, pero ahora no hay nada que me preocupe. Dame simplemente noticias de mis amigos, y dime cómo terminó el asunto del Vado, como he venido preguntando, y me declararé satisfecho por el momento. Luego dormiré otro poco, me parece, pero no podré cerrar los ojos hasta que hayas terminado esa historia para mí.

Gandalf acercó la silla a la cabecera del lecho, y miro con atención a Frodo. El color le había vuelto a la cara; los ojos se le habían aclarado, y tenía una mirada despejada y lúcida. Sonreía, y parecía que todo andaba bien. Pero el ojo del mago alcanzó a notar un cambio imperceptible, como una cierta transparencia alrededor de Frodo, y sobre todo alrededor de la mano izquierda, que descansaba sobre la cobertura.

«Sin embargo, era algo que podía esperarse», reflexionó Gandalf. «No está ni siquiera curado a medias, y lo que le pasará al fin ni siquiera Elrond podría decirlo. Creo que no será para mal. Podría convertirse en algo parecido a un vaso de agua clara, para los ojos que sepan ver.»

—Tienes un aspecto espléndido —dijo en voz alta—. Me arriesgaré a contarte una breve historia, sin consultar a Elrond. Pero muy breve, recuérdalo, y luego dormirás otra vez. Esto es lo que ocurrió, según lo que he averiguado. Los Jinetes fueron directamente detrás de ti, tan pronto como escapaste. Ya no necesitaban que los caballos los guiaran: te habías vuelto visible para ellos: estabas en el umbral del mundo de los fantasmas. Y además el Anillo los llamaba de algún modo. Tus amigos saltaron a un lado, fuera del camino, o los hubieran aplastado sin remedio. Sabían que estabas perdido, si no te salvaba el caballo blanco. Los Jinetes eran demasiado rápidos y hubiese sido inútil perseguirlos, y demasiado numerosos y hubiese sido inútil oponerse. A pie, ni siquiera Glorfindel y Aragorn luchando juntos hubieran podido resistir a los Nueve a la vez.

"Cuando los Espectros del Anillo pasaron rápidos como el viento, tus amigos corrieron detrás. Muy cerca del Vado hay una pequeña hondonada, oculta tras unos pocos árboles achaparrados junto al camino. Allí encendieron rápidamente un fuego, pues Glorfindel sabía que habría una crecida, si los Jinetes trataban de cruzar; él entonces tendría que vérselas con quienes estuvieran de este lado del río. En el momento en que llegó la creciente, Glorfindel corrió hacia el agua, seguido por Aragorn y los otros, todos llevando antorchas encendidas. Atrapados entre el fuego y el agua, y viendo a un Señor de los Elfos, a quien la furia había hecho visible, los Jinetes se acobardaron, y los caballos enloquecieron. Tres fueron arrastrados río abajo por el primer asalto de la crecida; luego los caballos echaron a los otros al agua.

—¿Y ése fue el fin de los Jinetes? —preguntó Frodo.

—No —dijo Gandalf—. Los caballos tienen que haber muerto, y sin ellos son como impedidos. Pero los Espectros del Anillo no pueden ser destruidos con tanta facilidad. Sin embargo, y por el momento, no son ya criaturas de temer. Tus amigos cruzaron, cuando pasó la inundación, y te encontraron tendido de bruces en lo alto del barranco, con una espada rota bajo el cuerpo. El caballo hacía guardia a tu lado. Tú estabas pálido y frío, y temieron que hubieses muerto o algo peor. La gente de Elrond los encontró allí, y te trajeron lentamente a Rivendel.

—¿Quién provocó la crecida? —dijo Frodo.

—Elrond la ordenó —respondió Gandalf—. El río de este valle está bajo el dominio de Elrond. Las aguas se levantan furiosas cuando él cree necesario cerrar el Vado. Tan pronto como el capitán de los Espectros del Anillo entró a caballo en el agua, soltaron la avenida. Si me lo permites añadiré un toque personal a la historia: quizá no lo notaste, pero algunas de las olas se encabritaron como grandes caballos blancos montados por brillantes jinetes blancos; y había muchas piedras que rodaban y crujían. Por un momento temí que hubiésemos liberado una furia demasiado poderosa, y que la crecida se nos fuera de las manos y os arrastrara a todos vosotros. Hay un enorme vigor en las aguas que descienden de las nieves de las Montañas Nubladas.

—Sí, todo me viene a la memoria ahora —dijo Frodo—: el tremendo rugido. Pensé que me ahogaba, con mis amigos y todos. ¡Pero ahora estamos a salvo!

Gandalf echó una rápida mirada a Frodo, pero el hobbit había cerrado los ojos.

—Sí, estamos todos a salvo por el momento. Pronto habrá fiesta y regocijo para celebrar la victoria en el Vado del Bruinen, y allí estaréis todos vosotros ocupando sitios de honor.

—¡Espléndido! —dijo Frodo—. Es maravilloso que Elrond, y Glorfindel y tan grandes señores, sin hablar de Trancos, se molesten tanto y sean tan bondadosos conmigo.

—Bueno, hay muchas razones para que así sea —dijo Gandalf sonriendo—. Yo soy una buena razón. El Anillo es otra; tú eres quien lleva el Anillo. Y eres el heredero de Bilbo, que encontró el Anillo.

—¡Querido Bilbo! —dijo Frodo, somnoliento—. Me pregunto dónde andará. Me gustaría que estuviese aquí, y pudiese oír toda esta historia. Se hubiera reído con ganas. ¡La vaca que saltó por encima de la luna! ¡Y el pobre viejo troll!

Luego de esto, se durmió rápidamente.

Frodo estaba ahora a salvo en el Último Hogar al Este del Mar. Esta casa era, como Bilbo había informado hacía tiempo, «una casa perfecta, tanto te guste comer como dormir o contar cuentos o cantar, o sólo quedarte sentado pensando, o una agradable combinación de todo». Bastaba estar allí para curarse del cansancio, el miedo y la melancolía.

A la caída de la noche, Frodo despertó de nuevo, y descubrió que ya no sentía necesidad de dormir o descansar, y que en cambio tenía ganas de comer y beber, y quizá cantar y contar luego alguna historia. Salió de la cama y descubrió que podía utilizar el brazo casi como antes. Encontró ya preparadas unas ropas limpias de color verde que le caían muy bien. Mirándose en el espejo se sobresaltó al descubrir que nunca había estado antes tan delgado; la imagen se parecía notablemente al joven sobrino de Bilbo, que había acompañado al tío en muchos paseos a pie por la Comarca; pero los ojos del espejo le devolvieron una mirada pensativa.

—Sí, desde la última vez que te miraste en un espejo te ocurrieron algunas cosas —le dijo a la imagen—. Pero ahora, ¡por un feliz encuentro!

Se estiró de brazos y silbó una melodía.

En ese momento, golpearon a la puerta y entró Sam. Corrió hacia Frodo y le tomó la mano izquierda, torpe y tímidamente. La acarició un momento con dulzura y luego enrojeció y se volvió en seguida para irse.

—¡Hola, Sam! —dijo Frodo.

—¡Está caliente! —dijo Sam—. Quiero decir la mano de usted, señor Frodo. Ha estado tan fría en las largas noches. ¡Pero victoria y trompetas! —gritó, dando otra media vuelta con ojos brillantes y bailando—. ¡Es maravilloso verlo de pie y recuperado del todo, señor! Gandalf me pidió que viniera a ver si usted podía bajar, y pensé que bromeaba.

—Estoy listo —dijo Frodo—. ¡Vamos a buscar a los demás!

—Puedo llevarlo hasta ellos, señor —dijo Sam—. Es una casa rara ésta, y muy peculiar. A cada paso se descubre algo nuevo, y nunca se sabe qué encontrará uno a la vuelta de un corredor. ¡Y Elfos, señor Frodo! ¡Elfos por aquí, y Elfos por allá! Algunos como reyes, terribles y espléndidos; y otros alegres como niños. Y la música y el canto... aunque no he tenido tiempo ni ánimo para escuchar mucho desde que llegamos aquí. Pero empiezo a conocer algunos recovecos de la casa.

—Sé lo que has estado haciendo, Sam —dijo Frodo, tomándolo por el brazo—. Pero tienes que estar contento esta noche, y presta oídos a la alegría que te llega del corazón. ¡Vamos, muéstrame lo que hay a la vuelta de los corredores!

Sam lo llevó por distintos pasillos, y luego escaleras abajo, y por último salieron a un jardín elevado sobre el barranco escarpado del río. Los amigos de Frodo estaban allí sentados en un pórtico que miraba al este. Las sombras habían cubierto el valle, abajo, pero en las faldas de las montañas lejanas había aún un resto de luz. El aire era cálido. El sonido del agua que corría y caía en cascadas llegaba a ellos claramente, y un débil perfume de árboles y flores flotaba en la noche, como si el verano se hubiese demorado en los jardines de Elrond.

—¡Hurra! —gritó Pippin incorporándose de un salto—. ¡He aquí a nuestro noble primo! ¡Abran paso a Frodo, Señor del Anillo!

—¡Calla! —dijo Gandalf desde el fondo sombrío del pórtico—. Las cosas malas no tienen cabida en este valle, pero aun así es mejor no nombrarlas. El Señor del Anillo no es Frodo, sino el amo de la Torre Oscura de Mordor, ¡cuyo poder se extiende otra vez sobre el mundo! Estamos en una fortaleza. Fuera caen las sombras.

—Gandalf ha estado diciéndonos cosas así, todas tan divertidas —dijo Pippin—. Piensa que es necesario llamarme al orden, pero de algún modo parece imposible sentirse triste o deprimido en este sitio. Tengo la impresión de que podría ponerme a cantar, si conociese una canción apropiada.

—Yo también cantaría —rió Frodo—. ¡Aunque por ahora preferiría comer y beber!

—Eso tiene pronto remedio —dijo Pippin—. Has mostrado tu astucia habitual levantándote justo a tiempo para una comida.

—¡Más que una comida! ¡Una fiesta! —dijo Merry—. Tan pronto como Gandalf informó que ya estabas bien, comenzaron los preparativos.

Apenas había acabado de hablar cuando un tañido de campanas los convocó al salón de la casa.

El salón de la casa de Elrond estaba colmado de gente: Elfos en su mayoría, aunque había unos pocos huéspedes de otra especie. Elrond, como de costumbre, estaba sentado en un sillón a la cabecera de una mesa larga sobre el estrado; a un lado tenía a Glorfindel, y al otro a Gandalf.

Frodo los observó maravillado, pues nunca había visto a Elrond, de quien se hablaba en tantos relatos; y sentados a la izquierda y a la derecha, Glorfindel, y aun Gandalf a quienes creía conocer tan bien, se le revelaban como grandes y poderosos señores.

Gandalf era de menor estatura que los otros dos, pero la larga melena blanca, la abundante barba gris, y los anchos hombros, le daban un aspecto de rey sabio, salido de antiguas leyendas. En la cara trabajada por los años, bajo las espesas cejas nevadas, los ojos oscuros eran como carbones encastrados que de súbito podían encenderse y arder.

Glorfindel era alto y erguido, el cabello de oro resplandeciente, la cara joven y hermosa, libre de temores y luminosa de alegría; los ojos brillantes y vivos, y la voz como una música; había sabiduría en aquella frente, y fuerza en aquella mano.

El rostro de Elrond no tenía edad; no era ni joven ni viejo, aunque uno podía leer en él el recuerdo de muchas cosas, felices y tristes. Tenía el cabello oscuro como las sombras del atardecer, y ceñido por una corona de plata; los ojos eran grises como la claridad de la noche, y en ellos había una luz semejante a la luz de las estrellas. Parecía venerable como un rey coronado por muchos inviernos, y vigoroso sin embargo como un guerrero probado en la plenitud de sus fuerzas. Era el Señor de Rivendel, poderoso tanto entre los Elfos como entre los Hombres.

En el centro de la mesa, apoyada en los tapices que pendían del muro, había una silla bajo un dosel, y allí estaba sentada una hermosa dama, tan parecida a Elrond, bajo forma femenina, que no podía ser, pensó Frodo, sino una pariente próxima. Era joven, y al mismo tiempo no lo era, pues aunque la escarcha no había tocado las trenzas de pelo sombrío, y los brazos blancos y el rostro claro fuesen tersos y sin defecto, y la luz de las estrellas le brillara en los ojos, grises como una noche sin nubes, había en ella verdadera majestad, y la mirada revelaba conocimiento y sabiduría, como si hubiera visto todas las cosas que traen los años. Le cubría la cabeza una red de hilos de plata entretejida con pequeñas gemas de un blanco resplandeciente, pero las delicadas vestiduras grises no tenían otro adorno que una guirnalda de hojas cinceladas en plata.

Así vio Frodo a Arwen, hija de Elrond, a quien pocos mortales habían visto hasta entonces, y de quien se decía que había traído de nuevo a la tierra la imagen viva de Lúthien; y la llamaban Undómiel, pues era la Estrella de la Tarde para su pueblo. Había permanecido mucho tiempo en la tierra de la familia de la madre, en Lórien, más allá de las montañas, y había regresado hacía poco a Rivendel, a la casa del padre. Pero los dos hermanos de Arwen, Elladan y Elrohir, llevaban una vida errante, y a menudo iban a caballo hasta muy lejos junto con los Montaraces del Norte; y jamás olvidaban los tormentos que la madre de ellos había sufrido en los antros de los orcos.

Frodo no había visto ni había imaginado nunca belleza semejante en una criatura viviente, y el hecho de encontrarse sentado a la mesa de Elrond entre tanta gente alta y hermosa lo sorprendía y abrumaba a la vez. Aunque tenía una silla apropiada, y contaba con el auxilio de varios almohadones, se sentía muy pequeño, y bastante fuera de lugar; pero esta impresión pasó rápidamente. La fiesta era alegre, y la comida todo lo que un estómago hambriento pudiese desear. Pasó un tiempo antes que mirara de nuevo alrededor o se volviera hacia la gente vecina.

Buscó primero a sus amigos. Sam había pedido que le permitieran atender a su amo, pero le respondieron que por esta vez él era invitado de honor. Frodo podía verlo ahora junto al estrado, sentado con Pippin y Merry a la cabecera de una mesa lateral. No alcanzó a ver a Trancos.

A la derecha de Frodo estaba sentado un enano que parecía importante, ricamente vestido. La barba, muy larga y bifurcada, era blanca, casi tan blanca como el blanco de nieve de las ropas. Llevaba un cinturón de plata, y una cadena de plata y diamantes le colgaba del cuello. Frodo dejó de comer para mirarlo.

—¡Bienvenido y feliz encuentro! —dijo el enano volviéndose hacia él, y levantándose del asiento hizo una reverencia—. Glóin, para servir a usted —dijo inclinándose todavía más.

—Frodo Bolsón, para servir a usted y a la familia de usted —dijo Frodo correctamente, levantándose sorprendido y desparramando los almohadones—. ¿Me equivoco al pensar que es usted *el* Glóin, uno de los doce compañeros del gran Thorin Escudo-de-Roble?

—No se equivoca —dijo el enano, juntando los almohadones y ayudándole cortésmente a volver a la silla—. Y yo no pregunto, pues ya me han dicho que es usted pariente y heredero por adopción de nuestro célebre amigo Bilbo. Permítame felicitarlo por su restablecimiento.

—Muchas gracias —dijo Frodo.

—Ha tenido usted aventuras muy extrañas, he oído —dijo Glóin—. No alcanzo a imaginarme qué motivo pueden tener *cuatro* hobbits para emprender un viaje tan largo. Nada semejante había ocurrido desde que Bilbo estuvo con nosotros. Pero quizá yo no debiera hacer preguntas tan precisas, pues ni Elrond ni Gandalf parecen dispuestos a hablar del asunto.

—Pienso que no hablaremos de eso, al menos por ahora —dijo Frodo cortésmente. Entendía que aun en la casa de Elrond el Anillo no era tema común de conversación, y de cualquier modo deseaba olvidar las dificultades pasadas, por un tiempo—. Pero yo también me pregunto —continuó— qué traerá un enano tan importante a tanta distancia de la Montaña Solitaria.

Glóin lo miró. —Si todavía no lo sabe, tampoco hablaremos de eso, me parece. El Señor Elrond nos convocará a todos muy pronto, creo, y oiremos entonces muchas cosas. Pero hay todavía otras, de las que se puede hablar.

Conversaron durante todo el resto de la comida, pero Frodo escuchaba más de lo que hablaba, pues las noticias de la Comarca, aparte de las que se referían al Anillo, parecían menudas, lejanas e insignificantes, mientras que Glóin en cambio tenía mucho que decir de las regiones septentrionales de las Tierras Ásperas. Frodo supo

que Grimbeorn el Viejo, hijo de Beorn, era ahora el señor de muchos hombres vigorosos, y que ni orcos ni
lobos se atrevían a entrar en su país, entre las Montañas y
el Bosque Negro.

—En verdad —dijo Glóin—, si no fuera por los Beórnidas, ir de Valle a Rivendel hubiese sido imposible desde
hace mucho tiempo. Son hombres valientes, y mantienen
abierto el Paso Alto y el Vado de Carroca. Pero el peaje es
elevado —añadió sacudiendo la cabeza—, y como los
Beorn de antaño no gustan mucho de los enanos. Sin embargo, son gente en la que se puede confiar, y eso es mucho en estos días. Pero en ninguna parte hay Hombres
que nos muestren tanta amistad como los de Valle. Son
buena gente los Bárdidos. El nieto de Bardo el Arquero
es quien los gobierna, Brand hijo de Bain hijo de Bardo.
Es un rey poderoso, y sus dominios llegan ahora muy al
sur y al este de Esgaroth.

—¿Y qué me dice de la gente de usted? —preguntó
Frodo.

—Hay mucho que decir, bueno y malo —respondió
Glóin—, pero casi todo bueno. Hemos tenido suerte hasta ahora, aunque no escapamos al ensombrecimiento de
la época. Si realmente quiere oír de nosotros, le daré todas las noticias que quiera. ¡Pero hágame callar cuando
esté cansado! La lengua se les suelta a los enanos cuando hablan de sí mismos, dicen.

Y después de esto Glóin se embarcó en un largo relato
sobre el Reino de los Enanos. Le encantaba haber encontrado un oyente tan cortés, pues Frodo no daba señales de fatiga y no trataba de cambiar el tema, aunque
en verdad pronto se encontró perdido entre los extraños
nombres de personas y lugares de los que nunca había
oído hablar. Le interesó saber sin embargo que Dáin reinaba todavía bajo la Montaña, que era viejo (habiendo
cumplido ya doscientos cincuenta años), venerable, y fa-
bulosamente rico. De los diez compañeros que habían
sobrevivido a la Batalla de los Cinco Ejércitos, siete estaban todavía con él: Dwalin, Glóin, Dori, Nori, Bifur, Bo-
fur y Bombur. Bombur era ahora tan gordo que no podía

trasladarse por sus propios medios de la cama al asiento en la mesa, y se necesitaban seis jóvenes enanos para levantarlo.

—¿Y qué se hizo de Balin y Ori y Óin? —preguntó Frodo.

Una sombra cruzó la cara de Glóin.

—No lo sabemos —respondió—. He venido a pedir consejo a gentes que moran en Rivendel en gran parte a causa de Balin. ¡Pero por esta noche hablemos de cosas más alegres!

Glóin se puso entonces a hablar de las obras de los enanos, y le comentó a Frodo los trabajos que habían emprendido en Valle y bajo la Montaña.

—Hemos trabajado bien —dijo—, pero en metalurgia no podemos rivalizar con nuestros padres, muchos de cuyos secretos se han perdido. Hacemos buenas armaduras y espadas afiladas, pero las hojas y las cotas de malla no pueden compararse con las de antes de la venida del dragón. Sólo en minería y en construcciones hemos superado los viejos tiempos. ¡Tendría usted que ver los canales de Valle, Frodo, y las montañas y las fuentes! ¡Tendría usted que ver las calzadas de piedras de distintos colores! ¡Y las salas y las calles subterráneas con arcos tallados como árboles, y las terrazas y torres que se alzan en las faldas de la Montaña! Vería usted entonces que no hemos estado ociosos.

—Iré y lo veré, si me es posible alguna vez —dijo Frodo—. ¡Cómo se hubiera sorprendido Bilbo viendo todos esos cambios en la Desolación de Smaug!

Glóin miró a Frodo y sonrió.

—Usted quería mucho a Bilbo, ¿no es cierto? —le preguntó.

—Sí —respondió Frodo—. Preferiría verlo a él antes que todas las torres y palacios del mundo.

El banquete concluyó por fin. Elrond y Arwen se incorporaron y atravesaron la sala, y los invitados los siguieron en orden. Las puertas se abrieron de par en par, y todos salieron a un pasillo ancho y cruzaron otras puertas, y llegaron a otra sala. No había mesas allí, pero un fuego claro ardía en una amplia chimenea entre pilares tallados a un lado y a otro.

Frodo se encontró marchando al lado de Gandalf.

—Ésta es la Sala del Fuego —dijo el mago—. Escucharás aquí muchas canciones y relatos, si consigues mantenerte despierto. Pero fuera de las grandes ocasiones la sala está siempre vacía y silenciosa, y sólo vienen aquí quienes buscan tranquilidad y recogimiento. La chimenea está encendida todo el año, pero casi no hay otra luz.

Mientras Elrond entraba e iba hacia el asiento preparado para él, unos trovadores Elfos comenzaron a tocar una música suave. La sala se fue llenando lentamente, y Frodo observó con deleite las muchas caras hermosas que se habían reunido allí; la luz dorada del fuego jugueteaba sobre las distintas facciones, y relucía en los cabellos. De pronto vio, no muy lejos del extremo opuesto del fuego, una pequeña figura oscura sentada en un taburete, la espalda apoyada en una columna. Junto a él, en el suelo, un tazón y un poco de pan. Frodo se preguntó si el personaje estaría enfermo (si alguien podía enfermarse en Rivendel), y no habría podido asistir al festín. Parecía dormir, la cabeza inclinada sobre el pecho, y ocultaba la cara en un pliegue del manto negro.

Elrond se adelantó y se quedó de pie junto a la silenciosa figura.

—¡Despierta, pequeño señor! —dijo con una sonrisa. En seguida se volvió hacia Frodo y le indicó que se acercara—. He aquí llegada la hora que tanto has deseado, Frodo. He aquí un amigo que te ha faltado mucho tiempo.

La figura oscura alzó la cabeza y se descubrió la cara.

—¡Bilbo! —gritó Frodo reconociéndolo de pronto y dando un salto hacia delante.

—¡Hola, Frodo, mi compañero! —dijo Bilbo—. Así que al fin has llegado. Esperaba que tuvieras éxito. ¡Bueno, bueno! De modo que estos festejos son todos en tu honor, me han dicho. Espero que lo hayas pasado bien.

—¿Por qué no estuviste presente? —gritó Frodo—. ¿Y por qué no me permitieron que te viera antes?

—Porque estabas dormido. Pero yo te vi bastante. He estado sentado a tu lado junto con Sam todos estos días. Pero en cuanto a la fiesta, ya no frecuento mucho esas cosas. Y tenía otra cosa que hacer.

—¿Qué estabas haciendo?

—Bueno, estaba sentado aquí, meditando. Lo hago con frecuencia desde hace un tiempo, y este sitio es en general el más adecuado. ¡Despierta, qué noticia! —dijo Bilbo guiñándole un ojo a Elrond. Frodo alcanzó a ver un centelleo en el ojo de Bilbo y no advirtió ninguna señal de somnolencia—. ¡Despierta! No estaba dormido, señor Elrond. Si queréis saberlo, habéis venido todos demasiado pronto de la fiesta, y me habéis perturbado... mientras componía una canción. Me enredé en una línea o dos, y estaba recomponiendo los versos, pero supongo que ahora ya no tienen remedio. Habéis cantado tanto que las ideas se me fueron de la cabeza. Tendré que recurrir a mi amigo el Dúnadan para que me ayude. ¿Dónde está?

Elrond rió.

—Lo encontraremos —dijo—. Luego los dos os iréis a un rincón a acabar vuestra tarea, y nosotros la oiremos y la juzgaremos antes que terminen los festejos.

Se enviaron mensajeros en busca del amigo de Bilbo, aunque nadie sabía dónde estaba, ni por qué no había asistido al banquete.

Mientras tanto Frodo y Bilbo se sentaron, y Sam se acercó rápidamente y se quedó junto a ellos. Frodo y Bilbo hablaron en voz baja, sin prestar atención a la alegría y a la música que estallaban en la sala de un extremo a otro. Bilbo no tenía mucho que decir de sí mismo. Luego de dejar Hobbiton había ido como sin rumbo, siguiendo a veces el Camino, o cruzando los campos a un lado o a otro, pero de algún modo había caminado todo el tiempo hacia Rivendel.

—Llegué aquí sin muchas aventuras —dijo—, y luego de un descanso fui hasta Valle acompañando a los enanos: mi último viaje. Ya no iré por los caminos. El viejo

Balin había partido. Entonces volví aquí, y aquí me he quedado hasta ahora. He estado ocupado. He seguido escribiendo mi libro. Y compuse algunas canciones, por supuesto. Las cantan aquí de vez en cuando: aunque sólo para complacerme, creo yo; pues no son bastante buenas para Rivendel, naturalmente. Y escucho y pienso. Aquí parece que el tiempo no pasara: existe, nada más. Un sitio notable desde cualquier punto de vista.

"Me han llegado toda clase de noticias de más allá de las Montañas y del Sur, pero ninguna de la Comarca. He tenido noticias del Anillo, por supuesto. Gandalf ha estado aquí a menudo. Aunque no me contó gran cosa; en estos últimos años se ha vuelto cada vez más reservado. El Dúnadan me dijo más. ¡Imagínate mi anillo causando tantos problemas! Es una lástima que Gandalf no lo hubiese averiguado antes. Yo mismo podía haberlo traído aquí hace mucho sin tantas dificultades. Pensé alguna vez en volver a buscarlo a Hobbiton, pero estoy poniéndome viejo, y ellos no me dejarían: Gandalf y Elrond, quiero decir. Parecen pensar que el Enemigo revuelve cielo y tierra buscándome, y que me haría picadillo si me sorprendiera al descubierto.

"Y Gandalf dijo: «Bilbo, el Anillo ha pasado a otro. No sería bueno para ti ni para nadie si te entrometieras otra vez». Curiosa observación, digna de Gandalf. Pero me dijo que cuidaba de ti, de modo que no me preocupé. Me hace terriblemente feliz verte sano y salvo.

Hizo una pausa y miró a Frodo como dudando.

—¿Lo tienes aquí? —preguntó en un murmullo—. No me aguanto de curiosidad, entiendes, luego de todo lo que he oído. Me gustaría mucho echarle un vistazo.

—Sí, lo tengo aquí —respondió Frodo, sintiendo de pronto una rara resistencia—. Tiene el mismo aspecto de siempre.

—Bueno, me gustaría verlo un momento, nada más —dijo Bilbo.

Mientras se vestía, Frodo había descubierto que le habían colgado al cuello el Anillo, y que la cadena era nueva, liviana y fuerte. Sacó lentamente el Anillo. Bilbo extendió la mano. Pero Frodo retiró en seguida el Anillo. Descubrió con pena y asombro que ya no miraba a Bilbo; parecía como si una sombra hubiese caído entre ellos, y detrás de esa sombra alcanzaba a ver una criatura menuda y arrugada, de rostro ávido y manos huesudas y temblorosas. Tuvo ganas de golpearla.

La música y los cantos de alrededor se apagaron de algún modo, y hubo un silencio. Bilbo echó una rápida mirada a la cara de Frodo y se pasó una mano por los ojos.

—Ahora entiendo —dijo—. ¡Apártalo! Lo lamento; lamento que te haya tocado esa carga: lo lamento todo. ¿Las aventuras no terminan nunca? Supongo que no. Alguien tiene que llevar adelante la historia. Bueno, no puede evitarse. Me pregunto si valdrá la pena que termine mi libro. Pero no nos preocupemos por eso ahora. ¡Veamos las noticias! ¡Cuéntame de la Comarca!

Frodo ocultó el Anillo, y la sombra pasó dejando apenas una hilacha de recuerdo. La luz y la música de Rivendel lo rodearon otra vez. Bilbo sonreía y reía, feliz. Todas las noticias que Frodo le daba de la Comarca —ahora de cuando en cuando aumentadas y corregidas por Sam— le parecían del mayor interés, desde la tala de un arbolito hasta las travesuras del niño más pequeño de Hobbiton. Estaban tan absortos en los acontecimientos de las Cuatro Cuadernas que no advirtieron la llegada de un hombre vestido de verde oscuro. Durante algunos minutos se quedó mirándolos con una sonrisa.

De pronto Bilbo alzó los ojos. —¡Ah, al fin llegaste, Dúnadan! —exclamó.

—¡Trancos! —dijo Frodo—. Parece que tienes muchos nombres.

—Bueno, *Trancos* nunca lo había oído hasta ahora —dijo Bilbo—. ¿Por qué lo llamas así?

—Así me llaman en Bree —dijo Trancos riéndose— y así fui presentado.

—¿Y por qué lo llamas tú Dúnadan? —preguntó Frodo.

—*El* Dúnadan —dijo Bilbo—. Así lo llaman aquí a menudo. Pensé que conocías bastante élfico como para entender *dún-adan:* Hombre del Oeste, Númenorean. ¡Pero no es momento de lecciones! —Se volvió hacia Trancos.— ¿Dónde has estado, amigo mío? ¿Por qué no asististe al festín? La Dama Arwen estaba presente.

Trancos miró gravemente a Bilbo. —Lo sé —dijo—, pero a menudo tengo que dejar la alegría a un lado. Elladan y Elrohir han vuelto inesperadamente de las Tierras Ásperas y traían noticias que yo quería oír en seguida.

—Bueno, querido compañero —dijo Bilbo—, ahora que oíste las noticias, ¿puedes dedicarme un momento? Necesito tu ayuda en algo urgente. Elrond dice que mi canción tiene que estar terminada antes de la noche, y me encuentro en un atolladero. ¡Vayamos a un rincón a darle un último toque!

Trancos sonrió. —¡Vamos! —dijo—. ¡Házmela escuchar!

Dejaron un rato a Frodo a solas consigo mismo, pues Sam dormía ahora, y el hobbit se sintió como aislado del mundo y bastante abandonado, aunque todas las gentes de Rivendel se apretaban alrededor. Pero quienes estaban más cerca callaban, atentos a la música de las voces y los instrumentos, sin reparar en ninguna otra cosa. Frodo se puso a escuchar.

Al principio, y tan pronto como prestó atención, la belleza de las melodías y de las palabras entrelazadas en lengua élfica, aunque entendía poco, obraron sobre él como un encantamiento. Le pareció que las palabras tomaban forma, y visiones de tierras lejanas y objetos brillantes que nunca había visto hasta entonces se abrieron ante él; y la sala de la chimenea se transformó en una niebla dorada sobre mares de espuma que suspiraban en las márgenes del mundo. Luego el encantamiento fue más parecido a un sueño, y en seguida sintió que un río interminable de olas de oro y plata venía acercándose, demasiado inmenso para que él pudiera abarcarlo; el río fue parte del aire vibrante que lo rodeaba, lo empapaba y lo inundaba. Frodo se hundió bajo el peso resplandeciente del agua y entró en un profundo reino de sueños.

Allí fue largamente de un lado a otro en un sueño de música que se transformaba en agua corriente, y luego en una voz. Parecía la voz de Bilbo, que cantaba un poema. Débiles al principio y luego más claras se alzaron las palabras.

> *Eärendil era un marino*
> *que en Arvernien se demoró;*
> *y un bote hizo en Nimbrethil*
> *de madera de árboles caídos;*
> *tejió las velas de hermosa plata,*
> *y los faroles fueron de plata,*
> *el mascarón de proa era un cisne*
> *y había luz en las banderas.*
>
> *De una panoplia de antiguos reyes*
> *obtuvo anillos encadenados,*
> *un escudo con letras rúnicas*
> *para evitar desgracias y heridas,*
> *un arco de cuerno de dragón*
> *y flechas de ébano tallado;*
> *la cota de malla era de plata*
> *y la vaina de piedra calcedonia,*
> *de acero la espada infatigable*
> *y el casco alto de adamante;*
> *llevaba en la cimera una pluma de águila,*
> *y sobre el pecho una esmeralda.*
>
> *Bajo la Luna y las estrellas*
> *erró alejándose del norte,*
> *extraviándose en sendas encantadas*
> *más allá de los días de las tierras mortales.*
> *De los chirridos del Hielo Apretado,*
> *donde las sombras yacen en colinas heladas,*
> *de los calores infernales y del ardor de los desiertos*
> *huyó de prisa, y errando todavía*
> *por aguas sin estrellas de allá lejos*
> *llegó al fin a la Noche de la Nada,*
> *y así pasó sin alcanzar a ver*
> *la luz deseada, la orilla centelleante.*

Los vientos de la cólera se alzaron arrastrándolo
y a ciegas escapó de la espuma
del este hacia el oeste, y de pronto
volvió rápidamente al país natal.

La alada Elwing vino entonces a él
y la llama se encendió en las tinieblas;
más clara que la luz del diamante
ardía el fuego encima del collar;
y en él puso el Silmaril
coronándolo con una luz viviente;
Eärendil, intrépido, la frente en llamas,
viró la proa, y en aquella noche
del Otro Mundo más allá del Mar
furiosa y libre se alzó una tormenta,
un viento poderoso en Tarmenel,
y como la potencia de la muerte
soplando y mordiendo arrastró el bote
por sitios que los mortales no frecuentan
y mares grises hace tiempo olvidados;
y así Eärendil pasó del este hacia el oeste.

Cruzando la Noche Eterna fue llevado
sobre las olas negras que corrían
por sombras y por costas inundadas
ya antes que los Días empezaran,
hasta que al fin en márgenes de perlas
donde las olas siempre espumosas
traen oro amarillo y joyas pálidas,
donde termina el mundo, oyó la música.
Vio la Montaña que se alzaba en silencio
donde el crepúsculo se tiende en las rodillas
de Valinor, y vio a Eldamar
muy lejos más allá de los mares.
Vagabundo escapado de la noche
llegó por último a un puerto blanco,
al hogar de los Elfos claro y verde,
de aire sutil; pálidas como el vidrio,
al pie de la Colina de Ilmarin

resplandeciendo en un valle abrupto
las torres encendidas de Tirion
se reflejan allí, en el Lago de Sombras.

Allí dejó la vida errante
y te enseñaron canciones,
los sabios le contaron maravillas de antaño,
y le llevaron arpas de oro.
De blanco élfico lo vistieron
y precedido por siete luces
fue hasta la oculta tierra abandonada
cruzando el Calacirian.
Al fin entró en los salones sin tiempo
donde brillando caen los años incontables,
y reina para siempre el Rey Antiguo
en la escarpada Montaña de Ilmarin;
palabras desconocidas se dijeron entonces
de la raza de los Hombres y de los Elfos,
le mostraron visiones del trasmundo
prohibidas para aquellos que allí viven.

Un nuevo barco para él construyeron
de sándalo y de vidrio élfico,
de proa brillante; ningún remo desnudo,
ninguna vela en el mástil de plata:
el Silmaril como linterna
y en la bandera un fuego vivo
puesto allí mismo por Elbereth,
y otorgándole alas inmortales
impuso a Eärendil un eterno destino:
navegar por los cielos sin orillas
detrás del Sol y la luz de la Luna.

De las altas colinas del Anochecer Eterno
donde hay dulces manantiales de plata
las alas lo llevaron, como una luz errante,
más allá del Muro de la Montaña.
Del fin del mundo entonces se volvió
deseando encontrar otra vez

la luz del hogar; navegando entre sombras
y ardiendo como una estrella solitaria
fue por encima de las nieblas
como fuego distante delante del Sol,
maravilla que precede al crepúsculo
donde corren la aguas de Norlanda.

Y así pasó sobre la Tierra Media
y al fin oyó los llantos de dolor
de las mujeres y las doncellas élficas
de los Días Antiguos, de los tiempos de antaño.
Pero un destino implacable pesaba sobre él:
hasta la desaparición de la Luna
pasar como una estrella en órbita
sin detenerse nunca en las orillas
donde habitan los mortales, heraldo
de una misión que no conoce descanso
llevar allá lejos la claridad resplandeciente,
la luz flamígera de Oesternesse.

El canto cesó. Frodo abrió los ojos y vio que Bilbo estaba sentado en el taburete en medio de un círculo de oyentes que sonreían y aplaudían.

—Ahora oigámoslo de nuevo —dijo un Elfo.

Bilbo se incorporó e hizo una reverencia.

—Me siento halagado, Lindir —dijo—. Pero sería demasiado fatigoso repetirlo de cabo a rabo.

—No demasiado fatigoso para ti —replicaron los Elfos riendo—. Sabes que nunca te cansas de recitar tus propios poemas. ¡Pero en verdad una sola audición no es suficiente para que respondamos a tu pregunta!

—¡Qué! —exclamó Bilbo—. ¿No podéis decir qué partes son mías y cuáles de Dúnadan?

—No es fácil para nosotros señalar diferencias entre dos mortales —dijo el Elfo.

—Tonterías, Lindir —gruñó Bilbo—. Si no puedes distinguir entre un Hombre y un Hobbit, tu juicio es más pobre de lo que yo había imaginado. Son como guisantes y manzanas, así de diferentes.

—Quizás. A una oveja otra oveja le parece sin duda diferente —rió Lindir—. O a un pastor. Pero no nos hemos dedicado a estudiar a los Mortales. Hemos tenido otras ocupaciones.

—No discutiré contigo —dijo Bilbo—. Tengo sueño luego de tanta música y canto. Dejaré que lo adivines, si tienes ganas.

Se incorporó y fue hacia Frodo.

—Bueno, por fin se acabó —le dijo en voz baja—. Salí mejor parado de lo que creía. Pocas veces me piden una segunda audición. ¿Qué piensas tú?

—No trataré de adivinar —dijo Frodo sonriendo.

—No tienes por qué hacerlo —dijo Bilbo—. En realidad es todo mío. Aunque Aragorn insistió en que incluyera una piedra verde. Parecía creer que era importante. No sé por qué. Pensaba además que el tema era superior a mis fuerzas, y me dijo que si yo tenía la osadía de hacer versos acerca de Eärendil en casa de Elrond era asunto mío. Creo que tenía razón.

—No sé —dijo Frodo—. A mí me pareció adecuado de algún modo, aunque no podría decirte por qué. Estaba casi dormido cuando empezaste, y me pareció la continuación de un sueño. No caí en la cuenta de que estabas aquí cantando sino casi cerca del fin.

—Es difícil mantenerse despierto en este sitio, hasta que te acostumbras —dijo Bilbo—. Aparte de que los hobbits nunca llegarán a necesitar de la música y la poesía y las leyendas tanto como los Elfos. Parece que las necesitaran como la comida o más. Seguirán así por mucho tiempo hoy. ¿Qué te parece si nos escabullimos y tenemos por ahí una charla tranquila?

—¿Podemos hacerlo? —dijo Frodo.

—Por supuesto. Esto es una fiesta, no una obligación. Puedes ir y venir como te plazca, si no haces ruido.

Se pusieron de pie y se retiraron en silencio a las sombras y fueron hacia la puerta. A Sam lo dejaron atrás, durmiendo con una sonrisa en los labios. A pesar de la satisfacción de estar en compañía de Bilbo, Frodo sintió una punzada de arrepentimiento cuando dejaron la Sala del Fuego. Cruzaban aún el umbral cuando una voz clara entonó una canción.

A Elbereth Gilthoniel,
silivren penna míriel
o menel aglar elenath!
Na-chaered palan-díriel
o galadhremmin ennorath,
Fanuilos, le linnathon
nef aear, sí nef aearon!

Frodo se detuvo un momento volviendo la cabeza. Elrond estaba en su silla y el fuego le iluminaba la cara como la luz de verano entre los árboles. Cerca estaba sentada la Dama Arwen. Sorprendido, Frodo vio que Aragorn estaba de pie junto a ella. Llevaba recogido el manto oscuro, y parecía estar vestido con la cota de malla de los Elfos, y una estrella le brillaba en el pecho. Hablaban juntos. De pronto le pareció a Frodo que Arwen se volvía hacia la puerta, y que la luz de los ojos de la joven caía sobre él desde lejos y le traspasaba el corazón.

Se quedó allí como esperando mientras las dulces sílabas de la canción élfica le llegaban como joyas claras de palabras y música.

—Es un canto a Elbereth —dijo Bilbo—. Cantarán esa canción y otras del Reino Bendecido muchas veces esta noche. ¡Vamos!

Fueron hasta el cuartito de Bilbo que se abría sobre los jardines y miraba al sur por encima de los barrancos del Bruinen. Allí se sentaron un rato, mirando por la ventana las estrellas brillantes sobre los bosques que crecían en las laderas abruptas, y charlando en voz baja. No hablaron más de las menudas noticias de la Comarca distante, ni de las sombras oscuras y los peligros que los habían amenazado, sino de las cosas hermosas que habían visto juntos en el mundo, de los Elfos, de las estrellas, de los árboles, y de la dulce declinación del año brillante en los bosques.

Alguien golpeó al fin la puerta.

—Con el perdón de ustedes —dijo Sam asomando la cabeza—, pero me preguntaba si necesitarían algo.

—Con tu perdón, Sam Gamyi —replicó Bilbo—. Sospecho que quieres decir que es hora de que tu amo se vaya a la cama.

—Bueno, señor, hay un Concilio mañana temprano, he oído decir, y hoy es el primer día que pasa levantado.

—Tienes mucha razón, Sam —rió Bilbo—. Puedes ir a decirle a Gandalf que Frodo ya se fue a acostar. ¡Buenas noches, Frodo! ¡Qué bueno ha sido verte otra vez! En verdad, para una buena conversación no hay nadie como los hobbits. Me estoy poniendo viejo, y ya me pregunto si llegaré a ver los capítulos que te corresponderán en nuestra historia. ¡Buenas noches! Estiraré un rato las piernas, me parece, y miraré las estrellas de Elbereth desde el jardín. ¡Que duermas bien!

2

EL CONCILIO DE ELROND

A la mañana siguiente Frodo despertó temprano, sintiéndose descansado y bien. Caminó a lo largo de las terrazas que dominaban las aguas tumultuosas del Bruinen y observó el sol pálido y fresco que se elevaba por encima de las montañas distantes proyectando unos rayos oblicuos a través de la tenue niebla de plata; el rocío refulgía sobre las hojas amarillas, y las telarañas centelleaban en los arbustos. Sam caminaba junto a Frodo, sin decir nada, pero husmeando el aire y mirando una y otra vez con ojos asombrados las grandes elevaciones del este. La nieve blanqueaba las cimas.

En una vuelta del sendero, sentados en un banco tallado en la piedra, tropezaron con Gandalf y Bilbo que conversaban, abstraídos.

—¡Hola! ¡Buenos días! —dijo Bilbo—. ¿Listo para el gran concilio?

—Listo para cualquier cosa —respondió Frodo—. Pero sobre todas las cosas me gustaría caminar un poco y explorar el valle. Me gustaría visitar esos pinares de allá arriba.

Señaló las alturas del lado norte de Rivendel.

—Quizá encuentres la ocasión más tarde —dijo Gandalf—. Hoy hay mucho que oír y decidir.

De pronto mientras caminaban se oyó el claro tañido de una campana. —Es la campana que llama al Concilio de Elrond —exclamó Gandalf—. ¡Vamos! Se requiere tu presencia y la de Bilbo.

Frodo y Bilbo siguieron rápidamente al mago a lo largo del camino serpeante que llevaba a la casa; detrás de ellos trotaba Sam, que no estaba invitado y a quien habían olvidado por el momento.

Gandalf los llevó hasta el pórtico donde Frodo había encontrado a sus amigos la noche anterior. La luz de la clara mañana otoñal brillaba ahora sobre el valle. El ruido de las aguas burbujeantes subía desde el espumoso lecho del río. Los pájaros cantaban, y una paz serena se extendía sobre la tierra. Para Frodo, la peligrosa huida, los rumores de que la oscuridad estaba creciendo en el mundo exterior, le parecían ahora meros recuerdos de un sueño agitado, pero las caras que se volvieron hacia ellos a la entrada de la sala eran graves.

Elrond estaba allí, y muchos otros que esperaban sentados en silencio, alrededor. Frodo vio a Glorfindel y Glóin; y en un rincón estaba sentado Trancos, envuelto otra vez en aquellas gastadas ropas de viaje. Elrond le indicó a Frodo que se sentara junto a él, y lo presentó a la compañía, diciendo:

—He aquí, amigos míos, al hobbit, Frodo hijo de Drogo. Pocos han llegado atravesando peligros más grandes o en una misión más urgente.

Luego señaló y nombró a todos aquellos que Frodo no conocía aún. Había un enano joven junto a Glóin: su hijo Gimli. Al lado de Glorfindel se alineaban otros consejeros de la casa de Elrond, de quienes Erestor era el jefe; y junto a él se encontraba Galdor, un Elfo de los Puertos Grises a quien Círdan, el carpintero de barcos, le había encomendado una misión. Estaba allí también un Elfo extraño, vestido de castaño y verde, Legolas, que traía un mensaje de su padre, Thranduil, el Rey de los Elfos del Bosque Negro del Norte. Y sentado un poco aparte había un hombre alto de cara hermosa y noble, cabello oscuro y ojos grises, de mirada orgullosa y seria.

Estaba vestido con manto y botas, como para un viaje a caballo, y en verdad aunque las ropas eran ricas, y el manto tenía borde de piel, parecía venir de un largo viaje. De una cadena de plata que tenía al cuello colgaba una piedra blanca; el cabello le llegaba a los hombros. Sujeto a un tahalí llevaba un cuerno grande guarnecido de plata que ahora apoyaba en las rodillas. Examinó a Frodo y Bilbo con sorprendido asombro.

—He aquí —dijo Elrond de pronto, volviéndose hacia Gandalf— a Boromir, un hombre del Sur. Llegó en la mañana gris, y busca consejo. Le pedí que estuviera presente, pues las preguntas que trae tendrán aquí respuesta.

No es necesario contar ahora todo lo que se habló y discutió en el Concilio. Se dijeron muchas cosas a propósito de los acontecimientos del mundo exterior, especialmente en el Sur y en las vastas regiones que se extendían al esté de las Montañas. De todo esto Frodo ya había oído muchos rumores, pero el relato de Glóin era nuevo para él, y escuchó al enano con atención. Era evidente que en medio del esplendor de los trabajos manuales los Enanos de la Montaña Solitaria estaban bastante perturbados.

—Hace ya muchos años —dijo Glóin— una sombra de inquietud cayó sobre nuestro pueblo. Al principio no supimos decir de dónde venía. Hubo ante todo murmullos secretos: se decía que vivíamos encerrados en un sitio estrecho, y que en un mundo más ancho encontraríamos mayores riquezas y esplendores. Algunos hablaron de Moria: las poderosas obras de nuestros padres que en la lengua de los enanos llamamos Khazad-dûm, y decían que al fin teníamos el poder y el número suficiente para emprender la vuelta.

Glóin suspiró. —¡Moria! ¡Moria! ¡Maravilla del mundo septentrional! Allí cavamos demasiado hondo, y despertamos el miedo sin nombre. Mucho tiempo han estado vacías esas grandes mansiones, desde la huida de los hijos de Durin. Pero ahora hablamos de ella otra vez con nostalgia, y sin embargo con temor, pues ningún enano se ha atrevido a cruzar las puertas de Khazad-dûm durante muchas generaciones de reyes, excepto Thrór, que pereció. No obstante, Balin prestó atención al fin a los rumores, y resolvió partir, y aunque Dáin no le dio permiso de buena gana, llevó consigo a Ori y Óin y muchas de nuestras gentes, y fueron hacia el sur.

"Esto ocurrió hace unos treinta años. Durante un tiempo tuvimos noticias y parecían buenas. Los informes decían que habían entrado en Moria y que habían iniciado allí grandes trabajos. Luego siguió un silencio, y ni una palabra llegó de Moria desde entonces.

"Más tarde, hace un año, un mensajero llegó a Dáin, pero no de Moria... de Mordor: un jinete nocturno que llamó a las puertas de Dáin. El Señor Sauron el Grande, así dijo, deseaba nuestra amistad. Por esto nos daría anillos, como los que había dado en otro tiempo. Y en seguida el mensajero solicitó información perentoria sobre los *hobbits,* de qué especie eran y dónde vivían. «Pues Sauron sabe —nos dijo—, que conocisteis a uno de ellos en la otra época.»

"Al oír esto nos sentimos muy confundidos y no contestamos. Entonces el tono feroz del mensajero se hizo más bajo, y hubiera endulzado la voz, si hubiese podido. «Sólo como pequeña prueba de amistad Sauron os pide —dijo—, que encontréis a ese ladrón —tal fue la palabra—, y que le saquéis a las buenas o a las malas un anillito, el más insignificante de los anillos, que robó hace tiempo. Es sólo una fruslería, un capricho de Sauron, y una demostración de buena voluntad de vuestra parte. Encontradlo, y tres anillos que los señores enanos poseían desde hace tiempo os serán devueltos, y el reino de Moria será vuestro para siempre. Dadnos sólo noticias del ladrón, si todavía vive y dónde, y obtendréis una gran recompensa y la amistad imperecedera del Señor. Rehusad, y las cosas no irán tan bien. ¿Rehusáis?»

"El soplo que acompañó a estas palabras fue como el silbido de las serpientes, y aquellos que estaban cerca sintieron un escalofrío, pero Dáin dijo: «No digo ni sí ni no. Tengo que pensar detenidamente en este mensaje y en lo que significa bajo tan hermosa apariencia.»

"«Piénsalo bien, pero no demasiado tiempo», dijo él.

"«El tiempo que me lleve pensarlo es cosa mía», respondió Dáin.

"«Por el momento», dijo él, y desapareció en la oscuridad.

"Desde aquella noche un peso ha agobiado los corazones de nuestros jefes. No hubiésemos necesitado oír la voz lóbrega del mensajero para saber que palabras semejantes encerraban a la vez una amenaza y un engaño, pues el poder que se había aposentado de nuevo en Mordor era el mismo de siempre, y ya nos había traicionado antes. Dos veces regresó el mensajero, y las dos veces se fue sin respuesta. La tercera y última vez, así nos dijo, llegara pronto, antes que el año acabe.

"Al fin Dáin me encomendó advertirle a Bilbo que el Enemigo lo busca, y averiguar, si esto era posible, por qué deseaba ese anillo, el más insignificante de los anillos. Deseábamos oír además el consejo de Elrond. Pues la Sombra crece y se acerca. Hemos sabido que otros mensajeros han llegado hasta el Rey Brand en Valle, y que está asustado. Tememos que ceda. La guerra ya está a punto de estallar en las fronteras occidentales de Valle. Si no respondemos, el Enemigo puede atraerse a algunos Hombres y atacar al Rey Brand, y también a Dáin.

—Has hecho bien en venir —dijo Elrond—. Oirás hoy todo lo que necesitas saber para entender los propósitos del Enemigo. No hay nada que podáis hacer, aparte de resistiros, con esperanza o sin ella. Pero no estáis solos. Sabrás que vuestras dificultades son sólo una parte de las dificultades del mundo del Oeste. ¡El Anillo! ¿Qué haremos con el Anillo, el más insignificante de los Anillos, la fruslería que es un capricho de Sauron? Ése es el destino que hemos de considerar.

"Para este propósito habéis sido llamados. Llamados, digo, pero yo no os he llamado, no os he dicho que vengáis a mí, extranjeros de tierras distantes. Habéis venido en un determinado momento y aquí estáis todos juntos, parecería que por casualidad, pero no es así. Creed en cambio que ha sido ordenado de esta manera: que nosotros, que estamos sentados aquí, y no otras gentes, encontremos cómo responder a los peligros que amenazan al mundo.

"Hoy, por lo tanto, se hablará claramente de cosas que hasta este momento habían estado ocultas a casi todos. Y como principio, y para que todos entiendan de qué peligro se trata, se contará la historia del Anillo, desde el comienzo hasta el presente. Y yo comenzaré esa historia, aunque otros la terminen.

Todos escucharon mientras la voz clara de Elrond hablaba de Sauron y los Anillos de Poder, y de cuando fueron forjados en la Segunda Edad del Mundo, mucho tiempo atrás. Algunos conocían una parte de la historia, pero nadie del principio al fin, y muchos ojos se volvieron a Elrond con miedo y asombro mientras les hablaba de los Herreros Elfos de Eregion y de la amistad que tenían con las gentes de Moria, y de cómo deseaban conocerlo todo, y de cómo esta avidez los hizo caer en manos de Sauron. Pues en aquel tiempo nadie había sido testigo de maldad alguna, de modo que recibieron la ayuda de Sauron y se hicieron muy hábiles, mientras que él en tanto aprendía todos los secretos de la herrería y los engañaba forjando secretamente en la Montaña de Fuego el Anillo Único, para dominarlos a todos. Pero Celebrimbor entró en sospechas y escondió los Tres que había fabricado; y hubo guerra, y la tierra fue devastada, y las puertas de Moria se cerraron.

Durante todos los años que siguieron, Celebrimbor buscó la pista del Anillo; pero como esa historia se cuenta en otra parte, y Elrond mismo la ha anotado en los archivos de Rivendel, no se la recordará aquí. Es una larga historia, colmada de grandes y terribles aventuras, y aunque Elrond la contó brevemente, el sol subió en el cielo y la mañana ya casi había pasado antes que él terminara.

Habló de Númenor, de la gloria y la caída del reino, y de cómo habían regresado a la Tierra Media los Reyes de los Hombres, traídos desde los abismos del océano en alas de la tempestad. Luego Elendil el Alto y sus poderosos hijos, Isildur y Anárion, llegaron a ser grandes señores, y fundaron en Arnor el Reino del Norte, y en Gondor, cerca de las bocas del Anduin, el Reino del Sur. Pero Sauron de Mordor los atacó, y convinieron la Última Alianza de los Elfos y los Hombres, y las huestes de Gil-galad y Elendil se reunieron en Arnor.

En este punto Elrond hizo una pausa y suspiró.

—Todavía veo el esplendor de los estandartes —dijo—. Me recordaron la gloria de los Días Antiguos y las huestes de Beleriand, tantos grandes príncipes y capitanes estaban allí presentes. Y sin embargo no tantos, no tan hermosos como cuando destruyeron a Thangorodrim, y los Elfos pensaron que el Mal había terminado para siempre, lo que no era cierto.

—¿Recuerda usted? —dijo Frodo asombrado, pensando en voz alta—. Pero yo creía —balbuceó cuando Elrond se volvió a mirarlo—, yo creía que la caída de Gil-galad ocurrió hace muchísimo tiempo.

—Así es —respondió Elrond gravemente—. Pero mi memoria llega aún a los Días Antiguos. Mi padre fue Eärendil, que nació en Gondolin antes de la caída; y mi madre era Elwing, hija de Dior, hijo de Lúthien de Doriath. He asistido a tres épocas en el mundo del Oeste, y a muchas derrotas, y a muchas estériles victorias.

"Fui heraldo de Gil-galad y marché con su ejército. Estuve en la Batalla de Dagorlad frente a la Puerta Negra de Mordor, donde llevábamos ventaja, pues nada podía resistirse a la lanza de Gil-galad y a la espada de Elendil: Aiglos y Narsil. Fui testigo del último combate en las laderas del Orodruin donde murió Gil-galad, y cayó Elendil, y Narsil se le quebró bajo el cuerpo, pero Sauron fue derrotado, e Isildur le sacó el Anillo cortándole la mano con la hoja rota de la espada de su padre, y se lo guardó.

Oyendo estas palabras, Boromir, el extranjero, interrumpió a Elrond. —¡De modo que eso pasó con el Anillo! —exclamó—. Si alguna vez se oyó esa historia en el Sur, hace tiempo que está olvidada. He oído hablar del Gran Anillo de aquel a quien no nombramos, pero creíamos que había desaparecido del mundo junto con la destrucción del primer reino. ¡De modo que Isildur se lo guardó! Esto sí que es una noticia.

—Ay, sí —dijo Elrond—. Isildur se lo guardó, y se equivocó. Tendría que haber sido echado al fuego de Orodruin, muy cerca del sitio donde lo forjaron. Pero pocos advirtieron lo que había hecho Isildur. Estaba solo junto a su padre en este último combate mortal, y cerca de Gil-galad sólo nos encontrábamos Círdan y yo. Pero Isildur no quiso oír nuestros consejos.

"«Lo guardaré como prenda de reparación por mi padre, y mi hermano», dijo, y sin tenernos en cuenta, tomó el anillo, y lo conservó como un tesoro. Pero pronto el Anillo lo traicionó y le causó la muerte, y por eso en el Norte se lo llama el Daño de Isildur. Y sin embargo la muerte era quizá mejor que cualquier otra cosa que pudiera haberle ocurrido.

"Esas noticias llegaron sólo al Norte, y sólo a unos pocos. No es nada raro que no las hayas oído, Boromir. De la ruina de los Campos Gladios, donde murió Isildur, no volvieron sino tres hombres, que cruzaron las montañas luego de muchas idas y venidas. Uno de ellos fue Ohtar, el escudero de Isildur, quien llevaba los trozos de la espada de Elendil; y se los trajo a Valandil, heredero de Isildur, quien se había quedado en Rivendel, pues era todavía un niño. Pero Narsil estaba quebrada, y ya no echaba luz, y todavía no la habían forjado de nuevo.

"¿Dije que la victoria de la última Alianza había sido estéril? No del todo, pero no conseguimos lo que esperábamos. Sauron fue debilitado, pero no destruido. El Anillo se perdió, y no alcanzamos a fundirlo. La Torre Oscura fue demolida, pero quedaron los cimientos; pues habían sido puestos con el poder del Anillo, y mientras haya Anillo nada podrá desenterrarlos. Muchos Elfos y muchos Hombres poderosos y muchos otros amigos habían perecido en la guerra. Anárion había muerto, e Isildur había muerto, y Gil-galad y Elendil no estaban más con nosotros. Nunca jamás habrá otra alianza semejante de Elfos y Hombres, pues los Hombres se multiplican y los Primeros Nacidos disminuyen, y las dos familias están separadas. Y desde ese día la raza de Númenor ha declinado, y ya tiene menos años por delante.

"En el Norte, luego de la guerra y la masacre de los Campos Gladios, los Hombres de Oesternesse quedaron muy disminuidos, y la ciudad de Annúminas a orillas del Lago Evendim fue un montón de ruinas, y los herederos de Valandil se mudaron y se aposentaron en Fornost en las altas Quebradas del Norte, y esto es ahora también una región desolada. Los Hombres la llaman Muro de los

Muertos, y temen caminar por allí. Pues el pueblo de Arnor decayó, y los enemigos lo devoraron, y el señorío murió dejando sólo unos túmulos verdes en las colinas de hierbas.

"En el Sur el reino de Gondor duró mucho tiempo, y acrecentó su esplendor durante una cierta época, recordando de algún modo el poderío de Númenor, antes de la caída. El pueblo de Gondor construyó torres elevadas, plazas fuertes, y puertos de muchos barcos; y la corona alada de los Reyes de los Hombres fue reverenciada por gentes de distintas lenguas. La ciudad capital era Osgiliath, Ciudadela de las Estrellas, que el Río atravesaba de parte a parte. Y edificaron Minas Ithil, la Torre de la Luna Naciente, al este, en una estribación de la Montaña de la Sombra, y al oeste, al pie de las Montañas Blancas, levantaron Minas Anor, la Torre del Sol Poniente. Allí, en los patios del Rey, crecía un árbol blanco, nacido de la semilla del árbol que Isildur había traído cruzando las aguas profundas; y la semilla de ese árbol había venido de Eressëa, y antes aún del Extremo Occidente en el Día anterior a los días en que el mundo era joven.

"Pero mientras los rápidos años de la Tierra Media iban pasando, la línea de Meneldil hijo de Anárion se extinguió del todo, y el árbol se secó, y la sangre de los Númenóreanos se mezcló con la de otros hombres menores. Descuidaron la vigilancia de las Murallas de Mordor, y unas criaturas sombrías volvieron disimuladamente a Gorgoroth. Y luego de un tiempo vinieron criaturas malvadas, y tomaron Minas Ithil, y allí se establecieron y lo transformaron en un sitio de terror, llamado luego Minas Morgul, la Torre de la Hechicería. Luego Minas Anor fue rebautizada Minas Tirith, la Torre de la Guardia, y estas dos ciudades estuvieron siempre en guerra; Osgiliath, que estaba entre las dos, fue abandonada, y las sombras se pasearon entre sus ruinas.

"Así ha sido durante muchas generaciones. Pero los Señores de Minas Tirith continúan luchando, desafiando a nuestros enemigos, guardando el pasaje del Río, desde Argonath al Mar. Y ahora la parte de la historia que a mí me toca ha llegado a su fin. Pues en los días de Isildur el Anillo Soberano desapareció y nadie sabía dónde estaba, y los Tres se libraron del dominio del Único. Pero en los últimos tiempos se encuentran en peligro una vez más, pues muy a nuestro pesar el Único ha sido descubierto de nuevo. Del descubrimiento del Anillo hablarán otros, pues en esto he intervenido poco.

Elrond dejó de hablar, y en seguida Boromir se puso de pie, alto y orgulloso.

—Permitidme que ante todo, señor Elrond —comenzó—, os cuente algo más de Gondor, pues vengo en verdad del país de Gondor. Y será bueno para todos que se sepa lo que allí ocurre. Pues son pocos, creo, los que conocen nuestra ocupación principal, y no sospechan por lo tanto el peligro que corren, si acaso somos vencidos.

"No creáis que en las tierras de Gondor se haya extinguido la sangre de Númenor, ni que todo el orgullo y la dignidad de aquel pueblo hayan sido olvidados. Nuestro valor ha contenido a los bárbaros del Este, y ha restringido el terror de Morgul, y sólo así han sido aseguradas la paz y la libertad en las tierras que están detrás de nosotros, el baluarte del Oeste. Pero si ellos tomaran los pasos del Río, ¿qué ocurriría?

"Sin embargo esta hora, quizá, no esté muy lejos. El Enemigo Sin Nombre ha aparecido otra vez. El humo se alza una vez más del Orodruin, que nosotros llamamos Monte del Destino. El poder de la Tierra Tenebrosa crece día a día, acosándonos. El Enemigo volvió y nuestra gente tuvo que retirarse de Ithilien, nuestro hermoso dominio al este del Río, aunque conservamos allí una cabeza de puente y un grupo armado. Pero este mismo año, en junio, nos atacaron de pronto, desde Mordor, y nos derrotaron con facilidad. Eran más numerosos que nosotros, pues Mordor se ha aliado a los Hombres del Este y a los crueles Haradrim, pero no fue el número lo que nos derrotó. Había allí un poder que no habíamos sentido antes.

"Algunos dijeron que se lo podía ver, como un gran jinete negro, una sombra oscura bajo la luna. Cada vez que aparecía, una especie de locura se apoderaba de nuestros enemigos, pero los más audaces de nosotros sentían miedo, de modo que los caballos y los hombres cedían y escapaban. De nuestras fuerzas orientales sólo una parte regresó, destruyendo el único puente que quedaba aún entre las ruinas de Osgiliath.

"Yo estaba en la compañía que defendió el puente, hasta que lo derrumbamos detrás de nosotros. Sólo cuatro nos salvamos, nadando: mi hermano y yo, y otros dos. Pero continuamos la lucha, defendiendo toda la costa occidental del Anduin, y quienes buscan refugio detrás de nosotros nos alaban cada vez que alguien nos nombra. Muchas alabanzas y escasa ayuda. Sólo los caballeros de Rohan responden a nuestras llamadas.

"En esta hora nefasta he recorrido muchas leguas peligrosas para llegar a Elrond; he viajado ciento diez días, solo. Pero no busco aliados para la guerra. El poder de Elrond es el de la sabiduría y no el de las armas, dicen. He venido a pedir consejo, y a descifrar palabras difíciles. Pues en la víspera del ataque repentino mi hermano durmió agitado y tuvo un sueño, que después se le repitió otras noches; y que yo mismo soñé una vez.

"En ese sueño me pareció que el cielo se oscurecía en el este y que se oía un trueno creciente, pero en el oeste se demoraba una luz pálida, y de esta luz salía una voz remota y clara, gritando:

> *Busca la espada quebrada*
> *que está en Imladris;*
> *habrá concilios más fuertes*
> *que los hechizos de Morgul.*
> *Mostrarán una señal*
> *de que el Destino está cerca:*
> *el Daño de Isildur despertará,*
> *y se presentará el Mediano.*

"No comprendimos mucho estas palabras, y consultamos a nuestro padre, Denethor, Señor de Minas Tirith, versado en cuestiones de Gondor. Lo único que consintió en decirnos fue que Imladris era desde tiempos remotos el nombre que daban los Elfos a un lejano valle del norte, donde vivían Elrond y el Medio Elfo, los más grandes maestros del saber. Entonces mi hermano, entendiendo nuestra desesperada necesidad, decidió tener en cuenta el sueño y buscar a Imladris, pero el camino era peligroso e incierto, y yo mismo emprendí el viaje. De mala gana me dio permiso mi padre, y durante largo tiempo he andado por caminos olvidados, buscando la casa de Elrond, de la que muchos habían oído hablar, pero pocos sabían dónde estaba.

—Y aquí en Casa de Elrond se te aclararán muchas cosas —dijo Aragorn, poniéndose de pie. Arrojó la espada sobre la mesa, frente a Elrond, y la hoja estaba quebrada en dos—. Aquí está la Espada Rota.

—¿Y quién eres tú y qué relación tienes con Minas Tirith? —preguntó Boromir, que miraba con asombro las enjutas facciones del Montaraz y el manto estropeado por la vida a la intemperie.

—Es Aragorn hijo de Arathorn —dijo Elrond—, y a través de muchas generaciones desciende de Isildur, el hijo de Elendil de Minas Ithil. Es el Jefe de los Dúnedain del Norte, de quienes ya quedan pocos.

—¡Entonces te pertenece a ti y no a mí! —exclamó Frodo azorado, incorporándose, como si esperara que le pidieran el Anillo.

—No pertenece a ninguno de nosotros —dijo Aragorn—, pero ha sido ordenado que tú lo guardes un tiempo.

—¡Saca el Anillo, Frodo! —dijo Gandalf con tono solemne—. El momento ha llegado. Muéstralo a todos, y Boromir entenderá el resto del enigma.

Hubo un murmullo y todos volvieron los ojos hacia Frodo, que sentía de pronto vergüenza y temor. No tenía ninguna gana de sacar el Anillo, y le repugnaba tocarlo. Deseó estar muy lejos de allí. El Anillo resplandeció y centelleó mientras lo mostraba a los otros alzando una mano temblorosa.

—¡Mirad el Daño de Isildur! —dijo Elrond.

Los ojos de Boromir relampaguearon mientras miraba el Anillo dorado.

—¡El Mediano! —murmuró—. Entonces, ¿el destino de Minas Tirith ya está echado? Pero ¿por qué hemos de buscar una espada quebrada?

—Las palabras no eran *el destino de Minas Tirith* —dijo Aragorn—. Pero hay un destino y grandes acontecimientos que ya están por revelarse. Pues la Espada Rota es la Espada de Elendil, que se le quebró debajo del cuerpo al caer. Cuando los otros bienes ya se habían perdido, los herederos continuaron guardando la espada como un tesoro, pues se dice desde hace tiempo entre nosotros que será templada de nuevo cuando reaparezca el Anillo, el Daño de Isildur. Ahora que has visto la espada que buscabas, ¿qué pedirás? ¿Deseas que la Casa de Elendil retorne al País de Gondor?

—No me enviaron a pedir favores, sino a descifrar un enigma —respondió Boromir, orgulloso—. Sin embargo, estamos en un aprieto, y la Espada de Elendil sería una ayuda superior a todas nuestras esperanzas, si algo así pudiera volver de las sombras del pasado.

Miró de nuevo a Aragorn, y se le veía la duda en los ojos.

Frodo sintió que Bilbo se movía a su lado, impaciente. Era evidente que estaba molesto por Aragorn. Incorporándose de pronto, estalló:

No es oro todo lo que reluce,
ni toda la gente errante anda perdida;
a las raíces profundas no llega la escarcha,
el viejo vigoroso no se marchita.

De las cenizas subirá un fuego,
y una luz asomará en las sombras;
el descoronado será de nuevo rey,
forjarán otra vez la espada rota.

"No muy bueno quizá —continuó Bilbo—, pero apropiado, si necesitas algo más que la palabra de Elrond. Si para oírlo valía la pena hacer un viaje de ciento diez días, será mejor que escuches. —Se sentó con un bufido.— Lo compuse yo mismo —le murmuró a Frodo— para el Dúnadan, hace ya mucho tiempo, cuando me dijo quién era. Casi desearía que mis aventuras no hubieran terminado, y así yo podría ir con él cuando le llegue el día.

Aragorn le sonrió, y se volvió otra vez a Boromir.

—Por mi parte perdono tus dudas —dijo—. Poco me parezco a esas estatuas majestuosas de Elendil e Isildur tal como puedes verlas en las salas de Denethor. Soy sólo el heredero de Isildur, no Isildur mismo. He tenido una vida larga y difícil; y las leguas que nos separan de Gondor son una parte pequeña en la cuenta de mis viajes. He cruzado muchas montañas y muchos ríos, y he recorrido muchas llanuras, hasta las lejanas tierras de Rhún y Harad donde las estrellas son extrañas.

"Pero mi hogar está en el Norte, si es que tengo hogar. Pues aquí los herederos de Valandil han vivido siempre en una línea continua de padres a hijos durante muchas generaciones. Nuestros días se han ensombrecido, y somos menos ahora, aunque la Espada siempre encontró un nuevo guardián. Y esto te diré, Boromir, antes de concluir. Somos hombres solitarios, los Montaraces del desierto, cazadores; pero las presas son siempre los siervos del Enemigo, pues a éstos se los encuentra en muchas partes, y no solamente en Mordor.

"Si Gondor, Boromir, ha sido una firme fortaleza, nosotros hemos cumplido otra tarea. Muchas maldades hay más poderosas que vuestros muros y vuestras brillantes espadas. Conocéis poco de las tierras que se extienden más allá de vuestras fronteras. ¿Paz y libertad, dijiste? El Norte no las hubiera conocido mucho sin nosotros. El temor hubiese dominado pronto toda la región. Pero cuando unas criaturas sombrías vienen de las lomas deshabitadas, o salen arrastrándose de unos bosques que no conocen el sol, huyen de nosotros. ¿Qué caminos se atrevería alguien a transitar, qué seguridad habría en las tierras tranquilas, o en las casas de los simples mortales por la noche, si los

Dúnedain se quedasen dormidos, o hubiesen bajado todos a la tumba?

"Y no obstante no nos dan las gracias, menos que a vosotros. Los viajeros nos miran de costado, y los aldeanos nos ponen motes ridículos. «Trancos» soy para un hombre gordo que vive a menos de una jornada de ciertos enemigos que le helarían el corazón, o devastarían la aldea, si no montáramos guardia día y noche. Sin embargo no podría ser de otro modo. Si las gentes simples están libres de preocupaciones y temor, simples serán, y nosotros mantendremos el secreto para que así sea. Ésta ha sido la tarea de mi pueblo, mientras los años se alargaban y el pasto crecía.

"Pero ahora el mundo está cambiando otra vez. Llega una nueva hora. El Daño de Isildur ha sido encontrado. La batalla es inminente. La Espada será forjada de nuevo. Iré a Minas Tirith.

—El Daño de Isildur ha sido encontrado, dices —replicó Boromir—. He visto un anillo brillante en la mano del Mediano, pero Isildur pereció antes que comenzara esta edad del mundo, dicen. ¿Cómo saben los Sabios que este anillo es el mismo? ¿Y cómo ha sido transmitido a lo largo de los años, hasta el momento en que es traído aquí por tan extraño mensajero?

—Eso se explicará —dijo Elrond.

—Pero todavía no, ¡te lo suplico, Señor! —exclamó Bilbo—. El sol ya sube al mediodía y necesito algo que me fortalezca.

—No te había nombrado —le dijo Elrond sonriendo—. Pero lo hago ahora. ¡Acércate! Cuéntanos tu historia. Y si todavía no la has puesto en verso, puedes contarla en palabras sencillas. Cuanto más breve seas, más pronto tendrás tu refrigerio.

—Muy bien —dijo Bilbo—, seré breve, si tú me lo pides. Pero contaré ahora la verdadera historia, y si a alguien se la he contado de otro modo —miró de soslayo a Glóin—, le ruego que la olvide y me perdone. Sólo desearía probar que el tesoro era de veras mío en aquellos días, y librarme del nombre de ladrón que algunos me pusieron. Pero quizá yo entienda las cosas un poco mejor ahora. De cualquier modo, esto es lo que ocurrió.

Para algunos de los que estaban allí la historia de Bilbo era completamente nueva, y escucharon asombrados, mientras el viejo hobbit, no de mala gana, volvía a relatar su aventura con Gollum, de cabo a rabo. No omitió ninguno de los enigmas. Hubiera hablado también de la fiesta y de cómo había dejado la Comarca, si se lo hubieran permitido; pero Elrond alzó la mano.

—Bien dicho, amigo mío —dijo—, pero ya es suficiente. Por el momento basta saber que el Anillo ha pasado a Frodo tu heredero. ¡Que él nos hable ahora!

Menos complacido que Bilbo, Frodo contó todo lo que concernía al Anillo desde el día en que había pasado a él. Hubo muchas preguntas y discusiones acerca de cada uno de los pasos del viaje, desde Hobbiton hasta el Vado del Bruinen, y todo lo que él podía recordar de los Jinetes Negros fue examinado con atención. Al fin Frodo se sentó de nuevo.

—No estuvo mal —le dijo Bilbo—. Habrías contado una buena historia, si no te hubiesen interrumpido de ese modo. Traté de sacar algunas notas, pero tendremos que revisarlas juntos algún día, si me decido a transcribirlas. ¡Hay capítulos enteros de temas de antes que llegaras aquí!

—Sí, es una historia bastante larga —respondió Frodo—. Pero a mí no me parece todavía completa. Hay partes que aún no conozco, sobre todo las que se refieren a Gandalf.

Galdor de los Puertos, que estaba sentado no muy lejos, alcanzó a oírlo.

—Hablas también por mí —exclamó, y volviéndose a Elrond le dijo—: los Sabios pueden tener buenas razones para creer que el trofeo del Mediano es en verdad el Gran Anillo largamente discutido, aunque pueda parecer inverosímil a aquellos que saben menos. Pero ¿no oiremos las pruebas? Y haré otra pregunta. ¿Qué hay de Saruman? Es muy versado en la ciencia de los Anillos, y sin embargo no se encuentra entre nosotros. ¿Qué nos aconseja, si está enterado de lo que hemos oído?

—Las preguntas que haces, Galdor —dijo Elrond—, están ligadas entre sí. No las he pasado por alto, y serán todas contestadas. Pero estas cosas tendrá que aclararlas Gandalf mismo, y lo llamo ahora en último lugar, pues es el lugar de honor, y en todos estos asuntos ha sido siempre la autoridad.

—Algunos, Galdor —dijo Gandalf—, pensarían que las noticias de Glóin y la persecución de Frodo bastan para probar que el trofeo del Mediano es de mucha importancia para el Enemigo. Sin embargo, es un anillo. ¿Entonces? Los Nazgûl guardan los Nueve. Los Siete han sido tomados o destruidos. —Al oír esto Glóin se sobresaltó, pero no dijo una palabra.— Los Tres, sabemos qué pasa. ¿Qué es entonces este otro anillo que él tanto desea?

”Hay en verdad un amplio espacio de tiempo entre el Río y la Montaña, entre la pérdida y el hallazgo. Pero la laguna que había en la ciencia de los Sabios ha sido llenada al fin. Aunque con demasiada lentitud. Pues el Enemigo ha estado siempre cerca, más cerca de lo que yo temía. Y quiso la buena ventura que hasta este año, este último verano, parece, no averiguara toda la verdad.

”Algunos aquí recordarán que hace muchos años me atreví a cruzar las puertas del Nigromante en Dol Guldur; examiné secretamente sus costumbres, y descubrí que nuestros temores tenían fundamento; el Nigromante no era otro que Sauron, nuestro antiguo Enemigo, que de nuevo tomaba forma y poder. Algunos recordarán también que Saruman nos disuadió de que emprendiéramos acciones contra él, y por mucho tiempo nos contentamos con vigilarlo. Al fin, mientras la sombra crecía, Saruman fue cediendo, y el Concilio se esforzó realmente y consiguió que el mal dejara el Bosque Negro... y esto ocurrió el mismo año en que se descubrió el Anillo. Rara casualidad, si fue casualidad.

”Pero ya era demasiado tarde, como Elrond había previsto. Sauron también había estado observándonos, y se había preparado para resistir nuestro ataque, gobernando Mordor desde lejos por medio de Minas Morgul, donde vivían los Nueve sirvientes, hasta que todo estuviese dispuesto. Luego cedió terreno ante nosotros, pero era una huida fingida, y poco después llegó a la Torre Oscura, y allí se manifestó abiertamente. Entonces el Concilio se reunió de nuevo, pues ahora sabíamos que estaba buscando el Único, aún con mayor avidez. Temimos entonces que supiera algo del Anillo que nosotros ignorábamos. Pero Saruman dijo no, repitiendo lo que ya nos había dicho antes: que el Único nunca aparecería de nuevo en la Tierra Media.

"«En el peor de los casos —nos dijo—, el Enemigo sabe que nosotros no lo tenemos, y que está todavía perdido. Pero lo que está perdido puede encontrarse, piensa. ¡No temáis! Esta esperanza se volverá contra él. ¿No he estudiado seriamente estas cuestiones? Cayó en las aguas del Anduin el Grande, y hace tiempo, mientras Sauron dormía, fue río abajo hacia el Mar. Que se quede allí hasta el Fin.»

Gandalf calló, mirando en el este, por encima del pórtico, los picos lejanos de las Montañas Nubladas, en cuyas grandes raíces el peligro del mundo había estado oculto tanto tiempo. Suspiró.

—Me equivoqué entonces —dijo—. Me dejé acunar por las palabras de Saruman el Sabio, pero si yo hubiera averiguado antes la verdad, el peligro sería menor.

—Todos nos equivocamos —dijo Elrond— y si no hubiese sido por tu vigilancia quizá las Tinieblas ya habrían caído sobre nosotros. ¡Pero continúa!

—Desde el principio tuve malos presentimientos, a pesar de las supuestas evidencias —dijo Gandalf—, y quise saber cómo había llegado esta cosa a Gollum, y cuánto tiempo la había tenido consigo. Monté pues una guardia pensando que no tardaría en salir de las tinieblas en busca de su tesoro. Salió, pero consiguió escapar, y no pudimos encontrarlo. Después, ay, descuidé el asunto, y me contenté con observar y esperar como hemos hecho demasiado a menudo.

"Pasó el tiempo y trajo muchas preocupaciones, y al fin mis dudas despertaron y se encontraron convertidas en miedo. ¿De dónde venía el anillo del hobbit? Y si mi miedo estaba justificado, ¿qué haríamos entonces? Había que decidirse. Pero no le hablé de mis temores a nadie, sabiendo qué peligroso podía ser un susurro intempestivo, si llegaba a oídos equivocados. En el curso de las largas guerras con la Torre Oscura la traición ha sido nuestro mayor enemigo.

"Eso fue hace diecisiete años. Muy pronto advertí que espías de toda clase, incluyendo a bestias y pájaros, se habían reunido alrededor de la Comarca, y mis temores crecieron. Pedí ayuda a los Dúnedain, que doblaron la guardia, y abrí mi corazón a Aragorn, el heredero de Isildur.

—Y yo —dijo Aragorn— aconsejé que diéramos caza a Gollum, aunque fuera demasiado tarde. Y como parecía justo que el heredero de Isildur reparara la falta de Isildur, acompañé a Gandalf en la larga y desesperanzada persecución.

Luego Gandalf contó cómo habían explorado de extremo a extremo las Tierras Ásperas, hasta las mismas Montañas de la Sombra y las defensas de Mordor.

—Allí nos llegaron rumores de Gollum, y supusimos que vivía en las lomas oscuras desde hacía tiempo, pero nunca lo encontramos, y al fin me desesperé. Y esa misma desesperación me llevó a pensar en una prueba que podía hacer innecesario ir en busca de Gollum. El anillo mismo podía decir si era el Único. Recordé unas palabras que había oído en el Concilio, palabras de Saruman a las que no había prestado mucha atención en aquel entonces. Las oía ahora claramente en mi corazón.

"«Los Nueve, los Siete y los Tres —nos dijo—, tienen todos una gema propia. No el Único. Es redondo y sin adornos, como si fuese de menor importancia, pero el hacedor del anillo le grabó unas marcas que quizá las gentes versadas aún podrían ver y leer.»

"No nos dijo qué eran esas marcas. ¿Quién podía saberlo? El hacedor. ¿Y Saruman? Por mayor que fuera su ciencia, debía de haber una fuente. ¿En qué mano, exceptuando a Sauron, había estado esta cosa, antes que se perdiera? Sólo en la mano de Isildur.

"Junto con este pensamiento, abandoné la caza y marché rápidamente a Gondor. En otras épocas los miembros de mi orden eran bien recibidos allí, pero sobre todo Saruman, que fue durante mucho tiempo huésped de los Señores de la Ciudad. El Señor Denethor me recibió más fríamente que en aquella época, y me permitió de mala gana que buscara en el montón de pergaminos y libros.

"«Si en verdad sólo buscas, como dices, registros de los días antiguos y de los comienzos de la ciudad, ¡lee! —me dijo—. Para mí, lo que fue es menos oscuro que lo que viene, y esa es mi preocupación. Pero a no ser que tu ciencia supere a la de Saruman, que estudió aquí durante mucho tiempo, no encontrarás nada que no me sea conocido, pues soy maestro del saber en esta Ciudad.»

"Así dijo Denethor. Y sin embargo hay allí en sus archivos muchos documentos que ya pocos son capaces de leer, ni siquiera los maestros, pues la escritura y la lengua se han vuelto oscuras para los hombres más recientes. Y a ti te digo, Boromir: encontrarás en Minas Tirith, y pienso que todavía casi sin leer, pues sólo Saruman y yo lo hemos visto desde la caída de los reyes, un pergamino de la mano misma de Isildur. Pues Isildur no se retiró directamente de la guerra en Mordor, como han dicho algunos.

—Algunos en el Norte, quizá —interrumpió Boromir—. Todos saben en Gondor que primero fue a Minas Anor y allí habitó un tiempo con su sobrino Meneldil, instruyéndolo, antes de encomendarle el Reino del Sur. En ese tiempo plantó allí el último retoño de Árbol Blanco, en memoria de su hermano.

—Pero en ese tiempo escribió también este pergamino —dijo Gandalf—, y eso no se recuerda en Gondor, parece. Pues el pergamino se refiere al Anillo, y ahí ha escrito Isildur:

El Gran Anillo pasará a ser ahora un adherencia del Reino del Norte; pero los documentos sobre él serán dejados en Gondor,

354

donde también viven los herederos de Elendil, para el tiempo en que el recuerdo de estos importantes asuntos pudiera debilitarse.

"Y luego de estas palabras Isildur describe el Anillo, tal como lo encontró:

Estaba caliente cuando lo tomé, caliente como una brasa, y me quemé la mano, tanto que dudo que pueda librarme alguna vez de ese dolor. Sin embargo se ha enfriado mientras escribo, y parece que se encogiera, aunque sin perder belleza ni forma. Ya la inscripción que lleva el Anillo, que al principio era clara como una llama, se ha borrado y ahora apenas puede leerse. Los caracteres son élficos, de Eregion, pues no hay letras en Mordor para un trabajo tan delicado, pero el lenguaje me es desconocido. Pienso que se trata de una lengua del País Tenebroso, pues es grosera y bárbara. Ignoro qué mal anuncia, pero la he copiado aquí, para que no caiga en el olvido. El Anillo perdió, quizá, el calor de la mano de Sauron, que era negra y sin embargo ardía como el fuego, y así Gil-galad fue destruido; quizá si el oro se calentara de nuevo, la escritura reaparecería. Pero por mi parte no me arriesgaré a dañarlo de todas las obras de Sauron, la única hermosa. Me es muy preciado, aunque lo he obtenido con mucho dolor.

"Leí estas palabras, y supe que mi pesquisa había terminado. Pues como Isildur había supuesto, la lengua de la inscripción era de Mordor y los sirvientes de la Torre. Y lo que ahí se decía, era ya conocido. Pues el día en que Sauron se puso el Único por primera vez, Celebrimbor, hacedor de los Tres, estaba mirándolo, y oyó desde lejos cómo pronunciaba estas palabras, y así se conocieron los malvados propósitos de Sauron.

"Me despedí en seguida de Denethor, pero iba aún hacia el norte cuando me llegaron mensajes de Lórien: que Aragorn había estado allí, y que había encontrado a la criatura llamada Gollum. Lo primero que hice fue ir a buscarlo y escuchar su historia. No me atrevía a imaginar los peligros mortales a que habría estado expuesto.

—No hay por qué recordarlos —dijo Aragorn—. Si un hombre tiene que pasar delante de la Puerta Negra, o pisar las flores mortales del Valle de Morgul, conocerá el peligro. Yo también desesperé al fin y emprendí el camino de vuelta. Y he ahí que la fortuna me ayudó entonces y tropecé con lo que buscaba: las huellas de unos pies blandos a orillas de un estanque cenagoso. Las huellas eran frescas, de pasos rápidos, y no iban hacia Mordor; se alejaban. Las seguí por las orillas de las Ciénagas de los Muertos, y al fin lo alcancé. En acecho junto a una laguna, mirando las aguas estancadas mientras caía la noche, así atrapé a Gollum. Un barro verde le cubría el cuerpo. Nunca nos entenderemos, parece, pues me mordió, y yo no me mostré amable. No obtuve nada de su boca, excepto la marca de unos dientes. Creo que ésa fue la peor parte del viaje, el camino de vuelta, vigilándolo día y noche obligándolo a caminar delante de mí con una cuerda al cuello, amordazado, llevándolo siempre hacia el Bosque Negro, hasta que la falta de agua y comida lo ablandaron un poco. Al fin llegamos allí y lo entregué a los Elfos, como habíamos convenido, y me alegró librarme de él, pues hedía. Por mi parte espero no verlo más. Pero Gandalf llegó y tuvo con él una larga conversación.

—Sí, larga y fatigosa —dijo Gandalf—, pero no sin provecho. Ante todo, lo que me dijo de la pérdida del Anillo concuerda con lo que Bilbo nos ha contado por vez primera abiertamente. Aunque esto no importa mucho, pues yo había adivinado la verdad. Pero me enteré entonces de que el Anillo de Gollum procedía del Río Grande, cerca de los Campos Gladios. Y me enteré también de que lo tenía desde hacía tanto tiempo que habían pasado ya varias generaciones de la pequeña especie de Gollum. El poder del anillo le había alargado la vida más allá de lo normal, y sólo los Grandes Anillos tienen ese poder.

"Y si esto no es prueba suficiente, Galdor, hay otra de la que ya he hablado. En este mismo anillo que habéis visto ante vosotros, redondo y sin adornos, las letras a las que se refiere Isildur pueden todavía leerse, si uno se atreve a poner un rato al fuego esta cosa de oro. Así lo hice, y esto he leído:

Ash nazg durbatulûk, ash nazg gimbatul, ash nazg
thrakatulûk agh burzum-ishi krimpatul.

Hubo un cambio asombroso en la voz del mago, de pronto amenazadora, poderosa, dura como piedra. Pareció que una sombra pasaba sobre el sol del mediodía, y el pórtico se oscureció un momento. Todos se estremecieron, y los Elfos se taparon los oídos.

—Nunca jamás se ha atrevido voz alguna a pronunciar palabras en esa lengua aquí en Imladris, Gandalf el Gris —dijo Elrond mientras la sombra pasaba y todos respiraban otra vez.

—Y esperemos que nadie las repita aquí de nuevo —respondió Gandalf—. Sin embargo, no pediré disculpas, Elrond. Pues si no queremos que esa lengua se oiga en todos los rincones del Oeste, no dudemos de que este anillo es lo que dijeron los Sabios: el tesoro del Enemigo, cargado de maldad; y en él reside gran parte de esa fuerza que nos amenaza desde hace tiempo. De los Años Oscuros vienen las palabras que los Herreros de Eregion oyeron una vez, cuando supieron que habían sido traicionados.

Un Anillo para gobernarlos a todos, un Anillo para encontrarlos,
un Anillo para atraerlos a todos y atarlos en las Tinieblas.

"Sabed también, mis amigos, que aprendí todavía más de Gollum. Se resistía a hablar, y su relato no era claro, pero no hay ninguna duda de que estuvo en Mordor, y que allí le sacaron todo lo que sabía. De modo que el Enemigo sabe que el Único fue encontrado, y que desde hace tiempo está en la Comarca, y como sus sirvientes lo han perseguido casi hasta estas puertas, pronto sabrá, quizá ya sabe, ahora mismo, que lo tenemos aquí.

Todos callaron un rato, hasta que al fin Boromir habló.

—Una criatura pequeña es este Gollum, dijiste, pequeña, pero muy dañina. ¿Qué se hizo de él? ¿Qué destino le reservaste?

—Lo tenemos encarcelado, pero nada más —dijo Aragorn—. Ha sufrido mucho. No hay duda de que fue atormentado, y el miedo a Sauron es un peso que le oscurece el corazón. Sin embargo, soy el primero en alegrarse de que esté al cuidado de los Elfos del Bosque Negro. La malicia de Gollum es grande, y le da una fuerza difícil de creer en alguien tan flaco y macilento. Podría hacer aún muchas maldades, si estuviese libre. Y no dudo de que le permitieron salir de Mordor con alguna misión funesta.

—¡Ay! ¡Ay! —gritó Legolas, y el hermoso rostro élfico mostraba una gran inquietud—. Las noticias que me ordenaron traer tienen que ser dichas ahora. No son buenas, pero sólo aquí he llegado a entender qué malas pueden ser para vosotros. Sméagol, ahora llamado Gollum, ha escapado.

—¿Escapado? —gritó Aragorn—. Malas noticias en verdad. Todos lo lamentaremos amargamente, me temo. ¿Cómo es posible que la gente de Thranduil haya fracasado de este modo?

—No por falta de vigilancia —dijo Legolas—, pero quizá por exceso de bondad. Y tememos que el prisionero haya recibido ayuda de otros, y que estén enterados de nuestros movimientos más de lo que desearíamos. Vigilamos a esa criatura día y noche, como pidió Gandalf, aunque la tarea era de veras fatigosa. Pero según Gandalf había alguna posibilidad de que Gollum llegara a curarse, y no nos pareció bien tenerlo encerrado todo el tiempo en un calabozo subterráneo, donde recaería en los pensamientos negros de siempre.

—Fuisteis menos tiernos conmigo —dijo Glóin con un relámpago en los ojos recordando días lejanos, cuando lo habían tenido encerrado en los sótanos de los Reyes Elfos.

—Un momento —dijo Gandalf—. Te ruego que no interrumpas, mi buen Glóin. Aquello fue un lamentable malentendido, ya aclarado hace tiempo. Si hemos de discutir aquí todos los pleitos entre Elfos y Enanos, será mejor que suspendamos el Concilio.

Glóin se puso de pie e hizo una reverencia y Legolas continuó:

—En los días de buen tiempo llevábamos a Gollum a los bosques, y había allí un árbol alto muy separado de los otros al que le gustaba subir. A menudo le permitíamos que trepara a las ramas más elevadas, donde el viento soplaba libremente, pero montábamos guardia al pie. Un día se negó a bajar, y los guardias no tuvieron ganas de ir a buscarlo. Gollum había aprendido a sostenerse con los pies tanto como con las manos, y los guardias se quedaron junto al árbol hasta muy entrada la noche.

"Esa misma noche de verano, a la sazón sin luna ni estrellas, los orcos cayeron de pronto sobre nosotros. Los rechazamos al cabo de un tiempo; eran muchos y feroces, pero venían de las montañas y no estaban acostumbrados a los bosques. Cuando la lucha terminó, descubrimos que Gollum había desaparecido, y que habían matado o apresado a los guardias. Nos pareció evidente entonces que el propósito del ataque había sido liberar a Gollum, y que él lo sabía de antemano. Cómo esto había sido posible no pudimos entenderlo, pero Gollum es astuto, y los espías del Enemigo numerosos. Las criaturas tenebrosas que fueron ahuyentadas el Año de la Caída del Dragón, han vuelto en mayor número, y el Bosque Negro es de nuevo un sitio nefasto, fuera de los límites del reino.

"No hemos podido recapturar a Gollum. Le seguimos las huellas, entre las de muchos orcos, y vimos que se internaban profundamente en el Bosque, hacia el sur. Pero poco después las perdimos, y no nos atrevimos a continuar la caza, pues ya estábamos muy cerca de Dol Guldur, que es todavía un sitio maléfico, y que evitamos siempre.

—Bueno, bueno, se ha ido —dijo Gandalf—. No tenemos tiempo de buscarlo otra vez. Que haga lo que quiera. Pero todavía puede desempeñar un papel que ni él ni Sauron han previsto.

"Y ahora responderé otras preguntas de Galdor. ¿Qué se hizo de Saruman? ¿Qué nos aconseja en esta contingencia? Esta historia tendré que contarla entera, pues sólo Elrond la ha oído, y muy resumida. Es el último capítulo de la Historia del Anillo, hasta ahora.

—A fines de junio yo estaba en la Comarca, pero una nube de ansiedad me ensombrecía la mente, y fui cabalgando hasta las fronteras del sur; tenía el presentimiento de un peligro, todavía oculto, pero cada vez más cercano. Allí me llegaron noticias de guerra y derrota en Gondor, y cuando me hablaron de la Sombra Negra, se me heló el corazón. Pero no encontré nada excepto unos pocos fugitivos del sur; sin embargo me pareció que había en ellos un miedo del que no querían hablar. Me volví entonces al este y al norte y fui a lo largo del Camino Verde, y no lejos de Bree tropecé con un viajero que estaba sentado en el terraplén a orillas del camino, mientras el caballo pacía allí cerca. Era Radagast el Pardo, que en un tiempo vivió en Rhosgobel, cerca del Bosque Negro. Pertenece a mi orden, pero no lo veía desde hacía un año.

"«Gandalf —exclamó—. Estaba buscándote. Pero soy un extraño en estos sitios. Todo lo que sabía es que podías estar en una región salvaje que lleva el raro nombre de Comarca.»

"«Tu información era correcta —dije—. Pero no hables así si te encuentras con algún lugareño. En este momento estás muy cerca de los lindes de la Comarca. ¿Y qué quieres de mí? Tiene que ser algo urgente. Nunca fuiste aficionado a los viajes, si no son muy necesarios.»

"«Tengo una misión urgente —me dijo—. Las noticias son malas.» Miró alrededor, como si los setos pudieran oír. «Nazgûl —murmuró—. Los Nueve han salido otra vez. Han cruzado el Río en secreto y van hacia el oeste. Han tomado el aspecto de jinetes vestidos de oscuro.»

"Fue entonces cuando supe qué era lo que yo había estado temiendo.

"«El Enemigo ha de tener alguna gran necesidad o propósito —dijo Radagast—, pero no alcanzo a imaginar que lo trae a estas regiones distantes y desoladas.»

"«¿Qué quieres decir?», pregunté.

"«Me han dicho que a donde van, los Jinetes piden noticias de una tierra llamada Comarca.»

"«*La* Comarca», dije, y sentí que se me encogía el corazón. Pues aun los Sabios temen enfrentarse a los Nueve, cuando andan juntos y al mando de ese jefe feroz, que antes fue gran rey y mago, y que ahora alimenta un miedo mortal. «¿Quién te lo ha dicho, y quién te envió?», pregunté.

"«Saruman el Blanco —respondió Radagast—. Y me mandó a decirte que si te parece necesario, él te ayudará, pero tendrías que pedírselo en seguida, o será demasiado tarde.»

"Y este mensaje me dio esperanzas. Pues Saruman el Blanco es el más grande de mi orden. Radagast es, por supuesto, un mago de valor, maestro de formas y tonalidades, y sabe mucho de hierbas y bestias, y tiene especial amistad con los pájaros. Pero Saruman estudió hace tiempo las artes mismas del Enemigo, y gracias a esto a menudo hemos sido capaces de adelantarnos a él. Fueron las estratagemas de Saruman lo que nos ayudó a echarlo de Dol Guldur. Era posible que hubiese encontrado alguna arma que haría retroceder a los Nueve.

"«Iré a ver a Saruman», dije.

"«Entonces tienes que ir *ahora* —dijo Radagast—, pues perdí mucho tiempo buscándote, y los días empiezan a faltar. Me dijeron que te encontrara antes del solsticio de verano, y ya estamos ahí. Aunque partieras ahora, es difícil que llegues a él antes que los Nueve descubran esa tierra que andan buscando. Por mi parte me vuelvo en seguida», y diciendo esto montó y se dispuso a partir.

"«¡Un momento! —dije—. Necesitaremos tu ayuda, y la de todas las criaturas que estén de nuestro lado. Mándales mensajes a todas las bestias y pájaros que son tus amigos. Diles que transmitan a Saruman y a Gandalf todo lo que sepan sobre este asunto. Que los mensajes sean enviados a Orthanc.»

"«Así lo haré», dijo Radagast, y se alejó al galope como si lo persiguieran los Nueve.

"No pude seguirlo en ese momento. Yo había viajado mucho ese día, y me sentía tan cansado como el caballo, y tenía que pensar algunas cosas. Pasé la noche en Bree, y decidí que no tenía tiempo de regresar a la Comarca. ¡Nunca cometí mayor error!

"No obstante, le escribí una nota a Frodo, y le pedí a mi amigo el posadero que se la enviase. Me alejé a caballo al amanecer, y al cabo de una larga marcha llegué a la morada de Saruman. Ésta se encuentra lejos en el sur, en Isengard, donde terminan las Montañas Nubladas, no lejos del Paso de Rohan. Y Boromir os dirá que se trata de un gran valle abierto entre las Montañas Nubladas, y las estribaciones septentrionales de Ered Nimrais, las Montañas Blancas de su país. Pero Isengard es un círculo de rocas desnudas que rodea un valle, como un muro, y en medio de ese valle hay una torre de piedra llamada Orthanc. No fue edificada por Saruman, sino por los Hombres de Númenor, en otra época; y es muy elevada y tiene muchos secretos; sin embargo no parece ser obra de verdaderos artesanos. Para llegar a ella hay que atravesar necesariamente el círculo de Isengard, y en ese círculo hay sólo una puerta.

"Tarde, una noche llegué a esa puerta, como un arco amplio en la pared de roca, y muy custodiado. Pero los guardias de la puerta ya habían sido prevenidos y me dijeron que Saruman estaba esperándome. Pasé a caballo bajo el arco, y la puerta se cerró en silencio a mis espaldas, y de pronto tuve miedo, aunque no supe por qué.

"Seguí a caballo hasta la torre de Orthanc, y tomé la escalera que llevaba a Saruman, y allí él salió a mi encuentro y me condujo a una cámara alta. Llevaba puesto un anillo en el dedo.

"«Así que has venido, Gandalf», me dijo gravemente; pero parecía tener una luz blanca en los ojos, como si ocultara una risa fría en el corazón.

"«Sí, he venido —dije—. He venido a pedirte ayuda, Saruman el Blanco», y me pareció que este título lo irritaba.

"«¡Pero qué me dices, Gandalf el *Gris*! —se burló—. ¿Ayuda? Pocas veces se ha oído que Gandalf el Gris pidiera ayuda, alguien tan astuto y tan sabio, que va de un lado a otro por las tierras, metiéndose en todos los asuntos, le conciernan o no.»

"Lo miré asombrado.

"«Pero si no me engaño —dije—, hay cosas ahora que requieren la unión de todas nuestras fuerzas.»

"«Es posible —me dijo—, pero este pensamiento se te ha ocurrido tarde. ¿Durante cuánto tiempo, me pregunto, estuviste ocultándome, a mí, cabeza del Concilio, un asunto de la mayor gravedad? ¿Qué te trae de tu escondite en la Comarca?»

"«Los Nueve han salido otra vez —respondí—. Han cruzado el Río. Así me dijo Radagast.»

"«¡Radagast el Pardo! —rió Saruman, y no ocultó su desprecio—. ¡Radagast el domesticador de pajaritos! ¡Radagast el Simple! ¡Radagast el Tonto! Sin embargo, la inteligencia le alcanzó para interpretar el papel que yo le asigné. Pues has venido, y ése era todo el propósito de mi mensaje. Y aquí te quedarás, Gandalf el Gris, y descansarás de tus viajes. ¡Pues yo soy Saruman el Sabio, Saruman el Hacedor de Anillos, Saruman el Multicolor!»

"Lo miré entonces y vi que sus ropas, que habían parecido blancas, no lo eran, pues estaban tejidas con todos los colores, y cuando él se movía las ropas cambiaban y refulgían, como irisadas, confundiendo la vista.

"«Me gusta el blanco», le dije.

"«¡El blanco! —se mofó—. Está bien para el principio. La ropa blanca puede teñirse. La página blanca puedes cubrirla de letras. La luz blanca puede quebrarse.»

"«Y entonces ya no es blanca —dije—. Y aquel que quiebra algo para averiguar qué es, ha abandonado el camino de la sabiduría.»

"«No necesitas hablarme como a uno de esos simplones que tienes por amigos —dijo Saruman—. No te he hecho venir para que me instruyas, sino para darte una posibilidad.»

"Se puso de pie y comenzó a declamar como si estuviera diciendo un discurso ensayado muchas veces.

"«Los Días Antiguos han terminado. Los Días Medios ya están pasando. Los Días Jóvenes comienzan ahora. El tiempo de los Elfos ha quedado atrás, pero el nuestro está ya muy cerca: el mundo de los Hombres, que hemos de gobernar. Pero antes necesitamos poder, para ordenarlo todo como a nosotros nos parezca, y alcanzar ese bien que sólo los Sabios entienden.»

"Saruman se acercó y me habló en voz más baja.

"«¡Y escucha, Gandalf, mi viejo amigo y asistente! Digo *nosotros*, y podrá ser *nosotros*, si te unes a mí. Un nuevo Poder está apareciendo. Contra él no nos servirán de nada las viejas alianzas. Ya no podemos poner nuestras esperanzas en los Elfos o el moribundo Númenor. Hay una sola posibilidad para ti, para nosotros. Tenemos que unirnos a ese Poder. Es el camino de la prudencia, Gandalf. Hay esperanzas de ese modo. La victoria del Poder está próxima, y habrá grandes recompensas para quienes lo ayuden. A medida que el Poder crezca, también crecerán los amigos probados; y los Sabios como tú y yo podríamos con paciencia llegar al fin a dominarlo, a gobernarlo. Podemos tomarnos tiempo, podemos esconder nuestros designios, deplorando los males que se cometan al pasar, pero aprobando las metas elevadas y últimas: Conocimiento, Dominio, Orden, todo lo que hasta ahora hemos tratado en vano de alcanzar, entorpecidos más que ayudados por nuestros perezosos o débiles amigos. No tiene por qué haber, no habrá ningún cambio real en nuestros designios, sólo en nuestros medios.»

"«Saruman —dije—, he oído antes discursos parecidos, pero sólo en boca de los emisarios que Mordor envía para engañar a los ignorantes. No puedo pensar que me hayas hecho venir de tan lejos sólo para fatigarme los oídos.»

"Saruman me miró de soslayo, e hizo una pausa, reflexionando.

"«Bueno, ya veo que este sabio camino no te parece recomendable —dijo—. ¿No todavía? ¿No si pudiésemos arbitrar otros medios mejores?»

"Se acercó y me puso una larga mano sobre el brazo.

"«¿Y por qué no, Gandalf? —murmuró—. ¿Por qué no? ¿El Anillo Soberano? Si pudiéramos tenerlo, el Poder pasaría a nosotros. Por eso en verdad te hice venir. Pues tengo muchos ojos a mi servicio, y creo que sabes dónde está ahora ese precioso objeto, ¿no es así? ¿Por qué si no, preguntan los Nueve por la Comarca, y qué haces tú en ese sitio?»

"Y mientras esto decía una codicia que no pudo ocultar le brilló de pronto en los ojos.

"«Saruman —le dije, apartándome de él—, sólo una mano por vez puede llevar el Único, como tú sabes, ¡de modo que no te molestes en decir *nosotros*! Pero no te lo daré, no, ni siquiera te daré noticias sobre él, ahora que sé lo que piensas. Eras jefe del Concilio, pero al fin te sacaste la máscara. Bueno, las posibilidades son, parece, someterme a Sauron, o a ti. No me interesa ninguna de las dos. ¿No tienes otra cosa que ofrecerme?»

"«Sí —dijo—. No esperé que mostraras mucha sabiduría, ni aun para tu propio beneficio, pero te di la posibilidad de que me ayudaras por tu propia voluntad, evitándote así dificultades y sinsabores. La tercera solución es que te quedes aquí, hasta el fin.»

"«¿Hasta el fin?»

"«Hasta que me reveles dónde está el Único. Puedo encontrar medios de persuadirte. O hasta que se lo encuentre, a pesar de ti, y el Soberano tenga tiempo para asuntos de importancia menor: pensar por ejemplo cómo retribuir adecuadamente a Gandalf el Gris por tantos estorbos e insolencias.»

"«Quizá no sea ése un asunto de importancia menor», dije, pero Saruman se rió de mí, pues mis palabras no tenían ningún sentido, y él lo sabía.

"Me tomaron y me encerraron solo en lo más alto de Orthanc, en el sitio donde Saruman acostumbraba mirar las estrellas. No hay otro modo de descender que por una estrecha escalera de muchos miles de escalones, y parece que el valle estuviera muy lejos allá abajo. Lo miré y vi que la hierba y la hermosura de otro tiempo habían desaparecido, y que ahora había allí pozos y fraguas. Lobos y orcos habitaban en Isengard, pues Saruman estaba alistando una gran fuerza y emulando a Sauron, aún no a su servicio. Sobre todas aquellas fraguas flotaba un humo oscuro que se apretaba contra los flancos de Orthanc. Yo estaba solo en una isla rodeada de nubes; no tenía ninguna posibilidad de escapar, y mis días eran de amargura. Me sentía traspasado de frío, y tenía poco espacio para moverme, y me pasaba las horas cavilando sobre la llegada de los Jinetes al Norte.

"De que los Nueve estaban otra vez activos, no me cabía ninguna duda, aun no teniendo en cuenta las palabras de Saruman, que quizá eran mentiras. Mucho antes de entrar en Isengard me habían llegado noticias en el camino que no podían inducir a error. El destino de mis amigos de la Comarca me preocupaba de veras, pero todavía abrigaba alguna esperanza. Y esperaba que Frodo se hubiese puesto en seguida en camino, como le había recomendado en mi carta, y que hubiera llegado a Rivendel antes que comenzara la mortal persecución.

"Tanto mi temor como mi esperanza resultaron infundados. Pues la raíz de mi esperanza era un hombre gordo en Bree, y la raíz de mi temor la astucia de Sauron. Pero los hombres gordos que venden cerveza tiene muchas llamadas que atender, y el miedo le atribuye a Sauron un poder que todavía le falta. Pero en el círculo de Isengard, prisionero y solo, no era fácil pensar que los cazadores ante quienes todos habían huido, o caído, fracasarían en la lejana Comarca.

—¡Yo te vi! —gritó Frodo—. Caminabas retrocediendo y avanzando. La luna te brillaba en el pelo.

Gandalf se detuvo asombrado y lo miró.

—Fue sólo un sueño —dijo Frodo—, pero lo recordé de pronto. Lo había olvidado. Ocurrió hace algún tiempo; después de haber dejado la Comarca, me parece.

—Entonces te llegó tarde —dijo Gandalf—, como verás. Yo me encontraba en un verdadero apuro. Y quienes me conocen bien convendrán en que pocas veces me he visto en una situación tan desgraciada, y que no las soporto bien. ¡Gandalf el Gris cazado como una mosca en la tela traicionera de una araña! Sin embargo, aun las arañas más hábiles pueden dejar un hilo flojo.

"Temí al principio, como Saruman sin duda se había propuesto, que Radagast hubiese sucumbido también. Sin embargo, yo no había llegado a distinguir nada malo en la voz o los ojos de Radagast, el día de nuestro encuentro. Si así no hubiese sido, yo no habría ido nunca a Isengard, o habría ido con más cuidado. Eso mismo pensó Saruman, y no había confesado sus propósitos y había engañado al mensajero. De cualquier modo hubiera sido inútil tratar de que el honesto Radagast apoyara la traición. Me buscó de buena fe, y por eso me convenció.

"Esto fue la ruina del plan de Saruman. Pues Radagast no tenía razones para no hacer lo que yo le había pedido, y cabalgó hacia el Bosque Negro donde contaba con viejos amigos. Y las Águilas de las Montañas volaron lejos y alrededor, y vieron muchas cosas: la concentración de lobos y el alistamiento de orcos; y los Nueve Jinetes que iban de acá para allá por las tierras; y oyeron rumores de la huida de Gollum. Y enviaron un mensajero para que me llevara esas noticias.

"Así ocurrió que una noche de luna, ya terminando el verano, Gwaihir el Señor de los Vientos, la más rápida de las Grandes Águilas, llegó de pronto a Orthanc; y me encontró de pie en la cima de la torre. Le hablé entonces y me llevó por los aires, antes que Saruman se diera cuenta. Yo ya estaba lejos cuando los lobos y los orcos salieron por las puertas de Isengard en mi persecución.

"«¿Hasta dónde puedes llevarme?», le pregunté a Gwaihir.

"«Muchas leguas —me dijo—, pero no hasta el fin de la tierra. Me enviaron a llevar noticias y no cargas.»

"«Entonces tendré que conseguir un caballo en tierra —dije—, y un caballo de veras rápido, pues nunca en mi vida tuve tanta prisa.»

"«Si es así te llevaré a Edoras, donde reside el Señor de Rohan —me dijo—, pues no está muy lejos.»

"Me alegré, pues en la Marca de los Jinetes de Rohan habitan los Rohirrim, los Señores de los Caballos, y no hay caballos como aquellos que se crían en el valle, entre las Montañas Nubladas y las Montañas Blancas.

"«¿Podemos confiar aún en los Hombres de Rohan, tú crees?», le dije a Gwaihir, pues la traición de Saruman había debilitado mi confianza.

"«Pagan un tributo de caballos —me respondió—, y todos los años mandan muchos a Mordor, o así se dice; pero no han caído aún bajo el yugo. Pero si Saruman se ha vuelto malo, como dices, la ruina de esta gente no podrá tardar mucho.»

"Poco antes del alba me dejó en tierras de Rohan, y he alargado demasiado mi historia. El resto tendrá que ser más breve. En Rohan descubrí que el mal ya estaba trabajando: las mentiras de Saruman; y el rey no quiso prestar atención a mis advertencias. Me invitó a que tomara un caballo y me fuera, y elegí uno muy a mi gusto, pero poco al suyo. Tomé el mejor caballo de aquellas tierras, y nunca he visto nada que se le parezca.

—Entonces tiene que ser una bestia muy noble —dijo Aragorn—, y saber que Sauron recibe tales tributos me entristece más que muchas otras noticias que pudieran parecer peores. No era así cuando estuve por última vez en esa tierra.

—Ni lo es ahora, lo juraría —dijo Boromir—. Es una mentira que viene del Enemigo. Conozco a los Hombres de Rohan, sinceros y valientes, nuestros aliados; aún viven en las tierras que les dimos hace mucho tiempo.

—La sombra de Mordor se extiende sobre países lejanos —respondió Aragorn—. Saruman ha caído bajo esa sombra. Rohan está sitiada. Quién sabe lo que encontrarás allí, si vuelves alguna vez.

—Por lo menos no creo que regalen caballos para salvar la vida —dijo Boromir—. Aman tanto a sus caballos como a sus familias. Y no sin razón, pues los caballos de la Marca de los Jinetes vienen de los campos del Norte, lejos de la Sombra, y la raza de estos animales, como la de los amos, se remonta a los días libres de antaño.

—¡Muy cierto! —dijo Gandalf—. Y hay uno entre ellos que debe de haber nacido en la mañana del mundo. Los caballos de los Nueve no podrían competir con él: incansable, rápido como el soplo del viento. Sombragrís lo llaman. Durante el día el pelo le reluce como plata, y de noche es como una sombra, y pasa inadvertido. Tiene el paso leve. Nunca un hombre lo había montado antes, pero yo lo tomé y lo domé, y me llevó tan rápidamente que yo ya había llegado a la Comarca cuando Frodo estaba aún en las Quebradas Túmulos, aunque salí de Rohan cuando él dejaba Hobbiton.

"Pero el miedo crecía en mí mientras cabalgaba. A medida que iba hacia el norte me llegaban noticias de los Jinetes, y aunque les ganaba terreno día a día, siempre estaban delante de mí. Habían dividido las fuerzas, supe; algunas quedaron en las fronteras del este, no lejos del Camino Verde, y otras invadieron la Comarca desde el sur. Llegué a Hobbiton y Frodo ya había partido, pero cambié unas palabras con el viejo Gamyi. Demasiadas palabras y pocas pertinentes. Tenía mucho que decirme de los defectos que afligían a los nuevos propietarios de Bolsón Cerrado.

"«No soporto los cambios —dijo—, no a mi edad, y menos aún los cambios para peor. Cambios para peor», repitió varias veces.

"«Peor es fea palabra —le contesté—, y espero que no vivas para verlo.»

"Pero entre toda esta charla alcancé a oír al fin que Frodo había dejado Hobbiton una semana antes y, también, que un Jinete Negro había visitado la loma esa misma noche. Me alejé al galope, asustado. Llegué a Los Gamos y lo encontré alborotado, activo como un hormiguero que ha sido removido con una vara. Fui a Cricava, y la casa estaba abierta y vacía, pero en el umbral encontré una capa que había sido de Frodo. Entonces y por un tiempo perdí toda esperanza; no me quedé a recoger noticias, que me hubiesen aliviado, y corrí tras las huellas de los Jinetes. Eran difíciles de seguir, pues se separaban en muchas direcciones, y al fin me desorienté. Me pareció que uno o dos habían ido hacia Bree, y allá fui yo también, pues se me habían ocurrido unas palabras que quería decirle al posadero.

"«Mantecona lo llaman —pensé—. Si es culpable de esta demora, le derretiré toda la manteca, asándolo a fuego lento a ese viejo tonto.»

"Él no esperaba menos, pues cuando me vio cayó redondo al suelo y comenzó a derretirse allí mismo.

—¿Qué le hiciste? —gritó Frodo, alarmado—. Fue realmente muy amable con nosotros e hizo todo lo que pudo.

Gandalf rió. —¡No temas! —dijo—. No muerdo, y ladré pocas veces. Tan contento como estaba yo con las noticias que le saqué, cuando se le fueron los temblores, que abracé al buen hombre. Yo no entendía cómo habían pasado las cosas, pero supe que habías estado en Bree la noche anterior, y que esa misma mañana habías partido con Trancos.

"«¡Trancos!», dije con un grito de alegría.

"«Sí, señor, temo que sí, señor —dijo Mantecona malentendiéndome—. No pude impedir que se acercara a ellos, y ellos se fueron con él. Actuaron de un modo muy raro todo el tiempo que estuvieron aquí; tercos, diría yo.»

"«¡Asno! ¡Tonto! ¡Tres veces digno y querido Cebadilla! —dije—. Son las mejores noticias que he tenido desde el solsticio de verano; valen por lo menos una pieza de oro. ¡Que tu cerveza se beneficie con un encantamiento de excelencia insuperable durante siete años! —dije—. Ahora puedo tomarme una noche de descanso, la primera desde no sé cuánto tiempo.»

"De modo que pasé allí la noche, preguntándome qué habría sido de los Jinetes; en Bree no se habían visto sino dos o tres, parecía. Aunque esa noche oímos más. Cinco por lo menos llegaron del oeste, y echaron abajo las puertas y atravesaron Bree como un viento que aúlla; y las gentes de Bree no han dejado de temblar y están esperando el fin del mundo. Me levanté antes del amanecer y fui tras ellos.

"No estoy seguro, pero yo diría que fue esto lo que ocurrió. El capitán de los Jinetes permaneció en secreto al sur de Bree, mientras dos de ellos cruzaban la aldea, y cuatro más invadían la Comarca. Pero luego de haber fracasado en Bree y Cricava, llevaron las noticias al capitán, descuidando un rato la vigilancia del Camino, donde sólo quedaron los espías. Entonces el capitán mandó a algunos hacia el este, cruzando la región en línea recta, y él y el resto fueron al galope a lo largo del Camino, furiosos.

"Corrí hacia la Cima de los Vientos, y llegué allí antes de la caída del sol en mi segunda jornada desde Bree, y ellos ya estaban allí. Se retiraron en seguida, pues sintieron la llegada de mi cólera y no se atrevían a enfrentarla mientras el sol estuviese en el cielo. Pero durante la noche cerraron el cerco, y me sitiaron en la cima de la montana, en el antiguo anillo de Amon Sûl. Fue difícil para mí en verdad. Una luz y una llama semejantes no se habían visto en la Cima de los Vientos desde las hogueras de guerra de otras épocas.

"Al amanecer escapé de prisa hacia el norte. No podía hacer otra cosa. Era imposible encontrarte en el desierto, Frodo, y hubiese sido una locura intentarlo con los Nueve pisándome los talones. De modo que tenía que confiar en Aragorn. Yo esperaba desviar a algunos de ellos, y llegar a Rivendel antes que tú, y enviar ayuda. Cuatro Jinetes vinieron detrás de mí, pero se volvieron al cabo de un rato, y me pareció que iban hacia el Vado. Esto ayudó un poco, pues eran sólo cinco, no nueve, cuando atacaron tu campamento.

"Llegué aquí al fin siguiendo un camino largo y difícil, remontando el Fontegrís y cruzando los Páramos de Etten, y descendiendo desde el norte. Tardé casi quince días desde la Cima de los Vientos, pues no es posible cabalgar entre las rocas en las colinas de los trolls, y despedí a Sombragrís. Lo envié de vuelta a su amo, pero una gran amistad ha nacido entre nosotros, y si lo necesito vendrá a mi llamada. Y así sucedió que llegué a Rivendel sólo tres días antes que el Anillo, y las noticias del peligro que corría ya se conocían aquí, lo que era buena señal.

"Y esto, Frodo, es el fin de mi relato. Que Elrond y los demás me perdonen que haya sido tan extenso. Pero esto nunca había ocurrido antes, que Gandalf faltara a una cita y no cumpliera lo prometido. Había que dar cuenta de un suceso tan raro al Portador del Anillo, me parece.

"Bueno, la historia ya ha sido contada, del principio al fin. Henos aqui reunidos, y he aquí el Anillo. Pero no estamos más cerca que antes de nuestro propósito. ¿Qué haremos?

Hubo un silencio. Luego Elrond habló otra vez.

—Las noticias que conciernen a Saruman son graves —dijo—, pues confiamos en él, y está muy enterado de lo que pasa en los concilios. Es peligroso estudiar demasiado a fondo las artes del Enemigo, para bien o para mal. Mas tales caídas y traiciones, ay, han ocurrido antes. De los relatos que hemos oído, el de Frodo me parece el más raro. He conocido pocos hobbits, excepto a Bilbo aquí presente, y creo que no es quizás una figura tan solitaria y peculiar como yo había pensado. El mundo ha cambiado mucho desde mis últimos viajes por los caminos del oeste.

"Los Tumularios los conocemos bajo muchos nombres, y del Bosque Viejo se han contado muchas historias. Todo lo que queda de él es un macizo en lo que era la frontera norte. Hubo un tiempo en que una ardilla podía ir de árbol en árbol desde lo que es ahora la Comarca hasta las Tierras Brunas al oeste de Isengard. Por esas tierras yo viajé una vez, y conocí muchas cosas extrañas y salvajes. Pero había olvidado a Bombadil, si en verdad éste es el mismo que caminaba hace tiempo por los bosques y colinas y ya era el más viejo de todos los viejos. No se llamaba así a la sazón. Iarwain Ben-adar lo llamábamos: el más antiguo y el que no tiene padre. Aunque otras gentes lo llamaron de otro modo: fue Forn para los Enanos, Orald para los Hombres del Norte, y tuvo muchos otros nombres. Es una criatura extraña, pero quizá debiéramos haberlo invitado a nuestro Concilio.

—No hubiese venido —dijo Gandalf.

—¿No habría tiempo aún de enviarle un mensaje y obtener su ayuda? —preguntó Erestor—. Parece que tuviera poder aún sobre el Anillo.

—No, yo no lo diría así —respondió Gandalf—. Diría mejor que el Anillo no tiene poder sobre él. Es su propio amo. Pero no puede cambiar el Anillo mismo, ni quitarle el poder que tiene sobre otros. Y ahora se ha retirado a una región pequeña, dentro de límites que él mismo ha establecido, aunque nadie puede verlos, esperando quizá a que los tiempos cambien, y no dará un paso fuera de ellos.

—Sin embargo dentro de esos límites nada parece amedrentarlo —dijo Erestor—. ¿No tomaría él el Anillo guardándolo allí, inofensivo para siempre?

—No —dijo Gandalf—, no voluntariamente. Lo haría si la gente libre del mundo llegara a pedírselo, pero no entendería nuestras razones. Y si le diésemos el Anillo, lo olvidaría pronto, o más probablemente lo tiraría. No le interesan estas cosas. Sería el más inseguro de los guardianes, y esto solo es respuesta suficiente.

—De cualquier modo —dijo Glorfindel— enviarle el Anillo sería sólo posponer el día de la sentencia. Vive muy lejos. No podríamos llevárselo sin que nadie sospechara, sin que nos viera algún espía. Y aunque fuese posible, tarde o temprano el Señor de los Anillos descubriría el escondite, y volcaría allí todo su poder. ¿Bombadil solo podría desafiar todo ese poder? Creo que no. Creo que al fin, si todo lo demás es conquistado, Bombadil caerá también, el Último, así como fue el Primero, y luego vendrá la noche.

—Poco sé de Iarwain excepto el nombre —dijo Galdor—, pero Glorfindel, pienso, tiene razón. El poder de desafiar al Enemigo no está en él, a no ser que esté en la tierra misma. Y sabemos sin embargo que Sauron puede torturar y destruir las colinas. El poder que todavía queda está aquí entre nosotros, en Imladris, o en Círdan de los Puertos, o en Lórien. Pero ¿tienen ellos la fuerza, tendremos nosotros la fuerza de resistir al Enemigo, la llegada de Sauron en los últimos días, cuando todo lo demás ya haya sido dominado?

—Yo no tengo la fuerza —dijo Elrond—, ni tampoco ellos.

—Entonces si la fuerza no basta para mantener el Anillo fuera del alcance del Enemigo —dijo Glorfindel— sólo nos queda intentar dos cosas: llevarlo al otro lado del Mar, o destruirlo.

—Pero Gandalf nos ha revelado que los medios de que nosotros disponemos no podrían destruirlo —dijo Elrond—. Y aquellos que habitan más allá del mar no lo recibirán: para mal o para bien pertenece a la Tierra Media. El problema tenemos que resolverlo nosotros, los que aún vivimos aquí.

—Entonces —dijo Glorfindel— arrojémoslo a las profundidades, y que las mentiras de Saruman sean así verdad. Pues es claro que aun en el Concilio ha venido siguiendo un camino tortuoso. Sabía que el Anillo no se había perdido para siempre, pero deseaba que nosotros lo creyéramos, pues ya estaba codiciándolo. La verdad se oculta a veces en la mentira. Estaría seguro en el Mar.

—No seguro para siempre —dijo Gandalf—. Hay muchas cosas en las aguas profundas, y los mares y las tierras pueden cambiar. Y nuestra tarea aquí no es pensar en una estación, o en unas pocas generaciones de Hombres, o en una epoca pasajera del mundo. Tenemos que buscar un fin definitivo a esta amenaza, aunque no esperemos encontrarlo.

—No lo encontraremos en los caminos que van al Mar —dijo Galdor—. Si se cree que llevárselo a Iarwain es demasiado peligroso, en la huida hacia el Mar hay ahora un peligro mucho mayor. El corazón me dice que Sauron esperará que tomemos el camino del oeste, cuando se entere de lo ocurrido. Se enterará pronto. Los Nueve han quedado a pie, es cierto, pero esto no nos da más que un respiro, hasta que encuentren nuevas cabalgaduras y más rápidas. Sólo la menguante fuerza de Gondor se alza ahora entre él y una marcha de conquista a lo largo de las costas, hacia el norte, y si viene y llega a apoderarse de las Torres Blancas y los Puertos, es posible que los Elfos ya no puedan escapar a las sombras que se alargan sobre la Tierra Media.

—Esa marcha será impedida por mucho tiempo —dijo Boromir—. Gondor mengua, dices. Pero se mantiene en pie, y aun declinante, la fuerza de Gondor es todavía poderosa.

—Y sin embargo ya no es capaz de parar a los Nueve —dijo Galdor—. Y el Enemigo puede encontrar otros caminos que Gondor no vigila.

—Entonces —dijo Erestor— hay sólo dos rumbos, como Glorfindel ya ha dicho: esconder el Anillo para siempre, o destruirlo. Pero los dos están más allá de nuestro alcance. ¿Quién nos resolverá este enigma?

—Nadie aquí puede hacerlo —dijo Elrond gravemente—. Al menos nadie puede decir qué pasará si tomamos este camino o el otro. Pero ahora creo saber ya qué camino tendríamos que tomar. El occidental parece el más fácil. Por lo tanto hay que evitarlo. Lo vigilarán. Los Elfos han huido a menudo por ese camino. Ahora, en circunstancias extremas, hemos de elegir un camino difícil, un camino imprevisto. Ésa es nuestra esperanza, si hay esperanza: ir hacia el peligro, ir a Mordor. Tenemos que echar el Anillo al Fuego.

Hubo otro silencio. Frodo, aun en aquella hermosa casa, que miraba a un valle soleado, de donde llegaba un arrullo de aguas claras, sintió que una oscuridad mortal le invadía el corazón. Boromir se agitó en el asiento y Frodo lo miró. Tamborileaba con los dedos sobre el cuerno y fruncía el ceño. Al fin habló.

—No entiendo todo esto —dijo—. Saruman es un traidor, pero ¿no tuvo ni una chispa de sabiduría? ¿Por qué habláis siempre de ocultar y destruir? ¿Por qué no pensar que el Gran Anillo ha llegado a nuestras manos para servirnos en esta hora de necesidad? Llevando el Anillo, los Señores de los Libres podrían derrotar al Enemigo. Y esto es lo que él teme, a mi entender.

"Los Hombres de Gondor son valientes, y nunca se someterán; pero pueden ser derrotados. El valor necesita fuerza ante todo, y luego un arma. Que el Anillo sea vuestra arma, si tiene tanto poder como pensáis. ¡Tomadlo, y marchad a la victoria!

—Ay, no —dijo Elrond—. No podemos utilizar el Anillo Soberano. Esto lo sabemos ahora demasiado bien. Le pertenece a Sauron, pues él lo hizo solo, y es completamente maléfico. La fuerza del Anillo, Boromir, es demasiado grande para que alguien lo maneje a voluntad, salvo aquellos que ya tienen un gran poder propio. Pero para ellos encierra un peligro todavía más mortal. Basta desear el Anillo para que el corazón se corrompa. Piensa en Saruman. Si cualquiera de los Sabios derrocara con la ayuda del Anillo al Señor de Mordor, empleando las mismas artes que él, terminaría instalándose en el trono de Sauron, y un nuevo Señor Oscuro aparecería en la tierra. Y ésta es otra razón por la que el Anillo tiene que ser destruido; en tanto esté en el mundo será un peligro aun para los Sabios. Pues nada es malo en un principio. Ni siquiera Sauron lo era. Temo tocar el Anillo para esconderlo. No tomaré el Anillo para utilizarlo.

—Ni yo tampoco —dijo Gandalf.

Boromir los miró con aire de duda, pero asintió inclinando la cabeza.

—Que así sea entonces —dijo—. La gente de Gondor tendrá que confiar en las armas ya conocidas. Y al menos mientras los Sabios guarden el Anillo, seguiremos luchando. Quizá la Espada-que-estuvo-quebrada sea capaz aún de contener la marea, si la mano que la esgrime no sólo ha heredado un arma sino también el nervio de los Reyes de los Hombres.

—¿Quién puede decirlo? —dijo Aragorn—. La pondremos a prueba algún día.

—Que ese día no tarde —dijo Boromir—. Pues aunque no pido ayuda la necesitamos. Nos animaría saber que otros luchan también con todos los medios de que disponen.

—Anímate, entonces —dijo Elrond—. Pues hay otros poderes y reinos que no conoces, que están ocultos para ti. El caudal del Anduin el Grande baña muchas orillas antes de llegar a Argonath y a las Puertas de Gondor.

—Aun así podría convenir a todos —dijo Glóin el Enano— que todas estas fuerzas se unieran, y que los poderes de cada uno se utilizaran de común acuerdo. Puede haber otros anillos, menos traicioneros, a los que podríamos recurrir. Los Siete están perdidos para nosotros, si Balin no ha encontrado el anillo de Thrór, que era el último. Nada se ha sabido de él desde que Thrór pereció en Moria. En verdad, puedo revelar ahora que uno de los motivos del viaje de Balin era la esperanza de encontrar ese anillo.

—Balin no encontrará ningún anillo en Moria —dijo Gandalf—. Thrór se lo dio a su hijo Thráin, pero Thráin no se lo dio a Thorin. Se lo quitaron a Thráin torturándolo en los calabozos de Dol Guldur. Llegué demasiado tarde.

—¡Ay, ay! —gritó Glóin—. ¿Cuándo será el día de nuestra venganza? Pero todavía quedan los Tres. ¿Qué hay de los Tres Anillos de los Elfos? Anillos muy poderosos, dicen. ¿No los guardan consigo los Señores de los Elfos? Sin embargo ellos también fueron hechos por el Señor Oscuro tiempo atrás. ¿Están ociosos? Veo Señores de los Elfos aquí. ¿No dirán nada?

Los Elfos no respondieron.

—¿No me has oído, Glóin? —dijo Elrond—. Los Tres no fueron hechos por Sauron, ni siquiera llegó a tocarlos alguna vez. Pero de ellos no es permitido hablar. Aunque algo diré, en esta hora de dudas. No están ociosos. Pero no fueron hechos como armas de guerra o conquista; no es ése el poder que tienen. Quienes los hicieron no deseaban ni fuerza ni dominio ni riquezas, sino el poder de comprender, crear y curar, para preservar todas las cosas sin mancha. Los Elfos de la Tierra Media han obtenido estas cosas en cierta medida, aunque con dolor. Pero todo lo que haya sido alcanzado por quienes se sirven de los Tres se volverá contra ellos, y Sauron leerá en las mentes y los corazones de todos, si recobra el Único. Habría sido mejor que los Tres nunca hubieran existido. Esto es lo que Sauron pretende.

—Pero ¿qué sucederá si el Anillo Soberano es destruido, como tú aconsejas? —preguntó Glóin.

—No lo sabemos con seguridad —respondió Elrond tristemente—. Algunos esperan que los Tres Anillos, que Sauron nunca tocó, se liberen entonces, y quienes gobiernen los Anillos podrían curar así las heridas que el Único ha causado en el mundo. Pero es posible también que cuando el Único desaparezca, los Tres se malogren, y que junto con ellos se marchiten y olviden muchas cosas hermosas. Eso es lo que creo.

—Sin embargo todos los Elfos están dispuestos a correr ese riesgo —dijo Glorfindel—, si pudiéramos destruir el poder de Sauron, y librarnos para siempre del miedo a que domine el mundo.

—Así volvemos otra vez a la destrucción del Anillo —dijo Erestor—, y sin embargo no estamos más cerca. ¿De qué fuerza disponemos para encontrar el Fuego en que fue forjado? Es el camino de la desesperación. De la locura, podría decir, si la larga sabiduría de Elrond no me lo impidiese.

—¿Desesperación, o locura? —dijo Gandalf—. No desesperación, pues sólo desesperan aquellos que ven el fin más allá de toda duda. Nosotros no. Es sabiduría reconocer la necesidad, cuando todos los otros cursos ya han sido considerados, aunque pueda parecer locura a aquellos que se aferran a falsas esperanzas. Bueno, ¡que la locura sea nuestro manto, un velo en los ojos del Enemigo! Pues el Enemigo es muy sagaz, y mide todas las cosas con precisión, según la escala de su propia malicia. Pero la única medida que conoce es el deseo, deseo de poder, y así juzga todos los corazones. No se le ocurrirá nunca que alguien pueda rehusar el poder, que teniendo el Anillo queramos destruirlo. Si nos ponemos esa meta, confundiremos todas sus conjeturas.

—Al menos por un tiempo —dijo Elrond—. Hay que tomar ese camino, pero recorrerlo será difícil. Y ni la fuerza ni la sabiduría podrían llevarnos muy lejos. Los débiles pueden intentar esta tarea con tantas esperanzas como los fuertes. Sin embargo, así son a menudo los trabajos que mueven las ruedas del mundo. Las manos pequeñas hacen esos trabajos porque es menester hacerlos, mientras los ojos de los grandes se vuelven a otra parte.

—¡Muy bien, muy bien, Señor Elrond! —dijo Bilbo de pronto—. ¡No digas más! El propósito de tu discurso es bastante claro. Bilbo el hobbit tonto comenzó este asunto y será mejor que Bilbo lo termine, o que termine él mismo. Yo estaba muy cómodo aquí, ocupado en mi obra. Si quieres saberlo, en estos días estoy escribiendo una conclusión. Había pensado poner: *y desde entonces vivió feliz hasta el fin de sus días.* Era un buen final; poco importa que se hubiera usado antes. Ahora tendré que alterarlo: no parece que vaya a ser verdad, y de todos modos es evidente que habrá que anadir otros varios capítulos, si vivo para escribirlos. Es muy fastidioso. ¿Cuándo he de ponerme en camino?

Boromir miró sorprendido a Bilbo, pero la risa se le apagó en los labios cuando vio que todos miraban con grave respeto al viejo hobbit. Sólo Glóin sonreía, pero la sonrisa le venía de viejos recuerdos.

—Por supuesto, mi querido Bilbo —dijo Gandalf—. Si tú iniciaste realmente este asunto, tendrás que terminarlo. Pero sabes muy bien que decir *he iniciado* es de una pretensión excesiva para cualquiera, y que los héroes desempeñan siempre un pequeño papel en las grandes hazañas. No tienes por que inclinarte. Sabemos que tus palabras fueron sinceras, y que bajo esa apariencia de broma nos hacías un ofrecimiento valeroso. Pero que supera tus fuerzas, Bilbo. No puedes empezar otra vez, el problema ha pasado a otras manos. Si aún tienes necesidad de mi consejo, te diría que tu parte ha concluido, excepto como cronista. ¡Termina el libro, y no cambies el final! Todavía hay esperanzas de que sea posible. Pero prepárate a escribir una continuación, cuando ellos vuelvan.

Bilbo rió. —No recuerdo que me hayas dado antes un consejo agradable —dijo—. Como todos tus consejos desagradables han resultado buenos, me pregunto si éste no será malo. Sin embargo, no creo que me quede bastante fuerza o suerte como para tratar con el Anillo. Ha crecido, y yo no. Pero dime, ¿a quién te refieres cuando dices *ellos*?

—A los mensajeros que llevarán el Anillo.

—¡Exactamente! ¿Y quiénes serán? Eso es lo que el Concilio tiene que decidir, me parece, y ninguna otra cosa. Los Elfos se alimentan de palabras, y los Enanos están muy fatigados; yo soy sólo un viejo hobbit y extraño la comida del mediodía. ¿Se te ocurren algunos nombres? ¿O lo dejamos para después de comer?

Nadie respondió. Sonó la campana del mediodía. Nadie habló tampoco ahora. Frodo echó una ojeada a todas las caras, pero no lo miraban a él; todo el Concilio bajaba

379

los ojos, como sumido en profundos pensamientos. Sintió que un gran temor lo invadía, como si estuviese esperando una sentencia que ya había previsto hacía tiempo, pero que no deseaba oír. Un irresistible deseo de descansar y quedarse a vivir en Rivendel junto a Bilbo le colmó el corazón. Al fin habló haciendo un esfuerzo, y oyó sorprendido sus propias palabras, como si algún otro estuviera sirviéndose de su vocecita.

—Yo llevaré el Anillo —dijo—, aunque no sé cómo.

Elrond alzó los ojos y lo miró, y Frodo sintió que aquella mirada penetrante le traspasaba el corazón.

—Si he entendido bien todo lo que he oído —dijo Elrond—, creo que esta tarea te corresponde a ti, Frodo, y si tú no sabes cómo llevarla a cabo, ningún otro lo sabrá. Ésta es la hora de quienes viven en la Comarca, de quienes dejan los campos tranquilos para estremecer las torres y los concilios de los Grandes. ¿Quién de todos los Sabios pudo haberlo previsto? Y si son sabios, ¿por qué esperarían saberlo, antes que sonara la hora?

"Pero es una carga pesada. Tan pesada que nadie puede pasársela a otro. No la pongo en ti. Pero si tú la tomas libremente, te diré que tu elección es buena; y aunque todos los poderosos amigos de los Elfos de antes, Hador y Húrin, y Túrin, y Beren mismo aparecieran juntos aquí, tu lugar estaría entre ellos.

—Pero ¿usted lo enviará solo, Señor? —gritó Sam, que ya no pudo seguir conteniéndose y saltó desde el rincón donde había estado sentado en el suelo.

—¡No por cierto! —dijo Elrond volviéndose hacia él con una sonrisa—. Tú lo acompañarás al menos. No parece fácil separarte de Frodo, aunque él haya sido convocado a un concilio secreto, y tú no.

Sam se sentó, enrojeciendo y murmurando.

—¡En un bonito enredo nos hemos metido, señor Frodo! —dijo meneando la cabeza.

3

EL ANILLO VA HACIA EL SUR

Más tarde, ese día los hobbits tuvieron una reunión privada en el cuarto de Bilbo. Merry y Pippin se mostraron indignados cuando supieron que Sam se había metido de rondón en el Concilio, y había sido elegido como compañero de Frodo.

—Es muy injusto —dijo Pippin—. En vez de expulsarlo y ponerlo en cadenas, ¡Elrond lo *recompensa* por su desfachatez!

—¡Recompensa! —dijo Frodo—. No podría imaginar un castigo más severo. No piensas en lo que dices: ¿condenado a hacer un viaje sin esperanza, una recompensa? Ayer soñé que mi tarea estaba cumplida, y que podía descansar aquí un rato, quizá para siempre.

—No me sorprende —dijo Merry— y ojalá pudieras. Pero estábamos envidiando a Sam, no a ti. Si tú tienes que ir, sería un castigo para cualquiera de nosotros quedarnos atrás, aun en Rivendel. Hemos recorrido un largo camino juntos y hemos pasado momentos difíciles. Queremos continuar.

—Es lo que yo quería decir —continuó Pippin—. Nosotros los hobbits tenemos que mantenernos unidos, y eso haremos. Partiré contigo, a menos que me encadenen. Tiene que haber alguien con inteligencia en el grupo.

—¡En ese caso no creo que te elijan, Peregrin Tuk! —dijo Gandalf asomando la cabeza por la ventana, que estaba cerca del suelo—. Pero no tenéis por qué estar preocupados. Nada se ha decidido aún.

—¡Nada se ha decidido! —exclamó Pippin—. Entonces, ¿qué estuvisteis haciendo, encerrados durante horas?

—Hablando —dijo Bilbo—. Había mucho que hablar y todos escucharon algo que los dejó boquiabiertos. Hasta el viejo Gandalf. Creo que las breves noticias que dio Legolas sobre Gollum le cayeron como un balde de agua fría, aunque no hizo comentarios.

—Estás equivocado —dijo Gandalf—. No prestaste atención. Ya me lo había dicho Gwaihir. Quienes dejaron boquiabiertos a los otros, como tú dices, fueron tú y Frodo; yo fui el único que no se sorprendió.

—Bueno, de todos modos —dijo Bilbo—, nada se decidió aparte de la elección del pobre Frodo y Sam. Este final me lo temí siempre, si yo quedaba descartado. Pero pienso que Elrond enviará una partida numerosa, cuando tenga los primeros informes. ¿Han partido ya, Gandalf?

—Sí —dijo el mago—. Ya han salido algunos exploradores, y mañana irán más. Elrond está enviando Elfos, y se pondrán en contacto con los Montaraces, y quizá con la gente de Thranduil en el Bosque Negro. Y Aragorn ha partido con los hijos de Elrond. Se hará una batida en varias leguas a la redonda antes de decidir la primera movida. ¡De modo que anímate, Frodo! Quizá te quedes aquí un tiempo largo.

—Ah —dijo Sam con aire sombrío—. Bastante largo como para que llegue el invierno.

—Eso es inevitable —dijo Bilbo—, y en parte tu culpa, querido Frodo; insististe en esperar mi cumpleaños. Curiosa celebración diría yo. No es en verdad el día que yo hubiese elegido para que los S-B entraran en Bolsón Cerrado. Y ésta es la situación ahora: no puedes esperar hasta la primavera, y no puedes salir antes que lleguen los informes.

> *Cuando el invierno comienza a morder*
> *y las piedras crujen en la noche helada*
> *de charcos negros y árboles desnudos*
> *no es bueno viajar por tierras ásperas.*

"Me temo que ésa sea justamente tu suerte.

—Yo también temo que ésa sea la suerte de Frodo —dijo Gandalf—. No podemos partir hasta que sepamos algo de los Jinetes.

—Pensé que habían sido destruidos en la crecida —dijo Merry.

—Los Espectros del Anillo no pueden ser destruidos con tanta facilidad —dijo Gandalf—. Llevan en ellos el poder del amo, y resisten o caen junto con él. Esperamos que hayan quedado todos a pie y sin disfraces, de modo que durante un tiempo serán menos peligrosos; pero no lo sabemos bien todavía. Entretanto, Frodo, trata de olvidar tus dificultades. No sé si puedo hacer algo que te sirva de ayuda; pero te soplaré un secreto: alguien dijo que este grupo necesitaba una inteligencia. Tenía razón. Creo que iré contigo.

Tan grande fue la alegría de Frodo al oír este anuncio que Gandalf dejó el alféizar de la ventana, donde estaba sentado, y se sacó el sombrero haciendo una reverencia.

—Sólo dije *Creo que iré*. No cuentes aún con nada. En este asunto, Elrond tendrá mucho que decir, y también tu amigo Trancos. Lo que me recuerda que quiero ver a Elrond. No puedo demorarme más.

—¿Cuánto tiempo crees que estaré aquí? —le preguntó Frodo a Bilbo, una vez que Gandalf se retiró.

—Oh, no sé. En Rivendel se me van los días sin darme cuenta —dijo Bilbo—. Pero bastante tiempo, creo. Podremos tener muchas buenas charlas. ¿Qué te parece si me ayudas con el libro, y empiezas el próximo? ¿Has pensado en algún final?

—Sí, en varios; todos sombríos y desagradables —dijo Frodo.

—¡Oh, eso no sirve! —dijo Bilbo—. Los libros han de tener un final feliz. Qué te parece éste: y vivieron *juntos y felices para siempre*.

—Estaría bien, si eso llegara a ocurrir —dijo Frodo.

—Ah —dijo Sam—. ¿Y dónde vivirán? Es lo que me pregunto a menudo.

Durante un rato los hobbits continuaron hablando y pensando en el viaje pasado y en los peligros que les esperaban en el futuro; pero era tal la virtud de la tierra de Rivendel que pronto se sintieron libres de miedos y ansiedades. El futuro, bueno o malo, no fue olvidado, pero ya no tuvo ningún poder sobre el presente. La salud y la esperanza se acrecentaron en ellos, y estaban contentos, tomando los días tal como se presentaban, disfrutando de las comidas, las charlas y las canciones.

Así el tiempo pasó deslizándose, y todas las mañanas eran hermosas y brillantes, y todas las noches claras y frescas. Pero el otoño menguaba rápidamente; poco a poco la luz de oro declinaba transformándose en plata pálida, y unas hojas tardías caían de los árboles desnudos. Un viento helado empezó a soplar hacia el este desde las Montañas Nubladas. La Luna del Cazador crecía en el cielo nocturno, y todas las estrellas menores huían. Pero en el horizonte del sur brillaba una estrella roja. Cuando la luna menguaba otra vez, el brillo de la estrella aumentaba, noche a noche. Frodo podía verla desde la ventana, hundida en el cielo, ardiendo como un ojo vigilante que resplandecía sobre los árboles al borde del valle.

Los hobbits habían pasado cerca de dos meses en la Casa de Elrond, y noviembre se había llevado los últimos jirones del otoño, y concluía diciembre, cuando los exploradores comenzaron a volver. Algunos habían ido al norte, más allá del nacimiento del Fontegrís, internándose en los Páramos de Etten; y otros habían ido al oeste, y con la ayuda de Aragorn y los Montaraces llegaron a explorar las tierras todo a lo largo del Aguada Gris, hasta Tharbad, donde el viejo Camino del Norte cruzaba el río junto a una ciudad en ruinas. Muchos habían ido al este y al sur; y algunos de ellos habían cruzado las Montañas entrando luego en el Bosque Negro, mientras que otros habían escalado el paso en las fuentes del Río Gladio, descendiendo a las Tierras Ásperas y atravesando los Campos Gladios hasta llegar al viejo hogar de Radagast en Rhosgobel. Radagast no estaba allí, y volvieron cruzando el desfiladero que llamaban Escalera del Arroyo Sombrío. Los hijos de Elrond, Elladan y Elrohir, fueron los últimos en volver; habían hecho un largo viaje, marchando a la vera del Cauce de Plata hasta un extraño país, pero de sus andanzas no hablaron con nadie excepto con Elrond.

En ninguna región habían tropezado los mensajeros con señales o noticias de los Jinetes o de otros sirvientes del Enemigo. Ni siquiera las Águilas de las Montañas Nubladas habían podido darles noticias frescas. Nada se había visto ni oído de Gollum; pero los lobos salvajes continuaban reuniéndose, y cazaban otra vez muy arriba del Río Grande. Tres de los caballos negros aparecieron ahogados en las aguas crecidas del Vado. Más abajo, en las piedras de los rápidos, se encontraron los cadáveres de cinco caballos más, y también un manto largo y negro, hecho jirones. De los Jinetes Negros no había ninguna señal, y no se sentía que anduviesen cerca. Parecía que hubieran desaparecido de los territorios del norte.

—En todo caso, sabemos qué ocurrió con ocho de los Nueve —dijo Gandalf—. No es prudente estar demasiado seguro, pero me atrevería a creer que los Espectros del Anillo fueron dispersados, y regresaron como pudieron a Mordor, vacíos y sin forma.

"Si es así, pasará un tiempo antes que reinicien la cacería. El Enemigo tiene otros sirvientes, por supuesto. Pero tendrían que hacer todo el camino hasta Rivendel antes que encontraran nuestras huellas. Y si tenemos cuidado será difícil encontrarlas. Pero no podemos retrasarnos más.

Elrond les indicó a los hobbits que se acercaran. Miró gravemente a Frodo.

—Ha llegado la hora —dijo—. Si el Anillo ha de partir, que sea cuanto antes. Pero que quienes lo acompañan no cuenten con ningún apoyo, ni de guerra ni de fuerzas. Tendrán que entrar en los dominios del Enemigo, lejos de toda ayuda. ¿Todavía mantienes tu palabra, Frodo, de que serás el Portador del Anillo?

—Sí —dijo Frodo—. Iré con Sam.

—Pues bien, no podré ayudarte mucho, ni siquiera con consejos —dijo Elrond—. No alcanzo a ver cuál será tu camino, y no sé cómo cumplirás esa tarea. La Sombra se ha arrastrado ahora hasta el pie de las Montañas, y ha llegado casi a las orillas del Aguada Gris; y bajo la Sombra todo es oscuro para mí. Encontrarás muchos enemigos, algunos declarados, otros ocultos, y quizá tropieces con amigos, cuando menos los busques. Mandaré mensajes, tal como se me vayan ocurriendo, a aquellos que conozco en el ancho mundo; pero las tierras han llegado a ser tan peligrosas que algunos se perderán sin duda, o no llegarán antes que tú.

"Y elegiré los compañeros que irán contigo, siempre que ellos quieran o lo permita la suerte. Tienen que ser pocos, ya que tus mayores esperanzas dependen de la rapidez y el secreto. Aunque contáramos con una tropa de Elfos con armas de los Días Antiguos, sólo conseguiríamos despertar el poder de Mordor.

"La Compañía del Anillo será de Nueve, y los Nueve Caminantes se opondrán a los Nueve Jinetes malvados. Contigo y tu fiel sirviente irá Gandalf; pues éste será el mayor de sus trabajos, y quizá el último.

"En cuanto al resto, representarán a los otros Pueblos Libres del Mundo: Elfos, Enanos y Hombres. Legolas irá por los Elfos, y Gimli hijo de Glóin por los Enanos. Están dispuestos a llegar por lo menos a los pasos de las Montañas, y quizá más allá. Por los Hombres tendrán a Aragorn hijo de Arathorn, pues el Anillo de Isildur le concierne íntimamente.

—¡Trancos! —exclamó Frodo.

—Sí —dijo Trancos con una sonrisa—. Te pido una vez más que me permitas ser tu compañero.

—Yo te hubiera rogado que vinieras —dijo Frodo—, pero pensé que irías a Minas Tirith con Boromir.

—Iré —dijo Aragorn—. Y la Espada Rota será forjada de nuevo antes que yo parta para la guerra. Pero tu camino y el nuestro corren juntos por muchos cientos de millas. Por lo tanto Boromir estará también en la Compañía. Es un hombre valiente.

—Faltan todavía dos —dijo Elrond—. Lo pensaré. Quizá encuentre a alguien entre las gentes de la casa que me convenga mandar.

—¡Pero entonces no habrá lugar para nosotros! —exclamó Pippin, consternado—. No queremos quedarnos. Queremos ir con Frodo.

—Eso es porque no entiendes y no alcanzas a imaginar lo que les espera —dijo Elrond.

—Tampoco Frodo —dijo Gandalf, apoyando inesperadamente a Pippin—. Ni ninguno de nosotros lo ve con claridad. Es cierto que si estos hobbits entendieran el peligro, no se atreverían a ir. Pero seguirían deseando ir, o atreviéndose a ir, y se sentirían avergonzados e infelices. Creo, Elrond, que en este asunto sería mejor confiar en la amistad de estos hobbits que en nuestra sabiduría. Aunque eligieras para nosotros un Señor de los Elfos, como Glorfindel, los poderes que hay en él no alcanzarían para destruir la Torre Oscura ni abrirnos el camino que lleva al Fuego.

—Hablas con gravedad —dijo Elrond—, pero no estoy seguro. La Comarca, presiento, no está libre ahora de peligros, y había pensado enviar a estos dos de vuelta como mensajeros, y para que trataran allí de prevenir a la gente, de acuerdo con las normas del país. De cualquier modo me parece que el más joven de los dos, Peregrin Tuk, tendría que quedarse. Me lo dice el corazón.

—Entonces, señor Elrond, tendrá usted que encerrarme en prisión, o mandarme a casa metido en un saco —dijo Pippin—. Pues de otro modo yo seguiría a la Compañía.

—Que sea así entonces. Irás —dijo Elrond, y suspiró—. La cuenta de Nueve ya está completa. La Compañía partirá dentro de siete días.

La Espada de Elendil fue forjada de nuevo por herreros élficos, que grabaron sobre la hoja el dibujo de siete estrellas, entre la Luna creciente y el Sol radiante, y alrededor trazaron muchas runas; pues Aragorn hijo de Arathorn iba a la guerra en las fronteras de Mordor. Muy brillante pareció la espada cuando estuvo otra vez completa; era roja a la luz del sol y fría a la luz de la luna, y tenía un borde duro y afilado. Y Aragorn le dio un nuevo nombre y la llamó Andúril, Llama del Oeste.

Aragorn y Gandalf paseaban juntos o se sentaban a hablar del camino y de los peligros que podrían encontrar; y estudiaban los mapas historiados y los libros de ciencia que había en casa de Elrond. A veces Frodo los acompañaba, pero estaba contento de poder confiar en ellos como guías, y se pasaba la mayor parte del tiempo con Bilbo.

En aquellos últimos días los hobbits se reunían a la noche en la Sala de Fuego, y allí entre muchas historias oyeron completa la balada de Beren y Lúthien y la conquista de la Gran Joya, pero de día mientras Merry y Pippin iban de un lado a otro, Frodo y Sam se pasaban las horas en el cuartito de Bilbo. Allí Bilbo les leía pasajes del libro (que parecía aún muy incompleto), o fragmentos de poemas, o tomaba notas de las aventuras de Frodo.

En la mañana del último día Frodo estaba a solas con Bilbo, y el viejo hobbit sacó de debajo de la cama una caja de madera. Levantó la tapa y buscó dentro.

—Se te quebró la espada, creo —le dijo a Frodo titubeando—, y pensé que quizá te interesara tener ésta, ¿la conoces?

Sacó de la caja una espada pequeña, guardada en una raída vaina de cuero. La desenvainó, y la hoja pulida y bien cuidada relució de pronto, fría y brillante.

—Ésta es Dardo —dijo, y sin mucho esfuerzo la hundió profundamente en una viga de madera—. Tómala, si quieres. No la necesitaré más, espero.

Frodo la aceptó agradecido.

—Y aquí hay otra cosa —dijo Bilbo.

Y sacó un paquete que parecía bastante pesado para su tamaño. Desenvolvió viejas telas y sacó a la luz una pequeña cota de malla de anillos entrelazados, flexible casi como un lienzo, fría como el hielo, y más dura que el acero. Brillaba como plata a la luz de la luna, y estaba tachonada de gemas blancas, y tenía un cinturón de cristal y perlas.

—¡Es hermosa!, ¿no es cierto? —dijo Bilbo moviéndola a la luz—. Y útil además. Es la cota de malla enana que me dio Thorin. La recuperé en Cavada Grande, antes de salir. Llevo siempre conmigo todos los recuerdos del Viaje excepto el Anillo. Pero nunca esperé usarla, y ahora no la necesito sino para mirarla algunas veces. Apenas sientes el peso cuando la llevas.

—Parecerá... bueno, no creo que me quede bien —dijo Frodo.

—Lo mismo dije yo —continuó Bilbo—. Pero no te preocupes por tu apariencia. Puedes usarla debajo de la ropa. ¡Vamos! Tienes que compartir conmigo este secreto. ¡No se lo digas a nadie! Pero me sentiré más feliz si sé que la llevas puesta. Se me ha ocurrido que hasta podría desviar los cuchillos de los Jinetes Negros —concluyó en voz baja.

—Muy bien, la tomaré —dijo Frodo.

Bilbo le colocó la malla, y aseguró a Dardo al cinturón resplandeciente. Luego Frodo se puso encima las viejas ropas manchadas por la vida a la intemperie: pantalones de montar, túnica y chaqueta.

—Un simple hobbit, eso pareces ser —dijo Bilbo—. Pero ahora hay algo más en ti, que sale a la superficie. ¡Te deseo mucha suerte!

Dio media vuelta y miró por la ventana, tratando de tararear una canción.

—Nunca te lo agradeceré bastante, Bilbo, esto y todas tus bondades pasadas —dijo Frodo.

—¡Pues no lo intentes! —dijo el viejo hobbit, y volviéndose palmeó a Frodo en la espalda—. ¡Huy! —gritó—. ¡Estás demasiado duro ahora para palmearte! Pero escúchame: los hobbits tienen que estar siempre unidos, y especialmente los Bolsón. Todo lo que te pido en cambio es esto: cuídate bien, tráeme todas las noticias que puedas, y todas las viejas canciones e historias que encuentres. Haré lo posible por terminar el libro antes que vuelvas. Me gustaría escribir el segundo volumen, si vivo bastante.

Se interrumpió y se volvió otra vez a la ventana canturreando:

Me siento junto al fuego y pienso
en todo lo que he visto,

en flores silvestres y mariposas
de veranos que han sido.

En hojas amarillas y telarañas,
en otoños que fueron,
la niebla en la mañana, el sol de plata,
y el viento en mis cabellos.

Me siento junto al fuego y pienso
cómo el mundo será,
cuando llegue el invierno sin una primavera
que yo pueda mirar.

Pues hay todavía tantas cosas
que yo jamás he visto:
en todos los bosques y primaveras
hay un verde distinto.

Me siento junto al fuego y pienso
en las gentes de ayer,
y en gentes que verán un mundo
que no conoceré.

Y mientras estoy aquí sentado
pensando en otras épocas
espero oír unos pasos que vuelven
y voces en la puerta.

Era un día frío y gris de fines de diciembre. El Viento del Este soplaba entre las ramas desnudas de los árboles, y golpeaba los pinos oscuros de las lomas. Jirones de nubes se apresuraban allá arriba, oscuras y bajas. Cuando las sombras tristes del crepúsculo comenzaron a extenderse, la Compañía se aprestó a partir. Saldrían al anochecer pues Elrond les había aconsejado que viajaran todo lo posible al amparo de la noche, hasta que estuvieran lejos de Rivendel.

—No olvidéis los muchos ojos sirvientes de Sauron —dijo—. Las noticias de la derrota de los Jinetes ya le han llegado sin duda, y tiene que estar loco de furia. Pronto los espías pedestres y alados se habrán diseminado por las tierras del norte. Cuando estéis en camino, guardaos hasta del cielo que se extiende sobre vosotros.

La Compañía cargó poco material de guerra, pues confiaban más en pasar inadvertidos que en la suerte de una batalla. Aragorn llevaba a Andúril, y ninguna otra arma, e iba vestido con ropas de color verde y pardo mohosos, como un Jinete del desierto. Boromir tenía una larga espada, parecida a Andúril, pero de menor linaje, y cargaba además un escudo y el cuerno de guerra.

—Suena alto y claro en los valles de las colinas —dijo—, ¡y los enemigos de Gondor ponen pies en polvorosa!

Llevándose el cuerno a los labios, Boromir sopló; y los ecos saltaron de roca en roca, y todos los que en Rivendel oyeron esa voz se incorporaron de un salto.

—No te apresures a hacer sonar de nuevo ese cuerno, Boromir —dijo Elrond—, hasta que hayas llegado a las fronteras de tu tierra, y sea necesario.

—Quizá —dijo Boromir—, pero siempre en las partidas he dejado que mi cuerno grite, y aunque más tarde tengamos que arrastrarnos en la oscuridad, no me iré ahora como un ladrón en la noche.

Sólo Gimli el Enano exhibía una malla corta de anillos de acero (pues los enanos soportan bien las cargas), y un hacha de hoja ancha le colgaba de la cintura. Legolas tenía un arco y un carcaj, y en la cintura un cuchillo largo. Los hobbits más jóvenes cargaban las espadas que habían sacado del túmulo, pero Frodo no disponía de otra arma que Dardo, y llevaba oculta la cota de malla, como Bilbo se lo había pedido. Gandalf tenía su bastón, pero se había ceñido a un costado la espada élfica que llamaban Glamdring, hermana de Orcrist, que descansa ahora sobre el pecho de Thorin bajo la Montaña Solitaria.

Todos fueron bien provistos por Elrond con ropas gruesas y abrigadas, y tenían chaquetas y mantos forrados de piel. Las provisiones y ropas de repuesto fueron cargadas en un poney, nada menos que la pobre bestia que habían traído de Bree.

La estadía en Rivendel lo había transformado de un modo asombroso: le brillaba el pelo, y parecía haber recuperado todo el vigor de la juventud. Fue Sam quien insistió en elegirlo, declarando que Bill (así lo llamaba ahora) se iría consumiendo poco a poco si no lo llevaban con ellos.

—Ese animal casi habla —dijo—, y llegaría a hablar si se quedara aquí más tiempo. Me echó una mirada tan elocuente como las palabras del señor Pippin: Si no me dejas ir contigo, te seguiré por mi cuenta.

De modo que Bill sería la bestia de carga; sin embargo era el único miembro de la Compañía que no parecía deprimido.

Ya se habían despedido de todos en la gran sala junto al fuego, y ahora sólo estaban esperando a Gandalf, que aún no había salido de la casa. Por las puertas abiertas podían verse los reflejos del fuego, y en las ventanas brillaban unas luces tenues. Bilbo estaba de pie y en silencio junto a Frodo, arropado en un manto. Aragorn se había sentado en el suelo y apoyaba la cabeza en las rodillas; sólo Elrond entendía de veras qué significaba esta hora para él. Los otros eran como sombras grises en la oscuridad.

Sam, junto al poney, se pasaba la lengua por los dientes, y miraba amorosamente la sombra de allá abajo donde el río cantaba sobre un lecho de piedras; en este momento no tenía ningún deseo de aventuras.

—Bill, amigo mío —dijo—, no tendrías que venir con nosotros. Podrías quedarte aquí, y comerías el heno mejor, hasta que crecieran los nuevos pastos.

Bill sacudió la cola y no dijo nada.

Sam se acomodó el paquete sobre los hombros, y repasó mentalmente todo lo que llevaba, preguntándose con inquietud si no habría olvidado algo: el tesoro principal, los utensilios de cocina; la cajita de sal que lo acompañaba siempre, y que llenaba cada vez que le era posible; una buena porción de hierba para pipa (no suficiente, pensaba); pedernal y yesca; medias de lana; ropa blanca; varias pequeñas pertenencias que Frodo había olvidado, y que él había guardado para mostrarlas en triunfo cuando las necesitasen. Lo repasó todo.

—¡Cuerda! —murmuró—. ¡Ninguna cuerda! Y anoche mismo te dijiste: «Sam, ¿qué te parece un poco de cuerda? Si no la llevas la necesitarás». Bueno, ya la necesito. No puedo conseguirla ahora.

En ese momento Elrond salió con Gandalf, y pidió a la Compañía que se acercase.

—He aquí mis últimas palabras —dijo en voz baja—. El Portador del Anillo parte ahora en busca del Monte del Destino. Toda responsabilidad recae sobre él: no librarse del Anillo, no entregárselo a ningún siervo de Sauron, y en verdad no dejar que nadie lo toque, excepto los miembros del Concilio o la Compañía, y esto en caso de extrema necesidad. Los otros van con él como acompañantes voluntarios, para ayudarlo en esa tarea. Podéis deteneros, o volver, o tomar algún otro camino, según las circunstancias. Cuanto más lejos lleguéis, menos fácil será retroceder, pero ningún lazo ni juramento os obliga a ir más allá de vuestros propios corazones, y no podéis prever lo que cada uno encontrará en el camino.

—Desleal es aquel que se despide cuando el camino se oscurece —dijo Gimli.

—Quizá —dijo Elrond—, pero no jure que caminará en las tinieblas quien no ha visto la caída de la noche.

—Sin embargo, un juramento puede dar fuerzas a un corazón desfalleciente.

—O destruirlo —dijo Elrond—. ¡No miréis demasiado adelante! ¡Pero partid con buen ánimo! Adiós, y que las bendiciones de los Elfos y los Hombres y toda la Gente Libre vayan con vosotros. ¡Que las estrellas os iluminen!

—Buena... ¡buena suerte! —gritó Bilbo tartamudeando de frío—. No creo que puedas llevar un diario, Frodo, compañero, pero esperaré a que me lo cuentes todo cuando vuelvas. ¡Y no tardes demasiado! ¡Adiós!

Muchos otros de la casa de Elrond los miraban desde las sombras y les decían adiós en voz baja. No había risas ni canto ni música. Al fin la Compañía se volvió, desapareciendo en la oscuridad.

Cruzaron el puente y remontaron lentamente los largos senderos escarpados que los llevaban fuera del profundo valle de Rivendel; y al fin llegaron a los páramos altos donde el viento siseaba entre los brezos. Luego, echando una mirada al Último Hogar que centelleaba allá abajo, se alejaron a grandes pasos perdiéndose en la noche.

En el Vado del Bruinen dejaron el Camino y doblando hacia el sur fueron por unas sendas estrechas entre los campos quebrados. Tenían el propósito de seguir bordeando las laderas occidentales de las Montañas durante muchas millas y muchos días. La región era más accidentada y desnuda que el valle verde del Río Grande del otro lado de las Montañas, en las Tierras Ásperas. La marcha era necesariamente lenta, pero esperaban escapar de este modo a miradas hostiles. Los espías de Sauron habían sido vistos raras veces en estas extensiones desiertas, y los senderos eran poco conocidos excepto para la gente de Rivendel.

Gandalf marchaba adelante, y con él iba Aragorn, que conocía estas tierras aun en la oscuridad. Los otros los seguían en fila, y Legolas que tenía ojos penetrantes cerraba la marcha. La primera parte del viaje fue dura y monótona, y Frodo sólo guardaría el recuerdo del viento. Durante muchos días sin sol, un viento helado sopló de las Montañas del este, y parecía que ninguna ropa pudiera protegerlos contra aquellas agujas penetrantes. Aunque la Compañía estaba bien equipada, pocas veces sintieron calor, tanto moviéndose como descansando. Dormían inquietos en pleno día, en algún repliegue del terreno, o escondiéndose bajo unos arbustos espinosos que se apretaban a los lados del camino. A la caída de la tarde los despertaba quien estuviera de guardia, y tomaban la comida principal: fría y triste casi siempre, pues pocas veces podían arriesgarse a encender un fuego. Ya de noche partían otra vez, buscando los senderos que llevaban al sur.

Al principio les pareció a los hobbits que aun caminando y trastabillando hasta el agotamiento, iban a paso de caracol, y no llegaban a ninguna parte. Pasaban los días y el paisaje era siempre igual. Sin embargo, poco a poco, las montañas estaban acercándose. Al sur de Rivendel eran aún más altas, y se volvían hacia el oeste; a los pies de la cadena principal se extendía una tierra cada vez más ancha de colinas desiertas y valles profundos donde corrían unas aguas turbulentas. Los senderos eran escasos y tortuosos, y muchas veces los llevaban al borde de un precipicio, o a un traicionero pantano.

Llevaban quince días de marcha cuando el tiempo cambió. El viento amainó de pronto y viró al sur. Las nubes rápidas se elevaron y desaparecieron, y asomó el sol, claro y brillante. Luego de haber caminado tropezando toda una noche, llegó el alba fría y pálida. Estaban ahora en una loma baja, coronada de acebos; los troncos de color verde grisáceo parecían estar hechos con la misma piedra de las lomas. Las hojas oscuras relucían, y las bayas eran rojas a la claridad del sol naciente.

Lejos, en el sur, Frodo alcanzaba a ver los perfiles oscuros de unas montañas elevadas que ahora parecían interponerse en el camino que la Compañía estaba siguiendo. A la izquierda de estas alturas había tres picos; el más alto y cercano parecía un diente coronado de nieve; el profundo y desnudo precipicio del norte estaba todavía en sombras, pero donde lo alcanzaban los rayos oblicuos del sol, el pico llameaba, rojizo.

Gandalf se detuvo junto a Frodo y miró amparándose los ojos con la mano.

—Hemos llegado a los límites de la región que los Hombres llaman Acebeda; muchos Elfos vivieron aquí en días más felices, cuando tenía el nombre de Eregion. Hemos hecho cuarenta y cinco leguas a vuelo de pájaro, aunque nuestros pies caminaran otras muchas millas. El territorio y el tiempo serán ahora más apacibles, pero quizá también más peligrosos.

—Peligroso o no, un verdadero amanecer es siempre bien recibido —dijo Frodo echándose atrás la capucha y dejando que la luz de la mañana le cayera en la cara.

—¡Las montañas están frente a nosotros! —dijo Pippin—. Nos desviamos al este durante la noche.

—No —dijo Gandalf—. Pero ves más lejos a la luz del día. Más allá de esos picos la cadena dobla hacia el sudoeste. Hay muchos mapas en la casa de Elrond, aunque supongo que nunca pensaste en mirarlos.

—Sí, lo hice, a veces —dijo Pippin—, pero no los recuerdo. Frodo tiene mejor cabeza que yo para estas cosas.

—Yo no necesito mapas —dijo Gimli, que se había acercado con Legolas, y miraba ahora ante él con una luz extraña en los ojos profundos—. Ésa es la tierra donde trabajaron nuestros padres, hace tiempo, y hemos grabado la imagen de esas montañas en muchas obras de metal y de piedra, y en muchas canciones e historias. Se alzan muy altas en nuestros sueños: Baraz, Zirak, Shathûr.

"Sólo las vi una vez de lejos en la vigilia, pero las conozco y sé cómo se llaman, pues debajo de ellas está Khazad-dûm, la Mina del Enano, que ahora llaman el Pozo Oscuro, Moria en la lengua élfica. Más allá se encuentran Barazinbar, el Cuerno Rojo, el cruel Caradhras; y aún más allá el Cuerno de Plata y el Monte Nuboso: Celebdil el Blanco, y Fanuidhol el Gris, que nosotros llamamos Zirak-zigil y Bundushathûr.

"Allí las Montañas Nubladas se dividen, y entre los dos brazos se extiende el valle profundo y oscuro que no podemos olvidar: Azanulbizar, el Valle del Arroyo Sombrío, que los Elfos llaman Nanduhirion.

—Hacia ese valle vamos —dijo Gandalf—. Si subimos por el paso llamado la Puerta del Cuerno Rojo, en la falda opuesta del Caradhras, descenderemos por la Escalera del Arroyo Sombrío al valle profundo de los Enanos; allí se encuentran el Lago Espejo y los helados manantiales del Cauce de Plata.

—Oscura es el agua del Kheled-zâram —dijo Gimli—, y frías son la fuentes del Kibil-nâla. Se me encoge el corazón pensando que los veré pronto.

—¡Que esa visión te traiga alguna alegría!, mi querido enano —dijo Gandalf—. Pero hagas lo que hagas, no podremos quedarnos en ese valle. Tenemos que seguir el Cauce de Plata aguas abajo hasta los bosques secretos, y así hasta el Río Grande, y luego...

Hizo una pausa.

—Sí, ¿y luego qué? —preguntó Merry.

—Hacia nuestro destino, el fin del viaje —dijo Gandalf—. No podemos mirar demasiado adelante. Alegrémonos de que la primera etapa haya quedado felizmente atrás. Creo que descansaremos aquí, no sólo hoy sino también esta noche. El aire de Acebeda tiene algo de sano. Muchos males han de caer sobre un país para que olvide del todo a los Elfos, si alguna vez vivieron ahí.

—Es cierto —dijo Legolas—. Pero los Elfos de esta tierra no eran gente de los bosques como nosotros, y los árboles y la hierba no los recuerdan. Sólo oigo el lamento de las piedras, que todavía los lloran: *Profundamente cavaron en nosotras, bellamente nos trabajaron, altas nos erigieron; pero han desaparecido.* Han desaparecido. Fueron en busca de los Puertos mucho tiempo atrás.

Aquella mañana encendieron un fuego en un hueco profundo, velado por grandes macizos de acebos, y por vez primera desde que dejaran Rivendel tuvieron un almuerzo-desayuno feliz. No corrieron en seguida a la cama, pues esperaban tener toda la noche para dormir, y no partirían de nuevo hasta la noche del día siguiente. Sólo Aragorn guardaba silencio, inquieto. Al cabo de un rato dejó la Compañía y caminó hasta el borde del hoyo; allí se quedó a la sombra de un árbol, mirando al sur y al oeste, con la cabeza ladeada como si estuviera escuchando. Luego se volvió y miró a los otros que reían y charlaban.

—¿Qué pasa, Trancos? —llamó Merry—. ¿Qué estás buscando? ¿Echas de menos el Viento del Este?

—No por cierto —respondió Trancos—. Pero algo echo de menos. He estado en el país de Acebeda en muchas estaciones. Ninguna gente las habita ahora, pero hay animales que viven aquí en todas las épocas, especialmente pájaros. Ahora sin embargo todo está callado, excepto vosotros. Puedo sentirlo. No hay ningún sonido en muchas millas a la redonda, y vuestras voces resuenan como un eco. No lo entiendo.

Gandalf alzó la vista con repentino interés.

—¿Cuál crees que sea la razón? —preguntó—. ¿Habría otra aparte de la sorpresa de ver a cuatro hobbits, para no mencionar el resto, en sitios donde no se ve ni se oye a casi nadie?

—Ojalá sea así —respondió Trancos—. Pero tengo una impresión de acechanza y temor que nunca conocí aquí antes.

—Entonces tenemos que cuidarnos —dijo Gandalf—. Si traes a un Montaraz contigo, es bueno prestarle atención, y más aún si el Montaraz es Aragorn. No hablemos en voz alta. Descansemos tranquilos, y vigilemos.

Ese día le tocaba a Sam hacer la primera guardia, pero Aragorn se le unió. Los otros se durmieron. Luego el silencio creció de tal modo que hasta Sam lo advirtió. La respiración de los que dormían podía oírse claramente. Los meneos de la cola del poney y los ocasionales movimientos de los cascos se convirtieron en fuertes ruidos. Sam se movía y alcanzaba a oír cómo le crujían las articulaciones. Un silencio de muerte reinaba alrededor, y por encima de todo se extendía un cielo azul y claro, mientras el sol ascendía en el este. A lo lejos, en el sur, apareció una mancha oscura, y creció, y fue hacia el norte como un humo llevado por el viento.

—¿Qué es eso, Trancos? No parece una nube —le susurró Sam a Aragorn.

Aragorn no respondió; tenía los ojos clavados en el cielo. Pero Sam no tardó en reconocer lo que se acercaba. Bandadas de pájaros que volaban muy rápidamente y en círculos, yendo de un lado a otro, como buscando algo; y estaban cada vez más próximas.

—¡Échate al suelo y no te muevas! —siseó Aragorn, arrastrando a Sam a la sombra de una mata de acebos; pues todo un regimiento de pájaros acababa de desprenderse de la bandada principal, y se acercaba volando bajo. Sam pensó que eran una especie de grandes cuervos. Mientras pasaban sobre la loma, en una columna tan apretada que la sombra los seguía oscuramente por el suelo, se oyó un único y ronco graznido.

No hasta que los pájaros hubieran desaparecido en la distancia, al norte y al oeste, y el cielo se hubo aclarado otra vez, se incorporó de nuevo Aragorn. Dio un salto entonces y fue a despertar a Gandalf.

—Regimientos de cuervos negros están volando de aquí para allá entre las Montañas y el Aguada Gris —dijo—, y han pasado sobre Acebeda. No son nativos de aquí; son *crebain* de Fangorn y de las Tierras Brunas. No sé qué les ocurre; quizá hay algún problema allá en el sur del que vienen huyendo; pero creo que están espiando la región. He visto además algunos halcones volando alto en el cielo. Pienso que tendríamos que partir de nuevo esta misma noche. Acebeda ya no es un lugar seguro para nosotros; es un lugar vigilado.

—Y en ese caso lo mismo será en la Puerta del Cuerno Rojo —dijo Gandalf—. Y no alcanzo a imaginar como podríamos pasar por allí sin ser vistos. Pero lo pensaremos cuando sea el momento. En cuanto a partir cuando oscurezca, temo que tengas razón.

—Por suerte nuestro fuego humeó poco, y sólo quedaban unas brasas cuando vinieron los *crebain* —dijo Aragorn—. Hay que apagarlo y ya no encenderlo más.

—Bueno, ¡qué calamidad y qué fastidio! —dijo Pippin. Las noticias: no más fuego y caminar otra vez de noche, le habían sido transmitidas tan pronto como despertó al cabo de la media tarde—. ¡Todo por una bandada de cuervos! Yo había estado esperando que esta noche comiésemos bien, algo caliente.

—Bueno, puedes seguir esperando —dijo Gandalf—. Quizá tengas todavía muchos banquetes inesperados. En cuanto a mí me gustaría fumar cómodamente una pipa y calentarme los pies. Sin embargo, de algo al menos estamos seguros: habrá más calor a medida que vayamos hacia el sur.

—Demasiado calor, no me sorprendería —le murmuró Sam a Frodo—. Pero empiezo a pensar que es tiempo de echarle un vistazo a esa Montaña de Fuego, y ver el fin del Camino, por así decir. Yo creía al principio que este Cuerno Rojo, o como se llame, sería la Montaña, hasta que Gimli nos habló. Qué hermoso lenguaje éste de los Enanos, ¡para romperle a uno las mandíbulas!

Los mapas no le decían nada a Sam, y en estas tierras desconocidas todas las distancias parecían tan vastas que él ya había perdido la cuenta.

Todo aquel día la Compañía permaneció oculta. Los pájaros oscuros pasaron sobre ellos una y otra vez, y cuando el sol poniente enrojeció desaparecieron en el sur. Al anochecer, la Compañía se puso en marcha, y volviéndose ahora un poco al este se encaminaron hacia el lejano Caradhras, que era todavía un débil reflejo rojo a la última luz del sol desvanecido. Una tras otra fueron asomando las estrellas blancas, en el cielo que se apagaba.

Guiados por Aragorn encontraron un buen sendero. Le pareció a Frodo que eran los restos de un antiguo camino, en otro tiempo ancho y bien trazado, y que iba de Acebeda al paso montañoso. La luna, llena ahora, se alzó por encima de las montañas, y difundió una pálida luz en donde las sombras de las piedras eran negras. Muchas de ellas parecían trabajadas a mano, aunque ahora yacían tumbadas y arruinadas en una tierra desierta y árida.

Era la hora de frío glacial que precede a la aparición del alba, y la luna había descendido. Frodo alzó los ojos al cielo. De pronto vio o sintió que una sombra cruzaba por delante de las estrellas, como si se hubieran apagado un momento y en seguida brillaran otra vez. Se estremeció.

—¿Viste algo que pasó por allá arriba? —le susurró a Gandalf que marchaba delante.

—No, pero lo sentí, fuese lo que fuese —respondió Gandalf—. Quizá no era nada, sólo un jirón de nube.

—Se movía rápido entonces —dijo Aragorn—, y no con el viento.

Ninguna otra cosa ocurrió esa noche. A la mañana siguiente el alba fue todavía más brillante, pero de nuevo hacía mucho frío, y ya el viento soplaba otra vez del este. Marcharon dos noches más, subiendo siempre pero más lentamente a medida que el camino torcía hacia las lomas, y las montañas subían acercándose. En la tercera mañana el Caradhras se elevaba ante ellos, una cima majestuosa, coronada de nieve plateada, pero de faldas desnudas y abruptas, de un rojo cobrizo, como tinto en sangre.

El cielo parecía negro, y el sol era pálido. El viento había cambiado ahora al nordeste. Gandalf husmeó el aire y se volvió.

—El invierno avanza detrás de nosotros —le dijo en voz baja a Aragorn—. Las cimas aquellas del norte están más blancas; la nieve ha descendido a las estribaciones. Esta noche estaremos ya a bastante altura, camino de la Puerta del Cuerno Rojo. En ese sendero angosto es muy posible que nos vean, y hasta quizá nos tiendan alguna trampa; pero creo que el mal tiempo será nuestro peor enemigo. ¿Qué piensas ahora de este itinerario, Aragorn?

Frodo alcanzó a oír estas palabras, y entendió que Gandalf y Aragorn estaban continuando una discusión que había comenzado mucho antes. Prestó atención, con cierta ansiedad.

—No pienso nada bueno del principio al fin, y tú lo sabes bien, Gandalf —respondió Aragorn—. Y a medida que vayamos adelante aumentarán los peligros, conocidos y desconocidos. Pero tenemos que seguir; de nada serviría demorar el cruce de las montañas. Más al sur no hay desfiladeros hasta llegar al Paso de Rohan. Desde tus informes sobre Saruman, no me atrae ese camino. Quién sabe a qué bando sirven ahora los mariscales de los Señores de los Caballos.

—¡Quién sabe, en verdad! —dijo Gandalf—. Pero hay otro camino, que no es el paso de Caradhras: el camino secreto y oscuro del que ya hablamos una vez.

—¡No volvamos a nombrarlo! No todavía. No digas nada a los otros, te lo suplico, no hasta estar seguros de que no hay otro remedio.

—Tenemos que decidirnos antes de continuar —respondió Gandalf.

—Entonces consideremos ahora el asunto, mientras los otros descansan y duermen —dijo Aragorn.

Al atardecer, mientras los demás concluían el desayuno, Gandalf y Aragorn se hicieron a un lado y se quedaron mirando el Caradhras. Los flancos parecían ahora sombríos y lúgubres, y había una nube sobre la cima. Frodo los observaba, preguntándose qué rumbos tomaría la discusión. Por fin los dos volvieron al grupo, y Gandalf habló, y Frodo supo que habían decidido enfrentar el mal tiempo y los peligros del paso. Se sintió aliviado. No imaginaba qué podía ser ese otro camino, oscuro y secreto, pero había bastado que Gandalf lo mencionase para que Aragorn pareciera espantado. Era una suerte que hubieran abandonado ese plan.

—Por los signos que hemos visto últimamente —dijo Gandalf—, temo que estén vigilando la Puerta del Cuerno Rojo, y tengo mis dudas sobre el tiempo que está preparándose ahí detrás. Puede haber nieve. Tenemos que viajar lo más rápido posible. Aun así necesitaremos dos jornadas de marcha para llegar a la cima del paso. Hoy oscurecerá pronto. Partiremos en cuanto estéis listos.

—Yo añadiría una pequeña advertencia, si se me permite —dijo Boromir—. Nací a la sombra de las Montañas Blancas, y algo sé de viajes por las alturas. Antes de descender del otro lado, encontraremos un frío penetrante, si no peor. De nada servirá ocultarnos hasta morir de frío. Cuando dejemos este lugar, donde hay todavía unos pocos árboles y arbustos, cada uno de nosotros ha de llevar un haz de leña, tan grande como le sea posible.

—Y Bill podrá llevar un poco más, ¿no es cierto, compañero? —dijo Sam.

El poney lo miró con aire de pesadumbre.

—Muy bien —dijo Gandalf—. Pero no usaremos la leña... no mientras no haya que elegir entre el fuego y la muerte.

La Compañía se puso de nuevo en marcha, muy rápidamente al principio; pero pronto el sendero se hizo abrupto y dificultoso; serpeaba una y otra vez subiendo siempre y en algunos lugares casi desaparecía entre muchas piedras caídas. La noche estaba oscura, bajo un cielo nublado. Un viento helado se abría paso entre las rocas. A medianoche habían llegado a las faldas de las grandes montañas. El estrecho sendero bordeaba ahora una pared de acantilados a la izquierda, y sobre esa pared los flancos siniestros del Caradhras subían perdiéndose en la oscuridad; a la derecha se abría un abismo de negrura en el sitio en que el terreno caía a pique en una profunda hondonada.

Treparon trabajosamente por una cuesta empinada y se detuvieron arriba un momento. Frodo sintió que algo blando le tocaba la mejilla. Extendió el brazo y vio que unos diminutos copos de nieve se le posaban en la manga.

Continuaron. Pero poco después la nieve caía apretadamente, arremolinándose ante los ojos de Frodo. Apenas podía ver las figuras sombrías y encorvadas de Gandalf y Aragorn, que marchaban delante a uno o dos pasos.

—Esto no me gusta —jadeó Sam, que caminaba detrás—. No tengo nada contra la nieve en una mañana hermosa, pero prefiero estar en cama cuando cae. Sería bueno que toda esta cantidad llegara a Hobbiton. La gente de allí le daría la bienvenida.

Excepto en los páramos altos de la Cuaderna del Norte las nevadas copiosas eran raras en la Comarca, y se las recibía como un acontecimiento agradable y una posibilidad de diversión. Ningún hobbit viviente (excepto Bilbo) podía recordar el Invierno Cruel de 1311, cuando los lobos blancos invadieron la Comarca cruzando las aguas heladas del Brandivino.

Gandalf se detuvo. La nieve se le acumulaba sobre la capucha y los hombros, y le llegaba ya a los tobillos.

—Esto es lo que me temía —dijo—. ¿Qué opinas ahora, Aragorn?

—También yo lo temía —respondió Aragorn—, pero menos que otras cosas. Conozco el riesgo de la nieve, aunque pocas veces cae copiosamente tan al sur, excepto en las alturas. Pero no estamos aún muy arriba; estamos bastante abajo, donde los pasos no se cierran casi nunca en el invierno.

—Me pregunto si esto no será una treta del Enemigo —dijo Boromir—. Dicen en mi país que él gobierna las tormentas en las Montañas de Sombra, que se alzan alrededor de Mordor. Dispone de raros poderes y de muchos aliados.

—El brazo le ha crecido de veras —dijo Gimli— si puede traer nieve desde el norte para molestarnos aquí a trescientas leguas de distancia.

—El brazo le ha crecido —dijo Gandalf.

Mientras estaban allí detenidos, el viento amainó, y la nieve disminuyó hasta cesar casi del todo. Echaron a caminar otra vez. Pero no habían avanzado mucho cuando la tormenta volvió con renovada furia. El viento silbaba y la nieve se convirtió en una celisca enceguecedora. Pronto aun para Boromir fue difícil continuar. Los hobbits, doblando el cuerpo, iban detrás de los más altos, pero era obvio que no podrían seguir así, si continuaba nevando. Frodo sentía que los pies le pesaban como plomo. Pippin se arrastraba detrás. Aun Gimli, tan fuerte como cualquier otro enano, refunfuñaba tambaleándose.

De pronto la Compañía hizo alto, como si todos se hubiesen puesto de acuerdo sin que mediara una palabra. De las tinieblas de alrededor les llegaban unos ruidos misteriosos. Quizá no era más que una jugarreta del viento en las grietas y hendiduras de la pared rocosa, pero los sonidos parecían chillidos agudos, o salvajes estallidos de risa. Unas piedras comenzaron a caer desde la falda de la montaña, silbando sobre las cabezas de los viajeros, o estrellándose a un lado en la senda. De cuando en cuando se oía un estruendo apagado, como si un peñasco bajara rodando desde las alturas ocultas.

—No podemos avanzar más esta noche —dijo Boromir—. Que llamen a esto el viento, si así lo desean; hay voces siniestras en el aire, y estas piedras están dirigidas contra nosotros.

—Yo lo llamaré el viento —dijo Aragorn—. Pero eso no quita que hayas dicho la verdad. Hay muchas cosas malignas y hostiles en el mundo que tienen poca simpatía por quienes andan en dos patas; sin embargo no son cómplices de Sauron, y tienen sus propios motivos. Algunas estaban en este mundo mucho antes que él.

—Caradhras era llamado el Cruel, y tenía mala reputación —dijo Gimli— hace ya muchos años, cuando aún no se había oído de Sauron en estas tierras.

—Importa poco quién es el enemigo, si no podemos rechazarlo —dijo Gandalf.

—Pero ¿qué haremos? —exclamó Pippin, desesperado.

Se había apoyado en Merry y Frodo, y temblaba de pies a cabeza.

—O nos detenemos aquí mismo, o retrocedemos —dijo Gandalf—. No conviene continuar. Apenas un poco más arriba, si mal no recuerdo, el sendero deja el acantilado y corre por una ancha hondonada al pie de una pendiente larga y abrupta. Nada nos defenderá allí de la nieve, o las piedras, o cualquier otra cosa.

—Y no conviene volver mientras arrecia la tormenta —dijo Aragorn—. No hemos pasado hasta ahora por ningún sitio que nos ofrezca un refugio mejor.

—¡Refugio! —murmuró Sam—. Si esto es un refugio, entonces una pared sin techo es una casa.

La Compañía se apretó todo lo posible contra la pared de roca. Miraba al sur, y cerca del suelo sobresalía un poco, y ellos esperaban que los protegiera del viento del norte y las piedras que caían. Pero las ráfagas se arremolinaban alrededor, y la nieve descendía en nubes cada vez más espesas.

Estaban todos juntos, de espaldas a la pared. Bill el poney se mantenía en pie pacientemente pero con aire abatido frente a los hobbits, resguardándolos un poco; la nieve amontonada no tardó en llegarle a los corvejones, y seguía subiendo. Si no hubiesen tenido compañeros de mayor tamaño, los hobbits habrían quedado pronto sepultados bajo la nieve.

Una gran somnolencia cayó sobre Frodo, y sintió que se hundía en un sueño tibio y confuso. Pensó que un fuego le calentaba los pies, y desde las sombras al otro lado de las llamas le llegó la voz de Bilbo: *No me parece gran cosa tu diario*, dijo. *Tormentas de nieve el doce de enero. No había necesidad de volver para traer esa noticia.*

Pero yo quería descansar y dormir, Bilbo, respondió Frodo con un esfuerzo; sintió entonces que lo sacudían, y recuperó dolorosamente la conciencia. Boromir lo había levantado sacándolo de un nido de nieve.

—Esto será la muerte de los medianos, Gandalf —dijo Boromir—. Es inútil quedarse aquí sentado mientras la nieve sube por encima de nuestras cabezas. Tenemos que hacer algo para salvarnos.

—Dale esto —dijo Gandalf buscando en sus alforjas y sacando un frasco de cuero—. Sólo un trago cada uno. Es muy precioso. Es *miruvor*, el cordial de Imladris que Elrond me dio al partir. ¡Pásalo!

Tan pronto como Frodo hubo tragado un poco de aquel licor tibio y perfumado, sintió una nueva fuerza en el corazón, y los miembros libres de aquel pesado letargo. Los otros revivieron también, con una esperanza y un vigor renovados. Pero la nieve no cesaba. Giraba alrededor más espesa que nunca, y el viento soplaba con mayor ruido.

—¿Qué tal un fuego? —preguntó Boromir bruscamente—. Parecería que ha llegado el momento de decidirse: el fuego o la muerte, Gandalf. Cuando la nieve nos haya cubierto estaremos sin duda ocultos a los ojos hostiles, pero eso no nos ayudará.

—Haz un fuego si puedes —respondió Gandalf—. Si hay centinelas capaces de aguantar esta tormenta, nos verán de todos modos, con fuego o sin fuego.

Aunque habían traído madera y ramitas por consejo de Boromir, estaba más allá de la habilidad de un Elfo o aun de un Enano encender una llama que no se apagase en los remolinos de viento o que prendiera en el combustible mojado. Al fin Gandalf mismo intervino, de mala gana. Tomando un leño lo alzó un momento y luego junto con una orden, *naur an edraith ammen!*, le hundió en el medio la punta de su vara. Inmediatamente brotó una llama verde y azul, y la madera ardió chisporroteando.

—Si alguien ha estado mirándonos, entonces yo al menos me he revelado a él —dijo—. He escrito *Gandalf está aquí* en unos caracteres que cualquiera podría leer, desde Rivendel hasta las Bocas del Anduin.

Pero ya poco le importaban a la Compañía los centinelas o los ojos hostiles. El resplandor del fuego les regocijaba el corazón. La madera ardía animadamente, y aunque todo alrededor sisease la nieve, y un agua enlodada les mojase los pies, se complacían en calentarse las manos al calor del fuego. Estaban de pie, inclinados, en círculo alrededor de las llamitas danzantes. Una luz roja les encendía las caras fatigadas y ansiosas; detrás la noche era como un muro negro. Pero la madera ardía con rapidez, y aún caía la nieve.

El fuego se apagaba; echaron el último leño.

—La noche envejece —dijo Aragorn—. El amanecer no tardará.

—Si hay algún amanecer capaz de traspasar estas nubes —dijo Gimli.

Boromir se apartó del círculo y clavó los ojos en la oscuridad.

—La nieve disminuye, y amaina el viento.

Frodo observó cansadamente los copos que todavía caían saliendo de la oscuridad y revelándose un momento a la luz del fuego moribundo, pero durante largo rato no notó que nevara menos. Luego, de pronto, cuando el sueño comenzaba de nuevo a invadirlo, se dio cuenta de que el viento había cesado de veras, y que los copos eran ahora más grandes y escasos. Muy lentamente, una luz pálida comenzó a insinuarse. Al fin dejó de nevar.

A medida que aumentaba, la luz iba descubriendo un mundo silencioso y amortajado. Desde la altura del refugio se veían abismos informes y jorobas y cúpulas blancas que ocultaban el camino por donde habían venido; pero unas grandes nubes, todavía pesadas, amenazando nieve, envolvían las cimas más altas.

Gimli alzó los ojos y sacudió la cabeza.

—Caradhras no nos ha perdonado —dijo—. Tiene todavía más nieve para echárnosla encima, si seguimos adelante. Cuanto más pronto volvamos y descendamos, mejor será.

Todos estuvieron de acuerdo, pero la retirada era ahora difícil, quizá imposible. Sólo a unos pocos pasos de la ceniza de la hoguera, la capa de nieve era de varios pies, más alta que los hobbits; en algunos sitios el viento la había amontonado contra la pared.

—Si Gandalf fuera delante de nosotros con una llama, quizá pudiera fundirnos un sendero —dijo Legolas.

La tormenta no lo había molestado mucho, y era el único de la Compañía que aún parecía animado.

—Si los Elfos volaran por encima de las montañas, podrían traernos el sol y salvarnos —contestó Gandalf—. Pero necesito materiales para trabajar. No puedo quemar nieve.

—Bueno —dijo Boromir—, cuando las cabezas no saben qué hacer hay que recurrir a los cuerpos, como dicen en mi país. Los más fuertes de nosotros tienen que buscar un camino. ¡Mirad! Aunque ahora todo está cubierto de nieve, nuestro sendero, cuando subíamos, se desviaba en aquel saliente de roca de allí abajo. Fue allí donde la nieve comenzó a pesarnos. Si pudiéramos llegar a ese sitio, quizá fuera más fácil continuar. No estamos a más de doscientas yardas, me parece.

—¡Entonces vayamos allí, tú y yo! —dijo Aragorn.

Aragorn era el más alto de la Compañía, pero Boromir, apenas más bajo, era más fornido y ancho de hombros. Fue adelante, y Aragorn lo siguió. Se alejaron, lentamente, y pronto les costó trabajo moverse. En algunos sitios la nieve les llegaba al pecho, y muy a menudo Boromir parecía nadar o cavar con los grandes brazos más que caminar.

Legolas los observó un rato con una sonrisa en los labios, y luego se volvió hacia los otros.

—¿Los más fuertes tienen que buscar un camino, dijeron? Pero yo digo: que el labrador empuje el arado, pero elige una nutria para nadar; y para correr levemente sobre la hierba y las hojas, o sobre la nieve... un Elfo.

Diciendo esto saltó ágilmente, y entonces Frodo notó como si fuese la primera vez, aunque lo sabía desde hacía tiempo, que el Elfo no llevaba botas sino el calzado liviano de costumbre, y que sus pies apenas dejaban huellas en la nieve.

—¡Adiós! —le dijo Legolas a Gandalf—. Voy en busca del sol.

Luego, con la rapidez de un corredor sobre arenas firmes, se precipitó hacia adelante, y alcanzando en seguida a los hombres que se esforzaban en la nieve, saludándolos con la mano los dejó atrás, continuó corriendo, y desapareció detrás del saliente rocoso.

Los otros esperaron apretados unos contra otros, mirando hasta que Boromir y Aragorn fueron dos motas negras en la blancura. Al fin ellos también se perdieron de vista. El tiempo pasó arrastrándose. Las nubes bajaron, y unos copos de nieve giraron en el aire, cayendo.

Transcurrió quizá una hora, aunque pareció mucho más, y al fin vieron que Legolas regresaba. Al mismo tiempo Boromir y Aragorn reaparecieron muy atrás en la vuelta del sendero y subieron trabajosamente la pendiente.

—Bueno —exclamó Legolas mientras trepaba corriendo—, no he traído el sol. Ella está paseándose por los campos azules del sur, y una coronita de nieve sobre la cima del Cuerno Rojo no la incomoda demasiado. Pero traigo un rayo de buena esperanza para quienes están condenados a seguir a pie. La nieve se ha amontonado de veras justo después del saliente, y allí nuestros hombres fuertes casi mueren enterrados. No sabían qué hacer hasta que volví y les dije que la nieve no era más espesa que un muro. Y del otro lado hay mucha menos nieve, y un poco más abajo es sólo un mantillo blanco, bueno para refrescarles los pies a los hobbits.

—Ah, como dije antes —se quejó Gimli—. No era una tormenta ordinaria, sino la mala voluntad de Caradhras. No gusta de los Elfos ni de los Enanos, y acumuló esa nieve para cerrarnos el paso.

—Pero por suerte tu Caradhras olvidó que venían Hombres contigo —dijo Boromir—. Y hombres valientes también, si puedo decirlo; aunque unos hombres menores pero con palas hubiesen servido mejor. Sin embargo, hemos abierto un sendero entre la nieve, y aquellos que no corren tan levemente como los Elfos nos estarán sin duda agradecidos.

—Pero ¿cómo llegaremos allí abajo, aunque hayáis abierto esa senda? —dijo Pippin, expresando el pensamiento de todos los hobbits.

—¡Tened esperanza! —dijo Boromir—. Estoy cansado, pero todavía me quedan fuerzas, y lo mismo a Aragorn. Cargaremos a los más pequeños. Los otros se las arreglarán sin duda para seguirnos. ¡Vamos, señor Peregrin! Comenzaré contigo.

Levantó al hobbit.

—¡Sujétate a mi espalda! Necesitaré de mis brazos —dijo, y se lanzó hacia adelante.

Lo siguió Aragorn cargando a Merry. Pippin estaba maravillado de la fuerza de Boromir, viendo el pasaje que había logrado abrir sin otro instrumento que el de sus grandes miembros. Aun ahora, cargado como estaba, echaba nieve a los costados ensanchando la senda para quienes venían detrás.

Llegaron al fin a la barrera de nieve. Cruzaba el sendero montañoso como una pared inesperada y desnuda, y el borde superior, afilado, como tallado a cuchillo, se elevaba a una altura dos veces mayor que Boromir, pero por el medio corría un pasaje que subía y bajaba como un puente. Merry y Pippin fueron depositados en el suelo, del otro lado, y allí esperaron con Legolas a que llegara el resto de la Compañía.

Al cabo de un rato Boromir volvió trayendo a Sam. Detrás, en el sendero estrecho, pero ahora firme, apareció Gandalf conduciendo a Bill; Gimli venía montado entre el equipaje. Al fin llegó Aragorn, con Frodo. Vinieron por la senda, pero apenas Frodo había tocado el suelo cuando se oyó un gruñido sordo y una cascada de piedras y nieve se precipitó detrás de ellos. La polvoreda encegueció casi a la Compañía mientras se acurrucaban contra la pared, y cuando el aire se aclaró vieron que el sendero por donde habían venido estaba ahora bloqueado.

—¡Basta! ¡Basta! —gritó Gimli—. ¡Nos iremos lo antes posible!

Y en verdad con este último golpe la malicia de la montaña pareció agotarse, como si a Caradhras le bastara que los invasores hubiesen sido rechazados y que no se atrevieran a volver. La amenaza de nieve pasó; las nubes empezaron a abrirse y la luz aumentó.

Como Legolas había informado, descubrieron que la nieve era cada vez menos espesa, a medida que avanzaban, de modo que hasta los hobbits podían ir a pie. Pronto se encontraron una vez más sobre la cornisa en que terminaba la ladera y donde la noche anterior habían sentido caer los primeros copos de nieve.

La mañana no estaba muy avanzada. Volvieron la cabeza y miraron desde aquella altura las tierras más bajas del oeste. Lejos, en los terrenos abruptos que se extendían al pie de la montaña, se encontraba la hondonada donde habían comenzado a subir hacia el paso.

A Frodo le dolían las piernas. Estaba helado hasta los huesos y hambriento; y la cabeza le daba vueltas cuando pensaba en la larga y dolorosa bajada. Unas manchas negras le flotaban ante los ojos. Se los frotó, pero las manchas negras no desaparecieron. A lo lejos, abajo, pero ya encima de las primeras estribaciones, unos puntos oscuros describían círculos en el aire.

—¡Otra vez los pájaros! —dijo Aragorn señalando.

—No podemos hacer nada ahora —dijo Gandalf—. Sean bondadosos o malvados, o aunque no tengan ninguna relación con nosotros, tenemos que bajar en seguida. ¡No esperemos ni siquiera en las rodillas de Caradhras a que caiga de nuevo la noche!

Un viento frío sopló detrás de ellos mientras daban la espalda a la Puerta del Cuerno Rojo, y bajaban por la pendiente tropezando de fatiga. Caradhras los había derrotado.

4

UN VIAJE EN LA OSCURIDAD

La luz gris menguaba otra vez rápidamente, cuando se detuvieron a pasar la noche. Estaban muy cansados. La oscuridad creciente velaba las montañas, y el aire era frío. Gandalf le dio a cada uno un trago más del *miruvor* de Rivendel. Luego de comer invitó a los otros a discutir la situación.

—No podemos, por supuesto, continuar esta noche —dijo—. El ataque a la entrada del Cuerno Rojo nos ha dejado agotados, y tenemos que descansar.

—¿Y luego adónde iremos? —preguntó Frodo.

—El viaje no ha terminado y no hemos cumplido aún nuestra misión —respondió Gandalf—. No podemos hacer otra cosa que continuar, o regresar a Rivendel.

El rostro se le iluminó a Pippin ante la sola mención de retornar a Rivendel. Merry y Sam se miraron esperanzados. Pero Aragorn y Boromir no reaccionaron. Frodo parecía preocupado.

—Me gustaría estar allí de vuelta —dijo—. Pero ¿cómo regresar sin sentirnos avergonzados? A no ser que no haya en verdad otro camino, y que nos declaremos vencidos.

—Tienes razón, Frodo —dijo Gandalf—, regresar es admitir la derrota, y enfrentarse luego a derrotas peores. Si regresamos ahora, el Anillo tendrá que quedarse allí; no podremos partir otra vez. Luego, tarde o temprano, Rivendel será sitiada, y destruida a corto y amargo plazo. Los Espectros del Anillo son enemigos mortales, pero sólo sombras del poder y el terror que llegarían a manejar si el Anillo Soberano cae de nuevo en manos de Sauron.

—Entonces tenemos que continuar, si hay un camino —dijo Frodo suspirando.

Sam tenía de nuevo un aire lúgubre.

—Hay un camino que podemos probar —dijo Gandalf—. Desde el comienzo, cuando consideré por vez primera este viaje, pensé que valía la pena intentarlo. Pero no es un camino agradable, y no os dije nada. Aragorn no estaba de acuerdo, no hasta que intentáramos cruzar las montañas.

—Si es un camino peor que el de la Puerta del Cuerno Rojo, tiene que ser realmente malo —dijo Merry—. Pero será mejor que nos hables, y nos enteremos en seguida de lo peor.

—El camino de que hablo conduce a las Minas de Moria —dijo Gandalf.

Sólo Gimli alzó la cabeza, con un fuego de brasas en la mirada. Todos los demás sintieron miedo de pronto. Aun para los hobbits era una leyenda que evocaba un oscuro terror.

—El camino puede llevar a Moria, ¿pero cómo podríamos saber si nos sacará de Moria? —dijo Aragorn, sombrío.

—Es un nombre de malos augurios —dijo Boromir—. Y no veo la necesidad de ir allí. Si no podemos cruzar las montañas, viajemos hacia el sur hasta el Paso de Rohan donde los hombres son amigos de mi pueblo, tomando el camino que yo seguí hasta aquí. O podemos ir todavía más lejos y cruzar el Isen hasta Playa Larga y Lebennin y así llegar a Gondor desde las regiones cercanas al mar.

—Las cosas han cambiado desde que viniste al norte, Boromir —replicó Gandalf—. ¿No oíste lo que dije de Saruman? Quizá tengamos que arreglar cuentas antes que esto haya terminado. Pero el Anillo no ha de acercarse a Isengard, si podemos impedirlo. El Paso de Rohan está cerrado para nosotros mientras vayamos con el Portador.

"En cuanto al camino más largo: no tenemos tiempo. Un viaje semejante podría llevarnos un año, y tendríamos que pasar por muchas tierras desiertas donde no encontraríamos ningún refugio. Y no estaríamos seguros. Los ojos vigilantes de Saruman y el Enemigo están puestos en esas tierras. Cuando viniste al norte, Boromir, no eras a los ojos del Enemigo más que un viajero extraviado del sur, y asunto de poca monta para él; no pensaba en otra cosa que en perseguir el Anillo. Pero ahora volverías como miembro de la Compañía del Anillo, y estarías en peligro mientras permanecieses con nosotros. El peligro aumentaría con cada legua que hiciésemos hacia el sur bajo el cielo desnudo.

"Desde que intentamos cruzar el paso, nuestra situación se ha hecho aún más difícil, temo. Veo pocas esperanzas, si no nos perdemos de vista durante un tiempo y cubrimos nuestras huellas. Por lo tanto aconsejo que no vayamos por encima de las montañas, ni rodeándolas, sino por debajo. De cualquier modo es una ruta que el Enemigo no esperará que tomemos.

—No sabemos lo que él espera —dijo Boromir—. Quizá vigile todas las rutas, las probables y las improbables. En ese caso entrar en Moria sería meterse en una trampa, apenas mejor que ir a golpear las puertas de la Torre Oscura. El nombre de Moria es tétrico.

—Hablas de lo que no sabes, cuando comparas a Moria con la fortaleza de Sauron —respondió Gandalf—. De todos nosotros yo he sido el único que he estado alguna vez en los calabozos del Señor Oscuro, y esto sólo en la morada de Dol Guldur, más antigua y menos importante. Quienes cruzan las puertas de Barad-dûr no vuelven nunca. Pero yo no os llevaría a Moria si no hubiese ninguna esperanza de salir. Si hay orcos allí, lo pasaremos mal, es cierto. Pero la mayoría de los orcos de las Montañas Nubladas fueron diseminados o destruidos en la Batalla de los Cinco Ejércitos. Las Águilas informan que los orcos están viniendo otra vez desde lejos, pero hay esperanzas de que Moria esté todavía libre.

"Hasta es posible que haya enanos allí, y que en alguna sala subterránea construida en otro tiempo encontremos a Balin hijo de Fundin. De cualquier modo, la necesidad nos dicta este camino.

—¡Iré contigo, Gandalf! —dijo Gimli—. Iré contigo y exploraré las salas de Durin, cualquiera que sea el riesgo, si encuentras las puertas que están cerradas.

—¡Bien, Gimli! —dijo Gandalf—. Tú me alientas. Buscaremos juntos las puertas ocultas, y las cruzaremos. En las ruinas de los Enanos, una cabeza de enano se confundirá menos que un Elfo, o un Hombre o un Hobbit. No será la primera vez que entro en Moria. Busqué allí mucho tiempo a Thráin hijo de Thrór, después que desapareció. ¡Estuve en Moria y salí con vida!

—Yo también crucé una vez la Puerta del Arroyo Sombrío —dijo Aragorn serenamente—. Pero aunque salí como tú, guardo un recuerdo siniestro. No deseo entrar en Moria una segunda vez.

—Y yo ni siquiera una vez —dijo Pippin.

—Yo tampoco —murmuró Sam.

—¡Claro que no! —dijo Gandalf—. ¿Quién lo desearía? Pero la pregunta es: ¿quién me seguirá, si os guío hasta allí?

—Yo —dijo Gimli con vehemencia.

—Yo —masculló Aragorn—. Tú me seguiste casi hasta el desastre en la nieve, y no te quejaste ni una vez. Yo te seguiré ahora, si esta última advertencia no te conmueve. No pienso ahora en el Anillo ni en ninguno de nosotros, Gandalf, sino en ti. Y te digo: si cruzas las puertas de Moria, ¡cuidado!

—Yo no iré —dijo Boromir—, a menos que todos voten contra mí. ¿Qué dicen Legolas y la gente pequeña? Tendríamos que oír, me parece, la opinión del Portador del Anillo.

—Yo no deseo ir a Moria —dijo Legolas.

Los hobbits no dijeron nada. Sam miró a Frodo. Al fin Frodo habló.

—No deseo ir —dijo—, pero tampoco quiero rechazar el consejo de Gandalf. Ruego que no se vote hasta que lo hayamos pensado bien. Apoyaremos a Gandalf más fácilmente a la luz de la mañana que en esta fría oscuridad. ¡Cómo aúlla el viento!

Con estas palabras todos se sumieron en una silenciosa reflexión. El viento silbaba entre las rocas y los árboles, y había aullidos y lamentos en los vacíos ámbitos de la noche.

De pronto Aragorn se incorporó de un salto.

—¿Cómo aúlla el viento? —exclamó—. Aúlla con voz de lobo. ¡Los huargos han pasado al oeste de las Montañas!

—¿Es necesario entonces esperar a que amanezca? —dijo Gandalf—. Como dije antes, la caza ha empezado. Aunque vivamos para ver el alba, ¿quién querrá ahora viajar al sur de noche con los lobos salvajes pisándonos los talones?

—Pero ¿a qué distancia está Moria? —preguntó Boromir.

—Hay una puerta al sudoeste de Caradhras, a unas quince millas a vuelo de cuervo, y a unas veinte a paso de lobo —respondió Gandalf con aire sombrío.

—Partamos entonces con las primeras luces, si podemos —dijo Boromir—. El lobo que se oye es peor que el orco que se teme.

—¡Cierto! —dijo Aragorn, soltando la espada en la vaina—. Pero donde el huargo aúlla, el orco ronda.

—Lamento no haber seguido el consejo de Elrond —le murmuró Pippin a Sam—. Al fin y al cabo sirvo de muy poco. No hay bastante en mí de la raza de Bandobras el Toro Bramador: esos aullidos me hielan la sangre. No recuerdo haberme sentido nunca tan desdichado.

—El corazón se me ha caído a los pies, señor Pippin —dijo Sam—. Pero todavía no nos han devorado y tenemos aquí alguna gente fuerte. No sé qué le estará reservado al viejo Gandalf pero apostaría que no es la barriga de un lobo.

Para defenderse durante la noche, la Compañía subió a la loma que los había abrigado hasta entonces. Allá arriba en la cima había un grupo de viejos árboles retorcidos, y alrededor un círculo incompleto de grandes piedras. Encendieron un fuego en medio de las piedras, pues no había esperanza de que la oscuridad y el silencio los ocultaran a las manadas de los lobos cazadores.

Se sentaron alrededor del fuego, y aquellos que no estaban de guardia cayeron en un sueño intranquilo. El pobre Bill, el poney, temblaba y transpiraba. El aullido de los lobos se oía ahora a todo alrededor, a veces cerca, y a veces lejos. En la oscuridad de la noche alcanzaban a verse muchos ojos brillantes que se asomaban al borde de la loma. Algunos se adelantaban casi hasta el círculo de piedras. En una brecha del círculo pudo verse una oscura forma lobuna, que los miraba. De pronto estalló en un aullido estremecedor, como si fuera un capitán incitando a la manada al asalto.

Gandalf se incorporó y dio un paso adelante, alzando la vara.

—¡Escucha, bestia de Sauron! —gritó—. Soy Gandalf. ¡Huye, si das algún valor a tu horrible pellejo! Te secaré del hocico a la cola, si entras en este círculo.

El lobo gruñó y dio un gran salto hacia delante. En ese momento se oyó un chasquido seco. Legolas había soltado el arco. Un grito espantoso se alzó en la noche, y la sombra que saltaba cayó pesadamente al suelo; la flecha élfica le había atravesado la garganta. Los ojos vigilantes se apagaron. Gandalf y Aragorn se adelantaron unos pasos, pero la loma estaba desierta; la manada había huido. El silencio invadió la oscuridad de alrededor; el viento suspiraba y no traía ningún grito.

La noche envejecía, y la luna menguante se ponía en el oeste, brillando de cuando en cuando entre las nubes que comenzaban a abrirse. Frodo despertó bruscamente. De improviso, una tempestad de aullidos feroces y amenazantes estalló alrededor del campamento. Una hueste de huargos se había acercado en silencio, y ahora atacaban desde todos los lados a la vez.

—¡Rápido, echad combustible al fuego! —gritó Gandalf a los hobbits—. ¡Desenvainad, y poneos espalda contra espalda!

A la luz de la leña nueva que se inflamaba y ardía, Frodo vio muchas sombras grises que entraban saltando en el círculo de piedras. Otras y otras venían detrás. Aragorn lanzó una estocada y le atravesó la garganta a un lobo enorme, uno de los jefes. Golpeando de costado, Boromir le cortó la cabeza a otro. Gimli estaba de pie junto a ellos, las piernas separadas, esgrimiendo su hacha de enano. El arco de Legolas cantaba.

A la luz oscilante del fuego pareció que Gandalf crecía de súbito: una gran forma amenazadora que se elevaba como el monumento de piedra de algún rey antiguo en la cima de una colina. Inclinándose como una nube, tomó una rama y fue al encuentro de los lobos. Las bestias retrocedieron. Gandalf arrojó al aire la tea llameante. La madera se inflamó con un resplandor blanco, como un relámpago en la noche, y la voz del mago rodó cual trueno:

—*Naur an edraith ammen! Naur dan i ngaurhoth!* —gritó.

Hubo un estruendo y un crujido, y el árbol que se alzaba sobre él estalló en una floración de llamas enceguecedoras. El fuego saltó de una copa a otra. Una luz resplandeciente coronó toda la colina. Las espadas y cuchillos de los defensores brillaron y refulgieron. La última flecha de Legolas se inflamó en pleno vuelo, y ardiendo se clavó en el corazón de un gran jefe lobo.

Todos los otros escaparon.

El fuego se extinguió lentamente hasta que sólo quedó un movimiento de cenizas y chispas; una humareda acre subió en volutas de los muñones quemados de los árboles, se cernió oscuramente sobre la loma mientras las primeras luces del alba aparecían pálidas en el cielo. Los lobos habían sido vencidos y no volverían.

—¿Qué le dije, señor Pippin? —comentó Sam envainando la espada—. Los lobos no pudieron con él. Fue de veras una sorpresa. ¡Casi se me chamuscan los cabellos!

Entrada la mañana no se vio ninguna señal de los lobos, ni se encontró ningún cadáver. Las únicas huellas del combate de la noche eran los árboles carbonizados y las flechas de Legolas en la cima de la loma. Todas estaban intactas excepto una que no tenía punta.

—Tal como me lo temía —dijo Gandalf—. Éstos no eran lobos comunes que buscan alimento en el desierto. ¡Comamos en seguida y partamos!

Ese día el tiempo cambió otra vez, casi como si obedeciese a algún poder que ya no podía servirse de la nieve, desde que ellos se habían retirado del paso, un poder que ahora deseaba tener una luz clara, de manera que todo aquello que se moviese en el desierto pudiera ser visto desde muy lejos. El viento había estado cambiando durante la noche del norte al noroeste, y ahora ya no soplaba. Las nubes desaparecieron en el sur descubriendo un cielo alto y azul. Estaban en la falda de la loma, listos para partir, cuando un sol pálido iluminó las cimas de los montes.

—Tenemos que llegar a las puertas antes que oscurezca —dijo Gandalf— o temo que no lleguemos nunca. No están lejos, pero corremos el riesgo de que nuestro camino sea demasiado sinuoso, pues aquí Aragorn no nos puede guiar; conoce poco el país, y yo estuve sólo una vez al pie de los muros occidentales de Moria, y eso fue hace tiempo. —Señaló el lejano sudeste donde los flancos de las montañas caían a pique en hondonadas sombrías.— Es allá —continuó. A la distancia alcanzaba a verse una línea de riscos desnudos, y en medio de ellos, más alta que el resto, una gran pared gris—. Cuando dejamos el paso os llevé hacia el sur y no de vuelta a nuestro punto de partida, como alguno de vosotros habrá notado. Era mejor así, pues ahora tenemos varias millas menos que recorrer, y hay que darse prisa. ¡Adelante!

—No sé qué esperar —dijo Boromir ceñudamente—: que Gandalf encuentre lo que busca, o que llegando a los riscos descubramos que las puertas han desaparecido para siempre. Todas las posibilidades parecen malas, y que quedemos atrapados entre los lobos y el muro es quizá la posibilidad mayor. ¡En marcha!

Gimli caminaba ahora adelante junto al mago, tan ansioso estaba de llegar a Moria. Juntos guiaron a los otros de vuelta hacia las montañas. El único camino antiguo que llevaba a Moria desde el oeste seguía el curso de un arroyo, el Sirannon, que corría desde los riscos, no muy lejos de donde habían estado las puertas. Pero pareció que Gandalf había errado el camino, o que la región había cambiado en los últimos años, pues el arroyo no estaba donde esperaba encontrarlo, a unas pocas millas al sur de la pared.

Era casi mediodía, y la Compañía iba aún de un lado a otro, ayudándose a veces con manos y pies, por un terreno desolado de piedras rojas. No se veía ningún brillo de agua, ni se oía el menor ruido. Todo era desierto y seco. No había allí aparentemente criaturas vivas, y ningún pájaro cruzaba el aire. Nadie quería pensar qué podría traerles la noche, si los alcanzaba en aquellas regiones perdidas.

De pronto Gimli que se había adelantado les gritó que se acercaran. Se había subido a una pequeña loma y apuntaba a la derecha. Se apresuraron y vieron allí abajo un cauce estrecho y profundo. Estaba vacío y silencioso, y entre las piedras del lecho, pardas y manchadas de rojo, corría apenas un hilo de agua. Junto al borde más cercano había un sendero ruinoso entre las paredes derruidas y las piedras de una antigua carretera.

—¡Ah! ¡Aquí estamos al fin! —dijo Gandalf—. Es aquí donde corría el Sirannon, el Arroyo de la Puerta como solían llamarlo. No puedo imaginar qué le pasó al agua; antes era rápida y ruidosa. ¡Vamos! Tenemos que darnos prisa. Estamos retrasados.

Todos estaban cansados y tenían los pies doloridos, pero siguieron tercamente por aquella senda sinuosa y áspera durante muchas millas. El sol comenzó a descender. Luego de un breve descanso y una rápida comida, continuaron la marcha. Las montañas parecían observarlos de mala manera, pero el sendero corría por una profunda hondonada y sólo veían las estribaciones más altas y los picos lejanos del este.

Al fin llegaron a una vuelta brusca del sendero. Habían estado marchando hacia el sur entre el borde del canal y una pendiente abrupta a la izquierda; pero ahora el sendero corría de nuevo hacia el este. Casi en seguida vieron ante ellos un risco bajo, de unas cinco brazas de alto, que terminaba en un borde mellado y roto. Un hilo de agua bajaba del risco, goteando a lo largo de una grieta que parecía haber sido cavada por un salto de agua, en otro tiempo caudaloso.

—¡Las cosas han cambiado en verdad! —dijo Gandalf—. Pero no hay error posible respecto del sitio. Esto es todo lo que queda de los Saltos de la Escalera. Si recuerdo bien hay unos escalones tallados en la roca a un lado, pero el camino principal se pierde doblando a la izquierda, y sube así hasta el terreno llano de la cima. Había también un valle poco profundo que subía más allá de las cascadas hasta las Murallas de Moria, y el Sirannon atravesaba ese valle con el camino a un lado. ¡Vayamos a ver cómo están las cosas ahora!

Encontraron los escalones de piedra sin dificultad, y Gimli los subió saltando, seguido por Gandalf y Frodo. Cuando llegaron a la cima vieron que por ese lado no podían ir más allá, y descubrieron las causas del secamiento del Arroyo de la Puerta. Detrás de ellos el sol poniente inundaba el fresco cielo occidental con una débil luz dorada. Ante ellos se extendía un lago oscuro y tranquilo. Ni el cielo ni el crepúsculo se reflejaban en la sombría superficie. El Sirannon había sido embalsado y las aguas cubrían el valle. Más allá de esas aguas ominosas se elevaba una cadena de riscos, finales e infranqueables, de paredes torvas y pálidas a la luz evanescente. No había signos de puerta o entrada, ni una fisura o grieta que Frodo pudiera ver en aquella piedra hostil.

—He ahí las Murallas de Moria —dijo Gandalf apuntando a través del agua—. Y allí hace un tiempo estuvo la Puerta, la Puerta de los Elfos en el extremo del camino de Acebeda, por donde hemos venido. Pero esta vía está cerrada. Nadie en la Compañía, me parece, querría nadar en estas aguas tenebrosas a la caída de la noche. Tienen un aspecto malsano.

—Busquemos un camino que bordee el lado norte —dijo Gimli—. La Compañía tendría que subir ante todo por el camino principal y ver adónde lleva. Aunque no hubiera lago, no conseguiríamos que nuestro poney de carga trepara por estos escalones.

—De cualquier modo no podríamos llevar a la pobre bestia a las Minas —dijo Gandalf—. El camino que corre por debajo de las montañas es un camino oscuro, y hay trechos angostos y escarpados por donde él no pasaría, aunque pasáramos nosotros.

—¡Pobre viejo Bill! —dijo Frodo—. No lo había pensado. ¡Y pobre Sam! Me pregunto qué dirá.

—Lo lamento —dijo Gandalf—. El pobre Bill ha sido un compañero muy útil, y siento en el alma tener que abandonarlo ahora. Yo hubiera preferido viajar con menos peso, y no traer ningún animal, y menos que ninguno este que Sam quiere tanto. Temí todo el tiempo que estuviésemos obligados a tomar este camino.

El día estaba terminando, y las estrellas frías parpadeaban en el cielo bien por encima del sol poniente, cuando la Compañía trepó con rapidez por las laderas y bajó a la orilla del lago. No parecía tener de ancho más de un tercio de milla, como máximo. La luz era escasa y no alcanzaban a ver hasta dónde iba hacia el sur, pero el extremo norte no estaba a más de media milla, y entre las crestas rocosas que encerraban el valle y la orilla del agua había una franja de tierra descubierta. Se adelantaron de prisa, pues tenían que recorrer una milla o dos antes de llegar al punto de la orilla opuesta indicado por Gandalf; y luego había que encontrar las puertas.

Llegaron al extremo norte del lago y descubrieron allí que una caleta angosta les cerraba el paso. Era de aguas verdes y estancadas, y se extendía como un brazo cenagoso hacia las cimas de alrededor. Gimli dio un paso adelante sin titubear, y descubrió que el agua era poco profunda, y que allí en la orilla no le llegaba más arriba del tobillo. Los otros caminaron detrás de él, en fila, pisando con cuidado, pues bajo las hierbas y el musgo había piedras viscosas y resbaladizas. Frodo se estremeció de repugnancia cuando el agua oscura y sucia le tocó los pies.

Cuando Sam, el último de la Compañía, llevó a Bill a tierra firme, del otro lado del canal, se oyó de pronto un sonido blando: un roce, seguido de un chapoteo, como si un pez hubiera perturbado la superficie tranquila del agua. Miraron atrás y alcanzaron a ver unas ondas que la sombra bordeaba de negro a la luz declinante; unos grandes anillos concéntricos se abrían desde un punto lejano del lago. Hubo un sonido burbujeante, y luego silencio. La oscuridad creció, y unas nubes velaron los últimos rayos del sol poniente.

Gandalf marchaba ahora a grandes pasos, y los otros lo seguían tan de cerca como les era posible. Llegaron así a la franja de tierra seca entre el lago y los riscos, que no tenía a menudo más de doce yardas de ancho, y donde había muchas rocas y piedras; pero encontraron un camino siguiendo el contorno de los riscos y manteniéndose alejados todo lo posible del agua oscura. Una milla más al sur tropezaron con unos acebos. En las depresiones del suelo se pudrían tocones y ramas secas: restos, parecía, de viejos setos o de una empalizada que alguna vez había bordeado el camino a través del valle anegado. Pero muy pegados al risco, altos y fuertes, había dos árboles, más grandes que cualquier otro acebo que Frodo hubiera visto o imaginado. Las grandes raíces se extendían desde la muralla hasta el agua. Vistos desde el pie de aquellas elevaciones, aun lejos de la escalera habían parecido meros arbustos, pero ahora se alzaban dominantes, tiesos, oscuros, y silenciosos, proyectando en el suelo unas apretadas sombras nocturnas, irguiéndose como columnas que guardaban el término del camino.

—¡Bueno, aquí estamos al fin! —dijo Gandalf—. Aquí concluye el camino de los Elfos que viene de Acebeda. El acebo era el símbolo de las gentes de este país, y los plantaron aquí para señalar los límites del dominio, pues la Puerta del Oeste era utilizada para traficar con los Señores de Moria. Eran aquellos días más felices, cuando había a veces una estrecha amistad entre gentes de distintas razas, aun entre Enanos y Elfos.

—El debilitamiento de esa amistad no fue culpa de los Enanos —dijo Gimli.

—Nunca oí decir que la culpa fuera de los Elfos —dijo Legolas.

—Yo oí las dos cosas —dijo Gandalf—, y no tomaré partido ahora. Pero os ruego a los dos, Legolas y Gimli, que al menos seáis amigos, y que me ayudéis. Os necesito a ambos. Las puertas están cerradas y ocultas, y cuanto antes las encontremos tanto mejor. ¡La noche se acerca!

Volviéndose hacia los otros continuó: —Mientras yo busco, ¿queréis todos vosotros prepararos para entrar en las Minas? Pues temo que aquí tengamos que despedirnos de nuestra buena bestia de carga. Tendremos que abandonar también mucho de lo que trajimos para protegernos del frío; no lo necesitaremos dentro, ni, espero, cuando salgamos del otro lado y bajemos hacia el sur. En cambio cada uno de nosotros tomará una parte de lo que trae el poney, especialmente comida y los odres del agua.

—¡Pero no podemos dejar al pobre Bill en este sitio desolado, señor Gandalf! —gritó Sam, irritado y desesperado a la vez—. No lo permitiré, y punto. ¡Después que ha venido tan lejos y todo lo demás!

—Lo lamento, Sam —dijo el mago—. Pero cuando la puerta se abra, no creo que seas capaz de arrastrar a tu Bill al interior, a la larga y tenebrosa Moria. Tendrás que elegir entre Bill y tu amo.

—Bill seguiría al señor Frodo a un antro de dragones, si yo lo llevara —protestó Sam—. Sería casi un asesinato soltarlo y abandonarlo aquí con todos esos lobos alrededor.

—Espero que sea casi un asesinato, y sólo casi —dijo Gandalf. Puso la mano sobre la cabeza del poney y habló en voz baja—. Ve con palabras de protección y de cuidado. Eres una bestia inteligente y has aprendido mucho en Rivendel. Busca los caminos donde haya pasto, y llega a casa de Elrond, o a donde quieras ir.

"¡Ya está, Sam! Tendrá tantas posibilidades como nosotros de escapar a los lobos y volver a casa.

Sam estaba de pie, abatido, junto al poney, y no respondió. Bill, como si entendiera lo que estaba ocurriendo, se frotó contra Sam, pasándole el hocico por la oreja. Sam se echó a llorar, y tironeó de las correas, descargando los bultos del poney, y echándolos a tierra. Los otros sacaron todo, haciendo una pila de lo que podían dejar, y repartiéndose el resto.

Luego se volvieron a mirar a Gandalf. Parecía que el mago no hubiera hecho nada. Estaba de pie entre los árboles mirando la pared desnuda del risco, como si quisiera abrir un agujero con los ojos. Gimli iba de un lado a otro, golpeando la piedra aquí y allá con el hacha. Legolas se apretaba contra la pared, como escuchando.

—Bueno, aquí estamos, todos listos —dijo Merry—, pero ¿dónde están las Puertas? No veo ninguna indicación.

—Las puertas de los Enanos no se hicieron para ser vistas, cuando están cerradas —dijo Gimli—. Son invisibles. Ni siquiera los amos de estas puertas pueden encontrarlas o abrirlas, si el secreto se pierde.

—Pero ésta no se hizo para que fuera un secreto, conocido sólo de los Enanos —dijo Gandalf, volviendo de súbito a la vida y dando media vuelta—. Si las cosas no cambiaron aquí demasiado, un par de ojos que sabe lo que busca tendría que encontrar los signos.

Fue otra vez hacia la pared. Justo entre la sombra de los árboles había un espacio liso, y Gandalf pasó por allí las manos de un lado a otro, murmurando entre dientes. Luego dio un paso atrás.

—¡Mirad! —dijo—. ¿Veis algo ahora?

La luna brillaba en ese momento sobre la superficie de roca gris; pero durante un rato no vieron nada nuevo. Luego lentamente, en el sitio donde el mago había puesto las manos, aparecieron unas líneas débiles, como delgadas vetas de plata que corrían por la piedra. Al principio no eran más que hilos pálidos, como unos centelleos a la luz plena de la luna, pero poco a poco se hicieron más anchos y claros, hasta que al fin se pudo distinguir un dibujo.

Arriba, donde Gandalf ya apenas podía alcanzar, había un arco de letras entrelazadas en caracteres élficos. Abajo, aunque los trazos estaban en muchos sitios borrados o rotos, podían verse los contornos de un yunque y un martillo, y sobre ellos una corona con siete estrellas. Más abajo había dos árboles y cada uno tenía una luna creciente. Más clara que todo el resto una estrella de muchos rayos brillaba en medio de la puerta.

—¡Son los emblemas de Durin! —exclamó Gimli.

Aquí está escrito en caracteres Feänorianos según el modo de Beleriand: Ennyn Durin Aran Moria: pedo mellon a minno. Im Narvi hain echant: Celebrimbor o Eregion teithant i thiw hin.

—¡Y el Árbol de los Altos Elfos! —dijo Legolas.

—Y la estrella de la Casa de Fëanor —dijo Gandalf—. Están labrados en *ithildin* que sólo refleja la luz de las estrellas y la luna, y que duerme hasta el momento en que alguien lo toca pronunciando ciertas palabras que en la Tierra Media se olvidaron tiempo atrás. Las oí hace ya muchos años, y tuve que concentrarme para recordarlas.

—¿Qué dice la escritura? —preguntó Frodo mientras trataba de descifrar la inscripción en el arco—. Pensé que conocía las letras élficas, pero éstas no las puedo leer.

—Está escrito en una lengua élfica del Oeste de la Tierra Media en los Días Antiguos —respondió Gandalf—. Pero no dicen nada de importancia para nosotros. Dicen sólo *Las Puertas de Durin, Señor de Moria. Habla, amigo, y entra.* Y más abajo en caracteres pequeños y débiles está escrito: *Yo, Narvi, construí estas puertas. Celebrimbor de Acebeda grabó estos signos.*

—¿Qué significa *habla, amigo, y entra*? —preguntó Merry.

—Está bastante claro —dijo Gimli—. Si eres un amigo, dices la contraseña, y las puertas se abren, y puedes entrar.

—Sí —dijo Gandalf—, es probable que estas puertas estén gobernadas por palabras. Algunas puertas de enanos se abren sólo en ocasiones especiales, o para algunas personas en particular; y a veces hay que recurrir a cerraduras y llaves aun conociendo las palabras y el momento oportuno. Estas puertas no tienen llave. En los tiempos de Durin no eran secretas. Estaban de ordinario abiertas, y los guardias vigilaban aquí. Pero si estaban cerradas, cualquiera que conociese la contraseña podía decirla y pasar. Al menos eso es lo que se cuenta, ¿no es así, Gimli?

—Así es —dijo el enano—, pero qué palabra era ésa, nadie lo sabe. Narvi, y el arte de Narvi, y todos los suyos han desaparecido de la faz de la tierra.

—Pero ¿tú no conoces la palabra, Gandalf? —preguntó Boromir, sorprendido.

—¡No! —dijo el mago.

Los otros parecieron consternados; sólo Aragorn, que había tratado largo tiempo a Gandalf permaneció callado e impasible.

—¿De qué sirve entonces habernos traído a este maldito lugar? —exclamó Boromir, echando una ojeada al agua oscura y estremeciéndose—. Nos dijiste que una vez atravesaste las Minas. ¿Cómo fue posible si no sabes como entrar?

—La respuesta a tu primera pregunta, Boromir —dijo el mago— es que no conozco la palabra... todavía. Pero pronto atenderemos a eso. Y —añadió, y los ojos le chispearon bajo las cejas erizadas— puedes preguntar de qué sirven mis actos cuando hayamos comprobado que son del todo inútiles. En cuanto a tu otra pregunta: ¿dudas de mi relato? ¿O has perdido la facultad de razonar? No entré por aquí. Vine del Este.

"Si deseas saberlo, te diré que estas puertas se abren hacia fuera. Puedes abrirlas desde dentro empujándolas con las manos. Desde fuera nada las moverá excepto la contraseña indicada. No es posible forzarlas hacia dentro.

—¿Qué vas a hacer entonces? —preguntó Pippin a quien no intimidaban las pobladas cejas del mago.

—Golpear a las puertas con tu cabeza, Peregrin Tuk —dijo Gandalf—. Y si eso no las echa abajo, tendré por lo menos un poco de paz, sin nadie que me haga preguntas estúpidas. Buscaré la contraseña.

"Conocí en un tiempo todas las fórmulas mágicas que se usaron alguna vez para estos casos, en las lenguas de los Elfos, de los Hombres, o de los Orcos. Aún recuerdo unas doscientas sin necesidad de esforzarme mucho. Pero sólo se necesitarán unas pocas pruebas, me parece; y no tendré que recurrir a Gimli y a esa lengua secreta de los enanos que no enseñan a nadie. Las palabras que abren la puerta son élficas, sin duda, como la escritura del arco.

Se acercó otra vez a la roca y tocó ligeramente con la vara la estrella de plata del medio, bajo el signo del yunque, y dijo con una voz perentoria:

Annon edhellen, edro hi ammen!
Fennas nogothrim, lasto beth lammen!

Las líneas de plata se apagaron, pero la piedra gris y desnuda no se movió.

Muchas veces repitió estas palabras, en distinto orden, o las cambió. Luego probó diversos encantamientos, uno tras otro, hablando ahora más rápido y más alto, ahora más bajo y más lentamente. Luego dijo muchas palabras sueltas en élfico. Nada ocurrió. La cima del risco se perdió en la noche, las estrellas innumerables se encendieron allá arriba, sopló un viento frío, y las puertas continuaron cerradas.

Gandalf se acercó de nuevo a la pared, y alzando los brazos habló con voz de mando, cada vez más colérico. *Edro! Edro!*, exclamó, golpeando la piedra con la vara. *¡Ábrete! ¡Ábrete!*, gritó, y continuó con todas las órdenes de todos los lenguajes que alguna vez se habían hablado al oeste de la Tierra Media. Al fin arrojó la vara al suelo, y se sentó en silencio.

En ese instante el viento les trajo desde muy lejos el aullido de los lobos. Bill el poney se sobresaltó, asustado, y Sam corrió a él y le habló en voz baja.

—¡No dejes que se escape! —dijo Boromir—. Parece que pronto lo necesitaremos, si antes no nos descubren los lobos. ¡Cómo odio esta laguna siniestra!

Inclinándose, recogió una piedra grande y la arrojó lejos al agua oscura. La piedra desapareció con un suave chapoteo, pero casi al mismo instante se oyó un silbido y un sonido burbujeante. Unos grandes anillos de ondas aparecieron en la superficie más allá del sitio donde había caído la piedra, y se acercaron lentamente a los pies del risco.

—¿Por qué hiciste eso, Boromir? —dijo Frodo—. Yo también odio este lugar, y tengo miedo. No sé de qué: no de los lobos, o de la oscuridad que espera detrás de las puertas; de otra cosa. Tengo miedo de la laguna. ¡No la perturbes!

—¡Ojalá pudiéramos irnos! —dijo Merry.

—¿Por qué Gandalf no hace algo? —dijo Pippin.

Gandalf no les prestaba atención. Sentado, cabizbajo, parecía desesperado, o inquieto. El aullido lúgubre de los lobos se oyó otra vez. Las ondas de agua crecieron y se acercaron; algunas lamían ya la costa.

De pronto, tan de improviso que todos se sobresaltaron, el mago se incorporó vivamente. ¡Se reía!

—¡Lo tengo! —gritó—. ¡Claro, claro! De una absurda simpleza, como todos los acertijos una vez que encontraste la solución.

Recogiendo la vara, y de pie ante la roca, dijo con voz clara: —¡*Mellon!*

La estrella brilló brevemente, y se apagó. En seguida, en silencio, se delineó una gran puerta, aunque hasta entonces no habían sido visibles ni grietas ni junturas. Se dividió lentamente en el medio y se abrió hacia afuera pulgada a pulgada hasta que ambas hojas se apoyaron contra la pared. A través de la abertura pudieron ver una escalera sombría y empinada, pero más allá de los primeros escalones la oscuridad era más profunda que la noche. La Compañía miraba con ojos muy abiertos.

—Después de todo, yo estaba equivocado —dijo Gandalf—, y también Gimli. Merry, quién lo hubiese creído, encontró la buena pista. ¡La contraseña estaba inscrita en el arco! La traducción tenía que haber sido: *Di amigo y entra.* Sólo tuve que pronunciar la palabra *amigo* en élfico y las puertas se abrieron. Simple, demasiado simple para un docto maestro en estos días sospechosos. Aquéllos sin duda eran tiempos más felices. ¡Bueno, vamos!

Gandalf se adelantó y puso el pie en el primer escalón. Pero en ese momento ocurrieron varias cosas. Frodo sintió que algo lo tomaba por el tobillo y cayó dando un grito. Se oyó un relincho terrible y Bill el poney corrió espantado a lo largo de la orilla perdiéndose en la oscuridad. Sam saltó detrás, y oyendo en seguida el grito de Frodo regresó de prisa, llorando y maldiciendo. Los otros se volvieron y observaron que las aguas hervían, como si un ejército de serpientes viniera nadando desde el extremo sur.

Un largo y sinuoso tentáculo se había arrastrado fuera del agua; era de color verde pálido, fosforescente y húmedo. La extremidad provista de dedos había aferrado a Frodo y estaba llevándolo hacia el agua. Sam, de rodillas, lo atacaba a cuchilladas.

El brazo soltó a Frodo, y Sam arrastró a su amo alejándolo de la orilla y pidiendo auxilio. Aparecieron otros veinte tentáculos extendiéndose como ondas. El agua oscura hirvió, y el hedor era espantoso.

—¡Por la puerta! ¡Subid las escaleras! ¡Rápido! —gritó Gandalf saltando hacia atrás.

Arrancándolos al horror que parecía haberlos encadenado a todos al suelo, excepto a Sam, Gandalf consiguió que corrieran hacia la puerta.

Habían reaccionado justo a tiempo. Sam y Frodo estaban unos pocos escalones arriba y Gandalf comenzaba a subir cuando los tentáculos se retorcieron tanteando la playa angosta y palpando la pared del risco y las puertas. Uno reptó sobre el umbral, reluciendo a la luz de las estrellas. Gandalf se volvió e hizo una pausa. Estaba considerando qué palabra podría cerrar la galería desde dentro cuando unos brazos serpentinos aferraron los lados de las puertas y con una fuerza terrible las hicieron girar. Las puertas batieron resonando, y la luz se desvaneció. Un ruido de crujidos y golpes llegó sordamente a través de la piedra maciza.

Sam, asiéndose del brazo de Frodo, se dejó caer sobre un escalón en la negra oscuridad.

—¡Pobre viejo Bill! —dijo con voz entrecortada—. ¡Lobos y serpientes! Pero las serpientes fueron demasiado para él. Tuve que elegir, señor Frodo. Tuve que venir con usted.

Oyeron que Gandalf bajaba los escalones y arrojaba la vara contra la puerta. Hubo un estremecimiento en la piedra y los escalones temblaron, pero las puertas no se abrieron.

—¡Bueno, bueno! —dijo el mago—. Ahora el pasadizo está bloqueado a nuestras espaldas, y hay una sola salida... del otro lado de la montaña. Temo que estos ruidos hayan levantado montones de peñascos, y que hayan arrancado árboles, apilándolos frente a la puerta. Lo lamento, pues los árboles eran hermosos, y habían resistido muchos años.

—Sentí que había algo horrible cerca desde el momento en que mi pie tocó el agua —dijo Frodo—. ¿Qué era eso, o había muchos?

—No lo sé —respondió Gandalf—, pero todos los brazos tenían un solo propósito. Algo ha venido arrastrándose o ha sido sacado de las aguas oscuras bajo las montañas. Hay criaturas más antiguas y horribles que los orcos en las profundidades del mundo.

No dijo lo que pensaba: cualquiera que fuese la naturaleza de aquello que habitaba en la laguna, había atacado a Frodo antes que a los demás.

Boromir susurró entre dientes, pero la piedra resonante amplificó el sonido convirtiéndolo en un murmullo ronco que todos pudieron oír: —¡En las profundidades del mundo! Y ahí vamos, contra mi voluntad. ¿Quién nos conducirá en esta oscuridad sin remedio?

—Yo —dijo Gandalf—. Y Gimli caminará a mi lado. ¡Seguid mi vara!

Mientras el mago se adelantaba subiendo los grandes escalones, alzó la vara, y de la punta brotó un débil resplandor. La ancha escalinata era segura y se conservaba bien. Doscientos escalones, contaron, anchos y bajos; y en la cima descubrieron un pasadizo abovedado que llevaba a la oscuridad.

—¿Por qué no nos sentamos a descansar y a comer aquí en el pasillo, ya que no encontramos un comedor? —preguntó Frodo.

Estaba empezando a olvidar el horrible tentáculo, y de pronto sentía mucha hambre.

La propuesta tuvo buena acogida; y se sentaron en los últimos escalones, unas figuras oscuras envueltas en tinieblas. Después de comer, Gandalf le dio a cada uno otro sorbo del *miruvor* de Rivendel.

—No durará mucho más, me temo —dijo—, pero lo creo necesario después de ese horror de la puerta. Y a no ser que tengamos mucha suerte, ¡nos tomaremos el resto antes de llegar al otro lado! ¡Tened cuidado también con el agua! Hay muchas corrientes y manantiales en las Minas, pero no se los puede tocar. Quizá no tengamos oportunidad de llenar las botas y botellas antes de descender al Valle del Arroyo Sombrío.

—¿Cuánto tiempo nos llevará? —preguntó Frodo.

—No puedo decirlo —respondió Gandalf—. Depende de muchas cosas. Pero yendo directamente, sin contratiempos ni extravíos, tardaremos tres o cuatro jornadas, espero. No hay menos de cuarenta millas entre la Puerta del Oeste y el Portal del Este en línea recta, y es posible que el camino dé muchas vueltas.

Después de un breve descanso, se pusieron otra vez en marcha. Todos ellos deseaban terminar esta parte del viaje lo antes posible, y estaban dispuestos, a pesar de sentirse tan cansados, a caminar durante horas. Gandalf iba al frente como antes. Llevaba en la mano izquierda la vara centelleante, que sólo alcanzaba a iluminar el piso ante él; en la mano derecha esgrimía la espada Glamdring. Detrás de Gandalf iba Gimli, los ojos brillantes a la luz débil mientras volvía la cabeza a los lados. Detrás del enano caminaba Frodo, que había desenvainado la espada corta, Dardo. De las hojas de Dardo y Glamdring no venía ningún reflejo, y esto era auspicioso, pues habiendo sido forjadas por Elfos de los Días Antiguos estas espadas brillaban con una luz fría si había algún orco cerca. Detrás de Frodo marchaba Sam, y luego Legolas, y los hobbits jóvenes, y Boromir. En la oscuridad de la retaguardia, grave y silencioso, caminaba Aragorn.

Luego de doblar a un lado y a otro unas pocas veces el pasadizo empezó a descender. Siguió así un largo rato, en un descenso regular y continuo, hasta que corrió otra vez horizontalmente. El aire era ahora cálido y sofocante, aunque no viciado, y de vez en cuando sentían en la cara una corriente de aire fresco que parecía venir de unas aberturas disimuladas en las paredes. Había muchas de estas aberturas. Al débil resplandor de la vara del mago, Frodo alcanzaba a ver escaleras y arcos, y pasadizos y túneles, que subían, o bajaban bruscamente, o se abrían a las tinieblas de ambos lados. Hubiera sido fácil extraviarse, y nadie hubiera podido recordar el camino de vuelta.

Gimli ayudaba a Gandalf muy poco, excepto mostrando resolución y coraje. Al menos no parecía perturbado por la mera oscuridad, como la mayoría de los otros. El mago lo consultaba a menudo cuando la elección del camino se hacía dudosa, pero la última palabra la daba siempre Gandalf. Las Minas de Moria eran de una vastedad y complejidad que desafiaban la imaginación de Gimli, hijo de Glóin, nada menos que un enano de la raza de las montañas. A Gandalf los borrosos recuerdos de un viaje hecho en el lejano pasado no le servían de mucho, pero aun en la oscuridad y a pesar de todos los meandros del camino él sabía adónde quería ir, y no cejaría mientras hubiera un sendero que llevase de algún modo a la meta.

—¡No temáis! —dijo Aragorn. Hubo una pausa más larga que de costumbre, y Gandalf y Gimli murmuraron entre ellos; los otros se apretaron detrás, esperando ansiosamente—. ¡No temáis! Lo he acompañado en muchos viajes, aunque en ninguno tan oscuro, y en Rivendel se cuentan hazañas de él más extraordinarias que todo lo que yo haya visto alguna vez. No se extraviará, si es posible encontrar un camino. Nos ha conducido aquí contra nuestros propios deseos, pero nos llevará de vuelta afuera, cueste lo que cueste. Estoy seguro de que en una noche cerrada encontraría el camino de vuelta más fácilmente que los gatos de la Reina Berúthiel.

Era bueno para la Compañía contar con un guía semejante. No disponían de combustible ni de ningún material para preparar una antorcha. En la huida precipitada hacia la puerta habían dejado atrás muchos bultos. Pero sin luz hubieran caído pronto en la desesperación. No sólo eran muchas las sendas posibles, también abundaban agujeros y fosas, y a lo largo del camino se abrían pozos oscuros que devolvían el eco de los pasos. Había fisuras y grietas en las paredes y el piso, y de cuando en cuando aparecía un abismo justo ante ellos. El más ancho medía cerca de dos metros, y Pippin tardó bastante en animarse a saltar. De muy abajo venía un rumor de aguas revueltas, como si una gigantesca rueda de molino estuviera girando en las profundidades.

—¡Una cuerda! —murmuró Sam—. Sabía que la necesitaría, si no la traía conmigo.

A medida que estos peligros eran más frecuentes, la marcha se hacía más lenta. Les parecía ya que habían estado caminando y caminando, interminablemente, hacia las raíces de la montaña. La fatiga los abrumaba, y sin embargo no tenían ganas de detenerse. Frodo había recuperado un poco el ánimo luego de la comida y un sorbo del cordial, pero ahora una profunda inquietud, que llegaba al miedo, lo invadía otra vez. Aunque le habían curado la herida en Rivendel, la terrible cuchillada había tenido algunas consecuencias. Se le habían agudizado los sentidos, y advertía ahora la presencia de muchas cosas que no podían ser vistas. Un síntoma de estos cambios, y que había notado muy pronto, era que podía ver en la oscuridad quizá más que cualquiera de los otros, excepto Gandalf. Y de todos modos él era el Portador del Anillo; le colgaba de la cadena sobre el pecho, y a veces lo sentía como una carga pesada. Estaba seguro de que el mal los esperaba allá delante, y que a la vez los seguía, pero no hacía ningún comentario. Apretaba aún más la empuñadura de la espada, y se adelantaba, decidido.

Detrás de él la Compañía hablaba poco, y nada más que en murmullos apresurados. Sólo se oía el sonido de las pisadas: el golpe sordo de las botas de enano de Gimli; los pesados pies de Boromir; el paso liviano de Legolas; el trote ligero y casi imperceptible de los hobbits; y en la retaguardia las pisadas lentas y firmes de Aragorn, que caminaba a grandes trancos. Cuando se detenían un momento, no oían nada, excepto el débil goteo ocasional de un hilo de agua que se escurría invisible. No obstante, Frodo comenzó a oír, o a imaginar que oía, alguna otra cosa: el blando sonido de unos pies descalzos. El sonido no era nunca bastante alto, ni bastante próximo, como para que él estuviera seguro de haberlo oído, pero una vez que empezaba ya no cesaba nunca, mientras la Compañía continuara marchando. Pero no era un eco, pues cuando se detenían proseguía un rato, solo, antes de apagarse.

Ya caía la noche cuando habían entrado en las Minas. Habían caminado durante horas, haciendo breves escalas, y Gandalf tropezó de pronto con el primer problema serio. Ante él se alzaba un arco amplio y oscuro que se abría en tres pasajes; todos iban en la misma dirección, hacia el este; pero el pasaje de la izquierda bajaba bruscamente, el de la derecha subía, y el del medio parecía correr en línea recta, liso y llano, pero muy angosto.

—¡No tengo ningún recuerdo de este sitio! —dijo Gandalf titubeando bajo el arco. Sostuvo en alto la vara con la esperanza de encontrar alguna marca o inscripción que lo ayudara a elegir, pero no había nada de esta especie—. Estoy demasiado cansado para decidir —dijo, meneando la cabeza—. Y supongo que todos vosotros estáis tan cansados como yo, o más. Mejor que nos detengamos aquí por lo que queda de la noche. ¡Sé que me entendéis! Aquí está siempre oscuro, pero fuera la luna tardía va hacia el oeste y la medianoche ha quedado atrás.

—¡Pobre viejo Bill! —exclamó Sam—. Me pregunto dónde anda. Espero que esos lobos todavía no lo hayan atrapado.

A la izquierda del gran arco encontraron una puerta de piedra; estaba a medio cerrar pero un leve empellón la abrió fácilmente. Más allá parecía haber una sala amplia tallada en la roca.

—¡Tranquilos! ¡Tranquilos! —les gritó Gandalf mientras Merry y Pippin empujaban hacia delante, contentos de haber encontrado un sitio donde podían descansar sintiéndose más amparados que en el corredor—. Tranquilos. Todavía no sabéis lo que hay dentro. Iré primero.

Entró con cuidado y los otros lo siguieron en fila.

—¡Mirad! —dijo el mago apuntando al suelo con la vara.

Todos miraron y vieron un agujero grande y redondo, como la boca de un pozo. Unas cadenas rotas y oxidadas colgaban de los bordes y bajaban al pozo negro. Cerca había unos trozos de piedra.

—Uno de vosotros pudo haber caído aquí, y todavía estaría preguntándose cuándo golpearía el fondo —le dijo Aragorn a Merry—. Deja que el guía vaya delante, mientras tienes uno.

—Esto parece haber sido una sala de guardia, destinada a la vigilancia de los tres pasadizos —dijo Gimli—. El agujero es evidentemente un pozo para uso de los guardias, y que se tapaba con una losa de piedra. Pero la losa está rota, y hay que tener cuidado en la oscuridad.

Pippin se sentía curiosamente atraído por el pozo. Mientras los otros desenrollaban mantas y preparaban camas contra las paredes del recinto, se arrastró hasta el borde y se asomó. Un aire helado pareció pegarle en la cara, como subiendo de profundidades invisibles. Movido por un impulso repentino, tanteó alrededor buscando una piedra suelta, y la dejó caer. Sintió que el corazón le latía muchas veces antes que hubiera algún sonido. Luego, muy abajo, como si la piedra hubiera caído en las aguas profundas de algún lugar cavernoso, se oyó un *pluf*, muy distante, pero amplificado y repetido en el hueco del pozo.

—¿Qué es eso? —exclamó Gandalf. Se mostró un instante aliviado cuando Pippin confesó lo que había hecho, pero en seguida montó en cólera, y Pippin pudo ver que le relampagueaban los ojos—. ¡Tuk estúpido! —gruñó el mago—. Éste es un viaje serio, y no una excursión hobbit. Tírate tú mismo la próxima vez, y no molestarás más. ¡Ahora quédate quieto!

Nada más se oyó durante algunos minutos, pero luego unos débiles golpes vinieron de las profundidades: *tom-*

tap, tap-tom. Hubo un silencio, y cuando los ecos se apagaron, los golpes se repitieron: *tap-tom, tom-tap, tap-tap, tom.* Sonaban de un modo inquietante, pues parecían señales de alguna especie, pero al cabo de un rato se apagaron y no se oyeron más.

—Eso era el golpe de un martillo, o nunca he oído uno —dijo Gimli.

—Sí —dijo Gandalf—, y no me gusta. Quizá no tenga ninguna relación con la estúpida piedra de Peregrin, pero es posible que algo haya sido perturbado, y hubiese sido mejor dejarlo en paz. ¡Por favor, no vuelvas a hacer algo parecido! Espero que podamos descansar sin más dificultades. Tú, Pippin, harás la primera guardia, como recompensa —gruñó mientras se envolvía en una manta.

Pippin se sentó miserablemente junto a la puerta en la cerrada oscuridad, pero no dejaba de volver la cabeza, temiendo que alguna cosa desconocida saliera arrastrándose fuera del pozo. Hubiese querido cubrir el agujero, por lo menos con una manta, pero no se atrevía a moverse ni a acercarse, aunque Gandalf parecía dormir.

Gandalf en realidad estaba despierto, aunque acostado y en silencio, y trataba de recordar todos los detalles de su viaje anterior a las Minas, preguntándose ansiosamente qué rumbo convendría tomar; una media vuelta equivocada podía ser desastrosa. Al cabo de una hora se incorporó y fue hacia Pippin.

—Vete a un rincón y trata de dormir, mi muchacho —dijo en un tono amable—. Quieres dormir, supongo. Yo no he cerrado un ojo, de modo que puedo reemplazarte en la guardia.

"Ya sé lo que me ocurre —murmuró mientras se sentaba junto a la puerta—. ¡Necesito un poco de humo! No he fumado desde la mañana anterior a la tormenta de nieve.

Lo último que vio Pippin, mientras el sueño se lo llevaba, fue la sombra del viejo mago encogida en el piso, protegiendo un fuego incandescente entre las manos nudosas, puestas sobre las rodillas. La luz temblorosa mostró un momento la nariz aguileña y una bocanada de humo.

Fue Gandalf quien los despertó a todos. Había estado sentado y vigilando solo alrededor de seis horas, dejando que los otros descansaran.

—Y mientras tanto tomé mi decisión —dijo—. No me gusta la idea del camino del medio, y no me gusta el olor del camino de la izquierda: el aire está viciado allí, o no soy un guía. Tomaré el pasaje de la derecha. Es hora de que volvamos a subir.

Durante ocho horas oscuras, sin contar dos breves paradas, continuaron marchando; y no encontraron ningún peligro, ni oyeron nada, y no vieron nada excepto el débil resplandor de la luz del mago, bailando ante ellos como un fuego fatuo. El túnel que habían elegido llevaba regularmente hacia arriba, torciendo a un lado y al otro, describiendo grandes curvas ascendentes; y a medida que subía se hacía más elevado y más ancho. No había a los lados aberturas de otras galerías o túneles, y el suelo era llano y firme, sin pozos o grietas. Habían tomado evidentemente lo que en otro tiempo fuera una ruta importante, y progresaban con mayor rapidez que en la jornada anterior.

De este modo avanzaron unas quince millas, medidas en línea recta hacia el este, aunque en realidad debían de haber caminado veinte millas o más. A medida que el camino subía, el ánimo de Frodo mejoraba un poco; pero se sentía aún oprimido, y aún oía a veces, o creía oír, detrás de la Compañía, más allá de los ajetreos de la marcha, pisadas que venían siguiéndolos y que no eran un eco.

Habían marchado hasta los límites de las fuerzas de los hobbits, y estaban todos pensando en un lugar donde pudieran dormir, cuando de pronto las paredes de la izquierda y la derecha desaparecieron; luego de atravesar una puerta abovedada habían salido a un espacio negro y vacío. Una corriente de aire tibio soplaba detrás de ellos, y delante una fría oscuridad les tocaba las caras. Se detuvieron y se apretaron inquietos unos contra otros.

Gandalf parecía complacido.

—Elegí el buen camino —dijo—. Por lo menos estamos llegando a las partes habitables, y sospecho que no estamos lejos del lado este. Pero nos encontramos en un sitio muy alto, más alto que la Puerta del Arroyo Sombrío, a menos que me equivoque. Tengo la impresión de que estamos ahora en una sala amplia. Me arriesgaré a tener un poco de verdadera luz.

Alzó la vara, que relampagueó brevemente. Unas grandes sombras se levantaron y huyeron, y durante un segundo vieron un vasto cielo raso sostenido por numerosos y poderosos pilares tallados en la piedra. Ante ellos y a cada lado se extendía un recinto amplio y vacío: las paredes negras, pulidas y lisas como el vidrio, refulgían y centelleaban. Vieron también otras tres entradas; un túnel negro se abría ante ellos y corría en línea recta hacia el este, y había otros dos a los lados. Luego la luz se apagó.

—No me atrevería a nada más, por el momento —dijo Gandalf—. Antes había grandes ventanas en los flancos de la montaña, y túneles que llevaban a la luz en las partes superiores de las Minas. Creo que hemos llegado ahí, pero fuera es otra vez de noche, y no podremos saberlo hasta la mañana. Si no me equivoco, quizá veamos apuntar el amanecer. Mientras, será mejor no ir más lejos. Descansemos, si es posible. Las cosas han ido bien hasta ahora, y la mayor parte del camino oscuro ha quedado atrás. Pero no hemos llegado todavía al fin, y hay un largo trayecto hasta las Puertas que se abren al mundo.

La Compañía pasó aquella noche en la gran sala cavernosa, apretados todos en un rincón para escapar a la corriente de aire frío que parecía venir del arco del este. Todo alrededor de ellos pendía la oscuridad, hueca e inmensa, y la soledad y vastedad de las salas excavadas y las escaleras y pasajes que se bifurcaban interminablemente eran abrumadoras. Las imaginaciones más descabelladas que unos sombríos rumores hubiesen podido despertar en los hobbits, no eran nada comparadas con el miedo y el asombro que sentían ahora en Moria.

—Tiene que haber habido aquí toda una multitud de enanos en otra época —dijo Sam—, y todos más atareados que tejones durante quinientos años haciendo todo esto, ¡y la mayor parte en roca dura! ¿Para qué, me pregunto? Seguramente no vivirían en estos agujeros oscuros.

—No son agujeros —dijo Gimli—. Esto es el gran reino y la ciudad de la Mina del Enano. Y antiguamente no era oscura sino luminosa y espléndida, como lo recuerdan aún nuestras canciones. El enano se puso de pie en la oscuridad y empezó a cantar con una voz profunda, y los ecos se perdieron en la bóveda.

El mundo era joven y las montañas verdes,
y aún no se veían manchas en la Luna,
y los ríos y piedras no tenían nombre,
cuando Durin despertó y echó a caminar.
Nombró las colinas y los valles sin nombre;
bebió de fuentes ignoradas;
se inclinó y se miró en el Lago Espejo,
y sobre la sombra de la cabeza de Durin
apareció una corona de estrellas
como joyas engarzadas en un hilo de plata.

El mundo era hermoso en los días de Durin,
en los Días Antiguos antes de la caída
de reyes poderosos en Nargothrond y Gondolin
que desaparecieron más allá de los Mares del Oeste.
El mundo era hermoso y las montañas altas.

Fue rey en un trono tallado
y en salas de piedra de muchos pilares,
y runas poderosas en la puerta,
de bóvedas de oro y de suelo de plata.
La luz del sol, la luna y las estrellas
en centelleantes lámparas de vidrio
que las nubes y la noche jamás oscurecían
para siempre brillaban.

Allí el martillo golpeaba el yunque,
el cincel esculpía y el buril escribía,
se forjaba la hoja de la espada,

y se fijaban las empuñaduras;
cavaba el cavador, el albañil edificaba.
Allí se acumulaban el berilo, la perla
y el pálido ópalo y el metal en escamas,
y la espada y la lanza brillantes,
el escudo, la malla, y el hacha.

Incansable era entonces la gente de Durin;
bajo las montañas despertaba la música;
los arpistas tocaban, cantaban los cantantes,
y en la puerta las trompetas sonaban.

El mundo es gris ahora y vieja la montaña;
el fuego de la forja es sólo unas cenizas;
el arpa ya no suena, el martillo no cae;
la sombra habita en las salas de Durin,
y la oscuridad ha cubierto la tumba
en Moria, en Khazad-dûm.
Pero todavía aparecen las estrellas ahogadas
en la oscuridad y el silencio del Lago Espejo,
y hasta que Durin despierte de nuevo
en el agua profunda la corona descansa.

—¡Me gusta eso! —dijo Sam—. Me gustaría aprenderlo. *¡En Moria, en Khazad-dûm!* Pero la imagen de todas esas lámparas hace la oscuridad más pesada, me parece. ¿Hay todavía por aquí montones de oro y joyas?

Gimli no contestó. Había cantado su canción, y no quería decir más.

—¿Montones de joyas? —dijo Gandalf—. No. Los orcos han saqueado Moria a menudo. No queda nada en las salas superiores. Y desde que los Enanos se fueron, nadie se ha atrevido a explorar los pozos o a buscar tesoros en los sitios más profundos; los ha inundado el agua, o una sombra de miedo.

—Entonces, ¿por qué los Enanos querrían volver? —preguntó Sam.

—Por el *mithril* —respondió Gandalf—. La riqueza de Moria no era el oro y las joyas, juguetes de los Enanos;

tampoco el hierro, sirviente de los Enanos. Tales cosas se encuentran aquí, es cierto, especialmente hierro; pero no cavaban para eso; todo lo que deseaban podían obtenerlo traficando. Pues éste era el único sitio del mundo donde había plata de Moria, o plata auténtica como algunos la llamaban: *mithril* es el nombre élfico. Los Enanos le dan otro nombre, pero lo guardan en secreto. El valor del *mithril* era diez veces superior al del oro, y ahora ya no tiene precio, pues queda poco en la superficie, y ni siquiera los orcos se atreven a cavar aquí. Las vetas llevan siempre al norte, hacia Caradhras, y abajo, a la oscuridad. Ellos no hablan de eso, pero si es cierto que el *mithril* fue la base de la riqueza de los Enanos, fue también la perdición de estas criaturas, que cavaron con demasiada codicia, demasiado abajo, y perturbaron aquello de que huían, el Daño de Durin. De lo que llevaron a la luz, los orcos recogieron casi todo, y se lo entregaron como tributo a Sauron.

"¡*Mithril*! Todo el mundo lo deseaba. Podía ser trabajado como el cobre, y pulido como el vidrio; y los Enanos podían transformarlo en un metal más liviano y sin embargo más duro que el acero templado. Tenía la belleza de la plata común, pero nunca se manchaba ni perdía el brillo. Los Elfos lo estimaban muchísimo, y lo empleaban entre otras cosas para forjar los *ithildin,* la estrella-luna que habéis visto en la puerta. Bilbo tenía una malla de anillos de *mithril* que Thorin le había dado. Me pregunto qué se habrá hecho de ella. Todavía juntando polvo en el museo de Cavada Grande, me imagino.

—¿Qué? —exclamó Gimli de pronto, saliendo de su silencio—. ¿Una cota de plata de Moria? ¡Un regalo de rey!

—Sí —continuó Gandalf—. Nunca se lo dije, pero vale más que la Comarca entera, y todos los bienes que en ella hay.

Frodo no dijo nada, pero metió la mano bajo la túnica y tocó los anillos de la camisa. Se le confundía la cabeza pensando que había ido de un lado a otro llevando el valor de la Comarca bajo la chaqueta. ¿Lo había sabido Bilbo? Estaba seguro de que Bilbo lo sabía muy bien. Era en verdad un regalo de rey. Pero ahora ya no pensaba en las minas oscuras, pues se había acordado de Rivendel y de Bilbo y luego de Bolsón Cerrado en los días en que Bilbo vivía todavía allí. Deseó de todo corazón estar de vuelta, en aquellos días de antes, segando la hierba, o paseando entre las flores, y no haber oído hablar de Moria, o del *mithril*, o del Anillo.

Siguió un profundo silencio. Uno a uno los otros fueron durmiéndose. Como un soplo que venía de las profundidades, cruzando puertas invisibles, el miedo envolvió a Frodo. Tenía las manos frías y la frente transpirada. Escuchó, prestando atención durante dos lentas horas, pero no oyó ningún sonido, ni siquiera el eco imaginario de unos pasos.

La guardia de Frodo había concluido casi, cuando allá lejos, donde suponía que se alzaba el arco oriental, creyó ver dos pálidos puntos de luz, casi como ojos luminosos. Se sobresaltó. Había estado cabeceando. «Poco faltó para que me quedara dormido en plena guardia» pensó. «Ya empezaba a soñar.» Se incorporó y se frotó los ojos, y se quedó de pie, espiando la oscuridad, hasta que Legolas lo relevó.

Cuando se acostó se quedó dormido en seguida, pero tuvo la impresión de que el sueño continuaba: oía murmullos, y vio que los pálidos puntos de luz se acercaban lentamente. Despertó y vio que los otros estaban hablando en voz baja muy cerca, y que una luz débil le caía en la cara. Muy arriba, sobre el arco del este, un rayo de luz largo y pálido asomaba en una abertura de la bóveda; y en el otro extremo del recinto la luz resplandecía también débil y distante entrando por el arco del norte.

Frodo se sentó.

—¡Buen día! —le dijo Gandalf—. Pues al fin es de día. No me equivoqué. Estamos muy arriba en el lado este de Moria. Antes de que termine la jornada tenemos que encontrar las Grandes Puertas y ver ante nosotros las aguas del Lago Espejo, en el Valle del Arroyo Sombrío.

—Me alegro —dijo Gimli—. Ya he visto Moria, y es muy grande, pero se ha convertido en un sitio oscuro y terrible, y no hemos encontrado señales de mi gente. Dudo ahora que Balin haya estado alguna vez aquí.

Luego de haber desayunado, Gandalf decidió que se pondrían en marcha en seguida.

—Estamos fatigados, pero descansaremos mejor una vez que nos encontremos fuera —dijo—. Creo que ninguno de nosotros desearía pasar otra noche en Moria.

—¡No en verdad! —dijo Boromir—. ¿Qué camino tomaremos? ¿Ese arco que apunta al este?

—Quizá —dijo Gandalf—. Pero aún no sé exactamente dónde nos encontramos. Si no he perdido el rumbo, creo que estamos encima de las Grandes Puertas, y un poco al norte; y quizá no sea fácil encontrar el camino que baja a las puertas. El arco del este tal vez sea la ruta adecuada, pero antes de decidirnos miraremos un poco alrededor. Vayamos hacia aquella luz de la puerta norte. Si pudiéramos encontrar una ventana, mejor que mejor, pero temo que la luz descienda sólo a través de largas aberturas.

Siguiendo a Gandalf la Compañía pasó bajo el arco del norte. Se encontraban ahora en un amplio corredor. A medida que avanzaban el resplandor iba aumentando, y vieron que venía de un portal de la derecha. Era alto, plano arriba, y la puerta de piedra colgaba todavía de los goznes, a medio cerrar. Del otro lado había un cuarto grande y cuadrado. Estaba apenas iluminado, pero a los ojos de la Compañía, luego de haber pasado tanto tiempo en la oscuridad, era de una luminosidad enceguecedora, y todos parpadearon al entrar.

El suelo estaba cubierto por una espesa capa de polvo, y la Compañía tropezó en el umbral con muchas cosas que estaban allí tiradas y cuyas formas no pudieron reconocer al principio. Una abertura alta y amplia de la pared del este iluminaba la cámara. Atravesaba oblicuamente la pared, y del otro lado, lejos y arriba, podía verse un cuadradito de cielo azul. La luz caía directamente sobre una mesa en medio del cuarto: una piedra oblonga, de dos pies de alto, sobre la que habían puesto una losa de piedra blanca.

—Parece una tumba —murmuró Frodo, y se inclinó hacia adelante, sintiendo un raro presentimiento, para mirar desde más cerca.

Gandalf se acercó rápidamente. Sobre la losa había unas runas grabadas:

—Son Runas de Daeron, como se usaban antiguamente en Moria —dijo Gandalf—. Dice aquí en las lenguas de los Hombres y los Enanos:

BALIN HIJO DE FUNDIN
SEÑOR DE MORIA

—Está muerto entonces —dijo Frodo—. Temía que fuera así.

Gimli se echó la capucha sobre la cara.

5

EL PUENTE DE KHAZAD-DÛM

La Compañía del Anillo permaneció en silencio junto a la tumba de Balin. Frodo pensó en Bilbo, en la larga amistad que había tenido con el enano, y en la visita de Balin a la Comarca tiempo atrás. En aquel cuarto polvoriento de la montaña parecía que eso había ocurrido hacía mil años y en el otro extremo del mundo.

Por último se movieron y levantaron los ojos, y buscaron algún indicio que pudiera explicarles la muerte de Balin, o qué había sido de su gente. Había otra puerta más pequeña en el lado opuesto de la cámara, bajo la abertura. junto a las dos puertas podían ver ahora muchos huesos desparramados, y entre ellos espadas y hachas rotas, y escudos y cascos hendidos. Algunas de las espadas eran curvas: cimitarras de orcos con hojas negras.

Había muchos nichos tallados en la piedra de los muros, que contenían grandes cofres de madera aherrojados. Todo había sido roto y saqueado, pero junto a la tapa destrozada de uno de los cofres encontraron los restos de un libro. Lo habían desgarrado, y lo habían apuñalado, y estaba quemado en parte, y tan manchado de negro y otras marcas oscuras, como sangre vieja, que poco podía leerse. Gandalf lo alzó con cuidado, pero las hojas crujieron y se quebraron mientras lo ponía sobre la losa. Se inclinó sobre él un tiempo sin hablar. Frodo y Gimli de pie junto a Gandalf que volvía delicadamente las hojas, alcanzaban a ver que había sido escrito por distintas manos, en runas, tanto de Moria como de Valle, y de cuando en cuando en caracteres élficos.

Al fin Gandalf alzó los ojos.

—Parece ser un registro de los azares y fortunas que cayeron sobre el pueblo de Balin —dijo—. Supongo que empieza cuando llegaron al Valle del Arroyo Sombrío hace treinta años; hay números en las páginas que parecen referirse a los años que siguieron. La primera página está marcada *uno-tres*, de modo que al menos dos ya faltan desde el principio. ¡Escuchad!

"Echamos a los orcos de la gran puerta y el cuarto de guar ... supongo que diría *guardia. Matamos a muchos a la brillante* —creo— *luz del valle. Una flecha mató a Flói. Él derribó al grande.* Luego hay una mancha seguida por *Flói bajo la hierba junto al Lago Espejo.* Sigue una línea o dos que no puedo leer. Luego esto: *Hemos elegido como vivienda la sala vigesimoprimera del lado norte. Hay* no sé qué. Se menciona una *abertura.* Luego *Balin se ha aposentado en la Cámara de Mazarbul.*

—La Cámara de los Registros —dijo Gimli—. Sospecho que ahí estamos ahora.

—Bueno, aquí no alcanzo a leer mucho más —dijo Gandalf—, excepto la palabra *oro,* y *Hacha de Durin* y algo así como *yelmo.* Luego *Balin es ahora señor de Moria.* Esto parece terminar un capítulo. Luego de algunas estrellas comienza otra mano, y aquí se lee *encontramos plata auténtica,* y luego las palabras *bien forjada* y luego algo. ¡Lo tengo! *Mithril,* y las dos últimas líneas: *Óin buscará las armerías superiores del Tercer Nivel;* algo *va al oeste,* una mancha, *a la puerta de Acebeda.*

Gandalf hizo una pausa y apartó unas pocas hojas.

—Hay varias páginas de este tipo, escritas bastante de prisa y muy dañadas —dijo—, pero poco puedo sacar en limpio con esta luz. Tienen que faltar también algunas hojas, pues éstas comienzan con el número *cinco,* el quinto año de la colonia, supongo. Veamos. No, están demasiado rotas y sucias, no puedo leerlas. Mejor que probemos a la luz del sol. ¡Un momento! Aquí hay algo: caracteres rápidos y grandes en lengua élfica.

—Ésa tiene que ser la mano de Ori —dijo Gimli mirando por encima del brazo de Gandalf—. Podía escribir bien y rápido, y a menudo usaba los caracteres élficos.

—Temo que esa mano hábil haya tenido que registrar malas noticias —dijo Gandalf—. La primera palabra es *pena,* pero el resto de la línea se ha perdido, aunque termina en ayer. Sí, tiene que ser *ayer* seguido por *siendo el diez de noviembre Balin señor de Moria cayó en el Valle del Arroyo Sombrío. Fue solo a mirar el Lago Espejo. Un orco lo mató desde atrás de una piedra. Matamos al orco, pero muchos más... subiendo desde el este por el Cauce de Plata.* El resto de la página está demasiado borroneado, pero me parece que alcanzo a leer *hemos atrancado las puertas,* y luego *resistiremos si,* y luego quizá *horrible y sufrimiento.* ¡Pobre Balin! Parece que no pudo conservar el título que él mismo se dio ni siquiera cinco años. Me pregunto qué habrá ocurrido después, pero ahora no hay tiempo de descifrar las últimas pocas páginas. Aquí está la última.

Hizo una pausa y suspiró.

—Es una lectura siniestra —continuó—. Temo que el fin de esta gente haya sido cruel. ¡Escuchad! *No podemos salir. No podemos salir. Han tomado el Puente y la segunda sala. Frár y Lóni y Náli murieron allí.* Luego hay cuatro líneas muy manchadas y sólo puedo leer *hace cinco días.* Las últimas líneas dicen *la laguna llega a los muros de la Puerta del Oeste. El Guardián del Agua se llevó a Óin. No podemos salir. El fin se acerca,* y luego *tambores, tambores en los abismos.* Me pregunto qué será esto. Las últimas palabras son un garabateo arrastrado en letras élficas: *están acercándose.* No hay nada más.

Gandalf calló, guardando un pensativo silencio.

Todos en la Compañía tuvieron un miedo repentino, sintiendo que se encontraban en una cámara de horrores.

—*No podemos salir*—murmuró Gimli—. Fue una suerte para nosotros que la laguna hubiese bajado un poco, y que el Guardián estuviera durmiendo en el extremo sur.

Gandalf alzó la cabeza y miró alrededor.

—Parece que ofrecieron una última resistencia en las dos puertas —dijo—, pero ya entonces no quedaban muchos. ¡Así terminó el intento de recuperar Moria! Fue valiente, pero insensato. No ha llegado todavía la hora. Bien, temo que tengamos que despedirnos de Balin hijo de Fundin. Que descanse aquí en las salas paternas. Nos llevaremos este libro, el Libro de Mazarbul, y lo miraremos luego con más atención. Será mejor que tú lo guardes, Gimli, y que lo lleves de vuelta a Dáin, si tienes oportunidad. Le interesará, aunque se sentirá profundamente apenado. Bueno, ¡vayamos! La mañana está quedando atrás.

—¿Qué camino tomaremos? —preguntó Boromir.

—Volvamos a la sala —dijo Gandalf—. Pero la visita a este cuarto no ha sido inútil. Ahora sé dónde estamos. Ésta tiene que ser, como dijo Gimli, la Cámara de Mazarbul, y la sala la vigésima primera del extremo norte. Por lo tanto hemos de salir por el arco del este, e ir a la derecha y al sur, descendiendo. La Sala Vigésima Primera tiene que estar en el Nivel Séptimo, es decir, seis niveles por encima de las Puertas. ¡Vamos! ¡De vuelta a la sala!

Apenas Gandalf hubo dicho estas palabras cuando se oyó un gran ruido, como si algo rodara retumbando en los abismos lejanos, estremeciendo el suelo de piedra. Todos saltaron hacia la puerta, alarmados. *Bum, bum,* resonó otra vez, como si unas manos enormes estuvieran utilizando las cavernas de Moria como un vasto tambor. Luego siguió una explosión, repetida por el eco: un gran cuerno sonó en la sala, y otros cuernos y unos gritos roncos respondieron a lo lejos. Se oyó el sonido de muchos pies que corrían.

—¡Se acercan! —gritó Legolas.

—No podemos salir —dijo Gimli.

—¡Atrapados! —gritó Gandalf—. ¿Por qué me retrasé? Aquí estamos, encerrados como ellos antes. Pero entonces yo no estaba aquí. Veremos qué...

Bum, bum; el redoble sacudió las paredes.

—¡Cerrad las puertas y atrancadlas! —gritó Aragorn—. Y no descarguéis los bultos mientras os sea posible. Quizá aún tengamos posibilidad de escapar.

—¡No! —dijo Gandalf—. Mejor que no nos encerremos. ¡Dejad entreabierta la puerta del este! Iremos por ahí, si nos dejan.

Otra ronca llamada de cuerno, y unos gritos agudos que reverberaron en las paredes. Unos pies venían corriendo por el pasillo. Hubo un entrechocar de metales

mientras la Compañía desenvainaba las espadas. Glamdring brilló con una luz pálida, y los filos de Dardo centellearon. Boromir apoyó el hombro contra la puerta occidental.

—¡Un momento! ¡No la cierres aún! —dijo Gandalf.

Alcanzó de un salto a Boromir, y levantó la cabeza enderezándose.

—¿Quién viene aquí a perturbar el descanso de Balin
Señor de Moria? —gritó con una voz estentórea.

Hubo una cascada de risas roncas, como piedras que se
deslizan y caen en un pozo; en medio del clamor se alzó
una voz grave, dando órdenes. *Bum, bum, bum,* redobla-
ban los tambores en los abismos.

Con rápido movimiento Gandalf fue hacia el hueco
de la puerta, y estiró el brazo adelantando la vara. Un
relámpago enceguecedor iluminó el cuarto y el pasadizo. El mago se asomó un instante, miró, y dio un salto
atrás mientras las flechas volaban alrededor siseando y
silbando.

—Son orcos, muchos —dijo—. Y algunos son corpu-
lentos y malvados: uruks negros de Mordor. No se han decidido a atacar todavía, pero hay algo más ahí. Un gran
troll de las cavernas, creo, o más que uno. No hay esperanzas de poder escapar por ese lado.

—Y ninguna esperanza si vienen también por la otra
puerta —dijo Boromir.

—Aquí no se oye nada todavía —dijo Aragorn que estaba de pie junto a la puerta del este, escuchando—. El
pasadizo de este lado desciende directamente a una escalera, y es obvio que no lleva de vuelta a la sala. Pero no
serviría de nada huir ciegamente por ahí, con los enemigos pisándonos los talones. No podemos bloquear la
puerta. No hay llave, y la cerradura está rota, y se abre hacia dentro. Ante todo trataremos de demorarlos. ¡Haremos que teman a la Cámara de Mazarbul! —dijo torvamente, pasando el dedo por el filo de la espada, Andúril.

Unos pies pesados resonaron en el corredor. Boromir
se lanzó contra la puerta y la cerró empujándola con el

hombro; luego la sujetó acuñándola con hojas de espada quebradas y astillas de madera. La Compañía se retiró al otro extremo del cuarto. Pero aún no tenían ninguna posibilidad de escapar. Un golpe estremeció la puerta, que en seguida comenzó a abrirse lentamente, rechinando, desplazando las cuñas. Un brazo y un hombro voluminosos, de piel oscura, escamosa y verde, aparecieron en la abertura, ensanchándola. Luego un pie grande, chato y sin dedos, entró empujando, deslizándose por el suelo. Fuera había un silencio de muerte.

Boromir saltó hacia delante y lanzó un mandoble contra el brazo, pero la espada golpeó resonando, se desvió a un lado, y se le cayó de la mano temblorosa. La hoja estaba mellada.

De pronto, y algo sorprendido pues no se reconocía a sí mismo, Frodo sintió que una cólera ardiente le inflamaba el corazón.

—¡La Comarca! —gritó, y saltando al lado de Boromir se inclinó, y descargó a Dardo contra el pie. Se oyó un aullido, y el pie se retiró bruscamente, casi arrancando a Dardo de la mano de Frodo. Unas gotas negras cayeron de la hoja y humearon en el suelo. Boromir se arrojó otra vez contra la puerta y la cerró con violencia.

—¡Un tanto para la Comarca! —gritó Aragorn—. ¡La mordedura del hobbit es profunda! ¡Tienes una buena hoja, Frodo hijo de Drogo!

Un golpe resonó en la puerta, y luego otro y otro. Los orcos atacaban ahora con martillos y arietes. Al fin la puerta crujió y se tambaleó hacia atrás, y de pronto la abertura se ensanchó. Las flechas llegaron silbando, pero todas fueron a dar contra la pared del norte, y cayeron al suelo. Un cuerno llamó en seguida y unos pies se apresuraron y los orcos entraron saltando en la cámara.

Cuántos eran, la Compañía no pudo saberlo. En un principio los orcos atacaron decididamente, pero el furor de la defensa los desanimó muy pronto. Legolas les atravesó la garganta a dos de ellos. Gimli le cortó las piernas a otro que se había subido a la tumba de Balin. Boromir y Aragorn mataron a muchos. Cuando ya habían caído trece, el resto huyó chillando, dejando a los defensores indemnes, excepto Sam que tenía un rasguño a lo largo del cuero cabelludo. Un rápido movimiento lo había salvado, y había matado al orco: un golpe certero con la espada tumularia. En los ojos castaños le ardía un fuego de brasas que habría hecho retroceder a Ted Arenas, si lo hubiera visto.

—¡Ahora es el momento! —gritó Gandalf—. ¡Vamos, antes que el troll vuelva!

Pero mientras aún retrocedían, y antes que Pippin y Merry hubieran llegado a la escalera exterior, un enorme jefe orco, casi de la altura de un hombre, vestido con malla negra de la cabeza a los pies, entró de un salto en la cámara; lo seguían otros, que se apretaron en la puerta. La cara ancha y chata era morena, los ojos como carbones, la lengua roja; esgrimía una lanza larga. Con un golpe de escudo desvió la espada de Boromir, y lo hizo retroceder, tirándolo al suelo. Eludiendo la espada de Aragorn con la rapidez de una serpiente, cargó contra la Compañía, apuntando a Frodo con la lanza. El golpe alcanzó a Frodo en el lado derecho y lo arrojó contra la pared. Sam con un grito quebró de un hachazo el extremo de la lanza. Aún estaba el orco dejando caer el asta, y sacando la cimitarra, cuando Andúril le cayó sobre el yelmo. Hubo un estallido, como una llama, y el yelmo se abrió en dos. El orco cayó, la cabeza hendida. Los que venían detrás huyeron dando gritos, y Aragorn y Boromir acometieron contra ellos.

Bum, bum, continuaban los tambores allá abajo. La gran voz resonó otra vez.

—¡Ahora! —gritó Gandalf—. Es nuestra última posibilidad. ¡Corramos!

Aragorn recogió a Frodo, que yacía junto a la pared, y se precipitó hacia la escalera, empujando delante de él a Merry y a Pippin. Los otros los siguieron; pero Gimli tuvo que ser arrastrado por Legolas; a pesar del peligro se había detenido cabizbajo junto a la tumba de Balin. Boromir tiró de la puerta este, y los goznes chillaron. Había a

453

cada lado un gran anillo de hierro, pero no era posible sujetar la puerta.

—Me encuentro bien —jadeó Frodo—. Puedo caminar. ¡Bájame!

Aragorn, asombrado, casi lo dejó caer.

—¡Pensé que estabas muerto! —exclamó.

—¡No todavía! —dijo Gandalf—. Pero éste no es momento de asombrarse. ¡Adelante todos, escaleras abajo! Esperadme al pie unos minutos, pero si no llego en seguida, ¡continuad! Marchad rápidamente siempre a la derecha y abajo.

—¡No podemos dejar que defiendas la puerta tú solo! —dijo Aragorn.

—¡Haz como digo! —dijo Gandalf con furia—. Aquí ya no sirven las espadas. ¡Adelante!

Ninguna abertura iluminaba el pasaje, y la oscuridad era completa. Descendieron una larga escalera tanteando las paredes, y luego miraron atrás. No vieron nada, excepto el débil resplandor de la vara del mago, muy arriba. Parecía que Gandalf estaba todavía de guardia junto a la puerta cerrada. Frodo respiraba pesadamente y se apoyó en Sam, que lo sostuvo con un brazo. Se quedaron así un rato espiando la oscuridad de la escalera, Frodo creyó oír la voz de Gandalf arriba, murmurando palabras que descendían a lo largo de la bóveda inclinada como ecos de suspiros. No alcanzaba a entender lo que decían. Parecía que las paredes temblaban. De vez en cuando se oían de nuevo los redobles de tambor: *bum, bum.*

De pronto una luz blanca se encendió un momento en lo alto de la escalera. En seguida se oyó un rumor sordo y un golpe pesado. El tambor redobló furiosamente, *bum, bum, bum,* y enmudeció. Gandalf se precipitó escaleras abajo y cayó en medio de la Compañía.

—¡Bien, bien! ¡Problema terminado! —dijo el mago incorporándose con trabajo—. He hecho lo que he podido. Pero encontré la horma de mi zapato y estuvieron a punto de destruirme. ¡Pero no os quedéis ahí! ¡Vamos! Tendréis que ir sin luz un rato, pues estoy un poco sacudido. ¡Vamos! ¡Vamos! ¿Dónde estás, Gimli? ¡Ven adelante conmigo! ¡Seguidnos los demás, y no os separéis!

Todos fueron tropezando detrás de él y preguntándose qué habría ocurrido. *Bum, bum,* sonaron otra vez los golpes de tambor; les llegaban ahora apagados y lejanos, pero venían siguiéndolos. No había ninguna otra señal de persecución, ningún ajetreo de pisadas, ninguna voz. Gandalf no se volvió ni a la izquierda ni a la derecha, pues el pasaje parecía seguir la dirección que él deseaba. De cuando en cuando encontraban un tramo de cincuenta o más escalones que llevaba a un nivel más bajo. Por el momento éste era el peligro principal, pues en la oscuridad no alcanzaban a ver las escaleras, hasta que ya estaban bajando, o habían puesto un pie en el vacío. Gandalf tanteaba el suelo con la vara, como un ciego.

Al cabo de una hora habían avanzado una milla, o quizá un poco más, y habían descendido muchos tramos de escalera. No se oía aún ningún sonido de persecución. Hasta empezaban a creer que quizá escaparían. Al pie del séptimo tramo, Gandalf se detuvo.

—¡Está haciendo calor! —jadeó—. Ya tendríamos que estar por lo menos al nivel de las Puertas. Pronto habrá que buscar un túnel a la izquierda, que nos lleve al este. Espero que no esté lejos. Me siento muy fatigado. Tengo que descansar aquí unos instantes, aunque todos los orcos que alguna vez han sido caigan ahora sobre nosotros.

Gimli lo ayudó a sentarse en el escalón.

—¿Qué pasó allá arriba en la puerta? —le preguntó—. ¿Descubriste al que toca el tambor?

—No lo sé —respondió Gandalf—. Pero de pronto me encontré enfrentado a algo que yo no conocía. No supe qué hacer, excepto recurrir a algún conjuro que mantuviera cerrada la puerta. Conozco muchos, pero estas cosas requieren tiempo, y aun así el enemigo podría forzar la entrada.

"Mientras estaba ahí oí voces de orcos que venían del otro lado, pero en ningún momento se me ocurrió que podían echar abajo la puerta. No alcanzaba a escuchar lo que se decía; parecían estar hablando en ese horrible lenguaje de ellos. Todo lo que entendí fue *ghâsh,* «fuego». En seguida algo entró en la cámara; pude sentirlo a través de la puerta, y los mismos orcos se asustaron y callaron. El recién llegado tocó el anillo de hierro, y en ese momento advirtió mi presencia y mi conjuro.

"Qué era eso, no puedo imaginarlo, pero nunca me había encontrado con nada semejante. El contraconjuro fue terrible. Casi me hace pedazos. Durante un instante perdí el dominio de la puerta, ¡que comenzó a abrirse! Tuve que pronunciar un mandato. El esfuerzo resultó ser excesivo. La puerta estalló. Algo oscuro como una nube estaba ocultando toda la luz, y fui arrojado hacia atrás escaleras abajo. La pared entera cedió, y también el techo de la cámara, me parece.

"Temo que Balin esté sepultado muy profundamente, y quizá también alguna otra cosa. No puedo decirlo. Pero por lo menos el pasaje que quedó a nuestras espaldas está completamente bloqueado. ¡Ah! Nunca me he sentido tan agotado, pero ya pasa. ¿Y qué me dices de ti, Frodo? No hubo tiempo de decírtelo, pero nunca en mi vida tuve una alegría mayor que cuando tú hablaste. Temí que fuera un hobbit valiente pero muerto lo que Aragorn llevaba en brazos.

—¿Qué digo de mí? —preguntó Frodo—. Estoy vivo, y entero, creo. Me siento lastimado y dolorido, pero no es grave.

—Bueno —dijo Aragorn—, sólo puedo decir que los hobbits son de un material tan resistente que nunca encontré nada parecido. Si yo lo hubiera sabido antes, ¡habría hablado con más prudencia en la taberna de Bree! ¡Ese lanzazo hubiese podido atravesar a un jabalí de parte a parte!

—Bueno, no estoy atravesado de parte a parte, me complace decirlo —dijo Frodo—, aunque me siento como si hubiese estado apresado entre un martillo y un yunque.

No dijo más. Le costaba respirar.

—Te pareces a Bilbo —dijo Gandalf—. Hay en ti más de lo que se advierte a simple vista, como dije de él hace tiempo.

Frodo se quedó pensando si esta observación no tendría algún otro significado.

Prosiguieron la marcha. Al rato Gimli habló. Tenía una vista penetrante en la oscuridad.

—Creo —dijo— que hay una luz adelante. Pero no es la luz del día. Es roja. ¿Qué puede ser?

—*Ghâsh!* —murmuró Gandalf—. Me pregunto si era eso a lo que se referían, que los niveles inferiores están en llamas. Sin embargo, no podemos hacer otra cosa que continuar.

Pronto la luz fue inconfundible, y todos pudieron verla. Vacilaba y reverberaba en las paredes del pasadizo. Ahora podían ver por dónde iban: descendían una pendiente rápida, y un poco más adelante había un arco bajo; de allí venía la claridad creciente. El aire era casi sofocante.

Cuando llegaron al arco, Gandalf se adelantó indicándoles que se detuvieran. Fue poco más allá de la abertura y los otros vieron que un resplandor le encendía la cara. El mago dio un paso atrás.

—Esto es alguna nueva diablura —dijo Gandalf— preparada sin duda para darnos la bienvenida. Pero sé dónde estamos: hemos llegado al Primer Nivel, inmediatamente debajo de las Puertas. Ésta es la Segunda Sala de la Antigua Moria, y las Puertas están cerca: más allá del extremo este, a la izquierda, a un cuarto de milla. Hay que cruzar el Puente, subir por una ancha escalinata, luego un pasaje ancho que atraviesa la Primera Sala, ¡y fuera! ¡Pero venid y mirad!

Espiaron y vieron otra sala cavernosa. Era más ancha y mucho más larga que aquella en que habían dormido. Estaban cerca de la pared del este; se prolongaba hacia el oeste perdiéndose en la oscuridad. Todo a lo largo del centro se alzaba una doble fila de pilares majestuosos. Habían sido tallados como grandes troncos de árboles, y una intrincada tracería de piedra imitaba las ramas que parecían sostener el cielo raso. Los tallos eran lisos y negros, pero reflejaban oscuramente a los lados un resplandor rojizo. Justo ante ellos, a los pies de dos enormes pilares, se había abierto una gran fisura. De allí venía una ardiente luz roja, y de vez en cuando las llamas lamían los bordes y abrazaban la base de las columnas. Unas cintas de humo negro flotaban en el aire cálido.

—Si hubiésemos venido por la ruta principal desde las salas de más arriba, nos hubieran atrapado aquí —dijo Gandalf—. Esperemos que el fuego se alce ahora entre nosotros y quienes nos persiguen. ¡Vamos! No hay tiempo que perder.

Aun mientras hablaban escucharon de nuevo el insistente redoble de tambor: *bum, bum, bum.* Más allá de las sombras en el extremo oeste de la sala estallaron unos gritos y llamadas de cuerno. *Bum, bum:* los pilares parecían temblar y las llamas oscilaban.

—¡Ahora la última carrera! —dijo Gandalf—. Si fuera brilla el sol, aún podemos escapar. ¡Seguidme!

Se volvió a la izquierda y echó a correr por el piso liso de la sala. La distancia era mayor de lo que habían creído. Mientras corrían oyeron los golpeteos y los ecos de muchos pies que venían detrás. Se oyó un chillido agudo: los habían visto. Hubo luego un clamor y un repiqueteo de aceros. Una flecha silbó por encima de la cabeza de Frodo.

Boromir rió. —No lo esperaban —dijo—. El fuego les cortó el paso. ¡Estamos en el lado malo!

—¡Mirad adelante! —llamó Gandalf—. Nos acercamos al Puente. Es angosto y peligroso.

De pronto Frodo vio ante él un abismo negro. En el extremo de la sala el piso desapareció y cayó a pique a profundidades desconocidas. No había otro modo de llegar a la puerta exterior que un estrecho puente de piedra, sin barandilla ni parapeto, que describía una curva de cincuenta pies sobre el abismo. Era una antigua defensa de los Enanos contra cualquier enemigo que pusiera el pie en la primera sala y los pasadizos exteriores. No se podía cruzar sino en fila de a uno. Gandalf se detuvo al borde del precipicio y los otros se agruparon detrás.

—¡Tú adelante, Gimli! —dijo—. Luego Pippin y Merry. ¡Derecho al principio, y escaleras arriba después de la puerta!

Las flechas cayeron entre ellos. Una golpeó a Frodo y rebotó. Otra atravesó el sombrero de Gandalf, y allí se quedó sujeta como una pluma negra. Frodo miró hacia atrás. Más allá del fuego vio un enjambre de figuras oscuras, que parecían ser centenares de orcos. Esgrimían lanzas y cimitarras que brillaban rojas como la sangre a la luz del fuego. *Bum, bum,* resonaba el redoble de tambores, cada vez más alto y más alto, *bum, bum.*

Legolas se volvió y puso una flecha en la cuerda, aunque la distancia era excesiva para aquel arco tan pequeño. Iba a tirar de la cuerda cuando de pronto soltó la mano dando un grito de desesperación y terror. La flecha cayó al suelo. Dos grandes trolls se acercaron cargando unas pesadas losas y las echaron al suelo para utilizarlas como un puente sobre las llamas. Pero no eran los trolls lo que había aterrorizado al Elfo. Las filas de los orcos se habían abierto, y retrocedían como si ellos mismos estuviesen asustados. Algo asomaba detrás de los orcos. No se alcanzaba a ver lo que era; parecía una gran sombra, y en medio de esa sombra había una forma oscura, quizá una forma de hombre, pero más grande, y en esa sombra había un poder y un terror que iban delante de ella.

Llegó al borde del fuego y la luz se apagó como detrás de una nube. Luego, y con un salto, la sombra pasó por encima de la grieta. Las llamas subieron rugiendo a darle la bienvenida, y se retorcieron alrededor; y un humo negro giró en el aire. Las crines flotantes de la sombra se encendieron y ardieron detrás. En la mano derecha llevaba una hoja como una penetrante lengua de fuego, y en la mano izquierda empuñaba un látigo de muchas colas.

—¡Ay, ay! —se quejó Legolas—. ¡Un Balrog! ¡Ha venido un Balrog!

Gimli miraba con los ojos muy abiertos.

—¡El Daño de Durin! —gritó, y dejando caer el hacha se cubrió la cara con las manos.

—Un Balrog —murmuró Gandalf—. Ahora entiendo. —Trastabilló y se apoyó pesadamente en la vara.— ¡Qué mala suerte! Y estoy tan cansado...

La figura oscura de estela de fuego corrió hacia ellos. Los orcos aullaron y se desplomaron sobre las losas que servían como puentes. Boromir alzó entonces el cuerno y sopló. El desafío resonó y rugió como el grito de muchas gargantas bajo la bóveda cavernosa. Los orcos titubearon un momento y la sombra ardiente se detuvo. En seguida los ecos murieron, como una llama apagada por el soplo de un viento oscuro, y el enemigo avanzó otra vez.

—¡Por el puente! —gritó Gandalf, recurriendo a todas sus fuerzas—. ¡Huid! Es un enemigo que supera todos vuestros poderes. Yo le cerraré aquí el paso. ¡Huid!

Aragorn y Boromir hicieron caso omiso de la orden y afirmando los pies en el suelo se quedaron juntos detrás de Gandalf en el extremo del puente. Los otros se detuvieron en el umbral del extremo de la sala, y miraron desde allí, incapaces de dejar que Gandalf se enfrentara solo al enemigo.

El Balrog llegó al puente. Gandalf aguardaba en el medio, apoyándose en la vara que tenía en la mano izquierda; pero en la otra relampagueaba Glamdring, fría y blanca. El enemigo se detuvo de nuevo, enfrentándolo, y la sombra que lo envolvía se abrió a los lados como dos vastas alas. En seguida esgrimió el látigo, y las colas crujieron y gimieron. Un fuego le salía de la nariz. Pero Gandalf no se movió.

—No puedes pasar —dijo. Los orcos permanecieron inmóviles, y un silencio de muerte cayó alrededor—. Soy un servidor del Fuego Secreto, que es dueño de la llama de Anor. No puedes pasar. El fuego oscuro no te servirá de nada, llama de Udûn. ¡Vuelve a la Sombra! No puedes pasar.

El Balrog no respondió. El fuego pareció extinguirse y la oscuridad creció todavía más. El Balrog avanzó lentamente, y de pronto se enderezó hasta alcanzar una gran estatura, extendiendo las alas de muro a muro; pero Gandalf era todavía visible, como un débil resplandor en las tinieblas; parecía pequeño, y completamente solo; gris e inclinado, como un árbol seco poco antes de estallar la tormenta.

De la sombra brotó llameando una espada roja.

Glamdring respondió con un resplandor blanco.

Hubo un sonido de metales que se entrechocaban y una estocada de fuego blanco. El Balrog cayó de espaldas y la hoja le saltó de la mano en pedazos fundidos. El mago vaciló en el puente, dio un paso atrás, y luego se irguió otra vez, inmóvil.

—¡No puedes pasar! —dijo.

El Balrog dio un salto y cayó en medio del puente. El látigo restalló y silbó.

—¡No podrá resistir solo! —gritó Aragorn de pronto y corrió de vuelta por el puente—. *¡Elendil!* —gritó—. ¡Estoy contigo, Gandalf!

—¡Gondor! —gritó Boromir, y dando un salto fue detrás de Aragorn.

En ese momento, Gandalf alzó la vara y dando un grito golpeó el puente ante él. La vara se quebró en dos y le cayó de la mano. Una cortina enceguecedora de fuego blanco subió en el aire. El puente crujió, rompiéndose justo debajo de los pies del Balrog, y la piedra que lo sostenía se precipitó al abismo mientras el resto permanecía allí, en equilibrio, estremeciéndose como una lengua de roca que se asoma al vacío.

Con un grito terrible el Balrog se precipitó hacia delante; la sombra se hundió y desapareció. Pero aun mientras caía sacudió el látigo, y las colas azotaron y envolvieron las rodillas del mago, arrastrándolo al borde del precipicio. Gandalf se tambaleó y cayó al suelo, tratando vanamente de asirse a la piedra, deslizándose al abismo.

—¡Huid, insensatos! —gritó, y desapareció.

El fuego se extinguió, y volvió la oscuridad. La Compañía estaba como clavada al suelo, mirando el pozo, horrorizada. En el momento en que Aragorn y Boromir regresaban de prisa, el resto del puente crujió y cayó. Aragorn, llamó a todos con un grito.

—¡Venid! ¡Yo os guiaré ahora! Tenemos que obedecer la última orden de Gandalf. ¡Seguidme!

Subieron atropellándose por las grandes escaleras que estaban más allá de la puerta. Aragorn adelante, Boromir detrás. Arriba había un pasadizo ancho y habitado de ecos. Corrieron por allí. Frodo oyó que Sam lloraba junto a él, y en seguida descubrió que él también lloraba y corría. *Bum, bum, bum*, resonaban detrás los redobles, ahora lúgubres y lentos; *bum*.

Siguieron corriendo. La luz crecía delante; grandes aberturas traspasaban el techo. Corrieron más rápido. Llegaron a una sala con ventanas altas que miraban al este y donde entraba directamente la luz del día. Cruzaron la sala, pasando por unas puertas grandes y rotas, y de pronto se abrieron ante ellos las Grandes Puertas, un arco de luz resplandeciente.

Una guardia de orcos acechaba en la sombra detrás de los montantes a un lado y a otro, pero las puertas mismas estaban rotas y caídas en el suelo. Aragorn abatió al capitán que le cerraba el paso, y el resto huyó aterrorizado. La Compañía pasó de largo, sin prestarles atención. Ya fuera de las Puertas bajaron corriendo los amplios y gastados escalones, el umbral de Moria.

Así, al fin, y contra toda esperanza, estuvieron otra vez bajo el cielo y sintieron el viento en las caras.

No se detuvieron hasta encontrarse fuera del alcance de las flechas que venían de los muros. El Valle del Arroyo Sombrío se extendía alrededor. La sombra de las Montañas Nubladas caía en el valle, pero hacia el este había una luz dorada sobre la tierra. No había pasado una hora desde el mediodía. El sol brillaba; la luz era alta y blanca.

Miraron atrás. Las Puertas oscuras bostezaban a la sombra de la montaña. Los lentos redobles subterráneos resonaban lejanos y débiles. *Bum*. Un tenue humo negro salía arrastrándose. No se veía nada más; el valle estaba vacío. *Bum*. La pena los dominó a todos al fin, y lloraron: algunos de pie y en silencio, otros caídos en tierra. *Bum, bum*. El redoble se apagó.

6

LOTHLÓRIEN

—Ay, temo que no podamos demorarnos aquí —dijo Aragorn. Miró hacia las montañas y alzó la espada—. ¡Adiós, Gandalf! —gritó—. ¿No te dije: *si cruzas las puertas de Moria, ten cuidado*? Ay, cómo no me equivoqué. ¿Qué esperanzas nos quedan sin ti?

Se volvió hacia la Compañía.

—Dejemos de lado la esperanza —dijo—. Al menos quizá seamos vengados. Apretemos las mandíbulas y dejemos de llorar. ¡Vamos! Tenemos por delante un largo camino, y muchas cosas todavía pendientes.

Se incorporaron y miraron alrededor. Hacia el norte el valle corría por una garganta oscura entre dos grandes brazos de las montañas, y en la cima brillaban tres picos blancos: Celebdil, Fanuidhol, Caradhras: las Montañas de Moria. De lo alto de la garganta venía un torrente, como un encaje blanco sobre una larga escalera de pequeños saltos, y una niebla de espuma colgaba en el aire a los pies de las montañas.

—Allá está la Escalera del Arroyo Sombrío —dijo Aragorn apuntando a las cascadas—. Tendríamos que haber venido por ese camino profundo que corre junto al torrente, si la fortuna nos hubiese sido más propicia.

—O Caradhras menos cruel —dijo Gimli—. ¡Helo ahí, sonriendo al sol!

Amenazó con el puño al más distante de los picos nevados y dio media vuelta.

Al este el brazo adelantado de las montañas terminaba bruscamente, y más allá podían verse unas tierras lejanas, vastas e imprecisas. Hacia el sur las Montañas Nubladas se perdían de vista a la distancia. A menos de una milla, y un poco por debajo de ellos, pues estaban aún a regular altura al costado oeste del valle, había una laguna. Era larga y ovalada, como una punta de lanza clavada profundamente en la garganta del norte; pero el extremo sur se extendía más allá de las sombras bajo el cielo soleado. Sin embargo, las aguas eran oscuras: un azul profundo como el cielo claro de la noche visto desde un cuarto donde arde una lámpara. La superficie estaba tranquila, sin una arruga. Todo alrededor una hierba suave descendía por las laderas hasta la orilla lisa y uniforme.

—He ahí el Lago Espejo, ¡el profundo Kheled-zâram! —dijo Gimli tristemente—. Recuerdo que él mismo dijo: «¡Ojalá tengáis la alegría de verlo! Pero no podremos demorarnos allí!» Mucho tendré que viajar antes de sentir alguna alegría. Soy yo quien tiene que apresurarse, y él quien ha de quedarse.

La Compañía descendió ahora por el camino que nacía en las Puertas. Era abrupto y quebrado, y se convertía casi en seguida en un sendero, y corría serpeando entre los brezos y retamas que crecían en las grietas de las piedras. Pero todavía podía verse que en otro tiempo un camino pavimentado y sinuoso había subido desde las tierras bajas del Reino de los Enanos. En algunos lugares había construcciones de piedra arruinadas junto al camino, y montículos verdes coronados por esbeltos abedules, o abetos que suspiraban en el viento. Una curva que iba hacia el este los llevó al prado de la laguna, y allí, no lejos del camino, se alzaba una columna de ápice quebrado.

—¡La Piedra de Durin! —exclamó Gimli—. ¡No puedo seguir sin apartarme un momento a mirar la maravilla del valle!

—¡Apresúrate entonces! —dijo Aragorn, volviendo la cabeza hacia las Puertas—. El sol se pone temprano. Quizá los orcos no salgan antes del crepúsculo, pero para entonces tendríamos que estar muy lejos. No hay luna casi, y la noche será oscura.

—¡Ven conmigo, Frodo! —llamó el enano, saltando fuera del camino—. No te dejaré ir sin que veas el Kheled-zâram.

Bajó corriendo la ancha ladera verde. Frodo lo siguió lentamente, atraído por las tranquilas aguas azules, a pesar de la pena y el cansancio. Sam se apresuró y lo alcanzó.

Gimli se detuvo junto a la columna y alzó los ojos. La piedra estaba agrietada y carcomida por el tiempo, y había unas runas escritas a un lado, tan borrosas que no se podían leer.

—Este pilar señala el sitio donde Durin miro por primera vez en el Lago Espejo —dijo el enano—. Miremos nosotros una vez, antes de irnos.

Se inclinaron sobre el agua oscura. Al principio no pudieron ver nada. Luego lentamente distinguieron las formas de las montañas de alrededor reflejadas en un profundo azul, y los picos eran como penachos de fuego blanco sobre ellas; más allá había un espacio de cielo. Allí como joyas en el fondo del lago brillaban unas estrellas titilantes, aunque la luz del sol estuviera muy alta. De ellos mismos, inclinados, no veían ninguna sombra.

—¡Oh bello y maravilloso Kheled-zâram! —dijo Gimli—. Allí descansa la corona de Durin, hasta que despierte. ¡Adiós!

Saludó con una reverencia, dio media vuelta, y subió de prisa por la pendiente verde hasta el camino.

—¿Qué viste? —le preguntó Pippin a Sam, pero Sam estaba demasiado perdido en sus propios pensamientos y no contestó.

El camino corría ahora hacia el sur y descendía rápidamente, alejándose de los brazos del valle. Un poco por debajo del lago tropezaron con un manantial profundo, claro como el cristal; el agua fresca caía sobre un reborde y descendía centelleando y gorgoteando por un canal abrupto abierto en la piedra.

—Este es el manantial donde nace el Cauce de Plata —dijo Gimli—. ¡No bebáis! Es frío como el hielo.

—Pronto se transforma en un río rápido y se alimenta de muchas otras corrientes montañosas —dijo Aragorn—. Nuestro camino lo bordea durante muchas millas. Pues os llevaré por el camino que Gandalf eligió, y mi primera esperanza es llegar a los bosques donde el Cauce de Plata desemboca en el Río Grande, y más allá.

Miraron adonde señalaba Aragorn, y vieron ante ellos que la corriente descendía saltando por el valle, y luego corría hacia las tierras más bajas perdiéndose en una niebla de oro.

—¡Allí están los bosques de Lothlórien! —dijo Legolas—. La más hermosa de las moradas de mi pueblo. No hay árboles como ésos. Pues en el otoño las hojas no caen, aunque amarillean. Sólo cuando llega la primavera y aparecen los nuevos brotes, caen las hojas, y para ese entonces las ramas ya están cargadas de flores amarillas; y el suelo del bosque es dorado, y el techo es dorado, y los pilares del bosque son de plata, pues la corteza de los árboles es lisa y gris. ¡Cómo se me alegraría el corazón si me encontrara bajo las enramadas de ese bosque, y fuera primavera!

—A mí también se me alegraría el corazón, aunque fuera invierno —dijo Aragorn—. Pero el bosque está a muchas millas de distancia. ¡De prisa!

Durante un tiempo, Frodo y Sam consiguieron seguir a los otros de cerca, pero Aragorn los llevaba a paso vivo, y al cabo de un rato se arrastraban muy atrás. No habían probado bocado desde la mañana temprano. A Sam la herida le quemaba como un fuego, y sentía que se le iba la cabeza. A pesar del sol brillante el viento le parecía helado luego de la tibia oscuridad de Moria. Se estremeció. Frodo descubría que cada nuevo paso era más doloroso que el anterior y jadeó sin aliento.

Al fin Legolas se giró, y al ver que se habían quedado muy rezagados le habló a Aragorn. Los otros se detuvieron, y Aragorn corrió de vuelta, llamando a Boromir.

—¡Lo lamento, Frodo! —exclamó, muy preocupado—. Tantas cosas ocurrieron hoy y hubo tanta prisa que olvidé que estabas herido; y Sam también. Tenías que haber hablado. No hicimos nada para aliviarte, como era nuestro deber, aunque todos los orcos de Moria vinieran detrás. ¡Vamos! Un poco más allá hay un sitio donde podríamos descansar un momento. Allí haré por ti lo que esté a mi alcance. ¡Ven, Boromir! Los llevaremos en brazos.

Poco después llegaron a otra corriente de agua que descendía del oeste y se unía burbujeando al torrentoso Cauce de Plata. Juntos saltaban por encima de unas piedras de color verde, y caían espumosos en un barranco. Alrededor se elevaban unos abetos, bajos y torcidos; las riberas eran escarpadas y cubiertas con helechos y matas de arándanos. En el extremo de la hondonada había un espacio abierto y llano que el río atravesaba murmurando sobre un lecho de piedras relucientes. Aquí descansaron. Eran casi las tres de la tarde y estaban aún a unas pocas millas de las Puertas. El sol descendía ya hacia el oeste.

Mientras Gimli y los dos hobbits más jóvenes encendían un fuego con ramas y hojas de abeto, y traían agua, Aragorn atendió a Sam y a Frodo. La herida de Sam no era profunda, pero tenía mal aspecto, y Aragorn la examinó con aire grave. Al cabo de un rato alzó los ojos aliviado.

—¡Buena suerte, Sam! —dijo—. Muchos han recibido heridas peores como prenda por haber abatido al primer orco. La herida no está envenenada, como ocurre demasiado a menudo con las provocadas por estas armas. Cicatrizará bien, una vez que la hayamos atendido. Báñala, cuando Gimli haya calentado un poco de agua.

Abrió un saquito y sacó unas hojas marchitas.

—Están secas y han perdido algunas de sus virtudes —dijo—, pero aún tengo aquí algunas de las hojas de *athelas* que junté cerca de la Cima de los Vientos. Machaca una en agua y lávate la herida, y luego te vendaré. ¡Ahora te toca a ti, Frodo!

—¡Yo estoy bien! —dijo Frodo, con pocas ganas de que le tocaran las ropas—. Todo lo que necesito es comer y descansar un rato.

—¡No! —dijo Aragorn—. Tenemos que mirar y ver qué te han hecho el martillo y el yunque. Todavía me maravilla que estés vivo.

Le quitó a Frodo lentamente la vieja chaqueta y la túnica gastada, y ahogó un grito, sorprendido. En seguida se rió. El corselete de plata relumbraba ante él como la luz sobre un mar ondulado. Lo sacó con cuidado y lo alzó, y las gemas de la malla refulgieron como estrellas, y el tintineo de los anillos era como el golpeteo de una lluvia en un estanque,

—¡Mirad, amigos míos! —llamó—. ¡He aquí una hermosa piel de hobbit que serviría para envolver a un pequeño príncipe elfo! Si se supiera que los hobbits tienen pellejos de esta naturaleza, todos los cazadores de la Tierra Media ya estarían cabalgando hacia la Comarca.

—Y todas las flechas de todos los cazadores del mundo serían inútiles —dijo Gimli, observando boquiabierto la malla—. Es una cota de *mithril*. *¡Mithril!* Nunca vi ni oí hablar de una malla tan hermosa. ¿Es acaso la misma de la que hablaba Gandalf? Entonces no la estimó en todo lo que vale. ¡Pero ha sido bien dada!

—Me pregunté a menudo qué hacíais tú y Bilbo, tan juntos en ese cuartito —dijo Merry—. ¡Bendito sea el viejo hobbit! Lo quiero más que nunca. ¡Ojalá tengamos una oportunidad de contárselo!

En el costado derecho y en el pecho de Frodo había un moretón ennegrecido. Frodo había llevado bajo la malla una camisa de cuero blando, pero en un punto los anillos habían atravesado la camisa clavándose en la carne. El lado izquierdo de Frodo que había golpeado la pared estaba también lastimado y contuso. Mientras los otros preparaban la comida, Aragorn bañó las heridas con agua donde habían macerado unas hojas de *athelas*. Una fragancia penetrante flotó en la hondonada, y todos los que se inclinaban sobre el agua humeante se sintieron refrescados y fortalecidos. Frodo notó pronto que se le iba el dolor, y que respiraba con mayor facilidad; aunque se sintió anquilosado y dolorido durante muchos días. Aragorn le sujetó al costado unas blandas almohadillas de tela.

—La malla es maravillosamente liviana —dijo—. Póntela de nuevo, si de veras la soportas. Me alegra el corazón saber que llevas una cota semejante. No te la quites, ni siquiera para dormir, a no ser que la fortuna te conduzca a algún lugar donde no corras peligro durante un tiempo, y eso no será muy frecuente mientras dure tu misión.

Después de comer, la Compañía se preparó para partir. Apagaron el fuego y borraron todas las huellas. Trepando fuera de la hondonada volvieron al camino. No habían andado mucho cuando el sol se puso detrás de las alturas del oeste y unas grandes sombras descendieron por las faldas de los montes. El crepúsculo les velaba los pies, y una niebla se alzó en las tierras bajas. Lejos en el este la luz pálida del anochecer se extendía sobre unos territorios indistintos de bosques y llanuras. Sam y Frodo que se sentían ahora aliviados y reanimados iban a buen paso, y con sólo un breve descanso Aragorn guió a la Compañía durante tres horas más.

Había oscurecido. Era ya de noche, y había muchas estrellas claras, pero la luna menguante no se veía hasta más tarde, Gimli y Frodo marchaban a la retaguardia, sin hablar, prestando atención a cualquier sonido que pudiera oírse detrás en el camino. Al fin Gimli rompió el silencio.

—Ningún sonido, excepto el viento —dijo—. No hay nada rondando, o mis oídos son de madera. Esperemos que los orcos hayan quedado contentos echándonos de Moria. Y quizá no pretendían nada más, y no querían otra cosa de nosotros... del Anillo. Aunque los orcos persiguen a menudo a los enemigos a campo abierto y durante muchas leguas, si tienen que vengar a un capitán.

Frodo no respondió. Le echó una mirada a Dardo, y la hoja tenía un brillo opaco. Sin embargo había oído algo, o había creído oír algo. Tan pronto como las sombras cayeran alrededor ocultando el camino, había oído otra vez el rápido rumor de unas pisadas. Aún ahora lo oía. Se volvió bruscamente. Detrás de él había dos diminutos puntos de luz, o creyó ver dos puntos de luz, pero en seguida se movieron a un lado y desaparecieron.

—¿Qué pasa? —preguntó el enano.

—No sé —respondió Frodo—. Creí oír el sonido de unos pasos y creí ver una luz... como ojos. Me ocurrió muchas veces, desde que salimos de Moria.

Gimli se detuvo y se inclinó hacia el suelo.

—No oigo nada sino la conversación nocturna de las plantas y las piedras —dijo—. ¡Vamos! ¡De prisa! Los otros ya no se ven.

El viento frío de la noche sopló valle arriba. Ante ellos se levantaba una ancha sombra gris, y había un continuo rumor de hojas, como álamos en el viento.

—¡Lothlórien! —exclamó Legolas—. ¡Lothlórien! Hemos llegado al pórtico del Bosque de Oro. ¡Lástima que sea invierno!

Los árboles se elevaban hacia el cielo de la noche, y se arqueaban sobre el camino y el arroyo que corría de pronto bajo las ramas extendidas. A la luz pálida de las estrellas los troncos eran grises, y las hojas temblorosas un débil resplandor amarillo rojizo.

—¡Lothlórien! —dijo Aragorn—. ¡Qué felicidad oír de nuevo el viento en los árboles! Nos encontramos aún a unas cinco leguas de las Puertas, pero no podemos ir más lejos. Esperemos que la virtud de los Elfos nos ampare esta noche de los peligros que vienen detrás.

—Si todavía hay Elfos en este mundo que se ensombrece —dijo Gimli.

—Ninguno de los míos ha vuelto a estas tierras desde hace tiempo —dijo Legolas—, aunque se dice que Lórien no ha sido abandonado del todo, pues habría aquí un poder secreto que protege a la región contra el mal. Sin embargo, esos habitantes se dejan ver raramente, y quizá viven ahora en lo más profundo del bosque, lejos de las fronteras septentrionales.

—Viven en verdad en lo más profundo del bosque —dijo Aragorn, y suspiró como recordando algo—. Esta noche tendremos que arreglárnoslas solos. Iremos un poco más allá, hasta que los árboles nos rodeen, y luego dejaremos la senda y buscaremos dónde dormir.

Dio un paso adelante, pero Boromir parecía irresoluto y no lo siguió.

—¿No hay otro camino? —dijo.

—¿Qué otro camino querrías tú? —dijo Aragorn.

—Un camino simple, aunque nos llevara a través de setos de espadas —dijo Boromir—. Esta Compañía ha sido conducida por caminos extraños, y hasta ahora con mala fortuna. Contra mi voluntad pasamos bajo las sombras de Moria, y hacia nuestra perdición. Y ahora tenemos que entrar en el Bosque de Oro, dices. Pero de estas tierras peligrosas hemos oído hablar en Gondor, y se dice que de todos los que entran son pocos los que salen, y menos aún los que escapan indemnes.

—No digas *indemne* pero sí *sin cambios*, y estarás más en lo cierto —dijo Aragorn—. Pero la sabiduría está perdiéndose en Gondor, Boromir, si en la ciudad de aquellos que una vez fueron sabios ahora se habla así de Lothlórien. De cualquier modo, no hay para nosotros otro camino, salvo que quieras volver a las Puertas de Moria, escalar las montañas que no tienen caminos o ir a nado y solo por el Río Grande.

—¡Entonces adelante! —dijo Boromir—. Aunque es peligroso.

—Peligroso, es cierto —dijo Aragorn—, hermoso y peligroso, mas sólo la maldad puede tenerle miedo con alguna razón, o aquellos que llevan alguna maldad en ellos mismos. ¡Seguidme!

Se habían internado poco más de una milla en el bosque cuando tropezaron con otro arroyo, que descendía rápidamente desde las laderas arboladas que subían detrás hacia las montañas del oeste. No muy lejos entre las sombras de la derecha, se oía el rumor de una pequeña cascada. Las aguas oscuras y precipitadas cruzaban el sendero ante ellos, y se unían al Cauce de Plata en un torbellino de aguas oscuras entre las raíces de los árboles.

—¡He aquí el Nimrodel! —dijo Legolas—. Los Elfos Silvanos lo cantaron muchas veces, y esas canciones se cantan aún en el Norte, recordando el arco iris de los saltos, y las flores doradas que brotan en la espuma. Todo es oscuro ahora, y el Puente del Nimrodel está roto. Me mojaré los pies, pues dicen que el agua cura la fatiga.

Se adelantó, descendió por el barranco escarpado y entró en el arroyo.

—¡Seguidme todos! —gritó—. El agua no es profunda. ¡Crucemos! Podemos descansar en la otra orilla, y el susurro del agua que cae nos ayudará a dormir y a olvidar las penas.

Uno a uno bajaron por la ribera y siguieron a Legolas. Frodo se detuvo un momento junto a la orilla y dejó que el arroyo le bañara los pies cansados. El agua era fría y límpida, y cuando le llegó a las rodillas Frodo sintió que le lavaba la suciedad del viaje y todo el cansancio que le pesaba en los miembros.

Cuando toda la Compañía hubo cruzado, se sentaron a descansar, comieron unos bocados, y Legolas les contó las historias de Lothlórien que los Elfos del Bosque Negro atesoraban aún, historias de la luz del sol y las estrellas en los prados que el Río Grande había bañado antes de que el mundo fuera gris.

Al fin callaron, y se quedaron escuchando la música de la cascada que caía dulcemente en las sombras. Frodo llegó a imaginar que oía el canto de una voz, junto con el sonido del agua.

—¿Alcanzáis a oír la voz de Nimrodel? —preguntó Legolas—. Os cantaré una canción de la doncella Nimrodel, que vivía junto al arroyo y tenía el mismo nombre. Es una hermosa canción en nuestra lengua de los bosques, y hela aquí en la Lengua del Oeste, como algunos la cantan ahora en Rivendel.

Legolas empezó a cantar con una voz dulce que apenas se oía entre el murmullo de las hojas.

> *Había en otro tiempo una doncella élfica,*
> *una estrella que brillaba en el día,*
> *de manto blanco recamado en oro*
> *y zapatos de plata gris.*
>
> *Tenía una estrella en la frente,*
> *una luz en los cabellos,*

como el sol en las ramas de oro
de Lórien la bella.

Los cabellos largos, los brazos blancos,
libre y hermosa era Lórien,
y en el viento corría levemente,
como la hoja del tilo.

Junto a los saltos de Nimrodel,
cerca del agua clara y fresca,
la voz caía como plata que cae
en el agua brillante.

Por dónde anda ahora, nadie sabe,
a la luz del sol o entre las sombras,
pues hace tiempo que Nimrodel
se extravió en las montañas.

Un barco elfo en el puerto gris,
bajo el viento de la montaña,
la esperó muchos días
junto al mar tumultuoso.

Un viento nocturno en el norte
se levantó gritando,
y llevó la nave desde las playas élficas
sobre olas que iban y venían.

Cuando asomó la pálida aurora
las montañas grises se hundían
más allá de las olas empenachadas
de espuma enceguecedora.

Amroth vio que la costa desaparecía
debajo y más allá de la ola,
y maldijo la nave pérfida que lo llevara
lejos de Nimrodel.

Había sido antaño un rey élfico
señor del valle y los árboles,
cuando los brotes primaverales se doraban
en Lothlórien la bella.

Lo vieron saltar desde la borda
como flecha de un arco
y caer en el agua profunda
como una gaviota.

El aire le movía los cabellos,
y la espuma le brillaba alrededor,
lo vieron de lejos hermoso y fuerte
deslizándose como un cisne.

Pero del Oeste no llegó una palabra,
y en la Costa Citerior
los Elfos nunca tuvieron
noticias de Amroth.

La voz se le quebró a Legolas, y dejó de cantar.

—No puedo seguir —dijo—. Esto es sólo una parte; he olvidado casi todo. La canción es larga y triste, pues cuenta las desventuras que cayeron sobre Lothlórien, Lórien de las Flores, cuando los Enanos despertaron al mal en las montañas.

—Pero los Enanos no hicieron el mal —dijo Gimli.

—Yo no dije eso, pero el mal vino —respondió Legolas tristemente—. Luego muchos de los Elfos de la estirpe de Nimrodel dejaron sus moradas y partieron; y ella se perdió allá lejos en el Sur, en los pasos de las Montañas Blancas; y no vino al barco donde la esperaba Amroth, su amante. Pero en la primavera cuando el viento mueve las primeras hojas aún puede oírse el eco de la voz de Nimrodel junto a los saltos de agua de ese nombre. Y cuando el viento sopla del sur es la voz de Amroth la que sube desde el océano, pues el Nimrodel fluye en el Cauce de Plata, que los Elfos llaman Celebrant, y el Celebrant en el Gran Anduin, y el Anduin en la Bahía de Belfalas, donde los Elfos de Lórien se lanzaron a la mar. Pero ellos nunca volvieron, ni Nimrodel ni Amroth.

"Se dice que ella vive en una casa construida en las ramas de un árbol, cerca de la cascada, pues tal era la costumbre entre los Elfos de Lórien, vivir en los árboles, y quizá todavía lo hacen. Por eso se los llamó los Galadrim, las Gentes de los Árboles. En lo más profundo del bosque los árboles son muy grandes. La gente de los bosques no habitaba bajo el suelo como los Enanos, ni levantó fortalezas de piedra hasta que llegó la Sombra.

—Y aún ahora podría decirse que vivir en los árboles es más seguro que sentarse en el suelo —dijo Gimli.

Miró más allá del agua el camino que llevaba de vuelta al Valle del Arroyo Sombrío, y luego alzó los ojos hacia la bóveda de ramas oscuras.

—Tus palabras nos traen un buen consejo, Gimli —dijo Aragorn—. No podemos construir una casa, pero esta noche haremos como los Galadrim y buscaremos refugio en las copas de los árboles, si podemos. Hemos estado sentados aquí junto al camino más de lo prudente.

La Compañía dejó ahora el sendero, y se internó en las sombras más profundas del bosque, hacia el oeste, a lo largo del arroyo montañoso que se alejaba del Cauce de Plata. No lejos de los saltos de Nimrodel encontraron un grupo de árboles, que en algunos sitios se inclinaban sobre el río. Los grandes troncos grises eran muy gruesos, pero nadie supo decir qué altura tenían.

—Subiré —dijo Legolas—. Me siento en casa entre los árboles, junto a las raíces o en las ramas, aunque estos árboles son de una familia que no conozco, excepto como un nombre en una canción. *Mellyrn* dicen que se llaman, y son esos que lucen flores amarillas, pero nunca subí a uno. Veré ahora qué forma tienen y cómo crecen.

—De cualquier modo —dijo Pippin— tendrían que ser árboles maravillosos si pueden ser un sitio de descanso para alguien, además de los pájaros. ¡No puedo dormir colgado de una rama!

—Entonces cava un agujero en el suelo —dijo Legolas—,

si está más de acuerdo con tus costumbres. Pero tienes que cavar hondo y muy rápido, o no escaparás a los orcos.

Saltando ágilmente se tomó de una rama que nacía del tronco a bastante altura por encima de ellos. Se balanceó allí un momento y una voz habló de pronto desde las sombras altas del árbol.

—*Daro!* —dijo en tono perentorio, y Legolas se dejó caer al suelo sorprendido y asustado. Se encogió contra el tronco del árbol.

—¡Quietos todos! —les susurró a los otros—. ¡No os mováis ni habléis!

Una risa dulce estalló allá arriba, y luego otra voz clara habló en una lengua élfica. Frodo no entendía mucho de lo que se decía, pues la lengua de la gente Silvana del este de las montañas se parecía poco a la del oeste. Legolas levantó la cabeza y respondió en la misma lengua.*

—¿Quiénes son y qué dicen? —preguntó Merry.

—Son Elfos —dijo Sam—. ¿No oyes las voces?

—Sí, son Elfos —dijo Legolas—, y dicen que respiráis tan fuerte que podrían atravesaros con una flecha en la oscuridad. —Sam se llevó rápidamente la mano a la boca.— Pero también dicen que no tengáis miedo. Saben que estamos por aquí desde hace rato. Oyeron mi voz del otro lado del Nimrodel, y supieron que yo era de la familia del Norte, y por ese motivo no nos impidieron el paso; y luego oyeron mi canción. Ahora me invitan a que suba con Frodo; pues han tenido alguna noticia de él y de nuestro viaje. A los otros les dicen que esperen un momento, y que monten guardia al pie del árbol, hasta que ellos decidan.

Una escala de cuerda bajó de las sombras; era de color gris plata y brillaba en la oscuridad, y aunque parecía delgada podía sostener a varios hombres, como se comprobó más tarde. Legolas trepó ágilmente, y Frodo lo siguió más despacio, y detrás fue Sam tratando de no respirar con fuerza. Las ramas del mallorn eran casi horizontales

* Véase la nota en Apéndice F: «De los Elfos».

al principio, y luego se curvaban hacia arriba; pero cerca de la copa el tronco se dividía en una corona de ramas, y vieron que entre esas ramas los Elfos habían construido una plataforma de madera, o *flet* como se la llamaba en esos tiempos; los Elfos la llamaban *talan*. Un agujero redondo en el centro permitía el acceso a la plataforma, y por allí pasaba la escala.

Cuando Frodo llegó al *flet*, encontró a Legolas sentado con otros tres Elfos. Llevaban ropas de un color gris sombra, y no se los distinguía entre las ramas, a no ser que se movieran bruscamente. Se pusieron de pie, y uno de ellos descubrió un farol pequeño que emitía un delgado rayo de plata. Alzó el farol, y escrutó el rostro de Frodo, y el de Sam. Luego tapó otra vez la luz, y dijo en su lengua palabras de bienvenida. Frodo respondió titubeando.

—¡Bienvenido! —repitió entonces el Elfo en la Lengua Común, hablando lentamente—. Pocas veces usamos otra lengua que la nuestra, pues ahora vivimos en el corazón del bosque, y no tenemos tratos voluntarios con otras gentes. Aun los hermanos del Norte están separados de nosotros. Pero algunos de los nuestros aún viajan lejos, para recoger noticias y observar a los enemigos, y ellos hablan las lenguas de otras tierras. Soy uno de ellos. Me llamo Haldir. Mis hermanos, Rúmil y Orophin, hablan poco vuestra lengua.

"Pero algo habíamos oído de vuestra venida, pues los mensajeros de Elrond pasan por Lórien cuando vuelven remontando la Escalera del Arroyo Sombrío. No habíamos oído hablar de... los hobbits, o medianos, desde años atrás, y no sabíamos que aún vivieran en la Tierra Media. ¡No parecéis gente mala! Y como vienes con un Elfo de nuestra especie, estamos dispuestos a ayudarte, como lo pidió Elrond, aunque no sea nuestra costumbre guiar a los extranjeros que cruzan estas tierras. Pero tenéis que quedaros aquí esta noche. ¿Cuántos sois?

—Ocho —dijo Legolas—. Yo, cuatro hobbits, y dos hombres; uno de ellos, Aragorn, es de Oesternesse, y amigo de los Elfos.

—El nombre de Aragorn hijo de Arathorn, es conocido

en Lórien —dijo Haldir—, y tiene la protección de la Dama. Todo está bien entonces. Pero sólo me hablaste de siete.

—El último es un enano —dijo Legolas.

—¡Un enano! —dijo Haldir—. Eso no es bueno. No tenemos tratos con los Enanos desde los Días Oscuros. No se los admite en estas tierras. No puedo permitirle el paso.

—Pero es de la Montaña Solitaria, de las fieles gentes de Dáin, y amigo de Elrond —dijo Frodo—. Elrond mismo lo eligió para que nos acompañara, y se ha mostrado valiente y leal.

Los Elfos hablaron en voz baja, e interrogaron a Legolas en la lengua de ellos.

—Muy bien —dijo Haldir por último—. Esto es lo que haremos, aunque no nos complace. Si Aragorn y Legolas lo vigilan, y responden por él, lo dejaremos pasar; pero tendrá que cruzar Lothlórien con los ojos vendados.

"Mas no es momento de discutir. No conviene que vosotros os quedéis en tierra. Hemos estado vigilando los ríos, desde que vimos una gran tropa de orcos yendo al norte hacia Moria, bordeando las montañas, hace ya muchos días. Los lobos aúllan en los lindes de los bosques. Si venís en verdad desde Moria, el peligro no puede estar muy lejos, detrás de vosotros. Partiréis de nuevo mañana temprano.

"Los cuatro hobbits subirán aquí y se quedarán con nosotros... ¡No les tenemos miedo! Hay otro *talan* en el árbol próximo. Allí se refugiarán los demás. Tú, Legolas, responderás por ellos. Llámanos, si algo anda mal. ¡Y no pierdas de vista al enano!

Legolas bajó en seguida por la escalera llevando el mensaje de Haldir, y poco después Merry y Pippin trepaban al alto *flet*. Estaban sin aliento y parecían bastante asustados.

—¡Bien! —dijo Merry jadeando—. Hemos traído vuestras mantas junto con las nuestras. Trancos ha ocultado el resto del equipaje bajo un montón de hojas.

—No había necesidad de esa carga —dijo Haldir—. Hace frío en las copas de los árboles en invierno, aunque esta noche el viento sopla del sur, pero tenemos alimentos y bebidas que os sacarán el frío nocturno, y pieles y mantos de sobra.

Los hobbits aceptaron con alegría esta segunda (y mucho mejor) cena. Luego se envolvieron no sólo en los mantos forrados de los Elfos sino también con las mantas que habían traído, y trataron de dormir. Pero aunque estaban muy cansados sólo Sam parecía bien dispuesto. Los hobbits no son aficionados a las alturas, y no duermen en pisos elevados, aun teniendo escaleras. El *flet* no les gustaba mucho como dormitorio. No tenía paredes, ni siquiera una baranda; sólo en un lado había un biombo plegadizo que podía moverse e instalarse en distintos sitios, según soplara el viento.

Pippin siguió hablando durante un rato. —Espero no rodar y caerme si llego a dormirme en este nido de pájaros —dijo.

—Una vez que me duerma —dijo Sam—, continuaré durmiendo, ruede o no ruede. Y cuanto menos se diga ahora más pronto caeré dormido, si tú me entiendes.

Frodo se quedó despierto un tiempo, mirando las estrellas que relucían a través del pálido techo de hojas temblorosas. Sam se había puesto a roncar aun antes que él cerrara los ojos. Alcanzaba a ver las formas grises de dos Elfos que estaban sentados, los brazos alrededor de las rodillas, hablando en susurros. El otro había descendido a montar guardia en una rama baja. Al fin, mecido allí arriba por el viento en las ramas, y abajo por el dulce murmullo de las cascadas del Nimrodel, Frodo se durmió con la canción de Legolas dándole vueltas en la cabeza.

Despertó más tarde en medio de la noche. Los otros hobbits dormían. Los Elfos habían desaparecido. La luna creciente brillaba apenas entre las hojas. El viento había cesado. No muy lejos oyó una risa ronca y el sonido de muchos pies en el suelo entre los árboles, y luego un tintineo metálico. Los ruidos se perdieron lentamente a lo lejos, y parecían ir hacia el sur, adentrándose en el bosque.

Una cabeza asomó de pronto por el agujero del *flet*. Frodo se sentó asustado y vio que era un Elfo de capucha gris. Miró hacia los hobbits.

—¿Qué pasa? —dijo Frodo.

—*Yrch!* —dijo el Elfo con un murmullo siseante, y echó sobre el *flet* la escala de cuerda que acababa de recoger.

—¡Orcos! —dijo Frodo—. ¿Qué están haciendo?

Pero el Elfo había desaparecido.

No se oían más ruidos. Hasta las hojas callaban ahora, y parecía que las cascadas habían enmudecido. Frodo, sentado aún, se estremeció de pies a cabeza bajo las mantas. Se felicitaba de que no los hubieran encontrado en el suelo, pero sentía que los árboles no los protegían mucho, salvo ocultándolos. Los orcos tenían un olfato fino, se decía, como los mejores perros de caza, pero además podían trepar. Sacó a Dardo, que relampagueó y resplandeció como una llama azul, y luego se apagó otra vez poco a poco. Sin embargo, la impresión de peligro inmediato no dejó a Frodo; al contrario, se hizo más fuerte. Se incorporó, se arrastró a la abertura, y miró hacia el suelo. Estaba casi seguro de que podía oír unos movimientos furtivos, lejos, al pie del árbol.

No eran Elfos, pues la gente de los bosques no hacía ningún ruido al moverse. Luego oyó débilmente un sonido, como si husmearan, y le pareció que algo estaba arañando la corteza del árbol. Clavó los ojos en la oscuridad, reteniendo el aliento.

Algo trepaba ahora lentamente, y se lo oía respirar, como si siseara con los dientes apretados. Luego Frodo vio dos ojos pálidos que subían, junto al tronco. Se detuvieron y miraron hacia arriba, sin parpadear. De pronto se volvieron, y una figura indistinta bajó deslizándose por el tronco y desapareció.

Casi en seguida Haldir llegó trepando rápidamente por las ramas.

—Había algo en este árbol que nunca vi antes —dijo—. No era un orco. Huyó tan pronto como toqué el árbol. Parecía astuto, y entendido en árboles, y hubiese pensado que era uno de vosotros, un hobbit.

"No tiré, pues no quería provocar ningún grito: no podemos arriesgar una batalla. Una fuerte compañía de orcos ha pasado por aquí. Cruzaron el Nimrodel, y malditos sean esos pies infectos en el agua pura, y siguieron el viejo camino junto al río. Parecían ir detrás de algún rastro, y durante un rato examinaron el suelo, cerca de donde os detuvisteis. Nosotros tres no podíamos enfrentarnos a un centenar de modo que nos adelantamos y hablamos con voces fingidas arrastrándolos al interior del bosque.

"Orophin ha regresado de prisa a nuestras moradas para advertir a los nuestros. Ninguno de los orcos saldrá jamás de Lórien. Y habrá muchos Elfos ocultos en la frontera norte antes que caiga otra noche. Pero tenéis que tomar el camino del sur tan pronto como amanezca.

El día asomó pálido en el este. La luz creció y se filtró entre las hojas amarillas de los mallorn, y a los hobbits les recordó el sol temprano de una fresca mañana de estío. Un cielo azul claro se mostraba entre las ramas mecidas por el viento. Mirando por una abertura en el lado sur del *flet,* Frodo vio todo el valle del Cauce de Plata extendido como un mar de oro rojizo que ondulaba dulcemente en la brisa.

La mañana había comenzado apenas y era fría aún cuando la Compañía se puso en camino guiada esta vez por Haldir y su hermano Rúmil.

—¡Adiós, dulce Nimrodel! —exclamó Legolas. Frodo volvió los ojos y vio un brillo de espuma blanca entre los árboles grises—. Adiós —dijo, y le parecía que nunca oiría otra vez un sonido tan hermoso como el de aquellas aguas, alternando para siempre unas notas innumerables en una música que no dejaba de cambiar.

Regresaron al viejo sendero que iba por la orilla oeste del Cauce de Plata, y durante un tiempo lo siguieron hacia el sur. Había huellas de orcos en la tierra. Pero pronto Haldir se desvió a un lado y se detuvo junto al río a la sombra de los árboles.

—Hay alguien de mi pueblo del otro lado del arroyo —dijo—, aunque no podéis verlo.

Llamó silbando bajo como un pájaro, y un Elfo salió de un macizo de arbustos; estaba vestido de gris, pero tenía la capucha echada hacia atrás, y los cabellos le brillaban como el oro a la luz de la mañana. Haldir arrojó hábilmente una cuerda gris por encima del agua, y el otro la alcanzó y ató el extremo a un árbol cerca de la orilla.

—El Celebrant es aquí una corriente poderosa, como veis —dijo Haldir—, de aguas rápidas y profundas, y muy frías. No ponemos el pie en él tan al norte, si no es realmente necesario. Pero en estos días de vigilancia no tendemos puentes. He aquí cómo cruzamos. ¡Seguidme!

Amarró el otro extremo de la cuerda a un árbol, y luego corrió por encima sobre el río, y de vuelta, como si estuviese en un camino.

—Yo podría cruzar así —dijo Legolas—, pero ¿y los otros? ¿Tendrán que nadar?

—¡No! —dijo Haldir—. Tenemos otras dos cuerdas. Las ataremos por encima de la otra, una a la altura del hombro y la segunda a media altura, y los extranjeros podrán cruzar sosteniéndose en las dos.

Cuando terminaron de instalar este puente liviano, la Compañía pasó a la otra orilla, unos con precaución y lentamente, otros con más facilidad. De los hobbits, Pippin demostró ser el mejor pues tenía el paso seguro y caminó con rapidez sosteniéndose con una mano sola, pero con los ojos clavados en la otra orilla y sin mirar hacia abajo. Sam avanzó arrastrando los pies, aferrado a las cuerdas, y mirando las aguas pálidas y torrentosas como si fueran un precipicio.

Respiró aliviado cuando se encontró a salvo en la otra orilla.

—¡Vive y aprende!, como decía mi padre. Aunque se refería al cuidado del jardín y no a posarse como los pájaros o caminar como las arañas. ¡Ni siquiera mi tío Andy conocía estos trucos!

Cuando toda la Compañía estuvo al fin reunida en la orilla este del Cauce de Plata, los Elfos desataron las cuerdas y las enrollaron. Rúmil, que había permanecido en la otra orilla, recogió una de las cuerdas, se la echó al hombro, y se alejó saludando con la mano, de vuelta a Nimrodel a continuar la guardia.

—Ahora, amigos —dijo Haldir—, habéis entrado en el Naith de Lórien, o el Enclave, como vosotros diríais, pues esta región se introduce como una lanza entre los brazos del Cauce de Plata y el Gran Anduin. No permitimos que ningún extraño espíe los secretos del Naith. A pocos en verdad se les ha permitido poner aquí el pie.

"Como habíamos convenido, ahora le vendaré los ojos a Gimli el Enano. Los demás pueden andar libremente por un tiempo hasta que nos acerquemos a nuestras moradas, abajo en Egladil, en el Ángulo entre las aguas.

Esto no era del agrado de Gimli.

—El arreglo se hizo sin mi consentimiento —dijo—. No caminaré con los ojos vendados, como un mendigo o un prisionero. Y no soy un espía. Mi gente nunca ha tenido tratos con los sirvientes del Enemigo. Tampoco causamos daño a los Elfos. Si creéis que yo llegaría a traicionaros, lo mismo podríais esperar de Legolas, o de cualquiera de mis amigos.

—Tienes razón —dijo Haldir—. Pero es la ley. No soy el dueño de la ley, y no puedo dejarla de lado. Ya he hecho mucho permitiéndote cruzar el Celebrant.

Gimli era obstinado. Se plantó firmemente en el suelo, las piernas separadas, y apoyó la mano derecha en el mango del hacha.

—Iré libremente —dijo—, o regresaré a mi propia tierra, donde confían en mi palabra, aunque tenga que morir en el desierto.

—No puedes regresar —dijo Haldir con cara seria—. Ahora que has llegado tan lejos tenemos que llevarte ante el Señor y la Dama. Ellos te juzgarán, y te retendrán o te dejarán ir, como les plazca. No puedes cruzar de nuevo los ríos, y detrás de ti hay ahora centinelas que te cerrarán el paso. Te matarían antes que pudieses verlos.

Gimli sacó el hacha del cinturón. Haldir y su compañero tomaron los arcos.

—¡Malditos Enanos, qué testarudos son! —exclamó Legolas.

—¡Un momento! —dijo Aragorn—. Si he de continuar guiando esta Compañía, haréis lo que yo ordene. Es duro para el Enano que lo pongan así aparte. Iremos todos vendados, aun Legolas. Será lo mejor, aunque el viaje parecerá lento y aburrido.

Gimli rió de pronto.

—¡Qué tropilla de tontos pareceremos! Haldir nos llevará a todos atados a una cuerda, como mendigos ciegos guiados por un perro. Pero si Legolas comparte mi ceguera, me declaro satisfecho.

—Soy un Elfo y un hermano aquí —dijo Legolas, ahora también enojado.

—Y ahora gritemos: ¡malditos Elfos, qué testarudos son! —dijo Aragorn—. Pero toda la Compañía compartirá esa suerte. Ven, Haldir, véndanos los ojos.

—Exigiré plena reparación por cada caída y lastimadura en los pies —dijo Gimli mientras le tapaban los ojos con una tela.

—No será necesario —dijo Haldir—. Te conduciré bien, y las sendas son llanas y rectas.

—¡Ay, qué tiempos de desatino! —dijo Legolas—. ¡Todos somos aquí enemigos del único Enemigo, y sin embargo hemos de caminar a ciegas mientras el sol es alegre en los bosques bajo hojas de oro!

—Quizá parezca un desatino —dijo Haldir—. En verdad nada revela tan claramente el poder del Señor Oscuro como las dudas que dividen a quienes se le oponen. Sin embargo, hay tan poca fe y verdad en el mundo más allá de Lothlórien, excepto quizá en Rivendel, que no nos atrevemos a tener confianza, exponiéndonos a alguna contingencia. Vivimos ahora como en una isla, rodeados de peligros, y nuestras manos están más a menudo sobre los arcos que sobre las arpas.

"Los ríos nos defendieron mucho tiempo, pero ya no son una protección segura, pues la Sombra se ha arrastrado hacia el norte, todo alrededor de nosotros. Algunos hablan de partir, aunque para eso ya es demasiado tarde. En las montañas del oeste aumenta el mal; las tierras del este son regiones desoladas, donde pululan las criaturas de Sauron; y se dice que no podríamos pasar sanos y salvos por Rohan, y que las bocas del Río Grande están vigiladas por el Enemigo. Aunque pudiéramos llegar al mar, no encontraríamos allí protección alguna. Se cuenta que los puertos de los Altos Elfos existen todavía, pero están muy al norte y al oeste, más allá de la tierra de los Medianos. Dónde se encuentran en verdad, quizá lo sepan el Señor y la Dama; yo lo ignoro.

—Tendrías que adivinarlo por lo menos, ya que nos habéis visto —dijo Merry—. Hay puertos de Elfos al oeste de mi tierra, la Comarca, donde habitan los hobbits.

—¡Felices los hobbits que viven cerca de la orilla del mar! —dijo Haldir—. Ha pasado mucho tiempo en verdad desde que mi gente vio el mar por última vez. Pero todavía lo recordamos en nuestras canciones. Háblame de esos puertos mientras caminamos.

—No puedo —dijo Merry—. Nunca los he visto. Nunca salí antes de mi país. Y si hubiese sabido cómo era el mundo de fuera, no creo que me hubiese atrevido a dejar la Comarca.

—¿Ni tan siquiera para ver la hermosa Lothlórien? —dijo Haldir—. Es cierto que el mundo está colmado de peligros, y que hay en él muchos sitios lóbregos, pero hay también muchas cosas hermosas, y aunque en todas partes el amor está unido hoy a la aflicción, no por eso es menos poderoso.

"Algunos de nosotros cantamos que la Sombra se retirará, y que volverá la paz. No creo sin embargo que el mundo que nos rodea sea alguna vez como antes, ni que el sol brille como en otro tiempo. Para los Elfos, temo, esa paz no sería más que una tregua, que les permitiría llegar al mar sin encontrar demasiados obstáculos y dejar la Tierra Media para siempre. ¡Ay por Lothlórien, que tanto amo! Será una pobre vida estar en un país donde no crecen los mallorn. Pues si hay mallorn más allá del Gran Mar, nadie lo ha dicho.

Mientras así hablaban, la Compañía marchaba lentamente en fila a lo largo de los senderos del bosque, conducida por Haldir, mientras que el otro Elfo caminaba detrás. Sentían que el suelo bajo los pies era blando y liso, y al cabo de un rato caminaron más libremente, sin miedo de lastimarse o caer. Privado de la vista, Frodo descubrió que el oído y los otros sentidos se le agudizaban. Podía oler los árboles y las hierbas. Podía oír muchas notas diferentes en el susurro de las hojas, el río que murmuraba lejos a la derecha, y las voces claras y tenues de los pájaros en el cielo. Cuando pasaban por algún claro sentía el sol en las manos y la cara.

Tan pronto como pisara la otra orilla del Cauce de Plata, Frodo había sentido algo extraño, que crecía a medida que se internaba en el Naith: le parecía que había pasado por un puente de tiempo hasta un rincón de los Días Antiguos, y que ahora caminaba por un mundo que ya no existía. En Rivendel se recordaban cosas antiguas; en Lórien las cosas antiguas vivían aún en el despertar del mundo. Aquí el mal había sido visto y oído, la pena había sido conocida; los Elfos temían al mundo exterior y desconfiaban de él; los lobos aullaban en los lindes de los bosques, pero en la tierra de Lórien no había ninguna sombra.

La Compañía marchó todo el día hasta que sintieron el fresco del atardecer y oyeron las primeras brisas nocturnas que suspiraban entre las hojas. Descansaron entonces y durmieron sin temores en el suelo, pues los guías no permitieron que se quitaran las vendas, y no podían trepar. A la mañana continuaron la marcha, sin apresurarse. Se detuvieron al mediodía, y Frodo notó que habían pasado bajo el sol brillante. De pronto oyó alrededor el sonido de muchas voces.

Una tropa de Elfos que marchaba por el bosque se había acercado en silencio; iban de prisa hacia las fronteras del norte para prevenir cualquier ataque que viniera de Moria, y traían noticias, y Haldir transmitió algunas. Los orcos merodeadores habían caído en una emboscada, y casi todos habían muerto; el resto huía hacia las montañas del norte, y eran perseguidos. Habían visto también a una criatura extraña, que corría inclinándose hacia adelante y con las manos cerca del suelo, como una bestia, aunque no tenía forma de bestia. Había conseguido escapar; no tiraron sobre ella, no sabiendo si era de buena o mala índole, y al fin desapareció en el sur siguiendo el curso del Cauce de Plata.

—También —dijo Haldir— me traen un mensaje del Señor y la Dama de los Galadrim. Marcharéis todos libremente, aun el enano Gimli. Parece que la Dama sabe quién es y qué es cada miembro de vuestra Compañía. Quizá han llegado nuevos mensajes de Rivendel.

Quitó la venda que ocultaba los ojos de Gimli.

—¡Perdón! —dijo saludando con una reverencia—. ¡Míranos ahora con ojos amistosos! ¡Mira y alégrate, pues eres el primer enano que contempla los árboles del Naith de Lórien desde el Día de Durin!

Cuando le llegó el turno de que le descubrieran los ojos, Frodo miró hacia arriba y se quedó sin aliento. Estaban en un claro. A la izquierda había una loma cubierta con una alfombra de hierba tan verde como la primavera de los Días Antiguos. Encima, como una corona doble, crecían dos círculos de árboles; los del exterior tenían la corteza blanca como la nieve, y aunque habían perdido las hojas se alzaban espléndidos en su armoniosa desnudez; los del interior eran mallorn de gran altura, todavía vestidos de oro pálido. Muy arriba entre las ramas de un árbol que crecía en el centro y era más alto que los otros resplandecía un *flet* blanco. A los pies de los árboles y en las laderas de la loma había unas florecitas amarillas de forma de estrella. Entre ellas, balanceándose sobre tallos delgados, había otras flores, blancas o de un verde muy pálido; relumbraban como una llovizna entre el rico colorido de la hierba. Arriba el cielo era azul, y el sol de la tarde resplandecía sobre la loma y echaba largas sombras verdes entre los árboles.

—¡Mirad! Hemos llegado a Cerin Amroth —dijo Haldir—. Pues éste es el corazón del antiguo reino, como era tiempo atrás, y ésta es la loma de Amroth, donde en días más felices fue edificada la alta casa de Amroth. Aquí se abren las flores de invierno en una hierba siempre fresca: la *elanor* amarilla, y la pálida *niphredil*. Aquí nos quedaremos un rato, y a la caída de la tarde llegaremos a la ciudad de los Galadrim.

Los otros se dejaron caer sobre la hierba fragante, pero Frodo se quedó de pie, todavía maravillado. Tenía la impresión de haber pasado por una alta ventana que daba a un mundo desaparecido. Brillaba allí una luz para la cual no había palabras en la lengua de los hobbits. Todo lo que veía tenía una hermosa forma, pero todas las formas parecían a la vez claramente delineadas, como si hubiesen sido concebidas y dibujadas por primera vez cuando le descubrieron los ojos, y antiguas como si hubiesen durado siempre. No veía otros colores que los conocidos, amarillo y blanco y azul y verde, pero eran frescos e intensos, como si los percibiera ahora por primera vez y les diera nombres nuevos y maravillosos. En un invierno así ningún corazón hubiese podido llorar el verano o la primavera. En todo lo que crecía en aquella tierra no se veían manchas ni enfermedades ni deformidades. En el país de Lórien no había defectos.

Se volvió y vio que Sam estaba ahora de pie junto a él, mirando alrededor con una expresión de perplejidad, frotándose los ojos como si no estuviese seguro de estar despierto.

—Hay sol y es un hermoso día, sin duda —dijo—. Pensé que los Elfos no amaban otra cosa que la luna y las estrellas: pero esto es más élfico que cualquier otra cosa que yo haya conocido alguna vez, aun de oídas. Me siento como si estuviera *dentro* de una canción, si usted me entiende.

Haldir los miro, y parecía en verdad que había entendido tanto el pensamiento como las palabras de Sam. Sonrió.

—Estáis sintiendo el poder de la Dama de los Galadrim —les dijo—. ¿Queréis trepar conmigo a Cerin Amroth?

Siguieron a Haldir, que subía con paso ligero las pendientes cubiertas de hierba. Aunque Frodo caminaba y respiraba, y el viento que le tocaba la cara era el mismo que movía las hojas y las flores de alrededor, tenía la impresión de encontrarse en un país fuera del tiempo, un país que no languidecía, no cambiaba, no caía en el olvido. Cuando volviera otra vez al mundo exterior, Frodo, el viajero de la Comarca, caminaría aún aquí, sobre la hierba entre la *elanor* y la *niphredil*, en la hermosa Lothlórien.

Entraron en el círculo de árboles blancos. En ese momento el viento del sur sopló sobre Cerin Amroth y suspiró entre las ramas. Frodo se detuvo, oyendo a lo lejos el rumor del mar en playas que habían desaparecido hacía tiempo, y los gritos de unos pájaros marinos ya extinguidos en el mundo.

Haldir se había adelantado y ahora trepaba a la elevada plataforma. Mientras Frodo se preparaba para seguirlo, apoyó la mano en el árbol junto a la escala; nunca había tenido antes una conciencia tan repentina e intensa de la textura de la corteza del árbol y de la vida que había dentro. La madera, que sentía bajo la mano, lo deleitaba, pero no como a un leñador o a un carpintero; era el deleite de la vida misma del árbol.

Cuando al fin llegó al *flet,* Haldir le tomó la mano y lo volvió hacia el sur.

—¡Mira primero a este lado! —dijo.

Frodo miró y vio, todavía a cierta distancia, una colina donde se alzaban muchos árboles magníficos, o una ciudad de torres verdes, no estaba seguro. De ese sitio venían, le pareció entonces, el poder y la luz que reinaban sobre el país, y tuvo el deseo de volar como un pájaro para ir a descansar a aquella ciudad verde. Luego miró hacia el este y vio las tierras de Lórien que bajaban hasta el pálido resplandor del Anduin, el Río Grande. Miró más allá del río: toda la luz desapareció, y se encontró otra vez en el mundo conocido. Más allá del río la tierra parecía chata y vacía, informe y borrosa, hasta que más lejos se levantaba otra vez como un muro, oscuro y terrible. El sol que alumbraba a Lothlórien no tenía poder para ahuyentar las sombras de aquellas distantes alturas.

—Allí está la fortaleza del Bosque Negro del Sur —dijo Haldir—. Está cubierta por una floresta de abetos oscuros, donde los árboles se oponen unos a otros, y las ramas se marchitan y se pudren. En medio, sobre una altura rocosa, se alza Dol Guldur, donde en otro tiempo se ocultaba el Enemigo. Tememos que esté habitada de nuevo, y con un poder septuplicado. Desde hace un tiempo se ve a veces encima una nube negra. Desde esta elevación puedes ver los dos poderes en acción, luchando siempre con el pensamiento; pero aunque la luz traspasa de lado a lado el corazón de las tinieblas, el secreto de la luz misma todavía no ha sido descubierto. Todavía no.

Se volvió y descendió rápidamente, y los otros lo siguieron.

Al pie de la loma, Frodo encontró a Aragorn, erguido, inmóvil y silencioso como un árbol; pero sostenía en la mano un capullo dorado de *elanor* y una luz le brillaba en los ojos. Parecía que estuviera recordando algo hermoso, y Frodo supo que veía las cosas como habían sido antes en ese mismo sitio. Pues los años torvos se habían borrado de la cara de Aragorn, y parecía todo vestido de blanco, un joven señor alto y hermoso, que le hablaba en lengua élfica a alguien que Frodo no podía ver. *Arwen vanimalda, namárië!* dijo, y en seguida respiró profundamente, y saliendo de sus pensamientos miró a Frodo y sonrió.

—Aquí está el corazón de Elvendom —dijo—, y aquí mi corazón vivirá para siempre, a menos que encontremos una luz más allá de los caminos oscuros que todavía hemos de recorrer, tú y yo. ¡Ven conmigo!

Y tomando la mano de Frodo, dejó la loma de Cerin Amroth a la que nunca volvería en vida.

7

EL ESPEJO DE GALADRIEL

El sol descendía detrás de las montañas y las sombras crecían en el bosque cuando se pusieron otra vez en camino. Los senderos pasaban ahora por unos setos donde la oscuridad ya estaba cerrándose. Mientras marchaban, la noche cayó bajo los árboles, y los Elfos descubrieron los faroles de plata.

De pronto salieron otra vez a un claro y se encontraron bajo un pálido cielo nocturno salpicado por unas pocas estrellas tempranas. Un vasto espacio sin árboles se extendía ante ellos en un gran círculo abriéndose a los lados. Más allá había un foso profundo perdido entre las sombras, pero la hierba de las márgenes era verde, como si brillara aún en memoria del sol que se había ido. Del otro lado del foso una pared verde se levantaba a gran altura y rodeaba una colina verde cubierta de los mallorn más altos que hubieran visto hasta entonces en esa región. Qué altos eran no se podía saber, pero se erguían a la luz del crepúsculo como torres vivientes. Entre las muchas ramas superpuestas y las hojas que no dejaban de moverse brillaban innumerables luces, verdes y doradas y plateadas. Haldir se volvió hacia la Compañía.

—¡Bienvenidos a Caras Galadon! —dijo—. He aquí la ciudad de los Galadrim donde moran el Señor Celeborn y Galadriel, la Dama de Lórien. Pero no podemos entrar por aquí pues las puertas no miran al norte. Tenemos que dar un rodeo hasta el lado sur, y habrá que caminar un rato, pues la ciudad es grande.

Del otro lado del foso corría un camino de piedras blancas. Fueron por allí hacia el este, con la ciudad alzándose siempre a la izquierda como una nube verde; y a medida que avanzaba la noche, aparecían más luces, hasta que toda la colina pareció inflamada de estrellas. Llegaron al fin a un puente blanco, y luego de cruzar se encontraron ante las grandes puertas de la ciudad: miraban al sudoeste, entre los extremos del muro circular que aquí se superponían, y eran altas y fuertes, y había muchas lámparas.

Haldir golpeó y habló, y las puertas se abrieron en silencio, pero Frodo no vio a ningún guardia. Los viajeros pasaron, y las puertas se cerraron detrás. Estaban en un pasaje profundo entre los dos extremos de la muralla, y atravesándolo rápidamente entraron en la Ciudad de los Árboles. No vieron a nadie ni oyeron ningún ruido de pasos en los caminos, pero sonaban muchas voces alrededor, y en el aire de arriba. Lejos sobre la colina se oía el sonido de unas canciones que caían de lo alto como una dulce lluvia sobre las hojas.

Recorrieron muchos senderos y subieron muchas escaleras hasta que llegaron a unos sitios elevados y vieron una fuente que refulgía en un campo de hierbas. Estaba iluminada por unas linternas de plata que colgaban de las ramas de los árboles, y el agua caía en un pilón de plata que desbordaba en un arroyo blanco. En el lado sur del prado se elevaba el mayor de todos los árboles; el tronco enorme y liso brillaba como seda gris y subía rectamente hasta las primeras ramas que se abrían muy arriba bajo sombrías nubes de hojas. A un lado pendía una ancha escala blanca, y tres Elfos estaban sentados al pie. Se incorporaron de un salto cuando vieron acercarse a los viajeros, y Frodo observó que eran altos y estaban vestidos con unas mallas grises, y que llevaban sobre los hombros unas túnicas largas y blancas.

—Aquí moran Celeborn y Galadriel —dijo Haldir—. Es deseo de ellos que subáis y les habléis.

Uno de los guardias tocó una nota clara en un cuerno pequeño, y le respondieron tres veces desde lo alto.

—Iré primero —dijo Haldir—. Que luego venga Frodo, y con él Legolas. Los otros pueden venir en el orden que deseen. Es una larga subida para quienes no están acostumbrados a estas escalas, pero podéis descansar de vez en cuando.

Mientras trepaba lentamente, Frodo vio muchos *flets:* unos a la derecha, otros a la izquierda, y algunos alrededor del tronco, de modo que la escala pasaba atravesándolos. Al fin, a mucha altura, llegó a un *talan* grande, parecido al puente de un navío. Sobre el *talan* había una casa, tan grande que en tierra hubiese podido servir de habitación a los hombres. Entró detrás de Haldir, y descubrió que estaba en una cámara ovalada, y en el medio crecía el tronco del gran mallorn, ahora ya adelgazándose pero todavía un pilar de amplia circunferencia.

Una luz clara iluminaba el aposento; las paredes eran verdes y plateadas y el techo de oro. Había muchos Elfos sentados. En dos asientos que se apoyaban en el tronco del árbol, y bajo el palio de una rama, estaban el Señor Celeborn y Galadriel. Se incorporaron para dar la bienvenida a los huéspedes, según la costumbre de los Elfos, aun de aquellos que eran considerados reyes poderosos. Muy altos eran, y la Dama no menos alta que el Señor, y hermosos y graves. Estaban vestidos de blanco, y los cabellos de la Dama eran de oro, y los cabellos del Señor Celeborn eran de plata, largos y brillantes; pero no había en ellos signos de vejez, excepto quizá en lo profundo de los ojos, pues éstos eran penetrantes como lanzas a la luz de las estrellas, y, sin embargo, hondos como pozos de recuerdos.

Haldir llevó a Frodo ante ellos, y el Señor le dio la bienvenida en la lengua de los hobbits. La Dama Galadriel no dijo nada pero contempló largamente el rostro de Frodo.

—¡Siéntate junto a mí, Frodo de la Comarca! —dijo Celeborn—. Hablaremos cuando todos hayan llegado.

Saludó cortésmente a cada uno de los compañeros, llamándolos por sus nombres.

—¡Bienvenido Aragorn hijo de Arathorn! —dijo—. Han pasado treinta y ocho años del mundo exterior desde que viniste a estas tierras; y esos años pesan sobre ti. Pero el fin está próximo, para bien o para mal. ¡Descansa aquí de tu carga por un momento!

"¡Bienvenido hijo de Thranduil! Pocas veces las gentes de mi raza vienen aquí del Norte.

"¡Bienvenido Gimli hijo de Glóin! Hace mucho en verdad que no se ve a alguien del pueblo de Durin en Caras Galadon. Pero hoy hemos dejado de lado esa antigua ley. Quizá es un anuncio de mejores días, aunque las sombras cubran ahora el mundo, y de una nueva amistad entre nuestros pueblos.

Gimli hizo una profunda reverencia.

Cuando todos los huéspedes terminaron de sentarse, el Señor los miró de nuevo.

—Aquí hay ocho —dijo—. Partieron nueve, así decían los mensajes. Pero quizá hubo algún cambio en el Concilio y no nos enteramos. Elrond está lejos y las tinieblas crecen alrededor, este año más que nunca.

—No, no hubo cambios en el Concilio —dijo la Dama Galadriel hablando por vez primera. Tenía una voz clara y musical, aunque de tono grave—. Gandalf el Gris partió con la Compañía, pero no cruzó las fronteras de este país. Contadnos ahora dónde está, pues mucho he deseado hablar con él otra vez. Pero no puedo verlo de lejos, a menos que pase de este lado de las barreras de Lothlórien; lo envuelve una niebla gris, y no sé por dónde anda ni qué piensa.

—¡Ay! —dijo Aragorn—. Gandalf el Gris ha caído en la sombra. Se demoró en Moria y no pudo escapar.

Al oír estas palabras todos los Elfos de la sala dieron grandes gritos de dolor y de asombro.

—Una noticia funesta —dijo Celeborn—, la más funesta que se haya anunciado aquí en muchos años de dolorosos acontecimientos. —Se volvió a Haldir.— ¿Por qué no me dijeron nada hasta ahora? —preguntó en la lengua élfica.

—No le hemos hablado a Haldir ni de lo que hicimos ni de nuestros propósitos —dijo Legolas—. Al principio nos sentíamos cansados y el peligro estaba aún demasiado cerca; y luego casi olvidamos nuestra pena durante un tiempo, mientras veníamos felices por los hermosos senderos de Lórien.

—Nuestra pena es grande sin embargo, y la pérdida no puede ser reparada —dijo Frodo—. Gandalf era nuestro guía, y nos condujo a través de Moria, y cuando parecía que ya no podíamos escapar, nos salvó y cayó.

—¡Contadnos toda la historia! —dijo Celeborn.

Entonces Aragorn contó todo lo que había ocurrido en el paso de Caradhras, y en los días que siguieron, y habló de Balin y del libro, y de la lucha en la Cámara de Mazarbul, y el fuego, y el puente angosto, y la llegada del Terror.

—Un mal del Mundo Antiguo me pareció, algo que nunca había visto antes —dijo Aragorn—. Era a la vez una sombra y una llama, poderosa y terrible.

—Era un Balrog de Morgoth —dijo Legolas—; de todos los azotes de los Elfos el más mortal, excepto aquel que reside en la Torre Oscura.

—En verdad vi en el puente a aquel que se nos aparece en las peores pesadillas, vi el Daño de Durin —dijo Gimli en voz baja, y había miedo en sus ojos.

—¡Ay! —dijo Celeborn—. Temimos durante mucho tiempo que hubiese algo terrible durmiendo bajo el Caradhras. Pero si hubiese sabido que los Enanos habían reanimado este mal en Moria, yo te hubiera impedido pasar por las fronteras del norte, a ti y a todos los que iban contigo. Y hasta se podría decir quizá que Gandalf cayó al fin de la sabiduría a la locura, metiéndose sin necesidad en las redes de Moria.

—Sería imprudente en verdad quien dijera tal cosa —dijo con aire grave Galadriel—. En todo lo que hizo Gandalf en vida no hubo nunca nada inútil. Quienes lo seguían no estaban enterados de lo que pensaba y no pueden explicarnos lo que él se proponía. Pero de cualquier modo, estos seguidores no tuvieron ninguna culpa. No te arrepientas de haber dado la bienvenida al enano. Si nuestra gente hubiese vivido mucho tiempo en el exilio lejos de Lothlórien, ¿quién de los Galadrim, incluyendo a Celeborn el Sabio, hubiera pasado cerca sin tener deseos de ver otra vez el antiguo hogar, aunque se hubiese convertido en morada de dragones?

"Oscuras son las aguas del Kheled-zâram, y frías son las fuentes del Kibil-nâla, y hermosas eran las salas de muchas columnas de Khazad-dûm en los Días Antiguos antes que los reyes poderosos cayeran bajo la piedra.

Galadriel miró a Gimli que estaba sentado y triste, y le sonrió. Y el enano, al oír aquellos nombres en su propia y antigua lengua, alzó los ojos y se encontró con los de Galadriel, y le pareció que miraba de pronto en el corazón de un enemigo y que allí encontraba amor y comprensión. El asombro le subió a la cara, y en seguida respondió con una sonrisa.

Se incorporó totalmente y saludó con una reverencia al modo de los Enanos diciendo: —Pero más hermoso aún es el país viviente de Lórien, y la Dama Galadriel está por encima de todas las joyas de la tierra.

Hubo un silencio. Al fin Celeborn volvió a hablar.

—Yo no sabía que vuestra situación era tan mala —dijo—. Que Gimli olvide mis palabras duras; hablé con el corazón perturbado. Haré todo lo que pueda por ayudaros, a cada uno de acuerdo con sus deseos y necesidades, pero en especial al pequeño que lleva la carga.

—Conocemos tu misión —dijo Galadriel mirando a Frodo—, pero no hablaremos aquí más abiertamente. Quizá podamos probar que no habéis venido en vano a esta tierra en busca de ayuda, como parecía ser el propósito de Gandalf. Pues se dice del Señor de los Galadrim que es el más sabio de los Elfos de la Tierra Media, y un dispensador de dones que superan los poderes de los reyes. Ha residido en el oeste desde los tiempos del alba, y he vivido con él innumerables años, pues crucé las montañas antes de la caída de Nargothrond o Gondolin, y juntos hemos combatido durante siglos la larga derrota.

"Yo fui quien convocó por vez primera el Concilio Blanco, y si hubiera podido llevar adelante mis designios, Gandalf el Gris habría presidido la reunión, y quizá las cosas hubieran pasado entonces de otro modo. Pero aun ahora queda alguna esperanza. No os aconsejaré que hagáis esto o aquello. Pues si puedo ayudaros no será con actos o maquinaciones, o decidiendo que toméis tal o cual rumbo, sino por el conocimiento de lo que ha sido y lo que es, y en parte de lo que será. Pero te diré esto: tu misión marcha ahora por el filo de un cuchillo. Un solo paso en falso y fracasará, para ruina de todos. Hay esperanzas sin embargo mientras todos los miembros de la Compañía continúen siendo fieles.

Y con estas palabras los miró a todos, y en silencio escrutó el rostro de cada uno. Nadie excepto Legolas y Aragorn soportó mucho tiempo esta mirada. Sam enrojeció en seguida y bajó la cabeza.

Por último la Dama Galadriel dejó de observarlos y sonrió.

—Que vuestros corazones no se turben —dijo—. Esta noche dormiréis en paz.

En seguida ellos suspiraron y se sintieron cansados de pronto, como si hubiesen sido interrogados a fondo durante mucho tiempo, aunque no se había dicho abiertamente ninguna palabra.

—Podéis iros —dijo Celeborn—. El dolor y los esfuerzos os han agotado. Aunque vuestra misión no nos concerniese de cerca, podríais quedaros en la ciudad hasta que os sintierais curados y recuperados. Ahora id a descansar, y durante un tiempo no hablaremos de vuestro camino futuro.

Aquella noche la Compañía durmió en el suelo, para gran satisfacción de los hobbits. Los Elfos prepararon para ellos un pabellón entre los árboles próximos a la fuente, y allí pusieron unos lechos mullidos; luego murmuraron palabras de paz con dulces voces élficas y los dejaron. Durante un rato los viajeros hablaron de cómo habían pasado la noche anterior en las copas de los árboles, de la marcha del día, del Señor y de la Dama, pues no estaban todavía en ánimo de mirar más atrás.

—¿Por qué enrojeciste, Sam? —dijo Pippin—. Te turbaste en seguida. Cualquiera hubiese pensado que tenías mala conciencia. Espero que no haya sido nada peor que un plan retorcido para robarme una manta.

—Nunca pensé nada semejante —dijo Sam que no tenía ánimos para bromas—. Si quiere saberlo, me sentí como si no tuviera nada encima, y no me gustó. Me pareció que ella estaba mirando dentro de mí y preguntándome qué haría yo si ella me diera la posibilidad de volver volando a la Comarca y a un bonito y pequeño agujero con un jardincito propio.

—Qué raro —dijo Merry—. Casi exactamente lo que yo sentí, sólo que..., bueno, creo que no diré más —concluyó con una voz débil.

A todos ellos, parecía, les había ocurrido algo semejante: cada uno había sentido que se le ofrecía la oportunidad de elegir entre una oscuridad terrible que se extendía ante él y algo que deseaba entrañablemente, y para conseguirlo sólo tenía que apartarse del camino y dejar a otros el cumplimiento de la misión y la guerra contra Sauron.

—Y a mí me pareció también —dijo Gimli— que mi elección permanecería en secreto, y que sólo yo lo sabría.

—Para mí fue algo muy extraño —dijo Boromir—. Quizá fue sólo una prueba, y ella quería leernos el pensamiento con algún buen propósito, pero yo casi hubiera dicho que estaba tentándonos, y ofreciéndonos algo que dependía de ella. No necesito decir que me negué a escuchar. Los Hombres de Minas Tirith guardan la palabra empeñada.

Pero lo que le había ofrecido la Dama, Boromir no lo dijo.

En cuanto a Frodo, se negó a hablar, aunque Boromir lo acosó con preguntas,

—Te miró mucho tiempo, Portador del Anillo —le dijo.

—Sí —dijo Frodo—, pero lo que me vino entonces a la mente ahí se quedará.

—Pues bien, ¡ten cuidado! —dijo Boromir—. No confío demasiado en esta Dama Élfica y en lo que se propone.

—¡No hables mal de la Dama Galadriel! —dijo Aragorn con severidad—. No sabes lo que dices. En ella y en esta tierra no hay ningún mal, a no ser que un hombre lo traiga aquí él mismo. Y entonces ¡que él se cuide! Pero esta noche y por vez primera desde que dejamos Rivendel dormiré sin ningún temor. ¡Y ojalá duerma profundamente, y olvide un rato mi pena! Tengo el cuerpo y el corazón cansados.

Se echó en la cama y cayó en seguida en un largo sueño.

Los otros pronto hicieron lo mismo, y durmieron sin ser perturbados por ruidos o sueños. Cuando despertaron vieron que la luz del día se extendía sobre la hierba ante el pabellón, y que el agua de la fuente se alzaba y caía refulgiendo a la luz del sol.

Se quedaron algunos días en Lothlórien, o por lo menos eso fue lo que ellos pudieron decir o recordar más tarde. Todo el tiempo que estuvieron allí brilló el sol, excepto en los momentos en que caía una lluvia suave que dejaba todas las cosas nuevas y limpias. El aire era fresco y dulce, como si estuviesen a principios de la primavera, y sin embargo sentían alrededor la profunda y reflexiva quietud del invierno. Les pareció que casi no tenían otra ocupación que comer y beber y descansar, y pasearse entre los árboles; y esto era suficiente.

No habían vuelto a ver al Señor y a la Dama, y apenas conversaban con el resto de los Elfos, pues eran pocos los que hablaban otra cosa que la Lengua del Oeste. Haldir se había despedido de ellos y había vuelto a las defensas del norte, muy vigiladas ahora luego que la Compañía había traído aquellas noticias de Moria. Legolas pasaba muchas horas con los Galadrim, y luego de la primera noche ya no durmió con sus compañeros, aunque regresaba a comer y hablar con ellos. A menudo se llevaba a Gimli para que lo acompañara en algún paseo, y a los otros les asombro este cambio.

Ahora, cuando los compañeros estaban sentados o caminaban juntos, hablaban de Gandalf y todo lo que cada uno había sabido o visto de él les venía claramente a la memoria. A medida que se curaban las heridas y el cansancio del cuerpo, el dolor de la pérdida de Gandalf se hacía más agudo. Oían con frecuencia voces élficas que cantaban cerca, y eran canciones que lamentaban la caída del mago, pues alcanzaban a oír su nombre entre palabras dulces y tristes que no entendían.

Mithrandir, Mithrandir, cantaban los Elfos, ¡oh *Peregrino Gris!* Pues así gustaban llamarlo. Pero si Legolas estaba entonces con la Compañía no les traducía las canciones, diciendo que no se consideraba bastante hábil, y que para él la pena estaba aún demasiado cerca, y era un tema para las lágrimas y no aún para una canción.

Fue Frodo el primero que expresó su dolor en palabras titubeantes. Pocas veces sentía el impulso de componer canciones o versos; aun en Rivendel había escuchado y no había cantado él mismo, aunque recordaba muchas cosas de otros. Pero ahora sentado junto a la fuente de Lórien, y escuchando las voces de los Elfos que hablaban de Gandalf, se le ocurrió una canción que a él le parecía hermosa, pero cuando trató de repetírsela a Sam sólo quedaron unos fragmentos, apagados como un manojo de flores marchitas.

> *Cuando la tarde era gris en la Comarca*
> *se oían sus pasos en la colina;*
> *y se iba antes del alba*
> *en silencio a sitios remotos.*

> *De las Tierras Ásperas a la costa del este,*
> *del desierto del norte a las lomas del sur,*
> *por antros de dragones y puertas ocultas*
> *y bosques oscuros iba a su antojo.*

> *Con Enanos y Hobbits, con Elfos y con Hombres,*
> *con gentes mortales e inmortales,*
> *con pájaros en árboles y bestias en madrigueras,*
> *en lenguas secretas hablaba.*

> *Una espada mortal, una mano benigna,*
> *una espalda que la carga doblaba;*
> *una voz de trompeta, una antorcha encendida,*
> *un peregrino fatigado.*

> *Señor de sabiduría entronizado,*
> *de cólera viva, y de rápida risa;*

un viejo de gastado sombrero
que se apoya en una vara espinosa.

Estuvo solo sobre el puente
desafiando al Fuego y a la Sombra;
la vara se le quebró en la piedra,
y su sabiduría murió en Khazad-dûm.

—¡Bueno, pronto derrotará al señor Bilbo! —dijo Sam.

—No, temo que no —dijo Frodo—, pero no soy capaz de nada mejor.

—En todo caso, señor Frodo, si un día tiene ganas de componer algo más, espero que diga una palabra de los fuegos artificiales. Algo así:

Los más hermosos fuegos nunca vistos:
estallaban en estrellas azules y verdes,
y después de los truenos un rocío de oro
caía como una lluvia de flores.

"Aunque está muy lejos de hacerles justicia.

—No, te lo dejo a ti, Sam. O quizá a Bilbo. Pero..., bueno, no puedo seguir hablando. No soporto la idea de darle la noticia a Bilbo.

Una tarde Frodo y Sam se paseaban al aire fresco del crepúsculo. Los dos se sentían de nuevo inquietos. La sombra de la partida había caído de pronto sobre Frodo; sabía de algún modo que estaba cerca el tiempo en que él tendría que dejar Lothlórien.

—¿Qué piensas ahora de los Elfos, Sam? —dijo—. Ya una vez te hice esta pregunta, antes, en un tiempo que ahora parece muy lejano; pero los has visto mucho más desde entonces.

—¡Muy cierto! —dijo Sam—. Y yo diría que hay Elfos y Elfos. Todos son bastante élficos, pero no iguales. Estos de aquí por ejemplo no son gente errante o sin hogar, y se parecen más a nosotros; parecen pertenecer a este sitio, más aún que los hobbits a la Comarca. No sé si hicieron el país o si el país los hizo a ellos, es difícil decirlo, si usted me entiende. Hay una paz maravillosa aquí. Se diría que no pasa nada, y que nadie quiere que pase. Si se trata de una magia está muy escondida, en algún sitio que no puedo tocar con las manos, por así decir.

—Puedes sentirla y verla en todas partes —dijo Frodo.

—Bueno —dijo Sam—, no se ve a nadie trabajando en eso. Ningún fuego artificial, como el pobre viejo Gandalf acostumbraba mostrar. Me pregunto por qué no hemos vuelto a ver al Señor y a la Dama en todos estos días. Se me ocurre que *ella* podría hacer algunas cosas maravillosas, si quisiera. ¡Me gustaría tanto ver alguna magia élfica, señor Frodo!

—A mí no —dijo Frodo—. Estoy satisfecho. Y no echo de menos los fuegos artificiales de Gandalf, pero sí sus cejas espesas, y su cólera, y su voz.

—Tiene razón —dijo Sam—. Y no crea que estoy buscando defectos. Siempre he querido ver un poco de magia, como esa de la que se habla en las viejas historias, pero nunca supe de una tierra mejor que ésta. Es como estar en casa y de vacaciones al mismo tiempo, si usted me entiende. No quiero irme. De todos modos, estoy empezando a sentir que si tenemos que irnos lo mejor sería irse en seguida.

"*El trabajo que nunca se empieza es el que más tarda en terminarse,* como decía mi padre. Y no creo que estas gentes puedan ayudarnos mucho más, magia y no magia. Estoy pensando que cuando dejemos estas tierras extrañaremos a Gandalf más que nunca.

—Temo que eso sea demasiado cierto, Sam —dijo Frodo—. Sin embargo espero de veras que antes de irnos podamos ver de nuevo a la Dama de los Elfos.

Estaban todavía hablando cuando vieron que la Dama Galadriel se acercaba como respondiendo a las palabras de Frodo. Alta y blanca y hermosa, caminaba entre los árboles. No les habló, pero les indicó que se acercaran.

Volviéndose, la Dama Galadriel los condujo hacia las faldas del sur de Caras Galadon, y luego de cruzar una cerca verde y alta entraron en un jardín cerrado. No tenía árboles, y el cielo se abría sobre él. La estrella de la tarde se había levantado y brillaba como un fuego blanco sobre los bosques del oeste. Descendiendo por una larga escalera, la Dama entró en una profunda cavidad verde, por la que corría murmurando la corriente de plata que nacía en la fuente de la colina. En el fondo de la cavidad, sobre un pedestal bajo, esculpido como un árbol frondoso, había un pilón de plata, ancho y poco profundo, y al lado un jarro también de plata.

Galadriel llenó el pilón hasta el borde con agua del arroyo, y sopló encima, y cuando el agua se serenó otra vez les habló a los hobbits.

—He aquí el Espejo de Galadriel —dijo—. Os he traído aquí para que miréis, si queréis hacerlo.

El aire estaba muy tranquilo, y el valle oscuro, y la Dama era alta y pálida.

—¿Qué buscaremos y qué veremos? —preguntó Frodo con un temor reverente.

—Puedo ordenarle al Espejo que revele muchas cosas —respondió ella— y a algunos puedo mostrarles lo que desean ver. Pero el Espejo muestra también cosas que no se le piden, y éstas son a menudo más extrañas y mas provechosas que aquellas que deseamos ver. Lo que verás, si dejas en libertad al espejo, no puedo decirlo. Pues muestra cosas que fueron, y cosas que son, y cosas que quizá serán. Pero lo que ve, ni siquiera el más sabio puede decirlo. ¿Deseas mirar?

Frodo no respondió.

—¿Y tú? —dijo ella volviéndose a Sam—. Pues esto es lo que tu gente llama magia, aunque no entiendo claramente qué quieren decir, y parece que usaran la misma palabra para hablar de los engaños del Enemigo. Pero ésta, si quieres, es la magia de Galadriel. ¿No dijiste que querías ver la magia de los Elfos?

—Sí —dijo Sam estremeciéndose, sintiendo a la vez miedo y curiosidad—. Echaré una mirada, Señora, si me permite.

En un aparte le dijo a Frodo: —No me disgustaría mirar un poco lo que ocurre en casa. He estado tanto tiempo fuera. Pero lo más probable es que sólo vea las estrellas, o algo que no entenderé.

—Lo más probable —dijo la Dama con una sonrisa dulce—. Pero acércate, y verás lo que puedas. ¡No toques el agua!

Sam subió al pedestal y se inclinó sobre el pilón. El agua parecía dura y sombría, y reflejaba las estrellas.

—Hay sólo estrellas, como pensé —dijo.

Casi en seguida se sobresaltó y contuvo el aliento pues las estrellas se extinguían. Como si hubiesen descorrido un velo oscuro, el Espejo se volvió gris, y luego se aclaró. El sol brillaba, y las ramas de los árboles se movían en el viento. Pero antes que Sam pudiera decir qué estaba viendo, la luz se desvaneció; y en seguida creyó ver a Frodo, de cara pálida, durmiendo al pie de un risco grande y oscuro. Luego le pareció que se veía a sí mismo yendo por un pasillo tenebroso y subiendo por una interminable escalera de caracol. Se le ocurrió de pronto que estaba buscando algo con urgencia, pero no podía saber qué. Como un sueño la visión cambió, y volvió atrás, y mostró de nuevo los árboles. Pero esta vez no estaban tan cerca, y Sam pudo ver lo que ocurría: no oscilaban en el viento, caían ruidosamente al suelo.

—¡Eh! —gritó Sam indignado—. Ahí está ese Ted Arenas derribando los árboles que no tendría que derribar. Son los árboles de la avenida que está más allá del Molino y dan sombra al camino de Delagua. Si tuviera a ese Ted a mano, ¡lo derribaría a él!

Pero ahora Sam notó que el Viejo Molino había desaparecido, y que estaban levantando allí un gran edificio de ladrillos rojos. Había mucha gente trabajando. Una chimenea alta y roja se erguía muy cerca. Un humo negro nubló la superficie del Espejo.

—Hay algo malo que opera en la Comarca —dijo—. Elrond lo sabía bien cuando quiso mandar de vuelta al señor Merry. —De pronto Sam dio un grito y saltó hacia atrás.— No puedo quedarme aquí —gritó desesperado—. Tengo que volver. Han socavado Bolsón de Tirada y allá va mi viejo tío colina abajo llevando todas sus cosas en una carretilla. ¡Tengo que volver!

—No puedes volver solo —dijo la Dama—. No deseabas volver sin tu amo antes de mirar en el Espejo, y sin embargo sabías que podía ocurrir algo malo en la Comarca. Recuerda que el Espejo muestra muchas cosas, y que algunas no han ocurrido aún. Algunas no ocurrirán nunca, a no ser que quienes miren las visiones se aparten del camino que lleva a prevenirlas. El Espejo es peligroso como guía de conducta.

Sam se sentó en el suelo y se llevó las manos a la cabeza.

—Desearía no haber venido nunca aquí, y no quiero ver más magias —dijo, y calló un rato. Luego habló trabajosamente, como conteniendo el llanto—. No, volveré por el camino largo junto con el señor Frodo, o no volveré. Pero espero volver algún día. Si lo que he visto llega a ser cierto, ¡alguien las pasará muy mal!

—¿Quieres mirar tú ahora, Frodo? —dijo la Dama Galadriel—. No deseabas ver la magia de los Elfos, y estabas satisfecho.

—¿Me aconsejáis mirar? —preguntó Frodo.

—No —dijo ella—. No te aconsejo ni una cosa ni otra. No soy una consejera. Quizá aprendas algo, y lo que veas, sea bueno o malo, puede ser de provecho, o no. Ver es a la vez conveniente y peligroso. Creo sin embargo, Frodo, que tienes bastante coraje y sabiduría para correr el riesgo, o no te hubiera traído aquí. ¡Haz como quieras!

—Miraré —dijo Frodo, y subiendo al pedestal se inclinó sobre el agua oscura.

En seguida el Espejo se aclaró y Frodo vio un paisaje crepuscular. Unas montañas oscuras asomaban a lo lejos contra un cielo pálido. Un camino largo y gris se alejaba serpeando hasta perderse de vista. Allá lejos venía una figura descendiendo lentamente por el camino, débil y pequeña al principio, pero creciendo y aclarándose a medida que se acercaba. De pronto Frodo advirtió que la figura le recordaba a Gandalf. Iba a pronunciar en voz alta el nombre del mago cuando vio que la figura estaba vestida de blanco y no de gris (un blanco que brillaba débilmente en el atardecer) y que en la mano llevaba un báculo blanco. La cabeza estaba tan inclinada que Frodo no le veía la cara, y al fin la figura tomó una curva del camino y desapareció de la vista del Espejo. Una duda entró en la mente de Frodo: ¿era ésta una imagen de Gandalf en uno de sus muchos viajes solitarios de otro tiempo, o era Saruman?

La visión cambió de pronto. Breve y pequeña pero muy vívida alcanzó a ver una imagen de Bilbo que iba y venía nerviosamente por su cuarto. La mesa estaba cubierta de papeles en desorden; la lluvia golpeaba las ventanas.

Luego hubo una pausa, y en seguida siguieron unas escenas rápidas, y Frodo supo de algún modo que eran partes de una gran historia en la que él mismo estaba envuelto. La niebla se aclaró y vio algo que nunca había visto antes pero que reconoció en seguida: el Mar. La oscuridad cayó. El mar se encrespó y se alborotó en una tormenta. Luego vio contra el sol, que se hundía rojo como sangre en jirones de nubes, la silueta negra de un alto navío de velas desgarradas que venía del oeste. Luego un río ancho que cruzaba una ciudad populosa. Después una fortaleza blanca con siete torres. Y luego otra vez la nave de velas negras, pero ahora era de mañana, y el agua reflejaba la luz, y una bandera con el emblema de una torre blanca brillaba al sol. Se alzó un humo como de fuego y batalla, y el sol descendió de nuevo envuelto en llamas rojas, y se desvaneció en una bruma gris; y un barco pequeño se perdió en la bruma con luces temblorosas. Desapareció, y Frodo suspiró y se dispuso a retirarse.

Pero de pronto el Espejo se oscureció del todo, como si se hubiera abierto un agujero en el mundo visible, y Frodo se quedó mirando el vacío. En ese abismo negro apareció un Ojo, que creció lentamente, hasta que al fin llenó casi todo el Espejo. Tan terrible era que Frodo se quedó como clavado al suelo, incapaz de gritar o de apartar la mirada. El Ojo estaba rodeado de fuego, pero él mismo era vidrioso, amarillo como el ojo de un gato, vigilante y fijo, y la hendidura negra de la pupila se abría sobre un pozo, una ventana a la nada.

Luego el Ojo comenzó a moverse, buscando aquí y allá, y Frodo supo con seguridad y horror que él, Frodo, era una de esas muchas cosas que el Ojo buscaba. Pero supo también que el Ojo no podía verlo, no todavía, a menos que él mismo así lo desease. El Anillo que le colgaba del cuello se hizo pesado, más pesado que una gran piedra, y lo obligó a inclinar la cabeza sobre el pecho. Pareció que el Espejo se calentaba y unas volutas de vapor flotaron sobre el agua. Frodo se deslizó hacia delante.

—¡No toques el agua! —le dijo dulcemente la Dama Galadriel.

La visión desapareció y Frodo se encontró mirando las frías estrellas que titilaban en el pilón. Dio un paso atrás temblando de pies a cabeza y miró a la Dama.

—Sé lo que viste al final —dijo ella— pues está también en mi mente. ¡No temas! Pero no pienses que el país de Lothlórien resiste y se defiende del Enemigo sólo con cantos en los árboles, o con las débiles flechas de los arcos élficos. Te digo, Frodo, que aun mientras te hablo, veo al Señor Oscuro y sé lo que piensa, o al menos lo que piensa en relación con los Elfos. Y él está siempre tanteando, queriendo verme y conocer mis propios pensamientos. ¡Pero la puerta está siempre cerrada!

La Dama levantó los brazos blancos y extendió las manos hacia el este en un ademán de rechazo y negativa. Eärendil, la Estrella de la Tarde, la más amada de los Elfos, brillaba clara allá en lo alto. Tan brillante era que la figura de la Dama echaba una sombra débil en la hierba. Los rayos se reflejaban en un anillo que ella tenía en el dedo, y allí resplandecía como oro pulido recubierto de una luz de plata, y una piedra blanca relucía en él como si la Estrella de la Tarde hubiera venido a apoyarse en la mano de la Dama Galadriel. Frodo miró el anillo con un respetuoso temor, pues de pronto le pareció que entendía.

—Sí —dijo la Dama adivinando los pensamientos de Frodo—, no está permitido hablar de él, y Elrond tampoco pudo. Pero no es posible ocultárselo al Portador del Anillo y a alguien que ha visto el Ojo. En verdad, en el país de Lórien y en el dedo de Galadriel está uno de los

Tres. Éste es Nenya, el Anillo de Diamante, y yo soy quien lo guarda.

"Él lo sospecha, pero no lo sabe aún. ¿Entiendes ahora por qué tu venida era para nosotros como un primer paso en el cumplimiento del Destino? Pues si fracasas, caeremos indefensos en manos del Enemigo. Pero si triunfas, nuestro poder decrecerá, y Lothlórien se debilitará, y las marcas del Tiempo la borrarán de la faz de la tierra. Tenemos que partir hacia el oeste, o transformarnos en un pueblo rústico que vive en cañadas y cuevas, condenados lentamente a olvidar y a ser olvidados.

Frodo bajó la cabeza.

—¿Y vos qué deseáis?

—Que se cumpla lo que ha de cumplirse —dijo ella—. El amor de los Elfos por esta tierra en que viven y por las obras que llevan a cabo es más profundo que las profundidades del mar, y el dolor que ellos sienten es imperecedero, y nunca se apaciguará. Sin embargo, lo abandonarán todo antes que someterse a Sauron, pues ahora lo conocen. Del destino de Lothlórien no eres responsable, pero sí del cumplimiento de tu misión. Sin embargo desearía, si sirviera de algo, que el Anillo Único no hubiese sido forjado jamás, o que nunca hubiese sido encontrado.

—Sois prudente, intrépida, y hermosa, Dama Galadriel —dijo Frodo—, y os daré el Anillo Único, si vos me lo pedís. Para mí es algo demasiado grande.

Galadriel rió de pronto con una risa clara.

—La Dama Galadriel es quizá prudente —dijo—, pero ha encontrado quien la iguale en cortesía. Te has vengado gentilmente de la prueba a que sometí tu corazón en nuestro primer encuentro. Comienzas a ver claro. No niego que mi corazón ha deseado pedirte lo que ahora me ofreces. Durante muchos largos años me he preguntado qué haría si el Gran Anillo llegara alguna vez a mis manos, ¡y mira!, está ahora a mi alcance. El mal que fue planeado hace ya mucho tiempo sigue actuando de distintos modos, ya sea que Sauron resista o caiga. ¿No hubiera sido una noble acción, que aumentaría el crédito del Anillo, si se lo hubiera arrebatado a mi huésped por la fuerza o el miedo?

"Y ahora al fin llega. ¡Me darás libremente el Anillo! En el sitio del Señor Oscuro instalarás una Reina. ¡Y yo no seré oscura sino hermosa y terrible como la Mañana y la Noche! ¡Hermosa como el Mar y el Sol y la Nieve en la Montaña! ¡Terrible como la Tempestad y el Relámpago! Más fuerte que los cimientos de la tierra. ¡Todos me amarán, y desesperarán!

Galadriel alzó la mano y del anillo que llevaba brotó una luz que la iluminó a ella sola, dejando todo el resto en la oscuridad. Se irguió ante Frodo, y pareció que tenía de pronto una altura inconmensurable y una belleza irresistible, adorable y tremenda. En seguida dejó caer la mano, y la luz se extinguió, y ella rió de nuevo, y he aquí que fue otra vez una delgada mujer elfa, vestida sencillamente de blanco, de voz dulce y triste.

—He pasado la prueba —dijo—. Me iré empequeñeciendo, y marcharé al Oeste, y continuaré siendo Galadriel.

Permanecieron un largo rato en silencio. Al fin la Dama habló otra vez.

—Volvamos —dijo—. Tienes que partir en la mañana, pues ya hemos elegido, y las mareas del destino están subiendo.

—Quisiera preguntaros algo antes de partir —dijo Frodo—, algo que ya quise preguntárselo a Gandalf en Rivendel. Se me ha permitido llevar el Anillo Único. ¿Por qué no puedo ver todos los otros y conocer los pensamientos de quienes los usan?

—No lo has intentado —dijo ella—. Desde que tienes el Anillo sólo te lo has puesto tres veces. ¡No lo intentes! Te destruiría. ¿No te dijo Gandalf que los Anillos dan poder de acuerdo con las condiciones de cada poseedor? Antes que puedas utilizar ese poder tendrás que ser mucho más fuerte, y entrenar tu voluntad en el dominio de los otros. Y aun así, como Portador del Anillo, y como alguien que se lo ha puesto en el dedo y ha visto lo que está oculto, tus ojos han llegado a ser más penetrantes. Has leído en mis pensamientos más claramente que muchos que se titulaban sabios. Viste el Ojo de aquel que tiene los Siete y los Nueve. ¿Y no reconociste el anillo que llevo en el dedo? ¿Viste tú mi anillo? —preguntó volviéndose hacia Sam.

—No, Señora —respondió Sam—. Para decir la verdad, me preguntaba de qué estaban hablando. Vi una estrella a través del dedo de usted. Pero si me permiten que hable francamente, creo que mi amo tiene razón. Yo desearía que tomara usted el Anillo. Pondría usted las cosas en su lugar. Impediría que molestasen a mi padre y que lo echaran a la calle. Haría pagar a algunos por los sucios trabajos en que han estado metidos.

—Sí —dijo ella—. Así sería al principio. Pero luego sobrevendrían otras cosas, lamentablemente. No hablemos más. ¡Vamos!

8

ADIÓS A LÓRIEN

Aquella noche la Compañía fue convocada de nuevo a la cámara de Celeborn, y allí el Señor y la Dama los recibieron con palabras amables. Al fin Celeborn habló de la partida.

—Ha llegado la hora —dijo— en que aquellos que desean continuar la Misión tendrán que mostrarse duros de corazón y dejar este país. Aquellos que no quieran ir más adelante pueden permanecer aquí, durante un tiempo. Pero se queden o se vayan, nadie estará seguro de tener paz. Pues hemos llegado al borde del precipicio del destino. Aquellos que así lo deseen podrán esperar aquí a la hora en que los caminos del mundo se abran de nuevo para todos, o a que sean convocados en última instancia en auxilio de Lórien. Podrán entonces volver a sus propias tierras, o marchar al largo descanso de quienes caen en la batalla.

Hubo un silencio.

—Todos han resuelto seguir adelante —dijo Galadriel mirándolos a los ojos.

—En cuanto a mí —dijo Boromir—, el camino de regreso está adelante y no atrás.

—Es cierto —dijo Celeborn—, ¿pero irá contigo toda la Compañía hasta Minas Tirith?

—No hemos decidido aún qué curso seguiremos —dijo Aragorn—. No sé qué pensaba hacer Gandalf más allá de Lothlórien. Creo en verdad que ni siquiera él tenía un propósito claro.

—Quizá no —dijo Celeborn—, sin embargo cuando dejéis esta tierra habréis de tener en cuenta el Río Grande. Como algunos de vosotros lo sabéis bien, ningún viajero con equipaje puede cruzarlo entre Lórien y Gondor, excepto en bote. ¿Y acaso no han sido destruidos los puentes de Osgiliath, y no están todos los embarcaderos en manos del Enemigo?

"¿Por qué lado viajaréis? El camino de Minas Tirith corre por este lado, al oeste; pero el camino directo de la Misión va por el este del río, la orilla más oscura. ¿Qué orilla seguiréis?

—Si mi consejo vale de algo, yo elegiría la orilla occidental, el camino a Minas Tirith —respondió Boromir—. Pero no soy el jefe de la Compañía.

Los otros no dijeron nada, y Aragorn parecía indeciso y preocupado.

—Ya veo que todavía no sabéis qué hacer —dijo Celeborn—. No me corresponde elegir por vosotros, pero os ayudaré en lo que pueda. Hay entre vosotros algunos capaces de manejar una embarcación: Legolas, cuya gente conoce el rápido Río del Bosque; y Boromir de Gondor, y Aragorn el viajero.

—¡Y un hobbit! —gritó Merry—. No todos nosotros pensamos que los botes son caballos salvajes. Mi gente vive a orillas del Brandivino.

—Muy bien —dijo Celeborn—. Entonces proveeré de embarcaciones a la Compañía. Serán pequeñas y livianas, pues si vais lejos por el agua habrá sitios donde tendréis que transportarlas. Llegaréis a los rápidos de Sarn Gebir, y quizá al fin a los grandes saltos del Rauros donde el Río cae atronando desde Nen Hithoel; y hay otros peligros. Las embarcaciones harán que vuestro viaje sea menos trabajoso por un tiempo. Sin embargo, no os aconsejarán: al fin tendréis que dejarlas, a ellas y al Río, y marchar hacia el oeste... o el este.

Aragorn agradeció a Celeborn repetidas veces. La noticia de los botes lo tranquilizó, pues durante unos días no sería necesario decidir el curso. Los otros parecían también más esperanzados. Cualesquiera que fuesen los peligros que los esperaban allá adelante, parecía mejor ir a encontrarlos navegando el ancho Anduin aguas abajo que caminar trabajosamente con las espaldas dobladas. Sólo Sam titubeaba: él por lo menos seguía pensando que los botes eran tan malos como los caballos salvajes, y quizá aún peores, y no todos los peligros a los que había sobrevivido le habían probado lo contrario.

—Todo estará preparado para vosotros y os esperará en el puerto antes del mediodía —dijo Celeborn—. Os enviaré a mi gente en la mañana para que os ayude en los preparativos del viaje. Ahora os desearemos a todos buenas noches y un sueño tranquilo.

—¡Buenas noches, amigos míos! —dijo Galadriel—. ¡Dormid en paz! No os preocupéis demasiado esta noche pensando en el camino. Pues los caminos que seguiréis todos vosotros ya se extienden quizá a vuestros pies, aunque no los veáis aún. ¡Buenas noches!

La Compañía se despidió y regresó al pabellón. Legolas fue con ellos, pues ésta era la última noche que pasarían en Lothlórien, y a pesar de las palabras de Galadriel deseaban estar todos juntos y discutir los pormenores del viaje.

Durante largo tiempo hablaron de lo que harían, y cómo llevarían a cabo la misión que concernía al Anillo; pero no llegaron a ninguna decisión. Era obvio que la mayoría deseaba ir primero a Minas Tirith, y escapar así al menos por un tiempo al terror del Enemigo. Estaban dispuestos a seguir a un guía hasta la otra orilla, y aun entrar en las sombras de Mordor, pero Frodo callaba, y Aragorn vacilaba todavía.

El plan de Aragorn, mientras Gandalf estaba aún con ellos, había sido ir con Boromir y ayudar a la liberación de Gondor. Pues creía que el mensaje del sueño era un mandato, y que había llegado al fin la hora en que el heredero de Elendil aparecería para luchar contra el dominio de Sauron. Pero en Moria había tenido que tomar la carga de Gandalf y sabía que ahora no podía dejar de lado el Anillo, si Frodo se negaba a ir con Boromir. ¿Y sin embargo de qué modo podría él, o cualquier otro de la Compañía, ayudar a Frodo, salvo acompañándolo a ciegas a la oscuridad?

—Iré a Minas Tirith, sólo si fuera necesario, pues es mi deber —dijo Boromir, y luego calló un rato, sentado y con los ojos clavados en Frodo, como si tratara de leer los pensamientos del Mediano. Al fin retomó la palabra, como discutiendo consigo mismo—. Si sólo te propones destruir el Anillo —dijo—, la guerra y las armas no servirán de mucho, y los Hombres de Minas Tirith no podrán ayudarte. Pero si deseas destruir el poder armado del Señor Oscuro, sería una locura entrar sin fuerzas en esos dominios, y una locura sacrificar... —Se interrumpió de pronto, como si hubiese advertido que estaba pensando en voz alta.— Sería una locura sacrificar vidas, quiero decir —concluyó—. Se trata de elegir entre defender una plaza fortificada y marchar directamente hacia la muerte. Al menos, así es como yo lo veo.

Frodo notó algo nuevo y extraño en los ojos de Boromir, y lo miró con atención. Lo que Boromir acababa de decir no era lo que él pensaba, evidentemente. Sería una locura sacrificar ¿qué? ¿El Anillo del Poder? Boromir había dicho algo parecido en el Concilio, aunque había aceptado entonces la corrección de Elrond. Frodo miró a Aragorn, pero el Montaraz parecía hundido en sus propios pensamientos, y no daba muestras de haber oído las palabras de Boromir. Y así terminó la discusión. Merry y Pippin ya estaban dormidos, y Sam cabeceaba. La noche envejecía.

Por la mañana, mientras comenzaban a embalar las pocas cosas que les quedaban, unos Elfos que hablaban la lengua de la Compañía vinieron a traerles regalos de comida y ropa para el viaje. La comida consistía principalmente en galletas, preparadas con una harina que estaba un poco tostada por fuera, y que por dentro era de color cremoso. Gimli tomó una de las galletas y la miró con ojos desconfiados.

—*Cram* —dijo a media voz mientras mordisqueaba una punta quebradiza. La expresión del enano cambió rápidamente y se comió todo el resto de la galleta saboreándola con delectación.

—¡Basta, basta! —gritaron los Elfos riendo—. Has comido suficiente para toda una jornada.

—Pensé que era sólo una especie de *cram,* como los que preparan los Hombres de Valle para viajar por el desierto —dijo el enano.

—Así es —respondieron los Elfos—. Pero nosotros lo llamamos *lembas* o pan del camino, y es más fortificante que cualquier comida preparada por los Hombres, y es más agradable que el *cram*, desde cualquier punto de vista.

—Por cierto —dijo Gimli—. En realidad es mejor que los bizcochos de miel de los Beórnidas, y esto es un gran elogio, pues no conozco panaderos mejores que ellos. Aunque en estos días no parecen estar muy interesados en darles bizcochos a los viajeros. ¡Sois anfitriones muy amables!

—De cualquier modo, os aconsejamos que cuidéis de la comida —dijeron los Elfos—. Comed poco cada vez, y sólo cuando sea necesario. Pues os damos estas cosas para que os sirvan cuando falte todo lo demás. Las galletas se conservarán frescas muchos días, si las guardáis enteras y en las envolturas de hojas en que las hemos traído. Una sola basta para que un viajero aguante en pie toda una dura jornada, aunque sea un hombre alto de Minas Tirith.

Los Elfos abrieron luego los paquetes de ropas y las repartieron entre los miembros de la Compañía. Habían preparado para cada uno, y en las medidas correspondientes, una capucha y una capa, de esa tela sedosa, liviana y abrigada que tejían los Galadrim. Era difícil saber de qué color eran: parecían grises, con los tonos del crepúsculo bajo los árboles; pero si se las movía, o se las ponía en otra luz, eran verdes como las hojas a la sombra, o pardas como los campos en barbecho al anochecer, o de plata oscura como el agua a la luz de las estrellas. Las capas se cerraban al cuello con un broche que parecía una hoja verde de nervaduras de plata.

—¿Son mantos mágicos? —preguntó Pippin mirándolos con asombro.

—No sé a qué te refieres —dijo el jefe de los Elfos—. Son vestiduras hermosas, y la tela es buena, pues ha sido tejida en este país. Son por cierto ropas élficas, si eso querías decir. Hoja y rama, agua y piedra: tienen el color y la belleza de todas esas cosas que amamos a la luz del crepúsculo en Lórien, pues en todo lo que hacemos ponemos el pensamiento de todo lo que amamos. Sin embargo son ropas, no armaduras, y no pararán ni la flecha ni la espada. Pero os serán muy útiles: son livianas para llevar, abrigadas o frescas de acuerdo con las necesidades del momento. Y os ayudarán además a manteneros ocultos de miradas indiscretas, ya caminéis entre piedras o entre árboles. ¡La Dama os tiene en verdad en gran estima! Pues ha sido ella misma y las doncellas que la sirven quienes han tejido esta tela, y nunca hasta ahora habíamos vestido a extranjeros con las ropas de los nuestros.

Después de un almuerzo temprano la Compañía se despidió del prado junto a la fuente. Todos sentían un peso en el corazón, pues el sitio era hermoso, y había llegado a convertirse en un hogar para ellos, aunque no sabían bien cuántos días y noches habían pasado allí. Se habían detenido un momento a mirar el agua blanca a la luz del sol cuando Haldir se les acercó cruzando el pasto del claro. Frodo lo saludó con alegría.

—Vengo de las Defensas del Norte —dijo el Elfo—, y he sido enviado para que os sirva otra vez de guía. En el Valle del Arroyo Sombrío hay vapores y nubes de humo, y las montañas están perturbadas. Hay ruidos en las profundidades de la tierra. Si alguno de vosotros ha pensado en regresar por el norte, no podría cruzar. ¡Pero adelante! Vuestro camino va ahora hacia el sur.

Caminaron atravesando Caras Galadon y las sendas verdes estaban desiertas, pero arriba en los árboles se oían muchas voces que murmuraban y cantaban. El grupo marchaba en silencio. Al fin Haldir los llevó cuesta abajo por la pendiente meridional de la colina, y llegaron así de nuevo a la puerta iluminada por faroles y al puente blanco; y por allí salieron dejando la ciudad de los Elfos. Casi en seguida abandonaron la ruta empedrada, y tomaron un sendero que se internaba en un bosque espeso de mallorn, y avanzaron serpeando entre bosques ondulantes de sombras de plata, descendiendo siempre al sur y al este hacia las orillas del Río.

Habían recorrido ya unas diez millas y el mediodía estaba próximo cuando llegaron a una alta pared verde. Pasaron por una abertura y se encontraron fuera de la zona de árboles. Ante ellos se extendía un prado largo de hierba brillante, salpicado de *elanor* doradas que brillaban al sol. El prado concluía en una lengua estrecha entre márgenes relucientes: a la derecha y al oeste corría centelleando el Cauce de Plata; a la izquierda y al este bajaban las aguas amplias, profundas y oscuras del Río Grande. En las orillas opuestas los bosques proseguían hacia el sur hasta perderse de vista, pero las orillas mismas estaban desiertas y desnudas. Ningún mallorn alzaba sus ramas doradas más allá de las Tierras de Lórien.

En las márgenes del Cauce de Plata, a cierta distancia de donde se encontraban las corrientes, había un embarcadero de piedras blancas y maderos blancos, y amarrados allí numerosos botes y barcas. Algunos estaban pintados con colores muy brillantes, plata y oro y verde, pero casi todos eran blancos o grises. Tres pequeñas barcas grises habían sido preparadas para los viajeros, y los Elfos cargaron en ellas los paquetes de ropa y comida. Y añadieron además unos rollos de cuerda, tres por cada barca. Las cuerdas parecían delgadas pero fuertes, sedosas al tacto, grises como los mantos de los Elfos.

—¿Qué es esto? —preguntó Sam tocando un rollo que yacía sobre la hierba.

—¡Cuerdas por supuesto! —le respondió un Elfo desde las barcas—. ¡Nunca vayas lejos sin una cuerda! Una cuerda larga, fuerte y liviana, puede ser una buena ayuda en muchas ocasiones.

—¡Que me lo digan a mí! —exclamó Sam—. No traje ninguna, y he estado preocupado desde entonces. Pero me preguntaba qué material es éste, pues algo sé de confección de cuerdas: está en la familia, por así decirlo.

—Son cuerdas de *hithlain* —dijo el Elfo—; pero no hay tiempo ahora de instruirte en el arte de fabricar cuerdas. Si hubiéramos sabido de tu interés, podríamos haberte enseñado muchas cosas. Pero ahora, ay, a menos que un día vuelvas aquí, tendrás que contentarte con nuestro regalo. ¡Que te sea útil!

—¡Vamos! —dijo Haldir—. Está todo listo. ¡Embarcad! ¡Pero tened cuidado al principio!

—¡No olvidéis este consejo! —dijeron otros Elfos—. Éstas son embarcaciones livianas, y distintas de las de otras gentes. No se hundirán, aunque las carguéis demasiado, pero no son fáciles de manejar. Sería conveniente que os acostumbrarais a subir y a bajar, aprovechando que hay aquí un embarcadero, antes de lanzaros aguas abajo.

La Compañía se repartió así: Aragorn, Frodo y Sam iban en una barca; Boromir, Merry y Pippin en otra; y en la tercera Legolas y Gimli, que ahora eran grandes amigos. Esta última embarcación llevaba además la mayor parte de las provisiones y paquetes. Las barcas eran impulsadas y dirigidas con unos remos cortos de pala ancha en forma de hoja. Cuando todo estuvo preparado, Aragorn decidió probarlas en el Cauce de Plata. La corriente era rápida y progresaban lentamente. Sam, sentado en la proa, las manos aferradas a los bordes, miraba nostálgico la orilla. Los reflejos del sol en el agua lo enceguecían. Más allá del campo verde de la Lengua los árboles crecían otra vez en las márgenes. Aquí y allá unas hojas doradas se balanceaban en el agua. El aire era brillante y tranquilo, y todo estaba en silencio, excepto el canto agudo y distante de las alondras.

Doblaron en un recodo del río, y allí, navegando orgullosamente hacia ellos, vieron un cisne de gran tamaño. El agua se abría en ondas a cada lado del pecho blanco, bajo el cuello curvo. El pico del ave chispeaba como oro bruñido, y los ojos relucían como azabache engarzado en piedras amarillas; las inmensas alas blancas se alzaban a medias. Una música lo acompañaba mientras descendía por el río; y de pronto se dieron cuenta de que el cisne era una nave construida y esculpida con todo el arte élfico. Dos Elfos vestidos de blanco la impulsaban con la ayuda de unas palas negras. En medio de la embarcación estaba sentado Celeborn, y detrás venía Galadriel, de pie, alta y blanca; una corona de flores doradas le ceñía los cabellos, y en la mano sostenía un arpa pequeña, y cantaba. Triste y dulce era el sonido de la voz de Galadriel en el aire claro y fresco.

He cantado las hojas, las hojas de oro, y allí crecían hojas de oro;
he cantado el viento, y un viento vino y sopló entre las ramas.
Más allá del sol, más allá de la luna, había espuma en el mar,
y cerca de la playa de Ilmarin crecía un árbol de oro,
y brillaba en Eldamar bajo las estrellas del Anochecer Eterno,
en Eldamar junto a los muros de Tirion de los Elfos.
Allí crecieron durante largos años las hojas doradas,
mientras que aquí, más allá de los Mares Revueltos,
  corren ahora las lágrimas élficas.
Oh Lórien. Llega el invierno, el día desnudo y deshojado;
las hojas caen en el agua, el Río fluye alejándose.
Oh Lórien. Demasiado he vivido en estas costas
y he entretejido la elanor de oro en una corona evanescente.
Pero si ahora he de cantar a las naves, ¿qué nave vendrá a mí,
qué nave me llevará de vuelta por un Mar tan ancho?

Aragorn detuvo la barca mientras la nave-cisne se acercaba de costado. La Dama dejó de cantar y les dio la bienvenida.

—Hemos venido a dejaros nuestro último adiós —dijo—, y acompañar vuestra partida con nuestras bendiciones.

—Aunque habéis sido nuestros huéspedes —dijo Celeborn— todavía no habéis comido con nosotros, y os invitamos por lo tanto a un festín de despedida, aquí entre las aguas que os llevarán lejos de Lórien.

El Cisne se adelantó lentamente hacia el embarcadero, y los otros botes dieron media vuelta y fueron detrás. Allí, en los extremos de Egladil y sobre la hierba verde se celebró el festín de despedida; pero Frodo comió y bebió poco, atento sólo a la belleza de la Dama y a su voz. Ya no le parecía ni peligrosa ni terrible, ni poseedora de un poder oculto. La veía ahora como los hombres de tiempos ulteriores vieron alguna vez a los Elfos: presentes y sin embargo remotos, una visión animada de aquello que la corriente incesante del Tiempo había dejado atrás.

Después de haber comido y bebido, sentados en la hierba, Celeborn les habló otra vez del viaje, y alzando la mano señaló al sur los bosques que se extendían más allá de la Lengua.

—Cuando vayáis aguas abajo —dijo—, veréis que los árboles irán disminuyendo hasta que al fin llegaréis a una región árida. Allí el Río corre por valles pedregosos entre altos páramos, hasta que después de muchas leguas se encuentra con Escarpa, la isla alta que llamamos Tol Brandir. El agua rodea las costas escarpadas de la isla para precipitarse luego con mucho estrépito y humo por las cataratas de Rauros al cauce del Nindalf, el Cancha Aguada en vuestra lengua. Es una vasta región de pantanos inertes donde las aguas se dividen en muchos tortuosos brazos. En este sitio el Entaguas afluye por numerosas bocas desde el Bosque de Fangorn en el oeste. Junto a esas aguas, a este lado del Río Grande, está Rohan. Del otro lado se elevan las colinas desnudas de Emyn Muil. El viento sopla allí del este, pues estas elevaciones llevan por encima de las Ciénagas de los Muertos y las Tierras de Nadie a Cirith Gorgor y las puertas negras de Mordor.

"Boromir y aquellos que vayan con él en busca de Minas Tirith tendrán que dejar el Río Grande antes de Rauros y cruzar el Entaguas antes que desemboque en las ciénagas. Sin embargo no han de remontar demasiado esa corriente, ni correr el riesgo de perder el rumbo en el Bosque de Fangorn. Son tierras extrañas, ahora poco conocidas. Pero estoy seguro de que Boromir y Aragorn no necesitan de esta advertencia.

—Sí, hemos oído hablar de Fangorn en Minas Tirith —dijo Boromir—. Pero lo que he oído me ha parecido en gran parte cuentos de viejas, adecuados para niños. Todo lo que se encuentra al norte de Rohan está para nosotros tan lejos que es posible imaginar cualquier cosa. Fangorn es desde hace tiempo una frontera de Gondor, pero han pasado generaciones sin que ninguno de nosotros visitara esas tierras, probando así o desaprobando las leyendas que nos llegaron de antaño.

"Yo mismo he estado a veces en Rohan, pero nunca atravesé la región hacia el norte. Cuando tuve que llevar algún mensaje marché por El Paso bordeando las Montañas Blancas, y crucé el Isen y el Fontegrís para pasar a las Tierras del Norte. Un viaje largo y fatigoso. Cuatrocientas leguas conté entonces, y me llevaron muchos meses, pues perdí mi caballo en Tharbad, vadeando el Aguada Gris. Después de ese viaje, y el camino que he hecho con esta Compañía, no dudo de que encontraría un modo de atravesar Rohan, y Fangorn también si fuese necesario.

—Entonces no tengo más que decir —concluyó Celeborn—. Pero no desprecies las tradiciones que nos llegan de antaño; ocurre a menudo que las viejas guardan en la memoria cosas que los sabios de otro tiempo necesitaban saber.

Galadriel se levantó entonces de la hierba, y tomando una copa de manos de una doncella, la llenó de hidromiel blanco y se la tendió a Celeborn.

—Ahora es tiempo de beber la copa del adiós —dijo—. ¡Bebed, Señor de los Galadrim! Y que tu corazón no esté triste, aunque la noche tendrá que seguir al mediodía, y ya la tarde lleva a la noche.

En seguida ella llevó la copa a cada uno de los miembros de la Compañía, invitándolos a beber y a despedirse. Pero cuando todos hubieron bebido les ordenó que se sentaran otra vez en la hierba, y las doncellas trajeron unas sillas para ella y Celeborn. Las doncellas esperaron en silencio rodeando a Galadriel, y ella contempló un rato a los huéspedes. Al fin habló otra vez.

—Hemos bebido la copa de la despedida —dijo—, y las sombras caen ahora entre nosotros. Pero antes que os vayáis, he traído en mi barca unos regalos que el Señor y la Dama de los Galadrim os ofrecen ahora en recuerdo de Lothlórien.

En seguida los llamó a uno por uno.

—Éste es el regalo de Celeborn y Galadriel al guía de vuestra Compañía —le dijo a Aragorn, y le dio una vaina que habían hecho especialmente para la espada que llevaba el nombre de Andúril, y que estaba adornada por flores y hojas entretejidas de oro y plata, y por numerosas gemas dispuestas como runas élficas en las que se leía el nombre y el linaje de la espada—. La hoja que sale de esta vaina no tendrá manchas ni se quebrará, aun en la derrota. Pero ¿hay alguna otra cosa que desearías de mí en este momento de la separación? Pues las tinieblas descenderán entre nosotros, y es posible que no volvamos a encontrarnos, a no ser lejos de aquí en un camino del que no se vuelve.

Y Aragorn respondió: —Señora, conoces bien todos mis deseos, y durante mucho tiempo guardaste el único tesoro que busco. Sin embargo, no depende de ti dármelo, aunque esa fuera tu voluntad; y sólo llegaré a él internándome en las tinieblas.

—Entonces quizá esto te alivie el corazón —dijo Galadriel—, pues quedó a mi cuidado para que te lo diera si llegabas a pasar por aquí. —Galadriel alzó entonces una piedra de color verde claro que tenía en el regazo, montada en un broche de plata que imitaba a un águila con las alas extendidas; y mientras ella la sostenía en lo alto la piedra centelleaba como el sol que se filtra entre las hojas de la primavera.— Esta piedra se la he dado a mi hija Celebrían, y ella se la ha pasado a su hija, y ahora llega a ti como una señal de esperanza. En esta hora toma el nombre que fue anunciado para ti: ¡Elessar, la Piedra de Elfo de la casa de Elendil!

Aragorn tomó entonces la piedra y se la puso al pecho, y quienes lo vieron se asombraron mucho, pues no habían notado antes qué alto y majestuoso era, como si se hubiera desprendido del peso de muchos años.

—Te agradezco los regalos que me has dado —dijo Aragorn—, oh Dama de Lórien de quien descienden Celebrían y Arwen, la Estrella de la Tarde. ¿Qué elogio podría ser el más elocuente?

La Dama inclinó la cabeza, y luego se volvió a Boromir, y le dio un cinturón de oro, y a Merry y a Pippin les dio pequeños cinturones de plata, con broches labrados como flores de oro. A Legolas le dio un arco como los que usan los Galadrim, más largo y fuerte que los arcos del Bosque Negro, y la cuerda era de cabellos élficos. Había también un carcaj de flechas.

—Para ti, pequeño jardinero y amante de los árboles —le dijo a Sam—, tengo sólo un pequeño regalo —y le puso en la mano una cajita de simple madera gris, sin ningún adorno excepto una runa de plata en la tapa—. Esto es una G por Galadriel —dijo—, pero podría referirse a jardín,* en vuestra lengua. Esta caja contiene tierra de mi jardín, y lleva las bendiciones que Galadriel todavía puede otorgar. No te protegerá en el camino ni te defenderá contra el peligro, pero si la conservas y vuelves un día a tu casa, quizá tengas entonces tu recompensa. Aunque encontraras todo seco y arruinado, pocos jardines de la Comarca florecerán como el tuyo si esparces allí esta tierra. Entonces te acordarás de Galadriel, y tendrás una visión del invierno de la lejana Lórien. Pues nuestra primavera y nuestro verano han quedado atrás, y nunca este mundo los verá otra vez, excepto en la memoria.

Sam enrojeció hasta las orejas y murmuró algo ininteligible, y tomando la caja saludó como pudo con una reverencia.

—¿Y qué regalo le pediría un Enano a los Elfos? —dijo Galadriel volviéndose a Gimli.

—Ninguno, Señora —respondió Gimli—. Es suficiente para mí haber visto a la Dama de los Galadrim, y haber oído tan gentiles palabras.

—¡Escuchad vosotros, Elfos! —dijo la Dama mirando a la gente de alrededor—. Que nadie vuelva a decir que los Enanos son codiciosos y antipáticos. Pero tú, Gimli hijo de Glóin, algo desearás que yo pueda darte. ¡Nómbralo, y es una orden! No serás el único huésped que se va sin regalo.

—No deseo nada, Dama Galadriel —dijo Gimli inclinándose y balbuceando—. Nada, a menos que... a menos que se me permita pedir, qué digo, nombrar uno solo de

---

* *Garden* en inglés.

vuestros cabellos, que supera al oro de la tierra así como las estrellas superan a las gemas de las minas. No pido ese regalo, pero me ordenasteis que nombrara mi deseo.

Los Elfos se agitaron y murmuraron estupefactos, y Celeborn miró con asombro a Gimli, pero la Dama sonreía.

—Se dice que los Enanos son más hábiles con las manos que con la lengua —dijo—, pero esto no se aplica a Gimli. Pues nadie me ha hecho nunca un pedido tan audaz y sin embargo tan cortés. ¿Y cómo podría rehusarme si yo misma le ordené que hablara? Pero dime, ¿qué harás con un regalo semejante?

—Atesorarlo, Señora —respondió Gimli—, en recuerdo de lo que me dijisteis en nuestro primer encuentro. Y si vuelvo alguna vez a las forjas de mi país, lo guardaré en un cristal imperecedero como tesoro de mi casa y como prenda de buena voluntad entre la Montaña y el Bosque hasta el fin de los días.

La Dama se soltó entonces una de las largas trenzas, cortó tres cabellos dorados, y los puso en la mano de Gimli.

—Estas palabras acompañan al regalo —dijo—. No profetizo nada, pues toda profecía es vana ahora; de un lado hay oscuridad y del otro lado nada más que esperanza. Si la esperanza no falla, yo te digo, Gimli hijo de Glóin, que el oro te desbordará en las manos, y sin embargo no tendrá ningún poder sobre ti.

"Y tú, Portador del Anillo —dijo la Dama, volviéndose a Frodo—; llego a ti en último término, aunque en mis pensamientos no eres el último. Para ti he preparado esto. —Alzó una pequeña redoma, que centelleaba cuando ella la movía, y unos rayos de luz le brotaron de la mano.— En esta redoma —dijo ella— he recogido la luz de la estrella de Eärendil, tal como apareció en las aguas de mi fuente. Brillará todavía más en medio de la noche. Que sea para ti una luz en los sitios oscuros, cuando todas las otras luces se hayan extinguido. ¡Recuerda a Galadriel y el Espejo!

Frodo tomó la redoma, y la luz brilló un instante entre ellos, y él la vio de nuevo erguida como una reina, grande y hermosa, pero ya no terrible. Se inclinó, sin saber qué decir.

La Dama se puso entonces de pie, y Celeborn los guió de vuelta al muelle. La luz amarilla del mediodía se extendía sobre la hierba verde de la Lengua, y en el agua había reflejos plateados. Todo estaba listo al fin. La Compañía ocupó los puestos de antes en las barcas. Mientras gritaban adiós, los Elfos de Lórien los empujaron con las largas varas grises a la corriente del río, y las aguas ondulantes los llevaron lentamente. Los viajeros estaban sentados y no hablaban ni se movían. De pie sobre la hierba verde, en la punta misma de la Lengua, la figura de la Dama Galadriel se erguía solitaria y silenciosa. Cuando pasaron ante ella los viajeros se volvieron y miraron cómo iba alejándose lentamente sobre las aguas. Pues así les parecía: Lórien se deslizaba hacia atrás como una nave brillante que tenía como mástiles unos árboles encantados: se alejaba ahora navegando hacia unas costas olvidadas, mientras que ellos se quedaban allí, descorazonados, a orillas de un mundo deshojado y gris.

Miraban aún cuando el Cauce de Plata desapareció en las aguas del Río Grande, y las embarcaciones viraron y fueron hacia el sur. La forma blanca de la Dama fue pronto distante y pequeña. Brillaba como el cristal de una ventana a la luz del sol poniente en una lejana colina, o como un lago remoto visto desde una cima montañosa: un cristal caído en el regazo de la tierra. En seguida le pareció a Frodo que ella alzaba los brazos en el último adiós, y el viento que venía siguiéndolos les trajo desde lejos, pero con una penetrante claridad, la voz de la Dama, que cantaba. Pero ahora ella cantaba en la antigua lengua de los Elfos de Más Allá del Mar, y Frodo no entendía las palabras; bella era la música, pero no le traía ningún consuelo.

Sin embargo, como ocurre con las palabras élficas, los versos se le grabaron en la memoria, y tiempo después los tradujo como mejor pudo: el lenguaje era el de las canciones élficas, y hablaba de cosas poco conocidas en la Tierra Media.

Ai! laurië lantar lassi súrinen!
Yéni únótime ve rámar aldaron,
yéni ve lintë yuldar avánier
mi oromardi lisse-miruvóreva
Andúne pella, Vardo tellumar
nu luini yassen tintilar i eleni
ómaryo airetári-lírinen.

Sí man i yulma nin enquantuva?

An sí Tintallë Varda Oiolossëo
ve fanyar máryat Elentári ortanë
ar ilyë tier undulávë lumbulë;
ar sindanóriello caita mornië
i falmalinnar imbë met, ar hísië
untúpa Calaciryo míri oialë.
Sí vanwa na, Rómello vanwa, Valimar!
Namárië! Nai hiruvalyë Valimar.
Nai elyë hiruva. Namárië!

«¡Ah, como el oro caen las hojas en el viento! E innumerables como las alas de los árboles son los años. Los años han pasado como sorbos rápidos y dulces de hidromiel blanco en las salas de más allá del Oeste, bajo las bóvedas azules de Varda, donde las estrellas tiemblan cuando oyen el sonido de esa voz, bienaventurada y real. ¿Quién me llenará de nuevo la copa? Pues ahora la Hechicera, Varda, la Reina de las Estrellas, desde el Monte Siempre Blanco ha alzado las manos como nubes, y todos los caminos se han ahogado en sombras, y la oscuridad que ha venido de un país gris se extiende sobre las olas espumosas que nos separan, y la niebla cubre para siempre las joyas de Calacirya. Ahora se ha perdido, ¡perdido para aquellos del Este, Valimar! ¡Adiós! Quizá encuentres a Valimar. Quizá tú lo encuentres. ¡Adiós!» Varda es el nombre de la Dama que los Elfos de estas tierras de exilio llaman Elbereth.

*

De pronto el Río describió una curva, y las orillas se elevaron a los lados, ocultando la luz de Lórien. Frodo no vería nunca más aquel hermoso país.

Los viajeros volvieron la cabeza y miraron adelante: el sol se levantaba ante ellos, encegueciéndolos, y todos tenían lágrimas en los ojos. Gimli sollozaba.

—Mi última mirada ha sido para aquello que era más hermoso —le dijo a su compañero Legolas—. De aquí en adelante a nada llamaré hermoso si no es un regalo de ella.

Se llevó la mano al pecho.

—Dime, Legolas —continuó—, ¿cómo me he incorporado a esta Misión? ¡Yo ni siquiera sabía dónde estaba el peligro mayor! Elrond decía la verdad cuando anunciaba que no podíamos prever lo que encontraríamos en el camino. El peligro que yo temía era el tormento en la oscuridad, y eso no me retuvo. Pero si hubiese conocido el peligro de la luz y de la alegría, no hubiese venido. Mi peor herida la he recibido en esta separación, aunque cayera hoy mismo en manos del Señor Oscuro. ¡Ay de Gimli hijo de Glóin!

—¡No! —dijo Legolas—. ¡Ay de todos nosotros! Y de todos aquellos que recorran el mundo en los días próximos. Pues tal es el orden de las cosas: encontrar y perder, como le parece a aquel que navega siguiendo el curso de las aguas. Pero te considero una criatura feliz, Gimli hijo de Glóin, pues tú mismo has decidido sufrir esa pérdida, ya que hubieras podido elegir de otro modo. Pero no has olvidado a tus compañeros, y como última recompensa el recuerdo de Lothlórien no se te borrará del corazón, y será siempre claro y sin mancha, y nunca empalidecerá ni se echará a perder.

—Quizá —dijo Gimli—, y gracias por tus palabras. Palabras verdaderas sin duda, pero esos consuelos no me reconfortan. Lo que el corazón desea no son recuerdos. Eso es sólo un espejo, aunque sea tan claro como Kheled-zâram. O al menos eso es lo que dice el corazón de Gimli el Enano. Quizá los Elfos vean las cosas de otra manera. En verdad he oído que para ellos la memoria se parece al mundo de la vigilia más que al de los sueños. No es así para los Enanos.

"Pero dejemos el tema. ¡Mira la barca! Está muy hundida en el agua con tanto peso, y el Río Grande es rápido. No tengo ganas de ahogar las penas en agua fría.

Gimli tomó una pala y guió el bote hacia la orilla occidental, siguiendo la embarcación de Aragorn que iba adelante y ya había dejado la corriente del medio.

Así la Compañía continuó navegando en aquellas aguas rápidas y anchas, arrastrada siempre hacia el sur. Unos bosques desnudos se levantaban en una y otra orilla, y nada podían ver de las tierras que se extendían por detrás. La brisa murió y el Río fluyó en silencio. No se oían cantos de pájaros. El sol fue velándose a medida que el día avanzaba, hasta que al fin brilló en un cielo pálido como una alta perla blanca. Luego se desvaneció en el oeste, y el crepúsculo fue temprano, y lo siguió una noche gris y sin estrellas. Llegaron las horas negras y calladas y ellos siguieron navegando, guiando los botes a la sombra de los bosques occidentales. Los grandes árboles pasaban junto a ellos como espectros, hundiendo en el agua a través de la bruma las raíces retorcidas y sedientas. La noche era lúgubre y fría. Frodo, inmóvil, escuchaba el débil golpeteo de las aguas en la orilla y los gorgoteos entre las raíces y las maderas flotantes, hasta que al fin sintió que le pesaba la cabeza y cayó en un sueño intranquilo.

9

EL RÍO GRANDE

Sam despertó a Frodo. Frodo vio que estaba tendido, bien arropado, bajo unos árboles altos de corteza gris en un rincón tranquilo del bosque, en la margen occidental del Río Grande, el Anduin. Había dormido toda la noche, y el gris del alba asomaba apenas entre las ramas desnudas. Gimli estaba allí cerca, cuidando de un pequeño fuego.

Partieron otra vez antes que aclarara del todo. No porque la mayoría de los viajeros tuviera prisa en llegar al sur: estaban contentos de poder esperar algunos días antes de tomar una decisión, la que sería inevitable cuando llegaran a Rauros y a la Isla de Escarpa; y se dejaban llevar por las aguas del Río, pues no tenían ningún deseo de correr hacia los peligros que les esperaban más allá, cualquiera que fuese el curso que tomaran. Aragorn dejaba que se desplazaran según el mejor criterio de cada uno, ahorrando fuerzas para las fatigas que vendrían luego. Insistía, sin embargo, en la necesidad de iniciar la jornada temprano, todos los días, y de prolongarla hasta bien caída la tarde, pues le decía el corazón que el tiempo apretaba, y no creía que el Señor Oscuro se hubiese quedado cruzado de brazos mientras ellos se retrasaban en Lórien.

Ese día al menos no vieron ninguna señal del enemigo, y tampoco al día siguiente. Pasaban las horas, grises y monótonas, y no ocurría nada. En el tercer día de viaje el paisaje fue cambiando poco a poco: ralearon los árboles, y al fin desaparecieron del todo. Sobre la orilla oriental, a la izquierda, unas lomas alargadas subían alejándose; parecían resecas y devastadas, como si un fuego hubiese pasado sobre ellas y no hubiera dejado con vida ni una sola hoja verde: era una región hostil donde no había ni siquiera un árbol quebrado o una piedra desnuda que aliviaran aquella desolación. Habían llegado a las Tierras

Pardas, una región vasta y abandonada que se extiende entre el Bosque Negro del Sur y las colinas de Emyn Muil. Ni siquiera Aragorn sabía qué pestilencia, qué guerra o qué mala acción del Enemigo había devastado de ese modo toda la región.

Hacia el oeste y a la derecha el terreno era también sin árboles, pero llano, y verde en muchos sitios con amplios prados de hierba. De este lado del Río crecían florestas de juncos, tan altos que ocultaban todo el oeste, y los botes pasaban rozando aquellas márgenes oscilantes. Los plumajes sombríos y resecos se inclinaban y alzaban con un susurro blando y triste en el leve aire fresco. De cuando en cuando Frodo alcanzaba a ver brevemente entre los juncos unos terrenos ondulados, y mucho más allá unas colinas envueltas en la luz del crepúsculo, y sobre el horizonte una línea oscura apenas visible: las estribaciones meridionales de las Montañas Nubladas.

No habían encontrado hasta entonces ninguna criatura, excepto pájaros. Los pequeños volátiles silbaban y piaban entre los juncos, pero se los veía muy raramente. Una o dos veces los viajeros oyeron el movimiento rápido y el sonido quejoso de unas alas de cisnes, y alzando los ojos vieron una bandada que atravesaba el cielo.

—¡Cisnes! —dijo Sam—. ¡Y muy grandes!

—Sí —dijo Aragorn—, cisnes negros.

—¡Qué inmenso y desierto y lúgubre me parece todo este país! —dijo Frodo—. Siempre creí que yendo hacia el sur uno encontraba regiones cada vez más cálidas y alegres, hasta que ya no había invierno.

—Pero aún no hemos llegado bastante al sur —dijo Aragorn—. Todavía es invierno, y estamos lejos del mar. Aquí el mundo es frío, y la primavera llega bruscamente; puede haber nieve todavía. Allá abajo en la Bahía de Belfalas donde desemboca el Anduin, las tierras son más cálidas y alegres, quizá, o lo serían si no existiera el Enemigo. Pero no creo que estemos a más de sesenta leguas, me parece, al sur de la Cuaderna del Sur en tu Comarca, a cientos de millas más allá. Ahora estás mirando hacia el sudoeste, por encima de las llanuras septentrionales de la

Marca de los Jinetes, Rohan, el país de los Señores de los Caballos. No tardaremos en llegar a las bocas del Limclaro que desciende de Fangorn para unirse al Río Grande. Ésa es la frontera norte de Rohan, y todo lo que se extiende entre el Limclaro y las Montañas Blancas perteneció en otro tiempo a los Rohirrim. Es una tierra amable y rica, de pastos incomparables, pero en estos días nefastos la gente no habita junto al Río ni cabalga a menudo hasta la orilla. El Anduin es ancho, y sin embargo los orcos pueden disparar sus flechas por encima de la corriente, y se dice que en los últimos años se han atrevido a atravesar las aguas y atacar las manadas y establos de Rohan.

Sam miraba a una y otra orilla, intranquilo. Antes los árboles habían parecido hostiles, como si ocultaran ojos secretos y peligros inminentes. Ahora deseaba que los árboles estuviesen todavía allí. Le parecía que la Compañía estaba demasiado expuesta, navegando en botes abiertos entre tierras que no ofrecían ningún abrigo, y en un río que era una frontera de guerra.

En los dos o tres días siguientes, mientras avanzaban regularmente hacia el sur, esta impresión de inseguridad invadió a toda la Compañía. Durante un día entero empuñaron las palas para apresurar la marcha. Las orillas desfilaron. El Río pronto se ensanchó y se hizo más profundo; unas largas playas pedregosas se extendieron al este, y había bancos de arena en el agua, que demandaban atención. Las Tierras Pardas se elevaron en planicies desiertas, sobre las que soplaba un viento helado del este. En el otro lado los prados se habían convertido en terrenos quebrados de hierba seca, en una región de matas y zarzas. Frodo se estremeció recordando los prados y fuentes, el sol claro y las lluvias suaves de Lothlórien. En los botes no había mucha conversación; y ninguna risa. Todos parecían ensimismados.

El corazón de Legolas corría bajo las estrellas de una noche de verano en algún claro septentrional entre los bosques de hayas; Gimli tocaba oro mentalmente, preguntándose si ese metal serviría para guardar el regalo de la Dama. Merry y Pippin en el bote del medio no se sentían tranquilos, pues Boromir no dejaba de murmurar entre dientes, a veces mordiéndose las uñas, como consumido por alguna duda o inquietud, a veces tomando una pala y tratando de poner la barca detrás de la de Aragorn. Pippin, que estaba sentado en la proa mirando hacia atrás, vio entonces una luz rara en los ojos de Boromir, que se inclinaba espiando a Frodo. Sam estaba convencido desde hacía tiempo: las barcas no le parecían ahora tan peligrosas como antes, pero nunca había pensado que fueran tan incómodas. Se sentía agarrotado y descorazonado, no teniendo nada que hacer excepto clavar los ojos en los paisajes invernales que se arrastraban a lo largo de las orillas y en el agua gris a los lados. Aun cuando tenían que recurrir a las palas, no le confiaban ninguna.

En el cuarto día, a la caída de la tarde, Sam miraba hacia atrás por encima de las cabezas de Frodo y Aragorn y los otros botes; somnoliento, no pensaba en otra cosa que en pisar tierra firme y acampar. De pronto creyó ver algo; al principio miró distraídamente, y en seguida se sentó frotándose los ojos, pero cuando miró de nuevo ya no se veía nada.

Aquella noche acamparon en un pequeño islote, cerca de la orilla occidental. Sam, envuelto en mantas, estaba acostado junto a Frodo.

—Tuve un sueño curioso una hora o dos antes de detenernos, señor Frodo —dijo—. O quizá no fue un sueño. De todos modos fue curioso.

—Bueno, cuéntame —dijo Frodo sabiendo que Sam no se quedaría tranquilo hasta que hubiera contado la historia, o lo que fuera—. Desde que dejamos Lothlórien no he visto ni he pensado nada que me haya hecho sonreír.

—No fue curioso en ese sentido, señor Frodo. Fue extraño. Disparatado, si no se tratara de un sueño. Y será mejor que se lo cuente. ¡Vi un leño con ojos!

—Lo del leño está bien —dijo Frodo—. Hay muchos en el Río. ¡Pero olvídate de los ojos!

—Eso no —dijo Sam—. Si me senté fue a causa de los ojos, por así decirlo. Vi lo que me pareció un leño: venía flotando en la penumbra detrás del bote de Gimli, pero no le presté mucha atención. Luego tuve la impresión de que el tronco estaba acercándose a nosotros. Y esto era demasiado peculiar, podría decirse, pues todos flotábamos juntos en la corriente. En seguida vi los ojos: algo así como dos puntos pálidos, brillantes, sobre una joroba en el extremo más cercano del tronco. Además no era un tronco, pues tenía unas patas palmeadas, casi como de cisne aunque parecían más grandes, y las metía en el agua y las sacaba del agua, continuamente.

"En ese momento me senté, frotándome los ojos, con la intención de gritar si aquello seguía allí cuando acabara de sacarme el sopor que me nublaba la cabeza. El no-sé-qué venía ahora rápidamente y ya estaba cerca de Gimli. No sé si aquellas dos luces vieron cómo me movía y miraba, o si recobré mis sentidos. Cuando miré de nuevo, no había nada. Creo sin embargo, que algo llegué a ver de reojo, como dicen, algo oscuro que corrió a ocultarse a la sombra de la orilla. Los ojos no los vi más.

"Soñando de nuevo, Sam Gamyi, me dije, y no hablé con nadie. Pero he estado pensando desde entonces, y ahora no estoy tan seguro. ¿Qué le parece a usted, señor Frodo?

—Me parecería que viste de veras un tronco, de noche, y con mirada somnolienta —dijo Frodo—, si esos ojos no hubiesen aparecido antes. Pero no es así. Los vi allá lejos en el norte antes de llegar a Lórien. Y vi una extraña criatura con ojos que subió a la plataforma de los Elfos, aquella noche. Haldir la vio también. ¿Y recuerdas lo que dijeron los Elfos que habían ido detrás de la manada de orcos?

—Ah —dijo Sam—, sí, y recuerdo otra cosa. No me gusta lo que tengo en la cabeza, pero pensando esto y aquello, en las historias del señor Bilbo y lo demás, me parece que yo podría darle un nombre a esta criatura. Un nombre desagradable. ¿Gollum quizá?

—Sí —le dijo Frodo—, he venido temiéndolo desde hace un tiempo. Desde la noche de la plataforma. Supongo que estaba escondido en Moria, y que a partir de ahí empezó a seguirnos, pero se me ocurrió que nuestra estancia en Lórien le haría perder otra vez el rastro. ¡La miserable criatura tuvo que haberse escondido en los bosques del Cauce de Plata, esperando a que saliéramos!

—Algo parecido —dijo Sam—. Y será mejor que vigilemos un poco más nosotros mismos, o una de estas noches sentiremos que unos dedos desagradables nos aprietan el cuello, si alcanzamos a despertar. Y a eso iba. No vale la pena molestar a Trancos o los otros esta noche. Yo vigilaré. Puedo dormir mañana, pues casi no soy otra cosa que un baúl en un bote, si así se puede decir.

—Yo lo diría —concluyó Frodo—, pero me parece mejor «baúl con ojos». Tú vigilarás, pero sólo si prometes despertarme a la madrugada, y si nada pasa antes.

En plena noche, Frodo salió de un sueño profundo y sombrío y descubrió que Sam estaba sacudiéndolo.

—Es una vergüenza despertarlo —dijo Sam en voz baja—, pero usted me lo pidió. No hay nada nuevo, o no mucho. Creí oír unos chapoteos y la respiración de alguien, hace un momento; pero de noche y en un río se oyen muchos sonidos raros.

Sam se acostó y Frodo se sentó envuelto en las mantas, luchando contra el sueño. Los minutos o las horas pasaron lentamente, y nada ocurrió. Frodo estaba ya cediendo a la tentación de acostarse de nuevo cuando una forma oscura, apenas visible, flotó muy cerca de una de las barcas. Una mano larga y blanquecina asomó pálidamente y se aferró a la borda; dos ojos claros brillaron fríamente como linternas mientras miraban dentro del bote, y luego se alzaron posándose en Frodo. No se encontraban a más de dos metros de distancia, y Frodo alcanzó a oír que la criatura tomaba aliento, siseando. Se incorporó, sacando a Dardo de la vaina, y se enfrentó a los ojos. La luz se extinguió en seguida. Se oyó otro siseo y un chapoteo, y la oscura forma de leño se precipitó aguas abajo en la noche. Aragorn se movió en sueños, dio media vuelta, y se sentó.

—¿Qué pasa? —murmuró, incorporándose de un salto y acercándose a Frodo—. Sentí algo en sueños. ¿Por qué sacaste la espada?

—Gollum —respondió Frodo—, o al menos así me pareció.

—¡Ah! —dijo Aragorn—. ¿Así que conoces a nuestro pequeño salteador de caminos? Vino detrás de nosotros mientras cruzábamos Moria y bajó hasta Nimrodel. Desde que tomamos los botes nos sigue tendido de bruces sobre un leño y remando con pies y manos. Traté de atraparlo una o dos veces de noche, pero es más astuto que un zorro, y resbaladizo como un pez. Yo esperaba que el viaje por el Río acabaría con él, pero es una criatura acostumbrada al agua y demasiado hábil.

"Trataremos de ir más rápido mañana. Acuéstate ahora, y yo montaré guardia el resto de la noche. Ojalá pudiera echarle las manos encima a ese desgraciado. Quizá lográramos que nos fuera útil. Pero si no lo atrapo, sería mejor perderlo de vista. Es muy peligroso. Además de intentar atacarnos de noche por su propia cuenta, podría guiar hacia nosotros a cualquier enemigo.

Pasó la noche sin que Gollum mostrara ni siquiera una sombra. Desde entonces la Compañía estuvo alerta y vigilante, pero en el resto del viaje no vieron más de Gollum. Si todavía los seguía, era muy cuidadoso y sagaz. Aragorn había aconsejado que remaran durante largos períodos, y las orillas desfilaban rápidamente. Pero veían poco de la región, pues viajaban sobre todo de noche y a la luz del crepúsculo, descansando durante el día, tan ocultos como lo permitía el terreno. El tiempo pasó así sin ningún incidente hasta el séptimo día.

El cielo estaba todavía gris y nublado, y un viento soplaba del este, pero a medida que la tarde se mudaba en noche, unos claros de luz débil, amarilla y verde, se abrieron bajo los bancos de nubes grises. La forma blanca de la luna nueva se reflejaba en los lagos lejanos. Sam la miró, frunciendo el ceño.

Al día siguiente el paisaje empezó a cambiar con rapidez a ambos lados. Las orillas se levantaron y se hicieron pedregosas. Pronto se encontraron cruzando un terreno accidentado y rocoso, y las costas eran unas pendientes abruptas cubiertas de matas espinosas y endrinos, confundidos con zarzas y plantas trepadoras. Detrás había unos acantilados bajos y desmoronados a medias, y chimeneas de una carcomida piedra gris, cubiertas por una hiedra oscura, y aún más allá se alzaban unas cimas coronadas de abetos retorcidos por el viento. Estaban acercándose al país de las colinas grises de Emyn Muil, la frontera sur de las Tierras Ásperas.

Había muchos pájaros en los acantilados y las chimeneas de piedra, y durante todo el día unas bandadas habían estado revoloteando allá arriba, negras contra el cielo pálido. Mientras descansaban en el campamento, Aragorn observaba los vuelos con aire receloso, preguntándose si Gollum no habría hecho de las suyas y las noticias de la expedición no estarían propagándose ya por el desierto. Luego, cuando se ponía el sol, y la Compañía estaba atareada preparándose para partir otra vez, alcanzó a ver un punto oscuro que se movía a la luz moribunda: un pájaro grande que volaba muy alto y lejos, ya dando vueltas, ya volando lentamente hacia el sur.

—¿Qué es eso, Legolas? —preguntó apuntando al cielo del norte—. ¿Es como yo creo un águila?

—Sí —dijo Legolas—. Es un águila de caza. Me pregunto qué presagiará. Estamos lejos de los montes.

—No partiremos hasta que sea noche cerrada —dijo Aragorn.

Llegó la noche octava del viaje. Era una noche silenciosa y tranquila; el viento gris del este había cesado. El delgado creciente de la luna había caído temprano en la pálida puesta de sol, pero el cielo era todavía claro arriba, y aunque allá lejos en el sur había grandes franjas de nubes que brillaban aún débilmente, en el oeste resplandecían las estrellas.

—¡Vamos! —dijo Aragorn—. Correremos el riesgo de otra jornada nocturna. Estamos llegando a unos tramos del río que no conozco bien, pues nunca he viajado aquí por el agua, no entre este sitio y los rápidos de Sarn Gebir. Pero esos rápidos, si no me equivoco, están aún a muchas millas. Nos encontraremos con muchos peligros antes de llegar: rocas e islotes de piedra en la corriente. Abramos bien los ojos y no rememos demasiado rápido.

A Sam que iba en el bote de adelante le fue encomendada la tarea de vigía. Tendido en la proa, clavaba los ojos en la oscuridad. La noche era cada vez más oscura, pero arriba las estrellas brillaban de un modo extraño, y había un resplandor sobre la superficie del Río. No faltaba mucho para la medianoche, y desde hacía un tiempo se dejaban llevar por la corriente, recurriendo raramente a las palas, cuando de pronto Sam dio un grito. Delante, a unos pocos metros, se alzaban unas formas oscuras, y se oían los remolinos de unas aguas rápidas. Una fuerte corriente iba hacia la izquierda, donde el cauce no presentaba obstáculos. Mientras el agua los llevaba así a un lado, los viajeros alcanzaron a ver, ahora muy de cerca, las blancas espumas del Río que golpeaban unas rocas puntiagudas, inclinadas hacia delante como una hilera de dientes. Los botes estaban todos agrupados.

La barca de Boromir golpeó contra la de Aragorn.

—¡Eh, Aragorn! —gritó Boromir—. ¡Es una locura! ¡No podemos cruzar los Rápidos de noche! Pero no hay bote que resista en Sarn Gebir, de noche o de día.

—¡Atrás! ¡Atrás! —gritó Aragorn—. ¡Virad! ¡Virad si podéis!

Hundió la pala en el agua tratando de detener la barca y de hacerla girar.

—Me he equivocado —le dijo a Frodo—. No sabía que habíamos llegado tan lejos. El Anduin fluye más rápido de lo que pensaba. Sarn Gebir tiene que estar ya al alcance de la mano.

Después de muchos esfuerzos lograron dominar los botes, haciéndolos girar en redondo, pero al principio el agua no los dejaba avanzar, y cada vez estaban más cerca de la orilla del este, que ahora se levantaba negra y siniestra en la noche.

—¡Todos juntos, rememos! —gritó Boromir—. ¡Rememos! O el agua nos arrastrará a los bajíos.

537

Se oía aún la voz de Boromir cuando Frodo sintió que la quilla rozaba el fondo rocoso.

En ese mismo momento se oyó el ruido seco de unos arcos: algunas flechas pasaron por encima de ellos y otras cayeron en las barcas. Una alcanzó a Frodo entre los hombros; Frodo vaciló y cayó hacia delante, gritando, y soltando la pala; pero la flecha rebotó en la malla escondida. Otra le atravesó la capucha a Aragorn, y una tercera se clavó en la borda del segundo bote, cerca de la mano de Merry. Sam creyó ver unas figuras negras corriendo a lo largo de las playas pedregosas de la orilla oriental. Le pareció que estaban muy cerca.

—*Yrch!* —dijo Legolas, volviendo de pronto a su propia lengua.

—¡Orcos! —gritó Gimli.

—Obra de Gollum, apuesto la cabeza —le dijo Sam a Frodo—. Y qué buen lugar eligieron. El Río parece decidido a ponernos directamente en manos de esas bestias.

Todos se doblaron hacia delante trabajando con las palas; hasta Sam dio una mano. Pensaban que en cualquier momento sentirían la mordedura de las flechas de penachos negros. Muchas les pasaban por encima, silbando; otras caían en el agua cercana; pero ninguna los alcanzó. La noche era oscura, no demasiado oscura para los ojos de los orcos, y a la luz de las estrellas los viajeros debían de ser un buen blanco para aquellos astutos enemigos, aunque era posible que los mantos grises de Lórien y la madera gris de las barcas élficas desconcertaran a los maliciosos arqueros de Mordor.

La Compañía no soltaba las palas. En la oscuridad era difícil afirmar que estuvieran moviéndose de veras, pero los remolinos de agua fueron apagándose poco a poco, y la sombra de la orilla oriental retrocedió en la noche. Al fin les pareció que habían llegado de nuevo al medio del Río, y que habían retrocedido alejando las embarcaciones de aquellas rocas afiladas. Dando entonces media vuelta, remaron esforzadamente hacia la orilla occidental, y se detuvieron a tomar aliento a la sombra de unos arbustos que se inclinaban sobre el agua.

Legolas dejó la pala y tomó el arco que había traído de Lórien. Luego saltó a tierra y subió unos pocos pasos por la orilla. Puso una flecha en el arco, estiró la cuerda, y se volvió a mirar por encima del Río en la oscuridad. Del otro lado venían unos gritos estridentes, pero no se veía nada.

Frodo miró al Elfo que se erguía allí arriba, observando la noche, buscando un blanco. Sobre la cabeza sombría había una corona de estrellas blancas que resplandecían vivamente en los charcos negros del cielo. Pero ahora, elevándose y navegando desde el sur, las grandes nubes avanzaron enviando unos adelantados oscuros a los campos de estrellas. Un temor repentino invadió a los viajeros.

—*Elbereth Gilthoniel!* —suspiró Legolas mirando al cielo. Una sombra negra, parecida a una nube, pero que no era una nube, pues se movía con demasiada rapidez, vino de la oscuridad del sur, y se precipitó hacia la Compañía, cegando todas las luces mientras se acercaba. Pronto apareció como una gran criatura alada, más negra que los pozos en la noche. Unas voces feroces le dieron la bienvenida desde la otra orilla del Río. Un escalofrío repentino le corrió por el cuerpo a Frodo estrujándole el corazón; sentía en el hombro un frío mortal, como el recuerdo de una vieja herida. Se agachó, como para esconderse.

De pronto el gran arco de Lórien cantó. La flecha subió silbando, desde la cuerda élfica. Frodo alzó los ojos. Casi encima de él la forma alada retrocedió encogiéndose. Se oyó un grito, un graznido ronco, y la sombra cayó del aire, desvaneciéndose en la penumbra de la costa oriental. El cielo era claro otra vez. Allá lejos hubo un tumulto de muchas voces, que maldecían y se quejaban en la oscuridad, y luego silencio. Ni flechas ni gritos llegaron otra vez del este aquella noche.

Al cabo de un rato Aragorn guió las embarcaciones aguas arriba. Siguieron tanteando la orilla del agua un cierto trecho hasta que encontraron una bahía pequeña, poco profunda. Había unos árboles bajos cerca de la orilla, y luego se elevaba un barranco rocoso y abrupto. La Compañía decidió quedarse allí a esperar el alba; era inútil tratar de seguir viaje de noche. No acamparon y no encendieron fuego, se quedaron tendidos en las barcas, amarradas juntas.

—¡Alabados sean el arco de Galadriel y la mano y el ojo de Legolas! —dijo Gimli mientras masticaba una oblea de *lembas*—. ¡Un buen tiro en la oscuridad, amigo mío!

—¿Pero quién puede decir qué blanco fue ése?

—Yo no —dijo Gimli—. Pero agradezco que la sombra no se haya acercado más. No me gustaba nada. Me recordaba demasiado a la sombra de Moria..., la sombra del Balrog —concluyó en un susurro.

—No era un Balrog —dijo Frodo, todavía temblando de frío—. Era algo más helado. Creo que era...

Frodo se detuvo, y no siguió hablando.

—¿Qué crees? —preguntó Boromir con interés, inclinándose fuera de su barca, como tratando de verle la cara a Frodo.

—Creo que... No, no lo diré —respondió Frodo—. De cualquier manera, esa caída aterrorizó a nuestros enemigos.

—Así parece —dijo Aragorn—. Sin embargo no sabemos dónde están, ni cuántos son, ni qué harán mañana. ¡Esta noche nadie dormirá! La oscuridad nos protege. Pero ¿qué nos mostrará el día? ¡Tened las armas al alcance de la mano!

Sam estaba sentado golpeteando con las puntas de los dedos la vaina de la espada, como si estuviese sacando cuentas.

—Es muy raro —murmuró—. La luna es la misma que en la Comarca y en las Tierras Ásperas, o tendría que serlo. Pero ha cambiado de curso, o estoy contando mal. Recuerde, señor Frodo: la luna decrecía cuando descansamos aquella noche en la plataforma del árbol; una semana después del plenilunio, me pareció. Anoche se cumplía una semana de viaje, y he aquí que se aparece una luna nueva, tan delgada como una raedura de uña, como si no hubiésemos pasado un tiempo en el país de los Elfos.

"Bien, recuerdo que estuvimos allí tres noches al menos, y creo recordar muchas otras; pero juraría que no pasó un mes. ¡Uno casi podría pensar que allá el tiempo no cuenta!

—Y quizás así era —dijo Frodo—. Es posible que en ese país hayamos estado en un tiempo que era ya el pasado en otros sitios. Sólo cuando el Cauce de Plata nos llevó al Anduin, me parece, volvimos al tiempo que fluye por las tierras de los mortales hacia el Gran Mar. Y no recuerdo ninguna luna, nueva o vieja, en Caras Galadon: sólo las estrellas de noche y el sol de día.

Legolas se movió en su barca.

—No, el tiempo nunca se detiene del todo —dijo—, pero los cambios y el crecimiento no son siempre iguales para todas las cosas y en todos los sitios. Para los Elfos el mundo se mueve, y es a la vez muy rápido y muy lento. Rápido, porque los Elfos mismos cambian poco, y todo lo demás parece fugaz; lo sienten como una pena. Lento, porque no cuentan los años que pasan, no en relación con ellos mismos. Las estaciones del año no son más que ondas que se repiten una y otra vez a lo largo de la corriente. Sin embargo todo lo que hay bajo el sol ha de terminar un día.

—Pero el proceso es lento en Lórien —dijo Frodo—. El poder de la Dama se manifiesta ahí claramente. Las horas son plenas, aunque parecen breves, en Caras Galadon, donde Galadriel guarda el anillo élfico.

—Esto no hay que decirlo fuera de Lórien, ni siquiera a mí —dijo Aragorn—. ¡No hables más! Pero así es, Sam: en esas tierras no valen las cuentas. Allí el tiempo pasó tan rápidamente para nosotros como para los Elfos. La vieja luna ha muerto, y otra ha crecido y decrecido en el mundo exterior, mientras nos demorábamos allí. Y anoche la luna nueva apareció otra vez. El invierno casi ha terminado. El tiempo fluye hacia una primavera de flacas esperanzas.

541

La noche fue silenciosa. Ninguna voz, ninguna llamada volvió a elevarse del otro lado del agua. Los viajeros acurrucados en las barcas sintieron el cambio en el aire. Era tibio ahora y estaba muy quieto bajo los nubarrones húmedos que habían venido del sur y los mares lejanos. El rápido fluir del río sobre las rocas de los rápidos parecía cada vez más ruidoso y próximo. Sobre ellos las ramas de los árboles empezaron a gotear.

Cuando llegó el día, el mundo de alrededor tenía un aspecto blando y triste. Lentamente el alba dio paso a una luz gris, difusa y sin sombras. Había una bruma sobre el río, y una niebla blanca cubría la costa; la orilla opuesta no se veía.

—No soporto la niebla —dijo Sam—, pero ésta parece de buena suerte. Ahora quizá podamos irnos sin que esos malditos nos vean.

—Quizá —dijo Aragorn—. Pero nos costará encontrar el camino si esa niebla no se levanta un poco dentro de un rato. Y tenemos que encontrarlo, si queremos cruzar Sarn Gebir y llegar a Emyn Muil.

—No entiendo por qué razón tenemos que cruzar los Rápidos o seguir el curso del Río todavía más —dijo Boromir—. Si Emyn Muil está ahí delante, podríamos abandonar estas cáscaras de nuez y marchar hacia el oeste y el sur hasta llegar al Entaguas y pasar a mi propio país.

—Sí, si vamos a Minas Tirith —dijo Aragorn—, Pero todavía no está decidido. Y ese rumbo puede ser más peligroso de lo que parece. El valle del Entaguas es llano y pantanoso, y la niebla es un peligro mortal para quienes van cargados y a pie. Yo no abandonaría las barcas hasta que fuese indispensable. En el Río al menos no podremos extraviarnos.

—Pero el Enemigo domina la costa oriental —dijo Boromir—. Y aunque cruzáramos las Puertas de Argonath y llegáramos sanos y salvos a Escarpa, ¿qué haríamos entonces? ¿Saltar por encima de las Cascadas y caer en los pantanos?

—¡No! —respondió Aragorn—. Di mejor que llevaremos las barcas por el viejo camino hasta el pie del Rauros, donde volveremos al agua. ¿Ignoras, Boromir, o prefieres olvidar la Escalera del Norte, y el elevado sitial de Amon Hen, que fueron construidos en los días de los grandes reyes? Yo al menos tengo la intención de detenerme en esas alturas antes de decidir qué camino seguiremos. Quizá veamos allí alguna señal que pueda orientarnos.

Boromir discutió este plan largo rato, pero cuando fue evidente que Frodo seguiría a Aragorn, no importaba dónde, cedió de pronto.

—Los Hombres de Minas Tirith no abandonan a sus amigos en los momentos difíciles —dijo—, y necesitaréis de mis fuerzas, si llegáis a Escarpa. Iré hasta la isla alta, pero no más adelante. De allí me volveré a mi país, solo, si no me gané con mi ayuda la recompensa de un compañero.

El día avanzaba, y la niebla se había disipado un poco. Se decidió que Aragorn y Legolas se adelantaran en seguida a lo largo de la costa, mientras los otros se quedaban en las barcas. Aragorn esperaba encontrar algún camino por el que pudieran llevar las barcas y el equipaje hasta las aguas tranquilas de más allá de los Rápidos.

—Las barcas de los Elfos no se hundirían quizá —dijo—, pero eso no significa que podamos salir vivos de Sarn Gebir. Nadie lo ha conseguido hasta ahora. Los Hombres de Gondor no abrieron ningún camino en esta región, pues aun en los mejores días el reino no llegaba hasta el Anduin más allá de Emyn Muil; pero hay una senda para bestias de carga en alguna parte de la orilla occidental, y espero encontrarla. No creo que haya desaparecido, pues en otro tiempo las embarcaciones ligeras cruzaban las Tierras Ásperas descendiendo hasta Osgiliath, y esto hasta hace pocos años, cuando los orcos de Mordor empezaron a multiplicarse.

—He visto pocas veces a lo largo de mi vida que una barca viniera del norte, y los orcos dominan la orilla oriental —dijo Boromir—. Si seguimos adelante, el peligro crecerá con cada milla, y aún falta encontrar un camino.

—El peligro acecha en todos los caminos que van al sur —respondió Aragorn—. Esperadnos un día. Si en ese tiempo no volvemos, sabréis que el infortunio nos ha alcanzado esta vez. Entonces tendréis que elegir un nuevo jefe, y luego seguirlo como mejor podáis.

Frodo sintió una congoja en el corazón mientras miraba cómo Aragorn y Legolas ascendían el empinado barranco y desaparecían en la niebla; pero pronto se vio que estos temores eran infundados y no había por qué preocuparse. Sólo habían pasado dos o tres horas y no era aún el mediodía cuando las formas borrosas de los exploradores aparecieron de nuevo.

—Todo bien —dijo Aragorn, bajando por el barranco—. Hay una senda, lleva a un embarcadero todavía útil. No está lejos. Los Rápidos empiezan media milla aguas abajo, y no se extienden por más de una milla. No mucho después la corriente se vuelve de nuevo clara y mansa, aunque sigue siendo rápida. El trabajo más duro será llevar las barcas y el equipaje hasta el viejo sendero. Lo hemos encontrado, pero corre bastante lejos de la orilla, a unas doscientas yardas, y al amparo de una pared de roca. No hemos visto el desembarcadero del norte. Si aún existe tenemos que haber pasado anoche por allí. Podríamos remontar con mucho trabajo la corriente, y quizá no lo viéramos en la niebla. Temo que tengamos que dejar el Río ahora mismo, y tomar como podamos ese camino, transportando los botes.

—No será fácil, aunque todos fuéramos Hombres —dijo Boromir.

—Lo intentaremos sin embargo, tal como somos —dijo Aragorn.

—Claro que sí —dijo Gimli—. ¡Las piernas se les doblan a los Hombres cuando el camino es duro, pero un Enano nunca cae, aunque lleve una carga dos veces más pesada que él mismo, señor Boromir!

El trabajo fue duro en verdad, pero se llevó a cabo. Descargaron los bultos de las embarcaciones, y los llevaron a la cima del barranco. Luego sacaron las barcas del agua y las arrastraron hasta arriba. Habían temido que fuesen mucho más pesadas. Ni siquiera Legolas sabía de qué árbol del país élfico era aquella madera, dura y sin embargo muy liviana. En terreno llano, Merry y Pippin podían llevar solos la barca, y con facilidad. Pero se necesitaba la fuerza de dos hombres para transportarlas en vilo por aquel terreno; nacía en pendiente a orillas del Río, y era un amontonamiento de piedras calcáreas de color gris, con muchos agujeros escondidos, tapados con zarzas y matorrales; las matas espinosas abundaban, y también las grietas; había aquí y allá unos charcos pantanosos que eran alimentados por unos hilos de agua que venían de las tierras altas del interior.

Aragorn y Boromir fueron llevando las barcas, una a una, mientras los otros se afanaban y tambaleaban detrás con el equipaje. Al fin todo fue mudado y depositado en el sendero. Luego, sin encontrar otros obstáculos que las plantas rampantes y las numerosas piedras caídas, marcharon todos juntos. La niebla colgaba todavía en velos sobre la casi desmoronada pared de roca; a la izquierda la bruma ocultaba el Río: podían oír cómo se precipitaba en espumas contra los salientes afilados y los dientes de piedra de Sarn Gebir, pero no lo veían. Hicieron dos veces el viaje antes que todo estuviera a salvo en el embarcadero del sur.

Allí la senda se acercaba a la orilla, descendiendo poco a poco hasta el borde apenas elevado de una pequeña laguna. La cuenca no parecía ser obra de alguna mano sino de los remolinos de agua que descendían de Sarn Gebir, golpeando una roca baja que se adentraba en el Río. Más allá la orilla subía a pique en una muralla gris, y no había ningún pasaje para los que iban a pie.

La breve tarde había quedado atrás y ya llegaba el crepúsculo pálido y nuboso. Los viajeros se habían sentado junto al Río escuchando la confusa precipitación de las aguas, el rugido de los Rápidos ocultos en la bruma. Se sentían cansados y con sueño, tan melancólicos como el día moribundo.

—Bueno, aquí estamos, y aquí tendremos que pasar otra noche —dijo Boromir—. Necesitamos dormir, y si a

Aragorn se le ocurriera cruzar de noche las Puertas de Argonath..., bueno, estamos todos demasiado cansados; excepto sin duda nuestro vigoroso enano.

Gimli no replicó; cabeceaba sentado.

—Descansemos ahora todo lo posible —dijo Aragorn—. Mañana viajaremos otra vez de día. Si el tiempo no cambia una vez más y no se pone contra nosotros, tenemos una buena posibilidad de escurrirnos sin que nos vean desde la orilla de enfrente. Pero esta noche habrá dos en la guardia, turnándose: tres horas de reposo y una de vigilia.

No hubo esa noche nada peor que una corta llovizna, una hora antes del alba. Llegó el día, y se pusieron en camino. La niebla estaba desvaneciéndose. Se mantenían lo más cerca posible de la orilla occidental, y podían ver las formas oscuras de los barrancos, más altas cada vez; muros sombríos que hundían los pies en las aguas apresuradas. A media mañana las nubes descendieron, y empezó a llover copiosamente. Extendieron las cubiertas de pieles sobre las barcas, para que no entrara el agua, y continuaron dejándose llevar río abajo. Las cortinas grises de la lluvia no les permitían ver lo que había delante o alrededor.

La lluvia, sin embargo, no duró mucho. El cielo fue aclarándose lentamente, y luego las nubes se abrieron, y arrastrando unos flecos desaliñados se alejaron hacía el norte. Las nieblas y brumas habían desaparecido. Delante de los viajeros se extendía una amplia hondonada, de grandes paredes rocosas, de donde colgaban unos pocos arbustos retorcidos, aferrados a las salientes y las grietas. El cauce se hizo más estrecho y el Río más rápido. Las aguas corrían con las barcas, y parecía difícil que pudieran detenerse o cambiar el rumbo, cualquiera que fuese el obstáculo que se les presentara delante. Sobre ellos el cielo era un prado azul; alrededor se extendía el río oscurecido, y delante, negras, las colinas de Emyn Muil al sol, y en ellas no se veía ninguna abertura.

Frodo miraba hacia delante, y de pronto vio dos rocas que se acercaban desde lejos: parecían dos grandes pináculos o pilares de piedra. Altas, verticales, amenazadoras, se erguían a ambos lados del Río. Una estrecha abertura apareció entre ellas, y el Río arrastró hacia allí las barcas.

—¡Mirad los Argonath, los Pilares de los Reyes! —gritó Aragorn—. Los cruzaremos pronto. ¡Mantened las barcas en fila, y tan apartadas como sea posible! ¡Siempre por el medio de la corriente!

Frodo, arrastrado por las aguas, sintió que las dos torres se adelantaban a recibirlo. Eran unas formas gigantescas, vastas figuras grises, mudas pero peligrosas. En seguida vio que los pilares eran en verdad unas tallas enormes, que el arte y los antiguos poderes habían trabajado en ellos, y que a pesar de los soles y las lluvias de años olvidados todavía seguían siendo unas poderosas imágenes. Sobre unos grandes pedestales apoyados en el fondo de las aguas se levantaban dos grandes reyes de piedra: los ojos velados bajo unas cejas hendidas aún miraban ceñudamente al norte. Los dos adelantaban la mano izquierda, mostrando la palma en un ademán de advertencia; en la mano derecha tenían un hacha, y sobre la cabeza llevaban un casco y una corona desmoronados. Aún daban impresión de poder y majestad, guardianes silenciosos de un reino desaparecido hacía tiempo. Frodo se sintió invadido por un temor reverente, y se encogió cerrando los ojos, sin atreverse a mirar mientras la barca se acercaba. Hasta Boromir inclinó la cabeza cuando las embarcaciones pasaron en un torbellino, como hojitas frágiles y voladizas, a la sombra permanente de los centinelas de Númenor. Así cruzaron la abertura oscura de las Puertas.

Los terribles acantilados se alzaban ahora a cada lado a alturas inescrutables. El cielo pálido parecía estar muy lejos. Las aguas negras rugían y resonaban, y un viento chillaba sobre ellas. Frodo, la cabeza entre las rodillas, oyó a Sam gruñir y murmurar delante.

—¡Qué sitio! ¡Qué sitio horrible! ¡Que pueda yo salir de este bote y nunca volveré a mojarme los pies en un charco, y menos en un río!

—¡No temas! —dijo una voz extraña, detrás de él.

Frodo se volvió y vio a Trancos, y sin embargo no era Trancos, pues el curtido Montaraz ya no estaba allí. En la popa venía sentado Aragorn hijo de Arathorn, orgulloso y erguido, guiando la barca con hábiles golpes de pala; se había echado atrás la capucha, los cabellos negros le flotaban al viento, y tenía una luz en los ojos: un rey que vuelve del exilio.

—¡No temas! —repitió—. Durante muchos años anhelé contemplar las imágenes de Isildur y Anárion, mis señores de otro tiempo. A la sombra de estos señores, Elessar, Piedra de Elfo, hijo de Arathorn de la Casa de Valandil hijo de Isildur, heredero de Elendil, ¡no tiene nada que temer!

En seguida la luz se le apagó en los ojos y Aragorn dijo como hablándose a sí mismo: —¡Ah, si ahora Gandalf estuviera aquí! ¡Qué nostalgia tengo de Minas Anor y las murallas de mi ciudad! ¿A dónde iré ahora?

El paso era largo y oscuro, y había allí un ruido de viento, de aguas torrentosas y de ecos que resonaban en las paredes de piedra. Describía una curva hacia el oeste, de modo que al principio todo era oscuro adelante, pero Frodo vio luego una alta brecha luminosa, que crecía con rapidez. De pronto las barcas salieron precipitadas a una luz vasta y clara.

El sol, que ya había dejado muy atrás el mediodía, brillaba en un cielo ventoso. Las aguas se extendían ahora en un largo lago oval, el pálido Nen Hithoel, rodeado de colinas grises y abruptas; las faldas estaban cubiertas de árboles, pero las cimas desnudas brillaban fríamente a la luz del sol. En el extremo sur había tres picos. El del medio se inclinaba un poco hacia delante, apartándose de los otros: una isla en medio del agua, entre los brazos pálidos y centelleantes del Río. De lejos venía un rugido profundo, como un trueno distante.

—¡Mirad el Tol Brandir! —dijo Aragorn señalando el pico alto del sur—. A la izquierda se alza el Amon Lhaw y a la derecha el Amon Hen, las colinas del Oído y de la Vista. En los días de los grandes reyes había sitiales ahí arriba, y una guardia permanente. Pero se dice que ningún pie de hombre o de bestia ha hollado alguna vez el Tol Brandir. Antes que caigan las sombras de la noche ya estaremos allí. Escucho la voz eterna del Rauros, que nos llama.

La Compañía descansó un rato, dejando que la corriente los llevara hacia el sur por el medio del lago. Comieron algo, y luego tomaron las palas para ir más de prisa. La sombra cayó en las laderas del oeste, y el sol descendió redondo y rojo. Aquí y allá asomó una estrella neblinosa. Los tres picos se erguían ante ellos, cada vez más oscuros. El vozarrón del Rauros rugía no muy lejos. Cuando los viajeros llegaron por último a la sombra de las colinas, la noche se extendía ya sobre las aguas.

El décimo día de viaje había terminado. Las Tierras Ásperas quedaban atrás. No podían continuar sin decidir entre el camino del este y el camino del oeste. La última etapa de la Misión estaba ante ellos.

10

LA DISOLUCIÓN DE LA COMUNIDAD

Aragorn los llevó hacia el brazo derecho del Río. Allí, en la ladera del oeste, a la sombra del Tol Brandir, había un prado verde que descendía hacia el agua desde los pies del Amon Hen. Detrás se elevaban las primeras estribaciones de la colina, sembradas de árboles, y otros árboles se alejaban hacia el oeste siguiendo la orilla curva del lago. Un pequeño manantial subía y caía alimentando la hierba.

—Descansaremos aquí esta noche—dijo Aragorn—. Éstos son los prados de Parth Galen: un hermoso sitio en los días de verano de otro tiempo. Esperemos que ningún mal haya llegado aún aquí.

Llevaron las embarcaciones al barranco y acamparon. Pusieron una guardia, pero no oyeron ningún ruido ni vieron ninguna señal de los enemigos. Si Gollum los seguía aún, había encontrado el modo de que no lo vieran ni lo oyeran. Sin embargo, a medida que pasaba la noche, Aragorn iba sintiéndose más y más intranquilo, agitándose en sueños y despertando a menudo. En las primeras horas del alba, se incorporó y se acercó a Frodo, a quien le tocaba montar guardia.

—¿Por qué estás despierto? —le preguntó Frodo—. No es tu turno.

—No sé —respondió Aragorn—, pero una sombra y una amenaza han estado creciendo en mis sueños. Sería bueno que sacaras la espada.

—¿Por qué? —dijo Frodo—. ¿Hay enemigos cerca?

—Veamos qué nos muestra Dardo —dijo Aragorn.

Frodo desenfundó la hoja élfica. Aterrorizado, vio que los filos brillaban débilmente en la noche.

—¡Orcos! —dijo—. No muy cerca, y sin embargo demasiado cerca, me parece.

—Tal como me lo temía —dijo Aragorn—. Pero no creo que estén de este lado del río. La luz de Dardo es débil, y quizá sólo apunta a los espías de Mordor en las laderas del Amon Lhaw. Nunca oí hablar de orcos que hubieran llegado hasta el Amon Hen. Sin embargo quién sabe qué puede ocurrir en estos días nefastos, ahora que Minas Tirith ya no guarda los pasajes del Anduin. Tendremos que avanzar con mucho cuidado mañana.

El día llegó como fuego y humo. Abajo en el este había barras negras de nubes, como la humareda de un gran incendio. El sol naciente las iluminó desde abajo con oscuras llamas rojas, pero pronto subió al cielo claro. La cima del Tol Brandir estaba guarnecida de oro. Frodo miró hacia el este donde se levantaba la isla. Los flancos salían abruptamente del agua, y dominando los altos acantilados había pendientes escarpadas a las que se aferraban los árboles, de copas superpuestas, y más arriba de nuevo unas paredes grises e inaccesibles, coronadas por una aguja de piedra. Muchos pájaros volaban alrededor, pero no había otros signos de vida.

Después del desayuno, Aragorn reunió la Compañía.

—El día ha llegado al fin —dijo—, el día de la elección tanto tiempo demorada. ¿Qué será ahora de nuestra Compañía, que ha viajado tan lejos en comunidad? ¿Iremos al este con Boromir, a las guerras de Gondor, o hacia el oeste, hacia el Miedo y la Sombra, o disolveremos la comunidad y cada uno tomará el camino que prefiera? Lo que se decida, hay que hacerlo en seguida. No podemos quedarnos aquí mucho tiempo. El enemigo está en la costa oriental, ya sabemos; pero temo que los orcos puedan encontrarse de este lado del agua.

Hubo un largo silencio, en el que ninguno habló ni se movió.

—Bueno, Frodo —dijo Aragorn al fin—. Temo que la responsabilidad pese ahora sobre tus hombros. Eres el Portador elegido por el Concilio. Se trata de tu propio camino, y sólo tú decides. En este asunto no puedo aconsejarte. No soy Gandalf, y aunque he tratado de desempeñarme como él, no sé qué designios o esperanzas tenía para esta hora, si tenía algo. Lo más probable es que si estuviera aquí con nosotros la elección dependería todavía de ti. Tal es tu destino.

Frodo no respondió en seguida. Luego dijo lentamente: —Sé que el tiempo apremia, pero no puedo elegir. La responsabilidad es muy pesada. Dame una hora más, y hablaré. Dejadme solo.

Aragorn lo miró con una piedad conmiserativa.

—Muy bien, Frodo hijo de Drogo —le dijo—. Tendrás una hora, y estarás solo. Nos quedaremos aquí un rato. Pero no te alejes tanto que no podamos oírte.

Frodo se quedó algún tiempo sentado, cabizbajo. Sam, que había estado observando a su amo muy preocupado, inclinó la cabeza y murmuró: —Es claro como el agua, pero no vale la pena que Sam Gamyi meta la pata justo ahora.

Al fin Frodo se incorporó y se alejó, y Sam vio que mientras los otros se dominaban y evitaban mirarlo, los ojos de Boromir seguían atentamente a Frodo, hasta que se perdió entre los árboles al pie del Amon Hen.

Yendo al principio sin rumbo por el bosque, Frodo descubrió que los pies estaban llevándolo hacia las faldas de la montaña. Llegó a un sendero, las tortuosas ruinas de un camino de otra época. En los lugares abruptos habían tallado unos escalones, pero ahora estaban agrietados y gastados, y las raíces de los árboles habían partido la piedra. Trepó algún tiempo sin preocuparse por dónde iba, hasta que llegó a un sitio con pastos. Había fresnos alrededor, y en medio una gran piedra chata. El pequeño prado de la colina se abría al este, y ahora estaba iluminado por el sol matinal. Frodo se detuvo y miro por encima del río, que corría muy abajo, los picos del Tol Brandir y los pájaros que revoloteaban en el gran espacio aéreo que se extendía entre él y la isla virgen. La voz del Rauros era un poderoso rugido acompañado por un bramido retumbante.

Frodo se sentó en la piedra, apoyando el mentón en las manos, los ojos clavados en el este, pero no viendo mucho. Todo lo que había ocurrido desde que Bilbo dejara la Comarca le desfiló entonces por la mente, y recordó lo que pudo de las palabras de Gandalf. El tiempo pasó, y aún no podía decidirse.

De pronto despertó de estos pensamientos: tenía la rara impresión de que algo estaba detrás de él, que unos ojos inamistosos lo observaban. Se incorporó de un salto y se volvió: le sorprendió no ver sino a Boromir, de cara sonriente y bondadosa.

—Temía por ti, Frodo —dijo Boromir adelantándose—. Si Aragorn tiene razón y los orcos están cerca, no conviene que nos paseemos solos, y menos tú: tantas cosas dependen de ti. Y mi corazón también lleva una carga. ¿Puedo quedarme y hablarte un rato ya que te he encontrado? Me confortará. Cuando hay tantos, toda palabra se convierte en una discusión interminable. Pero dos quizá encuentren juntos el camino de la sabiduría.

—Eres amable —dijo Frodo—. Aunque no creo que un discurso pueda ayudarme. Pues sé muy bien lo que he de hacer, pero tengo miedo de hacerlo, Boromir, miedo.

Boromir no le contestó. El Rauros continuaba rugiendo. El viento murmuraba en las ramas de los árboles. Frodo se estremeció.

De pronto Boromir se acercó y se sentó junto a él.

—¿Estás seguro de que no sufres sin necesidad? —preguntó—. Deseo ayudarte. Necesitas alguien que te guíe en esa difícil elección. ¿No aceptarías mi consejo?

—Creo que ya sé qué consejo me darías, Boromir —dijo Frodo—. Y me parecería un buen consejo si el corazón no me dijese que he de estar prevenido.

—¿Prevenido? ¿Prevenido contra quién? —dijo Boromir con tono brusco.

—Contra todo retraso. Contra lo que parece más fácil. Contra la tentación de rechazar la carga que me ha sido impuesta. Contra..., bueno, hay que decirlo: contra la confianza en la fuerza y la verdad de los Hombres.

—Sin embargo esa fuerza te protegió mucho tiempo allá en tu pequeño país, aunque tú no lo supieras.

—No pongo en duda el valor de tu pueblo, Boromir. Pero el mundo está cambiando. Las murallas de Minas

Tirith pueden ser fuertes, pero quizá no bastante fuertes. Si ceden, ¿qué pasará?

—Moriremos como valientes en el combate. Sin embargo, hay esperanzas de que no cedan.

—Ninguna esperanza mientras exista el Anillo.

—¡Ah! ¡El Anillo! —dijo Boromir, y se le encendieron los ojos—. ¡El Anillo! ¿No es un extraño destino tener que sobrellevar tantos miedos y recelos por una cosa tan pequeña? ¡Una cosa tan pequeña! Y yo sólo la vi un instante en la casa de Elrond. ¿No podría echarle otra mirada?

Frodo alzó la cabeza. El corazón se le había helado de pronto. Había alcanzado a ver el extraño resplandor en los ojos de Boromir, aunque la expresión de la cara era aún amable y amistosa.

—Es mejor que permanezca oculto —respondió.

—Como quieras. No me importa —dijo Boromir—. Pero ¿no puedo hablarte de ese Anillo? Parece que sólo pensaras en el poder que podría alcanzar en manos del Enemigo; en los malos usos del Anillo, y no en los buenos. El mundo cambia, dices. Minas Tirith caerá si el Anillo no desaparece. ¿Pero por qué? Así será si lo tiene el Enemigo, pero no si lo tenemos nosotros.

—¿No estuviste en el Concilio? —replicó Frodo—. No podemos utilizarlo, y lo que consigues con él se desbarata en mal.

Boromir se incorporó y se puso a caminar de un lado a otro con impaciencia.

—Sí, ya conozco la cantinela —exclamó—. Gandalf, Elrond, todos te dijeron lo mismo y tú lo repites. Quizás esté bien para ellos. Esos Elfos, Medio Elfos y Magos: es posible que alguna desgracia les cayera encima. Sin embargo me pregunto a menudo si serán sabios de veras, y no meramente tímidos. Pero a cada uno según su especie. Los Hombres de corazón leal no serán corrompidos. Nosotros los de Minas Tirith nos hemos mostrado fuertes a través de largos años de prueba. No buscamos el poder de los señores magos, sólo fuerza para defendernos, fuerza para una causa justa. ¡Y mira! En nuestro aprieto la casualidad trae a la luz el Anillo de Poder. Es un regalo digo yo, un regalo para los enemigos de Mordor. Seríamos insensatos si no lo aprovecháramos, si no utilizáramos contra el Enemigo ese mismo poder. El temerario, el audaz, sólo ellos alcanzarán la victoria. ¿Qué no podría hacer un guerrero en esta hora, un gran jefe? ¿Qué no podría hacer Aragorn? Y si Aragorn rehúsa, ¿por qué no Boromir? El Anillo me daría poder de mando. ¡Ah, cómo perseguiría yo a las huestes de Mordor, y cómo todos los hombres servirían a mi bandera!

Boromir iba y venía hablando cada vez más alto, casi como si hubiera olvidado a Frodo, mientras peroraba sobre murallas y armas y la convocatoria a los hombres, y planeaba grandes alianzas y gloriosas victorias futuras; y sometía a Mordor, y él se convertía en un rey poderoso, benevolente y sabio. De pronto se detuvo y sacudió los brazos.

—¡Y nos dicen que lo tiremos por ahí! —gritó—. Yo no digo como ellos *destruidlo*. Esto sería lo mejor, si hubiese alguna posibilidad razonable. No la hay. El único plan que nos propusieron es que un Mediano entrara a ciegas en Mordor y ofreciera al Enemigo la posibilidad de recuperar el Anillo. ¡Qué locura!

"Seguro que tú también lo entiendes así, ¿no es cierto, amigo? —dijo de pronto volviéndose de nuevo hacia Frodo—. Dices que tienes miedo. Si es así, el más audaz te lo perdonaría. ¿Pero ese miedo no será tu buen sentido que se rebela?

—No, tengo miedo —dijo Frodo—. No hay otra cosa. Y me alegra haberte oído hablar tan francamente. Mi mente está más clara ahora.

—¿Entonces vendrás a Minas Tirith? —exclamó Boromir.

Tenía los ojos brillantes y el rostro encendido.

—Me has entendido mal —dijo Frodo.

—Pero ¿vendrás, al menos por un tiempo? —insistió Boromir—. Mi ciudad no está lejos ahora, y no hay más distancia de allí a Mordor que desde aquí. Hemos estado mucho tiempo en el desierto y necesitas saber qué hace ahora el Enemigo antes de dar un paso. Ven conmigo,

Frodo —dijo—. Necesitas descansar antes de aventurarte mas allá, si es necesario que vayas.

Se apoyó en el hombro de Frodo, en actitud amistosa, pero Frodo sintió que la mano de Boromir temblaba con una excitación contenida. Dio rápidamente un paso atrás, y miró con inquietud al Hombre alto, casi dos veces más grande que él, y muchísimo más fuerte.

—¿Por qué eres tan poco amable? —dijo Boromir—. Soy un hombre leal, no un ladrón, ni un bandolero. Necesito tu Anillo, ahora lo sabes, pero te doy mi palabra de que no quiero quedarme con él. ¿No me permitirás al menos que probemos mi plan? ¡Préstame el Anillo!

—¡No! ¡No! —gritó Frodo—. El Concilio decidió que era yo quien tenía que llevarlo.

—¡Tu locura nos llevará a la derrota! —gritó Boromir—. ¡Me pones fuera de mí! ¡Insensato! ¡Cabeza dura! Corres voluntariamente a la muerte y arruinas nuestra causa. Si algún mortal tiene derecho al Anillo, ha de ser un Hombre de Númenor, y no un Mediano. Sólo por una desgraciada casualidad es tuyo. Tenía que haber sido mío. Tiene que ser mío. ¡Dámelo!

Frodo no respondió y fue alejándose hasta que la gran piedra chata se extendió entre ellos.

—¡Vamos, vamos, mi querido amigo! —dijo Boromir con una voz más endulzada—. ¿Por qué no librarte de él? ¿Por qué no librarte de tus dudas y miedos? Puedes echarme la culpa, si quieres. Puedes decir que yo era demasiado fuerte y te lo quité. ¡Pues soy demasiado fuerte para ti, Mediano!

Boromir dio un salto y se precipitó por encima de la piedra hacia Frodo. Tenía otra cara ahora, fea y desagradable, y un fuego de furia le ardía en los ojos.

Frodo lo esquivó y de nuevo puso la piedra entre ellos. Había una sola solución: temblando sacó el anillo sujeto a la cadena y se lo deslizó rápidamente en el dedo, en el momento en que Boromir saltaba otra vez hacia él. El Hombre ahogó un grito, miró un momento, asombrado, y luego echó a correr de un lado a otro, buscando aquí y allí entre las rocas y árboles.

—¡Miserable tramposo! —gritó—. ¡Espera a que te ponga las manos encima! Ahora entiendo tus intenciones. Le llevarás el Anillo a Sauron y nos venderás a todos. Querías abandonarnos y sólo esperabas que se te presentara la ocasión. ¡Malditos tú y todos los Medianos, que se los lleven la muerte y las tinieblas!

En ese momento el pie se le enganchó en una piedra, cayó hacia adelante con los brazos y piernas extendidos, y se quedó allí tendido de bruces. Durante un rato estuvo muy quieto, y pareció que lo hubiera alcanzado su propia maldición; luego, de pronto, se echó a llorar.

Se incorporó y se pasó la mano por los ojos, enjugándose las lágrimas.

—Pero ¿qué he dicho? —gritó—. ¿Qué he hecho? ¡Frodo! ¡Frodo! —llamó—. ¡Vuelve! Tuve un ataque de locura, pero ya se me pasó. ¡Vuelve!

No hubo respuesta. Frodo ni siquiera oyó los gritos. Estaba ya muy lejos, saltando a ciegas por el sendero que llevaba a la cima, estremeciéndose de terror y de pena mientras recordaba la cara enloquecida y los ojos ardientes de Boromir.

Pronto se encontró solo en la cima del Amon Hen, y se detuvo, sin aliento. Vio a través de la niebla un círculo amplio y chato, cubierto de losas grandes, y rodeado por un parapeto en ruinas; y en medio, sobre cuatro pilares labrados, en lo alto de una escalera de muchos peldaños, había un asiento. Frodo subió y se sentó en la antigua silla, sintiéndose casi como un niño extraviado que ha trepado al trono de los reyes de la montaña.

Al principio poco pudo ver. Parecía como si estuviese en un mundo de nieblas, donde sólo había sombras; tenía puesto el Anillo. Luego, aquí y allá, la niebla fue levantándose, y vio muchas escenas, visiones pequeñas y claras como si las tuviera ante los ojos sobre una mesa, y sin embargo remotas. No había sonidos, sólo imágenes brillantes y vívidas. El mundo parecía encogido, enmudecido. Estaba sentado en el Sitial de la Vista, sobre el Amon Hen, la Colina del Ojo de los Hombres de Núme-

557

nor. Miró al este y vio tierras que no aparecían en los mapas, llanuras sin nombre, y bosques inexplorados. Miró al norte y vio allá abajo el Río Grande como una cinta, y las Montañas Nubladas parecían pequeñas y de contornos irregulares, como dientes rotos. Miró al oeste y vio las vastas praderas de Rohan; Orthanc, el pico de Isengard, como una espiga negra. Miró al sur y vio el Río Grande que rodaba como una ola y caía por los saltos del Rauros a un abismo de espumas; un arco iris centelleaba sobre los vapores. Y vio el Ethir Anduin, el poderoso delta del Río, y miríadas de pájaros marinos que revoloteaban al sol como un polvo blanco, y debajo un mar plateado y verde, ondeando en líneas interminables.

Pero adonde mirara, veía siempre signos de guerra. Las Montañas Nubladas hervían como hormigueros: los orcos salían de innumerables madrigueras. Bajo las ramas del Bosque Negro había una lucha enconada de Elfos, Hombres y bestias feroces. La tierra de los Beórnidas estaba en llamas; una nube cubría Moria; unas columnas de humo se elevaban en las fronteras de Lórien.

Unos jinetes galopaban sobre la hierba de Rohan; desde Isengard los lobos llegaban en manadas. En los puertos de Harad, las naves de guerra se hacían a la mar, y del este venían muchos Hombres: de espada, lanceros, arqueros a caballo, carros de comandantes, y vagones de suministros. Todo el poder del Señor Oscuro estaba en movimiento. Volviéndose de nuevo hacia el sur Frodo contempló Minas Tirith. Parecía estar muy lejos, y era hermosa: de muros blancos, flanqueada por numerosas torres, orgullosa y espléndida, encaramada en la montaña; el acero refula en las alenas, y en las torrecillas brillaban estandartes de muchos colores. En el corazón de Frodo se encendió una esperanza. Pero contra Minas Tirith se alzaba otra fortaleza, más grande y más poderosa. No quería mirar pero se volvió hacia el este y vio los puentes arruinados de Osgiliath, y las puertas abiertas como en una mueca de Minas Morgul, y las Montañas encantadas, y se descubrió mirando Gorgoroth, el valle del terror en el País de Mordor. Las tinieblas se extendían allí bajo el sol. El fuego brillaba entre el humo. El Monte del Destino estaba ardiendo, y una densa humareda subía en el aire. Al fin los ojos se le detuvieron y entonces la vio: muro sobre muro, almena sobre almena, negra, inmensamente poderosa, montaña de hierro, puerta de acero, torre de diamante: Barad-dûr, la Fortaleza de Sauron. Frodo perdió toda esperanza.

Y entonces sintió el Ojo. Había un ojo en la Torre Oscura, un ojo que no dormía; y ese ojo no ignoraba que él estaba mirándolo. Había allí una voluntad feroz y decidida, y de pronto saltó hacia él. Frodo la sintió casi como un dedo que lo buscaba, y que en seguida lo encontraría, aplastándolo. El dedo tocó el Amon Lhaw. Echó una mirada al Tol Brandir. Frodo saltó a los pies de la silla, y se acurrucó cubriéndose la cabeza con la capucha gris.

Se oyó a sí mismo gritando: *¡Nunca! ¡Nunca!* ¿O quizá decía: *Me acerco en verdad, me acerco a ti?* No podía asegurarlo. Luego como un relámpago venido de algún otro extremo de poder se le presentó un nuevo pensamiento: *¡Sácatelo! ¡Sácatelo! ¡Insensato, sácatelo! ¡Sácate el Anillo!*

Los dos poderes lucharon en él. Durante un momento, en perfecto equilibrio entre dos puntas afiladas, Frodo se retorció atormentado. De súbito tuvo de nuevo conciencia de sí mismo: Frodo, ni la Voz ni el Ojo, libre de elegir, y disponiendo apenas de un instante. Se sacó el Anillo del dedo. Estaba arrodillado a la clara luz del sol ante el elevado sitial. Una sombra negra pareció pasar sobre él, como un brazo; no acertó a dar con el Amon Hen, buscó un poco en el este, y se desvaneció. El cielo era otra vez limpio y azul, y los pájaros cantaban en todos los árboles.

Frodo se puso de pie. Se sentía muy fatigado, pero estaba decidido ahora, y se había quitado un peso del corazón. Se habló en voz alta.

—Bien, tengo que hacerlo —dijo—. Esto al menos es claro: la malignidad del Anillo ya está operando, aun en la Compañía, y antes que haga más daño hay que llevarlo lejos. Iré solo. En algunos no puedo confiar, y aquellos en quienes puedo confiar me son demasiado queridos: el pobre viejo Sam, y Merry y Pippin. Trancos también: desea tanto volver a Minas Tirith, y quizá lo necesiten allí, ahora que Boromir ha sucumbido al mal. Iré solo. En seguida.

Descendió rápidamente por el sendero y llegó de vuelta al prado donde lo había encontrado Boromir. Allí se detuvo, y escuchó. Creyó oír gritos y llamadas que venían de los bosques cercanos a la costa.

—Estarán buscándome —se dijo—. Me pregunto cuánto tiempo he estado ausente. Horas quizá. ¿Qué puedo hacer? —murmuró titubeando—. Tengo que irme ahora, o no me iré nunca. No tendré otra oportunidad. Odio abandonarlos, y más de este modo, sin ninguna explicación. Pero creo que ellos entenderán. Sam entenderá. ¿Y qué otra cosa puedo hacer?

Lentamente extrajo el Anillo y se lo puso una vez más. Desapareció y descendió por la colina, leve como el roce del viento.

Los otros permanecieron un tiempo junto al río. Habían estado callados un rato, yendo de un lado a otro, inquietos, pero ahora estaban sentados en círculo, y hablaban. De cuando en cuando trataban de hablar de alguna cosa, del largo camino y de las numerosas aventuras que habían vivido; interrogaron a Aragorn acerca del reino de Gondor en los tiempos antiguos, y los restos de las grandes obras que podían verse aún en estas extrañas regiones fronterizas de Emyn Muil: los reyes de piedra y los sitiales de Lhaw y Hen, y la gran escalera junto a los saltos del Rauros. Pero los pensamientos y las palabras de todos volvían una y otra vez a Frodo y el Anillo. ¿Qué decidiría Frodo? ¿Por qué dudaba?

—Trata de averiguar qué camino es el más desesperado, me parece —dijo Aragorn—. No me sorprende. Hay menos esperanzas que nunca para la Compañía si vamos hacia el este. Gollum nos ha seguido el rastro, y es posible que nuestro viaje ya no sea un secreto. Pero Minas Tirith no está más cerca del Fuego y la destrucción de la Carga.

"Podemos quedarnos aquí un tiempo y defendernos como bravos, pero el Señor Denethor y todos sus hombres no podrían conseguir lo que no está al alcance de los poderes de Elrond, según dijo él mismo: o mantener en secreto la Carga, o mantener a distancia a las fuerzas del Enemigo cuando venga tras ella. ¿Qué camino elegiríamos nosotros en el lugar de Frodo? No lo sé. Nunca hemos necesitado más a Gandalf.

—Cruel ha sido nuestra pérdida —dijo Legolas—, pero tendremos que encontrar alguna solución sin la ayuda de Gandalf. ¿Por qué no lo decidimos entre todos y ayudamos así a Frodo? ¡Llamémoslo de vuelta y votemos! Yo votaré por Minas Tirith.

—Y yo también —dijo Gimli—. Nosotros, por supuesto, sólo vinimos a ayudar al Portador a lo largo del camino, y no tenemos por qué ir más allá; ninguno de nosotros ha hecho un juramento ni ha recibido la orden de buscar la Montaña del Destino. Dejar Lothlórien fue duro para mí. Pero he venido aquí, tan lejos... y digo ahora: ha llegado el momento de la última decisión, y para mí es evidente que no dejaré a Frodo. Yo elegiría Minas Tirith, pero si él piensa otra cosa, lo seguiré.

—Yo también iré con Frodo —dijo Legolas—. Sería desleal despedirme de él ahora.

—Sería de veras una traición, si ahora todos lo abandonáramos —dijo Aragorn—. Pero si va hacia el este, no es necesario que lo acompañemos todos, ni creo que convenga. Es un riesgo desesperado, tanto para ocho como para dos o tres, o uno solo. Si se me permitiera elegir, yo designaría tres compañeros: Sam, que no podría soportar que fuera de otro modo; Gimli, y yo mismo. Boromir volverá a Minas Tirith donde su padre y la gente lo necesitan, y junto con él irían los demás, o al menos Meriadoc y Peregrin, si Legolas no está dispuesto a dejarnos.

—¡Imposible! —exclamó Merry—. ¡No podemos dejar a Frodo! Pippin y yo decidimos desde un principio acompañarlo a todas partes, y aún es así para nosotros. Aunque antes no entendimos lo que eso significaba. Parecía distinto allá lejos, en la Comarca o en Rivendel. Sería una locura y una crueldad permitir que Frodo vaya a Mordor. ¿Por qué no podemos impedírselo?

—Tenemos que impedírselo —dijo Pippin—. Y por eso está preocupado, no me cabe ninguna duda. Sabe que no estaremos de acuerdo si quiere ir al este. Y no le gusta pedirle a alguien que lo acompañe, pobre viejo. Y no podría ser de otra manera. ¡Ir a Mordor solo! —Pippin se estremeció.— Pero el viejo, tonto y querido hobbit debiera saber que no tiene nada que pedir. Debiera saber que si no podemos detenerlo, no lo dejaremos solo.

—Perdón —dijo Sam—, pero no creo que ustedes entiendan del todo a mi amo. Las dudas que él tiene no se refieren al camino que ha de tomar. ¡Claro que no! ¿De qué serviría Minas Tirith de todos modos? A él quiero decir, si usted me perdona, señor Boromir —añadió, volviéndose.

Fue entonces cuando descubrieron que Boromir, quien al principio había esperado en silencio fuera del círculo, ya no estaba con ellos.

—¿Qué ha ido a hacer ahora? —preguntó Sam, preocupado—. Ha estado raro desde hace un tiempo, me parece. De cualquier modo no es un problema de él. Se ha ido a su casa, como siempre ha dicho, y no lo culpo. Pero el señor Frodo sabe que necesita encontrar las Grietas del Destino, si es posible. Pero tiene *miedo*. Ahora que ha llegado el momento de decidirse, está simplemente aterrorizado. Éste es su problema. Por supuesto ha ganado un poco de experiencia, por así decir, como todos nosotros, desde que salimos de casa, o estaría tan asustado que tiraría el Anillo al Río y se escaparía. Pero tiene todavía demasiado miedo para ponerse en camino. Y tampoco está preocupado por nosotros: si vamos a ir con él o no. Sabe que no lo dejaríamos solo. ¡Recuerden lo que digo! Vamos a tener dificultades cuando venga. Y estará de veras decidido, tan cierto como que se llama Bolsón.

—Pienso que hablas con más sabiduría que ninguno de nosotros, Sam —dijo Aragorn—. ¿Y qué haremos, si tienes razón?

—¡Detenerlo! ¡No dejarlo ir! —gritó Pippin.

—No sé —dijo Aragorn—. Es el Portador, y el destino de la Carga pesa sobre él. No creo que nos corresponda empujarlo en un sentido o en otro. No creo por otra parte que tuviéramos éxito, si lo intentáramos. Hay otros poderes en acción, mucho más fuertes.

—Bueno, me gustaría que Frodo «se decidiera» a volver y concluyéramos el asunto —dijo Pippin—. ¡Esta espera es horrible! ¿No se cumplió ya el tiempo?

—Sí —dijo Aragorn—. La hora ha pasado hace rato. La mañana termina. Hay que llamarlo.

En ese momento reapareció Boromir. Salió de los árboles y se adelantó hacia ellos sin hablar. Tenía un aire sombrío y triste. Se detuvo como para contar quiénes estaban presentes, y luego se sentó aparte, los ojos clavados en el suelo.

—¿Dónde has estado, Boromir? —preguntó Aragorn—. ¿Has visto a Frodo?

Boromir titubeó un segundo.

—Sí, y no —respondió lentamente—. Sí: lo encontré en la ladera de la colina, y le hablé. Lo insté a que viniera a Minas Tirith, y que no fuera al este. Me enojé y él se fue. Desapareció. Nunca vi nada semejante, aunque había oído historias. Debe de haberse puesto el Anillo. No volví a encontrarlo. Pensé que había vuelto aquí.

—¿No tienes más que decir? —preguntó Aragorn clavando en Boromir unos ojos poco amables.

—No —respondió Boromir—, no por el momento.

—¡Aquí hay algo malo! —gritó Sam, incorporándose de un salto—. No sé qué pretende este Hombre. ¿Por qué Frodo se pondría el Anillo? No tenía por qué, y si lo hizo, ¡quién sabe qué habrá pasado!

—Pero no se lo dejaría puesto —dijo Merry—. No después de haber escapado a un visitante indeseable, como hacía Bilbo.

—Pero ¿dónde ha ido? ¿Dónde está? —gritó Pippin—. Hace siglos que se fue.

—¿Cuánto tiempo pasó desde que viste a Frodo por última vez, Boromir? —preguntó Aragorn.

—Media hora quizá —respondió Boromir—. O quizá una hora. Estuve caminando un poco. ¡No sé! ¡No sé!

Se llevó las manos a la cabeza, y se quedó sentado, como abrumado por una pena.

—¡Una hora desde que desapareció! —exclamó Sam—. Hay que ir a buscarlo en seguida. ¡Vamos!

—¡Un momento! —gritó Aragorn—. Tenemos que dividirnos en parejas, y arreglar... ¡Eh, un momento, espera!

No sirvió de nada. No le hicieron caso. Sam había echado a correr antes que nadie. Lo siguieron Merry y Pippin, que ya estaban desapareciendo entre los árboles de la costa, gritando: *¡Frodo! ¡Frodo!*, con aquellas voces altas y claras de los hobbits. Legolas y Gimli corrían también. Un pánico o una locura repentina parecía haberse apoderado de la Compañía.

—Nos dispersaremos y nos perderemos —gruñó Aragorn—. ¡Boromir! No sé cuál ha sido tu parte en esta desgracia, ¡pero ayuda ahora! Corre detrás de esos dos jóvenes hobbits, y protégelos al menos, aunque no puedas encontrar a Frodo. Vuelve aquí, si lo encuentras, o si ves algún rastro. Regresaré pronto.

Aragorn se precipitó en persecución de Sam. Lo alcanzó en el pequeño prado, entre los acebos. Sam iba cuesta arriba, jadeando y llamando: *¡Frodo!*

—¡Ven conmigo, Sam! —dijo Aragorn—. Que ninguno de nosotros se quede solo ni un momento. Hay algo malévolo en el aire. Voy a la cima, al Sitial del Amon Hen, a ver lo que se puede ver. ¡Y mira! Tal como lo presentí: Frodo fue por este lado. Sígueme, ¡y mantén los ojos abiertos!

Subió rápidamente por el sendero. Sam corrió detrás de él, pero no podía competir con Trancos el Montaraz, y poco después lo perdió de vista. Sam se detuvo, resoplando. De pronto se palmeó la frente.

—Calma, Sam Gamyi —se dijo en voz alta—. Tienes las piernas demasiado cortas, ¡de modo que usa la cabeza! Veamos. Boromir no miente, no es de esa índole, pero no dijo todo. El señor Frodo se asustó mucho por alguna razón y de pronto decidió partir. ¿Adónde? Hacia el este. ¿No sin Sam? Sí, aun sin Sam. Esto es duro, muy duro.

Sam se pasó la mano por los ojos, enjugándose las lágrimas.

—Tranquilo, Gamyi —dijo—. ¡Piensa si puedes! No puede volar por encima de los ríos, y no puede saltar por encima de las cascadas. No lleva ningún equipo. Tendrá pues que volver a los botes. ¡A los botes! ¡Corre hacia los botes, Sam, como un rayo!

Dio media vuelta y bajó a saltos el sendero. Cayó y se lastimó las rodillas. Se incorporó y siguió corriendo. Llegó así al borde del prado de Parth Galen, junto a la orilla, donde habían sacado las barcas del agua. No había nadie allí. De los bosques de atrás parecían venir unos gritos, pero no les prestó atención. Se quedó mirando un momento, inmóvil, boquiabierto. Una embarcación se deslizaba sola cuesta abajo.

Dando un grito, Sam corrió por la hierba. La barca entró en el agua.

—¡Ya voy, señor Frodo! ¡Ya voy! —gritó Sam.

Se tiró desde la orilla con las manos tendidas hacia la barca que partía. Dando un grito y con un chapoteo cayó de cabeza a una yarda de la borda en el agua profunda y rápida.

Se hundió gorgoteando; el Río se cerró sobre la cabeza rizada de Sam.

Un grito de consternación se alzó en la barca vacía. Una pala giró y la barca viró en redondo. Sam subió a la superficie burbujeando y debatiéndose, y Frodo llegó justo a tiempo para tomarlo por los cabellos. Los ojos redondos y castaños miraban el aire con miedo.

—¡Arriba, Sam, muchacho! —dijo Frodo—. ¡Tómame la mano!

—¡Sálveme, señor Frodo! —jadeó Sam—. Estoy ahogándome. No le veo la mano.

—Aquí está. ¡No me pellizques, muchacho! No te soltaré. Quédate derecho y no te sacudas, o volcarás el bote. Bueno, aférrate a la borda, ¡y déjame usar la pala!

Con unos pocos golpes Frodo llevó la barca a la orilla, y Sam pudo salir arrastrándose, mojado como una rata de agua. Frodo se sacó el Anillo y pisó otra vez tierra firme.

—¡De todos los fastidios del mundo tú eres el peor, Sam! —dijo.

—Oh, señor Frodo, ¡es usted duro conmigo! —dijo Sam temblando de pies a cabeza—. Es usted duro tratando de irse sin mí y sin todo lo demás. Si yo no hubiese adivinado la verdad, ¿dónde estaría usted ahora?

—A salvo y en camino.

—¡A salvo! —dijo Sam—. ¿Solo y sin mi ayuda? No hubiese podido soportarlo, sería mi muerte.

—Venir conmigo también puede ser tu muerte, Sam —dijo Frodo—, y entonces yo no hubiese podido soportarlo.

—No es tan seguro como si me quedara —dijo Sam.

—Pero voy a Mordor.

—Lo sé de sobra, señor Frodo. Claro que sí. Y yo iré con usted.

—Por favor, Sam —dijo Frodo—, ¡no me pongas obstáculos! Los otros pueden volver en cualquier instante. Si me encuentran aquí, tendré que discutir y explicar, y ya nunca tendré el ánimo o la posibilidad de irme. Pero he de partir en seguida. No hay otro modo.

—Sí, ya lo sé —dijo Sam—. Pero no solo. Voy yo también, o ninguno de los dos. Antes desfondaré todas las barcas.

Frodo rió con ganas. Sentía en el corazón un calor y una alegría repentinos.

—¡Deja una! —dijo—. La necesitaremos. Pero no puedes venir así, sin equipo ni comida ni nada.

—¡Un momento nada más y traeré mis cosas! —exclamó Sam animado—. Todo está listo. Pensé que partiríamos hoy.

Corrió al sitio donde habían acampado, quitó un bulto de la pila donde Frodo lo había puesto cuando sacó de la barca las pertenencias de los otros, tomó otra manta, y algunos paquetes más de provisiones, y volvió corriendo.

—¡He aquí todo mi plan estropeado! —dijo Frodo—. Imposible escapar de ti. Pero estoy contento, Sam. No puedo decirte qué contento. ¡Vamos! Es evidente que estábamos destinados a ir juntos. Partiremos, ¡y que los otros encuentren un camino seguro! Trancos los cuidará. No creo que volvamos a verlos.

—Quizá sí, señor Frodo. Quizá sí —dijo Sam.

Así Frodo y Sam iniciaron juntos la última etapa de la Misión. Frodo remó alejándose de la costa, y el Río los llevó rápidamente, a lo largo del brazo occidental, más allá de los acantilados amenazadores del Tol Brandir. El rugido de las cataratas fue acercándose. Aun con la ayuda de Sam costó trabajo atravesar la corriente en el extremo sur de la isla y virar al este hacia la orilla lejana.

Al fin llegaron de nuevo a tierra en el flanco sur del Amon Lhaw. Allí encontraron una costa empinada, y sacaron la barca del Río, la arrastrara arriba, y la ocultaron como mejor pudieron detrás de unos peñascos. Luego, cargando al hombro los bultos partieron en busca de un sendero que los llevara por encima de las colinas grises de Emyn Muil, y descendiera internándose en el País de la Sombra.

Aquí concluye la primera parte de la historia de la Guerra del Anillo.

La segunda parte tiene como título LAS DOS TORRES, *ya que los acontecimientos ahí relatados están bajo el dominio de Orthanc, la ciudadela de Saruman, y la fortaleza de Minas Morgul que guarda la entrada secreta de Mordor; en ella se cuentan las hazañas y peligros de todos los miembros de la comunidad ahora disuelta, hasta la llegada de la Gran Oscuridad.*

La tercera parte, EL RETORNO DEL REY, *habla de la última defensa contra la Sombra, y el fin de la misión del Portador del Anillo.*

ÍNDICE

EL OESTE DE LA
TIERRA MEDIA
AL TÉRMINO DE LA
TERCERA EDAD

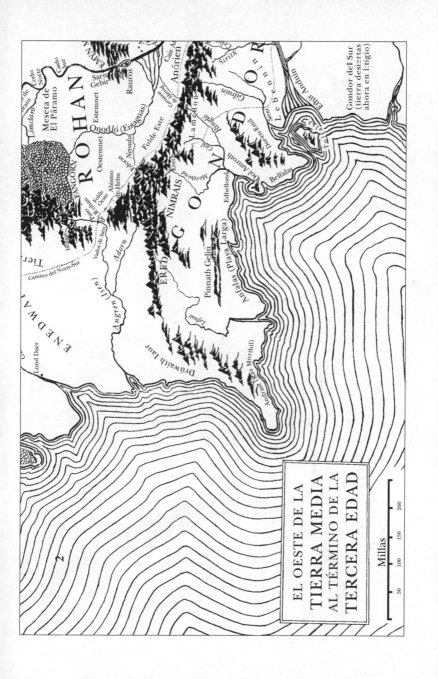

EL OESTE DE LA
TIERRA MEDIA
AL TÉRMINO DE LA
TERCERA EDAD

Millas

50   100   150   200